브라이턴 록

BRIGHTON ROCK

GRAHAM GREENE

브라이턴 록

그레이엄 그린 장편소설 · **서창렬** 옮김

차례

일러두기

1. 이 책은 그레이엄 그린 탄생 100주년을 맞아 빈티지북스에서 발행한 2004년 판 *BRIGHTON ROCK*을 번역한 것이다.
2. 본문에서 인용된 성경 구절은 한국 성서공동번역위원회가 편찬한 『공동번역성서』를 따라 옮겼다.
3. 본문의 고딕체는 작가의 의도를 존중하여 원문의 이탤릭체를 가급적 그대로 옮긴 것임을 밝혀 둔다.
4. 본문의 각주는 모두 옮긴이 주이다.

제1부

1

헤일은 브라이턴에 온 지 세 시간도 안 되어서 그들이 자기를 죽일 생각이라는 것을 알았다. 잉크 묻은 손가락, 물어뜯은 자국이 있는 손톱, 냉소적이고 불안정한 태도 등은 누가 보아도 그가 이곳에 속한 사람이 아님을—이곳의 초여름 햇살, 성령강림절의 시원한 바닷바람, 휴가를 즐기는 인파에 속한 사람이 아님을—알 수 있게 해 주었다. 사람들은 5분마다 빅토리아발 기차로 와서는 덜컹거리는 조그만 이 지역 전차의 위층에 선 채로 퀸스로드를 달려서 이윽고 어리둥절한 표정의 무리에 끼어 신선하고 눈부신 대기 속으로 내려섰다. 새로 칠한 잔교의 은색 페인트가 번쩍거리고 크림색 집들은 연한 빅토리아풍 수채화처럼 서쪽으로 멀어져 갔다. 모형 자동차 경주, 밴드 연주, 꽃이 활짝 핀 해안 도로 아래쪽 꽃밭들, 하늘을 가로지르며 점차 지워져 가는 옅은 구름으로 건강에 관련된 뭔가를 광고하는 비행기 한 대……

헤일이 생각하기에 브라이턴에 가뭇없이 빠져드는 것은 퍽 쉬운 일이었다. 자기 외에도 하루 동안 5만이나 되는 사람들이 이곳을 찾으니까 말이다. 그래서 그는 얼마 동안 즐거운 분위기에 자신을 내맡기고 어느 곳에 가든 일정표가 허락하는 한도 내에서 진토닉을 마셨다. 그는 일정표를 충실히 지켜야 했다. 10시에서 11시까지는 퀸스로드와 캐슬 광장, 11시에서 12시까지는 수족관과 팰리스 잔교,[*] 12시에서 1시까지는 올드십 호텔과 웨스트 잔교 사이의 해안 도로, 1시에서 2시까지는 캐슬 광장 주변에서 적당히 고른 식당에서의 점심, 그러고 나서는 길을 더듬어 웨스트 잔교로 가야 하고, 이어서 호브에 있는 역으로 가는 것이 그의 일정이었다. 이것이 널리 광고한 그의 우스꽝스러운 보초 근무의 범위였다.

《메신저》 신문 전단 광고마다 '콜리 키버 오늘 브라이턴에 출현'이라는 문구가 나붙었다. 그의 호주머니 안에는 정해진 경로를 따라가면서 은밀한 곳에 배부할 카드가 한 묶음 들어 있었다. 그 카드를 찾은 사람은 《메신저》사로부터 10실링을 받기로 되어 있었다. 하지만 《메신저》 한 부를 손에 들고서 "당신은 콜리 키버 씨입니다. 나는 일간메신저상을 요구합니다"라고 정해진 형식에 따라 헤일에게 요구하는 사람에게야말로 진짜 큰 상이 예약되어 있었다.

---

[*] 브라이턴 앞바다에 있는 교각 형태의 목조 구조물로, 각종 놀이기구와 편의 시설이 갖추어진 관광 명소이다. 현재는 '브라이턴 피어(잔교)'로 이름이 바뀌었다.

이것이 헤일이 하는 일이었다. 상을 요구하는 사람이 나타나서 그의 임무에서 해방시켜 줄 때까지 차례로 해변 도시를 돌아다니며 보초 근무를 수행하는 것이었다. 어제는 사우스엔드, 오늘은 브라이턴, 내일은……

시계가 열한 번을 치자 그는 진토닉을 급히 털어 넣은 다음 캐슬 광장을 나왔다. 콜리 키버는 언제나 정정당당하게 임무를 수행했다. 언제나《메신저》에 실린 사진 속의 모자와 동일한 종류의 모자를 썼으며, 언제나 시간을 지켰다. 어제 사우스엔드에서는 그를 찾아내서 상을 요구하는 사람이 없었다. 신문사에서는 종종 상금을 절약하는 것을 좋아했지만, 그러나 너무 자주 그러는 것은 좋아하지 않았다. 오늘은 누군가의 눈에 띄어 걸려드는 것이 그의 임무였다. 그리고 그것은 그가 바라는 바이기도 했다. 그가 브라이턴에서, 심지어 성령강림절의 군중 속에서도 그리 안전하지 못하다고 느끼는 데는 이유가 있었다.

그는 팰리스 잔교 근처의 난간에 몸을 기댄 채, 꼬인 철삿줄이 풀려 나가듯 둘씩 짝을 이루어 끝없이 자신의 앞을 지나가는 군중에게 얼굴을 보여 주었다. 사람들은 다들 흥겹게 놀아 보겠다고 진지하게 결심한 듯한 행색이었다. 붐비는 기차를 타고 빅토리아에서부터 줄곧 서서 온 그들은 점심을 먹기 위해 줄을 서서 기다려야 할 것이고, 자정에는 반쯤 졸면서 덜커덩거리는 기차를 타고 비좁은 거리로 돌아가서 문 닫은 술집으로, 혹은 집으로 지친 걸음을 옮길 터였다. 그들은 이 긴 하루로부터 눈곱만큼의 재미와 즐거움을 얻어 내기 위해, 즉 이 햇볕, 이 음악, 달가닥거리는 모형 자동차, 수족관 산책로 아래에 꾸며진, 크게 웃고 있는 해골들 사이로 뛰어드는 유령 열차, 막대 모양의 브라이턴 록,♦ 종이로 만든 세일러 캡♦♦ 따위를 얻어 내기 위해 무진 고생을 하고 무진 인내심을 발휘해야 했다.

아무도 헤일을 눈여겨보지 않았다. 아무도《메신저》를 손에 쥐고 있는 것 같지 않았다. 그는 손톱을 물어뜯은 자국이 있는 잉크 묻은 손가락으로 카드 한 장을 조심스럽게 조그만 쓰레기통 뚜껑 위에 올려놓고 나서 쓸쓸히 걸음을 옮겼다. 진을 세 잔째 마신 뒤에 밀려든 감정은 고독감뿐이었다. 그때까지는 군중을 경멸했으나, 지금은 유대감을 느꼈다. 그 역시 그들과 똑같은 서민 출신이면서도 더 많은 봉급을 받는 탓에 그들과 다른 것을 원하는 척 가장하며 살아야 했지만, 그러나 그의 마음은 늘 잔교나 요지경♦♦♦ 같은 것에 끌렸다. 그는 돌아가고 싶었다. 하지만 그가 할 수 있는 거라곤 고독의 표시인 비웃음을 띠며 해안 도로를 따라 걸어가는 것뿐이었다. 보이지 않는 곳 어디선가 한 여자가 노래를 부르고 있었다. "기차를 타고 브라이턴을 떠나왔을 때." 기네스 맥주에 얼근히 취한, 울림이 큰 목소리. 한 술집의 일반 바에서 들려오는 목소리였다. 걸음을

♦ 브라이턴 해변에서 파는 막대 사탕으로, 중간 어느 부분을 잘라도 'BRIGHTON ROCK'이라는 글자가 보인다.
♦♦ 수병이 쓰는 챙 없는 원형 모자.
♦♦♦ 상자 앞면에 달린 확대경을 통해 상자 안의 여러 가지 그림을 구경하는 장치.

돌려 그 술집의 특실로 들어간 헤일은 두 개의 바와 하나의 유리 칸막이 너머로 보이는 그 여자의 만개한 매력을 지켜보았다.

그녀는 나이가 많지는 않았다. 30대 후반에서 40대 초반으로 보였는데, 친근하고 편안한 느낌이 들 정도로 약간 취해 있었다. 그녀의 모습은 젖을 빠는 아기를 떠올리게 했지만, 설령 아기를 낳았다 해도 그 때문에 몸매가 망가지게 내버려 두지는 않았다. 그녀는 자신을 잘 가꾸었다. 입술에 바른 립스틱은 자신의 큰 체구에 대한 자신감을 말해 주었다. 그녀는 겉으로는 무심한 척 속마음을 잘 감추었으나 실은 무신경한 사람이 아니었다. 노래를 좋아하는 사람들을 위해 나름대로 자신이 부를 노래를 준비해 두고 있었다.

헤일도 노래를 좋아하는 축에 속했다. 체구가 작은 편인 그는 납으로 만든 큰 통 속에 엎어 놓은 빈 유리잔들 너머로, 맥주 핸들 너머로, 일반 바에서 시중을 드는 두 종업원의 어깨 사이로 그녀를 갈망과 부러움이 서린 눈으로 지켜보았다. "한 곡 더 불러 줘요, 릴리." 그녀 주변의 누군가가 말했고, 그녀는 다시 노래를 부르기 시작했다. "어느 날 밤—골목길에서—로스차일드 경이 내게 말했네." 그녀는 서너 줄 이상은 부르지 않았다. 웃는 데 너무 정신이 팔려서 자신의 목소리에 좀처럼 기회를 주지 않는 것이었다. 하지만 그녀는 엄청나게 많은 발라드를 기억하고 있었고, 그중에는 헤일이 한 번도 들어 본 적이 없는 노래도 있었다. 헤일은 잔을 입술에 댄 채 그녀를 바라보며 향수에 잠겼다. 그녀는 어떤 노래를 부르다 말다 하다가 다시 부르곤 했는데, 그 노래는 오스트레일리아 골드러시 당시의 노래인 게 틀림없었다.

"프레드." 그를 부르는 목소리가 뒤에서 들려왔다. "프레드."

헤일이 들고 있는 잔에서 진이 출렁거리며 탁자 위로 쏟아졌다. 열일곱 살쯤 되어 보이는 소년이 문간에서 그를 지켜보고 있었다. 오래 입어서 천이 닳은 추레하지만 맵시 있는 옷, 섬뜩하고 부자연스러운 자존심과 굶주린 듯한 강렬함이 밴 얼굴······

"누굴 보고 프레드라는 거지?" 헤일이 말했다. "난 프레드가 아니야."

"당신이 뭐라 하든 상관없어." 소년이 말했다. 소년은 문 쪽으로 되돌아간 다음 좁은 어깨 너머로 헤일을 응시했다.

"어딜 가는 거야?"

"당신 친구들에게 알려 주러." 소년이 말했다.

이곳 특실에는 1파인트들이 맥주잔을 앞에 놓고 잠이 든 늙은 수위를 제외하곤 그들 둘뿐이었다. "이봐," 헤일이 말했다. "한잔해. 이리 와서 앉아. 한잔하자고."

"가 봐야 해." 소년이 말했다. "난 술을 안 한다는 거 알잖아, 프레드. 당신, 건망증이 심하군 그래?"

"한 잔 정도는 괜찮잖아. 그럼 술 아닌 걸로."

"그렇다면 빨리 마시고 끝내야 해." 소년이 말했다. 그는 줄곧 호기심 어린 표정으로 헤일을 면밀히 지켜보았다. 그 모습은 어떤—점박이 사자나 난쟁이 코끼리 같은—전설적인 짐 승을 찾아 정글을 샅샅이 뒤진 끝에 그 짐승을 발견한 사냥꾼이 그걸 죽이기 전에 지어 보이는 표정을 연상케 했다. "그레이프프루트 스쿼시." 소년이 말했다.

"계속해요, 릴리." 그녀에게 간청하는 여러 사람의 목소리가 일반 바에서 들려왔다. "다른 노래를 불러 줘요, 릴리." 소년은 처음으로 헤일에게서 눈을 떼고 칸막이 너머에 있는 여자의 커다란 젖가슴과 만개한 매력을 바라보았다.

"더블 위스키 한 잔, 그리고 그레이프프루트 스쿼시 한 잔." 헤일이 주문했다. 그는 그것들을 들고 테이블로 갔으나 소년은 따라가지 않았다. 소년은 격하게 혐오하는 표정으로 여자를 지켜보고 있었다. 헤일은 마치 자신에게 채워진 수갑이 풀려서 다른 사람의 손목에 채워진 것처럼 소년의 증오감에서 일시적으로 풀려난 듯한 느낌이 들었다. 그는 농담을 시도해 보았다. "쾌활한 영혼이야."

"영혼?" 소년이 말했다. "당신은 영혼에 대해 말할 자격이 없어." 그는 자신의 증오심을 다시 헤일에게 돌리며 그레이프프루트 스쿼시를 단숨에 마셨다.

헤일이 말했다. "난 일 때문에 여기 온 것뿐이야. 오늘 하루만. 난 콜리 키버라고."

"당신은 프레드야." 소년이 말했다.

"좋아." 헤일이 말했다. "그래, 난 프레드야. 그렇지만 내 호주머니엔 자네한테 10실링의 돈을 가져다줄 카드가 들어 있어."

"그 카드에 대해선 다 알고 있어." 소년이 말했다. 그의 피부는 희고 매끄러웠으며 고운 솜털이 나 있었다. 그러나 회색 눈에는 인간적인 감정이 사그라진 노인의 눈처럼 매정한 빛이 서려 있었다. "우리 모두 오늘 아침 신문에서 당신에 관한 내용을 읽었으니까." 소년은 그렇게 말하고 나서 마치 음탕한 이야기의 요점을 막 알아차린 것처럼 갑자기 키득거렸다.

"카드 하나 줄게." 헤일이 말했다. "그리고 이 《메신저》도 가져. 여기 뭐라고 쓰여 있는지 읽어 봐. 자넨 그 상금을 죄다 받을 수 있어. 10기니♦야." 그가 말했다. "자넨 이 양식을 작성해서 메신저사에 보내기만 하면 돼."

"그러니까 신문사 사람들은 당신에게 현금을 맡길 만큼 당신을 신뢰하지는 않는군." 소년이 말했다. 저쪽 일반 바에서는 릴리가 노래를 부르기 시작했다. "군중 속에서―우린 만났네―난 그이가 날 피할 거라 생각했지." "빌어먹을." 소년이 말했다. "저 여자의 입을 틀어막을 사람이 아무도 없는 거야?"

"5파운드 주겠어." 헤일이 말했다. "가진 돈이 그것뿐이라서. 그것과 기차표밖에 없어."

"당신 기차표는 쓸 일이 없을걸." 소년이 말했다.

"나는 신부 가운을 입었지, 나의 살결 그 흰빛을 닮았네."

소년이 분통을 터뜨리며 일어나서 사납게 증오감을 분출하

♦ 1기니는 21실링이다.

더니—증오의 대상은 노래였을까, 사람이었을까?—자신의 빈 잔을 바닥에 떨어뜨렸다. "이 신사가 물어 줄 거요." 소년은 바텐더에게 그렇게 말하고 나서 특실 문을 홱 열고 나갔다. 그들이 자기를 죽일 생각이라는 것을 헤일이 깨달은 건 그때였다.

"우리가 다음에 만났을 때
그녀는 오렌지꽃 화관을 썼지.
그녀의 얼굴은 전보다 더
생각에 잠긴 표정이었네."

수위는 계속 자고 있었다. 헤일은 소년이 떠난 우아한 특실에서 그 여자를 바라보았다. 그녀의 커다란 가슴이 볼품없는 얇은 여름옷 위로 붕긋 솟아 있었다. 그는 자신이 마치 일반 바 안의 삶 자체를 바라보고 있기라도 하듯이 슬프고도 절망적인 눈으로 그녀를 지켜보며 이렇게 생각했다. 여기서 도망쳐야 해. 난 도망쳐야 해. 그러나 그는 도망칠 수 없었다. 해야 할 일이 있었고, 메신저사는 일에 관해서는 엄격했다.《메신저》는 몸담고 일하기 좋은 신문이었다. 여기에 이르기까지 자신이 겪은 긴 인생 편력을 생각하자 헤일의 가슴속에 조그만 자존심의 불꽃이 피어올랐다. 길모퉁이에서 신문을 팔던 일, 판매 부수가 1만 부에 불과한 조그만 지방 신문사에서 주급 30실링을 받고 일했던 기자 생활, 그리고 셰필드에서 보낸 5년. 또 한 잔의 위스키에 일시적으로 용기가 난 그는 자기 자신에게 말했다. 폭력배들의 위협에 굴복하여 내 일을 망치게 된다는 건 절대 있을 수 없는 일이야. 내가 사람들에게 둘러싸여 있다면 그들이 무슨 짓을 할 수 있겠어? 그자들도 대낮에 여러 사람이 보는 앞에서 날 죽일 배짱은 없어. 5만의 방문객이 있는 한 나는 안전해.

"이리 오세요, 고독한 신사분." 그는 처음에는 그녀가 자기에게 말하고 있다는 것을 깨닫지 못했다. 일반 바에 있는 모든 사람들이 활짝 웃으며 자기를 향해 얼굴을 돌리고 있는 것을 보고 나서야 그 사실을 알아차렸다. 그 순간 갑자기 함께 있는 사람이라곤 잠에 빠진 수위밖에 없는 이곳에서는 폭력배들이 자기를 덮치기가 무척 쉬울 거라는 데 생각이 미쳤다. 저쪽 일반 바에 가기 위해서는 밖으로 나갈 필요가 없었다. '숙녀 전용실'을 경유하여 반원을 그리며 세 개의 문을 지나가기만 하면 되었다. "뭘 마시겠습니까?" 그가 한없이 감사한 마음으로 큰 체구의 여자에게 다가가며 말했다. 내가 옆에 들러붙어 있는 것을 이 여자가 받아 준다면 난 목숨을 구할 수 있을 거야, 그는 생각했다.

"포트와인으로 할게요." 그녀가 말했다.

"포트와인 한 잔." 헤일이 주문했다.

"당신은 안 마셔요?"

"안 마셔요." 헤일이 말했다. "이미 꽤 많이 마셨거든요. 졸리면 안 돼요."

"왜 안 돼요? 휴일인데. 내가 맥주 한 잔 살게요."

"난 맥주 안 좋아해요." 그는 시계를 보았다. 1시였다. 일정표가 마음을 초조하게 했다. 예정된 모든 구역에 카드를 놓아두어야 했다. 신문사는 그런 식으로 그를 감독했다. 그가 농땡이를 부린다면 그들은 언제나 그걸 알 수 있었다. "어디 가서 뭘 좀 먹읍시다." 헤일이 그녀에게 간절한 어조로 말했다.

"이분 말 좀 들어 봐요." 그녀가 친구들에게 소리쳤다. 포트와인 냄새가 밴 화통한 웃음소리가 실내를 가득 채웠다. "너무 나간 거 아니에요? 미덥지가 않아요."

"가지 마요, 릴리." 사람들이 그녀에게 말했다. "저 친구, 위험해 보여요."

"난 미덥지가 않아요." 그녀는 그 말을 되풀이하며 부드럽고 상냥한 태도로 한쪽 눈을 찡긋 감았다.

그녀를 데리고 나가는 방법이 있다는 것을 헤일은 알았다. 예전에는 그 방법을 알았었다. 주급 30실링을 받고 일했던 시절이라면 한결 능숙하게 그녀를 다루었을 것이다. 그녀를 친구들로부터 빼돌리고 스낵바에서 둘이서 다정한 시간을 보낼 수 있게 해 줄 적당한 언사, 적당한 농담을 알고 있었을 것이다. 그러나 그는 감각을 잃어버렸다. 무슨 말을 해야 할지 몰랐다. 그저 같은 말을 되풀이할 수 있을 뿐이었다. "어디 가서 뭘 좀 먹읍시다."

"어디로 갈까요, 호라티우스♦ 선생? 올드십 호텔로?"

♦ 고대 로마의 시인.

"좋아요." 헤일이 말했다. "당신이 원한다면. 올드십에 가요."

"들었죠?" 그녀는 이 술집 안의 모든 사람들에게, 그러니까 숙녀 전용실에 있는 검은 보닛을 쓴 두 노부인과 특실에서 혼자 자고 있는 수위와 대여섯 명의 친구들 모두에게 말했다. "이 신사분이 날 올드십 호텔로 초대했답니다." 그녀가 은근히 놀리는 어투로 말했다. "내일이라면 기쁠 텐데, 오늘은 아쉽게도 더티도그에서 선약이 있네요."

헤일은 낙담하며 문을 향해 몸을 돌렸다. 소년은 아직 다른 일당들에게 알릴 시간이 없었을 거야, 그는 생각했다. 점심시간에는 안전할 터였다. 두려운 것은 점심 후에 혼자 보내야 할 시간이었다.

여자가 말했다. "어디 아파요? 아니면 무슨 일 있어요?"

그의 시선이 커다란 가슴으로 돌아갔다. 그에게 그녀는 어둠 같았다. 피신처 같고, 지식 같고, 상식 같았다. 그녀를 보는 그의 마음은 아팠다. 그러나 조그만 체구에 어둡고 냉소적인 그의 뼛속 깊은 곳에서 다시 자존심이 불쑥 고개를 내밀며 그를 놀렸다. '다시 자궁으로 돌아가서…… 네 어미가 되게 할 셈이구나…… 넌 이제 더 이상 자신의 발로 서지도 못하는구나.'

"아뇨." 그가 말했다. "안 아파요. 난 괜찮아요."

"당신 좀 이상해 보여요." 그녀가 걱정스러운 어조로 다정하게 말했다.

"난 괜찮아요." 그가 말했다. "배가 고플 뿐이에요."

"여기서 뭘 좀 드시지 그래요?" 여자가 말했다. "벨, 이분에게 햄 샌드위치를 만들어 드릴 수 있지?" 그 말에 바텐더는 그럴 수 있다고 대답했다.

"아니, 됐어요." 헤일이 말했다. "난 하던 일을 계속해야 해요."

—일을 계속해야 했다. 해안 도로를 걷다가 가능한 한 빨리 인파에 섞여 들어가, 좌우를 살피고 양 어깨 너머로 뒤쪽을 번갈아 살피며 나아가야 했다. 낯익은 얼굴은 어디에서도 보이지 않았으나 그는 마음이 놓이지 않았다. 인파에 묻히면 안전하게 몸을 숨길 수 있을 거라고 생각했지만, 지금은 그를 둘러싼 사람들이 마치 원주민이 군데군데 치명적인 복병을 배치해놓은 무성한 숲처럼 보였다. 그는 바로 앞에 있는 플란넬 셔츠를 입은 남자 너머를 볼 수 없었고, 고개를 돌리면 이번에는 진홍색 블라우스에 시야가 가로막혔다. 노부인 세 사람이 지붕 없는 마차를 타고 지나갔다. 부드럽게 달그락거리는 소리가 평화로이 멀어져 갔다. 어떤 사람들은 여전히 그렇게 살고 있었다.

헤일은 길을 건너서 해안 도로를 벗어났다. 그곳에는 사람이 적었으므로 더 빨리, 더 멀리 걸을 수 있었다. 사람들이 그랜드 호텔 테라스에 앉아 칵테일을 마시고 있었고, 빅토리아 풍을 정교하게 모방한 차일은 햇빛 속에서 리본 무늬와 꽃무늬를 아른아른 드러냈다. 분을 바른 듯한 뽀얀 피부에 구식 코

안경을 쓴 은퇴한 정치가 같은 은발의 남자는 셰리 와인을 앞에 두고 앉아서 위엄 있는 태도로 편안히 삶을 흘려보내고 있었다. 두 여자가 똑같이 밝은 황동색 머리를 하고 흰담비 외투를 입은 모습으로 앵무새처럼 머리를 서로 가까이 붙인 채 코스모폴리탄 호텔의 넓은 계단을 내려오면서 쇳소리 나는 목소리로 무슨 비밀스러운 얘기를 주고받았다. "내가 쌀쌀하게 말했지. '이봐요, 델레이 파마를 모른다면 도대체 내가 무슨 말을 할 수⋯⋯'" 그들은 매니큐어를 바른 날카로운 손톱을 서로를 향해 번뜩이며 낄낄거렸다. 5년 만에 처음으로 콜리 키버는 일정을 지키지 못하고 늦었다. 크고 유별난 코스모폴리탄 호텔 건물이 그늘을 드리운 계단 발치에서 헤일은 폭력배들이 자기네 신문을 사 보았다는 사실을 떠올렸다. 그들은 그를 찾기 위해 술집을 지키고 있을 필요가 없었다. 그가 어디에 나타날지 알고 있었던 것이다.

기마경찰이 길로 올라왔다. 손질이 잘된 아름다운 적갈색 털의 말은 마치 백만장자가 자기 자식들에게 사 준 비싼 장난감처럼 뜨거운 쇄석 도로를 우아한 걸음걸이를 뽐내며 걸었다. 사람들은 오래된 마호가니 탁자처럼 진한 윤기가 반지르르 흐르는 가죽과 말 탄 경찰관의 눈부신 은색 배지 등을 감탄하며 바라보았다. 사람들 머릿속에 그 장난감이 실제로 쓸모가 있을 거라는 생각은 전혀 들지 않았다. 경찰관이 지나가는 것을 보면서도 헤일은 아무 생각도 들지 않았다. 경찰은 그의 관심을 끌지 못했다. 한 사내가 갓돌 옆에 서서 상자에 놓인 물건들을 팔고 있었다. 사내는 몸의 한쪽이 다 없었다. 다리도 팔도 어깨도 없었다. 아름다운 말이 사내 옆을 천천히 걸어가면서 귀부인처럼 우아하게 살짝 머리를 돌려 외면했다. "구두끈 있어요." 사내가 헤일을 향해 절망스럽게 말했다. "성냥이요." 헤일은 사내의 말을 듣지 않았다. "면도날." 사내의 옆을 지나가는 헤일의 뇌리에 그 말이 단단히 박혔다. 얇은 상처와 예리한 고통에 대한 생각이 떠올랐다. 카이트가 죽은 게 그런 식이었다.

그는 길 저편 20미터쯤 떨어진 곳에 커빗이 있는 것을 보았다. 커빗은 짧게 깎은 붉은 머리에 주근깨가 인상적인 큰 체구의 남자였다. 그는 헤일을 보았으나 아무런 내색도 하지 않고 태평스럽게 빨간 우체통에 몸을 기댄 채 헤일을 지켜보았다. 그때 우체부가 우편물을 수거하러 오자 커빗은 옆으로 비켜섰다. 헤일은 커빗이 우체부와 농담을 주고받는 모습과 우체부가 웃으면서 행낭에 우편물을 집어넣는 모습을 볼 수 있었다. 그러는 동안에도 커빗은 줄곧 우체부로부터 눈길을 돌린 채 이쪽을 쳐다보며 헤일을 기다리고 있었다. 헤일은 커빗이 어떻게 할 것인지 정확히 알았다. 그는 그 패거리들을 다 알고 있었는데, 커빗은 동작이 굼뜨고 그를 친절하게 대하는 편이었다. 커빗은 자신의 팔을 헤일의 팔에 끼고서, 데려가고 싶은 곳으로 헤일을 끌고 갈 것이다.

그러나 필사적인 자존심, 지성인이라는 자존심이 집요하게 남아 있었다. 그는 극도로 겁이 났지만 "난 죽지 않을 거야"

라고 속으로 중얼거리기도 하고, "나는 신문 1면을 장식할 위인이 못 돼"라고 공허한 농담을 지껄이기도 했다. 택시를 타는 두 여자, 팰리스 잔교에서 연주하는 밴드, 연푸른 맑은 하늘에 흰 연기로 쓰인, 흐릿하게 사라져 가는 '알약'이라는 글자⋯⋯ 이것들은 현실이었다. 그러나 빨간 우체통 옆에서 그를 기다리는 붉은 머리의 커빗은 현실이 아니어야 했다. 헤일은 다시 걸음을 돌려 길을 건넜다. 그리고 빠른 걸음으로 웨스트 잔교 쪽으로 되돌아갔다. 도망치고 있는 게 아니었다. 계획이 있었던 것이다.

여자를 찾기만 하면 돼, 그는 중얼거렸다. 성령강림절을 맞이해서 자기를 낚아 줄 남자를 기다리는 여자가 수백 명은 될 것이다. 수백 명의 여자가 자기에게 술을 사 주고, 셰리 댄스홀로 가서 춤을 추고, 그런 다음에는 기분 좋게 취한 상태로 다정하게 복도식 기차를 타고 집까지 바래다줄 남자를 기다리고 있을 터였다. 자신을 지켜봐 줄 사람을 옆에 데리고 다니는 것, 그것이 가장 좋은 방법이었다. 설령 자신의 자존심이 허락한다 해도 지금 역으로 가는 것은 좋은 생각이 아니다. 그들은 틀림없이 역을 감시하고 있을 테고, 철도역에서 혼자 다니는 사람을 죽이는 것은 언제나 쉬운 일이었다. 기차 승강구로 몰려가 둘러싸거나, 개찰구의 어지러운 군중 속에서 처치하면 그만이었다. 콜레오니 일당이 카이트를 죽인 것도 역에서 일어난 일이었다. 해안 도로 아래쪽에 늘어선, 2펜스를 내고 사용하는 접의자에 여자들이 앉아 누군가가 와서 낚아 주기를

24

기다리고 있었다. 모두 남자 친구를 데려오지 않은 여자들이었다. 사무원, 점원, 미용사…… 미용사라는 것은 대담한 파마를 이제 막 하고 나온 듯한 모습에서, 그리고 손톱에 매니큐어를 예쁘게 바른 모습에서 알아낸 것이었다. 미용사들은 전날 밤늦도록 자신들의 미용실에서 기다렸다가 자정 무렵까지 서로를 치장해 주었다. 그들은 이제 햇볕 속에서 매끈한 모습을 드러낸 채 졸린 표정을 하고 있었다.

올 들어 처음으로 여름옷을 입고 나온 남자들이 둘씩 셋씩 짝을 지어 접의자 앞을 지나갔다. 그들은 보통 칼주름이 잡힌 은회색 바지와 멋진 셔츠를 입고 있었다. 그들은 여자를 낚는 일 따위에는 전혀 신경 쓰지 않는 것처럼 보였다. 그런 사람들 사이에서 꾀죄죄한 양복 차림에 스트링 타이♦를 매고 줄무늬 셔츠를 입은, 그들보다 열 살이나 더 많은 헤일이 손에 잉크를 묻힌 모습으로 걸음을 옮기면서 필사적으로 여자를 찾는 것이었다. 그는 여자들에게 담배를 권했다. 하지만 여자들은 크게 뜬 눈에 차가운 눈빛을 담아 공작 부인처럼 그를 노려보며 말했다. "고맙지만 담배는 안 피워요." 헤일은 뒤돌아보지 않고도 커빗이 20미터 뒤에서 어슬렁거리고 있다는 것을 알 수 있었다.

그 때문에 헤일의 태도는 자연스럽지 못했다. 자신의 절망감을 드러내 보이지 않을 수 없었던 것이다.. 그가 지나간 후

♦ 신발 끈처럼 생긴, 가는 줄 모양의 넥타이.

등 뒤에서 옷차림과 말투 등을 언급하며 그를 향해 웃어 대는 여자들의 웃음소리가 들려왔다. 헤일의 마음속 깊숙이 모멸감이 똬리를 틀었다. 그는 오직 자신의 직업에서만 자부심을 느꼈다. 거울에 비친 자신의 모습은 영 탐탁지 않았다. 앙상한 다리와 새가슴이 싫었다. 게다가 추레하고 무신경한 옷차림은 어떤 여자도 그에게 흥미를 느끼지 못할 거라고 생각하게 만드는 일종의 표지였다. 이제 그는 예쁜 여자, 똑똑한 여자는 단념하고 자기 같은 남자의 관심조차도 기쁘게 받아들일 못생긴 여자를 찾아서 절망스럽게 의자들을 두리번거렸다.

이 여자는 틀림없을 거야. 헤일은 그렇게 생각하며 발이 땅에 닿지도 않을 만큼 뚱뚱하고 여드름이 많이 난, 분홍색 옷을 입은 여자를 향해 게걸스러운 희망의 미소를 지었다. 그는 그녀 옆의 빈 의자에 앉아 사람들의 관심에서 밀려난 먼 바다를 응시했다. 바다는 웨스트 잔교의 말뚝을 휘감아 돌고 있었다.

"담배 피울래요?" 잠시 후 그가 물었다.

"그럴까요." 여자가 말했다. 여자의 말은 형 집행유예 선고처럼 달콤했다.

"여기, 참 좋은 곳이에요." 뚱뚱한 여자가 말했다.

"런던에서 왔어요?"

"네."

"음," 헤일이 말했다. "종일 혼자 여기 앉아 있을 생각은 아니겠죠?"

"글쎄요. 잘 모르겠어요." 여자가 말했다.

"난 뭐 좀 먹으러 갈 생각이었는데, 그럼 우리……"

"**우리**요?" 여자가 말했다. "참 넉살도 좋은 분이군요."

"어, 종일 혼자 여기 앉아 있을 생각은 아니잖아요?"

"누가 그런댔어요?" 뚱뚱한 여자가 말했다. "그렇다고 내가 당신과 함께 가겠다는 건 아니에요."

"아무튼 가서 한잔하면서 그에 대해 얘기해 봅시다."

"그것도 괜찮겠네요." 그녀는 그렇게 말하고 나서 콤팩트를 열어 분으로 여드름을 더 짙게 가렸다.

"그럼 갑시다." 헤일이 말했다.

"친구 있죠?"

"아니, 혼자예요."

"어머, 그럼 못 가요." 여자가 말했다. "그럴 수 없어요. 내 친구를 혼자 두고 갈 순 없잖아요." 헤일은 그제야 그녀 너머 저쪽 의자에 핏기 없는 창백한 여자가 귀를 쫑긋 세우고 자신의 대답을 기다리며 앉아 있다는 것을 알았다.

"그렇지만 당신은 가고 싶잖아요." 헤일이 애원하듯 말했다.

"그렇긴 하지만 난 갈 수 없어요."

"친구분은 개의치 않을 거예요. 누군가를 만나게 될 테니까."

"안 돼요. 혼자 두고 갈 순 없어요." 그녀는 생기 없는 얼굴로 무표정하게 바다를 바라보았다.

"이봐요, 우리가 가도 괜찮죠?" 헤일은 상체를 앞으로 기울이며 핏기 없는 여자에게 간청했으나, 여자는 그를 향해 귀에 거슬리는 어색한 웃음을 날릴 뿐이었다.

"애는 아는 사람이 없어요." 뚱뚱한 여자가 말했다.

"누군가를 만날 거예요."

"그럴 것 같아, 딜리아?" 생기 없는 여자가 친구의 얼굴에 바짝 고개를 기울이며 함께 의논했다. 때때로 딜리아가 꺄악 하는 새된 소리를 냈다.

"그럼 된 거죠?" 헤일이 말했다. "갈 거죠?"

"친구 한 명 어떻게 구할 수 없나요?"

"이곳엔 아는 사람이 없어요." 헤일이 말했다. "자, 갑시다. 어디든 당신이 점심을 먹고 싶은 곳으로 데리고 갈게요. 내가 원하는 것은……" 그의 입가에 비참한 웃음이 떠올랐다. "당신이 내 곁에 있어 주는 것뿐이에요."

"안 돼요." 뚱뚱한 여자가 말했다. "친구를 두고 나 혼자 갈 순 없어요."

"그럼 둘 다 함께 가요." 헤일이 말했다.

"그러면 딜리아가 재미없을 텐데요." 뚱뚱한 여자가 말했다.

그때 소년의 목소리가 그들의 대화를 중단시켰다. "여기 있었군 그래, 프레드." 헤일은 눈을 들어 열일곱 살 소년의 냉혹한 회색 눈을 쳐다보았다.

"어머," 뚱뚱한 여자가 날카로운 목소리로 말했다. "친구가 없다고 하더니."

"프레드가 하는 말은 못 믿어요." 소년이 말했다.

"이젠 제대로 어울릴 수 있겠네요." 뚱뚱한 여자가 말했다.

"얘는 내 친구 딜리아예요. 난 몰리라고 해요."

"만나서 반가워요." 소년이 말했다. "우리 어디로 가는 거야, 프레드?"

"배고파요." 뚱뚱한 여자가 말했다. "너도 배고프지, 딜리아?" 그 말에 딜리아가 몸을 꼬며 꺄악, 환호성을 질렀다.

"내가 좋은 곳을 알고 있어요." 소년이 말했다.

"거기에 아이스크림선디♦ 있어요?"

"최상의 선디가 있죠." 그가 진지하고 건조한 목소리로 안심시키듯 말했다.

"내가 먹고 싶은 게 그거예요. 선디. 딜리아는 스플릿♦♦을 가장 좋아한답니다."

"가자고, 프레드." 소년이 말했다.

헤일은 일어났다. 손이 떨리고 있었다. 소년, 면도날에 베이는 고통, 고통 속에서 피와 함께 빠져나가는 생명…… 이제 이것이 현실이었다. 반면 접의자와 파마머리, 팰리스 잔교의 커브를 달가닥거리며 야단스럽게 돌아다니는 모형 자동차들은 현실이 아니었다. 발밑의 땅이 꺼지는 듯했다. 의식을 잃으면 이들 패거리가 자신을 어디론가 데려가 버릴 거라는 생각만이 그가 기절하지 않고 버티게 해 주는 힘이었다. 그러나 그런 순간에도 평범한 자존심이, 부끄러운 꼴을 보이지 않으려는 본

♦ 설탕을 넣고 조린 과일이나 초콜릿을 얹은 아이스크림.
♦♦ 과일, 특히 바나나를 세로로 가르고 그 위에 아이스크림 등을 얹은 디저트.

능이 매우 강하게 남아 있었다. 좌절감은 공포심보다 더 강력해서 그가 두려움의 비명을 지르지 못하게 막았으며, 심지어 조용히 따라가도록 그를 부추기기까지 했다. 만약 소년이 다시 입을 열어 말하지 않았다면 그는 아마 따라갔을 것이다.

"이제 움직여 볼까, 프레드." 소년이 말했다.

"아니." 헤일이 말했다. "난 안 갈 거예요. 이봐요, 난 저 사람을 몰라요. 내 이름은 프레드가 아니에요. 저 사람은 처음 보는 사람인데, 참 넉살도 좋군요." 그러고 나서 고개를 숙이고 잽싼 걸음으로 그 자리를 벗어났다. 그는 절망감에 사로잡힌 채—이제는 시간이 없었다—계속 나아갈 수 있기만을, 밝은 햇빛 속에 있을 수 있기만을 간절히 바라며 부지런히 걸음을 놀렸다. 그렇게 한참을 걸었을 때 해안 도로에서 멀찍이 떨어진 곳에서 와인 내음이 밴 목소리로 부르는 여자의 노랫소리가 들려왔다. 여자는 신부와 꽃다발, 백합과 수의에 관한 빅토리아 시대의 발라드를 불렀다. 그는 마치 사막에서 오랫동안 길을 잃은 사람이 불빛을 향해 나아가듯 그 노랫소리가 나는 쪽으로 걸어갔다.

"어머, 고독한 신사분 아니세요?" 놀랍게도 그녀는 텅텅 비어 있는 의자들 사이에 혼자 앉아 있었다. "다들 화장실에 갔답니다." 그녀가 말했다.

"앉아도 될까요?" 헤일이 물었다. 안도감으로 목소리가 갈라졌다.

"2펜스가 있으면 앉아요." 그녀가 말했다. "난 없으니까." 그녀가 웃기 시작했고, 커다란 가슴이 들썩이며 드레스를 밀어 댔다. "누가 내 가방을 훔쳐 갔어요. 그 안에 든 푼돈까지 몽 땅." 그는 놀란 표정으로 그녀를 쳐다보았다. "아," 그녀가 말했 다. "우스운 건 그게 아니에요. 그 안에 든 편지예요. 가방 도둑 은 톰의 편지를 다 읽어 볼 테죠. 상당히 정열적인 편지인데 말 이에요. 편지를 도둑맞았다는 얘길 들으면 톰은 펄쩍 뛸 거예 요."

"돈이 좀 필요하겠군요." 헤일이 말했다.

"아, 난 걱정하지 않아요. 누군가 친절한 사람이 10실링쯤 빌려주겠죠. 화장실에서 돌아오면 말이에요."

"그 사람들, 당신 친구인가요?" 헤일이 물었다.

"술집에서 만난 사람들이에요." 그녀가 말했다.

"그 사람들이 화장실에서 돌아올 거라고 생각해요?"

"어머, 그럼 당신이 생각하기엔……" 그녀는 큰길 쪽을 지 그시 쳐다본 다음 헤일에게 눈을 돌리며 다시 웃기 시작했다. "당신 말이 옳아요." 그녀가 말했다. "그 사람들이 제대로 나 를 가지고 놀았군요. 하지만 가방 안엔 10실링밖에 없었으니 까…… 톰의 편지하고."

"지금 나하고 점심 먹으러 갈래요?" 헤일이 말했다.

"그 술집에서 간단히 요기를 때웠어요." 그녀가 말했다. "그 사람들이 사 주었죠. 그리고 보니 10실링에서 얼마는 복구한 셈이네요."

"조금 더 먹지 그래요?"

"아니에요. 난 이제 생각 없어요." 그녀는 그렇게 말하고 나서 접의자에 몸을 깊숙이 기댔는데, 그 때문에 스커트 자락이 무릎께까지 올라가며 아름다운 다리가 드러났다. 그녀가 경박스러울 만큼 호기로운 표정을 지으며 덧붙였다. "재수 옴 붙은 날이네요." 이어 반짝이는 눈으로 눈부신 바다를 바라보며 말했다. "그렇지만 놈들은 이 세상에 태어난 걸 후회하게 될 거예요. 나는 옳다고 생각되는 일은 집요하게 물고 늘어지는 사람이니까요."

"이름이 릴리예요?" 헤일이 물었다. 이제 소년은 보이지 않았다. 어디론가 가 버렸다. 커빗도 가고 없었다. 눈이 미치는 범위 안에는 그가 알아볼 수 있는 사람은 없었다.

"그건 그 작자들이 나를 부르는 이름이고, 내 진짜 이름은 아이다예요." 그녀가 말했다. 통속화된 고대 그리스식 이름이 약간의 위엄을 되찾았다. 그녀가 말했다. "당신, 기운이 없어 보여요. 어디 가서 뭘 좀 먹어야 할 것 같아요."

"당신이 함께 가지 않으면 안 갈 거예요." 헤일이 말했다. "그냥 당신과 함께 여기 있고 싶어요."

"와, 아주 근사한 말이군요." 그녀가 말했다. "톰이 당신 말을 들었어야 하는데…… 그이는 편지는 정열적으로 쓰지만, 말을 할 땐……"

"그 사람, 당신과 결혼하고 싶어 해요?" 헤일이 물었다. 그녀에게서 비누와 와인 냄새가 났다. 아늑함과 평화로움과 나른하게 졸리는 육체의 향락, 뭔가 아기 방과 엄마를 떠올리게 하는 분위기…… 그런 것들이 술 내음이 나는 큰 입에서, 그리고 감탄스러운 가슴과 다리에서 새어 나와 헤일의 메마르고 쓰라린, 겁에 질린 작은 뇌로 스며들었다.

"그이는 **전에** 나랑 결혼했었어요." 아이다가 말했다. "그러나 그땐 자기가 운이 좋은 남자라는 걸 몰랐던 거예요. 이제 그이는 다시 내게 돌아오고 싶어 한답니다. 당신도 그이의 편지를 보았어야 하는데. 편지를 도둑맞지 않았다면 당신에게 보여 줄 텐데 말예요. 그이는 부끄러워해야 해요." 그녀는 그렇게 말하고 나서 유쾌하게 웃었다. "그런 걸 써 보내다니. 당신 같으면 생각도 못 할 내용이죠. 그런데 실은 그이도 아주 조용한 사람이었어요. 흠, 그래서 나는 사는 게 참 재미있다고 입버릇처럼 말한답니다."

"그 사람을 다시 받아 줄 건가요?" 헤일이 시큼쏩쓸함과 부러움이 깃든 그늘진 마음으로 바깥세상을 내다보며 말했다.

"안 그럴 거예요." 아이다가 말했다. "난 그이를 속속들이 알고 있어요. 그러니 설레는 마음이 생기질 않아요. 남자를 원한다면 지금은 그이보다 더 나은 사람을 얻을 수 있지요." 그녀는 뻐기는 게 아니었다. 약간 취해서 기분이 좋은 것뿐이었다. "마음만 먹는다면 돈을 보고 결혼할 수도 있어요."

"지금은 어떻게 살아요?" 헤일이 물었다.

"근근이 살아가고 있어요." 그녀는 찡긋 윙크를 하며 잔을 기울이는 시늉을 지어 보였다. "그런데 이름이 어떻게 되죠?"

"프레드." 그는 기계적으로 말했다. 그것은 우연히 알게 된 사람들에게 노상 말해 주는 이름이었다. 그는 스스로도 잘 알지 못하는 어떤 모호한 동기에서 찰스라는 본명을 숨기곤 했다. 어려서부터 그는 비밀을 사랑하고, 은신처나 어둠 따위를 좋아했다. 그러나 그가 카이트와 소년과 커빗을 비롯한 그들 패거리를 만난 곳도 어둠 속이었다.

"당신은 어떻게 살아요?" 그녀가 쾌활하게 물었다. 남자들은 언제나 얘기하기를 좋아하고, 그녀는 듣기를 좋아했다. 그래서 그녀의 마음속에는 사나이들의 경험담이 수북이 쌓여 있었다.

"내기 도박." 그가 신원을 감추고 빠져나갈 장벽을 치며 지체 없이 말했다.

"나도 내기에 돈 거는 걸 좋아해요. 그렇다면 이번 주 토요일 브라이턴의 경마에 대한 예상을 말해 줄 수 있겠네요?"

"블랙 보이." 헤일이 말했다. "4시 경주에서."

"그 말은 20 대 1인데요."

헤일은 존경스럽다는 듯이 그녀를 쳐다보았다. "받아들이든 말든, 그건 당신 몫이에요."

"아, 받아들일게요." 아이다가 말했다. "난 언제나 예상 정보를 받아들이는걸요."

"누구의 예상이든 다 받아들여요?"

"그게 내 방식이랍니다. 당신도 거기 갈 거예요?"

"아니요." 헤일이 말했다. "난 갈 수 없어요." 그는 그녀의 손목에 자신의 손을 얹었다. 이제는 더 이상 위험을 감수하지 말자는 생각이 들었다. 편집장에게 병이 났다고 말하고 사직하리라. 그리고 뭐든 할 것이다. 삶이 바로 여기에 있는데 죽음과 놀아나고 싶지는 않았다. "함께 역으로 가요." 그가 말했다. "나와 함께 런던으로 돌아가요."

"이런 날에?" 아이다가 말했다. "난 안 돌아갈래요. 런던은 그동안 실컷 보지 않았어요? 당신 좀 지쳐 보여요. 해안 도로를 따라 걸으며 바람을 쐬면 나아질 거예요. 게다가 이곳엔 보고 싶은 게 많아요. 난 수족관도 보고 싶고 검은 바위도 보고 싶다고요. 오늘은 아직 팰리스 잔교에도 가 보지 못했어요. 팰리스 잔교엔 늘 뭔가 새로운 게 있죠. 난 재미 좀 보려고 여기 왔단 말예요."

"그럼 함께 그런 것들을 하고 나서……"

"난 하루를 즐기기로 작정하면," 아이다가 말했다. "끝까지 화끈하게 즐기는 성미예요. 말했잖아요. 난 집요하게 물고 늘어지는 사람이라고."

"그래도 괜찮아요." 헤일이 말했다. "당신이 나와 함께 있어 준다면."

"좋아요. 당신은 내 가방을 훔칠 수도 없을 테니." 아이다가 말했다. "그렇지만 미리 경고하건대…… 난 씀씀이가 헤퍼요. 여기서 한 번 기웃거리고 저기서 한 번 힐끔거리는 것으론 만족하지 못해요. 난 모든 구경거리를 다 즐기고 싶으니까요."

"팰리스 잔교는 이 햇볕 속에서 걸어가기엔 너무 멀어요." 헤일이 말했다. "택시를 타는 게 좋을 겁니다." 택시 안에서 그는 곧바로 아이다에게 수작을 걸거나 하지는 않았다. 대신 큰 길에서 눈을 떼지 않은 채 궁상맞게 웅숭그리고 앉아 있었다. 스치고 지나가는 환한 대낮의 풍경 속에는 소년이나 커빗이 있을 것 같은 기미가 보이지 않았다. 머뭇머뭇 몸을 돌린 그는 그녀의 큼지막하고 정겨운 젖가슴을 느끼며 자신의 입을 그녀의 입으로 가져가 혀로 포트와인의 맛을 느꼈다. 그와 동시에 백미러를 통해 낡은 1925년형 모리스 자동차가 뒤따라오는 것을 보았다. 덮개의 천은 찢어져 펄럭거리고, 펜더는 찌그러지고, 앞 유리는 금이 가고 우중충해진 낡아 빠진 차였다. 헤일은 그녀와 입을 맞춘 채 그 차를 지켜보며 그녀에게 의지하고 있는 몸을 떨었다. 이제 택시는 큰길의 가장자리를 따라 천천히 나아갔다.

"숨 좀 쉬게 해 줘요." 마침내 그녀가 그를 밀어내며 말했다. 그녀는 모자를 바로잡았다. "당신은 거칠고 강한 걸 좋아하는 군요. 당신처럼 체구가 작은 남자들이⋯⋯" 그녀는 자신의 손 밑에서 그의 몸이 후들거리는 것을 느낄 수 있었고, 그래서 재빨리 통화관을 통해 운전사에게 소리쳤다. "차를 세우지 마세요. 다시 한 바퀴 돌아 주세요." 그는 열병에 걸린 사람 같았다.

"당신, 병이 났나 봐요." 그녀가 말했다. "혼자 있으면 안 돼요. 무슨 일이에요?"

이제 그는 숨길 수가 없었다. "나는 죽을 겁니다. 두려워요."

"의사한테 가 봤어요?"

"의사는 소용없어요. 의사는 아무것도 할 수 없어요."

"당신 혼자 다니면 안 되겠어요." 아이다가 말했다. "그들이 그렇게 말하던가요? 그러니까 의사들이 말예요."

"예." 그는 그렇게 말하며 다시 그녀의 입술에 입을 맞추었다. 그녀와 키스를 하고 있을 때는 백미러로 낡은 모리스가 큰 길 저편에서 털털거리며 뒤쫓아 오는 모습을 볼 수 있기 때문이었다.

그녀는 다시 그의 얼굴을 밀쳐 냈으나 두 팔은 여전히 그를 안고 있었다. "의사들이 미쳤나 봐요. 당신은 그 정도로 많이 아픈 건 아니에요. 그 정도로 아픈데도 내가 모른다면 말이 안 되죠." 그녀가 말했다. "난 그런 식으로 나약하게 구는 사람은 싫어요. 약한 마음만 먹지 않으면 세상은 재미난 곳이라고요."

"당신이 여기 있는 한 괜찮아요." 그가 말했다.

"한결 나아졌네요. 긴장 풀고 편히 쉬어요." 그녀는 창문을 내려 바람이 차 안으로 들어오게 했다. 그녀는 그의 팔에 자기 팔을 넣어 팔짱을 끼며 놀란 목소리로 부드럽게 말했다. "의사에 관해 당신이 한 얘기, 그거 농담이었던 거죠? 사실이 아니었죠?"

"그래요." 헤일이 기진맥진한 목소리로 말했다. "사실이 아니었어요."

"거봐요." 아이다가 말했다. "잠시 정말 겁이 났지 뭐예요. 당신이 이 택시 안에서 까무러쳤다면 내가 재미있어졌을 거예요. 톰에겐 신문에서 읽을거리가 생겼을 테고요. 그렇지만 많은 남자들이 나에게 그런 식으로 우스꽝스럽게 군답니다. 그들은 언제나 뭐가 잘못되었다고 얘기하려 들어요. 돈이나 마누라나 심장이 잘못되었다고 말예요. 죽을 거라고 말한 사람이 당신이 처음인 건 아니에요. 전염병 같은 게 전혀 아닌데도 그렇게 엄살을 부리죠. 생의 마지막 시간을, 그리고 기타 등등을 최대한 활용하고 싶다면서요. 내 몸집이 아주 커서 그런 일이 생기는 것 같기도 해요. 내가 자기들의 엄마 노릇을 해 줄 거라고 생각하나 봐요. 실은 나도 처음엔 거기에 속아 넘어갔죠. '의사가 나보고 한 달밖에 살지 못할 거라더군요'라고 내게 말한 남자가 있어요. 벌써 5년 전의 일이군요. 지금도 헤네키 술집에서 자주 만나는 사람이에요. 그이를 만나면 나는 늘 '유령 아저씨, 안녕'이라 말하고, 그이는 나에게 굴과 기네스 맥주를 사 주곤 한답니다."

"난 아프지 않아요." 헤일이 말했다. "겁먹을 필요 없어요." 그는 아늑하고 자연스러운 포옹에 보답하기 위해서라도 자신의 자존심을 버리지 않을 작정이었다. 그랜드 호텔이 지나가고, 졸면서 한낮의 시간을 보내고 있는 늙은 정치가도 지나가고, 메트로폴 호텔도 지나갔다. "다 왔어요." 헤일이 말했다. "내가 아프지 않다 해도 나랑 같이 있어 주겠죠?"

"물론이죠." 아이다가 말했다. 그녀는 가볍게 딸꾹질을 하며 차에서 내렸다. "난 당신이 좋아요, 프레드. 처음 본 순간 당신이 마음에 들었어요. 프레드, 당신은 괜찮은 사람이에요. 저기 무슨 일로 사람들이 모여 있는 걸까요?" 그녀가 손가락으로 어느 한 곳을 가리키며 호기심 어린 즐거운 목소리로 물었다. 그곳에는 말쑥하고 세련된 바지 차림이거나 밝은 블라우스, 맨살을 드러낸 팔, 탈색하거나 향수를 뿌린 머리 등으로 치장한 사람들이 몰려 있었다.

"시계를 사신 모든 분에게는," 그 한가운데서 한 남자가 소리치고 있었다. "시곗값의 스무 배에 해당하는 선물을 공짜로 드립니다. 단돈 1실링. 신사 숙녀 여러분, 단돈 1실링이에요. 시계를 사신 모든 분에게는……"

"시계 하나 사 줘요, 프레드." 아이다가 그를 가볍게 밀면서 말했다. "그리고 사러 가기 전에 3펜스만 줘요. 화장실에 가서 좀 씻어야겠어요." 그들은 팰리스 잔교 입구 보도에 서 있었다. 그들 주위에는 회전식 출입구를 들어가거나 나오면서 그 시계 파는 행상인을 쳐다보는 사람들로 북적였다. 모리스 자동차의 모습은 어디에서도 보이지 않았다.

"씻지 않아도 돼요, 아이다." 헤일이 간절한 어조로 말했다. "괜찮은걸요."

"씻어야 해요." 그녀가 말했다. "온통 땀투성이라고요. 여기서 기다리세요. 2분이면 돼요."

"여기선 잘 씻을 수 없을 거예요." 헤일이 말했다. "호텔로 가서 한잔하면서……"

"난 기다릴 수 없어요, 프레드. 급하다고요. 당신은 좀 느긋해질 필요가 있어요."

헤일이 말했다. "이거 10실링이에요. 생각난 김에 당신이 받아 두는 게 좋을 것 같군요."

"정말 좋은 분이에요, 프레드. 그럴 여유가 있는 거죠?"

"빨리 씻고 와요, 아이다." 헤일이 말했다. "난 여기 있을게요. 바로 여기에. 이 출입구 옆에. 오래 걸리지 않겠죠? 난 여기 있을게요." 헤일은 그 말을 반복하면서 회전식 출입구의 가로장에 손을 얹었다.

"에구," 아이다가 말했다. "누가 보면 당신이 사랑에 빠진 줄 알겠어요." 그러고 나서 그녀는 헤일의 모습을 가슴에 따뜻하게 새기면서 숙녀용 화장실로 가는 계단을 내려갔다. 바짝 물어뜯은 손톱(그녀는 아무것도 놓치지 않았다), 잉크 묻은 손가락, 그리고 그 손으로 출입구의 가로장을 붙잡고 있는 약간 꾀죄죄한 남자의 모습이었다. 저이는 좋은 남자야, 그녀는 속으로 중얼거렸다. 술집에서도 왠지 인상이 마음에 들었어. 비록 내가 좀 놀리긴 했지만 말이야. 그녀는 다시 노래를 부르기 시작했다. 이번에는 와인에 젖은 따뜻한 목소리로 부드럽게 불렀다. "어느 날 밤―골목길에서―로스차일드 경이 내게 말했네……" 한 남자를 위해 행동을 서두른 것은 참으로 오랜만이었다. 손을 씻고 분을 바르고 마무리를 하기까지 채 4분이 안 걸렸는데, 그러고 나서 성령강림절의 밝은 오후의 햇살 속으로 나왔을 때 그는 사라지고 없었다. 회전식 출입구 옆에도 없었고, 행상인 주위에 모여 있는 사람들 속에도 없었다. 혹시 그가 있는지 확인하러 사람들 사이를 헤집고 들어간 그녀는 짜증이 덕지덕지 붙은 얼굴이 벌겋게 상기되어 있는 시계 장사꾼과 마주치게 되었다. "아니, 시계 하나에다가 정확히 시곗

값의 스무 배에 해당하는 공짜 선물이 따라가는데도 1실링도 안 내겠다고요? 저는 이 시계가 1실링 이상의 가치가 있다고 말하는 게 아닙니다. 물론 외관만으로도 그만한 가치는 있지만 말이에요. 하지만 스무 배에 해당하는 공짜 선물이 함께 제공된다는 점을……" 그녀는 10실링짜리 지폐를 내고 조그만 꾸러미와 거스름돈을 받으면서 생각했다. 아마 그이도 화장실에 갔나 봐. 곧 돌아오겠지. 그녀는 회전식 출입구 옆에 자리잡고 서서 시계를 싼 조그만 봉투를 열었다. '블랙 보이.' 그녀는 거기 쓰인 글을 읽었다. '브라이턴, 4시 경주.' 이어 마음이 푸근하고 뿌듯해지는 것을 느끼며 생각했다. '그이의 예상 정보도 이거였잖아. 그이는 뭔가를 아는 사람이야.' 그녀는 참을성 있게, 즐거운 기분으로 그가 돌아오기를 기다릴 마음의 준비를 했다. 그녀는 집요하게 물고 늘어지는 사람이었다. 조금 먼 곳에 있는 거리의 시계가 1시 반을 알리는 종을 쳤다.

2

소년은 3펜스를 내고 회전식 출입구를 통과해 안으로 들어갔다. 그는 오케스트라의 연주를 기다리면서 네 줄의 접의자에 앉아 있는 사람들을 뻣뻣한 자세로 지나갔다. 뒤에서 보면, 허리 부분이 다소 헐렁한 기성복인 얇은 검정 양복을 입은 그는 실제보다 더 젊어 보였다. 그러나 얼굴을 마주하게 되면, 모든 것을 무화시키는 영원—그의 삶이 비롯되었으며, 그가 죽어 돌아갈 영원—의 색조를 띤 잿빛 눈 때문인지 그는 실제보다 더 나이 들어 보였다. 오케스트라가 연주를 시작했다. 그에게 음악은 배 속의 움직임인 것 같았다. 바이올린이 창자 속에서 울부짖었다. 그는 오른쪽에도 왼쪽에도 눈길을 주지 않고 똑바로 걸어 나갔다.

'쾌락의 궁전' 안에서 그는 요지경을 지나고 슬롯머신을 지나고 고리 던지기 하는 곳을 지나 실내 사격장으로 갔다. 선반에 늘어선 인형들이 성당 납골당의 성모상처럼 순진무구한 유리 눈으로 내려다보고 있었다. 소년은 고개를 들어 쳐다보았다. 밤색 곱슬머리, 푸른 눈, 색칠한 뺨…… 그 인형들을 보며 생각했다. '은총이 가득하신 마리아님…… 저희 죽을 때에 저희 죄인을 위하여 빌어 주소서.'♦ "여섯 발 줘." 그가 말했다.

"오, 누군가 했더니 자네로군." 사격장 주인이 불편하고 싫은 표정으로 그를 흘겨보며 말했다.

"그래, 나야." 소년이 말했다. "지금 몇 시야, 빌?"

"몇 시냐고? 무슨 뜻으로 묻는 거지? 홀에 시계가 있잖아?"

"저 시계는 2시 15분 전이잖아. 벌써 그렇게 시간이 된 것 같지 않아서 묻는 거야."

"저 시계는 항상 맞아." 주인이 말했다. 그는 손에 피스톨을 들고 가게 끝으로 걸어왔다. "저 시계는 항상 정확해. 저 시계 앞에선 어떤 가짜 알리바이도 통하지 않지. 2시 15분 전, 그게 정확한 현재 시간이야."

"알았어, 빌." 소년이 말했다. "2시 15분 전. 난 그냥 알고 싶었을 뿐이야. 그 피스톨 줘." 그는 피스톨을 치켜들었다. 뼈가 두드러져 보이는 소년의 젊은 손은 바위처럼 확고했다. 여섯 발 모두 과녁을 맞혔다. "상품을 땄군 그래." 소년이 말했다.

"알았으니 염병할 상품 챙겨 줄게." 빌이 말했다. "그리고 후딱 나가 줘. 뭘 원하나? 초콜릿?"

"난 초콜릿 안 먹어." 소년이 말했다.

♦ 성모송 기도문의 앞부분과 끝부분.

"플레이어스 한 갑?"

"담배도 안 피워."

"그럼 인형이나 유리 꽃병을 받아 가는 수밖에 없어."

"인형으로 줘." 소년이 말했다. "저거 줘. 저기 있는 갈색 머리 인형."

"가족이라도 생긴 거야?" 주인이 물었으나 소년은 대답하지 않고 뻣뻣한 걸음걸이로 그곳을 나가 다른 가게들을 지나쳐 걸어갔다. 손가락에서 화약 냄새가 나는 손은 성모 마리아 인형의 머리카락을 움켜쥐고 있었다. 바닷물이 잔교의 끝에 있는 말뚝을 휘감아 돌았다. 그곳의 바닷물은 뒤엉켜 너풀거리는 해초 때문에 짙은 암녹색을 띠고 있었다. 소금기를 머금은 짭짤한 바닷바람이 그의 입술에 스며들었다. 그는 찻집 테라스로 이어진 사다리를 오른 다음 주위를 둘러보았다. 빈자리가 거의 없었다. 유리로 치장한 건물 안으로 들어선 그는 빙 돌아서 서향으로 지어진 길고 좁은 찻집으로 들어갔다. 찻집은 천천히 물러가는 조수의 15미터 위에 자리 잡고 있었다. 빈 탁자가 하나 있었다. 그는 실내의 모든 곳을 볼 수 있으며 바다 저편의 흐릿한 큰길까지 보이는 자리에 앉았다.

"이따 시킬게." 그가 주문을 받으러 온 여자아이에게 말했다. "올 친구들이 있으니까." 창문이 열려 있어서 잔교에 부딪치는 나직한 파도 소리와 오케스트라 음악 소리를 들을 수 있었다. 해안 쪽으로 부는 바람에 실려 들려오는 그 소리들은 가냘프고 구슬펐다. 그가 말했다. "이 친구들이 늦네. 지금 몇 시지?" 그는 무심코 손가락으로 인형의 머리카락을 잡아당겨 갈색 털실을 뽑았다.

"거의 2시 10분 전이네요." 여자아이가 말했다.

"이 잔교에 있는 시계들은 죄다 빠르군."

"어머, 아니에요." 여자아이가 말했다. "런던 시간과 똑같은 걸요."

"이 인형 가져." 소년이 말했다. "나에겐 소용없으니까. 실내 사격장에서 딴 거야. 나에겐 소용없어."

"정말 가져도 돼요?" 여자아이가 말했다.

"그럼. 가지고 가. 네 방 높은 곳에 놓아두고 기도나 드리렴." 소년은 여자아이에게 인형을 던지며 조바심이 나는 기색으로 문 쪽을 바라보았다. 그는 자신의 몸을 엄격히 통제했다. 그가 신경이 곤두서 있다는 것을 보여 주는 유일한 징후는 보조개가 있을 법한 자리의 뺨에서 보드라운 솜털의 미세한 움직임과 함께 일어나는 가벼운 씰룩거림뿐이었다. 커빗이 나타나고, 커빗과 함께 댈로가 나타나자 그의 씰룩거림이 더 심해졌다. 댈로는 부러진 코뼈와 짐승처럼 단순한 표정이 눈에 띄는 건장한 근육질 사내였다.

"어땠어?" 소년이 물었다.

"잘됐어." 커빗이 대답했다.

"스파이서는 어딨어?"

"오고 있어." 댈로가 말했다. "손 씻으려고 화장실에 들렀을 뿐이야."

"곧장 왔어야지." 소년이 말했다. "너희들 늦었어. 정확히 2시 15분 전이라고 내가 말했잖아."

"너무 그러지 마." 커빗이 말했다. "자네는 곧장 이리로 오기만 하면 됐지만 우린 그게 아니잖아."

"나도 정리할 일이 있었어." 소년이 말했다. 그는 손짓으로 웨이트리스를 불렀다.

"피시앤드칩스 넷하고 차 한 주전자. 한 사람 더 올 거야."

"스파이서는 피시앤드칩스 싫어할 거야." 댈로가 말했다. "식욕이 없대."

"식욕이 있는 게 좋을 거야." 소년이 말했다. 그리고 나서 손으로 턱을 괴고 스파이서가 창백한 얼굴로 찻집 안으로 걸어 들어오는 것을 지켜보았다. 그는 찻집 아래 잔교의 말뚝에 부딪치는 파도 같은 분노가 창자 속에서 끓어오르는 것을 느꼈다. "2시 5분 전이야." 그가 말했다. "그렇지? 2시 5분 전이지?" 그가 웨이트리스에게 소리쳤다.

"생각보다 오래 걸렸어." 검은 눈에 창백하고 여드름이 많이 난 얼굴을 한 스파이서가 의자에 털썩 주저앉으며 말했다. 그는 여자아이가 그 앞에 차려 놓은 바삭바삭하게 구워진 누런 생선 조각을 메스꺼운 표정으로 바라보았다. "난 배고프지 않아." 스파이서가 말했다. "이거 못 먹어. 날 뭘로 생각하는 거지?" 그들 세 사람 모두 생선을 입에 대지 않은 채―나이를 가늠할 수 없는 눈동자 앞에 앉은 아이들처럼―소년을 쳐다보았다.

소년은 자신의 감자칩에 안초비 소스를 부었다. "먹자고." 그가 말했다. "어서 먹어." 댈로가 갑자기 히죽 웃었다. "자네도 식욕이 없으면서." 그는 그렇게 말하고 나서 생선을 입에 쑤셔 넣었다. 그들은 모두 나직이 얘기했다. 그들의 말은 접시 소리와 사람들의 목소리와 끊임없이 밀려드는 바닷소리가 뒤섞인 소음에 묻혀 주위 사람들에게는 들리지 않았다. 뒤따라 커빗도 생선을 깨작거렸다. 스파이서만 먹으려 하지 않았다. 머리가 허옇게 센 그는 뱃멀미가 난다는 듯이 고집스럽게 앉아만 있었다.

"술 한 잔 사 줘, 핑키." 스파이서가 부탁했다. "난 이걸 삼킬 수가 없어."

"넌 술 마시면 안 돼. 오늘은." 소년이 말했다. "자, 어서 그걸 먹어."

스파이서는 생선을 약간 떼어 입으로 가져갔다. "이걸 먹으면 토할 것 같아."

"그럼 토해 버려." 소년이 말했다. "토하고 싶으면 토해 버리란 말야. 넌 토할 배짱도 없잖아." 그러고 나서 댈로에게 말했다. "일은 잘됐어?"

"멋들어지게 처리했지." 댈로가 말했다. "나랑 커빗이 해치웠어. 카드는 스파이서에게 주었고."

"카드는 이상 없이 잘 놓아두었겠지?" 소년이 말했다.

"물론이야." 스파이서가 대답했다.

"큰길을 따라서 쭉 뿌려 두었나?"

"물론 잘 뿌려 두었어. 난 자네가 왜 카드 문제에 그처럼 유난을 떠는지 모르겠어."

"넌 모르는 게 너무 많아. 그게 알리바이잖아. 안 그래?" 소년은 생선을 먹으면서 소리 죽여 소곤거렸다. "그렇게 해야 그 자가 일정표대로 움직였다는 게 입증되는 거야. 그렇게 해야 그자가 2시 이후에 죽은 게 되는 거란 말이야." 그가 다시 목소리를 높였다. "들어 봐. 저 소리 들리지?"

먼 곳에 있는 거리의 시계에서 종을 두 번 치는 희미한 소리가 들려왔다.

"그 친구가 벌써 발견됐으면 어떡하지?" 스파이서가 말했다.

"그렇다면 우리가 너무 재수가 없는 거지." 소년이 말했다.

"그 친구와 같이 있던 여자는 어떡하지?"

"그 여자는 무시해도 돼." 소년이 말했다. "난잡한 여자일 뿐이야. 그자가 그 여자한테 반 파운드♦를 주더군. 돈을 건네는 걸 내가 봤지."

"자넨 정말 치밀하군." 댈로가 감탄하며 말했다. 그는 자신의 찻잔에 홍차를 따르고 각설탕을 다섯 개나 넣었다.

"내가 직접 하는 일은 치밀하게 하지." 소년이 말했다. "카드를 어디어디에 놓아두었나?" 그가 스파이서에게 물었다.

"한 장은 스노 식당에 두었어." 스파이서가 말했다.

♦ 10실링.

"스노 식당? 그게 무슨 소리야?"

"그 친구도 점심은 먹었어야 하잖아. 안 그래?" 스파이서가 말했다. "신문에도 그렇게 나와 있었다고. 자네가 나한테 신문에 나온 곳을 그대로 따라가라고 했잖아. 그 친구가 점심을 먹지 않았다면 이상해 보이지 않겠어? 게다가 그 친구는 점심을 먹는 식당에 늘 카드를 한 장 놓아둔단 말이야."

"만약 웨이트리스가 네 얼굴이 콜리 키버의 얼굴과는 다르다는 것을 알았는데 네가 떠난 뒤 곧바로 카드를 발견했다면, 그게 더 이상해 보이겠지." 소년이 말했다. "스노 식당의 어디에 카드를 놓아두었어?"

"식탁보 밑에." 스파이서가 말했다. "그 친구가 늘 하던 대로 한 거야. 내 뒤로도 손님들이 그 자리에 여럿 다녀갔겠지. 웨이트리스는 그 사람이 아니었다는 걸 모를 거라고. 밤에 식탁보를 걷어 내기 전엔 카드를 찾지도 못할 테고. 어쩌면 다른 웨이트리스가 찾게 될지도 모르지."

"그곳으로 돌아가서 카드를 이리 가져와." 소년이 명령했다. "일을 운에 맡기진 않을 거야."

"난 거기 안 갈 거야." 스파이서의 목소리는 소곤거림 이상으로 커졌고, 다시 한번 세 사람 모두 침묵 속에서 소년을 응시했다.

"커빗, 네가 가." 소년이 말했다. "스파이서가 다시 가지 않는 게 좋을지도 모르겠다."

"난 싫어." 커빗이 말했다. "그들이 이미 카드를 찾았는데 내가 가서 그걸 찾는 모습을 본다고 생각해 봐. 그러니 그냥 운에 맡기고 내버려 두는 게 좋을 것 같아." 그는 목소리를 낮춘 채 힘주어 말했다.

"자연스럽게 말해." 소년이 말했다. "평소처럼 자연스럽게." 그때 웨이트리스가 탁자로 돌아왔다.

"더 필요한 것 있어요?" 그녀가 물었다.

"응." 소년이 말했다. "아이스크림 하나 줘."

"맙소사, 핑키." 여자아이가 돌아가자 댈로가 항의했다. "우린 아이스크림 따위는 안 먹어. 우린 계집애들이 아니란 말이야, 핑키."

"댈로, 아이스크림이 싫거든," 소년이 말했다. "스노 식당에 가서 그 카드를 가져와. 넌 배짱이 있잖아? 안 그래?"

"그 일은 다 끝났다고 생각했어." 댈로가 말했다. "난 할 만큼 했어. 그래, 난 배짱이 있는 놈이야. 그건 자네도 알 거야. 하지만 아까는 정말 와락 겁이 나더군…… 저기, 만약 그자가 생각보다 일찍 발견되었다고 한다면 스노 식당에 들어가는 것은 미친 짓이나 다름없어."

"크게 말하지 마." 소년이 말했다. "아무도 안 가겠다면 내가 갈게. 난 겁나지 않아. 다만 너희 같은 얼간이들과 함께 일하는 게 종종 넌더리가 날 뿐이야. 가끔 혼자 일하는 게 더 낫겠다는 생각이 들어." 오후의 시간이 바다를 가로질러 흘렀다. 그는 말했다. "카이트는 괜찮았어. 하지만 카이트는 죽고 없단 말이야. 어느 탁자에 앉았어?" 그가 스파이서에게 물었다.

"입구 바로 안쪽, 문 오른쪽에. 1인용 탁자. 탁자 위에 꽃이 있어."

"무슨 꽃?"

"무슨 꽃인지는 몰라." 스파이서가 말했다. "노란 꽃이었어."

"가지 마, 핑키." 댈로가 만류했다. "그냥 내버려 두는 게 나아. 무슨 일이 일어날지 모르잖아." 그러나 소년은 이미 일어서서 해안가 파도 위에 자리 잡은 길고 좁은 찻집을 뻣뻣한 걸음걸이로 걸어 나가고 있었다. 그도 겁이 나 있는지의 여부는 알 수 없었다. 젊은 동시에 늙은 그의 포커페이스에서는 아무것도 읽을 수 없었다.

스노 식당은 바쁜 시간이 지났고, 그 탁자는 비어 있었다. 라디오에서는 영화에 자주 나오는, 오르간 연주자가 연주하는 따분한 음악이 윙윙거리며 흘러나왔다. 울림이 큰 **복스 후마나**[♦]가 빵 부스러기들이 지저분하게 떨어져 있는 식탁보 위를 떨면서 지나갔다. 그것은 이 세상의 감상주의자가 인생을 슬퍼하는 소리 같았다. 웨이트리스는 빈 탁자가 생길 때마다 곧장 식탁보를 걷어 내고 다기茶器들을 내려놓았다. 아무도 소년에게 주의를 기울이지 않았다. 소년이 그들을 보자 그들은 등을 돌렸다. 그는 식탁보 밑으로 손을 넣었다. 하지만 거기에는 아무것도 없었다. 갑자기 맹렬한 분노가 다시 소년의 머릿속에서 끓어올랐다. 그는 소금병을 들어서 탁자를 힘껏 내리쳤고, 그 충격으

[♦] 사람의 목소리와 비슷한 소리를 내는 오르간 음전.

로 병의 바닥에 금이 갔다. 한 웨이트리스가 잡담을 나누던 무리로부터 벗어나 그를 향해 다가왔다. 잿빛이 도는 옅은 금발에 차가운 눈매를 가진, 욕심이 많아 보이는 여자였다. "무슨 일이에요?" 그녀는 소년의 초라한 양복 차림과 어려 보이는 얼굴을 눈여겨보며 말했다.

"주문 좀 받아." 소년이 말했다.

"점심시간 지났어요."

"점심 먹으러 온 거 아니야." 소년이 말했다. "차 한 잔하고 비스킷 한 접시 줘."

"그럼 차 마시는 자리로 준비해 놓은 탁자로 가 주시겠어요?"

"싫어." 소년이 말했다. "난 이 자리가 좋아."

그녀는 못마땅한 표정으로 거만하게 다시 멀어져 갔고, 그러자 소년이 그녀의 등에 대고 소리쳤다. "차 주문 받을 거야?"

"손님 탁자를 담당하는 웨이트리스가 곧 올 거예요." 그녀는 그렇게 말하며 종업원이 드나드는 문 옆에서 잡담을 하는 무리를 향해 걸음을 옮겼다. 소년은 의자를 약간 옮겼다. 뺨의 신경이 씰룩거렸다. 그는 다시 식탁보 밑으로 손을 넣었다. 그것은 조그만 동작이었지만, 만약 지켜보는 사람이 있다면 교수형으로 이어질 수도 있는 행동이었다. 그러나 식탁보 밑에서 만져지는 것은 없었다. 그는 화가 치미는 것을 느끼며 스파이서에 대해 생각했다. 녀석이 또다시 일을 꼬이게 만들겠군.

우리에겐 녀석이 없는 게 더 낫겠어.

"차를 마시겠다고 했어요?" 소년은 식탁보 밑에 손을 넣은 채 그 목소리의 주인공을 날카롭게 쏘아보았다. 자신의 발소리도 두려운 듯이 살금살금 다니는 그런 유형의 여자로군, 그는 생각했다. 자기보다 더 어린, 창백하고 마른 소녀였다.

그가 말했다. "이미 주문했는데."

그녀가 과도하게 미안해하며 변명했다. "지금까지 무척 바빴어요. 그리고 난 오늘 여기 처음 나왔거든요. 이제 겨우 한숨 돌리는 중이었어요. 뭐 잃어버린 거 있나요?"

그는 위태로워 보이는, 감정이 실리지 않은 눈으로 그녀를 쳐다보며 손을 뺐다. 뺨이 다시 씰룩거렸다. 인생의 행로에서 우리의 발을 걸어 넘어뜨리는 것은 작고 사소한 것들이다. 그는 식탁보 밑에 손을 넣은 것에 대한 핑곗거리를 하나도 생각해 낼 수 없었다. 그녀가 도와주고 싶어 하는 태도로 말을 이었다. "차를 마시도록 준비하려면 어차피 식탁보를 다시 갈아야 해요. 그러니 뭘 잃어버렸다면……" 그녀는 지체하지 않고 탁자에서 후추, 소금, 겨자, 포크와 나이프, 오케이 소스,♦ 그리고 노란 꽃을 치웠다. 그런 다음 식탁보의 네 귀퉁이를 한데 모으더니 빵 부스러기를 비롯한 음식물 찌꺼기가 묻어 있는 상태 그대로 단번에 식탁보를 탁자에서 들어 올렸다.

"아무것도 없는데요." 그녀가 말했다. 그는 알몸을 드러낸

♦ 브라운소스의 상품명.

탁자의 표면을 바라보았다. "난 아무것도 잃어버리지 않았어." 그가 말했다. 그녀는 차를 준비하기 위해 새 식탁보를 깔았다. 그녀가 그에게 말을 건 것은 그에게서 뭔가 호감이 가는 점을 발견했기 때문인 것 같았다. 어쩌면 뭔가 공통적인 점—젊음과 초라함, 그리고 깔끔한 카페에서 어떻게 행동해야 할지 잘 모르는 일종의 무지—을 발견했기 때문인지도 몰랐다. 그녀는 이미 뭔가를 더듬어 찾던 그의 손을 잊은 듯했다. 그렇지만 만약 나중에 사람들이 그녀에게 물어본다면, 그때는 기억해 내지 않을까? 그는 그 점이 마음에 걸렸다. 그는 그녀의 조용함, 창백함, 남의 기분을 맞춰 주고 싶어 하는 욕구를 경멸했다. 이 여자 역시 관찰력과 기억력이 있지 않을까……? "내가 여기서 바로 10분 전에 뭘 발견했는지 손님은 짐작도 못 할 거예요." 그녀가 말했다. "식탁보를 갈면서 말이에요."

"당신이 항상 식탁보를 갈아?" 소년이 물었다.

"그렇지는 않아요." 그녀가 차 마시는 데 필요한 기물들을 내려놓으며 말했다. "그런데 한 손님이 술을 엎질러 놓아서 그 식탁보를 내가 갈았는데, 그때 콜리 키버의 카드 한 장이 거기에 있는 거였어요. 찾은 사람에게 10실링을 주는 카드 말이에요. 정말 깜짝 놀랐답니다." 기분이 좋아진 그녀는 쟁반 든 손을 일부러 굼뜨게 움직이며 말했다. "그런데 다른 종업원들은 그걸 좋아하지 않아요. 난 이곳에서 오늘 처음 일하는 것이거든요. 종업원들은 내가 그 사람에게 요구해서 상을 받지 않은 걸 가지고 나더러 바보라고 해요."

"왜 요구해서 상을 받지 않았어?"

"그런 생각이 들지 않았으니까요. 그 사람은 신문에 나온 사진과는 영 딴판이었거든요."

"카드가 아침 내내 거기 있었는지도 모르겠군."

"아니에요. 그렇지 않아요." 그녀가 말했다. "그럴 리 없어요. 그 사람이 이 탁자에 앉은 첫 손님이었어요."

"암튼," 소년이 말했다. "그거야 어찌 됐든 상관없잖아. 당신이 카드를 가지고 있으니까."

"아, 그건 그래요. 내가 카드를 가지고 있죠. 그렇지만 그 사람이 사진과 아주 다르게 생겼기 때문에 공정하지는 않은 것 같아요. 내 말이 무슨 말인지 알죠? 난 상을 받을 수도 있었을 거예요. 그 카드를 보았을 때 문으로 뛰어갔거든요. 기다리지 않고 지체 없이."

"그래, 그 사람을 보았어?"

그녀는 고개를 저었다.

"내 생각엔," 소년이 말했다. "당신이 그 사람을 자세히 보지 않았던 것 같아. 자세히 보았다면 알아봤을 텐데."

"난 언제나 자세히 봐요." 소녀가 말했다. "손님들을 말이에요. 말했다시피 난 처음이니까요. 그래서 좀 겁이 나요. 손님이 기분 나빠할 일은 하고 싶지 않거든요. 어머." 그녀가 깜짝 놀라며 말했다. "차를 달라고 했는데 이렇게 서서 얘기를 늘어놓다니."

"괜찮아." 소년이 말했다. 그러고 나서 그녀에게 미소를 건

넸는데, 그 미소는 딱딱했다. 그는 뺨의 근육을 자연스럽게 사용할 수 없었다. "난 당신 같은 여자가 좋아……" 그 말은 잘못된 말이었다. 소년은 즉시 그걸 알아차리고 고쳐 말했다. "내 말은 다정한 여자가 좋다는 뜻이야. 여기 있는 여자들 가운데는 쌀쌀맞은 사람들이 좀 있거든."

"그네들은 내게도 쌀쌀맞게 굴어요."

"당신이 예민한 사람이라서 그래." 소년이 말했다. "나처럼." 그러고 나서 불쑥 덧붙였다. "그 신문사 사람을 다시 보면 알아보지 못하겠지? 그 사람, 여전히 이 근방을 배회하고 있을 것 같은데."

"아니에요." 그녀가 말했다. "난 알아볼 수 있어요. 나는 얼굴을 잘 기억하는 편이거든요."

소년의 뺨이 씰룩거렸다. "당신과 나는 공통점이 약간 있는 것 같아. 나중에 저녁에 한번 만나야겠는걸. 이름이 뭐지?"

"로즈."

그는 동전 하나를 탁자에 내려놓고 자리에서 일어섰다. "차는요?" 그녀가 말했다.

"얘기를 하다 보니 길어졌네. 난 2시 정각에 약속이 있어."

"어머, 미안해요." 로즈가 말했다. "얘기 그만하라고 말리지 그랬어요."

"괜찮아." 소년이 말했다. "재미있었어. 어쨌든 10분밖에 지나지 않았는데 뭘…… 여기 시계로 말이지. 저녁 몇 시에 일이 끝나지?"

"10시 반까지는 문을 닫지 않아요. 일요일을 빼고는요."

"또 보자고." 소년이 말했다. "당신과 나는 공통점이 있어."

아이다 아널드는 스트랜드가를 마구 가로지르며 걸었다. 그녀는 신호를 기다리느라 시간을 지체하고 싶지 않았고, 벨리샤 횡단보도 표지등[*]을 신뢰하지도 않았다. 버스 라디에이터가 거의 닿을 정도로 아슬아슬하게 길을 건너기도 했다. 운전사들이 브레이크를 밟으며 그녀를 노려보았고, 그러면 그녀는 그들을 향해 히죽 웃어 주곤 했다. 시계가 열한 번을 칠 무렵이면 그녀는 언제나 약간 상기된 얼굴로 헤네키 술집에 도착했다. 마치 그녀에 대한 평가를 드높여 줄 어떤 모험을 마치고 막 나타난 듯한 모습이었다. 그러나 그녀가 헤네키 술집의 첫 손님인 것은 아니었다. "안녕, 유령 아저씨" 하고 그녀가 인사하면, 와인 통 옆에 앉아 있던 검은 옷에 중산모 차림의 침울해 보이는 야윈 남자가 이렇게 말했다. "오, 그러지 마, 아이다.

---

[*] 보행자 횡단 지역임을 나타내기 위해 긴 대의 꼭대기에 단 주황색 등.

그렇게 부르지 말라고."

"당신 자신을 애도하는 건가?" 아이다가 화이트호스 위스키를 광고하는 거울 앞에서 모자를 더 나아 보이는 각도로 기울이며 물었다. 그녀는 결코 마흔 살 이상으로는 보이지 않았다.

"내 아내가 죽었어. 기네스 맥주 마실 거야, 아이다?"

"응. 기네스로 할게. 당신에게 아내가 있었는지도 몰랐는 걸."

"우린 서로에 대해 아는 게 별로 없어. 그래서 그런 거야, 아이다." 그가 말했다. "음, 난 당신이 어떻게 사는지도 모르고, 그동안 남편이 몇 명이나 있었는지도 몰라."

"에구, 톰 한 명뿐이었다니까." 아이다가 말했다.

"당신 인생에는 톰 말고도 더 있었어."

"알면서 그러는 건 또 뭐람." 아이다가 말했다.

"난 루비 와인 한 잔." 침울해 보이는 남자가 말했다. "아이다, 당신이 들어올 때 난 '우리 둘은 왜 다시 결합하면 안 되는 거지?' 하는 생각을 하고 있었어."

"당신과 톰은 늘 다시 시작하고 싶어 하는군. 그러니까 여자가 붙어 있을 때 꽉 잡았어야지."

"내가 가진 약간의 돈과 당신의 돈을……"

"난 뭔가 새로운 것으로 시작하는 걸 좋아해." 아이다가 말했다. "새로운 걸 포기하고 옛것을 택하는 일은 없을 거야."

"아무튼 당신은 마음이 친절한 사람이야, 아이다."

"그건 당신 생각일 뿐이지 뭐." 아이다가 말했다. 그녀의 혹

맥주 깊은 곳에서 '친절'이 즐거운 시간을 보내고 있는 그녀에게 약간 교활하게, 약간 경박하게 찡긋 윙크했다. "경마 해 본 적 있어?" 그녀가 물었다.

"내기 도박은 내 취향과는 거리가 멀어. 그건 바보들의 게임이야."

"바로 그거야." 아이다가 말했다. "바보들의 게임. 우린 그 게임에서 따게 될지 잃게 될지 알지 못해. 난 그게 좋은 거야." 그녀는 와인 통 너머로 야위고 창백한 남자를 바라보며 열정적으로 말했다. 그녀의 얼굴은 여느 때보다도 더 상기되어 있었다. 여느 때보다도 더 젊고 더 친절해 보였다. "블랙 보이." 그녀가 조용히 말했다.

"응? 그게 뭔데?" 유령이 화이트호스 거울에 비친 자기 얼굴을 흘끗 보며 날카롭게 말했다.

"말 이름이야." 그녀가 말했다. "아는 건 그것뿐이야. 어떤 남자가 브라이턴에서 알려 줬어. 경마장에 가면 그 사람을 만날 수도 있을 것 같은 생각이 들어. 어쩌다가 그 사람과 길이 엇갈렸거든. 난 그가 좋았어. 다음에 만나면 그가 무슨 말을 할지 모르겠지만. 게다가 난 그 사람한테 빚진 게 있어."

"바로 얼마 전에 브라이턴에서 있었던 이 콜리 키버 사건에 대해 본 거 있어?"

"죽은 채 발견됐다면서? 신문 가판대 광고에서 봤어."

"검시를 했군 그래."

"자살한 거야?"

60

"아니. 심장 문제였대. 더위에 쓰러진 거지. 그렇지만 신문사는 콜리 키버를 발견한 사람에게 상금을 주었어. 10기니를." 유령이 말했다. "시신을 발견한 데 대한 상금으로 말이야." 그는 씁쓸한 표정으로 신문을 와인 통 위에 내려놓았다. "루비 한 잔 더 줘요."

"어머." 아이다가 말했다. "저 사진이 콜리 키버를 발견한 사람 사진이야? 생쥐 같으니라고. 거길 갔었군. 그러니 돈을 돌려받을 필요도 없었겠지."

"아니야, 아니야. 저건 **그 사람**이 아니야." 유령이 말했다. "저건 콜리 키버 사진이야." 그는 종이갑에서 이쑤시개를 꺼내 이를 쑤시기 시작했다.

"아." 아이다는 심하게 한 대 얻어맞은 느낌이었다. "그렇다면 그이가 엄살을 부린 게 아니었구나." 그녀가 말했다. "**정말 아팠었구나.**" 그녀는 택시 안에서 그의 손이 심하게 떨리던 것과, 마치 그녀가 돌아오기 전에 자기는 죽게 되리라는 것을 알고 있는 사람처럼 그녀에게 자기 곁을 떠나지 말아 달라고 간절하게 부탁하던 일을 떠올렸다. 그러나 그는 법석을 떨지 않았다. "그이는 신사였어." 그녀가 조용히 말했다. 자신이 등을 돌리자마자 그는 회전식 출입구 옆 그 자리에서 쓰러졌고, 그녀는 그 사실을 모른 채 계단을 내려가 숙녀 화장실로 간 게 틀림없었다. 지금 이곳 헤네키 술집에서 그녀의 가슴에 눈물이 날 것 같은 느낌이 차올랐다. 그녀는 화장실 세면대로 내려가는 반들반들한 하얀 계단들을, 마치 그 계단들이 느리게 진행되는 비극의 단계인 것처럼 마음속으로 헤아려 보았다.

"하긴 뭐," 유령이 우울하게 말했다. "우리 모두 결국에는 죽 잖아."

"그렇긴 하지." 아이다가 말했다. "그렇지만 내가 죽고 싶 지 않은 것만큼이나 그이도 죽기 싫었을 거야." 그녀는 신문을 읽기 시작했고, 그와 거의 동시에 소리쳤다. "아니, 무엇 때문 에 그 더위 속에서 그렇게나 멀리 걸어간 거지?" 그는 회전식 출입구 옆에서 쓰러진 게 아니었다. 둘이서 택시를 타고 왔던 그 먼 길을 걸어서 돌아간 것이었다. 그리고 쉼터에 앉은 채 로⋯⋯

"할 일이 있었으니까."

"나에게 일 얘기는 전혀 하지 않았어. 그이는 이렇게 말했 어. '난 여기 있을게요. 이 출입구 옆, 바로 여기에 있을게요.' 이 렇게 말했다고. '빨리 씻고 와요, 아이다. 난 바로 여기 있을게 요.'" 기억나는 대로 그 사람의 말을 되풀이하는 동안 그녀의 마음속에서 나중에, 한두 시간 후 상황이 정연하게 이해되었 을 때, 그의 죽음을 슬퍼하면서 조금 울고 싶어질 거라는 생각 이 들었다. 그 겁에 질려 있던 야윈 몸매의 열정적인 사내의 죽 음을 슬퍼하면서 말이다.

"어," 그녀가 말했다. "이건 또 무슨 말이지? 여길 좀 읽어 봐."

"뭔데 그래?" 남자가 말했다.

"이 잡것들이⋯⋯ 이것들은 무엇 때문에 나서서 이런 거짓

말을 했을까?"

"어떤 거짓말? 기네스 한 잔 더 해. 그런 일에 수선을 떨 필요는 없잖아."

"내가 수선을 떤다 해도 상관없어." 아이다가 말했다. 그녀는 맥주를 길게 한 모금 들이켜고 나서 다시 신문으로 눈을 돌렸다. 그녀는 육감이 강한 여자였고, 지금 그녀의 육감은 뭔가 이상한 점이 있다고, 뭔가 수상쩍은 냄새가 난다고 그녀에게 말했다. "그이가 함께 데리고 가려고 꼬드겼던 이 여자들이 말하길," 그녀가 말했다. "한 남자가 와서 그를 '프레드'라고 불렀는데, 그는 자기는 프레드가 아니며 그 남자는 모르는 사람이라고 했다는 거야."

"그게 어쨌다는 거야? 이봐, 아이다. 우리 영화 보러 갈까?"

"그렇지만 그이는 **프레드**였어. 나에게 자기는 프레드라고 했단 말이야."

"그 사람은 찰스야. 거기 나와 있잖아. 찰스 헤일이라고."

"그건 중요하지 않아." 아이다가 말했다. "남자들은 언제나 모르는 사람에게 사용하는 다른 이름을 가지고 있으니까. 당신도 나에게 본명이 클래런스라고 말하진 못하잖아. 그리고 남자들은 만나는 여자마다 각각 다른 이름을 사용하진 않아. 그러면 혼동이 생기니까. 당신이 늘 클래런스라는 이름을 고수하듯이 말이야. 남자들에 관해 내가 모르는 건 별로 많지 않을 거야."

"그렇다 해도 그건 아무 의미가 없어. 거길 읽어 보면 알 거야. 그 여자들은 그저 우연히 그 얘길 했을 뿐이라고. 그 말에 주의를 기울인 사람은 단 한 명도 없었어."

그녀가 슬픈 어조로 말했다. "정말 이 일에 조금이라도 주의를 기울인 사람이 전혀 없었네. 여길 읽어 봐. 그이에겐 야단스레 애도해 줄 친척이 한 명도 없었대. '검시관은 참석한 고인의 친척이 있는지 물었고, 경찰 측 증인은 자신들이 조사하여 알아낸 바에 따르면 미들즈브러에 거주하는 육촌 친척 한 명을 제외하고는 친척이 전혀 없다고 진술했다.' 무척 외로운 사람이었던 것 같아." 그녀가 말했다. "의문점에 대해 질문할 사람이 그곳에 아무도 없었다니."

"난 외로움이 어떤 것인지 알아, 아이다." 침울한 남자가 말했다. "혼자가 된 지 한 달이나 됐어."

그녀는 남자의 말을 무시했다. 지금 그녀는 성령강림절 월요일의 브라이턴으로 되돌아가, 자신이 거기서 그를 기다리는 동안 해안 도로를 따라 호브까지 걸어가면서 죽어 갔을 그에 대한 생각에 잠겼다. 틀림없이 그는 죽어 가고 있었을 것이다. 그 생각에서 비롯된 값싼 드라마 같은 상황과 연민이 그를 향한 그녀의 마음을 아프게 흔들었다. 그녀는 서민적인 사람이었다. 영화관에서 〈데이비드 코퍼필드〉'를 보면서 울고, 술에 취하면 어머니가 알고 있던 온갖 옛날 발라드가 저절로 흥얼거려지고, '비극'이라는 말을 들으면 가슴이 아파 오는 소박한

♦ 찰스 디킨스(1812~1870)의 동명 소설을 영화로 만든 작품.

마음의 소유자였다. "미들즈브러의 육촌 친척은 변호인이 대신했다." 그녀가 말했다. "이게 무슨 뜻이지?"

"내 생각에 이 콜리 키버라는 사람이 유언을 남기지 않았다면 그에게 있는 모든 돈은 그 육촌이 물려받게 된다는 뜻인 것 같아. 육촌 친척은 생명 보험 문제 때문에 자살 얘기가 나오는 걸 달가워하지 않을 거야."

"그 사람은 아무런 질문도 하지 않았어."

"질문할 필요가 없었던 거야. 그가 자살했을 거라는 얘기를 꺼낸 사람이 없었으니까."

"자살했을지도 몰라." 아이다가 말했다. "그이의 행동에 뭔가 이상한 점이 있었어. 나라면 몇 가지 질문을 던졌을 텐데."

"무슨 질문을? 빤한 사건이잖아."

플러스 포스♦에 줄무늬 넥타이 차림의 남자가 바가 있는 곳으로 다가왔다. "안녕, 아이다." 그가 큰 소리로 인사했다.

"안녕, 해리." 그녀가 슬픈 목소리로 답하며 신문을 응시했다.

"한 잔 할래요?"

"마시고 있어요. 고마워요."

"쭈욱 들이켜고 나서 한 잔 더 해요."

"아니에요, 고맙지만 이제 그만할래요." 그녀가 말했다. "내가 그 자리에 있었다면……"

♦ 무릎 아래를 밴드로 조인 골프용 바지.

"그 자리에 있었다 해도 무슨 소용이 있었겠어?" 침울한 남자가 말했다.

"몇 가지 질문을 할 수 있었겠지."

"질문, 질문." 그가 짜증스럽다는 듯이 말했다. "당신은 계속 질문 얘기를 하는군 그래. 그렇지만 난 무슨 질문을 하겠다는 건지 당최 모르겠어."

"그이는 왜 자기는 프레드가 아니라고 했느냐는 거."

"그 사람은 프레드가 아니었으니까. 찰스였으니까."

"자연스럽지가 않아." 그 일에 관해 생각하면 할수록 자기가 그 자리에 있었더라면, 하는 생각이 커져 갔다. 사인 규명의 자리에서 아무도 관심을 갖지 않았던 것, 육촌 친척이 미들즈브러에서 오지 않은 것, 그의 변호인이 아무런 질문도 하지 않은 것, 프레드가 몸담았던 신문이 그에 대한 기사에 반 단의 지면밖에 할애하지 않은 것 등을 생각하면 심장이 저려 오는 것만 같았다. 신문 1면에는 다른 사진이 실려 있었다. 새로운 콜리 키버의 사진이었는데, 내일은 본머스에 갈 거라고 했다. 일주일은 기다릴 수도 있었을 텐데, 그녀는 생각했다. 그게 고인에 대한 예의지.

"난 그들에게 왜 그이가 나를 그렇게 남겨 두고 따가운 햇볕이 내리쬐는 해안 도로를 허둥지둥 걸어갔는지 물어보고 싶었을 거야."

"그 사람은 할 일이 있었던 거야. 그 카드들을 적당한 곳에 놓아두어야 했잖아."

"그럼 왜 나한테는 기다리겠다고 말했을까?"

"그거야," 침울한 남자가 말했다. "그 사람한테 물어봐야지."

그 말을 듣고 보니 죽은 그이가 마치 그녀의 말에 대답하려고 애쓰는 것만 같은 느낌이 들었다. 어떤 알 수 없는 고통 속에서 그 자신의 상형문자로 그녀의 말에 대답하고자 애를 쓰고 있는 것만 같았다. 유령이 그러하듯이 그녀의 신경 속에서 얘기하는 듯한 느낌이 들었다. 아이다는 유령의 존재를 믿었다.

"만약 그이가 말할 수 있다면 그이는 할 말이 아주 많을 거야." 아이다가 말했다. 그녀는 다시 신문을 집어 들어 천천히 읽었다. "그이는 끝까지 자신의 임무를 수행했어." 그녀가 부드러운 목소리로 말했다. 그녀는 할 일을 성실히 해내는 사람을 좋아했다. 거기에는 일종의 생명력이 있기 때문이었다. 그는 해안 도로를 계속 걸어가면서 군데군데 카드를 놓아두었다. 그 카드들은 신문사로 되돌아왔다. 보트 밑에서, 쓰레기통에서, 어린아이의 장난감 통에서 발견되어 신문사로 돌아온 것이었다. '클래펌에 사는 한 간부 직원으로 알려진 앨프리드 제퍼슨 씨'가 그를 발견했을 때 그에게 남은 카드는 몇 장 되지 않았다. "설령 자살했다 해도," 그녀가 말했다(그녀는 고인을 변호하는 유일한 변호인이었다). "그이는 자신의 일을 우선시한 사람이야."

"그렇지만 그 사람은 자살하지 않았어." 클래런스가 말했다. "읽어 보기만 해도 알 수 있잖아. 그들은 부검을 했고, 자연사라고 발표했단 말이야."

"그게 참 이상해." 아이다가 말했다. "그이는 식당으로 가서 카드 한 장을 놓아두었어. 그이가 배가 고팠다는 건 나도 알고 있었지. 자꾸 뭘 먹으러 가자고 했으니까. 그렇지만 도대체 왜 그렇게 혼자 빠져나가서 날 기다리게 했을까? 이해가 안 가는 일이야."

"당신에 대한 생각이 바뀌었나 보지, 아이다."

"그렇게 생각하고 싶진 않아." 아이다가 말했다. "내가 보기 엔 아무래도 이상해. 내가 거기 있었어야 하는데. 몇 가지 질문 을 던졌어야 하는 건데."

"당신하고 나하고 영화관에 가는 건 어때, 아이다?"

"영화 볼 기분이 아니야." 아이다가 말했다. "친구를 잃어버 리는 것은 자주 있는 일이 아니잖아. 당신도 아내가 바로 얼마 전에 죽었으니 영화 볼 기분이 아니어야 하고."

"아내는 세상을 뜬 지 이제 한 달 됐어." 클래런스가 말했다. "언제까지나 슬퍼만 하고 있을 수는 없는 거야."

"한 달은 그리 오랜 기간이 아니잖아." 아이다는 언짢은 어 조로 말하고 나서 신문에서 읽은 내용에 대해 곰곰이 생각해 보았다. 그이가 죽은 지 하루밖에 되지 않았는데도 그이에 대 해 생각하는 사람은 나 말고는 아무도 없나 보구나, 그녀는 생 각했다. 그이를 생각하는 사람이 그이가 함께 술 마시고 껴안 아 보려고 접근한 여자에 불과한 나 혼자뿐이라고 생각하니, 또다시 값싼 연민이 자신의 인정 많고 서민적인 마음을 건드 렸다. 그에게 미들즈브러에 사는 육촌 친척 외에 다른 친척들이 있었더라면, 죽음 뒤에 이어진 그의 상황이 그토록 외롭지만 않았더라면, 그녀는 다른 생각 따위는 하지 않았을 것이다. 하지만 그녀는 뭔가 수상쩍은 냄새가 코로 스미는 것을 느꼈다. 비록 그녀가 딱 꼬집어 낼 수 있는 것은 '프레드'라는 이름 말고는 아무것도 없었지만 말이다. 그마저도 사람들은 다들 똑같이 이렇게 말할 터였다. "그는 프레드가 아니었어. 신문에 분명히 나와 있잖아. 찰스 헤일이라고."

"당신이 나서서 그 일에 수선을 피울 필요는 없잖아, 아이다. 그건 당신이 참견할 일이 아니야."

"내 일이 아니라는 건 나도 알아." 아이다가 말했다. 하지만 그렇게 말한다면 그 누구의 일도 아니지, 그녀는 마음속으로 그렇게 중얼거렸다. 그녀 말고는 의문점에 대해 질문을 던질 사람이 아무도 없었다. 바로 그게 문제였다. 그녀는 죽은 남편을 본 적이 있다는 어떤 여자를 알고 있었다. 여자의 남편이 라디오 옆에 서서 다이얼을 맞추려고 애쓰더라는 것이었다. 여자가 남편이 원하는 대로 다이얼을 돌려 주자 남편은 사라졌고, 곧바로 미들랜드 지역 방송국의 아나운서가 말하는 소리가 라디오에서 흘러나왔다. '영국 해협♦의 강풍 경보'를 알리는 소식이었다. 여자는 일요일에 칼레로 여행을 떠날 생각을 하고 있었던 것이다. 그게 요점이었다. 그것은 유령에 대한 얘기라고 해서 비웃을 수만은 없다는 점을 보여 주었다. 만약 프

♦ 영국과 프랑스 사이에 있는 좁은 해협.

레드가 누군가에게 무슨 말인가를 하고 싶어 한다면 그이가 찾아갈 사람은 미들즈브러의 육촌 친척이 아닐 것이라고 그녀는 생각했다. 나를 찾아오지 않을 것도 없지 않은가? 그이는 그녀를 거기서 기다리게 했고, 그녀는 거의 30분 동안이나 기다리지 않았던가. 그이는 왜 그랬는지 그 이유를 그녀에게 말해 주고 싶어 할지도 모른다. "그이는 신사였어." 그녀는 소리 내어 말한 다음, 단호히 결심한 표정으로 모자를 비스듬히 고쳐 쓰고 머리를 매만지고 나서 와인 통에서 일어났다. "나는 가 봐야겠어." 그녀가 말했다. "안녕, 클래런스."

"어딜 가려고? 당신이 그렇게 서두르는 모습은 처음이야, 아이다." 그는 무척 언짢아하며 기네스 맥주 너머로 투덜거렸다.

아이다는 신문에 손가락을 얹었다. "누군가는 거기 있어야 해." 그녀가 말했다. "육촌 친척은 오지 않는다 해도 말이지."

"그 사람은 누가 자기를 땅에 묻는지 따위에는 관심이 없을 걸."

"그건 누구도 모르는 일이야." 아이다가 말했다. 그녀는 라디오 옆에 서 있었다는 유령을 떠올렸다. "아무튼 그렇게 경의를 표하는 거지. 게다가…… 난 장례식을 좋아해."

그러나 꽃이 흐드러지게 피어 있는, 그가 살던 화창한 새 교외 지역에서는 시신을 땅에 묻지 않았다. 그곳에서는 비위생적인 매장이 허락되지 않았던 것이다. 스톡홀름 시청사의 벽돌 건물을 닮은 벽돌 탑 두 개와 학교의 전쟁 기념관처럼 벽에 작은 명판들이 가득 붙어 있는 회랑, 그리고 어떤 종교적 신조에도 조용히 편리하게 적응할 수 있을 것 같은 단조롭고 썰렁하고 세속적인 장례실이 하나 있을 뿐이었다. 묘지도 없고 밀랍 꽃도 없었다. 보잘것없는 잼 단지에 담긴 시들어 가는 야생화라도 있을 법하건만 그조차도 없었다. 아이다는 늦게 도착했다. 장례실이 프레드의 친구들로 가득 차 있을지도 모른다는 생각에 잠시 문밖에서 망설이는 동안 그녀는 누군가 〈내셔널 프로그램〉*을 틀어 놓은 줄 알았다. 그녀는 세련되었으나 감정이 실리지 않은 그 목소리를 익히 알고 있었다. 그러나 그녀가 문을 열었을 때 기계가 아닌 사람이 검은 수단**을 입고 서서 '천국'이라는 말을 하고 있었다. 그곳에는 집주인 아주머니처럼 보이는 사람과 밖에 유모차를 세워 놓은 하녀와 참을성 없이 속닥거리는 두 남자 말고는 아무도 없었다.

"옛 중세 시대의 지옥을 불신해야," 사제가 말을 계속했다. "천국에 대해 믿을 자격이 있는 것은 아닙니다. 우리는 믿습니다." 사제는 그렇게 말하고 나서 윤이 나는 매끄러운 미끄럼대와 그 끄트머리에 위치한 새로운 예술 양식의 문 쪽으로 재빨리 시선을 던졌다. 관은 그 문을 통과하여 불꽃 속으로 들어갈 터였다. "우리는 우리의 이 형제가 이미 신과 하나가 되어 있다는 것을 믿습니다." 그는 작은 버터 덩어리에 상표를 찍듯이 자

♦ 제2차 세계대전이 발발하기 전에 있었던 BBC 라디오 방송 중 하나로, 지역이 아닌 전국을 단위로 했던 방송이다.
♦♦ 성직자가 제의 밑에 받쳐 입거나 평상복으로 입는 긴 옷.

신의 말에 그 자신의 개인적인 마크를 찍었다. "고인은 신과의 일체감을 얻었습니다. 우리는 고인이 지금 하나가 되어 있는 그 신이 어떤 신인지 알지 못합니다. 우리는 유리 같은 바다나 황금 왕관에 대한 옛 중세 시대의 믿음은 가지고 있지 않습니다. 진리는 아름다움이고, 진리를 사랑하는 세대인 우리는 우리의 형제가 지금 이 순간 보편적인 영靈으로 되돌아갔다는 확신 속에서 더 많은 아름다움을 볼 수 있는 겁니다." 그가 조그만 버저를 누르자 새로운 예술 양식의 문이 열리면서 불꽃이 펄럭거렸고, 관이 부드럽게 미끄러지며 불의 바다 속으로 들어갔다. 문이 닫혔다. 유모는 일어나서 출입문을 향해 걸어갔고, 사제는 마치 940번째 토끼를 순탄하게 꺼내 보인 마술사 같은 표정으로 미끄럼대 뒤에서 점잖게 미소 짓고 있었다.

다 끝났다. 아이다는 캘리포니아양귀비 향이 나는 손수건에 어렵사리 마지막 눈물 한 방울을 짜냈다. 그녀는 장례식을 좋아했다. 그러나 그것은 다른 사람들이 유령 이야기를 좋아하는 것과 마찬가지로 두려워하면서 좋아하는 식이었다. 그녀에게 죽음은 충격적인 것이고, 삶은 너무나 중요한 것이었다. 그녀는 종교적인 사람이 아니었다. 천국이나 지옥을 믿지 않았다. 그녀가 믿는 것은 유령, 위저보드,◆ 톡톡 두드리는 소리가 나는 탁자, 구슬프게 꽃 이야기를 하는 작고 서툰 목소리 같은 것들뿐이었다. 죽음을 가볍게 취급하는 것은 가톨릭 신자들에

◆ 심령술에서 쓰는 점패판.

게나 해당될 터이다. 어쩌면 그들에게 삶이란 것은 삶 뒤에 오는 것만큼 중요하지 않을지도 모른다. 그러나 그녀에게 죽음은 모든 것의 끝이었다. 신과 하나가 되는 것— 그것은 햇볕 따스한 날의 기네스 맥주 한 잔에 비하면 아무 의미도 없는 것이었다. 그녀는 유령의 존재를 믿었지만, 그렇다고 그 가늘고 투명한 존재를 불멸의 존재로 부를 수도 없는 노릇이었다. 널빤지가 삐걱거리는 소리, 심령 연구 본부의 유리장 안에 든 엑토플라즘,♦ 언젠가 교령회交靈會에서 들은 적이 있는 "위쪽 세계에서는 모든 것이 아주 아름다워. 어디에나 꽃이 있어"라고 하던 목소리…… 그런 것들을 불멸이라 할 수는 없었다.

꽃이라. 아이다는 코웃음을 치며 생각했다. 그건 생명이라 할 수 없어. 생명이란 황동 침대 기둥에 내려앉은 햇빛, 루비 포트와인, 내가 응원한 승산이 없어 보이던 말이 결승점을 통과하고 깃발이 힘차게 올라갈 때의 벅찬 심장 박동 같은 것이지. 생명이란 엔진이 요란스럽게 진동하며 달리는 택시 안에서 가엾은 프레드가 내 입술에 입을 맞추는 것이야. 천상에는 꽃이 있다는 얘기나 하게 하는 거라면 죽는 의미가 어디 있어? 프레드는 꽃 같은 것은 원치 않았다. 그이가 원한 것은…… 그 생각을 하자 헤네키 술집에서 느꼈던 달착지근한 비애감이 다시 돌아왔다. 그녀는 생명이란 것을 몹시 소중히 여겼다. 자기가 믿는 유일한 것인 그 생명을 지키기 위해서라

♦ 심령 현상에서, 영매의 몸에서 나온다고 하는 가상의 물질.

면 그 누구에게 얼마나 많은 불행을 끼치더라도 기꺼이 그렇게 할 준비가 되어 있었다. 그녀는 애인을 잃는 것—'실연의 아픔'—은 '언제나 회복되기 마련'이라고 말하곤 했으며, 불구가 되든 장님이 되든 '살아 있기만 하다면 다행스러운 것'이라고 사람들에게 얘기하곤 했다. 헤네키 술집에서 웃고 있을 때든 장례식이나 결혼식에서 울고 있을 때든 그녀의 낙천주의에는 뭔가 위험하고 무정한 것이 배어 있었다.

그녀는 화장장에서 나왔다. 머리 위로 솟은 쌍둥이 탑에서 프레드의 마지막 흔적이 피어올랐다. 그것은 화장로에서 나는 한 줄기 가느다란 회색 연기였다. 꽃이 핀 교외 지역의 길을 오가는 사람들이 고개를 들어 그 연기를 바라보았다. 그날은 화장터로서는 바쁜 날이었다. 프레드는 알아볼 수 없는 회색 재가 되어 분홍색 꽃들 위로 떨어져 내렸다. 그는 런던 하늘의 매연물질의 일부가 되었고, 아이다는 눈물을 흘렸다.

그러나 눈에서 눈물이 흐르는 동안 그녀의 결심은 커져 갔다. 결심은 그녀를 다시 익숙한 지역으로—자주 가는 술집과 네온사인과 호화로운 쇼를 하는 극장이 있는 지역으로—데려다줄 전차 정류장까지 가는 동안 내내 커져 갔다. 인간은 자신이 사는 장소에 의해 만들어지는 법이다. 따라서 아이다의 마음은 옥상의 네온사인 광고처럼 단순하게, 규칙적으로 작동했다. 항상 기울어져 있는 술잔, 항상 돌아가는 바퀴, 끊임없이 명멸하는 '잇몸을 위해 프램스 치약을 쓰시나요?'라는 단순한 질문 광고처럼 말이다. 나라는 사람은 톰에게도, 기만적인 구석이 있는 헤네키 술집의 유령 클래런스에게도, 해리에게도 똑같이 그렇게 해 주었을 거야, 그녀는 생각했다. 질문을 던지는 것, 검시 현장에서 질문을 하고 교령회에서 질문을 하는 것— 그것은 남을 위해 해 줄 수 있는 최소한의 것이었다. 누군가가 프레드를 불행하게 만들었으니 이번에는 그 누군가가 불행에 처하게 될 차례였다. 눈에는 눈. 신을 믿는다면 신에게 복수를 맡길 수 있을 테지만, 그러나 그녀는 신을, 보편적인 영을 신뢰하지 않았다. 복수는 아이다의 몫이었다. 보상이 아이다의 몫인 것처럼 말이다. 택시 안에서의 부드럽고도 끈끈한 입맞춤과 영화관에서의 따뜻하게 맞잡은 손이 유일한 보상이긴 했지만. 아무튼 복수와 보상은 둘 다 재미있는 것이었다.

전차는 강변을 따라 불꽃을 튀기며 흔들흔들 달렸다. 만약 프레드를 불행하게 만든 사람이 여자라면 자신의 생각을 그 여자에게 말해 주리라. 만약 프레드가 자살한 거라면 그녀는 그 사실을 밝혀낼 것이고, 신문은 그 뉴스를 실어야 할 것이다. 그러면 누군가는 타격을 받으리라. 아이다는 처음부터 시작할 것이고, 똑바로 계속 나아갈 작정이었다. 그녀는 집요하게 물고 늘어지는 성격이었다.

첫 단계는(그녀는 장례 예배가 진행되는 동안 내내 신문을 손에 쥐고 있었다) 카터앤드갤러웨이 회사의 '개인 비서로 알려진' 몰리 핑크였다.

아이다는 채링크로스역에서 나와 바람 부는 더운 날씨의 스트랜드가의 햇빛 속으로 들어섰다. 햇빛이 자동차에 반사되어 반짝거렸다. 스탠리기번스[*] 건물의 상층에 있는 어떤 방에서는 회색 콧수염을 에드워드 시대풍으로 길게 기른 한 남자가 창가에 앉아 확대경으로 우표를 들여다보고 있었다. 맥주 통을 실은 커다란 짐마차가 덜컹거리며 지나갔고, 트래펄가 광장의 분수가 내뿜는 물줄기는 시원하고 투명한 꽃을 피워 냈다가 이내 칙칙하고 거무스름한 물받이 통 속으로 떨어져 내렸다. 돈이 좀 들겠어. 아이다는 다시 한번 중얼거렸다. 진실을 알고자 하면 으레 돈이 들게 마련이지. 그녀는 속으로 계산을 하면서 세인트마틴스 길을 천천히 걸어갔다. 그러는 동안에도 우울한 기분과 굳은 결심이 지배하는 그녀의 심장은 '이건 흥미로워, 이건 재미있어, 이게 삶이야'라는 후렴에 맞추어 줄곧 빠르게 고동쳤다. 세븐다이얼스 술집의 문 앞에서 꽉 끼는 말쑥한 양복에 학생용 넥타이를 맨 흑인들이 서성거리고 있었다. 그중 한 명을 알아본 아이다가 가벼운 인사를 건넸다. "조, 요즘 어떻게 지내요?" 큼지막한 하얀 이가 밝은 줄무늬 셔츠 위의 어둠 속에서 한 줄로 늘어선 전등불처럼 빛났다. "잘 지내요, 아이다. 잘 지내요."

"건초열은?"

"안 좋아요, 아이다. 안 좋아요."

"잘 있어요, 조."

◆ 영국의 우표 거래 상사.

"잘 가요, 아이다."

그레이스 인 법학원의 가장자리에 자리 잡은 높은 건물 꼭대기 층에 위치한 카터앤드갤러웨이 회사까지 걸어가는 데는 15분이 걸렸다. 그녀는 돈을 절약해야 했다. 그래서 버스를 타려고도 하지 않았다. 먼지투성이의 낡은 건물에 도착해서 보니 그곳에는 승강기도 없었다. 긴 돌계단이 아이다를 지치게 했다. 그녀에게 오늘은 힘든 날이었고, 역에서 빵을 하나 먹은 것 말고는 아무것도 먹지 못했다. 그녀는 계단을 오르다 말고 창턱에 앉아 구두를 벗었다. 발이 화끈거렸다. 발가락을 꼼지락거렸다. 한 노신사가 계단을 내려왔다. 긴 콧수염의 노인이 경박하게 곁눈질을 했다. 체크무늬 외투에 노란색 조끼, 회색 중산모 차림의 노신사가 모자를 벗었다. "힘드신가 보구려, 부인?" 그가 약간 흐릿한 작은 눈으로 아이다를 응시하며 물었다. "도와드릴까?"

"난 남에게 발가락을 긁어 달라고 하진 않아요." 아이다가 말했다.

"하하." 노신사가 말했다. "재밌는 분이구려. 마음에 들었소. 올라가요, 내려가요?"

"올라가요. 꼭대기 층까지."

"카터앤드갤러웨이로군. 좋은 회사지. 그 사람들한테 내가 보냈다고 얘기하구려."

"영감님 이름이 어떻게 되는데요?"

"모인. 찰리 모인. 전에 여기서 당신을 본 적이 있는데."

"그런 적 없어요."

"다른 곳이었나 보구려. 난 멋진 몸매의 여자는 절대 잊지 않는다오. 모인이 보내서 왔다고 얘기해요. 그러면 특별히 잘해 줄 거니까."

"이곳엔 왜 승강기가 없어요?"

"구식 사람들이라서 그렇다오. 나도 구식이지만. 엡섬♦에서 당신을 봤나 보군 그래."

"그랬을 수는 있어요."

"난 스포츠를 좋아하는 여자는 언제나 알아본다오. 내가 가지고 나온 5파운드를 거지들한테 몽땅 뜯기지만 않았다면 저 길모퉁이를 돌면 나오는 술집에서 샴페인이나 함께 마시자고 할 텐데. 거기 가서 한잔하고 싶었지. 그런데 집엘 먼저 가야 할 형편이 되었구려. 그러는 동안 술 생각이 시들해져 버리겠지. 이봐요, 내게 은혜를 베풀 순 없겠소? 2파운드만. 찰리 모인에게." 충혈된 눈이 희망 없이, 약간 초연하고 무심하게 그녀를 쳐다보았다. 노인의 심장이 팔딱팔딱 뛰었고, 그에 따라 노란 조끼의 단추도 들락날락 움직였다.

"여깄어요." 아이다가 말했다. "1파운드예요. 이제 가 보세요."

"정말 친절한 분이구려. 명함을 줘요. 오늘 밤 안으로 수표를 보낼 테니."

♦ 영국 서리주의 도시. 엡섬다운스 경마장이 있다.

"난 명함 없어요." 아이다가 말했다.

"나도 명함을 안 가지고 나왔는데. 신경 쓰지 마시구려. 난 찰리 모인이오. 카터앤드갤러웨이를 통해 연락하면 돼요. 이곳 사람들은 다 나를 아니까."

"괜찮아요." 아이다가 말했다. "또 봐요. 난 이제 올라가야 돼요."

"내 팔을 잡아요." 노인이 그녀가 일어나는 것을 도와주었다. "모인이 보내서 왔다고 말하구려. 특별히 잘해 줄 거요." 그녀는 계단이 꺾이는 곳에서 뒤를 돌아보았다. 노인은 1파운드 지폐를 조끼에 넣은 다음, 끝부분이 애연가의 손가락처럼 아직 누런 금빛을 띠고 있는 콧수염을 매만지고 중산모를 비스듬히 기울여 썼다. 불쌍한 영감, 돈을 얻을 거라고는 전혀 기대하지 않았을 거야. 아이다는 그런 생각을 하면서, 점잔을 빼보지만 늙어서 맥이 빠진 모습으로 계단을 내려가는 노인을 지켜보았다.

맨 위층에는 문이 두 개뿐이었다. 그녀는 '안내'라고 쓰인 문을 열었고, 거기에는 몰리 핑크임이 분명해 보이는 여자가 있었다. 청소 도구를 넣어 두는 벽장 이상으로 커 보이지 않는 작은 방에서 그녀는 가스풍로 옆에 앉아 사탕을 빨고 있었다. 아이다가 들어섰을 때 주전자에서 쉬익 하는 물 끓는 소리가 났다. 뚱뚱하고 여드름이 많이 난 얼굴이 말 한 마디 없이 아이다를 노려보았다.

"실례합니다." 아이다가 말을 건넸다.

"두 분 사장님은 외출하셨어요."

"당신을 보러 왔어요."

입이 약간 벌어지더니 사탕이 혀 위에서 움직였다. 주전자에서 휘파람 소리가 났다.

"저를요?"

"예." 아이다가 말했다. "조심해요. 주전자 물이 끓어 넘치겠어요. 당신이 몰리 핑크죠?"

"차 한잔 하실래요?" 방은 바닥에서 천장까지 서류철이 쌓여 있었다. 몇 년 동안 닦지 않고 내버려 둔 먼지 쌓인 조그만 창을 통해 같은 형태의 창문들이 달린 맞은편 건물이 보였는데, 그 모습이 마치 먼지 낀 이 건물을 거울처럼 비추고 있는 것만 같았다. 죽은 파리 한 마리가 찢어진 거미줄에 걸려 있었다.

"난 차를 좋아하지 않아요." 아이다가 말했다.

"다행이네요. 잔이 하나밖에 없는데." 몰리가 주둥이 부분이 이가 빠진 두툼한 갈색 찻주전자에 물을 부으며 말했다.

"모인이라는 친구처럼 지내는 사람이 있는데……" 아이다가 말을 꺼냈다.

"아, 그 사람!" 몰리가 말했다. "바로 조금 전에 여기서 나가라고 내쫓았어요. 『여성과 아름다움』이라는 책이 타자기 위에 펼쳐져 있었고, 몰리의 시선은 계속 그 책으로 돌아갔다.

"나가라고 내쫓아요?"

"네, 내쫓았어요. 그 사람은 사장님을 만나러 온 거예요. 알랑거리며 꼬드기려고요."

"그래서 사장님을 만났어요?"

"사장님은 외출 중이에요. 사탕 하나 드실래요?"

"사탕은 몸매 관리에 안 좋아요." 아이다가 말했다.

"난 다른 방식으로 그걸 만회하지요. 아침을 안 먹는 걸로요."

아이다는 몰리의 머리 너머로 서류철에 붙인 라벨을 볼 수 있었다. '머드레인 1-6번지 임대차.' '밸럼 지구 웨이니지 사유지 임대차.' '……임대차.' 그들은 과시하듯 뽐내는 소유권, 재산권 등등의 권리에 둘러싸여 있었다.

"내가 여기 온 이유는," 아이다가 말했다. "당신이 내 친구를 만났기 때문이에요."

"앉으세요." 몰리가 말했다. "그게 고객용 의자예요. 고객을 접대해야 할 때가 있으니까요. 모인 씨가 친구라고요?"

"모인 말고. 혜일이라는 사람."

"난 더 이상 그 일에 엮이고 싶지 않아요. 우리 두 분 사장님이 어땠는지 당신이 봤어야 해요. 불같이 화를 냈죠. 나는 하루 휴가를 내서 조사에 응해야 했어요. 그 때문에 다음 날은 늦게까지 몇 시간 더 일해야 했고요."

"난 그저 무슨 일이 일어났는지 듣고 싶을 뿐이에요."

"무슨 일이 일어났냐고요? 두 분 사장님은 일단 화가 나면 엄청 무서워요."

"난 프레드…… 혜일에 관해서 얘기한 거예요."

"난 사실 그 사람에 대해 잘 몰라요."

"조사받을 때 당신이 얘기한, 그때 나타났다는 그 남자는……"

"남자라고 부르기도 어색할 정도였어요. 꽤 어려 보였으니까요. 그 아이는 헤일 씨를 알고 있더군요."

"하지만 신문에는……"

"아, 헤일 씨는 자기는 그 아이를 모른다고 말했어요. 난 다른 얘기 하지 않았다고요. 그 사람들은 별로 묻지도 않았고요. 다만 헤일 씨 태도에 이상한 점은 없었는지 묻더군요. 글쎄요, 이상하다고 할 만한 점은 없었어요. 그저 뭔가를 두려워하는 모습이었을 뿐이에요. 그런 사람은 여기에도 많잖아요."

"그런데 그 사람들한테 그 얘긴 하지 않았죠?"

"별 얘기 아니잖아요. 난 즉시 그게 어떤 상황인지 알아차린 걸요. 헤일 씨는 그 아이한테 빚진 돈이 있었던 거예요. 흔히 있는 일이잖아요. 찰리 모인도 그렇고요."

"두려워하는 모습이었단 말이에요? 가엾은 프레드."

"'난 프레드가 아니에요' 하고 무척 날카롭게 말했죠. 그러나 나는 알 수 있었어요. 내 친구도 알았고요."

"그 아이는 어떻게 생겼죠?"

"오, 그냥 아이였어요."

"키가 컸어요?"

"그렇게 큰 키는 아니었어요."

"금발?"

"금발도 아니었어요."

"나이는 어느 정도로 보이던가요?"

"음, 내 나이 정도."

"그게 몇 살인데요?"

"열여덟요." 몰리는 사탕을 빨면서 타자기와 김이 나는 주전자 너머로 반항적인 눈길을 던졌다.

"그 아이가 돈을 달라고 했나요?"

"돈을 달라고 할 틈도 없었어요."

"그 밖에 달리 눈에 띈 점은 없었나요?"

"그 사람은 내가 자기와 함께 가 주기를 무척이나 간절하게 바랐지요. 그렇지만 난 그럴 수 없었어요. 친구 혼자 거기에 두고 갈 순 없잖아요."

"고마워요." 아이다가 말했다. "도움이 됐어요."

"당신은 여자 탐정?" 몰리가 물었다.

"아, 아니에요. 난 그 사람 친구일 뿐이에요."

분명 수상쩍은 데가 있었다. 이제 그녀는 그걸 확신했다. 그녀는 택시 안에서 그이가 얼마나 두려워했는지 다시 머리에 떠올렸다. 그리고 늦은 오후의 햇살을 받으며 러셀 광장 뒤쪽에 있는 자신의 셋방을 향해 홀번 구역을 걸어가면서, 자기가 숙녀용 화장실로 내려가기 전에 10실링을 건네주던 그이의 모습도 다시 한번 떠올렸다. 그이는 진짜 신사였다. 어쩌면 그 돈은 그이가 가지고 있던 거의 마지막 돈이었을지도 모른다. 그런데 그 사람들이—그 소년이—그이한테 빚 독촉을 한 것이다. 아마 그이는 찰리 모인처럼 영락한 사람이었을 것이다. 그이의 얼굴에 대한 기억이 약간 흐릿해지고 있는 지금, 그녀는 그이의 모습에 찰리 모인의 이목구비를 얼마간 대입하지 않을 수 없었다. 다른 건 몰라도 적어도 충혈된 눈만큼은 그랬다. 스포츠를 좋아하는 신사, 씀씀이가 후한 신사, 진짜 신사. 임페리얼 호텔 현관에 있는 지방 담당 판매원들의 턱에는 군턱이 늘어져 있고, 햇빛은 늘어선 플라타너스 그림자를 옆으로 쓰러뜨리고, 코람가의 어느 하숙집에서는 차 마실 시간임을 알리는 종이 연거푸 울려 댔다.

심령판을 해 보겠어, 아이다는 생각했다. 그러면 알게 되겠지.

집 안으로 들어섰을 때 복도 탁자 위에 엽서가 한 장 놓여 있었다. 브라이턴 잔교 그림엽서였다. 만약 내가 미신에 사로잡힌 사람이라면, 그녀는 생각했다. 만약 내가 미신에 사로잡힌 사람이라면. 그녀는 엽서를 뒤집었다. 그것은 필 코커리에게서 온 엽서일 뿐이었다. 그녀에게 그곳으로 내려와 달라고 부탁하는 내용이었다. 해마다 그녀는 이스트본이나 헤이스팅스 같은 데서 보내온 그 같은 엽서를 받았다. 한번은 애버리스트위스에서 보낸 것을 받기도 했다. 그러나 그녀는 한 번도 가지 않았다. 필 코커리는 그녀가 용기를 북돋아 주고 싶은 사람이 아니었다. 너무 조용한 남자였다. 남자라고 부르기도 뭣한 사람이었다.

그녀는 지하실 계단을 내려가서 크로 영감을 불렀다. 심령판을 사용하기 위해서는 두 사람의 손가락이 필요했고, 그녀는 이 행위가 노인을 기쁘게 하리라는 것을 알고 있었다. "크로 영감님." 그녀가 돌계단을 내려다보며 노인을 불렀다. "크로 영감님."

"아이다, 왜?"

"그 심령판을 한번 사용해 보려고 해요."

그녀는 노인을 기다리지 않고 자신의 침실 겸 거실로 올라가 준비를 했다. 방은 동향이라서 해는 사라지고 보이지 않았다. 춥고 어둠침침했다. 아이다는 가스 불을 켜고 낡은 주홍색 벨벳 커튼을 쳐서 회색 하늘과 굴뚝 꼭대기의 통풍관을 시야에서 차단했다. 그러고 나서 받침대와 매트리스만으로 된 침대를 매만져서 고르게 편 다음, 의자 두 개를 탁자 옆으로 끌고 갔다. 유리문이 달린 찬장 속에서 그녀의 인생이 그녀를 마주 바라보고 있었다. 좋은 인생이었다. 해변에서 산 도자기, 톰의 사진, 에드거 윌리스의 소설책, 헌책방에서 구입한 네타 시렛의 작품, 악보 몇 장, 『착한 친구들』,* 어머니 사진, 또 다른 도자기, 나무와 고무로 만들어진 조립식 동물 인형 몇 개, 이 사람 저 사람이 선물로 준 장신구들, 『소렐과 아들』,** 그리고 심령판.

그녀는 심령판을 조심스럽게 꺼낸 다음 찬장을 잠갔다. 조그만 바퀴가 달린, 반들반들한 나무로 된 타원형의 납작한 판

♦ 영국 작가 존 프리스틀리(1894~1984)의 장편소설.
♦♦ 영국 작가 워윅 디핑(1877~1950)의 장편소설.

은 지하실 부엌 찬장에서 기어 나온 물건 같아 보였다. 그러나 막상 지하실에서 기어 나온 것은 그 판때기가 아니라 크로 영감이었다. 노인은 가만히 문을 노크하고 살며시 안으로 들어왔다. 머리는 허옇고 얼굴은 잿빛인 노인의 눈은 석탄 운반용 조랑말의 눈처럼 생긴 근시였는데, 그 눈이 아이다의 독서용 스탠드의 알전구 앞에서 깜박였다. 아이다는 노인을 위해 스탠드에 분홍색 망사 스카프를 씌워 빛을 흐릿하게 했다.

"이것에게 뭐 물어볼 게 생겼나, 아이다?" 크로 영감이 말했다. 노인은 겁이 나면서도 흥분이 되어 가늘게 몸을 떨었다. 아이다는 연필을 깎아서 작은 심령판의 머리 부분에 끼웠다.

"앉으세요, 크로 영감님. 오늘은 종일 뭐 하고 지냈어요?"

"27번지에서 장례식이 있었어. 인도 학생이었지."

"나도 장례식에 갔었어요. 영감님이 간 장례식은 괜찮았나요?"

"요즘 괜찮은 장례식이 어디 있나. 깃털 장식도 볼 수 없으니, 원." 아이다는 작은 심령판을 밀었다. 그러자 딱정벌레 모양의 심령판이 윤이 나는 탁자 위에서 다른 때와는 달리 옆으로 비스듬히 미끄러지며 나아갔다. "연필이 너무 길어." 크로 영감이 말했다. 노인은 꽉 붙인 두 손을 무릎 사이에 넣은 채 앉아서 몸을 숙이고 심령판을 지켜보았다. 아이다는 연필을 돌려서 뽑아 올려 조금 더 높게 조정했다. "과거야 미래야?" 크로 영감이 약간 숨을 헐떡이며 물었다.

"오늘은 넋과 접촉하고 싶어요." 아이다가 말했다.

"죽은 사람의 넋이야, 산 사람의 넋이야?" 노인이 물었다.

"죽은 사람. 오늘 오후 그 사람이 태워지는 걸 봤어요. 화장이었거든요. 자, 영감님, 손가락을 올려놓으세요."

"반지는 빼는 게 좋겠어." 크로 영감이 말했다. "금붙이는 혼령을 혼란스럽게 하니까."

아이다는 손가락에서 반지를 빼고 심령판에 손끝을 올려놓았다. 그러자 심령판이 나직이 삐걱대는 소리를 내며 풀스캡♦ 종이 위를 나아갔다. "어서요, 영감님." 그녀가 말했다.

크로 영감이 킬킬거렸다. 영감은 "이것은 말을 잘 안 들어" 하고 말하면서 자신의 앙상한 손가락을 심령판 가장자리에 올려놓았다. 손가락의 미세한 신경이 부르르 떨렸다. "뭘 물어볼 거야, 아이다?"

"여기 있나요, 프레드?"

심령판이 두 사람의 손가락 밑에서 삐걱거리며 움직여서 종이 위에 이리저리 긴 선을 그렸다. "이것은 스스로의 의지를 가지고 있어요." 아이다가 말했다.

"쉿." 크로 영감이 말했다.

심령판 뒷바퀴가 가볍게 덜거덩하더니 멈춰 섰다. "지금 봐야 할 것 같아요." 아이다가 판을 한쪽으로 밀었고, 두 사람은 연필이 그려 놓은 들쭉날쭉한 형태를 함께 들여다보았다.

"이건 Y 같아요." 아이다가 말했다.

♦ 가로 20센티미터, 세로 33센티미터 정도 크기의 대형 인쇄 종이.

"어찌 보면 N 같기도 해."

"어쨌든 뭔가 쓰여 있잖아요. 또 해 봐요." 그녀는 판 위에 손가락을 꾹 갖다 붙였다. "프레드, 당신한테 무슨 일이 일어났어요?" 그러자 판이 즉시 움직였다. 그녀의 모든 불굴의 의지가 손가락을 통해 작동했다. 이번에는 절대 의미 없는 어정쩡한 결과를 얻지 않아야 한다고 그녀는 마음을 다잡았다. 심령판 너머 크로 영감은 집중을 하느라 잿빛 얼굴을 찡그리고 있었다.

"글자를 쓰고 있어요. 진짜 글자예요." 아이다가 의기양양하게 말했다. 그녀의 손가락이 순간적으로 힘을 빼고 느슨해지자 판이 마치 누군가의 심부름을 가듯 획 미끄러지는 것을 느낄 수 있었다.

"쉿." 크로 영감이 말했다. 그러나 판은 덜거덩하며 멈췄다. 두 사람이 판을 밀어서 치우자 거기에는 한 단어가 크고 가는 글자로 또렷이 쓰여 있었다. 'SUKILL'이라는 단어였는데, 하지만 그것은 그들이 아는 말이 아니었다.

"이름 같아 보이는걸." 크로 영감이 말했다.

"뭔가 의미가 있을 거예요." 아이다가 말했다. "심령판은 언제나 뭔가 의미를 알리니까요. 우리 다시 해요." 나무 딱정벌레 같은 판이 다시 한번 빠르게 움직이며 구불구불한 자취를 그려 나갔다. 스카프 아래 전구는 발갛게 달아올랐다. 크로 영감이 이 사이로 휘파람을 불었다. "됐어요." 아이다가 심령판을 들었다. 괴발개발 길쭉하게 그려진 단어가 종이 위에 대각선으로 자리 잡고 있었다. 'FRESUICILLEYE'.

"흠." 크로 영감이 말했다. "난감하군. 이것에서 알아낼 수 있는 건 전혀 없을 것 같아, 아이다."

"그렇게 생각해요?" 아이다가 말했다. "내 눈엔 뚜렷이 보이는걸요. Fre는 프레드Fred를 줄인 말이고, Suici는 자살Suicide을 줄인 말이에요. 그리고 Eye. 그건 내가 늘 하는 말이잖아요. '눈에는 눈, 이에는 이'라고요."

"그럼 두 개의 L은 뭐지?"

"그건 아직 모르겠어요. 그렇지만 기억해 둘 거예요." 그녀는 힘과 승리감을 느끼며 의자 등받이에 등을 기댔다. "난 미신에 사로잡힌 사람은 아니지만, 이것은 무시할 수 없어요. 심령판은 알고 있죠."

"맞아. 다 알고 있지." 크로 영감이 이빨을 빨면서 말했다.

"한 번 더 할까요?" 판이 미끄러져 나아가고, 삐걱하는 소리가 나고, 그리고 갑자기 멈추었다. 이름자가 또렷이 그녀를 올려다보았다. 'PHIL'.

"이런이런." 아이다는 낯을 약간 붉혔다. "사탕 비스킷 드실래요?"

"고마워, 아이다. 고마워."

아이다는 찬장 서랍에서 비스킷 통을 꺼내 크로 영감에게 건넸다. "나쁜 놈들이 그이를 죽음으로 몰고 간 거예요." 아이다가 만족스러운 표정으로 말했다. "뭔가 수상쩍은 게 있다는건 알고 있었죠. 저 Eye를 보세요. 내가 해야 할 일을 그 글자가 말해 주고 있는 게 아니고 뭐겠어요?" 그녀의 눈이 Phil에 머물렀다. "난 그 자식들이 이 세상에 태어난 걸 후회하게 만들어 줄 거예요." 그녀는 숨을 느긋하게 한껏 들이마시며 아름답고 우아한 다리를 쭉 뻗었다. "옳고 그름." 그녀가 말했다. "난 옳고 그름을 믿어요." 그런 다음 만족과 여유가 묻어나는 한숨을 내쉬며 조금 더 깊은 곳에 있던 얘기를 꺼냈다. "흥미진진할 거예요. 재미있을 거예요. 그리고 인생의 일부가 될 거예요, 크로 영감님." 그것은 그녀로서는 최고의 찬사였다. 그 말을 하는 동안 노인은 이빨을 빨았으며, 워윅 디핑의 소설책에는 분홍색 불빛이 아른거렸다.

제 2 부

1

소년은 스파이서에게 등을 돌린 채 서서 파도치는 드넓은 검은 바다를 바라보았다. 잔교 끝에는 그들 두 사람뿐이었다. 그 시간에는, 게다가 그 날씨에는 모든 사람이 콘서트홀을 찾았다. 번개가 무시로 수평선 위에서 번쩍이고 빗방울이 후두둑 떨어졌다. "어디 있다 왔어?" 소년이 물었다.

"여기저기 돌아다녔어." 스파이서가 대답했다.

"거길 갔었어?"

"문제 될 것은 없는지, 혹시 자네가 잊어버린 것은 없는지 보려고 갔었지."

소년은 난간 너머로 몸을 기울여 수상쩍은 빗속으로 몸을 내밀며 천천히 말했다. "어디선가 읽었는데, 한번 살인을 하게 되면 다시 살인을 저질러야 하는 경우가 종종 있다더군. 뒤처리를 말끔히 하기 위해서 말이야." 그에게는 살인이라는 말도 '상자' '옷깃' '기린' 같은 말 이상의 의미를 띠지 않았다. 그가 말했다. "스파이서, 넌 거기 근처엔 가지 마."

상상력이 아직 깨어나기 전이었다. 그게 소년의 힘이었다. 그는 다른 사람의 눈으로 보거나 다른 사람의 신경으로 느끼지 못했다. 오직 음악만이, 심장을 뒤흔드는 현의 소리만이 그를 불안하게 했다. 그것은 용맹이 애초의 싱싱함을 잃어버리는 것 같고, 노화가 찾아오는 것 같고, 다른 사람의 경험이 뇌를 두드려 대는 것 같은 불안이었다. "나머지 애들은 어딨어?"

"샘스 술집에서 한잔하고 있어."

"너는 왜 안 마시고?"

"난 술 생각이 없어, 핑키. 대신 신선한 공기를 마시고 싶었지. 이 천둥소리는 어째 기분이 묘한데."

"저놈들은 저 시끄러운 소리를 그만 좀 집어치울 순 없나?" 소년이 말했다.

"자넨 샘스에 안 가?"

"할 일이 있어." 소년이 말했다.

"이제 괜찮잖아, 핑키? 안 그래? 검시 소견이 발표되었으니 이제 괜찮은 거 아냐? 아무도 질문을 하지 않았다고."

"그저 확실히 해 두고자 하는 것일 뿐이야." 소년이 말했다.

"우리 애들은 더 이상의 살인은 찬성하지 않을 거야."

"누가 살인을 할 거라고 했어?" 번쩍 번개가 치자 소년의 꽉 끼는 추레한 재킷과 목덜미의 부드러운 솜털이 드러났다. "난 데이트가 있어. 그뿐이야. 넌 말조심해야겠다, 스파이서. 겁쟁이가 된 건 아니겠지?"

"겁쟁이라니. 날 오해하고 있어, 핑키. 난 다만 또 다른 살인을 원치 않을 뿐이야. 그 검시 소견은 우리에겐 좀 충격이었어. 그게 무슨 말이지? 우리가 **분명히** 그자를 죽였잖아, 핑키?"

"우린 앞으로도 계속 조심해야 해. 그뿐이야."

"그런데 그게 무슨 말이야? 이제 부검의는 못 믿겠어. 아무튼 그같이 끝난 건 너무 좋아."

"우린 조심해야 해."

"호주머니에 든 거 뭐야, 핑키?"

"난 총은 안 가지고 다녀." 소년이 말했다. "이상한 상상을 하고 있군 그래." 멀리 떨어져 있는 거리의 시계가 밤 11시를 알리는 종을 쳤다. 그중 세 번은 해협을 가로질러 달려온 천둥소리에 묻혀 들리지 않았다. "이제 가 봐." 소년이 말했다. "이 애가 늦는군."

"면도날은 가지고 있겠지, 핑키."

"여자애를 만나는데 면도날이 무슨 필요가 있어? 이게 뭔지 알고 싶은가 본데, 이건 병이야."

"자넨 술 안 마시잖아, 핑키."

"이걸 마시고 싶은 사람은 없을 거야."

"뭔데 그래?"

"황산." 소년이 말했다. "여자애에겐 칼보다 이게 더 무섭지." 바다를 바라보고 있던 그는 참을 수 없다는 듯이 몸을 돌려 다시 짜증을 냈다. "저놈의 음악." 음악은 번개가 치는 이 더운 밤에 그의 머릿속을 흐르는 신음 소리 같았다. 그것은 그가 아는 한 슬픔에 가장 가까운 감정이었다. 마치 로즈가 콘서트홀 옆을 지나 급히 다가오고 있을 때 손가락으로 황산병을 만지면서 느낀 희미하고도 은밀한 쾌감이 그로서는 정열에 가장 가까운 감정이었듯이 말이다. "자, 어서 가." 그가 스파이서에게 말했다. "그 애가 왔어."

"이런, 늦었네요. 내내 달려왔는데도." 로즈가 말했다. "난 당신이 가 버릴……"

"난 계속 기다릴 생각이었어." 소년이 말했다.

"오늘 저녁엔 식당 일이 정말 엉망진창이었어요." 소녀가 말했다. "온갖 것들이 문제를 일으켰다니까요. 난 접시를 두 개나 깨뜨렸어요. 크림은 상했고." 그 모든 말이 단숨에 쏟아져 나왔다. "같이 있던 친구는 누구예요?" 그녀가 어둠 속을 응시하며 물었다.

"별거 아닌 사람이야." 소년이 말했다.

"내 생각엔 왠지…… 제대로 보지는 못했지만……"

"별거 아닌 사람이라니까." 소년이 같은 말을 되풀이했다.

"우리 이제 뭘 하죠?"

"음, 우선 여기서 얘길 좀 나누었으면 해." 소년이 말했다. "그러고 나서 어디로 가자고. 셰리 술집은 어때? 난 어디든 상관없어."

"셰리, 좋아요." 로즈가 말했다.

"그 카드 상금 받았어?"

"예. 오늘 아침에 받았어요."

"누가 와서 뭘 물어보지 않았어?"

"아니요. 그렇지만 그 사람이 그렇게 죽은 건 너무 안됐잖아요?"

"그 사람 사진 봤어?"

로즈가 난간으로 다가와 창백한 얼굴로 소년을 쳐다보았다. "하지만 그 사람이 아니었어요. 그게 이해가 안 돼요."

"사진 속에선 실제와 달라 보이지."

"난 얼굴은 잘 기억해요. 그런데 그 사람이 아니었어요. 그들이 속인 게 틀림없어요. 신문사 사람들은 믿을 수가 없어요."

"이리 와." 소년이 말했다. 그는 그녀를 데리고 잔교 모퉁이를 돌아서 음악 소리로부터 한결 멀어질 때까지 걸어갔다. 두 사람은 이제 수평선 위의 번개와 더 가깝게 들리는 천둥소리하고만 같이 있는 듯한 느낌이었다. "난 네가 좋아." 소년이 말했다. 그의 입가에 어색한 미소가 번졌다. "그래서 네게 경고의 말을 해 주고 싶어. 이 헤일이라는 사람, 난 그 사람에 대해 많은 얘기를 들었어. 이런저런 일에 연루되었더군."

"어떤 일?" 로즈가 나직이 물었다.

"그게 어떤 일이든 신경 쓰지 마." 소년이 말했다. "나는 단지 널 위해서 경고한 것일 뿐이야. 넌 상금도 받았잖아. 내가 너라면 그 일은 잊어버리겠어. 카드를 놓고 간 그 사람에 관한 모든 걸 잊어버릴 거야. 그 사람은 죽었으니까. 넌 돈을 받았고. 그럼 다 된 거잖아."

"당신 말대로 할게요." 로즈가 말했다.

"날 핑키라고 불러도 돼. 그러고 싶다면 말이야. 내 친구들은 날 그렇게 부르니까."

"핑키." 로즈가 수줍게 그 말을 따라 했다. 천둥이 머리 위에서 우지끈 부서졌다.

"페기 배런 얘기는 읽었겠지?"

"안 읽었어요, 핑키."

"모든 신문에 다 났는데."

"이 직업을 갖기 전에는 신문을 읽지 않았어요. 우리 집은 신문을 사 볼 형편이 못 되거든요."

"그 여자는 어떤 폭력배와 연루되었어." 소년이 말했다. "그래서 사람들이 그녀를 찾아가 이것저것 물어본 거야. 그건 위험한 일이지."

"내가 그처럼 폭력배와 연루되는 일은 없을 거예요." 로즈가 말했다.

"항상 그럴 거라고 보장할 순 없어. 어쩌다 그렇게 되는 수가 있으니까."

"그 여자는 어떻게 됐어요?" 로즈가 물었다.

"폭력배들이 얼굴을 요절내 버렸어. 그 여자는 한쪽 눈을 잃었지. 녀석들이 여자의 얼굴에 황산을 끼얹은 거야."

로즈가 숨죽이며 말했다. "황산? 황산이 뭔데요?" 그때 번개가 쳤다. 그 번갯불에 타르를 칠한 버팀목과 부서지는 파도, 그리고 그녀의 겁에 질린 창백하고 앙상한 얼굴이 드러났다.

"황산을 본 적이 없어?" 소년이 어둠 속에서 히죽 웃으며 말했다. 그러고는 그녀에게 조그만 병을 보여 주었다. "이게 황산이야." 그는 코르크 마개를 뽑은 다음 잔교의 널빤지에 황산을 약간 떨구었다. 수증기를 내뿜는 소리 같은 쉬익 하는 소리가 났다. "나무가 타고 있어." 소년이 말했다. "냄새를 맡아 봐." 그가 병을 그녀의 코 밑으로 가져갔다.

그녀는 숨이 막힌 얼굴로 그를 쳐다보았다. "핑키, **당신** 설마⋯⋯" 그 말에 소년은 "장난이었어" 하고 태연히 거짓말을 했다. "이건 황산이 아니고 그냥 술이야. 너에게 경고를 해 주고 싶어서 그런 거야. 그뿐이야. 너와 난 친구가 될 건데, 나는 피부가 타 버린 친구를 두는 걸 원치 않으니까. 너한테 뭘 물어보는 사람이 있으면 내게 알려 줘. 누구든. 알았지? 곧장 프랭크네 집에 전화해서 날 바꿔 달라고 해. 666번이야. 이건 기억할 수 있겠지." 그는 그녀의 팔을 잡고 이끌면서 고적한 잔교 끝에서 걸어 나와 불을 환하게 밝힌 콘서트홀 옆을 지나갔다. 창자 속에서 울부짖는 슬픔 같은 음악이 육지 쪽으로 흘러갔다. "핑키." 그녀가 말했다. "나는 참견하고 싶지 않아요. 난 다른 사람의 일에 참견하지 않는 성격이에요. 참견쟁이가 아니라고요. 맹세할 수 있어요."

"넌 착한 아이야." 그가 말했다.

"당신은 아는 게 엄청 많군요, 핑키." 그녀가 두려움과 감탄이 섞인 어조로 말했다. 갑자기 소년의 입술에 오케스트라가 연주하는 진부하고 낭만적인 곡—'자태는 사랑스럽고, 감촉은 황홀하고, 천국이 따로 없네'—에 대한 분노와 증오의 독기가 서렸다. "여기저기 돌아다니려면 아는 게 많아야 해." 그가 말했다. "자, 셰리로 가자고."

　일단 잔교에서 벗어나자 그들은 셰리를 향해 뛰어야 했다. 택시들이 지나가면서 물을 튀겼기 때문이다. 호브가에 줄지어 늘어선 색 전구들이 빗속에서 휘발유가 고인 웅덩이처럼 반짝거렸다. 두 사람은 셰리의 바닥에 빗물을 털었다. 로즈는 일반실로 들어가기 위해 2층까지 길게 늘어서서 기다리고 있는 줄을 보았다. "만원이에요." 그녀가 실망하며 말했다.

　"우린 댄스홀로 갈 거야." 소년이 말했다. 그는 이곳에 자주 와 본 사람처럼 무심한 태도로 3실링을 내고서 작은 탁자들 사이로 걸어갔다. 거기에는 밝은 금속 빛깔 머리에 조그만 검은 핸드백이 눈에 띄는, 춤추러 온 사람들이 앉아 있었다. 실내는 녹색, 분홍, 파랑의 색 전등 불빛으로 번쩍거렸다. 로즈가 말했다. "여긴 참 멋진 곳이네요. 여길 보니 많은 생각이 떠올라요." 로즈는 그들의 자리로 가는 동안 내내 이곳을 보자 문득 떠오른 여러 가지 것들을 큰 소리로 주워섬겼다. 불빛, 밴드가 연주하고 있는 곡, 서툴게 룸바*를 추는 사람들…… 소녀의 머릿속에는 사소한 기억들이 엄청나게 많이 보관되어 있었다. 그녀는 미래 속에서 살거나, 그렇지 않을 땐 과거 속에서 살았다. 현재에 대해서는…… 그녀는 이런저런 일로부터 도망치고 이런저런 일을 향해 달려가면서 가능한 한 빨리 현재를 통과해 버렸

───

♦ 쿠바의 민속 춤곡.

다. 그래서 그녀의 목소리는 언제나 약간 숨이 차고, 그녀의 심장은 방금 도망쳐 나온 일로 인해, 혹은 앞일에 대한 기대감으로 인해 두근거렸다. "내가 깨뜨린 접시를 얼른 앞치마 속에 숨겼더니 그 여자가 '로즈, 거기 숨긴 게 뭐야?' 하지 뭐예요." 그러다가도 그녀는 금세 순진한 눈을 크게 뜨고 깊은 감탄과 존경 어린 희망의 표정으로 다시 소년을 바라보는 것이었다.

"뭐 마시겠어?" 소년이 물었다.

그녀는 술 이름도 몰랐다. 스노 식당과 팰리스 잔교의 햇빛 속으로 나오기 전 넬슨플레이스에서 두더지처럼 지내던 때에는 그녀에게 술 한잔 사 줄 수 있을 만큼의 돈이 있는 남자애를 만난 적이 없었다. 그녀는 '맥주'라고 말할까 생각했으나, 실은 자신이 맥주를 좋아하는지의 여부를 알아낼 기회조차 갖지 못했다. 에버리스트 삼륜차에서 파는 2펜스짜리 아이스크림이 그녀가 아는 사치의 전부였다. 그녀는 눈을 크게 뜨고 대책 없이 소년을 바라보았다. 소년이 날카롭게 물었다. "뭘할 테야? 난 네가 뭘 좋아하는지 모르잖아."

"아이스크림." 그녀가 낙담한 어조로 말했다. 그를 계속 기다리게 할 수는 없었던 것이다.

"어떤 아이스크림?"

"그냥 일반 아이스크림." 그녀가 말했다. 빈민가에서 생활한 그 오랜 세월 동안 에버리스트 삼륜차 주인이 그녀에게 선택의 여지를 주었던 적은 없었다.

"바닐라?" 웨이터가 말했다. 그녀는 고개를 끄덕였다. 그녀가 늘 먹던 것이 그것인가 보다 하고 생각한 것인데, 실제로 그랬다. 다만 크기가 더 컸을 뿐이었다. 크기만 아니라면 삼륜차 옆에서 핥아 먹던, 웨이퍼에 감싸인 그 아이스크림을 먹었어도 괜찮을 것 같았다.

"넌 여리고 순한 아이야." 소년이 말했다. "몇 살이지?"

"열일곱 살." 그녀가 반항하듯이 말했다. 여자가 열일곱 살이 되기 전에는 남자는 여자와 사귈 수 없다는 법이라도 있는 듯한 말투였다.

"나도 열일곱이야." 소년이 말했다. 젊었던 적이 없는 소년의 눈이 회색빛 경멸을 담아 이제 겨우 한두 가지 것들을 배우기 시작한 소녀의 눈을 응시했다. 그가 말했다. "춤 잘 춰?" 그녀가 겸손하게 대답했다. "많이 춰 보지 못했어요."

"괜찮아." 소년이 말했다. "난 춤과는 거리가 먼 사람이야." 그는 등이 두 개인 짐승들이 천천히 움직이는 모습을 바라보았다. 쾌락, 하고 그는 생각했다. 사람들은 저걸 쾌락이라고 부르지. 그는 고독감에, 타인과의 사이에 존재하는 끔찍한 이해의 결핍에 몸이 부르르 떨리는 것을 느꼈다. 그날 저녁의 마지막 쇼를 위해 플로어가 말끔히 치워졌다. 스포트라이트가 플로어의 한 부분을 비췄다. 그곳에는 야회복을 입은 한 가수와 높이 조절이 가능한 기다란 검은색 스탠드에 꽂힌 마이크가 있었다. 마이크가 여자라도 되는 것처럼 조심스럽게 잡은 가수는 이리저리 부드럽게 마이크를 움직이면서 마이크에 구애하듯이 입술을 놀리며 노래 불렀다. 그의 나직한 속삭임이 일반실 아래에 달린 스피커를 통해 온 실내에 커다랗게 울렸다. 그것은 마치 승리를 선언하는 독재자 같고, 오랜 검열 뒤의 공식적인 뉴스 같은 소리였다. "날 죽이는군." 소년이 말했다. "저게 날 죽여." 그는 뻔뻔하기 짝이 없는 노래 가사에 항복하고 말았다.

"음악은 노래하네, 우리의 사랑을.
산책길의 찌르레기, 우리의 사랑을 노래하네.
택시가 뛰뛰빵빵,
새벽 부엉이가 부엉부엉,
지하철 열차가 우르릉,
분주한 벌이 붕붕붕,
우리의 사랑을 노래하네.

음악은 노래하네, 우리의 사랑을.
산책길의 서풍, 우리의 사랑을 노래하네.
나이팅게일의 울음소리,
우편배달부의 초인종 소리,
전기 드릴의 신음 소리,
사무실의 전화벨 소리,
우리의 사랑을 노래하네."

소년은 스포트라이트가 비추고 있는 곳을 응시했다. 음악, 사랑, 나이팅게일, 우편배달부. 이런 말들이 그의 머릿속에서 시처럼 꿈틀거렸다. 소년의 한 손은 호주머니 속의 황산병을 어루만지고, 다른 한 손은 로즈의 손목을 만지고 있었다. 비인간적인 목소리가 실내에 울려 퍼졌다. 소년은 말없이 앉아 그 소리를 들었다. 이번에는 그가 경고를 받고 있었다. 삶이 황산병을 들고 그에게 경고했다. 내가 너의 얼굴을 요절내 버릴 거야. 음악이 흐르는 가운데 삶이 그에게 그렇게 얘기했다. 소년이 자기는 절대 연루되지 않을 거라고 항의하자 음악이 즉각 대꾸했다. "항상 그럴 거라고 보장할 순 없어. 어쩌다 그렇게 되는 수가 있으니까."

"산책길의 개, 우리의 사랑을 노래하네."

사람들은 탁자 뒤에 대여섯 줄을 이룬 채 부동자세를 취한 모습으로 서 있었다(플로어에는 공간이 충분치 않아서 많은 사람을 수용할 수 없었다). 사람들은 무척 조용했다. 마치 휴전 기념일에 국왕이 헌화하고 모자를 벗을 때 국가國歌가 울리면서 군대가 돌처럼 굳어지는 상황과도 비슷했다. 그들이 귀 기울여 듣고 있는 것은 그렇고 그런 사랑, 그렇고 그런 음악, 그렇고 그런 진리였다.

"그레이시 필즈♦의 우스갯소리,

♦ 1898~1979. 영국의 가수 겸 코미디언.

악당들의 총소리,

우리의 사랑을 노래하네."

음악은 종이 갓을 씌운 여러 개의 중국식 등 아래서 울리고, 분홍빛 스포트라이트는 마이크를 풀 먹인 셔츠에 바싹 붙인 채 쥐고 있는 가수를 비추었다. "너, 사랑해 본 적 있어?" 소년이 다소 어색하게 쏘아붙이듯 물었다.

"아, 있어요." 로즈가 말했다.

소년이 갑자기 표독스럽게 말을 받았다. "그렇겠지. 넌 햇병아리야. 넌 사람들이 어떤 짓을 하는지 몰라." 그 순간 음악이 끝났고, 그는 정적 속에서 크게 웃었다. "넌 순진해." 사람들이 의자에 앉은 채 고개를 돌려 두 사람을 바라보았다. 한 여자애가 키득거렸다. 그가 손가락으로 로즈의 손목을 꼬집었다. "넌 햇병아리야." 그가 다시 말했다. 그는 공립 초등학교 시절에 얌전한 아이들에게 했던 것처럼 약간의 쾌감이 깃든 분노 속으로 자신을 몰아넣었다. "넌 아무것도 몰라." 그가 손톱으로 경멸감을 드러내며 말했다.

"그렇지 않아요." 그녀가 항의했다. "나도 아는 게 많아요."

소년이 그녀를 보고 히죽 웃었다. "아무것도 몰라." 그는 두 손톱의 끝이 거의 마주칠 정도가 될 때까지 소녀의 손목 살갗을 꼬집었다. "내가 네 남자 친구라면 좋겠지? 우리 사귈까?"

"어머." 그녀가 말했다. "좋아요." 자부심과 아픔의 눈물이 그녀의 눈시울을 얼얼하게 했다. "그렇게 하는 게 좋으면," 그녀가 말을 이었다. "계속해도 괜찮아요."

소년은 손을 놓았다. "바보같이 굴지 마. 내가 왜 그런 걸 좋아하겠어? 넌 너무 많이 아는 체해서 탈이야." 그가 불만을 터뜨렸다. 음악이 다시 시작되었고, 그는 달아오른 석탄 같은 분노를 배 속에서 느끼며 앉아 있었다. 못과 지저깨비를 가지고 놀던 좋았던 옛 시절이 생각났다. 그러다가 나중에 면도날을 다루는 기술을 터득했다. 상대가 비명을 지르지 않는다면 무슨 재미가 있겠는가? 그가 분통을 터뜨리며 말했다. "나가자. 이 집은 못 참겠어." 로즈는 순순히 나갈 준비를 하며 울워스♦ 콤팩트와 손수건을 핸드백에 집어넣었다. "그건 뭐야?" 핸드백 속에서 달그락거리는 소리가 나자 소년이 물었다. 그녀가 묵주의 한쪽 끝을 보여 주었다.

"너, 가톨릭?" 소년이 물었다.

"예." 로즈가 대답했다.

"나도 가톨릭이야." 소년이 말했다. 소년은 그녀의 팔을 쥐고 빗방울이 떨어지는 어두운 거리로 그녀를 몰아댔다. 그는 재킷의 옷깃을 세우고 달렸다. 번개가 번뜩이고 천둥소리가 대기를 채웠다. 두 사람은 이 집 문간에서 저 집 문간으로 달렸고, 마침내 큰길로 나와서 유리로 지어진 빈 쉼터 가운데 하나를 찾아 안으로 들어갔다. 빗소리가 요란하고 공기가 후텁지근한 이 밤에 둘은 그곳을 독차지했다. "난 성가대에서 활

♦ 저가 상품을 취급하는 서민용 상점.

동한 적이 있어." 소년이 비밀 하나를 털어놓았다. 그러고 나서 불현듯 거칠게 변해 버린 목소리로 조용히 노래 부르기 시작했다. "하느님의 어린양, 세상의 죄를 없애시는 주님, 우리에게 평화를 주소서." 그의 목소리 속에서 온전히 잃어버린 한 세계가 설핏 모습을 드러냈다. 오르간 아래 조명을 비춘 구석, 향냄새, 세탁한 성가대 가운 냄새, 그리고 음악. 어떤 음악이든 상관없었다. 〈하느님의 어린양〉이든 〈자태는 사랑스럽고 감촉은 황홀하고〉든 〈산책길의 찌르레기〉든 〈한 분이신 주님을 믿나이다〉든, 어떤 것이든 상관없었다. 어떤 음악도 그가 이해하지 못하는 것들을 얘기하면서 그의 마음을 흔들었다.

"너, 미사에 참석해?" 그가 물었다.

"가끔 가요." 로즈가 말했다. "가고 안 가고는 일에 달려 있어요. 대부분의 경우, 미사에 참석하면 잠이 부족하거든요."

"네가 어떻게 하든 난 상관 안 해." 소년이 날카롭게 말했다. "난 미사에 안 가."

"그렇지만 믿음은 가지고 있는 거죠?" 로즈가 간절한 어조로 말했다. "그게 진리라고 생각하는 거죠?"

"그건 당연히 진리지." 소년이 말했다. "그것 말고 달리 뭐가 진리겠어?" 그가 비웃는 태도로 계속 말을 이었다. "진리라고 할 수 있는 건 그게 유일해. 무신론자라고 하는 사람들, 그들은 아무것도 몰라. 물론 지옥은 있어. 불구덩이도 있고, 천벌도 있고." 그의 눈은 꿈틀거리는 검은 바다와 번개, 그리고 팰리스 잔교의 검은 버팀목 위에 설치된 불 꺼진 등들을 바라보고 있었다. "고통도 있고."

"그리고 천국도 있어요." 로즈가 걱정스러운 표정으로 말했다. 비는 쉴 새 없이 내렸다.

"아, 아마 그렇겠지." 소년이 말했다. "아마도."

비에 흠뻑 젖은 소년은 바지가 가는 다리에 철썩 달라붙은 채로 프랭크네 집 자신의 침실을 향해 바닥에 아무것도 깔지 않은 긴 계단을 올라갔다. 난간을 잡고 오를 때 난간이 흔들거리는 것을 느꼈다. 방문을 열자 자신의 황동 침대 틀에 걸터앉아 담배를 피우고 있는 일당의 모습이 눈에 들어왔다. 그가 사납게 말했다. "계단 난간은 언제 고치는 거지? 안전하지 않잖아. 저리 두면 조만간 누군가가 떨어질 거야." 커튼은 치지 않았고 창문은 열려 있었다. 바닷가까지 늘어서 있는 회색 지붕들 위로 마지막 번개가 번쩍였다. 소년은 자신의 침대로 가서 커빗이 먹은 소시지롤의 부스러기를 쓸어 냈다. "지금 뭐 하는 거지?" 그가 말했다. "회의?"

"납입금을 수금하는 데 문제가 생겼어, 핑키." 커빗이 말했다. "두 녀석이 안 냈어. 브루어하고 테이트. 그놈들이 말하길, 이제 카이트가 죽었으니……"

"녀석들을 요절내 버릴까, 핑키?" 댈로가 물었다. 스파이서는 창가에 서서 폭풍우를 바라보고 있었다. 그는 아무 말도 하지 않고 번갯불과 그 번갯불에 의해 찢긴 하늘을 응시했다.

"스파이서에게 물어봐." 소년이 말했다. "요즘 생각이 아주 많으니까." 그들은 모두 고개를 돌려 스파이서를 쳐다보았다.

스파이서가 말했다. "우린 잠시 활동을 중단해야 할지도 모르겠어. 알다시피 카이트가 살해되었을 때 많은 애들이 빠져나갔잖아."

"계속해." 소년이 말했다. "다들 스파이서 얘길 잘 들어 봐. 소위 말하는 철학자의 얘기니까."

"휴." 스파이서가 화난 목소리로 말했다. "우리 사이엔 자유롭게 얘기할 수 있잖아. 안 그래? 빠져나간 아이들 말이야, 걔들은 어린 사람이 어떻게 이 일을 꾸려 나갈 수 있을지 못 미더웠던 거야."

소년은 두 손을 젖은 호주머니에 넣은 채 침대에 앉아 그를 지켜보았다. 소년이 한 차례 몸을 떨었다.

"나는 언제나 살인은 반대였어." 스파이서가 말했다. "누가 이걸 알든 상관없어."

"형편없는 겁쟁이 같으니." 소년이 말했다.

스파이서가 방 가운데로 왔다. "이봐, 핑키. 분별 있게 처신해야 해." 이어 그들 모두에게 호소했다. "분별 있게 처신해야 해."

"스파이서 말도 일리가 있어." 커빗이 불쑥 끼어들었다. "이번 일은 운 좋게 잘 끝났어. 우린 주목을 끌게 될 일은 하고 싶지 않아. 브루어와 테이트는 잠시 그냥 내버려 두는 게 좋겠어."

소년이 일어섰다. 그의 젖은 옷에 소시지롤 부스러기가 몇 개 붙어 있었다.

"준비됐어, 댈로?" 그가 말했다.

"말만 해, 핑키." 댈로는 그렇게 말한 뒤 사람을 잘 따르는 커다란 개가 웃는 것처럼 씩 웃었다.

"어딜 가려고, 핑키?" 스파이서가 물었다.

"브루어를 만나러."

커빗이 말했다. "자넨 우리가 헤일을 죽인 게 지난주가 아니라 작년 일이라도 되는 것처럼 행동하는군. 우린 조심스럽게 행동해야 해."

"그건 이미 끝난 일이야." 소년이 말했다. "검시 소견 들었잖아. 자연사라는." 그는 밖으로 눈을 돌려 잦아져 가는 폭풍우를 바라보았다.

"스노 식당의 그 여자애를 잊은 거야? 걔가 우릴 교수대로 보낼 수도 있어."

"그 여자애는 내가 관리하고 있어. 그 애는 입을 놀리지 않을 거야."

"그 애랑 결혼할 생각인가 보지?" 커빗이 말했다. 댈로가 웃었다.

소년이 호주머니에서 손을 뺐다. 손가락 마디가 하얘지도록 주먹을 꽉 쥐고 있었다. 그가 말했다. "내가 그 애랑 결혼할 거라고 말한 녀석이 누구야?"

"스파이서." 커빗이 말했다.

스파이서는 뒷걸음질 치며 소년에게서 물러섰다. "이봐, 핑키. 난 그래야 그 여자애가 안전할 거라고 말했을 뿐이야. 아내는 증언할 수 없을 테니까……"

"그 애의 안전을 위해서 내가 그 애송이와 결혼할 필요는 없어. 스파이서, 너의 안전을 위해선 어떻게 해야 할까?" 소년의 혀가 이빨 사이로 나오더니 메마르고 갈라진 입술 가장자리를 핥았다. "만약 피를 봐야 한다면……"

"그냥 농담이었어." 커빗이 말했다. "그걸 너무 진지하게 받아들일 필요는 없잖아. 자넨 유머 감각이 좀 부족한 것 같아, 핑키."

"그게 재미있었다고 생각하는 거야? 응?" 소년이 말했다. "내가 그 값싼 여자애하고 결혼한다는 얘기 말이야." 그가 모두를 향해 "하, 하" 하고 음산한 웃음을 날렸다. "두고 보자고. 가자, 댈로."

"아침까지 기다려." 커빗이 말했다. "다른 애들이 올 때까지 기다려."

"너도 겁쟁이가 됐어?"

"겁쟁이가 아니라는 건 자네도 알잖아, 핑키. 하지만 우린 서두르지 말아야 해."

"넌 나랑 함께하는 거지, 댈로?" 소년이 물었다.

"난 자네와 함께해, 핑키."

"그럼 가는 거야." 소년이 말했다. 그는 세면대 쪽으로 가서 실내용 변기가 있는 조그만 문을 열었다. 이어 변기 뒤쪽을 더듬더니 조그만 날을 꺼냈다. 여자들이 제모할 때 쓰는 날 같은 것인데, 날의 한쪽이 뭉툭하고 반창고가 붙어 있었다. 그는 그 날을 긴 엄지손톱—바짝 물어뜯지 않은 유일한 손톱이었다—밑에 찔러 넣은 다음 장갑을 끼었다. 그가 말했다. "30분 안에 돌아올 거야. 납입금을 가지고." 그런 다음 곧장 앞장서서 프랭크네 집 계단을 쿵쿵거리며 내려갔다. 젖은 옷의 찬 기운이 피부로 스며들었다. 댈로보다 한 걸음 앞서 현관으로 나온 그의 얼굴이 오한으로 일그러졌다. 차가운 전율이 좁은 어깨를 훑고 지나갔다. 그가 어깨 너머로 댈로에게 말했다. "브루어에게 가자. 한 번만 혼내 주면 그걸로 충분할 거야."

"말만 해, 핑키." 댈로는 그렇게 말하며 터벅터벅 뒤따라 걸었다. 비가 그쳤다. 썰물 때라서 얕은 바닷물이 조약돌 해변의 먼 가장자리께까지 밀려나 있었다. 시계가 자정을 알렸다. 댈로가 갑자기 웃기 시작했다.

"왜 그래, 댈로?"

"방금 떠오른 생각인데," 댈로가 말했다. "자넨 정말 굉장한 친구야, 핑키. 자네를 발탁한 카이트가 옳았어. 주저하지 않고 곧장 나아가는 게 자네의 방식이잖아, 핑키."

"너도 괜찮은 친구야." 소년이 말했다. 앞을 응시하고 있던 소년이 오한으로 얼굴을 찡그렸다. 두 사람은 코스모폴리탄 호텔을 지나갔다. 전등들이 호텔의 커다란 현관에서부터 구름이 흘러가는 하늘을 배경으로 서 있는 작은 탑에 이르기까지 군데군데 불을 밝히고 있었다. 그들이 지나갈 때 스노 식당의 마지막 하나 남아 있던 전등이 꺼졌다. 두 사람은 이윽고 올드

스타인 거리에 이르렀다. 브루어의 집은 루이스로의 전차 선로 근처에, 거의 고가 철교 밑에 위치해 있었다.

"벌써 잠자리에 들었군." 댈로가 말했다. 핑키는 초인종을 울렸다. 그는 초인종을 누르는 손가락을 떼지 않았다. 문을 닫은 나지막한 가게들이 도로 양쪽에 늘어서 있었다. '정류장에서만 정차합니다'라는 안내문을 붙인, 승객이 한 명도 없는 전차 한 대가 벨을 울리면서 텅 빈 도로를 흔들거리며 지나갔다. 차장은 좌석에 앉아 졸고 있고, 비에 젖은 지붕은 불빛을 반사하고 있었다. 핑키는 손가락을 떼지 않은 채 계속 초인종을 누르고 있었다.

"스파이서는 왜 그 얘길 했지? 내 결혼 얘기 말이야." 소년이 물었다.

"그래야 그 여자애의 입을 막을 수 있을 거라고 생각했을 뿐이야." 댈로가 대답했다.

"난 그 애는 걱정 안 해." 소년이 여전히 초인종을 누르면서 말했다. 2층에서 불이 켜지고 창문이 삐걱하면서 올라가더니 "누구요?" 하는 목소리가 들려왔다.

"나야." 소년이 말했다. "핑키."

"무슨 일인데 그래? 아침에 오면 안 될까?"

"할 얘기가 있어, 브루어."

"난 이토록 다급하게 할 얘기가 없네, 핑키."

"문을 여는 게 좋을 거야, 브루어. 우리 애들이 여기 몰려오는 걸 원치 않는다면 말이야."

"우리 마누라가 몹시 아프다네, 핑키. 소란이 생기면 곤란해. 지금 잠들어 있어. 마누라는 사흘 동안이나 밤에 제대로 자지 못했다네."

"이 소리가 당신 마나님을 깨우겠군 그래." 소년이 초인종에서 손가락을 떼지 않은 채 말했다. 느리게 달리는 화물 열차가 고가 철교를 지나갔다. 열차에서 뿜어져 나오는 연기가 루이스로까지 내려왔다.

"그만 눌러, 핑키. 문 열게."

기다리는 동안 핑키는 몸을 떨었다. 장갑 낀 손은 눅눅한 호주머니 속에 깊숙이 들어가 있었다. 브루어가 문을 열었다. 때 묻은 흰 파자마 차림의 그는 건장해 보이는 중년 남자였다. 윗도리의 맨 아래 단추가 떨어져서 벌어진 옷자락 사이로 튀어나온 배와 오목한 배꼽이 드러났다. "들어와, 핑키." 그가 말했다. "가만가만 걷게. 마누라 상태가 정말 안 좋다네. 나도 걱정이 태산 같아."

"그래서 납입금을 안 낸 거야, 브루어?" 소년이 말했다. 그는 경멸 어린 시선으로 좁은 현관을 살펴보았다. 탄약 상자는 우산꽂이로 개조되고, 좀먹은 사슴 머리의 한쪽 뿔에는 중산모가 걸려 있고, 철모는 양치식물의 화분으로 쓰였다. 카이트는 이보다 더 형편이 나은 돈을 거두어들이게 했어야 했다. 브루어는 이제 겨우 길모퉁이 술집의 도박판에서 졸업한 자일 뿐이었다. 마권馬券으로 사기를 치는 자일 뿐이었다. 그가 건 돈의 10퍼센트 이상을 거두려는 것은 좋은 생각이 아니었다.

브루어가 말했다. "이리 들어와서 편안히 몸 좀 녹이게. 여긴 따뜻하니까. 무슨 놈의 밤 날씨가 이리도 추워." 브루어는 파자마 차림인데도 어울리지 않게 짐짓 붙임성 있는 태도를 취했다. 그는 마권에 인쇄된 문구와도 같은 사람이었다. '전통의 브루어. 빌 브루어는 믿을 수 있습니다.' 그가 가스난로를 켰다. 이어 털실 방울 모양의 술이 달린 붉은 비단 갓을 쓴 전기스탠드를 켰다. 그 불빛이 은도금한 비스킷 상자와 액자에 든 결혼식 단체 사진에 반사되어 빛났다. "스카치위스키 한 잔 할 텐가?" 브루어가 그들에게 술을 권했다.

"난 술을 안 한다는 거 알잖아." 소년이 말했다.

"댈로는 한 잔 하겠지." 브루어가 말했다.

"한 잔 정도면 괜찮아." 댈로가 말했다. 그가 해죽 웃으며 건배했다. "건강을 위하여."

"우린 납입금 문제로 왔어, 브루어." 소년이 말했다.

흰 파자마 차림의 사내는 자신의 잔에 소다수를 따랐다. 그는 등을 돌린 채 찬장 위 거울에 비친 핑키를 쳐다보았다. 이윽고 그의 눈이 핑키의 눈과 마주쳤다. 그가 말했다. "난 걱정스러웠어, 핑키. 카이트가 그렇게 된 뒤로 말일세."

"그래서?" 소년이 말했다.

"그래서 말이지, 나는 이렇게 생각했다네. 만약 카이트 일당이 지켜 주지도 못한다면……" 그가 갑자기 말을 멈추고 귀를 기울였다. "우리 마누라 소린가?" 2층에 있는 방에서 기침 소리가 아주 흐릿하게 들려왔다. 브루어가 말했다. "마누라가 깼어. 내가 올라가서 봐 줘야 해."

"여기서 나랑 얘기해." 소년이 말했다.

"마누라 몸을 좀 돌아 눕혀야 할 것 같네."

"우리 얘기가 끝나거든 올라가."

콜록, 콜록, 콜록. 마치 시동을 걸려다가 실패한 기계 소리 같았다. 브루어가 간절하게 말했다. "인정을 좀 베풀어 주게. 마누라는 내가 어디에 갔는지도 모를 거야. 1분만 있다가 내려올게."

"여기 일은 1분도 안 걸려." 소년이 말했다. "우리가 원하는 건 내기로 한 걸 내라는 것뿐이야. 20파운드."

"집엔 그만한 돈이 없어. 정말이네."

"안됐군." 소년이 오른쪽 장갑을 벗었다.

"실은 말이지, 핑키. 난 그 돈을 어제 다 냈어. 콜레오니한테."

"이런 젠장." 소년이 말했다. "콜레오니가 그 돈과 무슨 관련이 있어?"

브루어는 2층에서 나는 콜록, 콜록, 콜록 소리에 귀 기울이며 간절한 목소리로 빠르게 말했다. "이해해 주게, 핑키. 난 양쪽에 다 돈을 낼 순 없어. 콜레오니한테 돈을 내지 않았다면 난 크게 당했을 거네."

"놈이 브라이턴에 있나?"

"코스모폴리탄 호텔에 묵고 있어."

"테이트는? 테이트도 콜레오니한테 돈을 바친 거야?"

"맞아, 핑키. 콜레오니는 일을 크게 벌이고 있어." 크게 벌이고 있어. 그 말은 비난처럼 들렸다. 프랭크네 집 자신의 방 황동 침대 틀을 떠올리게 하고 매트리스에 떨어져 있던 소시지롤 부스러기를 생각나게 했다.

"내가 끝났다고 생각하는 거야?" 소년이 말했다.

"내 충고를 듣게, 핑키. 콜레오니 패에 들어가서 함께 일하도록 해."

소년이 갑자기 손을 뒤로 젖히더니 손톱에 찔러 넣은 면도날로 브루어의 뺨을 그었다. 광대뼈를 따라 피가 새어 나왔다. "이러지 마." 브루어가 애원했다. "이러지 마." 찬장 쪽으로 뒷걸음질 치다가 비스킷 상자를 쓰러뜨렸다. 그가 말했다. "난 보호를 받고 있어. 자네 조심해. 난 보호받고 있단 말이야."

소년이 웃었다. 댈로는 잔에 브루어의 위스키를 다시 채웠다. 소년이 말했다. "이 아저씨 좀 봐. 보호를 받고 있대." 댈로는 소다수를 부었다.

"좀 더 맛볼 텐가?" 소년이 말했다. "방금 전 것은 누가 너를 보호하고 있는지 알려 준 거였을 뿐이야."

"난 자네들 양쪽에 다 돈을 낼 순 없어, 핑키. 제발 다가오지 말게."

"우리가 온 건 20파운드 때문이야, 브루어."

"그러면 콜레오니가 내 피를 보려 할 거라고, 핑키."

"걱정할 필요 없어. 우리가 당신을 보호해 줄 테니까."

콜록, 콜록, 콜록. 2층 여자가 기침을 했다. 이어 잠자는 아이의 울음소리 같은 희미한 소리가 났다. "마누라가 날 부르고 있네." 브루어가 말했다.

"20파운드."

"이 방에 돈을 두진 않아. 내가 가져올게."

"네가 따라가, 댈로." 소년이 말했다. "난 여기서 기다릴 테니." 소년은 조각된 부분이 있는, 등받이가 높은 식탁용 의자에 앉아 밖을 내다보았다. 지저분한 거리, 보도에 늘어서 있는 쓰레기통들, 커다란 고가 철교 그림자…… 그는 미동도 하지 않고 앉아 있었다. 노인의 눈 같은 그의 회색 눈에는 아무런 표정도 담기지 않았다.

크게 벌이고 있다. 콜레오니는 일을 크게 벌이고 있다…… 그는 자신의 일당 중에—아마도 댈로를 빼고는—믿을 수 있는 사람이 없다는 것을 알고 있었다. 그것은 별문제가 아니었다. 아무도 믿지 않으면 자신이 실수할 리도 없을 테니까 말이다. 고양이 한 마리가 보도의 쓰레기통 주위에서 살금살금 움직이더니 갑자기 등을 곧추세우고 어슴푸레한 어둠 속에서 마노처럼 생긴 눈으로 소년을 쳐다보았다. 소년과 고양이는 댈로가 돌아올 때까지 그렇게 꼼짝하지 않고 서로를 응시했다.

"돈 받아 왔어, 핑키." 댈로가 말했다. 소년이 고개를 돌려 댈로를 보고 씩 웃었다. 갑자기 소년의 얼굴이 일그러지더니 재채기를 격렬하게 두 번 했다. 2층의 기침 소리는 멎었다. "브루어는 이번 방문을 잊지 못할 거야." 댈로가 말했다. 이어 걱정스러운 얼굴로 덧붙였다. "자네, 위스키를 조금 마실 건데 그랬어. 감기에 걸린 것 같아."

"난 괜찮아." 소년은 그렇게 말하며 일어섰다. "기다렸다가 작별 인사를 할 필요는 없겠지."

소년은 앞장서서 두 전차 선로 사이의 텅 빈 길 한가운데를 걸어갔다. 그가 불쑥 말했다. "넌 내가 끝났다고 생각해, 댈로?"

"자네가 끝났다고?" 댈로가 말했다. "아니, 시작도 안 했는걸." 두 사람은 한동안 말없이 걸었다. 빗물이 홈통에서 보도 위로 떨어져 내렸다. 이윽고 댈로가 입을 열었다.

"콜레오니 때문에 걱정돼?"

"난 걱정 안 해."

댈로가 불쑥 말했다. "자넨 한 다스의 콜레오니도 감당할 수 있어. 흥, 코스모폴리탄?" 그가 소리치며 침을 퉤 뱉었다.

"카이트는 자동 기계로 돈을 좀 벌어 볼 생각이었지. 그런데 뜻대로 안 됐어. 콜레오니는 이제 방해물이 다 없어졌다고 생각해. 그래서 **놈**이 영역을 확장하고 있단 말이야."

"놈은 헤일에게 일어난 일을 보고 배웠어야 해."

"헤일은 자연사했어."

댈로가 웃었다. "그 얘길 스파이서에게 해 주지 그래." 두 사람은 로열앨비언 호텔의 모퉁이를 돌았고, 그러자 바다가—바다의 움직임과 철썩거리는 소리와 어둠이—다시 그들 앞에 나타났다(밀물이 들어오고 있었다). 소년은 불현듯 곁눈질로 댈로의 얼굴을 훔쳐보았고—댈로는 믿을 수 있는 친구

였다—그의 망가진 못생긴 얼굴에서 승리감과 동료애와 우월
감을 느꼈다. 그 느낌은 육체적으로는 약하지만 영민한 초등
학교 아이가 무조건적인 충성심으로 자기한테 복종시킨, 학교
안에서 가장 힘이 센 아이에게서 느끼는 느낌과도 흡사했다.
"바보." 소년은 그렇게 말하며 댈로의 팔을 꼬집었다. 그것은
애정에 가까운 행동이었다.

프랭크네 집에는 아직 불이 켜져 있고, 스파이서가 현관에
서 기다리고 있었다. "무슨 일 있었어?" 스파이서가 걱정스레
물었다. 입과 코 주위에 여드름이 많이 난 창백한 얼굴이었다.

"무슨 일이 있었을 것 같아?" 소년이 2층으로 올라가면서
말했다. "납입금을 받아 왔지."

스파이서가 핑키의 방으로 따라 들어갔다. "자네가 나간 직
후에 자네를 찾는 전화가 왔어."

"누구한테서?"

"로즈라는 여자애한테서."

소년은 침대에 앉아 구두를 벗었다. "무슨 일로 전화했대?"
그가 물었다.

"자기가 자네랑 밖에서 만나고 있는 동안에 누가 와서 자기
를 찾았다는 얘길 했어."

소년은 손에 구두를 든 채 가만히 앉아 있었다. "핑키," 스파
이서가 말했다. "걔가 바로 그 여자애야? 스노 식당에서 일하
는 여자애?"

"그래, 그 애야."

"내가 전화를 받았어, 핑키."

"네 목소리를 알아보던가?"

"그걸 내가 어떻게 알아, 핑키?"

"누가 그 애를 찾았대?"

"걔도 모른다더군. 자네가 알려 달라고 했으니까 자네한테 이 얘길 전해 주라고 했어. 핑키, 형사들이 거기까지 간 걸까?"

"형사들은 그럴 만큼 똑똑하지 못해." 핑키가 말했다. "콜레오니의 부하인지도 모르지. 자기들 편이었던 프레드에 관해 뭘 좀 캐 보려고 말이야." 그가 다른 쪽 구두를 벗었다. "쫄 거 없어, 스파이서."

"걘 여자야, 핑키."

"난 걱정 안 해. 프레드는 자연사였어. 그게 검시 소견이야. 그 일은 잊어도 돼. 지금 그것 말고도 생각할 게 아주 많잖아." 소년은 구두를 침대 밑에 나란히 놓고 나서 외투를 벗어 침대 기둥에 걸었다. 이어 바지를 벗은 다음 팬티와 셔츠 차림으로 침대 위에 드러누웠다. "생각해 보니 스파이서, 넌 휴가를 내서 쉬어야 할 것 같아. 많이 지쳐 보여. 난 누가 너의 그런 모습을 보는 걸 원치 않는단 말이야." 그는 눈을 감았다. "그만 가봐, 스파이서. 가서 좀 쉬어."

"누가 카드를 놓고 갔는지 만약 그 여자애가 안다면……"

"알 리가 없어. 불을 끄고 나가 줘."

불이 꺼지자 달이 집 밖에 있는 등처럼 밝게 빛났다. 달빛은 지붕들을 비스듬히 비추었으며, 낮은 구릉지대에 구름의 그림자를 드리웠다. 화이트호크보텀 지역 위쪽에 위치한 경마장의 텅 빈 흰색 스탠드도 비추었는데, 그 모습이 마치 스톤헨지의 거석 같았다. 달빛은 또 불로뉴에서부터 흘러와 팰리스 잔교의 말뚝에 부딪혀 부서지는 조수 위에서 빛났다. 그의 방 세면대를 비추고, 실내용 변기가 있는 공간의 열려 있는 문을 비추고, 발치 쪽 침대 기둥의 둥근 황동 장식을 비추었다.

2

소년은 침대에 누운 자세로 있었다. 세면대 위에 놓아둔 커피는 식었고, 침대에는 빵 부스러기가 여기저기 떨어져 있었다. 소년은 지워지지 않는 연필[*]에 침을 바르며 글씨를 썼다. 소년의 입가는 보랏빛으로 얼룩졌다. 그는 썼다. '지난번 내 편지를 참조하시오.' 그리고 마지막은 이렇게 끝맺었다. '……마권업자 보호회 총무 P.[**] 브라운.' 세면대 위에 놓인 'J. 테이트 씨 귀하'라고 쓴 봉투는 한쪽 귀퉁이에 커피가 묻어 있었다. 편지를 다 쓴 그는 다시 베개를 베고 눈을 감았다. 그는 곧바로 잠이 들었다. 그것은 셔터가 스르르 내려오는 것과도 같았고, 수명이 다한 전구가 깜박거리다가 이내 꺼지는 것과도 같

---

[*] indelible pencil. 흑연에 염료를 섞어 만든 잘 지워지지 않는 연필. 이 연필로 쓴 원본에 물에 적신 박엽지를 대고 압력을 가하면 박엽지에 원본 글씨가 좌우가 바뀐 모양으로 복사된다. 이 복사된 글씨는 박엽지를 뒤집어서 빛을 비추어 읽는다.
[**] 핑키Pinkie의 이니셜.

았다. 그는 꿈도 꾸지 않았다. 그의 잠은 실용적이었다. 댈로가 문을 열었을 때 그는 즉시 잠에서 깼다. "왜?" 그가 옷을 다 입은 채로 빵 부스러기 사이에 누운 자세 그대로 몸을 움직이지 않고 말했다.

"자네한테 온 편지가 있네, 핑키. 주디가 가지고 왔어."

소년은 편지를 건네받았다. 댈로가 말했다. "고상한 편지야, 핑키. 냄새를 맡아 봐."

소년은 연보라색 봉투를 코로 가져갔다. 입구린내를 없애는 데 쓰는 약품 같은 냄새가 났다. 그가 말했다. "댈로, 그 음탕한 여자를 멀리할 순 없나? 프랭크가 알면⋯⋯"

"그런 고상한 편지를 누가 쓴 거야, 핑키?"

"콜레오니. 얘기를 좀 하게 코스모폴리탄으로 와 주길 바란다는군."

"코스모폴리탄." 댈로가 역겨운 표정으로 그 말을 되받았다. "안 갈 거지, 핑키?"

"아니, 당연히 가야지."

"거긴 편안하게 있을 수 있는 곳이 못 돼."

"고상한 곳이지." 소년이 말했다. "그가 보낸 이 편지지처럼. 돈이 아주 많이 드는 곳이잖아. 놈은 나를 겁줄 수 있을 거라고 생각하는 거야."

"테이트를 그냥 놔두는 게 나을지도 모르겠어."

"저 재킷을 프랭크에게 가지고 가서 얼른 물기를 닦아 내고 다림질을 해 달라고 말해 줘. 이 구두도 좀 닦아 달라고 하고." 그는 침대 밑에 놓아둔 구두를 발로 차 낸 다음 일어나 앉았다. "놈은 우리를 놀릴 생각인 거야." 그는 세면대 위에 약간 삐딱하게 걸린 거울을 통해 자신의 모습을 볼 수 있었다. 그러나 그는 면도를 해 본 적이 없는 매끄러운 뺨과 부드러운 머리와 노인의 눈을 가진 거울 속 얼굴에서 재빨리 시선을 돌렸다. 그런 데는 관심이 없었던 것이다. 그는 자존심이 무척 강해서 외모 따위에는 별 신경을 쓰지 않았다.

그러므로 얼마 후, 넓은 휴게실의 반구형 조명 아래 앉아 콜레오니를 기다리는 그의 마음은 느긋했다. 큼지막한 운전용 외투를 입은 젊은 남자들이 화장기 짙은 조그만 여자들을 거느리고 잇따라 들어왔다. 여자들은 누가 만지기라도 하면 값비싼 유리잔처럼 맑고 카랑한 소리를 냈으나, 인상은 양철처럼 날카롭고 억센 느낌을 주었다. 그들 일행은 경주용 자동차를 몰고 브라이턴로를 내달릴 때처럼 주변의 누구도 쳐다보지 않고 휙 하니 휴게실을 지나쳐서 이내 미국식 바의 높은 스툴에 앉았다. 흰여우 털로 만든 외투를 입은 건장한 여자가 승강기에서 나와 소년을 빤히 쳐다보았다. 그러더니 다시 승강기 안으로 들어가서 사르륵 위로 올라갔다. 시답잖은 조그만 계집 하나가 그를 보고 피식거리더니 소파에 앉은 또 한 명의 시답잖은 조그만 계집과 함께 그에 대해 쑥덕거렸다. 콜레오니 씨는 루이 16세 시대풍의 집필실에서 걸어 나왔다. 그는 널찍하게 깔린 푹신한 양탄자 위에서 반들반들 윤이 나는 구두를 신은 발을 사뿐사뿐 떼며 걸었다.

콜레오니는 적당히 배가 나온, 몸집이 작은 남자였다. 회색 더블브레스트 조끼를 입었으며, 눈은 건포도처럼 희미하게 빛났다. 머리는 숱이 적고 희끗희끗했다. 그가 지나가자 소파에 앉은 시답잖은 조그만 계집들이 말을 멈추고 그에게 관심을 집중했다. 그의 움직임에 맞추어 동전이 짤랑거리는 듯한 소리가 아주 나직이 났다. 그것이 유일한 소리였다.

"날 찾았나?" 그가 말했다.

"날 찾은 건 당신이오." 소년이 대꾸했다. "내가 당신 편지를 받았으니."

"아, 그렇군." 콜레오니 씨가 약간 당황한 듯한 손동작을 지어 보이며 말했다. "자넨 P. 브라운 씨가 아니지 않나?" 그가 덧붙였다. "난 훨씬 더 나이 든 사람일 거라고 생각했는데."

"아무튼 날 찾은 건 당신이오." 소년이 말했다.

조그만 건포도 눈이 소년을 훑어보았다. 물기를 닦아 낸 옷, 좁은 어깨, 싸구려 검정 구두. "내 생각엔 카이트 씨가……"

"카이트는 죽었소." 소년이 말했다. "그걸 알 텐데요."

"아, 내가 깜빡했군." 콜레오니 씨가 말했다. "그러면 얘기가 달라지는데."

"카이트 대신 나한테 얘기하면 돼요." 소년이 말했다.

콜레오니 씨가 빙그레 웃었다. "그럴 필요가 있을까 싶네." 그가 말했다.

"그러는 게 좋을 거요." 소년이 말했다. 미국식 바에서 나직한 웃음소리와 달그락, 달그락, 달그락, 얼음이 부딪는 소리가 들려왔다. 사환이 루이 16세 시대풍 집필실에서 나와 "조지프 몬터규 씨, 조지프 몬터규 씨" 하고 소리치며 지나가더니 퐁파두르 양식의 부인실로 들어갔다. 프랭크가 급히 다리미질을 하다가 빠뜨린 탓에 눅눅한 채로 남아 있었던 가슴 호주머니 위쪽의 물기 자국이 코스모폴리탄 호텔의 더운 공기 속에서 조금씩 옅어져 갔다.

콜레오니 씨가 손을 뻗어 소년의 팔을 재빨리 톡, 톡, 톡 쳤다. "나랑 같이 가세." 그가 말했다. 그는 윤이 나는 구둣발을 사뿐사뿐 떼면서 앞장서서 걸었다. 시답잖은 두 계집이 소곤거리는 소파를 지나고, 이어 두 남자가 얘기를 나누는 조그만 탁자를 지나갔다. 그 탁자에서는 한 남자가, 식어 가는 차를 앞에 두고 앉아 눈을 감은 채 듣고 있는 노인에게 "난 그에게 1만이 내가 낼 수 있는 한계라고 얘기했어요"라고 말하고 있었다. 콜레오니 씨가 어깨 너머로 돌아다보며 부드럽게 말했다. "여기 서비스가 예전 같지 않아."

그는 루이 16세 시대풍 집필실 안을 들여다보았다. 연보라색 옷에 요즘 시대에 어울리지 않는 보석이 박힌 머리 장식을 한 여자가 중국풍 물건들이 여기저기 널려 있는 방 안에서 편지를 쓰고 있었다. 콜레오니 씨는 집필실에서 물러났다. "조용히 얘기할 수 있는 곳으로 가세나." 그는 다시 걸음을 돌려 휴게실을 가로지르며 사뿐사뿐 걸었다. 노인은 이제 눈을 뜨고서 손가락으로 차의 상태를 알아보고 있었다. 콜레오니 씨는 금빛 격자무늬로 장식된 승강기로 그를 데려갔다. "15호실로 가세." 그가 말했다. 두 사람은 고요한 곳을 향해 천사처럼 날아올랐다. "시가?" 콜레오니 씨가 물었다.

"난 담배 안 피워요." 소년이 말했다. 저 아래 미국식 바에서의 마지막 흥겨운 소리와 퐁파두르 양식의 부인실에서 나와 되돌아가면서 소리치는 사환의 "규"라는 마지막 음절이 들려온 것을 끝으로 승강기 문이 다시 닫히고, 두 사람은 푹신한 양탄자가 깔린 방음이 잘되는 복도로 나왔다. 콜레오니 씨는 걸음을 멈추고 시가에 불을 붙였다.

"그 라이터 좀 봅시다." 소년이 말했다.

콜레오니 씨의 조그맣고 예리한 눈이 눈에 띄지 않는 곳에 숨어서 실내를 구석구석 고루 비추는 은은한 조명 속에서 멍한 표정으로 빛났다. 그가 라이터를 건넸다. 소년은 라이터를 뒤집어 품질 보증 마크를 들여다보았다. "진짜 금이군요." 그가 말했다.

"난 근사한 물건을 좋아하네." 콜레오니 씨가 열쇠로 방문을 열면서 말했다. "의자에 앉게." 안락의자들과 금실, 은실로 수놓은 왕관 문양이 박힌 화려한 붉은 벨벳 소파들이 바다가 보이는 넓은 창과 철제 발코니를 향해 놓여 있었다. "술 한잔 하겠나?"

"난 술 안 해요." 소년이 말했다.

"음, 그런데," 콜레오니 씨가 말했다. "누가 자넬 보냈지?"

"아무도 나를 보내지 않았소."

"내 말은 카이트가 죽었다면 누가 자네 조직을 다스리느냐는 말이네."

"나요." 소년이 말했다.

콜레오니 씨가 무례해 보이지 않도록 입가에 번지는 웃음을 억누르면서 엄지손톱으로 황금 라이터를 톡톡 두드렸다.

"카이트에겐 무슨 일이 있었나?"

"그 얘기, 알고 있을 텐데요." 소년이 말했다. 소년은 은실로 수놓은 나폴레옹 왕관 문양을 바라보았다. "당신은 세세한 내용을 듣고 싶진 않겠죠? 우릴 방해하는 놈만 없었다면 그런 일은 생기지 않았을 거요. 어떤 기자 놈이 자기는 우리를 충분히 상대할 수 있다고 생각한 거죠."

"어떤 기자였지?"

"검시 관련 기사를 읽어 보시지 그래요." 소년이 말했다. 소년은 창을 통해 옅은 빛깔의 하늘과 그 하늘을 배경으로 흘러가는 엷은 구름 몇 점을 쳐다보았다.

콜레오니 씨는 시가의 재를 내려다보았다. 1센티미터가 넘는 길이였다. 안락의자에 깊숙이 몸을 묻은 그는 만족스러운 표정으로 통통한 넓적다리를 꼬고 앉았다.

"카이트에 대해선 아무 말도 하지 않겠소." 소년이 말했다. "카이트는 너무 나갔으니까."

"그 말은," 콜레오니 씨가 말했다. "자네는 자동 기계에 관심이 없다는 얘긴가?"

"내 말은," 소년이 말했다. "그처럼 너무 나가는 것은 건강에 좋지 않다는 거요."

콜레오니 씨의 가슴 호주머니에 꽂힌 손수건에서 나온 사향 냄새가 방 안에 은은히 퍼졌다.

"당신은 보호가 필요한 사람인 것 같소." 소년이 말했다.

"내게 필요한 보호는 다 받고 있다네." 콜레오니 씨가 말했다. 그는 눈을 감았다. 기분이 좋아 보였다. 아주 크고 호화스러운 호텔이 그를 둘러싸고 있었다. 그는 편안해 보였다. 반면에 일하는 시간에 긴장을 풀면 안 된다고 믿는 소년은 의자 끝에 엉덩이를 걸치고 앉아 있었다. 이 방에서 이방인처럼 보이는 사람은 콜레오니 씨가 아니라 그였다.

"젊은 친구, 자넨 시간을 허비하고 있어." 콜레오니 씨가 말했다. "자네는 내게 어떤 피해도 주지 못해." 그가 점잖게 웃었다. "그렇지만 일자리가 필요하면 날 찾아오게. 난 추진력이 있는 녀석을 좋아하지. 자네를 위한 자리는 마련할 수 있을 걸세. 이 세상은 박력 있는 젊은이를 필요로 하니까." 시가를 든 콜레오니의 손이 그가 마음속에 그리는 세상을 설계하는 것처럼 크게 움직였다. 그의 마음속에는 그리니치 천문대에 의해 제어되는 작은 전기 시계, 책상 위의 버튼, 2층에 위치한 훌륭한 스위트룸, 회계 감사가 끝난 장부, 대리인이 보낸 보고서, 은 식기, 포크와 나이프, 유리잔 등등 많은 것들이 자리 잡고 있었다.

"경마장에서 보겠군요." 소년이 말했다.

"그런 일은 없을 것이네." 콜레오니 씨가 말했다. "난 경마장엔 안 가. 어디 보자, 안 간 지 20년은 됐나 보군." 황금 라이터를 만지작거리는 그의 태도는 자신과 소년의 세계는 서로 만나는 지점이 없다는 사실을 넌지시 얘기하고 있는 듯했다. 코스모폴리탄 호텔에서의 주말과 책상 옆에 놓인 휴대용 딕터폰♦은 철도역 플랫폼에서 삽시간에 면도칼로 난도질당한 카이트와는 아무 상관이 없고, 스카이라인을 등진 채 경마장 스탠드에서 마권업자에게 신호를 보내는 추잡한 손이나 입장료가 반크라운♦♦인 관람석 위로 떠도는 열기와 먼지, 병맥주 냄새와도 아무 상관이 없었다.

"난 사업가일 뿐이네." 콜레오니 씨가 부드러운 목소리로 말했다. "경마를 봐야 할 필요가 없지. 그리고 자네가 내 부하에게 무슨 짓을 하든 내게는 영향을 미치지 못해. 지금 두 녀석이 병원에 입원해 있지만, 그건 문제가 안 돼. 그들은 극진한 보살핌을 받고 있지. 꽃, 포도…… 난 얼마든지 그런 돈을 댈 수 있네. 걱정할 필요가 전혀 없어. 난 사업가니까 말일세." 콜레오니 씨는 대범하고 쾌활한 태도로 말을 이었다. "난 자네가 마음에 들어. 자네는 장래가 촉망되는 젊은이니까. 그래서 내가 아버지처럼 자네에게 얘기하고 있는 걸세. 자넨 내가 하는 사업에 손상을 입힐 수 없어."

"당신에게 손상을 입힐 순 있겠죠." 소년이 말했다.

"그건 남는 장사가 아닐 텐데. 자네를 위해서 거짓 알리바이

♦ 내용을 옮겨 적을 수 있도록 음성을 녹음하고 재생하는 기계.
♦♦ 2.5실링.

를 만들어 줄 사람은 없을 거야. 겁을 집어먹을 사람은 **자네의** 증인일 테니까. 난 사업가네." 그의 건포도 눈이 깜박거렸다. 비스듬히 비껴든 햇살이 꽃병을 비추고 푹신한 양탄자 위로 떨어졌다. "나폴레옹 3세가 이 방을 사용했다네." 콜레오니 씨가 말했다. "외제니와 함께."

"그 사람은 누군데요?"

"아," 콜레오니 씨는 대충 얼버무렸다. "어떤 외국 여자." 그는 꽃 하나를 빼서 단춧구멍에 꽂았다. 그러자 까만 단추처럼 생긴 그의 눈에서 개를 연상시키는 어떤 것이, 퇴폐적인 어떤 것이 설핏 엿보였다.

"이제 가 보겠소." 소년이 말했다. 그는 일어나서 문을 향해 걸음을 옮겼다.

"자네, 내 말 알아들었지?" 콜레오니 씨가 몸을 움직이지 않고 말했다. 그는 이제는 상당히 길게 시가에 매달려 있는 재가 떨어지지 않도록 손을 가만히 든 채 꼼짝하지 않았다. "브루어가 불평을 해 대더군. 자네, 다시는 그러지 말게. 그리고 테이트…… 테이트에게 장난치면 안 돼." 그의 늙수그레한 이탈리아계 얼굴에서는 가벼운 즐거움과 가벼운 친근감의 표정 이외의 다른 표정은 거의 보이지 않았다. 그러나 갑자기, 호주머니 안에 황금 라이터가 들어 있고 무릎 위에는 시가 상자가 놓인 모습으로 빅토리아 시대풍의 호화로운 방에 앉아 있는 그가 얼핏 온 세상을, 다시 말해서 눈에 보이는 온 세상을 소유한 사람처럼 보이는 것이었다. 금전 등록기, 경찰, 매춘부, 그리고

'이것은 옳고 저것은 그르다'고 말하는 국회와 법을 다 소유한 사람처럼 보이는 것이었다.

"알아들었소." 소년이 말했다. "우리 일당은 당신네 조직에 비해 너무 작다는 거로군."

"나는 굉장히 많은 사람을 고용하고 있네." 콜레오니 씨가 말했다.

소년은 문을 닫았다. 복도를 걸어갈 때 풀어진 구두끈이 자꾸 바닥에 쓸렸다. 커다란 휴게실은 거의 비어 있었다. 플러스포스를 입은 남자가 여자를 기다리고 있었다. 눈에 보이는 세상은 전부 다 콜레오니 씨의 것이었다. 다리미가 지나가지 않은 소년의 가슴 윗부분은 아직도 약간 눅눅했다.

어떤 사람의 손이 불쑥 소년의 팔을 잡았다. 고개를 돌려 돌아다본 소년은 중산모를 쓴 사내를 알아보았다. 소년은 조심스럽게 고개를 끄덕이며 인사했다. "안녕하시오."

"프랭크네 집에서 자네가 이곳으로 갔다는 말을 들었어." 사내가 말했다.

소년의 심장이 순간적으로 멎는 듯했다. 거의 처음으로 법이 자기를 교수형에 처할 수 있을 거라는 생각이, 법이 자기를 마당으로 끌고 가서 구덩이에 빠뜨리고 석회 속에 묻어서 위대한 미래를 여기서 그만 끝내게 할 수 있을 거라는 생각이 들었다.

"내게 볼일이 있소?"

"그래, 맞아."

그는 생각했다. 로즈, 그 여자애, 누군가가 그 애한테 캐물었구나. 기억이 하나 떠올랐다. 그것은 식탁보 밑에 손을 넣어 뭔가를 찾는 자신을 바라보던 그 애의 모습이었다. 그는 무표정하게 웃으며 말했다. "어쨌든 나에게 4대 명탐정을 보내진 않았구려."

"자, 경찰서까지 갈까?"

"영장 있소?"

"브루어가 자네한테 얻어맞았다고 고소한 사건일 뿐이야. 자네가 낸 상처가 남아 있더군."

소년은 웃기 시작했다. "브루어? 내가? 그 사람은 건드리고 싶은 생각도 없소."

"경찰서로 가서 경위님을 만나 봐야지?"

"물론 그래야죠."

그들은 큰길로 나왔다. 거리의 사진사가 그들이 오는 것을 보고 카메라의 뚜껑을 벗겼다. 소년은 손으로 얼굴을 가리며 지나갔다. "저런 걸 막아야 하지 않소?" 그가 말했다. "당신과 내가 경찰서로 걸어가는 것을 그림엽서로 만들어서 잔교에 붙여 놓은 걸 보면 참 멋지겠구려."

"언젠가 런던에서 저런 스냅 사진으로 살인범을 잡은 적이 있지."

"그 기사, 나도 읽었소." 소년은 그렇게 말하고 나서 침묵에 빠졌다. 이건 콜레오니의 짓이다, 그는 생각했다. 콜레오니가 자기 힘을 과시하고 있는 것이다. 놈이 브루어를 이렇게 부추

긴 것이다.

"브루어의 아내가 몹시 아프대." 형사가 부드럽게 말했다.

"그래요?" 소년이 말했다. "난 몰랐네요."

"알리바이를 준비해 놓은 모양이지?"

"내가 어떻게 알겠소? 그가 나에게 얻어맞았다고 한 때가 언제인지도 모르는데. 사람이 매순간의 알리바이를 다 가질 순 없잖소."

"자넨 똑똑한 친구야." 형사가 말했다. "하지만 이 일로 법석을 떨 필요는 없어. 경위님은 편하게 얘기를 하고 싶어 하는 것뿐이니까."

형사가 앞장서서 민원실을 지나 안으로 들어갔다. 늙고 피곤해 보이는 얼굴을 한 남자가 책상 뒤에 앉아 있었다. "앉아, 브라운." 남자가 말했다. 그는 담뱃갑을 열어 책상 위로 밀었다.

"난 담배 안 피워요." 소년이 말했다. 소년은 앉아서 경위를 조심스럽게 지켜보았다. "날 기소하지 않을 거요?"

"기소는 안 할 거야." 경위가 말했다. "브루어가 그러지 않는 게 좋겠다고 마음을 돌려먹었어." 경위는 잠시 말을 멈추었다. 그는 여느 때보다도 더 피곤해 보였다. 그가 말했다. "오늘만큼은 솔직히 까놓고 얘기하고 싶어. 우린 서로 알 만큼 아는 사이이니까. 나는 자네와 브루어의 일에 끼어들지 않을 거야. 내겐 자네와 브루어의…… 다툼을 말리는 것보다 더 중요한 일들이 있으니까 말이야. 그러나 자네도 나만큼이나 잘 알겠지만, 브루어는 누군가에게 부추김을 받지 않았다면 경찰에 신고하러 이곳에 올 위인이 아니야."

"대단히 일리 있는 생각이오." 소년이 말했다.

"자네 패거리가 두렵지 않은 누군가에게서 그렇게 하라는 부추김을 받은 거지."

"경찰의 예리한 눈을 피할 수 있는 일은 별로 없군요." 소년이 조롱이 담긴 찡그린 얼굴로 말했다.

"다음 주에 경마가 시작돼. 난 브라이턴에서 대대적인 패거리 싸움이 일어나는 걸 원치 않아. 자기들끼리 조용한 방식으로 서로 찌르고 찔리는 것은 상관 안 해. 난 너희 같은 무가치한 놈들에겐 털끝만큼의 관심도 없으니까 말이야. 하지만 두 패거리가 싸움을 시작하면 소중한 사람들이 다칠 수 있어."

"어떤 사람들이?"

"선량하고 무고한 사람들. 1실링을 걸고 경마 배당금을 노리는 가난한 사람들. 사무원, 잡역부, 청소부. 자네하고는……또는 콜레오니하고는 죽어도 얘기하기 싫다는 사람들."

"무슨 말을 하려는 거요?" 소년이 말했다.

"내 말은 이거야. 자넨 그 일을 하기엔 역부족이야, 브라운. 자네는 콜레오니에게 맞설 수 없어. 만약 싸움이 발생하면 난 너희 두 패거리를 인정사정없이 철저히 덮칠 거야. 그렇지만 알리바이를 세울 수 있는 사람은 콜레오니겠지. 콜레오니에게 맞서서 자네에게 가짜 알리바이를 세워 줄 사람은 없을 테고. 내 충고를 받아들여. 브라이턴을 떠나."

"감동적이군요." 소년이 말했다. "경찰이 콜레오니를 위해서 일을 대신해 주다니."

"이건 사적이고 비공식적인 얘기야." 경위가 말했다. "이번만 인간적으로 얘기해 보는 거라고. 난 자네가 칼을 맞든 콜레오니가 칼을 맞든 개의치 않지만, 무고한 사람은 다치지 않도록 최선을 다할 거야."

"내가 끝났다고 생각해요?" 소년은 불안스레 씩 웃고 나서 시선을 돌려 공고문이 게시된 벽을 쳐다보았다. 사견飼犬 허가증. 총기 허가증. 익사체 발견. 부자연스럽게 퉁퉁 부은 익사자의 얼굴이 벽에서 그를 빤히 쳐다보았다. 흐트러진 머리카락. 입가의 상처. "경위님 생각엔 콜레오니가 질서를 더 잘 유지할 것 같소?" 공고에 쓰인 글이 소년의 눈에 들어왔다. '니켈 시계 1점, 회색 조끼, 파란 줄무늬 셔츠, 에어텍스 속옷, 에어텍스 팬티'.

"글쎄?"

"유익한 충고였소." 소년은 히죽 웃으며 윤이 나는 책상과 '플레이어스' 담뱃갑과 수정 문진을 내려다보았다. "생각 좀 해 봐야겠는데요. 난 은퇴하기엔 너무 젊으니까."

"내가 보기에 자넨 협박과 협잡으로 살아가기엔 너무 젊어."

"그러니까 브루어는 고소를 안 한다는 거죠?"

"자네가 두려워서 그런 건 아니야. 내가 고소하지 않도록 잘 애기했지. 난 자네와 단도직입적으로 얘기할 기회를 갖고 싶었어."

"그럼……" 소년은 자리에서 일어섰다. "또 만나겠죠. 안 만날 수도 있을 테고." 그는 민원실을 지나가면서 다시 히죽 웃었다. 그러나 양쪽 광대뼈 부분은 유난히 붉게 달아올랐다. 비록 히죽 웃으며 참고 있었지만, 혈관 속에서는 독이 흐르고 있었던 것이다. 그는 모욕을 당했다. 세상 사람들에게 보여 주리라, 그는 생각했다. 내가 열일곱 살밖에 되지 않는다고 해서 놈들이 나를…… 그는 자기 부하를 죽인 기억을 떠올리며 좁은 어깨를 으쓱 뒤로 젖혔다. 이 형사 놈들은 자기들이 정말 똑똑한 줄 알지만 실은 그것도 알아내지 못할 정도로 어리석은 종자들이지. 그는 자신의 영광의 구름을 직접 끌며 나아가고 있었다. 미성년인 그의 주위에 지옥이 펼쳐져 있었다. 그는 더 많은 살인을 저지를 준비가 되어 있었다.

제 3 부

1

아이다 아널드는 하숙집 침대에서 일어나 앉았다. 잠깐 동안 여기가 어디인지 알지 못했다. 간밤에 셰리 술집에서 진탕 마신 술 때문에 머리가 아팠다. 방바닥에 놓인 크고 두툼한 물단지, 그녀가 대충 몸을 씻은 회색빛 물이 담겨 있는 세면기, 연분홍색 장미 무늬의 벽지, 결혼식 사진 따위를 멍하니 보고 있는 동안 서서히 정신이 돌아왔다. 썰물이 빠져나가는 시간, 현관문 밖에서 주저주저하면서 그녀의 입술에 재빨리 키스하고 나서, 마치 그가 기대할 수 있는 것은 그것뿐이라는 듯 곧바로 몸을 돌려 흐느적거리며 큰길을 걸어가던 필 코커리······ 그녀는 방 안을 둘러보았다. 아침 햇살이 비껴든 방은 그녀가 예약했을 때만큼 좋아 보이지는 않았다. 하지만 그녀는 만족스러운 기분으로 속으로 중얼거렸다. "아늑하잖아. 내가 좋아하는 게 그거야."

태양이 빛나고 있었다. 브라이턴이 가장 아름다운 때였다.

방 바깥의 복도는 모래투성이였고, 그녀는 아래층으로 내려가는 내내 신발에 모래가 밟히는 것을 느꼈다. 현관에는 양동이 하나와 삽 두 개가 놓여 있었다. 문 옆에는 기다란 해초가 걸렸는데, 해초는 기압계 역할을 했다. 모래밭용 신발이 여기저기 널려 있고, 식당 방에서는 칭얼거리는 한 아이의 목소리가 계속해서 들려왔다. "난 모래 파기 놀이 싫어. 영화 보러 가고 싶어. 모래 파기 놀이 싫어."

1시에 그녀는 스노 식당에서 필 코커리를 만나기로 했다. 그 전에 할 일이 있었다. 그녀는 돈을 아껴 써야 했고, 기네스 맥주에도 너무 많은 돈을 쓰면 안 되었다. 브라이턴에서의 생활비는 싸지 않았지만, 그렇다고 코커리에게서 돈을 받지는 않을 작정이었다. 그녀는 양심이 있고 법도가 있는 사람이었다. 만약 돈을 받는다면 그 대가로 뭔가를 주어야 직성이 풀리는 사람이었다. 그러므로 블랙 보이가 해결책이었다. 무엇보다도 먼저 해야 할 것은 배당률이 낮아지기 전에 돈을 거는 일이었다. 군자금을 마련하려면 그래야 했다. 그래서 그녀가 아는 유일한 마권업자인 짐 테이트 노인이 있는 캠프타운으로 갔다. 테이트 노인은 입장료 반 크라운 관람석의 '정직한 짐'으로 통했다.

아이다가 사무실로 들어서자마자 노인이 그녀를 보고 큰소리로 외쳤다. "오셨구려, 아이다. 앉아요, 터너 부인." 노인은 그녀의 성을 잘못 알고 있었다. 그가 '골드플레이크' 담뱃갑을 그녀를 향해 내밀었다. "한 대 피우시구려." 노인은 실제보다 조금 더 커 보였다. 20년 동안 경마 대회에서 일해 온 탓에 그의 목소리는 쉰 듯한 큰 소리밖에 내지 못했다. 그는 자신이 잘나고 건강한 사람인 것처럼 얘기하곤 했는데, 그 말을 믿으려면 망원경을 거꾸로 들고서 그를 보아야 할 것이다. 가까이에서 그를 보면 왼쪽 이마의 굵게 튀어나온 푸른 정맥과 눈알에 거미줄처럼 퍼져 있는 붉은 실핏줄이 눈에 띄었다. "그래, 터너 부인, 아이다. 염두에 둔 말은 어느 겁니까?"

"블랙 보이." 아이다가 말했다.

"블랙 보이." 짐 테이트가 그 말을 되풀이했다. "그건 10 대 1이에요."

"12 대 1이잖아요."

"배당률이 떨어졌어요. 이번 주에 블랙 보이에 거는 사람들이 무척 많았거든요. 오랜 친구인 나 말고는 누구도 10 대 1로 해 주지 않을 겁니다."

"좋아요." 아이다가 말했다. "20파운드 걸어 주세요. 그리고 내 성은 터너가 아니라 아널드예요."

"20파운드라. 거금을 거셨네요, 부인. 무슨 부인이라셨더라……" 노인은 엄지손가락에 침을 묻히고 나서 지폐를 세기 시작했다. 그러다가 도중에 손놀림을 멈추더니, 커다란 두꺼비처럼 책상 앞에 가만히 앉아서 귀를 기울였다. 열린 창문으로 잡다한 소음들이 들어왔다. 자갈을 밟고 지나가는 발소리, 목소리, 멀리서 들리는 음악 소리, 종소리, 해협에서 끊임없이 들려오는 속삭이는 듯한 소리. 그는 세던 지폐의 절반 정도를 손에 든 채 꼼짝 않고 앉아 있었다. 어딘가 불안해 보이는 얼굴이었다. 전화벨이 울렸다. 그는 붉은 실핏줄이 퍼져 있는 눈을 아이다에게 향한 채 2초 동안 전화벨이 울리도록 내버려두었다가 수화기를 들었다. "여보세요. 여보세요. 짐 테이트입니다." 구식 전화기였다. 그는 벌이 붕붕거리는 소리 같은 나직한 소리가 나는 동안 수화기를 귀에 바짝 댄 채 가만히 앉아 있었다.

짐 테이트는 한 손으로는 수화기를 귀에 대고 다른 손으로는 지폐를 한데 모은 다음 전표에 글자를 썼다. 그가 목쉰 소리로 "괜찮습니다, 콜레오니 씨. 그렇게 하겠습니다, 콜레오니 씨" 하고 말한 다음 수화기를 내려놓았다.

"당신, 블랙도그라고 썼어요." 아이다가 말했다.

노인이 아이다를 멀뚱멀뚱 쳐다보았다. 잠시 후에야 그는 말뜻을 이해했다. "블랙도그." 그는 그렇게 말하고 나서 웃었다. 쉰 목소리의 공허한 웃음이었다. "내가 무슨 생각을 한 거지? 블랙도그라니, 나 원 참."

"그건 '우울'이라는 뜻이에요." 아이다가 말했다.

"하긴," 노인이 어울리지 않는 상냥한 목소리로 말했다. "우린 늘 이런저런 걱정거리가 있게 마련이니까." 전화벨이 다시 울렸다. 짐 테이트는 자기를 찌를지도 모를 물건을 보듯 전화기를 바라보았다.

♦ '블랙도그black dog'에는 우울, 낙담 등의 뜻이 있다.

"바쁘군요." 아이다가 말했다. "난 갈게요."

거리로 나온 그녀는 짐 테이트가 불안해한 이유를 알 수 있을까 하는 마음에서 이리저리 살펴보았다. 그러나 특별히 눈에 띄는 것은 없었다. 아름다운 날에 펼쳐지는 브라이턴의 풍경과 일상이 있을 뿐이었다.

아이다는 술집으로 들어가 도루 포트와인을 한 잔 마셨다. 목으로 넘어가는 와인은 달고 따뜻하고 독했다. 이어 한 잔을 더 마셨다. "콜레오니 씨가 누구예요?" 그녀가 바텐더에게 물었다.

"콜레오니가 누군지 몰라요?"

"방금 전에야 그 이름을 처음 들었어요."

바텐더가 말했다. "카이트의 영역을 차지해 나가고 있는 사람이죠."

"카이트는 누군데요?"

"카이트가 누구였**냐고요**? 그자가 세인트판크라스역에서 뒈졌다는 뉴스 보지 못했어요?"

"못 봤어요."

"애초에 그렇게 죽일 생각은 아니었던 것 같아요." 바텐더가 말했다. "놈들은 칼로 적당히 그자를 혼내 주려고만 했는데, 면도칼이 엇나가고 말았나 봐요."

"술 한 잔 하겠어요?"

"고맙습니다. 난 진으로 할게요."

"건배."

"건배."

"난 그런 얘기는 전혀 듣지 못했어요." 아이다가 말했다. 그녀는 바텐더의 어깨 너머로 시계를 쳐다보았다. 1시까지는 할 일이 없었다. 한 잔 더 마시면서 잠시 이렇게 잡담을 나누는 게 더 나을 것 같았다. "포트와인 한 잔 더 줘요. 그 모든 일들이 언제 일어난 거예요?"

"음, 성령강림절 전에요." 이제는 성령강림절이라는 말이 나오면 노상 그녀의 귀가 쫑긋해졌다. 그 말은 꼬질꼬질한 10실링짜리 지폐, 숙녀 화장실로 내려가는 하얀 계단, 커다란 비극 등과 같은 많은 것을 의미했다. "카이트의 친구들은 어떻게 됐어요?" 그녀가 물었다.

"카이트가 죽었으니 그 친구들은 이제 별 가망이 없는 신세가 된 거죠. 그 패거리에겐 우두머리가 없으니까요. 뭐, 없는 건 아니고, 열일곱 살짜리 아이 뒤를 열심히 따라다니긴 하지만 말이에요. 그처럼 어린 녀석이 콜레오니를 상대로 뭘 어떻게 하겠어요?" 바텐더가 바 위로 상체를 기울이며 속삭였다. "그가 어젯밤 브루어의 뺨에 자상을 입혔대요."

"누가요? 콜레오니가?"

"아니요. 그 아이가."

"난 브루어가 누군지 몰라요." 아이다가 말했다. "그렇지만 여러 가지 일들이 활발하게 일어나고 있는 것 같군요."

"경마가 시작될 때까지 기다려 보세요." 바텐더가 말했다. "그땐 정말 패거리들이 활발하게 움직일 겁니다. 콜레오니는 독점을 하려 들 테고. 앗, 저길 봐요. 빨리. 창문으로 그자가 지나가는 걸 볼 수 있어요."

아이다는 창가로 가서 밖을 내다보았다. 그러나 이번에도 그녀가 알고 있는 브라이턴의 모습만 보일 뿐이었다. 심지어 프레드가 죽은 날에도 그녀는 평소와 다른 브라이턴의 모습은 전혀 보지 못했다. 팔짱을 끼고 걸어가는 비치 파자마 차림의 두 여자, 로팅딘 방면으로 가는 버스들, 신문을 파는 한 남자, 장바구니를 들고 있는 한 여자, 초라한 양복 차림의 한 소년, 잔교를 떠나가는 유람선, 햇빛에 모습을 드러낸 새우처럼 투명한 빛을 발하며 길게 뻗어 있는 잔교…… 그녀가 말했다. "내 눈엔 아무도 안 보이는데요."

"지나가 버렸네요."

"누구요? 콜레오니?"

"아니요. 어린 녀석."

"아." 아이다가 말했다. "그 소년!" 그녀는 자리로 돌아와 포트와인을 마저 마셨다.

"걔는 걱정이 산더미 같을 거예요."

"그런 애가 이런 일에 말려들면 안 되는데. 만약 그 애가 내 아들이라면 매질을 해서라도 그러지 못하게 할 거예요." 그 말을 끝으로 아이다는 그 소년에 대한 생각을 떨쳐 버리려 했다. 커다란 강철 준설기처럼 축을 중심으로 자신의 마음을 움직여서 자신의 관심을 그에게서 돌리려 했다. 그러나 그 순간 다른 술집의 일반 바에서 프레드의 어깨 너머로 보았던 한 얼굴이 생각났다. 그리고 유리잔이 깨지는 소리와 "이 신사가 물어 줄 거요." 하는 목소리가 생각났다. 그녀는 비상한 기억력의 소유자였다. "당신, 콜리 키버를 본 적이 있나요?"

"내겐 그런 운이 없었답니다." 바텐더가 말했다.

"그이가 그렇게 죽은 건 이상해 보여요. 그에 관해 뭔가 떠도는 소문이 있을 텐데요."

"난 들은 게 없습니다." 바텐더가 말했다. "그는 브라이턴 사람이 아니었어요. 이 근방에서 사는 사람들은 다들 그를 알지 못했죠. 낯선 외지인이었으니까요."

외지인. 이 단어는 그녀에게는 아무 의미도 없었다. 그녀는 이 세상 어디에서도 자신을 외지인으로 여기지 않았다. 아이다는 술잔에 남은 값싼 포트와인의 찌꺼기를 빙빙 돌리면서 누구에게랄 것도 없이 말했다. "멋진 인생이지." 그녀가 유대감을 내세우지 않는 것은 없었다. 바텐더 뒤에 걸린 광고용 거울이 그녀의 모습을 비춰 주었다. 해변의 여자들이 키득거리며 큰길을 건너고, 불로뉴행 증기선은 뱃고동을 울렸다. 멋진 인생이었다. 그녀에게는 오직 프랭크네 집에서 나오고 프랭크네 집으로 돌아가는 동안 소년이 걷는 어둠의 세계만이 생경할 뿐이었다. 그녀는 자신이 이해하지 못하는 것에 대해서는 동정심이 없었다. 그녀가 말했다. "난 가 볼게요."

아직 1시가 안 됐지만 아이다는 코커리 씨가 도착하기 전에 물어보고 싶은 것들이 있었다. 그녀는 맨 처음 눈에 띈 웨이트리스에게 말을 걸었다. "아가씨가 그 행운아예요?"

"무슨 말인지 잘 모르겠어요." 웨이트리스가 차갑게 말했다.

"그 카드를 발견한 사람이냐는 말이에요. 콜리 키버 카드."

"아, 그건 저 애예요." 웨이트리스가 경멸스럽다는 듯이 분을 바른 뾰족한 턱을 까닥이며 말했다.

아이다는 자리를 바꿔 앉았다. 그녀가 말했다. "친구 한 명이 올 거예요. 난 그이를 기다려야 하지만 미리 메뉴를 골라볼게요. 이 집 셰퍼드 파이는 먹을 만해요?"

"네, 맛있을 거예요."

"노릇노릇 잘 구워져 나오나?"

"아주 먹음직스러워 보여요."

"그런데 이름은 어떻게 돼요?"

"로즈."

"어머." 아이다가 말했다. "그럼 아가씨가 카드를 발견한 행운아인가 보네?"

"쟤들이 그렇게 말하던가요?" 로즈가 말했다. "쟤들은 날 잡아먹으려 해요. 내가 첫 출근일에 그 같은 행운을 잡은 것은 말이 안 된다고 생각하거든요."

"첫 출근일이었어요? 정말 운이 좋았군요. 그날 일은 쉽사리 잊어버리지 않겠네."

"그럼요." 로즈가 말했다. "언제까지나 기억날 거예요."

"내가 이렇게 아가씨를 붙잡아 두고 계속 얘기하면 안 되는 건데."

"손님이 원한다는데 어떡하겠어요? 음식을 주문하고 있는 것처럼 보이면 돼요. 지금은 시중들어야 할 다른 손님도 없고, 난 사실 음식들을 나르느라 피곤해서 금방이라도 쓰러질 것만 같거든요."

"이 일이 싫은가 봐?"

"아니에요." 로즈가 재빨리 말했다. "그런 말이 아니었어요. 난 이 일이 마음에 들어요. 다른 일을 할 생각은 전혀 없어요. 임금을 배로 준다면 모를까, 그렇지 않은 한 난 호텔이나 '체스맨' 같은 데서는 일하지 않을 거예요. 여긴 좀 품위가 있는 곳이거든요." 로즈는 그렇게 말하고 나서 녹색 칠이 된 탁자 위에 놓인 수선화, 종이 냅킨, 소스병 같은 소모품들을 바라보았다.

"이 지역 주민이에요?"

"항상 이 고장에서 살았어요. 태어나서부터 지금까지 줄곧." 로즈가 말했다. "넬슨플레이스에서요. 여긴 내가 지내기엔 아주 좋은 곳이에요. 잠자리를 제공해 주거든요. 우리 방에서 지내는 사람은 세 명뿐인데, 거울은 두 개나 있답니다."

"나이는 어떻게 돼요?"

로즈는 물어봐 줘서 고맙다는 듯이 탁자 위로 몸을 숙이며 말했다. "열여섯. 하지만 저 사람들에게는 그렇게 말하지 않아요. 열일곱 살이라고 얘기한답니다. 저들이 사실을 알면 나는 아직 일할 나이가 안 되었다고 할 테니까요. 저 사람들은 나를 돌려보낼 거예요……" 그러고 나서 한참을 머뭇거린 뒤에야 그 음산한 말을 내뱉었다. "집으로 말예요."

"그 카드를 발견했을 때," 아이다가 말했다. "무척 기뻤겠네."

"아, 그럼요."

"혹시 흑맥주 한 잔 마실 수 있을까?"

"그건 밖에 나가서 사 와야 해요." 로즈가 말했다. "나한테 돈을 주시면……"

아이다는 지갑을 열었다. "아가씨는 체구가 작은 그 사람을 절대 잊지 못하겠군."

"아니에요, 그 사람은 그렇게 체구가 작지……" 로즈는 말을 하려다가 갑자기 멈추고는 식당의 창문을 통해 큰길 건너편 방향에 있는 잔교 쪽으로 시선을 던졌다.

"그 사람은 체구가 어떻다고?" 아이다가 말했다. "무슨 말을 하려고 한 거지?"

"기억이 안 나요."

"난 아가씨는 체구가 작은 그 사람을 절대 잊지 못하지 않겠느냐고 물은 것뿐인데."

"그게 전혀 생각이 나지 않네요." 로즈가 말했다. "맥주 갖다 드릴게요. 그런데…… 흑맥주 한 잔 값이 이리 비싼가요?" 그녀가 1실링짜리 동전 두 개를 집어 들면서 물었다.

"하나는 아가씨에게 주는 거예요." 아이다가 말했다. "난 호기심이 강해요. 그건 어쩔 수가 없어. 그렇게 생겨 먹은 걸 어떡해. 그 사람, 어떻게 생겼는지 말해 줘요."

"모르겠어요. 기억이 안 나요. 난 얼굴을 잘 기억하지 못하는 편이거든요."

"그럴 리가 없어. 그렇잖아요. 얼굴을 기억하지 못했다면 아가씨는 그 사람에게 다가가 상을 요구했겠지. 신문에서 그 사람 사진을 분명히 보았을 테고."

"알아요. 난 그렇게나 어리석은걸요." 그녀는 창백한 얼굴에 단호한 표정을 띠고 서 있었다. 양심의 가책 때문인지 가쁜 숨을 내쉬고 있었다.

"상을 요구했다면 10실링이 아니라 10파운드를 받았을 텐데."

"흑맥주 갖다드릴게요."

"아니, 기다리는 게 좋을 것 같네. 돈은 나에게 점심을 사 줄 신사가 낼 거예요." 아이다는 동전 두 개를 다시 받아 들었다. 로즈의 눈이 다시 지갑으로 향하는 아이다의 손을 뒤쫓았다. "낭비하지 않으면 부족하지 않은 법이지." 아이다는 부드러운 어조로 말하고 나서 로즈의 마른 얼굴과 큰 입, 간격이 너무 넓어 보이는 두 눈, 창백한 혈색, 미성숙한 몸을 세세히 살펴보았다. 그러더니 갑자기 다시 크고 활달한 목소리로 "필 코커리, 필 코커리" 하고 외치면서 손을 흔들었다.

코커리 씨는 배지가 달린 블레이저코트를 입었는데, 안에 입은 셔츠의 옷깃은 빳빳했다. 그는 뭘 좀 많이 챙겨 먹어야 할 사람처럼 보였다. 마치 한 번도 용기를 내서 표현하지 못했던 열정으로 피폐해진 사람 같았다.

"기운 좀 내, 필. 뭐 먹을 거야?"

"스테이크와 콩팥 요리." 코커리 씨가 우울하게 말했다. "아가씨, 우리 술 좀 줘."

"나가서 사 와야 해요."

"음, 그렇다면 기네스 맥주 큰 병으로 두 병 부탁해요." 코커리 씨가 말했다.

로즈가 돌아왔을 때 아이다는 로즈를 코커리 씨에게 소개했다. "이 아가씨가 바로 카드를 발견한 행운아야."

로즈는 뒤로 물러섰으나 아이다가 로즈의 검정 면 드레스의 소매를 꽉 붙잡았다. "그 사람, 많이 먹던가?" 그녀가 물었다.

"하나도 기억나지 않아요." 로즈가 말했다. "정말로 기억나지 않아요." 더운 여름 햇볕에 약간 발그레하게 상기된 그들의 얼굴이 위험을 알리는 포스터 같았다.

"죽을 것처럼 보이던가?" 아이다가 물었다.

"내가 그걸 어떻게 알아요?"

"그 사람과 얘기해 봤을 텐데?"

"얘기 안 했어요. 무척 바빴으니까요. 난 그저 맥주와 소시지롤을 갖다주었을 뿐이에요. 그 후로는 그 사람을 다시 보지 못했어요." 그녀는 아이다의 손아귀에서 소매를 홱 잡아 빼고 휙 가 버렸다.

"저 애한테서 그리 많은 걸 얻을 순 없을 것 같은데." 코커리 씨가 말했다.

"아니, 많은 걸 얻어 낼 수 있어." 아이다가 말했다. "기대 이상일 거야."

"왜? 무엇 때문에 그렇게 생각해?"

"저 애가 한 말 때문에."

"저 앤 말을 별로 하지 않았는데."

"그 정도면 충분히 말한 거야. 난 늘 뭔가 수상쩍다는 느낌이 들었어. 있잖아, 그이는 택시 안에서 자기는 죽을 거라고 말했더랬어. 나는 잠시 그 말을 믿었지. 그이가 사실이 아니라고, 꾸며 낸 이야기일 뿐이라고 말할 때까지 내가 얼마나 놀랐는지 몰라."

"이제 보니 그 사람, **정말** 죽어 가고 있었군 그래."

"그이가 그런 뜻으로 죽을 거라고 말한 건 아니야. 난 육감이 있어."

"어쨌든," 코커리 씨가 말했다. "그 사람은 자연사했다는 증거가 있잖아. 그 일은 신경 쓸 게 전혀 없다고 봐. 오늘은 날씨가 참 좋잖아, 아이다. 우리 '브라이턴 벨'*을 타고 가면서 그 얘길 좀 더 해 보는 게 어떨까. 바다는 마감 시간이 없으니까. 아무튼 그 사람이 자살했다면 그건 그 사람 일인 거야."

"만약 그이가 자살했다면," 아이다가 말했다. "자살할 수밖에 없도록 몰린 것이겠지. 난 저 여자애가 한 말을 들었어. 그래서 난 알아, 카드를 이곳에 놓고 간 사람은 그이가 아니었다는 것을 말이야."

♦ 런던의 빅토리아역에서 브라이턴까지 운행했던 기차명으로, 현재는 운행이 종료되었다.

"맙소사. 그건 또 무슨 말이야? 당신, 그런 식으로 말하면 안 돼. 위험한 말이야." 코커리 씨는 불안스러운 듯 침을 꿀꺽 삼켰다. 앙상한 목의 피부 속 울대뼈가 올라갔다 내려왔다.

"그래 맞아, 위험한 말이야." 아이다가 말했다. 그녀는 검정 면 드레스를 입은, 잔뜩 움츠러든 열여섯 살 소녀의 야윈 몸을 지켜보면서 귀로는 떨리는 손으로 나르는 쟁반 위의 유리잔이 쟁그랑거리는 소리를 들었다. "그렇지만 누구에게 위험한가 하는 것은 다른 문제지."

"우리, 햇볕 속으로 나가지." 코커리 씨가 말했다. "여긴 그리 따뜻하지가 않아." 그는 조끼도 입지 않고 넥타이도 매지 않았다. 크리켓 셔츠와 블레이저코트 차림의 그는 약간 몸을 떨었다.

"난 생각을 좀 해야겠어." 아이다가 말했다.

"나라면 그런 일에 말려들지 않을 거야, 아이다. 그 사람은 당신에게 아무것도 아니잖아."

"그이는 그 누구에게도 아무것도 아닌 존재였어. 그게 문제야." 아이다가 말했다. 그녀는 자신의 마음속 가장 깊은 곳에 자리 잡은 기억과 본능과 희망의 심층까지 파고 내려가, 그것들에서 자신이 지침으로 삼고 살아가는 유일한 인생철학을 꺼냈다. "나는 정정당당한 것을 좋아해." 아이다가 말했다. 그녀는 그 말을 하고 나자 기분이 좋아져서 무척 쾌활한 어조로 덧붙였다. "눈에는 눈이야, 필. 당신, 곁에서 날 지켜 줄 거지?"

울대뼈가 꿀꺽 올라갔다 내려왔다. 따뜻한 햇볕이 다 빠져

나가 버린 서늘한 바람이 회전문을 통해 들어왔고, 코커리 씨는 앙상한 가슴에서 그 바람의 냉기를 느꼈다. 그가 말했다. "당신이 왜 그런 생각을 하는지 모르겠어, 아이다. 그러나 나는 법과 질서 편이야. 그러니 당신 편이 돼서 당신을 지켜 줄게." 자신의 담대한 용기에 의기양양해진 그는 한 손을 그녀의 무릎에 올려놓았다. "당신을 위해서라면 뭐든 다 할 거야, 아이다."

"저 애의 말을 듣고 나니 할 일은 한 가지뿐인 것 같아." 아이다가 말했다.

"그게 뭔데?"

"경찰서에 가는 거."

아이다는 이 사람에게 웃음을 날리고 저 사람에게 손을 흔들면서 경찰서 안으로 들어갔다. 물론 아이다는 그들을 전혀 알지 못했다. 그녀의 태도는 쾌활하고 마음은 결연했다. 게다가 필을 이끌고 가고 있었다.

"경위님을 만나 뵈려고 왔습니다." 그녀가 책상 앞에 앉아 있는 경사에게 말했다.

"경위님은 지금 바쁘십니다, 부인. 경위님을 만나려는 용건은 뭡니까?"

"기다릴게요." 아이다가 벤치에 놓인 경찰 망토 사이에 앉으며 말했다. "필, 당신도 앉아." 그녀가 넉살을 부리며 그들 모두를 향해 활짝 웃었다. "술집은 6시까지는 문을 열지 않으니

필과 나는 그때까지는 할 게 아무것도 없거든요."

"경위님을 만나려는 용건은 뭡니까, 부인?"

"자살." 아이다가 말했다. "바로 당신들 코앞에서 그 일이 벌어졌는데, 당신들은 그걸 자연사라고 하는군요."

경사는 그녀를 뚫어져라 쳐다보았다. 아이다도 경사를 뚫어져라 쳐다보았다. 그녀의 크고 맑은 눈(이따금씩 마시는 약간의 술도 그 눈에 영향을 미치지 못했다)은 아무것도 말하지 않고 아무런 비밀도 드러내지 않았다. 동료애와 선량함과 쾌활함이 마치 판유리로 된 창 앞에 내려진 덧문처럼 내려져 있는 형국이었다. 그 뒤에 있는 게 무엇인지는 추측만 할 수 있을 뿐이었다. 아마도 품질 보증 마크가 찍힌 양질의 구식 물건들, 정의, 눈에는 눈, 법과 질서, 극형, 이따금씩 가볍게 즐기는 재미 같은 것들이 있을 테고, 추잡하거나 뒤가 구리거나 고백하기 부끄러운 것이나 신비한 것은 없을 것이다.

"나를 놀리는 거 아니죠?" 경사가 말했다.

"지금은 놀리는 거 아니에요, 경사님."

경사는 한쪽 문을 열고 들어간 뒤 문을 닫았다. 아이다는 벤치에 더 깊이 엉덩이를 붙인 채 편안히 앉았다. "여긴 좀 답답하군요, 경찰관님." 그녀가 말했다. "창문을 하나 더 열면 어떨까요?" 그들은 순순히 창문을 열어 주었다.

다른 방으로 들어간 경사가 문에서 그녀를 불렀다. "들어오세요."

"들어가지, 필." 아이다는 필을 데리고 작고 비좁은 사무실로 들어갔다. 사무실에서는 니스와 아교 냄새가 났다.

"그래," 경위가 말했다. "자살 사건에 관해 내게 얘기하고 싶다고요? 성함이?" 경위는 늙고 피곤하고 소심해 보였다. 그는 과일 드롭스 깡통을 전화기와 원고 공책 뒤에 숨기려 했다.

"아널드예요. 아이다 아널드. 난 그 사건이 경위님 소관일 거라고 생각했지요." 그녀가 심하게 비꼬아서 말했다.

"이분은 남편이신가요?"

"아니에요. 친굽니다. 증인이 필요해서 함께 왔어요. 그뿐이에요."

"그래, 누구 얘길 하시려는 거죠, 아널드 부인?"

"헤일이라는 사람에 관해서요. 프레드 헤일. 아, 죄송합니다. 찰스 헤일."

"우린 헤일에 관해선 다 알고 있습니다, 아널드 부인. 그 사람은 명백한 자연사였어요."

"오, 아니에요." 아이다가 말했다. "다 알고 있지는 않아요. 경위님은 그이가 시신으로 발견되기 두 시간 전에 나와 함께 있었다는 것도 모르잖아요."

"검시 현장에 안 나왔죠?"

"신문에서 그이의 사진을 보기 전까지는 그이인 줄 몰랐으니까요."

"그런데 부인은 무슨 이유로 그 사건에 잘못이 있다고 생각하는 겁니까?"

"내 얘길 들어 보세요." 아이다가 말했다. "그이는 나와 함께 있었는데, 뭔가를 두려워하고 있었어요. 우린 팰리스 잔교에 있었죠. 나는 손을 좀 씻고 화장을 고쳐야 했는데, 그이는 나더러 자기를 두고 가지 말라고 했어요. 나는 고작 5분 정도 떠나 있었는데, 돌아와 보니 그이는 사라지고 없더군요. 어디로 갔을까요? 당신들 말에 따르면 그이는 스노 식당으로 가서 점심을 먹은 다음 잔교를 지나 호브가의 쉼터까지 갔다는 거잖아요. 당신들은 그이가 날 따돌리고 가 버린 것일 뿐이라고 생각하겠지요. 하지만 스노 식당에서 점심을 먹고 카드를 놓고 간 사람은 프레드가 아니었어요. 헤일이 아니었단 말이에요. 난 바로 조금 전에 그 웨이트리스를 만났어요. 헤일은 맥주를 좋아하지 않았어요. 맥주를 안 마시려 했죠. 그런데 스노 식당에 온 그 남자는 맥주를 한 병 사다 달라고 했다는 거예요."

"그건 별것 아닙니다." 경위가 말했다. "그날은 날씨가 무척 더웠어요. 그 사람은 몸 상태도 좋지 않았고요. 자기가 해야 할 모든 일들에 신물이 난 겁니다. 그가 자기 대신 다른 사람을 스노 식당으로 가게 한 속임수를 썼다 해도 난 놀라지 않을 겁니다."

"그 웨이트리스는 그이에 대해서는 아무것도 얘기하지 않으려 해요. 그 애는 알고 있으면서도 말하지 않으려 한다고요."

"그 점에 대해서도 난 쉽게 설명할 수 있을 것 같은데요, 아널드 부인. 그 남자는 그 애한테 아무것도 얘기하지 말라는 조건을 걸고 카드를 놓아두었을 수도 있어요."

"그런 게 아니에요. 그 애는 겁을 집어먹고 있어요. 누군가가 그 애한테 겁을 준 거라고요. 어쩌면 프레드를 죽음으로 몰아간 사람과 동일한 사람과…… 그리고 또 있어요."

"죄송합니다만, 아널드 부인, 이렇게 야단스럽게 얘길 해 봤자 시간 낭비일 뿐입니다. 아시다시피 시신에 대한 검시가 있었어요. 그 결과 그 사람은 의심할 나위 없이 자연사했다는 걸 보여 주는 의학적 증거가 나왔습니다. 그 사람은 심장이 안 좋았어요. 그에 대한 의학적 진단명은 관상동맥 혈전증입니다. 내가 보기엔 더위와 인파와 과로로 지친 데다가 약한 심장 탓에 그리된 겁니다."

"그 보고서를 볼 수 있을까요?"

"그건 통상적인 경우가 아닙니다."

"나는 그이 친구였어요." 아이다가 부드럽게 말했다. "그래야 납득이 될 것 같아서 그래요."

"흠, 그렇다면 부인의 마음을 편하게 해 주기 위해 특별히 허락하겠습니다. 마침 보고서가 여기 책상에 있네요."

아이다는 보고서를 꼼꼼히 읽었다. "이 의사분," 그녀가 말했다. "실력이 있는 분이에요?"

"일류 의사입니다."

"분명해 보이는군요." 아이다가 말했다. 그녀는 얼른 훑어보고 나서 다시 읽기 시작했다. "세세한 것까지 다 조사하네요. 와, 내가 그이와 결혼했다 하더라도 이보다 더 많이 알지는 못하겠는데요. 맹장 수술 자국, 과잉 유두…… 이건 뭐람. 배 속

가스로 인한 더부룩함…… 이건 나도 공휴일이면 겪는 증상인데. 고인에게 실례가 될 정도의 정보로군요. 안 그래요? 그이도 이걸 좋아하지 않았을 것 같아요." 그녀는 애틋한 마음으로 보고서를 들여다보았다. "정맥류. 가엾은 프레드. 간에 관한 이 언급은 무슨 뜻이죠?"

"술을 너무 많이 마셨다는 뜻입니다."

"정말 그랬던 것 같아요. 가엾은 프레드. 발톱이 살 속으로 파고드는 증상도 있었군요. 그것까지 아는 건 온당치 못한 일인 듯싶어요."

"아주 친한 친구였나 보죠?"

"아니에요. 우린 그날 알게 됐을 뿐이에요. 그렇지만 난 그이가 마음에 들었어요. 진짜 신사였으니까요. 나는 그날 조금 취해 있었는데, 내가 취하지만 않았더라도 이 일은 일어나지 않았을 거예요." 그녀는 길게 한숨을 내쉬었다. "나와 함께 있었더라면 아무런 해도 입지 않았을 텐데."

"그 보고서는 이제 다 봤지요, 아널드 부인?"

"이 의사 양반은 모든 걸 다 언급하는군요. 팔에 난 원인 미상의 가벼운 타박상이라. 이건 어떻게 생각하세요, 경위님?"

"아무것도 아닙니다. 공휴일의 혼잡한 인파에서 비롯된 것일 뿐이에요. 이리저리 밀리다가 생긴 거죠."

"어머, 말도 안 돼요." 아이다가 말했다. "말도 안 돼요." 그녀의 혀가 발끈 달아올랐다. "인간미를 좀 보여 주세요. 경위님은 공휴일에 밖에 나가 보았어요? 그 같은 혼잡한 인파가 어디에 있나요? 브라이턴은 넓어요. 안 그래요? 비좁은 승강기와는 다르다고요. 그날 난 이곳에 있었으니 잘 알아요."

경위가 완강하게 말했다. "그건 망상입니다, 아널드 부인."

"그래서 경찰은 아무것도 하지 않을 거예요? 스노 식당의 그 여자애도 심문하지 않을 건가요?"

"이 사건은 종결되었습니다, 아널드 부인. 그리고 설령 자살이었다 할지라도 묵은 상처를 다시 들쑤실 까닭이 어디 있습니까?"

"누군가가 그이를 죽음으로 몰아갔고…… 어쩌면 자살이 아니었을지도 몰라요…… 어쩌면……"

"아널드 부인, 이 사건은 종결되었다고 말씀드렸습니다."

"그건 당신들 생각이지요." 아이다가 말했다. 그녀는 일어섰다. 그리고 턱을 까딱 움직여서 필을 불렀다. "아직 절반도 종결되지 않았어요." 그녀가 말했다. "또 뵐게요." 문 앞에 이른 그녀는 책상 뒤에 앉은 초로의 경위를 돌아다보며 특유의 무자비한 활력으로 그를 위협했다. "아, 다시 뵙지 못할지도 모르겠네요." 그녀가 말했다. "이 일은 내 방식으로 해결해 볼 작정이니까요. 난 당신네 경찰은 필요 없어요"(바깥방에 있던 순경들 사이에 술렁거림이 일었다. 누군가 웃었고, 누군가는 구두약통을 떨어뜨렸다). "내겐 친구들이 있으니까요."

그녀의 친구들은 밝게 빛나는 브라이턴의 대기 아래 어디에나 있었다. 그들은 순순히 아내를 따라 생선 가게에 가고, 아이들 양동이를 들고 해변으로 가고, 술집 주변을 서성이면서 문을 열 시간을 기다리고, 1페니를 내고 잔교의 요지경으로 '하룻밤의 사랑'을 들여다보는 사람들이다. 그녀는 그중 누구에게든 간청만 하면 되었다. 왜냐하면 아이다 아널드는 정의의 편이기 때문이었다. 그녀는 쾌활하고, 건강했다. 가장 마음에 맞는 사람들과는 가볍게 취할 만큼 술을 마실 수도 있었다. 그녀는 즐거운 시간을 보내는 것을 좋아했다. 그녀의 큼지막한 젖가슴은 세속적인 쾌락을 거리낌 없이 분출하며 올드 스타인에 있는 호텔로 향하기도 하지만, 그러나 그녀를 쳐다보기만 해도 그녀는 믿을 수 있는 여자라는 사실을 알 수 있었다. 그녀는 남자의 아내에게 고자질하지도 않았고, 다음 날 아침 남자가 기억하고 싶지 않은 것들을 남자에게 상기시켜 주는 짓도 하지 않았다. 그녀는 정직하고 친절했다. 그녀는 법을 준수하는 위대한 중산층에 속했다. 그녀의 즐거움은 그들의 즐거움이고, 그녀의 미신은 그들의 미신(보조 탁자에 칠해진 니스를 긁으며 움직이는 플랑셰트,♦ 어깨 너머로 소금을 뿌리는 행위 같은 것들)이며, 그녀가 사랑하는 사람은 그들이 사랑하는 사람이기도 했다.

"비용이 늘어나고 있긴 하지만 괜찮아." 아이다가 말했다. "경마 경주 뒤엔 모든 게 다 해결될 테니까."

"예상 정보라도 있어?" 코커리 씨가 물었다.

"확실한 소식통으로부터 들었지. 이런 말을 하면 안 되겠지

♦ 심령 연구에 쓰이는, 자동 기록 실험 기구.

만 말이야. 가엾은 프레드."

"난 친구니까 내게 말해 봐." 코커리 씨가 간청했다.

"때가 되면 알게 될 거야." 아이다가 말했다. "점잖게 행동해야 해. 무슨 일이 일어날지 모르잖아."

"당신, 아직도 그 생각 하는 건 아니겠지?" 코커리 씨가 우려하는 표정으로 말했다. "의사가 작성한 보고서를 보고 나서도 말이야."

"난 평소에도 의사 말은 신경 쓰지 않았어."

"그런데 왜 그래야 하는데?"

"진실을 알아내야 하니까."

"어떻게?"

"기다려 봐. 난 아직 시작도 안 했으니까."

바다는 도로가 끝나는 곳 너머의 공동 주택 단지에 널린, 해사하면서도 평범한 빛깔의 빨래처럼 펼쳐져 있었다. "당신 눈동자 빛깔과 같은 색이야." 코커리 씨가 향수 어린 생각에 잠긴 얼굴로 불쑥 말했다. "우리 이제…… 잠시 잔교에 가 보지 않을래, 아이다?"

"좋아." 아이다가 말했다. "잔교. 그럼 우리 팰리스 잔교로 가, 필." 그러나 잔교에 도착했을 때, 아이다는 그 회전식 출입구를 그냥 지나치지 못했다. 그녀는 수족관과 숙녀용 화장실 쪽을 향해 행상인처럼 자리를 잡고 서는 것이었다. "여기가 나의 출발점이야." 그녀가 말했다. "필, 그이는 여기서 날 기다렸지." 그녀는 거리의 붉은 등과 녹색 등을 바라보았다. 그렇게 자신의 싸움터의 혼잡한 교통을 바라보면서 전략을 세우고 자신의 전투원들을 집결시키고 있었다. 한편 5미터 떨어진 곳에서는 스파이서도 적이 나타나기를 기다리면서 서 있었다. 아이다의 낙관적인 전망에 걱정의 그림자를 드리우는 것이 딱 하나 있었는데, 그것은 약간의 의구심이었다. "필, 그 말이 꼭 이겨야 하는데." 그녀가 말했다. "그렇지 않으면 난 버틸 수가 없어."

2

스파이서는 요즘 안절부절못했다. 그가 할 일은 아무것도 없었다. 다시 경마가 시작되면 기분이 좀 나아지겠지, 헤일에 대한 생각도 많이 줄어들겠지, 하면서 자신을 다독일 뿐이었다. 의학적 증거라는 것에 그는 적잖이 당황했다. '자연적 원인에 의한 사망'이라니. 자신의 눈으로 보았는데 말이다. 소년이…… 뭔가 수상쩍었다. 찜찜했다. 그는 경찰의 심문을 감당할 수 있다고 속으로 되뇌곤 했다. 그러나 그 검시 소견이 가져다준 기만적인 안전의 실체를 모른다는 것은 견딜 수 없었다. 여기엔 뭔가 함정이 있다는 생각이 들었다. 그래서 스파이서는 긴 여름날을 줄곧 무슨 일이 일어나지 않을까 경계하면서 불안한 마음으로 돌아다녔다. 경찰서, 그 일이 일어났던 현장, 심지어 스노 식당까지 가 보았다. 그는 경찰의 움직임에 이상한 점이 전혀 없다는 것을 확인하고 싶었고(그는 브라이턴 경찰서의 사복 경찰들을 다 알고 있었다), 누군가가 어정댈 까닭이 없는 곳에 나타나서 어정대거나 질문을 던지는 일이 없다는 것도 확인하고 싶었다. 그것은 단지 신경과민일 뿐임을 그도 알고 있었다. "경마가 시작되면 괜찮아질 거야." 그는 마치 몸이 형편없이 망가졌는데도 이 하나만 뽑으면 모든 게 다 좋아질 거라고 믿는 사람처럼 그렇게 속으로 중얼거렸다.

그는 호브가가 끝나는 곳, 그러니까 헤일의 시신을 놓아두었던 유리로 지어진 쉼터를 벗어나 조심스럽게 큰길로 걸어갔다. 헤일의 창백한 얼굴, 충혈된 눈, 담뱃진이 밴 손가락 끝이 떠올랐다. 그는 왼쪽 발에 생긴 티눈 때문에 밝은 갈색에 가까운 오렌지색 구두를 끌면서 약간 절뚝거리며 걸었다. 입 주위로 여드름도 생겼는데, 그 역시 헤일의 죽음이 원인이었다. 공포가 그의 내장을 교란시켰고, 그래서 여드름이 생긴 것이었다. 늘 그런 식이었다.

스노 식당이 가까워지자 스파이서는 절뚝거리며 조심스럽게 길을 건넜다. 그곳은 또 하나의 취약한 장소였다. 햇빛이 커다란 판유리 창에 반사되어 마치 자동차의 전조등처럼 빛을 내뿜었다. 그는 약간 땀을 흘리며 그곳을 지나갔다. 누군가의 목소리가 들렸다. "여어, 스파이서 아닌가?" 그는 길 건너편의 스노 식당에 눈길을 던지고 있었기에 조약돌이 깔린 길에 설치된 녹색 난간에 몸을 기댄, 가까이에 서 있는 사람이 누구인지 알아차리지 못했다. 스파이서는 땀에 젖은 얼굴을 재빨리 돌렸다. "여기서 뭐 하고 있어, 크래브?"

"다시 돌아오니 좋군 그래." 크래브가 말했다. 연보라색 옷을 입은 젊은 친구의 어깨는 떡 벌어졌고, 허리는 가는 편이었다.

"크래브, 넌 우리한테 내쫓긴 몸이잖아. 난 네가 안 돌아올 줄 알았는데. 너, 얼굴이 좀 달라졌구나." 크래브의 머리털은 뿌리 쪽을 빼고는 당근색이었고, 코는 반듯해지고 흉터가 나 있었다. 전에는 유대인의 얼굴이었지만, 이발사와 외과 의사가 그의 인상을 고쳐 놓은 것이었다. "네 상판대기를 고치지 않으면 우리한테 얻어터질까 봐 겁이 났나 보지?"

"이봐, 스파이서, 내가 너희 패거리를 겁낸다고? 조만간에 넌 나한테 '선생님' 하고 불러야 할 거야. 나는 콜레오니의 오른팔이니까."

"나도 콜레오니가 왼손잡이라는 건 늘 들어서 알고 있다." 스파이서가 말했다. "네가 돌아왔다는 걸 핑키가 곧 알게 될 테니 그때까지만 기다려."

크래브가 웃었다. "핑키는 경찰서에 있어." 그가 말했다.

경찰서. 스파이서가 고개를 떨구었다. 그는 걸음을 옮겼다. 포장된 도로 위를 오렌지색 구두가 끌리면서 나아갔다. 걸을 때마다 티눈이 따끔거렸다. 뒤에서 크래브가 웃는 소리가 들렸고, 코에서는 죽은 생선 냄새가 났다. 그는 병자나 다름없었다. 경찰서. 경찰서. 마치 종기가 신경에 독을 뿜어 대는 것만 같았다. 프랭크네 집에 도착했을 때 거기에는 아무도 없었다. 그는 따끔거리는 발로 삐걱거리는 계단을 올라갔다. 썩은 난간을 지나 핑키의 방으로 갔다. 방문은 열려 있었고, 아무도 없는 방 안 모습이 스윙 거울*에 비쳤다. 메모는 없고, 바닥에는 빵 부스러기가 널려 있었다. 방은 누군가가 갑자기 불려 나간 듯한 모습이었다.

스파이서는 옷장(호두나무색 착색제를 고르지 않게 대충 칠한 옷장) 옆에 섰다. 옷장 서랍 속에도 안심이 될 만한 메모 쪽지가 없었다. 경고의 쪽지도 없었다. 그는 방 안을 둘러보았다. 티눈의 쑤시는 아픔이 온몸을 훑고 지나가 뇌에까지 이르렀다. 그때 갑자기 거울에 자신의 얼굴이 나타났다. 굵고 거친 검은 머리털과 희끗희끗한 뿌리 부분, 얼굴에 난 조그만 종기들, 충혈된 눈알…… 스파이서는 자신이 지금 영화 화면에 클로즈업된, 어딘지 모르게 경찰 끄나풀일 듯싶은 사람, 즉 경찰에 몰래 일러바치는 사람의 얼굴을 들여다보고 있는 것 같다는 생각이 들었다.

그는 거울에서 물러났다. 페이스트리 부스러기가 발밑에서 바스러졌다. 자신은 몰래 일러바칠 사람이 아니라고 스스로에게 항변했다. 핑키, 커빗, 댈로. 녀석들은 자신의 친구들이었다. 자신은 그들을 실망시키는 짓은 하지 않을 것이다. 살인을 저지른 사람은 자신이 아닐지라도 말이다. 그는 처음부터 헤일을 죽이는 것에 반대했다. 그가 한 일이라곤 카드를 놓아둔 것뿐이었다. 다만 모든 걸 **알고 있다**는 게 문제였다. 그는 계단 맨 위에 서서 흔들거리는 난간 너머의 아래쪽을 내려다보

♦ 거울 양옆의 한 지점만 틀에 고정되어 그네처럼 앞뒤로 움직일 수 있는 거울.

았다. 경찰에 밀고하느니 차라리 자살하겠어. 그는 빈 층계참에 대고 나직이 소곤거렸다. 그러나 자기는 그럴 용기가 없다는 것을 너무나 잘 알고 있었다. 그보다는 도망치는 게 더 나을 것이다. 그는 노팅엄과 자신이 알고 있는 한 술집을 머리에 떠올리며 향수에 잠겼다. 그가 한때 큰돈을 모으면 매입하고 싶어 했던 술집이었다. 노팅엄, 좋은 곳이었다. 그곳은 공기 좋고, 메마른 입에 소금기가 달라붙어 따끔거리는 일도 없으며, 여자들은 상냥한 곳이었다. 여기를 떠날 수만 있다면…… 그러나 다른 녀석들이 절대 그를 놓아주지 않을 것이다. 그가 너무 많은 일에 관해 너무 많은 것을 알고 있기 때문이었다. 이제는 평생을 이 무리들 속에서 살아가야 할 터였다. 그는 고개를 숙이고 층계의 발판과 좁은 현관, 리놀륨 바닥, 문 옆 받침대에 놓인 구식 전화기를 내려다보았다.

스파이서가 그렇게 아래를 내려다보고 있을 때 전화벨이 울리기 시작했다. 그는 두려움과 의심의 눈으로 전화기를 내려다보았다. 이제 나쁜 소식은 더 이상 견딜 수 없었다. 다들 어디 간 거지? 아무런 경고도 없이 나를 남겨 두고 튀어 버린 걸까? 프랭크도 지하실에 없었다. 다리미를 뜨겁게 달궈 놓고 어디 간 것처럼 타는 듯한 냄새가 났다. 전화벨이 계속 울려 댔다. 그래, 실컷 울리라지, 그는 생각했다. 때가 되면 지치겠지. 이 빌어먹을 개 같은 일들을 왜 내가 다 해야 하지? 따르릉, 따르릉, 따르릉. 누군지 모르지만 정말 쉽사리 지치지 않는군. 그는 층계참 끝으로 다가가서 조용한 집 안을 흔들며 요란한 소리를 토해 내는 에보나이트 전화기를 노려보았다. "문제는," 그가 핑키와 나머지 다른 녀석들에게 할 얘기를 연습하듯이 소리 내어 말했다. "내가 이 같은 일을 하기엔 너무 늙었다는 사실이야. 난 은퇴해야겠어. 내 머리를 좀 봐. 희끗희끗하지 않아? 난 은퇴해야 해." 그러나 이 말에 대한 대답은 규칙적으로 울어 대는 따르릉, 따르릉, 따르릉뿐이었다.

"왜 저놈의 전화를 아무도 안 받는 거야?" 그가 계단통을 내려다보며 소리 질렀다. "내가 모든 걸 다 해야 하는 거야? 엉?" 그의 머릿속에 어린아이의 장난감 통 속에 카드를 한 장 떨어뜨리고, 뒤집힌 보트 밑에 카드를 한 장 슬그머니 넣어 두는 자신의 모습이 떠올랐다. 자신을 교수대로 보낼 수도 있었을 카드를 말이다. 그는 갑자기 몹시 화가 난 모습을 과장되게 지어 보이며 계단을 뛰어 내려가서 수화기를 집어 들었다. "여보세요." 그가 고함을 질렀다. "그래, 대체 누구시오?"

"프랭크네 집이죠?" 수화기 너머로 목소리가 들려왔다. 그는 이제 그 목소리를 알았다. 스노 식당에서 일하는 여자애의 목소리였다. 그는 덜컥 겁이 나서 수화기를 내려뜨리고 기다렸다. 인형의 소리 같은 가느다란 목소리가 수화기에서 들려왔다. "부탁해요, 핑키와 통화를 해야 해요." 여자애의 목소리를 듣는 것만으로도 핑키를 배신하는 것만 같은 기분이 들었다. 그는 다시 수화기에 귀를 갖다 댔고, 여자애는 간절하고 불안스러운 목소리로 되풀이했다. "프랭크네 집이죠?"

스파이서는 송화구에서 입을 약간 떨어뜨린 채 이상하게 혀를 꼬고 엉성하게 쉰 목소리를 지어내는 식으로 목소리를 꾸미며 대답했다. "핑키는 밖에 나갔어. 무슨 일인데 그래?"

"난 핑키와 통화를 해야 해요."

"나가고 없다고 말했잖아."

"그런데 누구세요?" 여자애가 겁먹은 목소리로 물었다.

"그건 내가 알고 싶은 것인데. 댁은 누구지?"

"저는 핑키의 친구예요. 핑키를 찾아야 해요. 급해요."

"도와줄 수가 없는데 어떡하나."

"제발. 핑키를 찾아 주셔야 해요. 그이가 내게 말했거든요, 만약⋯⋯" 목소리가 잦아들더니 사라졌다.

스파이서는 전화기에 대고 소리쳤다. "여보세요. 왜 소리가 안 들리지? 만약 뭐?" 대답이 없었다. 그는 수화기를 귀에 꼭 붙인 채 귀를 기울였다. 전화선을 타고 들려오는 것은 침묵과 웅웅거리는 소리뿐이었다. 그는 전화기의 훅을 딸깍딸깍 눌렀다. "교환. 여보세요. 여보세요. 교환." 그러자 마치 누군가가 레코드판 위에 바늘을 올려놓은 것처럼 갑자기 여자애의 목소리가 다시 들려왔다. "들리세요? 여보세요? 아직 거기 계시죠?"

"물론 난 여기 있어. 핑키가 뭐라고 했다고?"

"핑키를 찾아 주셔야 해요. 그이가 알려 달라고 했단 말이에요. 어떤 여자가 남자와 함께 여길 왔어요."

"무슨 말이야? 여자라니?"

"이것저것 캐물었어요." 여자애의 목소리가 말했다. 스파이서는 수화기를 내려놓았다. 여자애가 하려던 얘기는 전화통에 갇혀 숨이 끊어졌다. 핑키를 찾아 달라고? 핑키를 찾아서 뭐 하게? 다른 녀석들은 핑키를 찾아간 모양이었다. 그리고 커빗과 댈로, 녀석들은 자기한테는 한 마디 말도 남기지 않고 빠져나갔다. 그가 경찰에 밀고한다 해도 놈들은 응당 받아야 할 벌을 받는 것일 뿐이리라. 하지만 그는 밀고하지 않을 것이다. 경찰 끄나풀이 아니니까. 녀석들은 그를 겁쟁이라고 생각했다. 그래서 그가 밀고할 거라고 **생각할 것이다**. 그는 그처럼 신뢰도 얻지 못한 것이다…… 늙어서 메말라 버린 눈물샘에서 자기 연민의 눈물 한 방울이 찔끔 새어 나왔다.

생각을 좀 해야겠어, 그가 마음속으로 되풀이했다. 생각을 좀 해야겠어. 현관문을 열고 밖으로 나갔다. 그는 너무 서두른 탓에 모자를 가지고 오지도 않았다. 그의 머리털은 가늘고 메말라고 부스스했으며 비듬도 많았다. 그는 특별히 방향을 정하지도 않고 무작정 빨리 걸었다. 그러나 브라이턴의 모든 길은 해안 도로에서 끝났다. 나는 이 일을 하기엔 너무 늙었어, 나는 이곳을 벗어나 노팅엄으로 가야 해. 그는 혼자 있고 싶어서 돌계단으로 내려가 해변가로 들어섰다. 가게 문을 일찍 닫는 때라서 산책로 아래, 바다를 바라보고 있는 조그만 가게들은 문을 닫았다. 그는 아스팔트의 가장자리를 걸었다. 조약돌이 깔린 길을 발을 끌며 나아갔다. 경찰에 일러바치진 않을 거야. 그는 밀려왔다 밀려가는 조수를 바라보며 속으로 중얼거렸다. 그렇지만 그건 내가 하지 않았어. 난 프레드를 죽이는 걸 결코 찬성하지 않았어. 그는 잔교 아래 그늘로 들어섰다. 그늘이 그의 몸을 막 감쌌을 때 상자형 카메라를 든 삼류 사진사가 찰칵 그를 찍더니 증표를 그의 손에 쥐여 주었다. 스파이서는 그걸 알아차리지 못했다. 바닷물에 젖어 흐릿해진 조약돌 해변을 가로질러 죽 늘어선 강철 기둥들은 머리 위에 자동차 길과 실내 사격장, 요지경, 기계 모형들을 떠받치고 있었다. '로봇이 당신의 운수를 점쳐 드립니다'라는 문구도 거기서 만날 수 있었다. 갈매기 한 마리가 성당에 갇힌 겁먹은 새처럼 그를 향해 기둥과 기둥 사이로 곧장 날아들다가 방향을 틀어 철 구조물의 어두운 그늘에서 밝은 햇빛 속으로 날아갔다. 난 밀고하지 않을 거야, 어쩔 수 없는 경우가 아니라면…… 스파이서는 혼잣말을 했다. 그는 낡은 장화 한 짝에 발이 걸려 넘어졌다. 넘어지면서 다치지 않으려고 조약돌들에 손을 짚었다. 바닷물의 냉기를 머금고 있는 그 돌들은 이 기둥 아래 있는 탓에 햇볕에 덥혀진 적이 없었다.

그는 생각했다. 그 여자, 그 여자는 어떻게 이 일에 관해서 뭔가를 알고 있는 거지? 그렇게 캐물어서 뭘 어쩌겠다는 거지? 나는 헤일을 죽이는 걸 찬성하지 않았어. 내가 다른 녀석들과 함께 교수대에 선다면, 그건 공평치 않은 일이야. 난 녀석들에게 그러지 말자고 얘기했으니까. 그는 햇빛 속으로 나와서 다시 큰길 쪽으로 걸어 올라갔다. 형사들은 이 길로 올거야, 그는 생각했다. 그들이 만약 뭔가를 알고 있다면 말이야. 그들은 항상 범죄를 재구성해 보는 법이니까. 그는 잔교의 회전식 출입구와 숙녀용 화장실 사이에 자리 잡고 섰다. 주변에 사람들은 별로 없었다. 그는 형사들을 쉽게 알아볼 수 있을 것이다. 만약 그들이 온다면 말이다. 저 멀리에 로열앨비언 호텔이 있었다. 그랜드퍼레이드 거리에서 올드스타인 거리까지가 한눈에 들어왔다. 먼지 낀 나무들 위로 파빌리온♦의 연녹색 돔이 보였다. 사람이 거의 없는 이 무더운 주중週中 오후에는 누군가가 수족관 아래로 내려간다면 그는 그걸 볼 수 있을 것이다. 춤출 수 있게 준비해 놓은 하얀 덱에서부터 막대 사탕인 브라이턴 록을 파는 싸구려 가게들이 바다와 돌담 사이에 늘어서 있는 지붕 덮인 조그만 아케이드까지를 그는 한눈에 볼 수 있을 것이다.

♦ 브라이턴에 있는, 19세기 초반에 지어진 궁전.

3

소년의 혈관 속을 독이 굽이쳐 흘렀다. 그는 모욕을 당했다. 누군가에게 자신이…… 남자라는 것을 보여 주어야 했다. 그는 얼굴을 찌푸리며 스노 식당 안으로 들어갔다. 젊고 추레하고 믿음이 안 가는 그를 보고 웨이트리스들은 일제히 등을 돌렸다. 그는 빈자리를 찾으며 거기 서 있었으나(식당은 만원이었다) 아무도 그에게로 와서 안내해 주지 않았다. 마치 그에게 음식값을 지불할 돈이나 있을까, 의심하는 것만 같았다. 그는 아주 넓은 방 안을 사뿐사뿐 걸어 다니는 콜레오니를 생각했다. 그리고 소파 뒷부분에 자수로 박아 놓은 왕관 문양을 생각했다. 그가 갑자기 소리를 질렀다. "손님 안 받아?" 뺨이 크고 빠르게 썰룩거렸다. 그 주위의 모든 얼굴들이 움찔했으나, 이내 다시 물처럼 잔잔해졌다. 모두가 그를 외면했다. 그는 무시당했다. 갑자기 피로감이 몰려들었다. 마치 아주 먼 길을 걸어서 여기까지 왔는데 결국은 이처럼 무시당하고 만 것 같은 기분이었다.

어떤 목소리가 들렸다. "자리가 없어요." 그는 그 목소리를 알아보지 못했는데, 그만큼 두 사람은 아직은 낯선 사이였던 것이다. 그 목소리가 "핑키" 하고 덧붙였을 때에야 목소리의 주인이 누구인지 알아차렸다. 돌아다보니 거기 로즈가 있었다. 그녀는 외출복 차림에 허름한 검정 밀짚모자를 썼는데, 그 차림새는 그녀의 얼굴을 무척 늙어 보이게 했다. 그녀가 노동과 출산을 겪으며 20년이 지났을 때의 얼굴이 그런 얼굴이 아닐까 싶을 정도였다.

"쟤들이 날 안내해 줘야 하는 거 아니야?" 소년이 말했다. "자기들이 뭐라도 되는 줄 아나 보지?"

"빈자리가 없어요."

이제 모두가 그들을 쳐다보고 있었다. 다들 못마땅한 표정이었다.

"밖으로 나가요, 핑키."

"왜 그렇게 옷을 차려입었어?"

"오늘 오후는 휴가예요. 밖으로 나가요."

소년은 로즈 뒤를 따라 밖으로 나왔는데, 별안간 그녀의 손목을 잡고 두 입술 사이로 독설을 뿜어냈다. "팔을 부러뜨릴까 보다."

"내가 뭘 잘못했는데요, 핑키?"

"자리가 없다니. 쟤들은 내 시중을 드는 걸 좋아하지 않아. 난 보잘것없는 놈이니까. 그렇지만 두고 봐…… 어느 날……"

"어느 날 뭐요?"

그러나 그의 마음은 자신의 야심의 범위 앞에서 비틀거렸다. 그가 말했다. "신경 쓰지 마…… 아무튼 두고 보라지……"

"전갈 받았어요, 핑키?"

"무슨 전갈?"

"프랭크네 집으로 전화해서 당신을 찾았어요. 전화받은 사람한테 당신에게 얘길 해 달라고 했는데."

"누구랑 통화했는데?"

"몰라요." 그러고 나서 그녀가 별다른 생각 없이 덧붙였다. "카드를 두고 간 사람이었다고 생각해요."

소년은 다시 그녀의 손목을 쥐었다. 그가 말했다. "카드를 두고 간 사람은 죽었어. 신문에서 다 읽었잖아." 그러나 그녀는 이번에는 전혀 두려운 빛을 내비치지 않았다. 그동안 소년이 무척 다정하게 대해 주었기 때문이다. 그녀는 그가 깨우쳐 주려 한 말을 무시했다.

"그 사람이 당신을 찾았나요?" 그녀가 물었다. 소년은 속으로 생각했다. 이 애가 다시 겁을 집어먹도록 해야겠어.

"날 찾은 사람은 없어." 그가 말했다. 그는 그녀를 거칠게 떠밀었다. "가자. 좀 걷자. 날 따라와."

"난 집에 가려고 했어요."

"집에 가지 마. 나랑 같이 가는 거야. 난 운동을 좀 하고 싶어." 그가 끝이 뾰족한 자신의 구두를 내려다보며 말했다. 큰길의 이쪽 끝에서 저쪽 끝까지 걸어 보긴 했지만 그 이상은 걸어 본 적이 없는 구두였다.

"어딜 가요, 핑키?"

"그냥 시골 어딘가로." 핑키가 말했다. "이런 날엔 다들 그런 델 가지." 그는 잠시 시골이 어디인지 생각해 보았다. 경마장. 그곳도 시골이었다. 그때 피스헤이븐이라고 쓰인 버스가 왔고, 그는 버스에 대고 손을 흔들었다. "타." 그가 말했다. "시골 가는 버스야. 거기 가서 얘길 좀 하자. 분명히 해 둘 이야기가 있어."

"걸어 다닐 거라고 생각했는데."

"이게 걷는 거야." 그가 퉁명스럽게 말하며 그녀를 버스 발판으로 떠밀었다. "넌 숙맥이야. 아무것도 몰라. 사람들이 정말로 발로 **걷는**다고 생각하면 안 돼. 어떻게 걸어⋯⋯ 수 마일이나 되는 길을."

"사람들이 '따라와. 좀 걷자'라고 말하면 버스 타자는 뜻으로 이해해야 해요?"

"아니면 승용차를 타자는 뜻일 수도 있고. 널 승용차에 태우고 가면 좋을 텐데, 다른 녀석들이 타고 나가 버렸어."

"차가 있어요?"

"난 차 없인 생활하기 힘들어." 소년이 말했다. 버스는 로팅 딘을 향해 올라가고 있었다. 담 뒤의 붉은 벽돌집들, 드넓은 정원, 하키 스틱을 들고서 뭔가 하늘에 떠 있는 것을 쳐다보는 한 소녀, 그리고 그녀 주변의 잘 깎인 멋들어진 잔디밭 등이 눈에 들어왔다. 혈관 속을 흐르던 독은 이제 다시 제자리를 찾아 들어갔다. 그는 존경받고 있었다. 자기를 모욕하는 사람은 없었다. 그러나 자기를 존경하는 소녀를 바라보자 다시 독이 새어 나왔다. 그가 말했다. "그 모자 벗어. 궁상스러워 보여." 그녀는 순순히 그의 말에 따랐다. 생쥐의 털 같은 그녀의 머리 털이 조그만 머리통에 찰싹 달라붙어 있었다. 그는 못마땅한 얼굴로 그녀를 바라보았다. 이래서 녀석들이 내 결혼 문제를 가지고 농담을 하며 놀리는 것이야. 이래서 말이다. 그는 동정을 잃지 않은 고약한 소년의 눈으로 그녀를 바라보았다. 마시라고 내놓은 물약을 절대로 마시지 않을 사람이 그 물약을 바라보는 것처럼 그녀를 바라보았다. 그걸 마실 바에는 차라리 먼저 죽어 버리거나…… 혹은 남들을 죽여 버리기라도 할 것 같은 고약함이 담긴 시선이었다. 차창 주위로 분필 가루 같은 먼지가 일었다.

"당신, 나에게 전화하라고 했잖아요." 로즈가 말했다. "그런 데……"

"여기선 그 얘기 하지 마." 소년이 말했다. "우리 둘만 있게 될 때까지 기다려." 운전사의 머리가 드넓은 하늘을 배경으로 서서히 시야에 들어왔다. 하얀 깃털 몇 개가 뒤편의 하늘빛 속으로 날아가더니 언덕진 초지 위에서 동쪽으로 방향을 틀었다. 소년은 끝이 뾰족한 구두가 나란하도록 발을 모으고 두 손을 호주머니에 넣은 자세로 앉아 얇은 구두 밑창을 통해 엔진의 진동이 올라오는 것을 느끼고 있었다.

"너무 좋아요." 로즈가 말했다. "당신과 함께 여기…… 시골에 오니 너무 좋아요." 뒤로 죽 늘어서 있는 타르 칠을 한 조그만 양철 지붕 방갈로들, 백악질의 땅에 조성한 정원, 언덕진 초지에 색슨족의 문장紋章처럼 새겨진 메마른 화단…… '갓길 대피소' '마자와티 차茶' '진짜 골동품' 따위의 안내판도 눈에 띄었다. 수십 미터 아래 연푸른 바다는 험상궂고 상처투성이인 잉글랜드의 옆구리를 철썩철썩 때렸다. 피스헤이븐 마을은 점점 작아지고 줄어들다가 초지에 묻히고, 반쯤 생기다 만 길들은 풀밭 길로 변해 갔다. 그들은 방갈로 사이로 걸어서 절벽 가장자리까지 갔다. 주위에는 아무도 없었다. 한 방갈로는 유리창이 깨져 있고, 다른 한 방갈로는 초상이 나서 블라인드를 드리우고 있었다. "아래를 내려다보니 현기증이 나요." 로즈가 말했다. 가게 문을 일찍 닫는 날이라서 가게는 닫혀 있었다. 폐점 시간에는 호텔에서도 마실 것을 구할 수 없었다. 백악질의 미완성 도로에 난 바퀴자국을 따라 '세놓습니다'라는 간판이 늘어서 있었다. 소년은 소녀의 어깨 너머로 자갈길로 이어지는 거칠고 가파른 내리막길을 볼 수 있었다. "떨어질 것만 같아요." 로즈가 바다를 향하고 있던 몸을 돌리며 말했다. 소년은 소녀가 몸을 돌리는 대로 내버려 두었다. 조급하게 행동할 필요는 없었다. 계획이 끝내 실행되지 않을 수도 있는 법이니까.

"자, 이제 말해 봐." 그가 말했다. "누가 누구한테 무슨 이유로 전화를 걸었다는 거지?"

"내가 **당신한테** 전화했어요. 그러나 당신은 거기 없었어요.

대신 그 사람이 전화를 받았죠."

"그 사람?" 소년이 되받았다.

"당신이 우리 식당에 온 날 그 카드를 두고 간 사람. 기억하죠? 당신이 뭔가 찾고 있었잖아요." 물론 그는 또렷이 기억했다.

식탁보 밑에 손을 넣어 뒤진 일, 이 일을 쉽게 잊을 거라고 예상했던 그녀의 바보스럽고 순진한 얼굴…… "기억력이 좋군." 그 생각에 소년이 얼굴을 찌푸리며 말했다.

"난 그날의 일을 잊지 못할 거예요." 그녀는 그렇게 말한 다음 갑자기 입을 다물었다.

"넌 잊기도 잘해. 전화로 들은 목소리의 주인공은 그 사람이 아니라고 했잖아. 그 사람은 죽었단 말이야."

"어찌 됐든 그건 중요하지 않아요." 그녀가 말했다. "문제는…… 누가 나에게 캐물었다는 사실이에요."

"그 카드에 관해?"

"예."

"남자가?"

"여자예요. 웃음이 호탕하고 체구가 큰 여자. 당신도 그 웃음소리를 들었어야 하는데. 마치 걱정거리가 하나도 없는 사람의 웃음 같았어요. 나는 그 여자를 믿지 않았어요. 그 여자는 우리와 같은 부류가 아니었으니까."

"우리와 같은 부류라." 그들 두 사람에게는 공통점이 있다는 것을 암시하는 말에 소년은 다시 얼굴을 찌푸리며 주름진

야트막한 조수를 바라보았다. 그가 날카롭게 말했다. "그 여자, 뭘 알고 싶어 했어?"

"뭐든 다 알고 싶어 했죠. 카드를 두고 산 사람은 어떻게 생겼는지 알고 싶어 했어요."

"넌 뭐라고 말했어?"

"아무것도 말하지 않았어요, 핑키."

소년은 뾰족한 구두코로 얇고 건조한 잔디밭을 툭툭 파더니 빈 소고기 통조림 깡통을 바큇자국이 있는 곳으로 요란스럽게 찼다. "널 생각해서 이런 말을 하는 거야." 그가 말했다. "나하고는 아무 상관 없어. 난 관심이 없단 말이야. 그렇지만 나는 네가 위험할 수도 있는 일에 말려드는 걸 원치 않아." 그는 곁눈으로 그녀를 힐끔 쳐다보았다. "넌 겁이 안 나나 보구나. 난 심각하게 얘기하고 있는 거야."

"난 겁 안 나요, 핑키…… 당신이 곁에 있으면."

그는 화가 나서 손톱이 손바닥을 파고들 정도로 힘껏 주먹을 쥐었다. 그녀는 잊어야 할 것은 다 기억하고 기억해야 할 것은 다 잊어버렸다. 황산이 든 병도 잊어버리고…… 그때는 자신의 말에 겁을 집어먹곤 했었다. 그 뒤로 자기가 그녀를 너무 부드럽게 대해 준 모양이었다. 그녀는 자기가 그녀를 좋아한다고 정말로 믿고 있었다. 그래, 이건 '야외 나들이'니까, 소년은 그렇게 생각하다가 스파이서의 농담을 다시 떠올렸다. 소년은 쥐를 연상시키는 소녀의 머리통, 그리고 앙상한 몸과 꾀죄죄한 옷차림을 바라보았다. 자기도 모르게 몸서리가 쳐졌다. 거위 한 마리가 맨 끝 쪽 화단 너머로 날아가고 있었다. '토요일.' 그는 생각했다. '오늘은 토요일이군.' 옛날 자기 집의 방이 머리에 떠올랐다. 주말마다 침대 위에서 벌이는 엄마 아빠의 무섭고 겁나는 운동. 그는 그 모습을 자신의 싱글 침대에서 훔쳐보았다. 녀석들이 내게서 기대하는 것이 바로 그것이었다. 내가 만난 모든 여자들은 침대에 눈독을 들였다. 그의 내부에서 동정童貞의 순결이 성욕처럼 고개를 치켜들었다. 그들은 성性으로 사람을 판단했다. 사람을 죽이고 패거리를 관리하고 콜레오니를 굴복시킬 수 있는 용기가 있는지의 여부에 의해서 판단하는 게 아니었다. 그가 말했다. "여기서 오래 머물고 싶지 않아. 이제 돌아가자."

"이제 막 왔는데." 소녀가 말했다. "조금 더 있다 가요, 핑키. 난 시골이 좋아요."

"시골 구경 했으니 됐어." 그가 말했다. "시골에선 할 게 아무것도 없어. 술집도 문을 닫았고."

"그냥 앉아 있으면 돼요. 어차피 우린 버스를 기다려야 하니까. 당신 좀 우스워요. 뭐 두려운 게 있는 건 아니죠?"

그는 이상한 표정으로 웃고 나서 유리창이 깨진 방갈로 앞에 어색한 자세로 앉았다. "두려운 게 있냐고? 우습군." 그는 둑에 기대어 누웠다. 백토에 누우니 단추가 풀어져 있는 조끼와 폭이 가는 낡은 줄무늬 넥타이가 평소보다 선명해 보였다.

"집에 가는 것보다 이게 더 나아요." 로즈가 말했다.

"집은 어디야?"

"넬슨플레이스. 그 동네 알아요?"

"아, 여러 번 지나가 봤어." 그는 대수롭지 않은 투로 말했으나, 그 지역의 지도를 잔디밭 위에 그려 보라고 했다면 측량사만큼이나 정확하게 그릴 수 있었을 것이다. 창살문과 흙벽이 있는, 길모퉁이에 위치한 구세군 건물, 그 너머 파라다이스피스에 있는 그 자신의 집, 집중 폭격을 받은 것처럼 보이는 집들, 덜렁덜렁한 홈통과 유리 없는 창, 앞마당에 방치된 채 녹슬어 가는 철제 침대 틀, 결국 일이 진행되지 않은 시범 아파트를 짓는답시고 주택들을 헐어 버린 앞쪽 구역의 버려진 폐허……

두 사람은 백토질 토양의 둑에 나란히 누워 같은 지역의 지리를 상기했다. 그 동네에 대한 소년의 경멸감에는 약간의 증오심이 섞여 있었다. 그는 그곳에서 탈출했다고 생각했으나 그의 집이 여기, 그의 곁에, 자신의 존재를 주장하면서 다시 나타난 것이었다.

로즈가 갑자기 말했다. "그 여자는 그곳에서 산 적이 없어요."

"누가?"

"이것저것 캐묻던 여자. 걱정거리가 하나도 없는 것 같았던 사람."

"그거야 뭐," 그가 말했다. "모두가 다 넬슨플레이스에서 태어날 수는 없으니까."

"당신 혹시 그곳에서…… 또는 그 근방에서 태어난 거 아니에요?"

"내가? 아니. 왜 그렇게 생각하는 거야?"

"그냥…… 그럴 것 같은 생각이 들었어요. 당신도 가톨릭이니까. 넬슨플레이스 주민들은 모두 가톨릭이었어요. 당신은 믿잖아요. 지옥이니 뭐니 하는 거 말이에요. 그런데 그 여자는 그런 건 하나도 안 믿는 것 같아요." 그녀가 매섭게 말했다. "세상이 온통 근사한 것으로 가득 차 있다고 생각하는 여자인 거 같아요."

소년은 자기는 그 동네와는 아무런 관련이 없는 것처럼 꾸며 댔다. "난 종교에 관심이 없어. 지옥…… 그건 그냥 있는 거야. 지옥에 대해 생각할 필요는 없어. 죽기 전에는."

"갑자기 죽을 수도 있잖아요."

그는 텅 빈 밝은 하늘 아래서 눈을 감았다. 기억 하나가 불완전하게 떠돌다가 말이 되어 나왔다. "이런 말이 있어. '등자'에서 땅으로 떨어지는 짧은 사이에 뭔가를 추구하고 뭔가를 찾아냈다.'"

"자비."

"그래. 자비를 찾아낸 거지."

"그렇지만," 로즈가 천천히 말했다. "시간이 주어지지 않는다면 끔찍할 거예요." 그녀는 백토 위에서 그를 향해 뺨을 돌리고, 마치 그가 그녀를 도와줄 수 있다는 듯이 덧붙였다. "내

♦ 말을 탈 때 발을 디딜 수 있도록 안장에 달아 말의 양쪽 옆구리로 늘어뜨린 물건.

가 늘 기도하는 게 그거예요. 갑자기 죽지 않게 해 달라는 거요. 당신은 어떤 기도를 해요?"

"난 기도 안 해." 그가 말했다. 그러나 그는 누군가와, 혹은 그 무엇과 얘기를 하는 중에도 기도를 하고 있었다. 그녀와 이 이상의 관계를 맺지 않아도 되게 해 달라고, 그들 둘 다 고향 동네라고 부르는 그 칙칙하고 황폐한 동네와 또다시 연루되는 일이 없게 해 달라고 기도하고 있었다.

"당신, 화나는 일 있어요?" 로즈가 물었다.

"남자는 가끔 조용히 있고 싶을 때가 있는 법이야." 그가 말했다. 그는 마음을 꾹 닫은 채 뻣뻣한 자세로 백토 둑에 누웠다. 정적 속에서 어디선가 덧문이 달각하는 소리가 나고 바다 물결이 찰싹거리는 소리가 들렸다. 두 사람의 야외 나들이. 자기들은 야외 나들이를 나온 것이라는 생각을 했다. 이어 콜레오니의 호화로운 생활과 코스모폴리탄 호텔의 왕관 문양이 수놓아진 의자들이 떠올랐고, 그 기억이 다시 그를 조롱했다. 그가 말했다. "얘길 좀 해. 뭐든 얘길 좀 해 봐."

"조용히 있고 싶다면서요?" 그녀가 갑자기 화를 내며 대꾸했고, 그 때문에 그는 깜짝 놀랐다. 그녀가 그럴 수 있으리라고는 생각지도 못했다. "내가 당신에게 맞지 않다면," 그녀가 말했다. "날 가만히 내버려 두면 돼요. 내가 여기 오자고 부탁한 게 아니잖아요." 그녀는 일어나 앉으며 두 손으로 무릎을 껴안았는데, 광대뼈 부분의 뺨이 붉게 달아올라 있었다. 그녀의 야윈 얼굴에는 불같은 화가 볼연지만큼이나 효과가 있었다. "내가 차도 있고 다른 좋은 것들도 많이 있는 당신에 비해 보잘것없는 사람이라고 생각한다면……"

"누가 너한테……"

"이봐요," 그녀가 말했다. "나도 그렇게 멍청하진 않아요. 당신이 나를 어떤 눈으로 보는지 다 봤단 말예요. 내 모자가……"

갑자기 소년의 머릿속에 그녀가 일어나서 혼자 가 버릴지도 모른다는 생각이 떠올랐다. 그렇게 식당으로 돌아가면 그녀에게 친절하게 물어보는 첫 번째 사람에게 비밀을 털어놓을 수도 있을 거라는 생각이 들었다. 그녀를 달래야 했다. 그들은 야외 나들이를 나온 것이고, 따라서 그는 그녀가 그에게 기대하는 행동을 해야 했다. 그는 혐오감을 느끼며 손을 내밀었다. 손은 그녀의 무릎 위에 차가운 두꺼비처럼 놓였다. "그건 오해야." 그가 말했다. "넌 좋은 여자야. 난 단지 걱정이 돼서 그랬을 뿐이야. 사업상의 걱정인 거지. 너와 나는……"—그는 고통스럽게 침을 삼켰다—"우린 서로 아주 잘 맞아." 그는 소녀의 얼굴에서 붉은빛이 사라지는 것을 보았다. 그녀는 기꺼이 속고 싶어 하는 표정의 얼굴을 그에게 돌렸다. 그의 입술을 기다리는 그녀의 입술이 눈에 들어왔다. 그는 재빨리 그녀의 손을 잡아 올리고는 손가락에 입술을 갖다 댔다. 손가락이든 뭐든, 그게 입술보다는 나았기 때문이다. 그의 피부에서 느껴지는 손가락은 거칠고, 약간 비누 맛이 났다. 그녀가 말했다. "핑키, 미안해요. 당신은 참 좋은 사람이에요."

그는 신경질적으로 웃었다. "너와 난……" 그때 버스의 경적 소리가 들렸다. 그는 포위당한 병사가 구원병의 나팔 소리를 들을 때에도 같은 반가운 마음으로 그 소리를 들었다. "저기." 그가 말했다. "버스야. 가자. 난 그다지 시골에 어울리는 사람이 아니야. 천생 도시인이지. 너도 그렇고." 그녀가 일어났고, 잠시 그는 인조견사 스타킹 위로 드러난 그녀의 허벅지 살을 보았다. 찌릿한 성욕이 욕지기처럼 그를 괴롭혔다. 결국 남자에겐 그런 일이 일어나게 마련이었다. 답답한 방, 잠이 안 든 아이들, 다른 침대에서 벌어지는 토요일 밤의 움직임. 그 누구에게도 탈출구는—어디에도—없는 것일까? 탈출구를 찾을 수만 있다면 세상을 다 쓸어버려도 괜찮을 것 같았다.

"그렇지만 여긴 아름답잖아요." 그녀가 백악질의 도로에 난, '세놓습니다' 간판 사이의 바큇자국을 쳐다보며 말했다. 소년은 사람들이 더러운 행동에 붙인 멋진 말들을 떠올리며 다시 웃었다. 사랑, 아름다움…… 그는 생각했다. 나는 속지 않아, 나는 결혼해서 아이를 낳는 일에 힘을 쏟지 않을 거야, 나는 지금의 콜레오니의 위치까지 오르고, 나아가 더 높이 올라갈 거야…… 이런 생각들에 그의 모든 자존심이 시계태엽처럼 감겼다. 나는 다 알고 있어, 나는 성행위의 세세한 것들을 다 보았어, 달콤한 말로 나를 속일 순 없어, 그러한 행위에 설레고 흥분되는 것은 아무것도 없어, 잃어버린 것에 대해 보상받을 수 있는 건 없어…… 그러나 로즈가 키스를 기대하며 다시 그에게로 몸을 돌렸을 때 그는 처참한 무지를 새삼 자각했다. 그의 입은 그녀의 입에 이르지 못한 채 주춤주춤 뒤로 물러났다. 아직 여자와 키스를 해 본 적이 없었던 것이다.

그녀가 사과했다. "미안해요. 내가 바보예요. 나는 한 번도……" 말을 하다 말고 그녀가 갑자기 그를 외면하며 바싹 마른 조그만 정원에서 날아오른 갈매기 한 마리를 쳐다보았다. 갈매기는 절벽 너머 바다를 향해 하강했다.

버스 안에서 그는 그녀에게 말을 하지 않은 채 두 손은 호주머니에 집어넣고 두 발은 나란히 모은 자세로 가만히 앉아 있었다. 왜 이 먼 곳까지 그녀와 함께 왔는지 그 이유도 모른 채 다시 돌아가는 그의 얼굴에는 침울하고 불편한 표정이 역력했다. 해결된 것은 아무것도 없었고, 그녀의 머리통 속에는 여전히 그 비밀과 기억이 안전하게 똬리를 틀고 있었다. 시골 풍경은 아까와는 반대로 펼쳐졌다. 마자와티 차, 골동품 가게, 갓길 대피소, 풀이 점점 줄어들다가 이윽고 아스팔트 길의 초입으로 바뀌는 도로……

잔교에서는 브라이턴의 낚시꾼들이 찌를 던졌다. 나직한 음악 소리가 바람이 많이 부는 햇빛 속으로 구슬프게 퍼져 나갔다. 그들은 양지바른 쪽을 걸어서 '하룻밤의 사랑' '여성은 사절' '부채춤 무희' 따위의 안내판을 지나갔다. 로즈가 물었다. "일이 잘 안돼요?"

"걱정거리야 항상 있지." 소년이 말했다.

"내가 도울 수 있다면, 내가 보탬이 된다면 좋을 텐데요." 그는 아무런 대꾸 없이 걷기만 했다. 그녀는 마르고 뻣뻣한 모습의 핑키를 향해 손을 뻗었다. 매끄러운 뺨, 목덜미에 난 금빛 솜털이 눈에 들어왔다. "핑키, 이렇게 젊은데 걱정거리를 달고 살다니." 그녀는 뻗은 손으로 그의 팔을 꼈다. "우린 둘 다 젊어요, 핑키." 그녀는 그의 몸이 돌멩이처럼 위축되는 것을 느꼈다.

한 사진사가 말을 걸어왔다. "이봐요, 바다를 배경으로 함께 찍어 줄게요." 사진사가 카메라의 뚜껑을 열자 소년은 얼른 두 손을 들어 얼굴을 가리고 걸었다.

"사진 찍는 거 싫어해요, 핑키? 우리 사진을 게시해서 사람들이 볼 수 있게 할 수도 있을 텐데. 그건 **돈 드는** 일이 아니니까."

"돈은 상관 안 해." 소년은 호주머니의 동전을 짤랑거려 얼마나 많은 돈을 가지고 있는지 보여 주었다.

"우리 사진이 저기에 붙을 수도 있었을 텐데." 로즈가 사진관 앞에서 걸음을 멈추며 말했다. 수영복을 입은 미인들, 유명한 코미디언들, 그리고 익명의 커플들 사진이 거기 내걸려 있었다. "다음엔……" 그녀가 말을 하다 말고 깜짝 놀라며 소리질렀다. "어머나…… **그 사람**이 있어요."

눈을 옆으로 돌려 푸른 바닷물이 잔교의 말뚝을 젖은 입처럼 빨고 핥아 대는 모습을 바라보고 있던 소년은 내키지 않는 표정으로 고개를 돌렸다. 그러자 거기, 사진관 진열창에 세상 사람들이 다 볼 수 있도록 스파이서의 사진이 붙박여 있는 것이었다. 뭔가에 쫓기듯이 서두르는 수심 어린 표정으로 햇볕을 피해 잔교의 그늘 속으로 성큼 들어서는 모습의 사진이었다. 그 우스꽝스러운 모습에 사람들은 웃으면서 이렇게 말할 것 같았다. "이 사람, 걱정거리가 많나 보군. **자기가 찍히는 줄도 몰랐나 봐.**"

"카드를 놓고 간 사람이에요." 로즈가 말했다. "당신이 죽었다고 말한 사람. **그 사람** 안 죽었잖아요. 비록 저 모습은 마치······" 그녀는 서둘러 걸어가는 모습의 약간 흐릿한 흑백 사진이 재미있어서 웃었다. "서두르지 않으면 죽을 거라고 두려워하는 모습 같아 보이긴 하지만 말이에요."

"옛날 사진이야." 소년이 말했다.

"아니에요. 옛날 사진 아니에요. 저 자리는 오늘 찍은 사진을 보여 주는 자리예요. 사 가라는 거죠."

"많이 아는군."

"저건 확 눈에 띄죠?" 로즈가 말했다. "희극적이에요. 성큼 걷는 큰 걸음. 무척 허둥대는 모습. 카메라도 알아보지 못했나 봐요."

"잠깐 여기 있어." 소년이 말했다. 햇빛 속에 있다가 사진관 안으로 들어가니 실내가 어두워 보였다. 옅은 콧수염에 금속 테 안경을 쓴 남자가 사진을 분류하고 있었다.

"밖에 붙어 있는 사진을 사고 싶소." 소년이 말했다.

"증표를 주시겠어요?" 남자는 그렇게 말하며 정착액 냄새가 희미하게 나는 누런 손을 내밀었다.

"증표는 없는데요."

"증표가 없으면 사진을 드릴 수 없습니다." 남자는 그렇게 말하고 나서 네거티브 필름 한 장을 전구 가까이에 대고 살펴보았다.

"도대체 무슨 권리로 허락을 구하지도 않고 남의 사진을 내붙이는 거요?" 소년이 말했다. "어서 저 사진을 주시죠." 그러나 금속 안경테가 그를 향해 번쩍 빛을 발했을 뿐, 남자는 성질 더러운 아이 따위에는 관심 없다는 듯한 표정이었다. "증표 가져와요." 남자가 말했다. "그래야 사진을 구입할 수 있으니까. 자, 빨리 가 봐요. 난 바쁘답니다." 남자의 머리 뒤로 요팅 캡♦을 쓰고 요지경을 배경으로 찍은 에드워드 8세(웨일스의 왕자)의 스냅 사진들이 액자에 들어 있었는데, 그 사진들은 질 낮은 화학 약품과 오랜 세월 탓에 색이 누렇게 변해 가고 있었다. 사인을 해 주고 있는 베스타 틸리, 해협의 바람을 막기 위해 목도리를 두른 헨리 어빙의 사진도 있었다. 나라의 역사가 담긴 사진들이었다. 릴리 랭트리는 타조 깃을 머리에 꽂았고, 팽크허스트 부인은 호블 스커트♦♦를 입었으며, 1923년도 '미스 영국'은 수영복을 입고 있었다. 스파이서가 이들 불멸의 인물들 사이에 끼었다는 것을 알았으나 그게 위안이 되지는 못했다.

♦ 크루저에 탈 때 흔히 쓰는, 경관 모자와 비슷하게 생긴 모자.
♦♦ 발목 길이의 길고 통이 좁은 스커트.

4

"스파이서." 소년이 소리쳐 불렀다. "스파이서." 그는 프랭크네 집의 좁고 어두운 현관 리놀륨 바닥에 시골 낮은 구릉지에서 묻혀 온 흔적을 하얗게 남기며 층계참을 향해 올라갔다. "스파이서." 난간을 잡은 손으로 망가진 난간이 흔들리는 것이 전해져 왔다. 스파이서의 방 문을 열고 보니 스파이서는 엎드린 자세로 침대에 누워 자고 있었다. 창문은 닫혀 있고 퀴퀴한 공기 속에서 벌레 한 마리가 윙윙거리고 있었으며 침대에서는 위스키 냄새가 났다. 핑키는 침대 옆에 서서 스파이서의 희끗희끗한 머리카락을 내려다보았다. 연민의 감정은 들지 않았다. 연민을 느낄 만큼 나이가 들지 않았기 때문이다. 그는 스파이서를 끌어당겨 몸을 돌렸다. 스파이서의 입가에는 발진이 돋아 있었다. "스파이서."

스파이서가 눈을 떴다. 어둑한 방 안에서 눈을 뜬 그는 잠시 아무것도 보지 못했다.

"할 얘기가 있어, 스파이서."

스파이서가 일어나 앉았다. "아, 핑키, 반가워."

"친구를 보면 늘 반가운 법이지. 안 그래, 스파이서?"

"크래브를 봤어. 자네가 경찰서에 있다고 녀석이 말하던데."

"크래브?"

"그럼 자넨 경찰서에 있었던 게 아니었어?"

"점잖게 얘기를 좀 나눴지. 브루어 일에 관해서."

"그 일에 관해서가 아니고……?"

"브루어 일에 관해서라니까." 소년이 갑자기 스파이서의 손목에 손을 얹었다. "스파이서, 넌 신경이 곤두서 있어. 휴가가 필요해." 소년은 멸시하듯이 킁킁거리며 퀴퀴한 공기 냄새를 맡았다. "넌 술을 너무 많이 마셔." 그는 창가로 가서 창문을 열어젖혔다. 회색 담이 시야에 들어왔다. 각다귀 한 마리가 유리창에서 윙윙거리며 날아다녔다. 소년은 그걸 잡아 주먹 안에 가두었다. 각다귀는 손바닥 안에서 조그만 시계태엽처럼 진동했다. 그는 다리와 날개를 하나씩 하나씩 뜯어내기 시작했다. "그 애는 날 사랑해." 그가 말했다. "그 애는 날 사랑하지 않아. 스파이서, 난 내 여자애랑 나들이를 다녀왔어."

"스노 식당의 그 애?"

소년은 날개와 다리가 다 뜯기고 몸만 남은 각다귀를 손바닥 위에서 굴리다가 스파이서의 침대 위로 훅 하고 불었다. "내가 누굴 말하는지 알잖아." 그가 말했다. "나에게 전할 말이 있었을 텐데, 스파이서. 왜 안 전했지?"

"자넬 찾을 수 없었어, 핑키. 정말 찾을 수가 없었어. 게다가 그리 중요한 일도 아니었어. 어떤 참견하기 좋아하는 여자가 뭘 자꾸 캐묻더라는 거야."

"그런데도 넌 겁에 질렸단 말이지." 소년이 말했다. 그는 거울 앞에 놓인 딱딱한 전나무 의자에 앉아 두 손을 무릎에 올리고 스파이서를 지켜보았다. 소년의 뺨이 마구 씰룩거렸다.

"아니, 겁 안 났어." 스파이서가 말했다.

"무작정 거기로 갔잖아."

"거기라니? 어딜 말하는 거야?"

"너한테 거기는 한 군데밖에 없어, 스파이서. 넌 자나 깨나 그 생각뿐이잖아. 넌 이 생활을 하기엔 너무 늙었어."

"이 생활?" 스파이서는 그렇게 말하며 침대에서 소년을 노려보았다.

"물론 우리가 하는 이 돈벌이 사업 말이야. 넌 쉬이 불안해하고, 그러고선 경솔한 짓을 하고 다니지. 처음엔 스노 식당 카드로 문제를 만들더니, 이번엔 누구나 볼 수 있도록 네 사진을 잔교에 떡하니 붙여 놓게 했더군. 로즈도 볼 수 있게 말이야."

"맙소사, 핑키. 난 그건 정말 몰랐어."

"넌 조심스럽게 행동해야 한다는 걸 잊어버리고 있어."

"그 앤 안전해. 그 애는 자네를 좋아하니까."

"난 여자에 관해선 아무것도 몰라. 여자 일은 너와 커빗과 다른 녀석들에게 맡겨 둘 거야. 내가 아는 건 네가 나한테 해

196

준 얘기뿐이야. 넌 귀가 아프도록 자주 얘기했잖아, 안전한 여자는 하나도 없다고."

"그건 그냥 얘기일 뿐이지."

"그러니까 내가 아이라서 옛날이야기를 해 줬다 이 말씀인가? 그렇지만 난 그 얘길 믿었어, 스파이서. 그래서 너와 로즈가 같은 도시에 있는 게 안전하지 못해 보인단 말씀이야. 게다가 이것저것 캐묻고 다니는 다른 여자도 있고. 스파이서, 넌 사라져 줘야겠어."

"그게 무슨 말이야?" 스파이서가 말했다. "사라져 줘야겠다니?" 그는 재킷 안쪽을 더듬거렸고, 소년은 두 손을 펴서 무릎 위에 올려놓은 채 그 모습을 지켜보았다. "날 어떻게 하진 않겠지?" 스파이서가 안쪽 호주머니를 더듬으면서 말했다.

"이런." 소년이 말했다. "내 말을 어떻게 알아들은 거야? 내 말은 휴가를 내서 잠시 어딘가로 떠나 있으란 말이야."

스파이서의 손이 호주머니에서 나왔다. 그는 소년을 향해 은시계를 내밀었다. "난 믿을 수 있는 놈이야, 핑키. 거길 봐. 애들이 나에게 해 준 말. 거기 새겨져 있는 걸 읽어 봐. '10년의 친구에게. 경마장의 사나이 일동.' 난 사람을 실망시키는 놈이 아니라는 걸 알아 줘. 그걸 받은 게 15년 전이야, 핑키. 경마장 생활은 25년이나 됐지. 내가 이 바닥 생활을 시작했을 때 자넨 태어나지도 않았어."

"넌 휴가가 필요해." 소년이 말했다. "내가 한 말은 그것뿐이야."

"휴가를 가는 거야 기쁜 일이지." 스파이서가 말했다. "그렇지만 자네가 날 겁쟁이라고 생각하는 건 싫어. 그래, 곧 떠날게. 짐을 꾸려서 오늘 밤에 사라질게. 암, 휴가를 떠나는 건 즐거운 일이고말고."

"아니야." 소년이 자신의 구두를 내려다보며 말했다. "그렇게까지 서두를 필요는 없어." 그가 한쪽 발을 치켜들었다. 밑창이 닳아서 1실링 동전만 한 크기의 구멍이 나 있었다. 그는 또다시 코스모폴리탄 호텔, 콜레오니의 의자들에 수놓아진 왕관들을 떠올렸다. "경마 경주 때 네가 필요할 거야." 소년은 빙긋 웃으면서 스파이서를 쳐다보았다. "내가 믿을 수 있는 친구니까."

"난 믿어도 돼, 핑키." 스파이서가 손가락으로 은시계를 어루만졌다. "왜 그렇게 웃는 거야? 내 얼굴에 뭐 검댕 같은 게 묻기라도 했어?"

"난 경마를 생각하고 있었을 뿐이야." 소년이 말했다. "내겐 굉장히 중요한 일이니까." 소년은 일어섰다. 저물어 가는 햇빛과 공동 주택의 담과 먼지 낀 유리창을 등진 채 그는 호기심 어린 표정으로 스파이서를 내려다보았다. "그래, 어디로 갈 거야, 스파이서?" 소년의 마음은 거의 결심이 섰고, 따라서 그는 몇 주 사이에 두 번째로 죽어 가는 사내를 보고 있는 셈이었다. 글쎄, 스파이서는 지옥의 불구덩이에 떨어지지 않을 가능성도 있지 않을까? 그는 몹시 궁금했다. 스파이서는 성실한 사람이었고, 다른 사람들보다 더 많이 나쁜 짓을 저지른 것도 아니니까 지옥의 문들을 빠져나가…… 그러나 소년은 고통의 형태가 아닌 다른 어떤 영원의 모습은 그릴 수가 없었다. 그는 이맛살을 찌푸리며 상상해 보려 애썼다. 유리 같은 바다, 황금 왕관, 유순한 스파이서.

"노팅엄." 스파이서가 말했다. "친구 한 명이 유니언가에 '블루앵커'란 가게를 가지고 있어. 술집이야. 고급 술집. 점심도 팔고. 그 친구가 종종 나한테 이렇게 말했어. '스파이서, 여기로 와서 나랑 같이 동업하면 어때? 돈을 조금 보태면 이 낡은 술집을 호텔로 바꿀 수도 있을 텐데.' 자네와 다른 친구들만 아니면," 스파이서가 말했다. "돌아오고 싶지 않을 거야. 영원히 떠난다 해도 난 괜찮을 것 같아."

"그럼," 소년이 말했다. "난 가 볼게. 어쨌든 지금은 우리가 어디에 있는지도 알고 있으니." 스파이서는 다시 베개를 베고 누워 욱신거리는 티눈이 있는 발을 치켜들었다. 털양말에는 구멍이 났고, 그 구멍으로 삐져나온 엄지발가락의 딱딱한 피부는 적지 않은 나이 탓에 허연색이었다. "잘 자." 소년이 말했다.

그는 아래층으로 내려갔다. 현관문이 동쪽을 향하고 있어서 현관은 어두웠다. 그는 전화기 옆의 전등 스위치를 켰다가 다시 껐다. 왜 그랬는지 자신도 이유를 알지 못했다. 그러고 나서 코스모폴리탄에 전화를 걸었다. 호텔 전화 교환원이 전화를 받았을 때 그는 멀리서 들리는 댄스 음악 소리를 들을 수 있었다. 그 소리는 루이 16세 시대풍 휴게실 뒤편의 꽝

하우스(차와 댄스, 3실링)에서 나는 소리였다. "콜레오니 씨 부탁해요." "나이팅게일의 울음소리, 우편배달부의 초인종 소리……" 그 곡이 갑자기 끊기더니 나직한 목소리가 전화선을 타고 부드럽게 들려왔다.

"콜레오니 씨인가요?"

유리잔이 쟁그랑거리고 셰이커 안에서 얼음이 부딪치는 소리가 들려왔다. 그가 말했다. "P. 브라운이오. 난 이것저것 생각을 좀 해 봤소, 콜레오니 씨." 리놀륨이 깔린 좁고 어두운 현관의 바깥에서는 하루를 끝내며 저물어 가는 잿빛 대기 속을 흐릿하게 불을 밝힌 버스 한 대가 지나갔다. 소년은 송화기에 입을 가까이 대고 말했다. "그 친구, 말을 들으려 하지 않는군요, 콜레오니 씨." 자신의 목소리가 기분 좋게 울리며 다시 그의 귀로 스며들었다. 소년은 천천히, 조심스럽게 설명했다. "난 그 친구의 행운을 빌면서 등을 좀 토닥여 줄 생각이오." 그는 말을 멈추고 날카롭게 물었다. "뭐라고 했죠, 콜레오니 씨? 아니요. 난 당신이 웃는 줄 알았소. 여보세요. 여보세요." 그는 수화기를 쾅 내려놓고 불안한 마음으로 계단을 향해 몸을 돌렸다. 황금 라이터와 회색 더블브레스트 조끼와 이 사업에서 거둔 화려한 성공에 대한 감정이 잠시 그의 마음을 지배했다. 2층 자기 방의 황동 침대 틀, 세면대에 놓인 조그만 보라색 잉크병, 소시지롤 부스러기…… 그의 초등학교 시절의 영악함과 교활함은 잠시 풀이 죽었다. 그는 불을 켰다. 그러자 마음이 한결 편안해졌다. 계단을 오르면서 부드럽게 콧노래를 흥얼거렸다. "나이팅게일의 울음소리, 우편배달부의 초인종 소리……" 그러나 그의 생각이 어둡고 위험하고 치명적인 중심에 가까이 다가가자 콧노래의 곡이 바뀌었다. "하느님의 어린 양, 세상의 죄를 없애시는 주님……" 그의 걸음걸이는 뻣뻣했고, 다 자라지 못한 작은 어깨를 감싼 재킷은 축 늘어져 있었다. 그러나 방문을 열었을 때—"우리에게 평화를 주소서"—더러운 물이 담긴 세면대와 비눗갑과 물 단지 위에 걸린 거울에서 그의 창백한 얼굴이 희미하게 그를 바라보고 있었는데, 그 얼굴은 자존심으로 가득 찬 얼굴이었다.

제 4 부

1

경마에 좋은 날씨였다. 사람들은 첫 기차로 브라이턴에 몰려들었다. 공휴일이 다시 찾아온 것만 같았다. 다만 이번에는 사람들이 돈을 쓰지 않고 감춰 두고 있다는 점이 다를 뿐이었다. 그들은 전차 위층을 빽빽이 메운 채 서서 흔들거리는 전차에 몸을 맡기고 수족관 쪽으로 내려가서는, 어떤 곤충 떼가 자연 발생적으로 생겨나서 터무니없이 몰려오듯이 해안 도로 이곳저곳에 밀려들었다. 11시까지는 경마장으로 가는 버스에서 자리를 얻는 게 불가능했다. 밝은 줄무늬 넥타이를 맨 흑인 한 명이 파빌리온 정원의 벤치에 앉아 시가를 피웠다. 몇몇 아이들이 벤치에서 벤치로 뛰어다니며 나무 만지기 놀이*를 하고 있었는데, 흑인이 아이들에게 쾌활한 목소리로 뭐라고 소리치면서 조심하라는 듯이 시가를 든 팔을 자랑스레 뻗었다. 그

◆ touch wood. 나무를 만지거나 두드리며 행운을 비는 놀이.

의 커다란 이가 무슨 광고처럼 반짝였다. 아이들은 놀이를 멈추고 그를 노려보면서 슬금슬금 뒤로 물러났다. 그는 다시 아이들의 말투로—아이들의 말처럼 여리고 미숙하고 유치한 말로—뭐라고 아이들에게 소리쳤고, 아이들은 불안한 표정으로 그를 눈여겨보면서 계속 뒷걸음질 쳤다. 그는 다시 도톰한 입술 사이로 느긋하게 시가를 물고 계속 피워 댔다. 한 악단이 올드스타인 거리를 지나서 보도를 걸어오고 있었다. 드럼과 트럼펫을 연주하는 맹인 악단이었는데, 그들은 구두 끝으로 갓돌을 감지하면서 배수로를 일렬종대로 걸었다. 그들의 음악 소리는 사람들이 웅성거리는 소리와 엔진 배기관에서 나는 소음과 경마장 오르막길을 올라가는 버스의 거친 바퀴 소리를 뚫고 멀리까지 들렸다. 맹인 악단이 크고 힘차게 음악을 연주하며 군대처럼 행진해 나아가자, 사람들은 호랑이 가죽을 걸친 군인[*]과 드럼스틱을 돌리는 묘기를 볼 수 있을 것으로 기대하고 쳐다보았다. 그러나 그들이 보게 되는 것은 석탄 운반용 조랑말의 눈처럼 희끄무레한 눈을 가진 맹인들이 배수로를 따라 나아가는 모습이었다.

바다가 내려다보이는 퍼블릭스쿨[**] 운동장에서는 여학생들이 하키 경기를 하려고 엄숙한 표정으로 떼 지어 모여 있었다. 건장한 골키퍼들은 아르마딜로처럼 가슴 보호대를 착용했고,

---

[*] 영국 군악대의 베이스 드럼 연주자는 전통적으로 호랑이 가죽을 몸에 걸친다.
[**] 영국의 기숙제 사립 중고등학교.

주장들은 부주장들과 전술을 논의하고 있었으며, 저학년 여학생들은 화창한 햇살 속을 마구 뛰어다녔다. 그들은 귀족적인 잔디밭 너머의 연철 대문을 통해서 서민의 행렬을 볼 수 있었다. 버스를 타지 못한 사람들은 터벅터벅 먼지를 일으키며 구릉지를 걸어 올라갔다. 종이 봉지에서 빵을 꺼내 먹는 사람들도 있었다. 버스는 먼 길을 돌아 캠프타운을 지나서 왔지만, 만원 택시들은—요금은 1인당 9펜스였다—가파른 비탈을 곧장 올라왔다. 회원 전용석으로 가는 패커드 자동차 한 대, 낡은 모리스 자동차들, 가족들이 탄 기묘하게 높은 자동차들, 이들은 20년 만에 처음으로 길을 나선 것처럼 떠들썩하게 나아갔다. 먼지 자욱한 햇빛 속에서 마치 길 전체가 지하철 계단처럼 위를 향해 움직이는 것만 같았다. 삐걱거리는 소리, 외치는 소리, 밀고 밀리는 많은 차들이 길과 함께 움직이는 것 같았다. 저학년 여학생들은 바깥에서 벌어지는 흥분—마치 오늘은 많은 사람들의 인생이 일종의 절정에 이르는 날이라도 되는 듯한 흥분감—을 느끼고서 조랑말처럼 신나게 뛰어다니는 것이었다. 블랙 보이의 배당률은 낮아졌다. 메리 모나크에게 성급하게 5파운드를 건 이후로 상황이 전과 같을 수는 없었다. 진홍색의 조그맣고 멋진 경주용 자동차가 놀라울 만큼 솜씨 좋게 혼잡한 교통을 이리저리 뚫고 나아갔다. 그 차에는 수많은 도로변 여관의 분위기가, 수영장 주위에 몰려든 젊은 아가씨의 분위기가, 그레이트노스 거리 근처의 샛길에서 갖는 은밀한 만남의 분위기가 배어 있었다. 그 차에 햇빛이 반사되었다.

반사된 빛은 여학교의 식당 창문에까지 멀찍이 날아갔다. 그 차에는 사람들이 잔뜩 타고 있었다. 한 여자는 한 남자의 무릎에 앉았고, 다른 한 남자는 발판에 몸을 싣고 있었다. 차는 경적을 울리면서, 가다 서다를 반복하면서, 흔들흔들 구릉지를 향해 열심히 올라갔다. 여자는 노래를 부르고 있었다. 그녀의 목소리는 희미했고, 경적 소리에 자주 끊기곤 했다. 노래는 신부와 부케에 관한 전통적인 것이거나 흑맥주와 굴과 레스터 휴게실 따위의 내용이 나오는 것이었는데, 왠지 조그맣고 화사한 경주용 자동차에는 어울리지 않아 보이는 노래였다. 노래 가사는 구릉지의 꼭대기에서 먼지 낀 길을 따라 뒤로 날아와 시속 40마일의 속도로 흔들거리며 간신히 뒤따르고 있는 낡은 모리스 자동차에까지 들려왔다. 모리스의 덮개는 찢어져 펄럭거리고 펜더는 찌그러졌으며 앞 유리는 변색되었다.

그 노래 가사는 낡아 빠진 덮개의 천이 펄럭, 펄럭, 펄럭 나부끼는 소리를 뚫고 소년의 귀에 들어왔다. 소년은 차를 운전하는 스파이서 옆에 앉았다. 신부와 부케라. 소년은 혐오감을 느끼며 시무룩한 얼굴로 로즈를 생각했다. 그는 스파이서로부터 비롯된 생각들을 마음속에서 떨쳐 낼 수가 없었다. 그것은 자신에게 작용하는 보이지 않는 힘과도 같았다. 스파이서의 아둔함, 잔교에서 찍힌 사진, 꼬치꼬치 캐묻는 그 여자(그 여자는 도대체 누구일까?)…… 만약 그가 로즈와 결혼한다 해도 당연히 오래가지는 않을 것이다. 결혼은 그녀의 입을 막고 시간을 벌기 위한 궁여지책에 지나지 않으니까. 그는 그 누구하고도 **그 같은** 관계를 맺고 싶지 않았다. 더블베드, 성적인 친밀함…… 그것은 늙는다는 것만큼이나 구역질 나는 것이었다. 소년은 구석진 곳에 웅크리고 앉았는데, 그곳은 엔진의 움직임이 좌석을 뚫고 전달되는 자리라서 그의 몸이 위아래로 출렁거렸다. 그의 동정이 끙끙 앓았다. 결혼하는 것— 그것은 손에 똥을 묻히는 일과도 같았다.

"댈로와 커빗은 어디 있어?" 스파이서가 물었다.

"그 친구들에게 오늘은 여기 오지 말라고 했어." 소년이 말했다. "오늘은 우리끼리만 해야 할 일이 있거든. 다른 녀석들은 없는 게 더 좋은 일이야." 그는 뒤에다 컴퍼스를 숨기고 있는 잔인한 아이처럼 짐짓 다정한 체하며 스파이서의 팔에 손을 얹었다. "너한테는 얘기해도 괜찮을 것 같군. 난 콜레오니랑 화해할 작정이야. 그런데 **다른 녀석들은** 못 믿겠어. 걔들은 너무 과격해서. 이 일은 너랑 나랑, 우리 둘이서 잘 처리할 수 있을 거야."

"난 평화롭게 지내는 것엔 대찬성이야." 스파이서가 말했다. "난 늘 그래 왔어."

소년은 금이 간 앞 유리창으로 무질서하게 긴 행렬을 이룬 차량들을 바라보며 히죽 웃었다. "내가 해 나가려는 게 바로 그거야." 그가 말했다.

"평화가 오래 계속되었으면 해." 스파이서가 말했다.

"이 평화는 아무도 깰 수 없을 거야." 소년이 말했다. 희미하게 들리던 노랫소리가 먼지와 밝은 햇빛 속에서 사라졌다. 신부라는 말, 부케라는 말을 마지막으로 들려주고, '화환'처럼 들리는 말을 들려주고 노랫소리는 사라져 갔다. "결혼하려면 어떻게 해야 하지?" 소년이 내키지 않는 말투로 물었다. "서둘러 결혼하려면?"

"자네한텐 쉽지 않은 일이야." 스파이서가 말했다. "나이 때문에." 스파이서는 삐걱거리는 소리를 내며 낡은 기어를 변속했다. 차는 잡시 포장마차들이 모여 있는, 백토에 자리 잡은 흰색 관람석을 향해 마지막 비탈을 올라갔다. "그 문제는 생각을 좀 해 봐야겠어."

"빨리 생각해 봐." 소년이 말했다. "넌 오늘 밤에 떠난다는 걸 잊지 말고."

"아, 그러네." 스파이서는 떠난다는 생각에 약간 감상적인 기분이 되었다. "8시 10분 기차야. 자네도 그 술집을 한번 봐야 해. 오면 환영받을 거야. 노팅엄은 아름다운 도시지. 거기서 잠시 쉬는 것도 좋을 거야. 공기도 좋고, 게다가 '블루앵커'에서 마시는 비터 맥주*보다 더 좋은 맥주는 어디에도 없을 거야." 그가 활짝 웃었다. "자넨 술을 마시지 않는다는 걸 깜빡했어."

"좋은 시간 보내시게." 소년이 말했다.

"언제든 환영해, 핑키."

♦ 쓴맛이 강한 맥주.

그들은 낡은 차를 주차장 안으로 몰고 들어간 다음 차를 세우고 내렸다. 소년이 스파이서의 팔에 팔짱을 꼈다. 양지바른 하얀 담 밖을 걸어가는 것은 기분 좋은 일이었다. 확성기를 단 포장마차를 지나고, 예수의 재림을 믿는 남자를 지나, 모든 감각 중에서 가장 예리한 감각인 고통을 맛보게 해 줄 지점을 향해 나아가는 것은 기분 좋은 일이었다. "넌 좋은 친구야, 스파이서." 소년은 그렇게 말하며 스파이서의 팔을 꼭 쥐었다. 스파이서는 우정과 신뢰감이 깃든 나직한 목소리로 '블루앵커'에 대해 장황하게 얘기하기 시작했다. "그 집은 특약 술집♦이 아니야. 명성이 있는 술집이지. 난 항상 돈을 모으면 그 친구랑 동업할 생각을 했었어. 그 친구는 지금도 나랑 동업하길 원하지. 카이트가 죽었을 땐 정말 그곳으로 갈 뻔했어."

"넌 겁이 많은 것 같아." 소년이 말했다. 포장마차의 확성기에서 어느 말에 돈을 거는 게 좋은지 조언해 주는 소리가 흘러나왔다. 집시 아이들은 환호성을 지르면서 사람들이 밟고 지나간 백토를 달리며 토끼 한 마리를 뒤쫓고 있었다. 두 사람은 경마장 아래 터널 속으로 들어갔다가 다시 햇빛 속으로 나왔다. 방갈로 주택들 옆 경사지에 난 짧은 회색빛 풀밭은 바닷가에까지 죽 이어져 있었다. 오래된 마권업자 발행 마권♦♦들이 백토에 묻혀 삭아 가고 있었다. '고배당 하면 바커'. 의기양양

♦ 특정 주류 회사의 맥주만 파는 술집.
♦♦ 사설 마권업자가 배당률을 제시하고 맞힌 사람에게 배당금을 지급하는 방식의 마권.

하게 웃고 있는 시건방져 보이는 얼굴이 누런 종이에 인쇄되어 있었다. '내가 있으니 걱정 마세요'. 오래된 토트 마권*들이 잘 자라지 못한 질경이들 사이에 널브러져 있는 모습도 눈에 띄었다. 그들은 철조망 울타리를 통과하여 반 크라운 관람석으로 갔다. "맥주 한 잔 해, 스파이서." 소년은 그에게 술을 권했다.

"야, 고마워, 핑키. 맥주 한 잔이야 사양하지 않겠어." 스파이서가 가대식 탁자 옆에서 맥주를 마시는 동안 소년은 늘어선 마권업자들을 내려다보았다. 바커, 맥퍼슨, 조지 빌('올드 펌'), 그리고 클랩튼의 밥 태벌…… 모두 익숙한 얼굴이었고, 다들 사탕발림과 허황되고 재미있는 유머에 능한 사람들이었다. 처음 두 경주는 이미 끝났다. 마권 매점의 창구 앞에는 사람들이 길게 줄을 서 있었다. 햇빛이 경마장 건너편의 흰색 본부석을 비추고, 경주마 몇 마리가 출발점을 향해 보통 구보로 달려갔다. "제너럴 버고인이 저기 간다. 성미가 급해서 마구 날뛰는 놈이지." 한 남자가 그렇게 말하고 나서 베팅할 돈을 내기 위해 밥 태벌 가판대로 걸어갔다. 마권업자들은 말들이 지나가는 것을 보며 배당률을 지웠다가 고쳐 쓰곤 했다. 말발굽 소리는 권투 글러브로 잔디밭을 두드리는 소리를 연상시켰다.

"한번 해 볼 거야?" 스파이서는 그렇게 묻고 나서 맥주를 마

♦ 베팅 금액 중에서 운영비와 세금 등을 공제하고 나머지 금액을 맞힌 사람에게 균등하게 배분하는 방식의 마권.

저 마셨다. 그는 마권업자들을 향해 맥주 냄새 나는 숨을 가볍게 내뿜었다.

"나는 베팅은 안 해." 소년이 말했다.

"나로서는 이번이 이 좋은 브라이턴에서의 마지막 기회야." 스파이서가 말했다. "2파운드쯤 걸어 보는 건 괜찮을 것 같아. 그 이상은 곤란해. 노팅엄에 가려면 돈을 아껴야 하니까."

"그래, 해 봐." 소년이 말했다. "즐길 수 있을 때 즐겨야지."

그들은 마권업자들의 줄을 지나치며 브루어의 가판대를 향해 걸었다. 사내들이 많이 몰려 있었다. "사업이 잘되나 보군." 스파이서가 말했다. "메리 모나크 봤어? 그 말의 인기가 치솟고 있어." 그가 말을 하고 있는 동안 줄지어 늘어선 마권업자들은 일제히 이전의 16 대 1 배당률을 지우고 있었다. "10 대 1이야." 스파이서가 말했다.

"여기 있는 동안 신나게 즐기시게." 소년이 말했다.

"이왕이면 오랜 전통이 있는 마권업자를 후원하는 게 낫지." 스파이서는 그렇게 말하며 팔짱 낀 팔을 빼고 테이트의 가판대 쪽으로 걸어갔다. 소년은 싱긋 웃었다. 그를 다루는 건 손바닥을 뒤집는 것만큼이나 쉬운 일이었다. "메멘토 모리라." 스파이서가 마권을 손에 쥐고 돌아오면서 말했다. "말 이름치곤 우스운 이름이군. 5 대 1이야, 3위 안에 들면. 메멘토 모리가 무슨 뜻이지?"

"외국어야." 소년이 말했다. "블랙 보이 배당률이 낮아지고 있어."

"나도 한번 블랙 보이에 걸어 볼 걸 그랬어." 스파이서가 말했다. "블랙 보이한테 25파운드를 걸었다는 여자가 저기 있더군. 미친 거 아냐? 그렇지만 그 말이 이긴다고 생각해 봐." 스파이서가 말을 이었다. "세상에, 내게 250파운드가 있다면 뭔들 못 하겠어? 당장 '블루앵커'의 지분을 사겠어. 그럼 자넨 다시는 이곳에서 나를 보지 못할 거야." 그는 눈이 부시게 청명한 하늘과 경마장을 떠도는 먼지, 찢어진 마권, 그리고 구릉 아래 어두운 바다를 향해 비탈져 내려가는 짧은 풀밭을 지그시 응시했다.

"블랙 보이는 이기지 못해." 소년이 말했다. "25파운드를 건 사람이 누구야?"

"어떤 여자. 저기 간이매점 쪽에 있어. 자네도 블랙 보이한테 5파운드 걸어 보지 그래? 축하하는 뜻으로 한번 걸어 봐."

"뭘 축하해?" 소년이 재빨리 물었다.

"잊어버렸어." 스파이서가 말했다. "축제일 같은 분위기에 마음이 너무 들떴나 봐. 아무튼 사람들은 누구나 축하할 일이 있다고 생각해."

"축하를 하고 싶다 해도," 소년이 말했다. "블랙 보이로 축하하진 않을 거야. 아, 그리고 보니 그 말은 프레드가 좋아한 말이었어. 프레드는 언젠가는 그 말이 더비 경마◆에서 우승할 거라고 했지. 하지만 난 그 말을 행운의 말로 여기지 않을 거야." 그

◆ 영국 서리주의 엡섬다운스에서 해마다 열리는 경마 대회.

러나 그는 블랙 보이가 보통 구보로 난간 옆을 지나가는 모습을 지켜보지 않을 수 없었다. 그 말은 너무 앳되고 불안정해 보였다. 반 크라운 관람석의 꼭대기에 있는 한 남자가 클랩튼의 밥 태벌에게 손짓으로 비밀 신호를 보냈고, 망원경으로 10실링짜리 관람석을 살피던 조그만 유대인 사내는 갑자기 팔을 앞뒤로 움직여서 '올드 펌'의 주의를 끌었다. "저거 봐." 소년이 말했다. "내가 뭐랬어? 블랙 보이에 대한 기대치가 다시 낮아지고 있어."

"100 대 8, 블랙 보이, 100 대 8" 하고 조지 빌의 대리인이 소리쳤고, "출발한다" 하고 누군가 말했다. 사람들은 맥주잔이나 건포도 빵을 든 채 간이매점에서 난간을 향해 뛰쳐나갔다. 바커, 맥퍼슨, 밥 태벌 모두 게시판에서 배당률을 지웠으나, 올드 펌만은 끝까지 게임을 진행했다. "블랙 보이, 100 대 6." 그러는 동안 그 조그만 유대인 사내는 관람석 꼭대기에서 손을 움직여 비밀 신호를 보냈다. 말들이 장작이 쪼개지는 듯한 요란한 소리를 내며 떼 지어 몰려왔다가 몰려갔다. "제너럴 버고인" 하고 누군가가 말했고, 누군가는 "메리 모나크" 하고 말했다. 맥주를 마시던 사람들은 가대식 탁자로 돌아가 한 잔 더 했고, 마권업자들은 4시에 출장하는 경주마의 이름을 내걸고 분필로 배당률을 쓰기 시작했다.

"저거 봐." 소년이 말했다. "내가 뭐랬어? 프레드는 나쁜 말과 좋은 말을 구분할 줄 몰랐어. 그 정신 나간 여자는 25파운드를 날렸군 그래. 그 여자에게 오늘은 운수 좋은 날이 아닌 거야." 그러나 경주가 끝난 뒤 결과가 게시되기 전까지의 정적과 기다림 속에는 묵직한 무엇이 있었다. 사람들이 줄지어 서서 마권 매점 밖에서 기다리고 있었다. 경마장의 모든 것들이 갑자기 정지 상태에 빠진 채 새롭게 다시 시작할 신호를 기다리고 있는 듯했다. 그 정적을 뚫고 꽤 멀리 떨어진, 기수의 체중을 측정하는 곳에서 말 울음소리가 희미하게 들려왔다. 고요함이 깃든 화창한 햇살 속에서 소년은 어떤 불안감에 사로잡혔다. 젖비린내 나는 기만적인 나이와 브라이턴 슬럼가에 집중된 제한적인 경험이 그에게서 빠져나갔다. 커빗과 댈로가 여기 함께 있다면 좋을 것을, 하는 마음이 일었다. 열일곱 살의 그가 혼자 다루기엔 버거운 일들이 너무 많았다. 스파이서 문제뿐만이 아니었다. 성령강림절 월요일에 그가 저지른 일은 끝날 줄 몰랐다. 죽음은 끝이 아니었다. 향로가 흔들리고 사제가 성체를 들고…… 그때 스피커에서 우승마의 이름이 흘러나왔다. "블랙 보이. 메멘토 모리. 제너럴 버고인."

"하느님 맙소사." 스파이서가 말했다. "난 이겼어. 메멘토 모리가 한자리 차지했어." 그러고 나서 소년이 한 말을 떠올리며 덧붙였다. "그 여자도 이겼어. 25파운드 여자. 대박을 터뜨렸군. 지금은 블랙 보이를 어떻게 생각해?" 핑키는 말이 없었다. 그는 속으로 중얼거렸다. 그건 프레드의 말이야. 내가 만약 나무를 만지고 소금을 뿌리고 사다리 밑으로는 절대 지나가지 않는 것 따위의 미신적인 행위를 하는 어설픈 사람이라면 아마도……

스파이서가 그를 잡아당겼다. "난 이겼단 말이야, 핑키. 10파운드라고. 놀랍지 않아?"

……아마도 신중하게 계획한 것을 실행에 옮기기가 두렵겠지. 저 아래쪽 관람석 어딘가에서 웃음소리가 들려왔다. 자신감 넘치는 농익은 여자의 웃음소리였다. 어쩌면 프레드의 말에 25파운드를 건 여자의 웃음소리인지도 몰랐다. 소년은 은밀히 독기를 품은 채 스파이서를 향해 고개를 돌렸다. 잔인함이 욕정처럼 그의 몸을 팽팽하게 긴장시켰다.

"그래, 놀라워." 소년이 말했다. 그는 스파이서의 어깨에 팔을 둘렀다. "지금 돈을 받아 오는 게 나을 거야."

그들은 테이트의 가판대를 향해 함께 걸어갔다. 머리에 기름을 바른 젊은이가 나무 계단에 서서 돈을 지급하고 있었다. 테이트 자신은 10실링짜리 관람석으로 가고 없었다. 그러나 소년과 스파이서 모두 새뮤얼을 알고 있었다. 스파이서가 쾌활한 목소리로 그를 부르며 나아갔다. "여어, 새뮤얼, 내 것도 지급해 줘."

새뮤얼은 오랜 친구처럼 팔짱을 긴 채, 짓밟혀서 누더기가 된 잔디밭을 걸어오는 스파이서와 소년을 쳐다보았다. 대여섯 명의 사내들이 모여서 서성거리며 기다리고 있었다. 마지막으로 돈을 지급받은 사람도 떠났으나 그들은 침묵 속에서 기다렸다. 회계 장부를 든 조그만 사내가 혀로 튼 입술을 핥았다.

"넌 운이 좋아, 스파이서." 소년이 스파이서의 팔을 꼭 죄면서 말했다. "그 10파운드로 재미 좀 보시게."

"벌써 작별 인사를 하는 건 아니겠지?" 스파이서가 물었다.

"난 4시 반 경주를 보려고 기다리진 않을 거야. 널 다시 보지 못하겠군."

"콜레오니는 어떡하고?" 스파이서가 말했다. "자네와 내가……?" 새 경주에 출장하는 말들이 출발 지점을 향해 보통 구보로 지나갔다. 배당률이 오르고 있었다. 사람들이 마권 매점으로 몰려가서 휑뎅그렁해진 통로에는 그들만 남았다. 대여섯 명의 사내들은 그 통로의 끝에서 기다리고 있었다.

"마음이 바뀌었어." 소년이 말했다. "호텔에서 콜레오니를 만날 작정이야. 넌 얼른 네 돈이나 받아." 모자도 안 쓴 정보 장사꾼이 그들의 발길을 붙잡았다. "다음번 경마 정보가 단돈 1실링. 오늘 두 번이나 우승마를 맞혔습니다." 그의 발가락이 구두에 난 구멍으로 내다보였다. "당신 자신의 정보나 팔지 그래." 소년이 말했다. 스파이서는 작별을 좋아하지 않았다. 그는 감상적인 사람이었다. 울타리 쪽 통로를 바라보던 그가 티눈이 아리는 발을 떼며 말했다. "저런. 테이트네는 아직도 배당률을 써 붙이지 않았네."

"테이트는 언제나 느려. 돈을 지급하는 것도 느리고. 네 돈 얼른 받는 게 좋을 거야." 그는 스파이서의 팔꿈치를 손으로 밀었다.

"뭐, 문제가 있는 건 아니겠지?" 스파이서가 물었다. 그는 기다리고 있는 사내들을 쳐다보았다. 녀석들은 스파이서를 빤히 노려보고 있었다.

"자, 이제 작별이야." 소년이 말했다.

"자네, 주소 꼭 기억해 둬." 스파이서가 말했다. "유니언가의 블루앵커. 알았지? 소식 있으면 뭐든 내게 알려 주게. 내가 전해 줄 소식은 없을 것 같아."

소년은 스파이서의 등을 토닥여 줄 것처럼 손을 올렸다가 다시 떨구었다. 사내들은 무리 지어 서서 기다리고 있었다. "아마도……" 소년이 말했다. 그는 주변을 둘러보았다. 그가 시작한 일에는 끝이 보이지 않았다. 달아오른 잔인성이 배 속에서 꿈틀거렸다. 그는 다시 손을 올려서 스파이서의 등을 토닥거렸다. "행운을 빌게." 높고 까칠한 사춘기 소년의 목소리로 말하며 다시 한번 그의 등을 토닥여 주었다.

사내들이 일제히 다가와서 그들을 둘러쌌다. 그는 스파이서가 내지르는 소리를 들었다. "핑키." 이어 스파이서가 쓰러지는 것을 보았다. 누군가가 묵직한 징이 박힌 구둣발을 치켜들었고, 소년은 이내 목에서 피가 흘러내리는 것 같은 아픔을 느꼈다.

처음에는 아픔보다 놀라움이 훨씬 더 컸다(그 정도의 아픔쯤은 쐐기풀에만 쏘여도 느낄 수 있을 것이다). "이 바보들아." 소년이 말했다. "너희들의 먹잇감은 내가 아니야. 저쪽이란 말이야." 몸을 돌리자 자신을 빙 둘러싸고 있는 놈들의 얼굴이 눈에 들어왔다. 놈들이 그를 마주 바라보며 히죽 웃었다. 다들 면도칼을 꺼내 들고 있었다. 그는 그제야 전화선을 타고 들려온 콜레오니의 웃음을 떠올렸다. 사람들은 싸움이 일어날 것 같은 기미가 보이자마자 모두 이곳을 피해 다른 데로 흩어져 갔다. 스파이서가 다급하게 부르짖는 소리가 들렸다. "핑키. 오, 제발." 소년의 눈이 미치지 않는 곳에서 벌어지는 폭행이 절정에 달했다. 그의 눈앞에는 조심해야 할 다른 것들이 있었다. 칼날이 긴 치명적인 면도칼들이 쇼어햄 쪽에서 구릉지로 비스듬히 내리쬐는 햇살을 반사하고 있었다. 그는 자신의 면도날을 꺼내려고 호주머니에 손을 넣으려 했으나, 한 사내가 즉시 그를 향해 몸을 기울이며 그의 손가락 마디를 베었다. 고통이 엄습했다. 소년은 마치 학교에서 늘 괴롭힘을 당하던 아이가 처음으로 컴퍼스로 그를 찍어 버렸을 때처럼 공포와 놀라움에 사로잡혔다.

놈들은 그에게 달려들어 끝장을 보려고 하지는 않았다. 그는 흐느끼는 목소리로 말했다. "콜레오니는 반드시 이 대가를 치르게 될 거다." 그가 외쳤다. "스파이서." 그의 이름을 두 번 외친 다음에야 소년은 스파이서가 대답할 수 없게 되었다는 것을 깨달았다. 놈들은 소년이 늘 그랬던 것처럼 그 상황을 즐기고 있었다. 그중 한 놈이 그의 뺨을 베려고 몸을 기울이자 소년은 그걸 막으려고 손을 들어 올렸는데, 그러자 놈들은 다시 그의 손마디를 베었다. 그는 울기 시작했다. 4시 반의 경주마들이 난간 너머에서 드럼 소리 같은 발굽 소리를 내며 지나갔다.

그때 관람석에서 누군가 "형사다" 하고 외쳤고, 그러자 그들 모두 소년을 향해 떼 지어 잽싸게 달려들었다. 누군가가 그의 넓적다리를 걷어찼고, 그는 누군가의 면도칼을 손으로 와락 움켜쥐었다. 그 바람에 뼈까지 칼날에 베인 것 같았다. 형사들이 경마장 가장자리로 달려오자 놈들은 무거운 구둣발로 천천히 흩어졌다. 소년은 그들을 뚫고 도망쳤다. 몇 놈이 그가 철조망 문을 빠져나가 구릉지 옆을 곧장 내려가서 집과 바다 쪽을 향해 달리는 동안 내내 그를 뒤쫓아 왔다. 그는 넓적다리를 걷어차인 탓에 한쪽 다리를 절뚝거리며 달리면서 울었다. 심지어 기도를 하려고도 했다. 등자에서 땅으로 떨어지는 사이에도 구원받을 수 있지만, 그러나 회개하지 않으면 구원받을 수 없었다. 그런데 백토의 구릉지를 허둥지둥 달리는 그에게는 후회를 느낄 만한 겨를이 전혀 없었다. 절뚝절뚝 서툴고 불편하게 달리는 그의 얼굴과 두 손에서는 피가 흘러내렸다.

이제는 두 사내만이 그를 뒤쫓았다. 그들은 고양이를 뒤쫓듯이 휘이휘이 소리 지르며 재미로 그를 뒤쫓고 있었다. 이윽고 구릉지 아래 평지에 있는 집들에 이르렀다. 그러나 주변에는 아무도 없었다. 다들 경마장에 갔는지 집들이 모두 비어 있었다. 크기가 제각각인 돌들이 깔린 포장도로, 조그만 잔디밭, 스테인드글라스 문, 그리고 자갈길에 방치된 잔디 깎는 기계뿐이었다. 그는 어느 한 집으로 들어가서 피신할 엄두를 내지 못했다. 초인종을 누르고 기다리는 동안 놈들이 들이닥칠 것 같았기 때문이다. 그는 이제 면도날을 꺼내 들고 있었다. 하지만 무기를 들고 있는 적에게 그걸 써 본 적은 한 번도 없었다. 숨어야 했지만 줄곧 길 위에 핏자국을 남겼기 때문에 숨어도 소용이 없을 터였다.

두 녀석은 숨을 헐떡였다. 녀석들은 웃느라 숨이 가빠졌고, 소년의 폐는 아직 싱싱했다. 그래서 이제는 녀석들만큼 달릴 수 있었다. 그는 손수건으로 손을 감쌌다. 그리고 얼굴의 피가 땅에 떨어지지 않고 옷으로 흐르도록 고개를 뒤로 젖혔다. 그는 모퉁이를 돈 다음 녀석들이 당도하기 전에 빈 차고로 들어 갔다. 소년은 면도날을 꺼내 든 채 어두운 차고 안에 서서 회개하려고 해 보았다. '스파이서'를 생각하고, '프레드'를 생각 했다. 하지만 그의 생각은 추격자들이 다시 나타났을 것 같은 길모퉁이에 대한 생각에 막혀 그 이상 뻗어 나가지 못했다. 소년은 자신에게는 회개할 힘이 없다는 것을 깨달았다.

많은 시간이 흐른 뒤 위험이 끝난 것처럼 보이고 손 위로 황혼의 긴 그림자가 떨어질 무렵, 그가 생각한 것은 영원에 관한 것이 아니라 자신의 굴욕에 관한 것이었다. 그는 오늘 울고, 애원하고, 도망쳤다. 댈로와 커빗이 이 얘기를 듣게 될 것이다. 이제 우리 카이트 일당은 어떻게 되는 걸까? 그는 스파이서에 대해서도 생각하려 했다. 그러나 그러기엔 눈앞의 세상 일이 너무 버거웠다. 생각을 차분히 정리할 수가 없었다. 그는 아직도 후들거리는 무릎을 콘크리트 벽에 대고 서서 면도날을 앞으로 내민 채 길모퉁이를 지켜보았다. 두어 사람이 지나갔다. 팰리스 잔교에서 들려오는 희미한 음악 소리가 그의 뇌리에 종기처럼 스며들고, 말끔하지만 황량해 보이는 부르주아식 도로에는 가로등이 켜졌다.

이 차고는 한 번도 차고로 쓰인 적이 없는 듯했다. 이곳은 씨앗을 심은 상자나 화분 등을 넣어 두는 일종의 창고가 되었다. 흙을 야트막하게 담은 상자들에서 녹색의 조그만 싹들이 애벌레처럼 기어 나왔다. 삽 한 자루와 녹슨 잔디 깎는 기계가 눈에 띄었다. 낡은 흔들 목마, 유모차를 개조해서 만든 손수레, 한 무더기의 오래된 레코드판—〈알렉산더의 래그타임 밴드〉〈걱정은 그만〉〈당신이 유일한 여자라면〉—등과 같은, 좁은 집 안에는 놓아둘 자리가 없는 온갖 잡동사니들도 눈에 띄었다. 그것들과 더불어 모종삽, 포장도로를 만들고 남은, 크기와 모양이 제각각인 돌들, 유리 눈알이 하나뿐인 인형, 곰팡이가 핀 옷도 그곳에 널브러져 있었다. 소년은 면도날을 손에 든 채로 그 모든 것을 재빨리 둘러보았다. 그의 목에서는 피가 굳어 엉기고, 감싸고 있던 손수건이 벗겨진 손에서는 핏방울이 떨어졌다. 어떤 사람이 이 집 주인인지는 모르겠지만, 아무튼 그 사람은 자신의 소유물에 핏자국을 더하게 되었다. 콘크리트 바닥에서 말라 가는 조그만 핏자국을 말이다.

이 집 주인이 누구든, 그 사람은 긴 인생행로를 거쳐 이곳에 다다른 것이었다. 손수레로 개조된 유모차에는 여행지의 라벨이—수많은 기차 여행의 흔적이—빼곡히 붙어 있었다. 동커스터, 리치필드, 클랙턴(이곳은 틀림없이 여름 휴가지였을 것이다), 입스위치, 노샘프턴…… 다음번 여행지 라벨을 붙이기 위해 거칠게 떼어 낸 흔적들은 어지러이 남아 있는 찢긴 자국들을 통해 그 사람의 여정을 여실히 남겨 놓았다. 이 집이, 경마장 아래쪽에 위치한 조그만 이 주택이, 그 사람이 다다를 수 있는 최선의 종착지였을 것이다. 대출을 받아 구입한, 구릉지 아래 평지에 자리 잡은 이 집이 그 사람의 종착지라는 것은 의심할 나위가 없어 보였다. 해변에 형성되는 너저분한 최고 수위선처럼 이곳에도 허접한 폐물들이 쌓였고, 이것들은 결코 이곳을 벗어나지 못할 게 분명했다.

소년은 이 집 주인이 증오스러웠다. 이름도 모르고 얼굴도 모르는 사람이지만 아무튼 그 사람이 증오스러웠다. 인형도 유모차도 망가진 흔들 목마도 증오스러웠다. 빼꼼히 얼굴을 내민 조그만 싹들은 세상 물정 모르는 어린 녀석들처럼 그를 짜증 나게 했다. 소년은 배가 고프고 어지럽고 몸이 떨렸다. 그는 고통과 두려움을 잘 알고 있었다.

물론 어둠이 이곳 평지로 밀려든 지금은 차분히 회개하기 좋은 때였다. 등자에서 땅으로 떨어지는 사이에는 그럴 시간이 없다. 한순간에 생각의 습관을 갑자기 바꿀 수는 없는 노릇이니까. 습관은 죽어 가는 순간에도 꼭 들러붙어 있는 법이다. 소년은 세인트판크라스역에서 놈들의 습격을 받은 뒤 대합실에서 죽어 가던 카이트를 떠올렸다. 한 짐꾼이 불 꺼진 난로에 분탄을 붓고 있던 대합실에서, 카이트는 죽어 가는 동안 내내 누군가의 젖가슴에 대해 얘기했었다.

그런데 스파이서는…… 소년의 생각이 필연적으로 스파이서에 대한 생각으로 돌아갔다. 그는 일종의 안도감을 느끼며 '놈들이 스파이서를 해치웠어'라고 속으로 중얼거렸다. 자신을 안전하게 만들어 준 일에 대해서 회개한다는 것은 불가능했다. 이제는 그 참견쟁이 여자에게 로즈 말고는 증인이 없게 되었고, 로즈는 자신이 다룰 수 있었다. 앞으로 자신이 지극히 안전한 상태가 되면, 그때는 회개하는 것에 대해서, 집으로 돌아가는 것에 대해서 차분히 생각할 수 있을 것이다. 그는 어두컴컴한 조그만 고해실, 신부님의 목소리, 그리고 영원한 고통에서 벗어나고자 분홍빛 유리 속에서 밝게 타오르는 등불 앞이나 조각상 밑에서 기다리는 사람들에 대한 흐릿한 향수에 잠겼고, 그 때문에 마음이 약해졌다. 그동안 그에게는 영원한 고통이란 것이 그다지 큰 의미를 갖지 못했다. 하지만 지금은 면도날에 베이는 아픔이 무한히 계속된다는 것을 의미했다.

그는 조심스럽게 옆 걸음질 치며 차고에서 나왔다. 백토를 깎아서 길을 낸 포장되지 않은 새 도로에는 한 쌍의 연인을 제외하고는 아무도 없었다. 그들 두 사람은 가로등 불빛이 미치지 않는 나무 울타리 옆에서 서로를 꼭 끌어안고 있었다. 그 모습을 보자 소년은 몸속에서 욕지기와 잔인성이 꿈틀거리는 것을 느꼈다. 그는 면도칼에 베인 손으로 면도날을 꼭 쥐고서 절뚝거리며 그들 곁을 지나갔다. 그의 가혹한 동정은 연인들의 관습적이고 동물적이고 일시적인 만족과는 다른 어떤 만족감을 요구했다.

그는 어디로 갈 것인지 알고 있었다. 옷에는 차고에서 들러붙은 거미줄이 묻어 있고, 얼굴과 손에는 패배의 자상刺傷을 입은 이 몰골로 프랭크네 집에 돌아갈 수는 없었다. 사람들이 수족관 위쪽 옥외에 있는 하얀 석조 덱에서 춤을 추고 있었다. 그는 사람이 거의 눈에 띄지 않는 해변으로 내려갔다. 지난겨울의 강풍이 남기고 간 말라붙은 해초들이 구두 밑에서 바스라졌다. 음악이 귀에 들려왔다. '사랑하는 사람'. 그는 속으로 '그놈의 음악, 셀로판지로 싸서 은박지 상자에 처넣어 버려' 하고 중얼거렸다. 가로등에 부딪혀 상처 입은 나방 한 마리가 나뭇조각 위를 기었다. 그는 백토가 묻은 구둣발로 그 나방을 흔적도 보이지 않을 만큼 짓뭉갰다. 언젠가는…… 언젠가는…… 그는, 젊은 독재자인 그는, 피가 흐르는 손을 숨긴 채 절뚝거리며 모래밭을 나아갔다. 그는 카이트 갱단의 우두머리고, 이것은 일시적인 패배일 뿐이었다. 안전한 때가 오면 한 번의 고해성사로 모든 죄를 지워 버릴 심산이었다. 노란 달이 호브가 위로, 정확히 수학적으로 건설한 리전시 광장 위로 비스듬히 떠올랐다. 바닷물이 닿지 않은 마른 모래밭을 절뚝거리며 걸어가던 그는 문 닫힌 탈의실용 오두막들 옆을 지나가면서 이런 몽상을 했다. 그땐 조각상도 하나 기부할 거야.

그는 팰리스 잔교를 막 지났을 때 모래밭에서 위로 올라가 아픈 몸을 이끌고 큰길을 건넜다. 스노 식당은 불을 환히 밝히고 있었다. 라디오 소리가 들렸다. 그는 한참 동안 바깥 인도에 서 있다가 창에 가까운 자리에서 시중드는 로즈의 모습이 보이자 창으로 다가가서 창에 얼굴을 붙였다. 로즈는 즉시 그를 보았다. 그녀에게 초점을 맞춘 그의 얼굴이 마치 그가 그녀에게 전화를 걸기라도 한 것처럼 빠르게 그녀의 뇌에 벨을 울린 것이었다. 그는 호주머니에서 손을 뺐다. 그러나 손을 보여줄 필요도 없이 상처 난 얼굴만으로도 로즈의 마음을 불안으로 물들이기 충분했다. 그녀는 유리창을 통해 그에게 무슨 말인가를 했다. 그러나 그는 그녀의 말을 알아듣지 못했다. 마치 외국어를 듣는 것 같은 느낌이었다. "뒤뜰로 가요." 로즈가 그 말을 세 번이나 되풀이했을 때에야 그는 그녀의 입 모양을 읽을 수 있었다. 다리의 아픔이 더 심해졌다. 한쪽 다리를 끌면서 건물을 돌았다. 그가 모퉁이를 돌았을 때 차 한 대가 지나갔다. 제복을 입은 운전사와 콜레오니 씨가 탄 란치아였다. 콜레오니 씨는 흰 조끼에 야회복 재킷 차림으로 등을 기대고 앉아 보라색 비단옷을 입은 노부인을 보며 싱글벙글하고 있었다. 어쩌면 콜레오니 씨가 아닌지도 몰랐다. 차가 아주 부드럽고 빠르게 지나갔으므로 잘못 보았을 수도 있었다. 그 사람은 파빌리온에서 열린 음악회가 끝난 뒤에 코스모폴리탄 호텔로 돌아가는 중년의 부유한 재계 거물일 수도 있었다.

소년은 허리를 굽히고 뒷문 우편함을 통해 안을 들여다보았다. 로즈가 성난 얼굴에 두 손을 불끈 쥔 모습으로 그를 향해 복도를 걸어오고 있었다. 소년은 자신감이 줄어드는 것을 느꼈다. 저 애가 어떻게 해서 이렇게 되었는지 알아차렸나 보다……, 그는 생각했다. 여자는 남자의 구두와 외투를 본다는 것을 그는 잘 알고 있었다. 만약 그녀가 나를 내쫓는다면 이 황산병을 깨서……, 그는 생각했다. 그러나 문을 열어 준 그녀는 평소와 다름없이 말수가 적고 헌신적이었다. "누가 그랬어요?" 그녀가 소리 죽여 말했다. "누군지 잡기만 하면……"

"신경 쓰지 마." 소년은 일단 흰소리를 쳤다. "놈들은 내게 맡겨 둬."

"당신 얼굴이……" 소년은 여자들은 언제나 상처를 좋아하며, 상처를 남자다움이나 성적 능력의 표시로 여긴다는 사람들의 말을 떠올리면서 혐오감을 느꼈다.

"좀 씻을 수 있는 곳이 없을까?" 그가 물었다.

그녀가 나직이 말했다. "조용히 따라와요. 이리 가면 와인 저장실이 있어요." 로즈는 그를 데리고 조그만 벽장으로 들어갔다. 온수 파이프가 지나가고, 조그만 통에 와인이 몇 병 들어 있었다.

"여긴 사람들이 안 와?" 그가 물었다.

"이곳에선 와인을 주문하는 사람이 없어요." 그녀가 말했다. "우리는 판매 허가를 받지 못했거든요. 이것들은 가게를 인수할 때 남아 있었던 거래요. 지배인 아주머니가 건강을 위해 마실 뿐이죠." 그녀가 스노 식당을 언급할 때는 희미한 자의식이 담긴 어조로 늘 '우리'라고 했다. "앉아요." 그녀가 말했다. "물을 좀 가져올게요. 누가 볼지 모르니 불을 꺼야겠어요." 그러나 달빛이 주변을 둘러볼 수 있을 만큼 실내를 밝게 비추었다. 와인병에 붙은 라벨도 읽을 수 있을 정도였다. 엠파이어 와인, 오스트레일리아 와인, 그리고 부르고뉴 와인.

그녀는 얼마 지나지 않아 돌아왔는데, 그러나 돌아오자마자 미안해하며 사과하기 시작했다. "손님이 계산서를 요청하고,

요리사가 지켜보고 있어서 좀 늦었어요." 그녀는 따뜻한 물이 담긴 흰색 푸딩 그릇과 손수건 석 장을 가지고 왔다. "가져올 수 있는 게 이것뿐이었어요." 로즈는 그렇게 말하며 손수건을 찢었다. "세탁물이 아직 안 돌아왔거든요." 그러고는 그의 목에 핀을 대고 죽 그어 내린 선처럼 보이는 길고 얕은 상처를 물을 적신 손수건 조각으로 꼭꼭 누르면서 단호하게 덧붙였다. "누군지 잡기만 하면……"

"그 얘긴 이제 그만해." 그는 그렇게 말하며 칼에 베인 손을 내밀었다. 피가 엉겨 붙기 시작했다. 그녀가 서툴게 상처 부위를 묶었다.

"또 누가 와서 얘기하거나 묻거나 하진 않았어?"

"그 여자와 함께 있었던 남자."

"형사?"

"형사는 아닌 것 같아요. 자기 이름은 필이라고 하더군요."

"네가 이름을 물어본 모양이군."

"사람들은 묻지 않아도 다 얘기하거든요."

"이해가 안 돼." 소년이 말했다. "형사가 아니라면 도대체 뭘 원하는 거지?" 그는 상처 입지 않은 손을 뻗어 그녀의 팔을 꼬집었다. "너, 그 사람들한테 아무것도 얘기하지 않았지?"

"그럼요." 그녀는 그렇게 말하며 어둠 속에서 그윽한 눈으로 그를 바라보았다. "무서웠어요?"

"그 사람들이 나에게 무슨 해코지를 할 수 있겠어?"

"그 사람들이 아니라," 그녀가 말했다. "나쁜 놈들이 이런 상처를 입혔을 때 말이에요."

"무서웠냐고?" 그는 거짓말을 했다. "전혀 무섭지 않았어."

"그놈들은 왜 이런 짓을 했어요?"

"내가 묻지 말라고 했잖아." 그는 멍이 든 다리로 불안정하게 일어섰다. "내 외투 좀 털어 줘. 이런 꼴로는 밖에 못 나가겠어. 점잖게 보여야 하니까." 로즈가 손바닥으로 외투를 쓸어내리는 동안 그는 와인이 든 통에 몸을 기댔다. 방 안으로 들어온 달빛이 조그만 통과 와인병과 좁은 어깨에, 그리고 겁먹은 사춘기 젊은이의 매끄러운 얼굴에 그림자를 던졌다.

소년은 다시 거리로 나가 프랭크네 집으로 돌아가서 커빗, 댈로와 함께 다음번 행동에 대해 부단히 작전을 짜야 하는 생활에 대해서 내키지 않는 마음이 이는 것을 알아차렸다. 인생은 워털루 전투에서의 전술만큼이나 복잡한 것을 소시지롤 부스러기가 널려 있는 황동 침대 틀 위에서 생각해 내야 하는, 복잡한 전술 연습의 연속이었다. 옷은 늘 다리미질을 해야 하고, 커빗과 댈로는 자주 다투고, 댈로는 프랭크의 아내를 쫓아다니고, 계단 아래 낡은 전화기는 시도 때도 없이 울어 대고, 매번 호외를 들고 들어와서 침대 위에 던져 놓는 주디는 담배를 너무 많이 피워 대고, 게다가 자꾸만 팁을 달라고 조르고…… 이런 상황에서 어떻게 더 크고 멋들어진 전략을 짜낼 수 있겠는가. 그는 갑자기 이 어둡고 좁은 벽장과 정적과 와인병을 비추는 창백한 달빛에 향수를 느꼈다. 잠시라도 혼자 있을 수 있다면……

그러나 그는 혼자가 아니었다. 로즈가 그의 손에 그녀의 손을 얹고 두려운 얼굴로 물었다. "그놈들이 밖에서 당신을 기다리고 있는 건 아니죠?"

그는 움츠러드는가 싶더니 이내 뻐기듯이 말했다. "놈들은 어디에서도 기다리지 않아. 그 자식들은 되로 주고 말로 받았지. 걔들이 노린 사람은 내가 아니었어. 가엾은 스파이서만 노린 거야."

"가엾은 스파이서?"

"가엾은 스파이서는 죽었어." 그가 그 얘기를 막 꺼냈을 때 복도 저편 식당에서 커다란 웃음소리가 들려왔다. 맥주와 동료애에 전 웃음소리, 후회 따위는 모르는 웃음소리였다. "그 여자가 왔군." 소년이 말했다.

"맞아요, 그 여자예요." 그것은 곳곳에서 들을 수 있는 웃음소리였다. 배가 멀어져 가고 다른 사람들이 눈물을 훔칠 때 물기 없는 눈과 걱정 없는 마음으로 밝은 면을 보는 웃음, 콘서트홀에서 야한 농담에 대처하는 웃음, 병상 옆이나 남부 철도의 붐비는 객실 안에서 들리는 웃음, 뜻밖의 경주마가 이겼을 때 나는 활달한 여자의 기쁨에 찬 웃음…… 그런 웃음소리였다. "난 저 여자가 무서워요." 로즈가 나직이 말했다. "뭘 원하는지 모르겠어요."

소년은 그녀를 잡아끌었다. 작전, 작전. 그러나 전략을 세울 시간은 결코 주어지지 않았고, 게다가 그는 어슴푸레한 저녁 달빛 속에서 그녀가 키스를 바라며 얼굴을 치켜들고 있는 것을 볼 수 있었다. 그는 혐오감을 느끼며 망설였다. 그러나 작전이 필요했다. 그녀를 때리고 비명을 지르게 하고 싶은 마음이었지만, 대신 입술을 살짝 비켜 가며 서투르게 키스했다. 그는 오므린 입술을 떼며 말했다. "이봐."

그녀가 말했다. "여자를 많이 사귀어 보지 않았죠?"

"아니, 많이 사귀어 봤지." 그가 말했다. "그건 그렇고 내 말 좀······."

"난 당신이 처음이에요." 그녀가 말했다. "기뻐요." 그 말을 듣자 그는 다시 그녀가 미워지기 시작했다. 그녀는 심지어 그가 자랑할 거리도 못 되었던 것이다. 그 애의 첫 남자라니. 누구에게서 그녀를 빼앗은 것도 아니고, 그녀를 차지하려고 다투는 경쟁 상대도 없었다. 아무도 그녀를 쳐다보지 않을 것이고, 커빗과 댈로도 그녀에게 눈길을 주지 않을 것이다. 특징 없는 생머리, 단순한 성격, 손에서 느껴지는 싸구려 옷······ 그는 스파이서를 미워했듯이 그녀를 미워했고, 그래서 그의 행동이 신중해졌다. 그는 손바닥으로 어색하게 그녀의 가슴을 누르면서, 그것은 자신이 아닌 다른 사람의 열정을 가장한 것이라는 기회주의적인 야비한 구실을 대며 생각했다. 이 애가 조금 더 치장을 하면 이 정도로 나쁘진 않을 텐데, 약간 화장을 하고 염색을 하기만 해도······ 그런데도 이 애가─브라이턴에서 가장 값싸 보이고 나이 어리고 가장 풋내기 여자아이인 이 애가─나를 제 손아귀에 쥐고 있다니.

"오, 하느님." 그녀가 말했다. "당신은 다정한 사람이에요,

핑키. 사랑해요."

"넌 나를…… 그 여자에게 넘기지 않겠지?"

누가 복도에서 소리쳤다. "로즈." 문이 쾅 닫히는 소리가 들렸다.

"난 가 봐야 해요." 그녀가 말했다. "당신을 넘기다니…… 그게 무슨 소리예요?"

"얘기하지 않을 거냐고 물은 거야. 누가 그 카드를 놓아두었는지 그 여자한테 얘기하지 않을 거냐고, 그 사람은 네가 아는 사람이 아니었다는 걸 얘기하지 않을 거냐고 물은 거야."

"난 절대 얘기하지 않을 거예요." 웨스트가에서 버스 한 대가 지나갔다. 창살이 있는 조그만 창으로 버스의 불빛이 들어와서 그녀의 단호한 하얀 얼굴을 똑바로 비추었다. 그녀는 손가락을 걸고 자신의 개인적인 다짐을 맹세하는 아이 같았다. 그녀가 마치 깨진 유리창에 대한, 또는 남의 집 문에 분필로 쓰인 음란한 말에 대한 관심을 부인하듯이 부드럽게 말했다. "당신이 무얼 했든 난 상관 안 해요." 그는 아무 말도 하지 않았다. 그녀의 단순함에서 비롯된 눈치 빠름, 16년이라는 짧지 않은 인생 경험, 듬직한 신뢰감 등에 대한 일종의 깨달음이 값싼 음악처럼 그의 마음을 어루만졌다. 밖에서 기어를 바꾸는 소리가 들렸고, 그에 따라 버스의 불빛도 그녀의 이쪽 광대뼈에서 저쪽 광대뼈로 옮겨 간 다음 벽을 가로지르며 지나갔다.

그가 말했다. "그게 무슨 말이야? 난 아무것도 안 했는데."

"나도 몰라요." 그녀가 말했다. "아무튼 상관없어요."

"로즈." 누군가 큰 소리로 그녀를 불렀다. "로즈."

"그 여자예요." 로즈가 말했다. "그 여자가 틀림없어요. 꼬치꼬치 캐묻는 여자. 버터처럼 느끼한 목소리. 저 여자가 우리에 대해 뭘 알까요?" 로즈가 가까이 다가서며 말했다. "나도 예전에 나쁜 일을 저지른 적이 있어요. 대죄大罪를 말이에요. 열두 살 때. 그렇지만 저 여자는…… 저 여자는 대죄가 뭔지도 몰라요."

"로즈. 어디 있지? 로즈."

열여섯 살 여자애의 얼굴 그림자가 달빛에 물든 벽에서 움직였다. "옳고 그름. 저 여자는 그런 얘기를 했어요. 탁자에 앉아 그 얘길 하는 걸 들었어요. 옳고 그름. 마치 자기가 그걸 안다는 듯이 말예요." 로즈가 경멸의 빛을 드러내며 나직이 말했다. "음, 저 여자는 불구덩이에 떨어지지 않을 거예요. 그러려고 해도 그러지 못할 거예요." 로즈는 어쩌면 눅눅해서 불이 붙지 않는 회전 폭죽♦에 대해 얘기하고 있는 것인지도 몰랐다. "몰리 카슈는 불구덩이에 떨어졌죠. 멋진 여자였는데. 자살했어요. 절망해서. 그건 대죄예요. 용서받을 수 없는. 만약…… 그런데 당신이 등자에 관해서 했던 말이 뭐더라?"

그가 내키지 않는 표정으로 말했다. "등자에서 땅으로 떨어지는 사이에. 그것도 소용없어."

"당신이 한 일에 대해," 그녀가 아랑곳하지 않고 말을 계속

♦ 불을 붙이면 제자리에서 빙글빙글 돌며 불꽃을 일으키는, 원반처럼 생긴 폭죽.

234

했다. "고해성사 했나요?"

그가 답변을 회피하는 태도로 말했다. 손수건 조각에 감긴 손을 오스트레일리아 와인 위에 얹고 서 있는 그의 어둑한 형체는 완고해 보였다. "미사에 참석 안 한 지 오래됐어."

"상관없어요." 그녀가 되풀이했다. "난 '저 여자'처럼 되느니 차라리 당신과 함께 불구덩이에 떨어지겠어요." 아직은 앳된 그녀의 목소리가 '저 여자'라는 대목에서 약간 더듬거렸다. "저 여자는 무지해요."

"로즈." 그들이 숨어 있는 벽장의 문이 열렸다. 회녹색 제복의 가슴 단추에 안경을 걸어 늘어뜨린 지배인 아주머니가 불빛과 사람들의 목소리와 라디오 소리와 웃음소리를 몰고 나타나서 소년과 로즈 사이의 음울한 신학 논쟁을 쫓아냈다. "얘야," 지배인이 말했다. "여기서 뭐 하니? 그리고 쟤는 누구야?" 지배인은 어둠에 묻힌 야윈 모습의 형체를 유심히 들여다보다가 그가 밝은 빛 속으로 나오자 태도를 바꾸었다. "이 사내아이……" 지배인이 와인병을 훑어보며 그 수를 헤아렸다. "널 따라다니는 사람을 여기서 만나면 안 돼."

"갈 거요." 소년이 말했다.

여자는 의심과 혐오감이 서린 눈으로 그를 쳐다보았다. 차고에서 들러붙은 거미줄이 다 없어진 것은 아니었다. "너희들이 어리지만 않다면 경찰을 불렀을 거다." 여자가 말했다.

소년은 그의 유일한 유머라 할 수 있는 말로 응수했다. "난 알리바이가 있는걸요."

"그리고 넌," 지배인이 로즈에게 눈을 돌렸다. "나중에 얘기 좀 하자." 지배인은 소년이 벽장을 나가는 것을 지켜보며 역겹다는 듯이 말했다. "너희 둘 다 이런 짓을 하기엔 너무 어려."

너무 어리다. 이것이 문제점이었다. 스파이서는 이 문제점을 해결해 주지 않고 죽었다. 나이가 너무 어려서 결혼으로 그녀의 입을 막을 수도 없고, 나이가 너무 어려서 경찰이 그녀를 증인석에 세우는 것을 막을 수도 없었다. 만약의 경우이긴 하지만, 그렇게 되면 그녀는 이런 증언을 하게 될지도 모른다. 카드를 두고 간 사람은 헤일이 아니었어요, 스파이서가 두고 간 거예요, 소년이 식당에 직접 와서 식탁보 밑에 손을 넣어 뒤졌어요…… 게다가 그녀는 그걸 자세히도 기억하고 있었다. 스파이서의 죽음은 의심을 증폭시킬 것이다. 그는 어떻게든 그녀의 입을 막아야 했다. 평온을 회복해야 했다.

프랭크네 집에 도착한 그는 침실 겸 거실로 가는 계단을 천천히 올라갔다. 자신의 장악력이 떨어지고 있다는 느낌이 들었다. 전화벨이 계속 울어 댔다. 장악력을 잃어 가고 있다는 느낌과 더불어 자신이 살아온 세월만으로는 알 수 없는 일들이 아주 많다는 것을 깨닫기 시작했다. 커빗이 아래층 방에서 나왔다. 사과를 먹고 있느라 볼이 불룩했다. 커빗은 부러진 주머니칼을 손에 들고 있었다. "아니요." 그가 전화기에 대고 말했다. "스파이서는 여기 없어요. 아직 안 돌아왔어요."

소년은 첫 번째 층계참에 서서 아래를 내려다보며 소리쳤다. "스파이서 찾는 사람 누구야?"

"그 여자가 전화 끊었어."

"그 여자가 누군데?"

"나도 몰라. 스파이서의 여자일 거야. 그 녀석, '하트의 여왕'에서 만나는 여자를 은근히 좋아하거든. 그런데 스파이서는 어디 있어, 핑키?"

"죽었어. 콜레오니 부하들이 스파이서를 죽였어."

"맙소사." 커빗이 말했다. 그는 주머니칼을 접고 사과를 뱉었다. "그래서 내가 브루어를 그냥 내버려 둬야 한다고 했잖아. 이제 우린 어떻게 해야 하지?"

"이리 올라와." 소년이 말했다. "댈로는 어딨어?"

"밖에 나갔어."

소년은 앞장서서 침실 겸 거실로 들어가 하나뿐인 전등을 켰다. 코스모폴리탄 호텔의 콜레오니 방이 생각났다. 그렇지만 처음엔 어디서부터든 시작해야 했다. 그가 말했다. "또 내 침대 위에서 뭘 먹었군."

"내가 그런 게 아냐, 핑키. 댈로가 그랬어. 저런. 자네, 놈들한테 칼 맞았군 그래."

소년은 또 거짓말을 했다. "나도 당한 만큼은 갚아 줬어." 그러나 거짓말을 한다는 것은 약해졌다는 뜻이었다. 그는 거짓말에 익숙지 않았다. 그가 말했다. "스파이서에 대해선 너무 흥분할 필요 없어. 겁쟁이였잖아. 죽은 게 잘된 일이야. 그가 카드를 놓고 간 것을 스노 식당의 여자애가 봤단 말이야. 아무튼 스파이서가 땅에 묻힌 뒤엔 아무도 그의 얼굴을 확인해 보려 하지 않을 거라고. 게다가 우린 그를 화장해 버릴 수도 있어."

"형사들이……"

"난 형사들은 겁 안 나. 캐묻고 돌아다니는 사람은 다른 작자들이야."

"그 사람들도 의사가 말한 것을 뒤집진 못하겠지."

"우리가 그자를 죽였잖아. 그런데 의사들은 그자가 자연사 했다는 거야. 왜 그런 건지 네가 한번 연구해 봐. 난 모르겠어." 소년은 침대에 앉아 댈로가 떨어뜨린 빵 부스러기를 쓸어 냈다. "스파이서가 없으면 우린 더 안전해."

"핑키, 자네가 가장 잘 알겠지. 그런데 콜레오니가 뭣 때문에……"

"내 생각엔 우리가 경마장에서 테이트를 해치울까 봐 콜레오니가 겁이 났던 것 같아. 커빗, 프리윗 씨를 여기로 데리고 와 줘. 그이가 처리해 주었으면 하는 일이 있으니까. 이 근처에서 신뢰할 수 있는 변호사는 그 사람뿐이잖아. 그를 정말 신뢰해도 되는지는 모르겠지만."

"무슨 일인데, 핑키? 심각한 거야?"

소년은 황동 침대 기둥에 머리를 기댔다. "결국 난 결혼을 해야 할 것 같아."

커빗이 갑자기 커다란 입을 활짝 벌리고 충치를 드러낸 채 웃음을 터뜨렸다. 그의 머리 뒤로는 반쯤 내려진 블라인드가 밤하늘을 가렸고, 희뿌연 연기가 검은색 남근처럼 보이는 굴뚝 꼭대기 통풍관에서 달빛에 잠긴 대기 속으로 피어올랐다. 소년은 말없이 커빗을 쳐다보면서 마치 커빗의 웃음이 세상의 경멸인 양 그 웃음소리에 귀 기울였다.

커빗이 웃음을 그치자 그가 말했다. "어서. 프리윗 씨에게 전화해서 여기로 와 달라고 해." 그는 커빗을 지나 블라인드 끈 끝에 달린, 유리창을 가볍게 두드려 대는 도토리 모양의 손잡이를 응시하고, 이어 굴뚝과 초여름 밤하늘을 응시했다.

"여기로 오진 않을 텐데."

"와야 해. 이 꼴로 내가 갈 수는 없으니까." 그는 면도날에 베인 목의 상처를 만졌다. "그이가 꼭 처리해 주어야 할 일이 있단 말이야."

"에구, 이 친구야." 커빗이 말했다. "자넨 그 짓을 하기엔 아직 어려." 그 짓. 소년의 마음은 호기심과 혐오감을 동시에 느끼면서 로즈의 그 작고 조야한 얼굴과 달빛에 물든 통 속의 와인병들과 여러 차례 반복적으로 언급된 '불구덩이'라는 말로 돌아갔다. 사람들은 무슨 뜻으로 '그 짓'이라고 말하는 걸까? 그는 이론적으로는 다 알고 있었지만 실제로는 아는 게 없었다. 그는 단지 다른 사람의 욕정에 대한 지식만 지니고서, 공중화장실 벽에 자신들의 욕구를 써 놓은 사람들의 지식만 지니고서 나이 들어 왔을 뿐이다. 그는 어떤 동작을 해야 하는지는 알고 있었으나, 실제로 그 짓을 해 본 적은 없었다. "어쩌면," 그가 말했다. "일이 그렇게까지 되지는 않을지도 몰라. 아무튼 프리윗 씨를 데리고 와. 그이는 잘 알고 있을 테니."

프리윗 씨는 잘 알고 있었다. 그를 처음 만난 사람도 그걸 확신할 수 있었다. 그는 교활한 책략, 논리의 왜곡, 모순적인 조항, 모호한 단어 따위를 익숙하게 다루었다. 깨끗이 면도한 누르스름한 중년의 얼굴에는 법적인 판단을 수없이 한 흔적처럼 깊은 주름이 새겨져 있었다. 갈색 가죽 서류 가방을 든 그는 줄무늬 바지를 입었는데, 그 바지는 나머지 다른 차림새에 비해 너무 새것 같아 보였다. 그는 피고석 곁에 있을 때와 비슷한 태도로 짐짓 명랑한 척하며 방 안으로 들어섰다. 끝이 길고 뾰족한 윤이 나는 구두가 불빛을 반사했다. 그의 모든 것이, 쾌활한 모습에서부터 모닝코트에 이르기까지 모든 것이 다 새로웠다. 다만 수많은 법정에서 패배보다도 더 해로운 승리를 수없이 거두면서 고리타분하게 나이 들어 온 그 자신은 예외였다. 그는 남의 말에 귀 기울이지 않는 버릇이 있었는데, 그것은 재판관에게서 들어 온 무수히 많은 질책이 그에게 가르쳐 준 버릇이었다. 그는 애원할 줄도 알고 신중함과 동정심도 갖추고 있었으며, 가죽처럼 질기기도 했다.

소년은 일어서지도 않고 침대에 앉은 채로 그에게 끄덕 고갯짓을 했다. "안녕하시오, 프리윗 씨." 그러자 프리윗 씨가 동정 어린 미소를 지으며 가방을 바닥에 내려놓고 화장대 옆에 놓인 딱딱한 의자에 앉았다. "아름다운 밤이야." 프리윗 씨가 말했다. "오, 저런, 저런, 자네, 전쟁을 치렀군 그래." 그 동정은 진심 어린 동정이 아니었다. 그것은 태곳적 부싯돌에서 경매표를 떼어 내듯이 그의 눈에서 쉽게 벗겨 낼 수 있는, 그런 동정이었다.

"그 문제로 당신을 만나고 싶어 한 건 아니오." 소년이 말했다. "겁낼 필요 없어요. 난 단지 알고 싶은 게 있을 뿐이니까."

"문제가 생길 일은 아니겠지?" 프리윗 씨가 물었다.

"난 문제를 피하고 싶은 거요. 내가 결혼하고 싶다면 무얼 어떻게 해야 하는 거죠?"

"몇 년 기다려야 해." 프리윗 씨가 카드놀이에서 '콜' 하고 외치는 것처럼 즉시 대답했다.

"다음 주에 하려면." 소년이 말했다.

"문제는," 프리윗 씨가 생각에 잠긴 얼굴로 말했다. "자넨 법정 연령이 안 되었다는 점이야."

"그래서 내가 당신을 부른 거잖소."

"더러 나이를 속이는 사람도 있긴 해." 프리윗 씨가 말했다. "내가 그걸 제안하는 건 아니지만 말이야. 여자 나이는 어떻게 되나?"

"열여섯."

"확실해? 여자가 열여섯 살 이하면 말이지, 캔터베리 대성당에서 대주교 본인에 의해서 결혼이 성사될 수는 있어. 그래도 법적으로는 유효하지 않겠지만."

"그건 됐소." 소년이 말했다. "아무튼 우리가 나이를 속이면 결혼할 수 있다는 거요? 합법적으로?"

"그렇고말고."

"그럼 경찰이 여자를 부를 수 없게 되는……"

"자네에게 불리한 증언을 확보하려고? 여자가 동의하지 않으면 부를 수 없지. 물론 자네가 나쁜 짓을 저질렀을 경우엔 감옥에 가는 수도 있겠지만. 그리고…… 다른 어려운 점들도 있다네." 프리윗 씨는 세면대에 등을 기댔다. 말끔한 반백의 머리가 큼지막한 물 단지에 살짝 닿았다. 그는 소년을 살펴보았다.

"돈은 드리리다." 소년이 말했다.

"첫째," 프리윗 씨가 말했다. "이 일은 시간이 걸린다는 걸 명심해야 해."

"오래 걸리면 안 되는데."

"성당에서 결혼할 건가?"

"천만에요." 소년이 말했다. "이건 진짜 결혼이 아니니까."

"어찌 됐든 진짜 결혼인 거지."

"신부가 예식을 진행하는 것과 같은 진짜 결혼이 아니라는 거요."

"자네의 종교적 감정은 칭찬받을 만하군." 프리윗 씨가 말했다. "그럼 민간 결혼*을 하는 것으로 알겠네. 15일간의 거주 증명이 있어야 하는데, 그건 조건을 갖추었고…… 그리고 신청하고 나서 하루 동안의 고지 기간이 필요해. 그러니까 이 요건에 따르면 내일모레면 결혼할 수가 있어. 자네의 거주지 관할 구역에서 말이야. 그런데 또 다른 어려운 점이 있어. 미성년자

◆ 종교 의식을 치르지 않는 결혼.

의 결혼은 쉽지 않다니까."

"계속해요. 돈은 드린다니까."

"자네가 스물한 살이라고 말해 봤자 아무 소용 없어. 아무도 안 믿을 테니까. 그렇지만 열여덟이라고 말하면, 부모님이나 후견인의 동의가 있을 경우 결혼할 수 있지. 부모님은 살아 계신가?"

"아니요."

"그럼 후견인은 누구지?"

"난 그런 거 몰라요."

프리윗 씨가 생각에 잠긴 표정으로 말했다. "우린 후견인 문제를 해결할 수 있을 거야. 좀 위험하긴 하지만. 연락이 끊어졌다고 하면 좋을 것 같아. 후견인은 남아프리카공화국으로 갔고, 자네만 여기 남았다는 거지. 그러면 그럴싸할 것 같아." 프리윗 씨가 부드럽게 덧붙였다. "자넨 이른 나이에 세상에 팽개쳐졌고, 용감하게 혼자서 삶을 꾸려 온 거야." 그의 시선이 이쪽 침대 기둥에서 저쪽 침대 기둥으로 옮아갔다. "호적 담당자에게 그 같은 상황을 참작해 달라고 부탁해야겠지."

"일이 이렇게 어려운 줄 몰랐소." 소년이 말했다. "다른 방법을 강구해 보는 건 어떨까 싶군요."

"시간만 있으면," 프리윗 씨가 말했다. "뭐든 할 수 있지." 그는 치석이 낀 이를 드러내며 아버지 같은 자상한 미소를 지었다. "결혼하겠다는 말만 해. 그러면 내가 틀림없이 결혼하게 해 줄게. 날 믿으시게." 그는 일어섰다. 그의 줄무늬 바지는 결혼식에 참석하려고 모스 가게에서 대여료를 내고 빌려 입은 결혼식 하객의 바지 같아 보였다. 누런 미소를 띤 채 방 안을 걸어가는 그의 모습은 바야흐로 신부에게 키스하러 가는 남자의 모습 같았다. "자문료로 지금 나에게 1기니를 줄 수 있을지 모르겠네. 한두 가지 살 게 있어서…… 마누라가 사다 달래서……"

"당신, 결혼했소?" 소년이 갑자기 진지하게 물었다. 프리윗이 결혼했을 거라는 생각을 한 번도 해 본 적이 없었던 것이다. 그는 프리윗의 미소와 누런 이, 그리고 주름지고 이울어 가는 믿음이 안 가는 얼굴을 빤히 쳐다보았다. 마치 거기에 뭔가 배울 게 있는 것처럼……

"내년이 은혼식이라네." 프리윗 씨가 말했다. 그 짓을 25년이나 했다니. 그때 커빗이 문에서 얼굴을 내밀고 말했다. "이번엔 내가 나갔다 올게." 커빗이 씩 웃었다. "결혼 문제는 어떻게 돼 가?"

"진행 중이네." 프리윗 씨가 말했다. "진행 중." 그는 서류 가방이 앞날이 기대되는 아기의 통통한 볼이라도 되는 듯이 톡톡 두드렸다. "우린 머잖아 우리의 젊은 친구가 결혼하는 걸 보게 될 걸세."

모든 게 잔잔하게 가라앉을 때까지만, 하고 소년은 생각했다. 그는 한쪽 구둣발을 연보라색 오리털 이불에 올려놓은 채 회색 베개에 등을 기대고 있었다. 진짜 결혼이 아니야. 당분간 그 애의 입을 막아 두기 위한 수단일 뿐이지. "안녕." 커빗이 침대 발치에서 낄낄거리며 말했다. 로즈, 헌신적이고 촌스러운 조그만 얼굴, 피부의 달콤한 감촉, 어두운 벽장 속 부르고뉴 와인이 든 통 옆에서 느낀 감정…… 침대에 몸을 기댄 그는 '아직은 안 돼', 그리고 '그 애하고는 안 해'라고 외치며 따지고 싶은 마음이었다. 언젠가는 겪어야 할 일이라면, 다른 모든 사람들을 따라 자신도 그 짐승 같은 행위를 해야 하는 거라면, 나이 들어 더 이상 얻을 게 없을 때 하고 싶었다. 그리고 다른 남자들이 부러워할 만한 여자와 하고 싶었다. 미숙하고 단순하고 그 자신만큼이나 무지한 여자가 아닌 여자와 말이다.

"자넨 말만 하면 돼." 프리윗 씨가 말했다. "함께 해결해 보자고." 커빗은 나갔다. 소년이 말했다. "세면대 위에 1파운드가 있소."

"안 보이는데." 프리윗 씨가 칫솔을 옮기며 불안스레 말했다.

"비눗갑 속에. 덮개 밑에."

댈로가 방 안으로 얼굴을 내밀었다. "안녕하시오." 그가 프리윗 씨에게 인사했고, 이어 소년에게 말했다. "스파이서는 어떻게 된 거야?"

"콜레오니한테 당했어. 놈들이 경마장에서 스파이서를 해치웠어." 소년이 말했다. "나도 거의 그렇게 당할 뻔했지." 그는 손수건에 감긴 손을 상처 난 목으로 가져갔다.

"하지만 스파이서는 지금 자기 방에 있는데. 스파이서의 소리를 들었어."

"소리를 들었다고? 혹시 꿈을 꾸고 있는 거야?" 소년은 그날 두 번째로 겁이 와락 났다. 침침한 전구가 복도와 계단을 비추고 있었다. 벽에는 호두나무색 페인트가 고르지 않게, 거칠게 칠해져 있었다. 그는 뭔가 혐오스러운 것이 닿았을 때처럼 자신의 얼굴 피부가 움츠러드는 것을 느꼈다. 소년은 스파이서의 소리를 듣는 것 이상의 것을 할 수 있는지 묻고 싶었다. 시각이나 촉각으로도 느낄 수 있는지 묻고 싶었다. 그는 일어났다. 그게 뭐든 직접 맞닥뜨려야 했다. 그는 더 이상 말하지 않고 댈로를 지나갔다. 스파이서의 방 문은 외풍에 달캉달캉 흔들거렸다. 방 안은 볼 수 없었다. 비좁은 방이었다. 카이트를 제외하고 그들은 모두 비좁은 방을 사용했고, 카이트의 방은 소년이 물려받았다. 소년의 방이 그들 모두의 공용 방인 이유가 거기 있었다. 스파이서의 방은 그―그리고 스파이서―이외의 사람이 들어갈 수 있는 공간이 없을 터였다. 문이 흔들릴 때마다 가죽이 움직이면서 삐걱거리는 듯한 조그만 소리가 났다. '우리에게 평화를 주소서'라는 말이 다시 마음속에 떠올랐다. 그는 두 번째로 어렴풋한 향수를 느꼈다. 그 향수는 자기가 잃어버린 것, 잊어버린 것, 혹은 거부한 것에 대한 향수인 듯했다.

그는 복도를 걸어가 스파이서의 방으로 들어갔다. 스파이서가 허리를 굽혀 여행 가방의 끈을 조이는 모습을 보았을 때의 소년의 첫 느낌은 안도감이었다. 그것은 의심할 나위 없이 살아 있는 스파이서였다. 만지고 겁을 주고 명령할 수 있는 스파이서였다. 반창고가 스파이서의 뺨에 긴 줄을 그어 놓았다. 문간에서 그 모습을 지켜보는 소년의 마음속에 잔인한 기질이 솟구쳤다. 반창고를 떼어 내서 벌어진 상처를 보고 싶었다. 스파이서가 고개를 들어 그를 보더니 여행 가방을 내려놓고 거북한 걸음걸이로 벽을 향해 몇 걸음 옮겼다. 스파이서가 말했다. "나는…… 나는…… 사실 콜레오니가 자네를 해치운 줄 알았어." 두려움에 사로잡힌 그는 엉겁결에 속마음을 드러내고 말았다. 소년은 아무 말도 하지 않고 문간에서 그를 지켜보았다. 스파이서는 살아 있다는 사실에 대해 사과를 하듯이 설명했다. "난 도망쳤어……" 그의 말은 소년의 침묵과 무관심과 흉계의 언저리에서 한 줄기 해초처럼 시들어 갔다.

복도 저편에서 프리윗 씨의 목소리가 들려왔다. "비눗갑 속이라. 비눗갑 속에 들어 있다고 했는데." 이어 자기류 용품이 이리저리 움직이며 달그락거리는 소리가 들렸다.

2

"나는 뭔가를 알아낼 때까지 매 시간마다 그 애를 설득할 겁니다." 그녀는 우악스럽게 일어나서 식당을 가로질러 걸어갔다. 그 모습은 마치 행동을 개시하는 군함 같고, 전쟁에서 정의의 편에 서서 전쟁을 끝장내려는 전함 같고, 각자 자신의 임무를 다할 것을 지시하는 신호기信號旗 같았다. 자식을 낳아 젖을 물려 본 적이 한 번도 없는 그녀의 커다란 젖가슴은 무자비한 연민을 느꼈다. 그녀가 눈에 띄자 로즈는 달아났으나, 아이다는 가차 없이 종업원용 문을 향해 다가갔다. 현재로선 만사가 순조로웠다. 헤네키 술집에서 검시에 관한 기사를 읽었을 때 물어보고 싶었던 질문들을 묻기 시작했고, 그에 대한 답도 얻고 있는 중이었다. 프레드도 자신의 역할을 해 주었다. 우승마를 찍어 준 것이었다. 그래서 그녀는 이제 친구뿐 아니라 든든한 자금도 있었다. 200파운드. 필요한 수단을 강구하기에 부족함이 없는 돈이었다.

"안녕, 로즈." 그녀가 주방문을 막고 서서 말했다. 로즈는 쟁반을 내려놓고 몸을 돌렸다. 로즈의 표정에는 친절을 받아들이려 들지 않는 들짐승의 두려움, 완고함, 몰이해가 짙게 배어 있었다.

"또 왔군요." 로즈가 말했다. "난 바빠요. 당신과 얘기할 시간 없어요."

"그렇지만 지배인님이 허락해 주었는걸."

"여기선 얘기할 수 없어요."

"그럼 어디서?"

"내 방에서. 그러니 나 좀 지나가게 해 줘요."

로즈는 식당 뒤편의 계단을 올라 리놀륨이 깔린 좁은 층계참으로 갔다. "이곳 사람들이 너에게 잘해 주지?" 아이다가 말했다. "나도 한때 선술집에서 지냈어. 톰을 만나기 전이었지. 참, 톰은 내 남편이라오." 그녀는 참을성 있게, 다정하게, 끈덕지게 로즈의 등에 대고 설명했다. "그곳에선 종업원에게 그리 잘해 주지 않았어. 층계참에 꽃이 있네." 그녀는 전나무 탁자에 놓인 시든 꽃송이를 보고 탄성을 질렀다. 그녀가 꽃잎을 떼어 낼 때 문이 쾅 닫혔다. 로즈가 그녀를 밖에 둔 채 문을 닫아 버린 것이었다. 아이다가 부드럽게 노크를 하자 나직하지만 완강한 목소리가 들렸다. "가요. 당신과 얘기하고 싶지 않아요."

"중요한 얘기야. 아주 중요한 얘기라고." 조금 전에 마신 흑맥주가 약간 올라왔다. 그녀는 손을 들어 입에 대고는 기계적으로 "실례" 하고 말하면서 닫힌 문을 향해 크게 트림을 했다.

"당신을 도와줄 수 없어요. 아무것도 모르는걸요."

"나 좀 들여보내 줘, 로즈. 그럼 내가 설명할게. 층계참에서 소리 지르며 말할 순 없잖아."

"왜 내게 그렇게 관심을 쏟는 거예요?"

"죄 없는 사람이 고통받는 걸 원치 않으니까."

"마치 누가 죄가 없는지 다 아는 듯한 말투군요." 로즈가 조용한 목소리로 비난했다.

"문 열어, 로즈." 아이다는 아주 약간 인내심을 잃기 시작했다. 그녀의 인내심은 그녀의 선량함만큼이나 깊었다. 그녀는 손잡이를 잡고 밀어 보았다. 웨이트리스에게는 열쇠가 없다는 것을 알기 때문에 그런 것이었는데, 하지만 손잡이 밑에 의자가 받쳐져 있어서 문이 밀리지 않았다. 아이다는 짜증을 내며 말했다. "그래 봤자 날 피하지 못해." 그녀는 문에 몸을 부딪쳤다. 의자가 삐거덕 소리를 내며 약간 움직였고, 문틈이 생겼다.

"아무튼 내 말을 듣게 만들 거야." 아이다가 말했다. 인명을 구조할 때는 절대 망설이지 말고 구조 대상을 기절시키라고 가르치지 않는가. 그녀는 벌어진 틈새로 손을 넣어 의자를 치운 다음 열린 문을 통해 안으로 들어섰다. 철제 침대 틀 세 개, 옷장 하나, 의자 두 개, 싸구려 거울 두 개…… 그녀는 모든 것을 머리에 담았다. 로즈는 가능한 한 그녀로부터 거리가 먼 쪽의 벽에 붙어 서서 그런 일을 경험해 본 적이 있는 겁에 질린 순진한 눈으로 문을 지켜보고 있었는데, 마치 그 문을 통과하지 못할 것은 아무것도 없다는 듯한 표정이었다.

"이젠 바보같이 굴지 마요." 아이다가 말했다. "난 네 친구라니까. 난 단지 너를 그 소년에게서 구해 주고 싶을 뿐이야. 넌 그 애한테 흠뻑 빠져 있지? 그렇지? 하지만 넌 모르고 있어, 개는 사악한 놈이란 걸." 그녀는 침대에 걸터앉아 부드럽게, 그러나 가차 없이 말을 계속했다.

로즈가 소리 죽여 말했다. "당신은 아무것도 몰라요."

"난 증거가 있어."

"그런 뜻이 아니에요." 소녀가 말했다.

"개는 널 좋아하지 않아." 아이다가 말했다. "내 말 좀 들어 봐. 인간적으로 얘기하는 거니 내 얘길 믿어 줘. 나도 한창때는 한두 명의 사내 녀석을 사랑했었지. 그건 뭐 숨 쉬는 것처럼 자연스러운 거니까. 다만 거기에다 온 정신을 빼앗겨선 곤란해. 그럴 만한 가치가 있는 사람은 없으니까. **그 녀석**은 말할 것도 없고. 그 녀석은 사악해. 난 청교도적인 사람은 아니니까 오해는 하지 마. 나도 한창때 한두 번 일을 거창하게 저지른 적이 있지. 그것도 **자연스러운** 거야. 자, 이걸 **봐**." 그녀가 포동포동한 손을 잘난 체하는 태도로 소녀를 향해 내밀었다. "내 손금엔 그게 있잖아. 금성대◆ 말이야. 그렇지만 나는 언제나 정의의 편에 서 왔어. 너는 젊어. 앞으로 많은 남자들을 사귀게

◆ 검지와 중지 사이에서 시작하여 약지와 새끼손가락 사이로 들어가는 반원 모양의 손금. 수상학手相學에서는 이 손금이 있는 사람은 이성 관계가 좋고 성적 매력이 있다고 해석한다.

될 거야. 재미도 많이 볼 테고. 남자들이 널 휘어잡도록 내버려
두지만 않는다면 말이야. 그건 자연스러운 것이지. 숨을 쉬는
것처럼. 내가 사랑에 반대한다는 생각은 마음에서 지워 버려.
절대 그렇지 않으니까. 내가, 이 아이다 아널드가 그런다면 다
들 깔깔깔 웃을 거야." 흑맥주가 다시 목으로 올라와서 그녀는
손으로 입을 가렸다. "실례. 이봐, 우리 둘이 함께 있으면 잘 어
울릴 수 있잖아. 난 자식을 낳아 길러 본 적이 없지만 왠지 네
가 마음에 들어. 넌 귀여운 애야." 아이다가 갑자기 소리를 빽
내질렀다. "그 벽에 붙어 있지만 말고 이리 좀 나와. 맹꽁이처
럼 굴지 말고. 걔는 널 사랑하지 않아."

"상관없어요." 로즈가 어린애 같은, 그러나 고집스러움이 깃
든 목소리로 중얼거리듯이 말했다.

"상관없다니, 그게 무슨 말이니?"

"난 그이를 사랑해요."

"제정신이 아니구나." 아이다가 말했다. "내가 네 엄마라면
매로 호되게 때려 줄 텐데. 엄마 아빠가 알면 뭐라고 하겠어?"

"엄마 아빠는 관심 없을 거예요."

"그럼 네 생각에, 그 사랑은 결국 어떻게 끝날 것 같아?"

"모르겠어요."

"넌 아직 어려. 그래서 그런 거야." 아이다가 말했다. "너무
낭만적이야. 나도 한때는 너 같았지. 너도 나이를 먹으면 달라
질 거야. 네겐 경험이 좀 필요해." 넬슨플레이스 소녀는 이해
하지 못하는 눈빛으로 그녀를 빤히 쳐다보았다. 자신의 굴로

쫓겨 들어간 이 작은 동물은 산들바람 부는 밝은 세상을 내다보았다. 굴 안에도 살인, 성교, 극빈, 정절 그리고 하느님에 대한 사랑과 두려움 등이 있었지만, 그러나 이 작은 동물은 아는 게 별로 없어서 사람들이 경험이라고 부르는 것이 오직 드넓고 번지르르한 바깥세상에만 있다는 주장을 부인하지 못했다.

3

소년은 프랭크네 집 계단 바닥에 프로메테우스처럼 사지를 활짝 뻗고 누운 시신을 내려다보았다. "맙소사." 프리윗 씨가 말했다. "어떻게 이런 일이?"

소년이 말했다. "이 계단은 오래전부터 수리가 필요했소. 프랭크에게 계속 얘기했는데, 그 썩을 자식은 절대로 돈을 쓰려 하지 않아요." 그는 손수건에 감긴 손을 난간에 얹고 난간이 떨어져 나갈 때까지 밀었다. 썩은 나무가 스파이서의 시신 위에 가로놓인 모습이 마치 호두나무 빛깔의 독수리가 콩팥 위에 앉아 웅크리고 있는 모습 같았다.

"그렇지만 나무 난간이 떨어진 건 저이가 떨어지고 난 뒤에 일어난 일이잖아." 프리윗 씨가 따졌다. 법률가인 그의 목소리가 떨렸다.

"당신이 잘못 안 거요." 소년이 말했다. "당신은 여기 복도에 있었고, 저 친구가 여행 가방을 난간에 기대는 걸 보았잖소.

저이는 그러지 말았어야 했소. 여행 가방이 너무 무거웠으니까."

"오 하느님, 이 일에 나를 끌어들이지 마시게." 프리윗 씨가 말했다. "난 아무것도 보지 못했어. 그때 난 비눗갑 속을 들여다보고 있었어. 댈로와 함께 있었단 말이야."

"두 사람 다 보았소." 소년이 말했다. "잘됐네요. 당신 같은 존경받는 변호사가 현장에 있었으니 참 다행스럽군요. 당신의 증언은 효과가 있을 거요."

"난 부인하겠어." 프리윗 씨가 말했다. "여기서 나가겠네. 난 이 집에 온 적이 없다고 맹세할 거야."

"거기 가만히 있는 게 좋을걸요." 소년이 말했다. "또 다른 사고가 나는 걸 원치 않으니까. 댈로, 가서 경찰에 전화해. 그리고 의사한테도. 그래야 그럴듯해 보이잖아."

"자넨 날 여기 잡아 둘 수는 있겠지만," 프리윗 씨가 말했다. "내게 거짓으로 증언하게 할 수는……"

"난 그저 당신이 말하고 싶은 대로 말하길 바랄 뿐이오. 그런데 나에게 스파이서를 죽인 혐의가 씌워진다면 당신이 여기 있었다는 것이, 여기서 비눗갑 속을 들여다보고 있었다는 것이 썩 좋아 보이지는 않을 것 같군요. 안 그래요? 이건 웬만한 변호사 정도는 파멸시킬 수 있을 것 같소만."

프리윗 씨는 부러져 나간 난간 사이로 시신이 누워 있는 계단 모퉁이를 내려다보았다. 그가 천천히 말했다. "시신을 들어서 저 나무를 시신 밑에 두는 게 좋아. 저 모습을 경찰이 보게 되면 이것저것 꼬치꼬치 캐물을 테니까." 그는 다시 방으로 들어가서 침대에 앉아 두 손으로 머리를 감쌌다. "아이고, 두통이야. 난 집에 가야 하는데." 그러나 그에게 주의를 기울이는 사람은 없었다. 스파이서의 방 문이 외풍에 달그락거렸다. "머리가 깨질 것 같아." 프리윗 씨가 말했다.

댈로가 여행 가방을 끌고 복도를 걸어왔다. 스파이서의 파자마 끈이 마치 치약을 짜낸 것처럼 가방 밖으로 삐져나와 있었다. "스파이서는 어딜 가려고 한 거야?" 댈로가 물었다.

"노팅엄 유니언가에 있는 '블루앵커'라는 곳." 소년이 말했다. "그 술집으로 전보를 치는 게 좋겠어. 조화를 보내올지도 모르니까."

"지문이 묻지 않도록 조심해야 해." 세면대 쪽에서 프리윗 씨가 두통이 심한 머리를 들지도 않은 채 사정하듯이 말했다. 그러나 계단을 내려가는 소년의 발자국 소리가 들리자 그는 숙이고 있던 머리를 치켜들었다. "어딜 가나?" 그가 날카롭게 물었다. 소년은 계단이 꺾어지는 곳에서 그를 올려다보며 말했다. "밖에."

"자네, 지금 나가면 안 돼." 프리윗 씨가 말했다.

"난 여기 없었소." 소년이 말했다. "당신과 댈로만 있었던 거요. 내가 들어오길 기다리면서 말이오."

"남의 눈에 띨 텐데."

"그건 당신의 위험 요소지요." 소년이 말했다. "난 할 일이 있소."

"자넨 나에게," 프리윗 씨가 다급하게 소리 지르다 말고 자신을 추슬렀다. "자넨 나에게," 그가 나직한 목소리로 되풀이했다. "우리가 아까 얘기한 일을 어떻게 할 것인지 말해 주지 않……"

"그 결혼 건은 성사시켜야 해요." 소년이 침울하게 말했다. 그는 뭔가를 물어보고 싶어 하는 사람처럼 프리윗 씨를—그 짓을 25년이나 해 온 한 여자의 남편을—잠시 뚫어지게 쳐다보았다. 자기보다 훨씬 나이 많은 남자로부터 충고를 받아들일 준비가 되어 있는 사람처럼, 나이 많고 칙칙한 법률가로부터 약간의 인간적 지혜를 기대하는 사람처럼, 그렇게 프리윗 씨를 쳐다보았다.

"빨리 하는 게 좋소." 소년은 우울한 어조로 조용히 말을 이었다. 소년은 25년 동안의 그 짓이 프리윗 씨에게 가져다주었을 지혜가 깃들어 있을지 모른다는 생각으로 그의 얼굴을 계속 쳐다보았다. 그러나 소년이 본 거라곤 폭동이 일어나서 출입구를 판자로 막아 버린 가게처럼 두 손으로 감싼 그의 겁에 질린 얼굴뿐이었다. 소년은 계단을 내려가 어두운 계단통 바닥으로 들어섰다. 스파이서의 시신이 있는 곳이었다. 그는 오로지 목표를 향해 나아가야 한다고 각오를 다졌다. 심장이 고동치면서 피를 내보내고, 그 피가 내부 순환 열차처럼 동맥을 따라 온몸으로 퍼지는 것을 느낄 수 있었다. 각각의 역에 이르면 어떤 때는 안전에 더 가까워졌다가 어떤 때는 안전에서 더 멀어졌다. 굽이를 돌면 노팅힐처럼 다시 안전에 접근하고, 그런가 싶다가도 나중에 또 안전에서 물러나는 것이었다. 호브 해안 도로에 이른 그는 중년의 매춘부 뒤를 걷게 되었는데, 그 매춘부는 굳이 고개를 돌려 뒷사람을 보려 하지 않았다. 같은 선로를 달리는 전차처럼 서로 마주치는 일은 없었다. 그 내부 순환 열차에 비유하여 말하자면 그들 두 사람은 같은 종착역을 향해 나아가고 있었다. 노픽 술집 밖에는 두 대의 멋진 진홍색 경주용 자동차가 한 쌍의 침대처럼 갓돌을 따라 세워져 있었다. 소년은 그것을 의식하지는 않았지만, 그 모습은 자동적으로 머릿속으로 들어가서 부러움의 감정이 절로 스며 나오게 했다.

스노 식당은 거의 비어 있었다. 그는 전에 스파이서가 앉았던 자리에 앉았으나, 시중을 든 사람은 로즈가 아니었다. 낯선 여자애가 와서 주문을 받았다. 그가 어색하게 말했다. "로즈는 없나?"

"걔는 바빠요."

"내가 좀 볼 수 없을까?"

"자기 방에서 누구랑 얘기하고 있어요. 손님은 갈 수 없어요. 기다려야 해요."

소년은 탁자에 반 크라운 동전을 놓았다. "방은 어디야?"

여자애는 망설였다. "지배인님이 야단을 칠 텐데요."

"지배인은 어딨어?"

"외출 중이에요."

소년은 반 크라운 동전을 또 하나 탁자에 놓았다.

"종업원용 문을 지나서," 여자애가 말했다. "곧장 2층으로 올라가면 돼요. 거기서 어떤 아주머니하고……"

계단 꼭대기에 이르기 전에 여자의 목소리가 들려왔다. 그 여자가 말하고 있었다. "널 위해서 너랑 얘기하고 싶은 것뿐이야." 그는 로즈의 대답을 듣기 위해 귀를 쫑긋 세워야 했다.

"날 내버려 두란 말이에요. 왜 날 그냥 내버려 두지 않는 거예요?"

"이건 옳은 생각을 가진 사람이면 마땅히 해야 하는 일이니까."

소년은 이제 계단 맨 위에서 방 안을 볼 수 있었다. 여자의 넓은 등과 크고 헐렁한 옷, 펑퍼짐한 엉덩이가 뾰난 얼굴로 반항적인 태도를 취하며 벽에 등을 꼭 붙인 채 서 있는 로즈의 모습을 거의 다 가렸다. 검정 면 드레스 차림에 흰색 앞치마를 두른 앙상하고 조그만 로즈의 눈에는 눈물은 없지만 눈물 자국이 나 있고, 놀라서 겁이 나지만 마음을 굳게 먹고 있는 표정이 서려 있었다. 그녀는 얼마간 부족한 사람이 희극적으로 짜내는 용기를 보여 주었다. 마치 박람회장에서 주최 측이 힘센 사나이에게 도전할 사람으로 내세운 중산모를 쓴 조그만 사내의 모습 같았다. 그녀가 말했다. "날 그냥 내버려 두는 게 좋을 거예요."

그 종업원 침실에 서 있는 것은 넬슨플레이스고 매너가街였다. 소년은 잠시 적개심이 아닌 아련한 향수를 느꼈다. 그는 로즈가 방이나 의자처럼 자신의 생활의 일부를 이루고 있다는 것을 알아차렸다. 그녀는 그를 보완해 주는 무엇이었다. 그는 생각했다. 저 아이는 스파이서보다 더 배짱이 있어. 그의 내부에 있는 가장 사악한 것이 그녀를 필요로 했다. 그 사악한 것은 선함이 없으면 지탱해 나가기 어려웠다. 그는 조용히 중얼거렸다. "무엇 때문에 내 여자를 괴롭히는 거야?" 그 중얼거림이 이상하게도 자신의 귀에 달콤하게 들렸다. 마치 잔인성이 세련미를 뽐내는 듯했다. 그가 목표로 삼은 여자는 로즈보다 더 나은 여자이긴 했지만, 어쨌든 그는 로즈에게서 위안을 받았다. '저 애는 나보다 더 저급할 수는 없을 거야'라는 위안을. 그런 생각을 하며 얼굴에 히죽 웃음을 띠고 서 있을 때 여자가 뒤돌아보았다. '등자에서 땅으로 떨어지는 사이에.' 그는 이 말이 주는 위안의 오류를 이미 알고 있었다. 설령 그가 코스모폴리탄 호텔에서 보았던 여자들처럼 화사하고 번지르르한 여자의 애정을 차지한다 해도 그의 승리감은 그다지 크지 않을 것이다. 그는 두 여자를 향해 히죽히죽 웃었다. 슬픈 관능의 파도에 조금 전의 향수가 밀려났다. 이 애는 착한 애라는 것을 새삼 깨달았다. 그리고 자신은 나쁜 놈이었다. 두 사람은 천생연분처럼 잘 어울린다는 생각이 들었다.

"이 애한테서 손 떼고 가만 내버려 둬요." 여자가 말했다. "난 당신에 대해 다 알고 있어." 그녀는 마치 다른 나라에 와 있는 것 같았다. 외국에 온 전형적인 영국 여자, 심지어 회화책도 갖고 있지 않은 여자 같았다. 그녀는 지옥이나 천국과 거리가 먼 사람인 것과 마찬가지로 소년과도, 소녀와도 거리가 먼 사람이었다. 선과 악은 같은 나라에서 살고, 같은 언어를 사용하며, 오랜 친구처럼 서로 붙어 다니고, 서로가 보완 관계라고 느끼며, 철제 침대 곁에서 서로 손을 어루만진다. "너, 옳은 일을 하고 싶지 않아, 로즈?" 그녀가 간청하듯 말했다.

로즈가 다시 작은 목소리로 말했다. "우릴 내버려 둬요."

"넌 착한 소녀야, 로즈. 이이하고 엮이고 싶지 않을 거야."

"당신은 아무것도 몰라요."

지금으로선 아이다가 할 수 있는 게 아무것도 없었다. 문간에서 협박하는 게 고작이었다. "난 아직 널 포기하지 않았어. 내겐 친구들이 있어."

소년은 그녀가 물러가는 모습을 어처구니없는 표정으로 지켜보았다. 그가 말했다. "저 여자는 도대체 누구야?"

"몰라요." 로즈가 말했다.

"한 번도 본 적이 없는 여자인데." 흐릿한 기억이 떠오르는 듯하다가 사라졌다. 언젠가 다시 떠오를 것이다. "저 여자, 원하는 게 뭐였어?"

"나도 몰라요."

"넌 참 좋은 애야, 로즈." 소년은 그렇게 말하며 로즈의 가는 손목을 꼭 쥐었다.

로즈는 고개를 저었다. "난 나쁜 애예요." 그녀가 간절한 어조로 말했다. "나쁜 애가 되고 싶어요. 만약 그 여자가 좋은 사람이고 당신이 나쁜……"

"넌 분명 언제나 좋은 사람일 거야." 소년이 말했다. "그 때문에 널 좋아하지 않는 사람도 있겠지만, 난 상관없어."

"당신을 위해서라면 무슨 일이든 할 거예요. 무얼 해야 하는지 말해 줘요. 난 그 여자처럼 되고 싶지 않아요."

"그건 행동의 문제가 아니야. 생각의 문제인 거지." 소년이 뽐내듯이 말했다. "그건 핏속에 있는 거야. 아마 내가 세례를 받았을 때 성수聖水가 효험이 없었나 봐. 나는 큰 소리로 호령하여 내 안의 악마를 내쫓은 적이 한 번도 없어."

"그 여자, 좋은 사람이에요?"

"그 여자?" 소년이 웃었다. "그 여잔 아무것도 아니야."

"우린 여기에 계속 있을 수 없어요. 함께 여기 있을 수 있다면 좋을 텐데." 로즈가 말했다. 그녀는 방 안을 둘러보았다. 반 트롬프'의 승리 장면이 새겨진 심하게 변색된 강판 조각 그림, 검은색 침대 틀 셋, 거울 둘, 옷장 하나, 벽지의 연보라색 꽃다발 무늬…… 그녀는 언제 폭풍우가 일지 모르는 여름밤에 밖에 있는 것보다 여기 있는 게 더 안전하다고 생각하는 것처럼 방 안의 물건들 하나하나에 눈길을 주었다. "좋은 방이에요." 그녀는 이 방을 그와 함께 쓰고 싶었다. 이 방이 그들 두 사람의 보금자리가 될 때까지 그와 함께 있고 싶었다.

"이곳을 떠나는 거에 대해선 어떻게 생각해?"

"스노 식당을요? 안 돼요. 이곳은 좋은 곳이에요. 스노 식당 말고 다른 데는 가고 싶지 않아요."

♦ 17세기 영란 전쟁 당시의 네덜란드 제독.

"내 말은 나랑 결혼하자는 건데?"

"우린 나이가 안 되잖아요."

"그건 어떻게 해 볼 수 있어. 방법이 있어." 그는 쥐고 있던 로즈의 손목을 떨어뜨리며 별로 관심이 없는 척했다. "네가 원한다면. 난 상관없어."

"오," 그녀가 말했다. "하고 싶죠. 그렇지만 절대 안 될 거예요."

그는 대수롭지 않다는 듯이 설명했다. "성당에서 할 수는 없어. 처음엔 말이야. 어려운 점이 너무 많으니까. 겁이 나는 거야?"

"겁은 안 나요." 그녀가 말했다. "하지만 우리의 결혼을 허락해 줄까요?"

"내 변호사가 어떻게 해 볼 거야."

"변호사가 있어요?"

"있고말고."

"그 말을 들으니 왠지 굉장한 것 같아요. 나이가 많아 보이기도 하고."

"남자는 변호사 없이는 일 처리가 쉽지 않거든."

그녀가 말했다. "내가 늘 생각하던 장소가 아니네요."

"무슨 장소?"

"누가 나에게 청혼을 하는 장소 말이에요. 난…… 영화관이거나, 어쩌면 밤의 해안 도로일 거라고 생각했거든. 하지만 이곳이 최고예요." 로즈가 반 트롬프의 승리 장면 그림에서 두 개의 거울로 시선을 옮기며 말했다. 그녀는 벽 쪽에서 앞으로 걸어 나와 소년을 향해 얼굴을 들었다. 소년은 그에게 기대하는 것이 무엇인지 알았다. 그는 아무것도 바르지 않은 그녀의 맨입술을 바라보며 약간의 구토감을 느꼈다. 토요일 밤, 11시, 원초적 행위. 그는 자신의 청교도적인 뻣뻣한 입술을 그녀의 입술에 밀착시켰다. 다시 한번 피부의 달착지근한 냄새를 맛보았다. 그로서는 코티 파우더나 키스프루프 립스틱, 또는 다른 어떤 화합물의 냄새가 차라리 더 나았을 것 같았다. 눈을 감았다가 다시 떴을 때, 로즈가 더 많은 구호품을 기다리는 눈먼 소녀처럼 기다리고 있는 모습을 보았다. 그녀가 자신의 혐오감을 눈치채지 못했다는 사실이 충격적이었다. 그녀가 말했다. "이게 무슨 의미인지 알아요?"

"무슨 의미인데?"

"나는 절대 당신의 기대를 저버리지 않겠다는 의미예요. 절대로, 절대로, 절대로."

그녀는 방이나 의자처럼 자신의 생활의 일부를 이루고 있었다. 소년은 알 수 없는 부끄러움을 느끼며 눈멀고 달떠 있는 얼굴을 향해 어색하고 거북하게 싱긋 웃어 보였다.

제 5 부

1

모든 일이 잘되어 갔다. 사인 조사에 관한 내용은 어느 신문 전단 광고에도 실리지 않았다. 심문도 전혀 없었다. 댈로와 함께 돌아가는 소년은 마땅히 승리감을 느껴야 했다. 그가 말했다. "만약 커빗이 이 일을 알고 있다면 난 커빗을 믿지 않을 거야."

"커빗은 모를 거야. 프리윗은 겁이 나서 한마디도 하지 않을 테고. 그리고 난 얘기하지 않는다는 걸 잘 알잖아, 핑키."

"댈로, 누가 우리를 미행하고 있는 것 같은 느낌이 드는데."

댈로는 뒤를 돌아보았다. "아무도 없어. 브라이턴의 형사는 내가 다 알고 있잖아."

"여자도 없어?"

"없어. 자네, 누굴 생각하고 있는 거야?"

"나도 몰라."

맹인 악단이 갓돌을 따라 걸어오고 있었다. 밝은 햇살 속에서 신발의 옆면으로 갓돌의 가장자리를 긁으며 더듬더듬 걸어오는 그들은 약간 땀을 흘리고 있었다. 도롯가로 걸어가던 소년은 그들과 마주쳤다. 그들이 연주하는 음악은 구슬프고 애처로웠다. 찬송가에서 나온 곡으로, 인생의 짐에 관한 것이었다. 그 음악은 승리의 순간에 미래의 비애를 예언하는 목소리 같았다. 맹인 악단의 선도자와 마주친 소년은 나직이 욕설을 뱉으며 그를 밀쳤다. 선도자가 내는 소리를 들은 전 단원은 불안정하게 차도 쪽으로 한 걸음 옮겨 간 다음, 소년이 안전하게 지나갈 때까지 대서양의 망망대해에서 바람이 불지 않아 오도 가도 못하게 된 범선처럼 꼼짝 않고 서 있었다. 소년이 지나가자 그들은 층이 진 갓돌을 발로 더듬어 찾으며 다시 가장자리로 걸음을 옮겼다.

"왜 그래, 핑키?" 댈로가 말했다. "쟤들은 장님이야."

"내가 왜 거지들 때문에 길을 비켜야 하지?" 그러나 실은 그들이 장님이라는 것을 깨닫지 못했다. 그는 자신이 저지른 행동에 충격을 받았다. 그것은 마치 자신은 어느 정도의 거리까지만 가려고 했으나 너무 먼 길을 와 버린 듯한 느낌과도 흡사했다. 그는 해안 도로의 난간에 기대섰다. 평일 오후의 사람들이 지나가고 매정한 태양의 기세도 누그러졌다.

"무슨 생각 하고 있어, 핑키?"

"헤일 때문에 생긴 이 모든 골칫거리에 대해서. 그 자식은 치러야 할 대가를 치른 거야. 하지만 일이 이렇게 될 줄 알았다면 아마도 난 놈을 살려 두었을 것 같아. 놈은 죽일 가치도 없었는지 몰라. 콜레오니에게 붙어서 카이트를 죽게 만든 더러운 기자 놈. 그런 놈 때문에 왜 골치를 썩여야 하는 거지?" 그는 갑자기 어깨 뒤를 돌아보았다. "저 사람 전에 본 적이 있는 것 같은데?"

"관광객일 뿐이야."

"저 넥타이를 본 것 같아."

"저런 넥타이는 가게에 가면 수없이 많아. 자네가 술을 한다면 자네에게 필요한 건 술 한 잔 하는 거라고 말해 줄 텐데. 이보게 핑키, 모든 게 잘되고 있어. 심문도 없었고."

"우릴 교수대로 보낼 수 있는 사람은 두 사람뿐이었어. 스파이서와 그 애. 스파이서는 해치웠고, 그 여자애는 나랑 결혼할 거야. 내가 할 건 다 한 것 같기는 해."

"맞아. 우린 이제 안전할 거야."

"아, 그렇겠지. 넌 안전하겠지. 온갖 위험을 다 무릅쓰는 사람은 나니까. 넌 내가 스파이서를 죽인 걸 알아. 프리윗도 알아. 그러니 만약 커빗도 알게 된다면 이번에는 내가 살기 위해서 대량 살인을 저질러야 할 판이야."

"나에게 그런 식으로 말하면 안 돼, 핑키. 자네는 카이트가 죽은 뒤로 몹시 우울하고 긴장된 생활을 해 왔어. 자넨 좀 재미있고 신나는 걸 할 필요가 있어."

"난 카이트가 좋았어." 소년이 말했다. 그는 미지의 땅인 프랑스 쪽을 똑바로 응시했다. 그의 등 뒤로는 코스모폴리탄 호텔, 올드스타인, 루이스로 너머 구릉지와 촌락과 인공 연못, 그리고 연못 주변의 소 떼가 있었다. 이것들은 또 하나의 미지의 땅이었다. 이곳은 그의 영역이었다. 사람이 많은 해안가, 몇천 에이커에 걸친 주택가, 전기 철도 노선이 런던까지 이어진 좁은 반도, 간이식당과 간단한 빵을 파는 매점이 있는 철도역 두세 곳이 그의 영역인 것이었다. 원래는 카이트의 영역이었고, 카이트에게는 충분히 좋은 곳이었다. 카이트가 세인트판크라스역 대합실에서 죽었을 때 그것은 아버지가 유산을 그에게 물려주고 죽은 것처럼 되어 버렸고, 절대 다른 새로운 땅을 찾아 떠나지 않는 것이 그의 의무가 되었다. 그는 심지어 카이트의 습성과 엄지손톱을 물어뜯는 버릇과 술을 안 마시는 것까지도 물려받았다. 해가 바닷속으로 떨어지면서 마치 하늘로 먹물을 뿜어 대는 오징어처럼 하늘을 고뇌와 인내의 색깔로 물들였다.

"좀 쉬도록 해, 핑키. 긴장을 풀어. 한번 놀아 보는 거야. 나와 커빗과 함께 '하트의 여왕'에 가서 신나게 즐겨 보자고."

"난 술을 마셔 본 적이 없다는 걸 알잖아."

"결혼식 땐 마셔야 할 텐데. 술 없는 결혼식이 있다는 얘긴 들어 본 적 없잖아?"

늙은이 한 명이 해안가에서 구부정하게 허리를 숙인 채 아주 천천히 걸어가면서 돌멩이를 헤집으며 마른 해초 사이에서 담배꽁초와 음식 부스러기를 줍고 있었다. 해변에 양초처럼 늘어서 있던 갈매기들이 날아올라 산책로 밑에서 울어 댔다. 장화 한 짝을 발견한 늙은이는 그것을 자루에 집어넣었다. 갈매기 한 마리가 큰길 쪽에서 내려와 팰리스 잔교의 안쪽 철 구조물을 스치듯이 날아갔다. 뭔가 목적이 있는 것처럼 어둠 속을 흰빛으로 날아가는 갈매기, 반은 독수리고 반은 비둘기인 갈매기. 결국 사람은 늘 배워야 한다.

"좋아. 나도 가겠어." 소년이 말했다.

"런던 이쪽으로는 거기가 가장 좋은 술집이야." 댈로가 그를 부추겼다.

그들은 낡은 모리스를 타고 시골로 달렸다. "난 시골 바람이 좋아." 댈로가 말했다. 불을 켜기 시작하는 시간과 진짜 어둠이 깃드는 때 사이인 그 시간대의 자동차 전조등은 희뿌연 빛을 발했는데, 그 빛은 아기 방에 켜 두는 밤 전등 불빛만큼이나 흐릿하고 불필요해 보였다. 간선 도로를 따라 광고판들이 꼬리를 물고 나타났다. 방갈로와 황폐해진 농장, 울타리를 허문 곳에서 허옇게 자라는 키 작은 풀, 차와 레모네이드를 제공하는 풍차가 있는 집, 돌이킬 수 없이 망가져 보이는 풍차의 날개에 난 커다란 구멍……

"가엾은 스파이서가 여기 있다면 그도 이 드라이브를 즐거워할 텐데." 커빗이 말했다. 소년은 운전대를 잡은 댈로 옆에 앉고 커빗은 뒷자리에 앉았다. 소년은 성능이 안 좋은 좌석 스프링 때문에 완만하게 위아래로 흔들리고 있는 커빗의 모습을 백미러로 볼 수 있었다.

주유소 뒤편에 자리 잡은 '하트의 여왕'은 투광 조명*을 밝히고 있었다. 튜더 양식의 곳간을 개조한 집인데, 식당과 바의 배치에 농가 마당의 흔적이 남아 있었다. 마구간에 딸린 조그만 방목장이었던 곳에는 수영장이 만들어졌다. "여자를 좀 데려왔어야 하는 건데." 댈로가 말했다. "이 집에선 여자를 구할 수 없거든. 수준이 장난 아니게 높아서 말이야."

"안으로 들어가자고." 커빗이 그렇게 말하며 앞장섰다. 그는 문턱에 멈추어 서서 낡은 서까래 밑 기다란 철제 바에 혼자 앉아 술을 마시는 여자를 향해 고개를 끄덕였다. "잠깐 저리 가서 뭔가 말을 해 주는 게 좋겠어, 핑키. 왜, 그런 거 있잖아. 그 친구는 정말 좋은 친구였어, 우리도 당신과 슬픔을 같이하고 있다오, 같은 거."

"도대체 무슨 소릴 하는 거야?"

"저 여자, 스파이서의 여자야." 커빗이 말했다.

소년은 문간에 서서 꺼림칙한 기분으로 그녀를 바라보았다. 은발 같은 금발에 이마는 맹하니 넓고 높은 의자에 앉은 엉덩이는 조그맣고 미끈한 여자였다. 그녀는 그렇게 홀로 앉아 술잔과 슬픔을 마주하고 있었다.

"어떻게 지내, 실비?" 커빗이 말을 걸었다.

"비참하지 뭐."

"정말 끔찍한 일이야. 참 좋은 친구였는데. 최고의 친구였지."

"당신은 거기 있었지?" 그녀가 댈로에게 물었다.

♦ 건축물의 외부나 기념비 따위를 돋보이도록 하기 위해 투광기를 사용한 조명.

"프랭크가 진작 계단을 수리해야 했어." 댈로가 말했다. "핑키에게 인사해, 실비, 우리 조직의 우두머리지."

"당신도 거기 있었어?"

"핑키는 거기 없었어." 댈로가 말했다.

"술 한 잔 더 하겠어?" 소년이 권했다.

실비는 마시던 잔을 비웠다. "한 잔 더 하지 뭐. 사이드카♦로."

"스카치 둘, 사이드카 하나, 그리고 그레이프프루트 스쿼시 하나."

"어머." 실비가 말했다. "당신, 술 안 해?"

"그래."

"틀림없이 여자랑 어울려 다니지도 않을 것 같아."

"맞았어, 실비." 커빗이 말했다. "단번에 맞혔네."

"난 그런 남자를 존경해." 실비가 말했다. "정결하게 사는 건 아주 좋은 거라고 생각해. 스파이서는 늘 당신은 언젠가는 출세할 거라고 말했어. 그런데 이제 보니 오, 과연 훌륭한 사람이네." 그녀는 잔을 내려놓다가 뭔가 착오를 일으켜 칵테일을 엎질렀다. 그녀가 말했다. "나, 안 취했어. 가엾은 스파이서 생각에 마음이 심란해져서 그런 거야."

"자, 핑키." 댈로가 말했다. "한 잔 마셔. 기분이 좀 나아질 거야." 그런 다음 실비에게 설명했다. "핑키도 마음이 심란해 있

♦ 브랜디를 베이스로 한, 새콤한 맛의 칵테일.

어." 댄스홀에서는 악단이 연주를 하고 있었다. "오늘 밤 날 사랑해 줘요. 그리고 날이 밝으면 잊어 주세요. 우리의 모든 기쁨……"

"한 잔 해." 실비가 말했다. "난 그동안 너무 기분이 안 좋았어. 내가 줄곧 울었다는 거, 보면 알겠지. 눈이 너무 심하게…… 그래서 남들 앞에 나타날 엄두가 나지 않았지. 왜 사람들이 수도원에 들어가는지 그 이유를 알겠어." 음악이 소년의 저항감을 북돋았다. 그는 일종의 공포와 호기심으로 스파이서의 여자 친구를 바라보았다. 이 여자는 그 짓을 잘 알고 있겠지. 그는 겁먹은 자존심을 감추며 말없이 고개를 저었다. 그는 자신이 잘하는 것들을 알고 있었다. 그는 우두머리였다. 그의 야심은 끝이 없었다. 그는 절대 그보다 경험 많은 사람들의 조롱을 받아서는 안 되었다. 스파이서와 비교당하고, 그 녀석보다 못하다는 게 밝혀지면…… 그의 시선이 비참하게 흔들렸다. 음악은 그들 모두가 소년보다 훨씬 더 많이 아는 그 짓에 관한 가사―'날이 밝으면 잊어 주세요'―를 울부짖듯 읊어 댔다.

"스파이서가 당신은 여자를 사귀어 본 적이 한 번도 없을 거라고 말하던데." 실비가 말했다.

"스파이서가 몰랐던 것도 많았지."

"당신은 무척 유명한데도 엄청 젊네."

"자네하고 나는 저리 가는 게 좋겠어." 커빗이 댈로에게 말했다. "우리는 필요 없는 것 같아. 자, 우린 가서 수영하는 미인들이나 구경하자고." 두 사람은 어기적어기적 움직여서 시야에서 사라졌다. "댈리는 내가 어떤 남자에게 마음이 끌리면 그걸 금방 알아차리지." 실비가 말했다.

"댈리가 누군데?"

"이런 바보, 당신 친구 댈로 씨 말이야. 춤추지 않겠어? 이런, 난 당신의 정확한 이름도 모르고 있잖아." 소년은 겁먹은 욕정이 꿈틀거리는 것을 느끼며 그녀를 쳐다보았다. 그녀는 스파이서의 것이었다. 스파이서와 밀회를 약속하는 그녀의 목소리가 전화선을 타고 들려오곤 했었다. 스파이서는 자기 앞으로 보낸 연보라색 봉투에 든 편지를 받곤 했었다. 스파이서조차도 자랑할 것, 친구들에게 보여 줄 것—'내 여자'—이 있었던 것이다. 소년은 '슬픔에 잠긴 여자로부터'라는 딱지가 붙은 조화가 프랭크네 집에 배달되었던 것을 떠올렸다. 소년은 그녀의 부정不貞에 매혹되었다. 이 여자는 그 누구의 일부도 아니었다. 탁자나 의자와는 달랐던 것이다. 소년은 한 팔을 그녀의 몸에 두르며 그녀의 술잔을 자기 앞으로 가져온 뒤 서툰 손길로 가슴을 꾹 누르면서 천천히 말했다. "난 하루 이틀 뒤에 결혼할 거야." 그것은 마치 소년이 자기 몫의 부정을 달라고 주장하는 것 같았다. 경험 따위에 주눅 들지 않겠다고 주장하는 것 같았다. 그는 그녀의 잔을 들어 술을 마셨다. 달콤한 향이 목을 타고 넘어갔다. 처음 마시는 알코올이 나쁜 냄새처럼 그의 미각을 쓰다듬었다. 이것이—이것과 그 짓이—사람들이 말하는 이른바 쾌락이라는 것이었다. 그는 얼마간 두려운 마음으로 그녀의 넓적다리에 손을 얹었다. 로즈와 그는 프리윗이 일을 처리해 준 뒤 48시간 후면…… 아직은 어딘지 모를 곳에서 단둘이 있게 된다. 그때는, 그때는? 그 관습적인 행위에 대해서는 소년도 칠판에 분필로 쓴 총포술의 원리를 아는 것처럼 알고 있었지만, 그러나 아는 것을 행동으로 옮겨 마을을 때려 부수고 여자를 겁탈하기 위해서는 용기의 도움이 필요했다. 그런데 그 자신의 용기는 혐오감으로 얼어붙어 있었다. 여인의 손길을 허락하고, 자신을 내주고, 자신을 활짝 열어 보이는 일…… 그는 그러한 친밀감을 면도날 끝에 선 듯한 날 선 기분으로 되도록 오랫동안 억제해 온 것이었다.

그가 말했다. "자, 춤추러 가지."

두 사람은 댄스홀을 천천히 맴돌았다. 경험 많은 사람에게 지는 것도 고약한 일인데, 하물며 스노 식당에서 음식을 나르는 열여섯 살 햇병아리인 풋내기 여자애에게 진다는 것은……

"스파이서는 당신 생각을 많이 했어." 실비가 말했다.

"차로 가자." 소년이 말했다.

"안 돼. 스파이서가 바로 어제 죽었는데."

사람들이 서서 박수를 치고 있을 때 춤이 다시 시작되었다. 바텐더의 손에 들린 셰이커에서 달그락거리는 소리가 났다. 큰북과 색소폰 너머 유리창에는 조그만 나무의 이파리들이 찰싹 달라붙어 있었다.

"난 시골이 좋아. 시골에 오면 낭만적인 기분이 들거든. 당신도 시골이 좋아?"

"아니."

"이곳은 진짜 시골이야. 조금 전에 암탉을 봤어. 여기선 진 슬링♦을 만들 때 자기 집에서 나온 달걀을 사용한대."

"차로 가자."

"나도 그러고 싶어. 오, 이런. 그럼 좋겠지? 그렇지만 안 돼. 가엾은 스파이서가……"

"당신은 조화를 보냈어. 그렇지? 그리고 계속 울었고……"

"눈이 퉁퉁 부었지?"

"그 이상 뭘 할 수 있겠어?"

"가슴이 미어지는 것 같아. 가엾은 스파이서, 그렇게 가 버 리다니."

"나도 알아. 당신이 보낸 조화를 봤어."

"당신하고 이렇게 춤을 추는 게 흉해 보일까? 그이가……"

"차로 가지."

"가엾은 스파이서." 그렇지만 그녀는 앞장서서 나갔다. 그는 그녀가 달려가는—말 그대로 달려가는—것을 불안한 눈으로 지켜보았다. 그녀는 한때 농가 마당이었던, 불이 환한 모퉁이 를 지나 어두운 주차장과 그 짓을 향해 달음질쳤다. 그는 역겨 움을 느끼며 생각했다. '3분 후면 나도 알게 되겠지.'

"어떤 게 당신 차야?" 실비가 물었다.

"저 모리스."

♦ 진에 물과 레몬 주스 등을 섞은 칵테일.

"저 차는 우리에게 안 맞아." 실비가 말했다. 그녀는 늘어선 자동차들을 따라 달렸다. "이 포드가 좋겠어." 그녀는 문을 열더니 "어머, 죄송해요"라고 말하며 문을 닫고는 그 줄에 있는 다음 차의 뒷좌석으로 재빨리 올라타서 그를 기다렸다. "오," 어둑한 차 안에서 그녀의 달뜬 목소리가 부드럽게 들려왔다. "난 란치아 자동차가 맘에 들어." 소년은 열린 차 문 앞에 섰다. 그러자 희고 맹해 보이는 그녀의 얼굴과 소년 사이의 어둠이 걷혀 나갔다. 그녀는 치마를 무릎 위로 올린 채 쾌락을 갈구하는 표정으로 온순하게 그를 기다렸다.

그는 순간적으로 자신의 원대한 야망이 이 흉측하고 상투적인 행위의 그늘에 묻히는 것을 의식했다. 코스모폴리탄 호텔의 스위트룸, 황금 라이터, 외젠인가 뭔가 하는 외국인을 위한 왕관 문양이 수놓아진 의자들…… 헤일은 벼랑에서 내던져진 돌멩이처럼 그의 시야에서 사라졌다. 소년은 반들반들 윤이 나는 기다란 쪽모이 세공 마루의 입구에 서 있다. 그곳에는 위인들의 흉상이 있다. 환호성이 인다. 콜레오니 씨는 매장 감독처럼 고개 숙여 인사를 하고 뒤로 물러선다. 소년의 뒤로는 면도칼 부대가 호위하고 있다. 그는 정복자인 것이다. 직선 주로를 달리는 말발굽 소리가 드럼 소리처럼 울리고, 이어 확성기에서 우승마를 발표하는 소리가 들린다. 음악이 울려 퍼진다. 그의 가슴은 전 세계를 품으려는 야망으로 무지근하게 아프다.

"해 본 적 있지?" 실비가 물었다.

그는 두려움과 공포감을 느끼며 생각했다. 다음엔 뭘 해야 하는 거지?

"빨리." 실비가 말했다. "사람들한테 들키기 전에."

쪽모이 세공 바닥재가 양탄자처럼 말려 있었다. 달빛이 울워스 반지와 통통한 무릎을 비추었다. 그는 매섭고 쓰라린 분노를 느끼며 "여기서 기다려. 커빗을 불러다 줄게" 하고 말한 다음, 란치아에 등을 돌리고 다시 바를 향해 걸음을 옮겼다. 수영장에서 나는 웃음소리에 그의 마음의 방향이 바뀌었다. 그는 혀에서 알코올 맛을 느끼며, 환한 불빛 아래서 문간에 서서 키득거리는, 빨간 고무 수영 모자를 쓴 마른 여자아이를 쳐다보았다. 그의 마음은 전기로 움직이는 모형 엔진처럼 어쩔 수 없이 실비에게로 왔다 갔다 했다. 두려움과 호기심이 자랑스러운 미래를 삼켜 버렸다. 그는 욕지기를 느끼고 헛구역질을 했다. 결혼? 그는 생각했다. 제기랄, 안 돼. 결혼할 바엔 차라리 교수형을 당하고 말지.

수영복을 입은 한 남자가 다이빙대가 있는 곳으로 달려왔다. 다이빙대로 올라간 그는 진줏빛 밝은 불빛 속에서 뛰어내려 공중제비를 하며 어두운 물속으로 입수했다. 함께 수영을 하는 어떤 두 사람은 한 팔 한 팔 저어서 물이 얕은 쪽으로 나아갔다가 되돌아왔다. 그들은 서두르지 않고 천천히, 나란히 자신들의 물놀이를 즐겼는데, 행복하고 편안해 보였다.

소년은 서서 그들 두 사람을 지켜보았다. 그들이 두 번째로 그가 서 있는 얕은 물 쪽으로 왔을 때, 소년은 그들이 팔을 저어 나아가는 움직임에 따라 불빛이 환하게 내리쬐는 수면에 비친 자신의 형체가 일렁이는 모습을 보았다. 그의 어깨는 좁고 가슴은 밋밋했다. 그는 물이 튀겨 번들거리는 타일 바닥에 끝이 뾰족한 갈색 구두가 미끄러지는 것을 느꼈다.

2

알근히 취한 커빗과 댈로는 돌아가는 내내 수다스럽게 지껄 였다. 소년은 눈앞에 펼쳐지는 어둠에 싸인 밝은 빛을 응시했 다. 그가 갑자기 화를 버럭 내며 말했다. "맘대로 웃어 봐."

"자네, 오늘 나름대로 잘했어." 커빗이 말했다.

"맘대로 웃어. 너희들은 안전하다고 생각하나 보지. 그렇지 만 난 네놈들한테 지쳤어. 다 때려치우고 싶은 마음이 굴뚝같 아."

"신혼여행을 길게 다녀와." 커빗이 그렇게 말하며 히죽거렸 다. 심하게 허기진 울음소리를 내며 덮칠 듯이 주유소 위로 낮 게 내려온 올빼미 한 마리가 부드러운 깃털로 이루어진 우람 한 날개를 퍼덕이며 전조등 불빛 속으로 들어왔다가 다시 나 갔다.

"난 결혼 안 할 거야." 소년이 말했다.

"예전에 내가 알던 어떤 녀석은," 커빗이 말했다. "결혼하는 게 너무 무서워서 자살을 했어. 그래서 결혼 선물도 다 돌려보내야 했대."

"난 결혼 안 한다니까."

"그런 기분이 들 때도 있는 거야."

"무슨 일이 있어도 결혼 안 해."

"자넨 결혼해야 해." 댈로가 말했다. '찰리의 노변 카페'에서 어떤 여자가 창밖을 응시하며 누군가를 기다리고 있었다. 그 여자는 지나가는 차에도 눈길을 주지 않은 채 기다렸다.

"한 잔 해." 커빗이 말했다. 그는 댈로보다 더 취했다. "한 병 슬쩍 가져왔지. 자네도 이젠 술 안 마신다는 소리 못 할 거야. 댈로와 내가 술 마시는 거 봤으니까."

소년이 댈로에게 말했다. "난 결혼 안 할 거야. 내가 왜 꼭 결혼해야 해?"

"자네가 저지른 일 때문에." 댈로가 말했다.

"무슨 일을 저질렀는데?" 커빗이 물었다. 댈로는 대답하지 않고 다정하면서도 우직한 손을 소년의 무릎 위에 올려놓았다. 소년은 미련스럽게 헌신적인 댈로의 얼굴을 곁눈질하며 이 같은 충성심이 방해가 될 수도 있고 일에 쫓기게 할 수도 있다는 생각에 화가 치미는 것을 느꼈다. 댈로는 그가 신뢰하는 유일한 사내였으나, 마치 댈로가 자신의 스승이나 되는 것처럼 싫어질 때가 있었다. 소년이 바닷속을 비추는 빛처럼 흐릿한 불빛 속에서 지나쳐 가는 광고판의 기다란 행렬을 바라보면서 힘없이 말했다. "난 무슨 일이 있어도 결혼 안 해." 광고판에는 '몸에 좋은 기네스 맥주' '워싱턴 제품을 써 보세요' '여학생 같은 얼굴 피부를'과 같은 문구가 쓰여 있었다. 일련의 간청하는 말들과 한 번쯤 들어 본 것 같은 상품 이름이 길게 이어졌다. '자기 집을 가지세요' '결혼반지는 베넷에서'……

프랭크네 집에 돌아왔을 때 집에 있던 사람들이 말했다. "자네 여자가 와 있어." 그는 대책 없는 반발심을 느끼며 자기 방을 향해 계단을 올라갔다. 방에 들어가면 말해 버리자. 난 마음이 바뀌었어. 너랑 결혼할 수 없어. 아니면 이렇게 말할까? 변호사 말로는 어떻게 해 볼 도리가 없다는 거야. 난간은 여전히 부서져 있었다. 그는 저 아래 스파이어의 시신이 있었던 자리를 내려다보았다. 커빗과 댈로가 바로 그 지점에 서서 뭔가에 대해 웃고 있었다. 그의 손이 부서진 난간의 날카로운 가장자리에 긁혔다. 그는 긁힌 손을 입으로 가져가며 방 안으로 들어갔다. 그는 생각했다. 침착해야 해. 정신을 바짝 차려야 해. 그러나 술집에서 마신 술기운이 남아 있는 탓에 자신의 주도면밀함이 평소와 달리 흐려져 있다고 느꼈다. 미덕을 잃기 쉬운 것만큼이나 악덕도 쉽게 잃어버릴 수 있었다. 악덕 역시 건드리기만 해도 그에게서 빠져나갈 수 있었다.

소년은 그녀를 쳐다보았다. 그가 "여긴 왜 왔어?" 하고 부드럽게 말했을 때 그녀는 더럭 겁이 났다. 그녀는 그가 싫어하는 모자를 쓰고 있다가 그가 쳐다보자 재빨리 벗었다. "이 늦은 시간에." 그는 그렇게 말하면서 스스로 깜짝 놀랐다. 이런 식으로 나간다면 말다툼이 생길 거라는 생각이 든 것이었다.

"이거 봤어요?" 로즈가 말했다. 그녀는 지방 신문을 들고 있었다. 그가 평소 별로 읽고 싶지 않았던 신문이었는데, 그 신문의 1면에 겁에 질린 얼굴로 잔교의 철제 아치 밑으로 성큼 들어서는 스파이서의 사진이 실려 있는 것이었다. 로즈가 말했다. "신문에는 이 집에서…… 사고가 일어나서……"

"층계참에서." 소년이 말했다. "프랭크에게 난간을 수리하라고 항상 일렀는데도."

"그렇지만 당신은 저번에 나쁜 놈들이 경마장에서 그를 해치웠다고 얘기했잖아요. 그리고 그 사람은 바로……"

그는 짐짓 엄숙한 얼굴을 하고 그녀를 마주 보았다. "너에게 카드를 주었던 사람이란 말이지? 네가 전에 그렇게 말했잖아. 아마 그이가 헤일을 알고 있었나 봐. 그이는 내가 모르는 많은 사람들을 알고 있었으니까. 그게 어떻단 말이야?" 그는 말도 못 하고 멍하니 쳐다보는 그녀 앞에서 확신에 찬 어조로 그 질문을 되풀이했다. "그게 어떻단 말이야?" 그의 마음은 어떠한 배신의 기미도 예견할 수 있다는 것을 그는 알고 있었다. 하지만 그녀는 착한 아이고, 선함의 틀 안에 갇혀 있는 아이였다. 이 세상에는 그녀로서는 상상도 못 할 일들이 많았다. 자신은 지금 그녀의 상상력이 광대한 두려움의 사막 속에서 시들어 가는 모습을 보고 있다고 소년은 생각했다.

"내 생각엔," 그녀가 말했다. "내 생각엔……" 그녀의 눈은 소년을 지나쳐 층계참의 부서진 난간을 보고 있었다.

"무슨 생각인데 그래?"

증오심에 물든 그의 손이 호주머니 속의 조그만 병을 움켜쥐었다.

"모르겠어요. 어젯밤에 잠을 제대로 못 잤어요. 꿈을 꾸었거든요."

"무슨 꿈?"

그녀는 겁에 질린 얼굴로 그를 쳐다보았다. "당신이 죽는 꿈."

그가 웃었다. "난 젊고 팔팔한데." 그는 구토감을 느끼며 주차장에서 란치아에 올라탈 뻔했던 일을 떠올렸다.

"당신, 이 집에서 계속 살 건 아니죠?"

"왜? 그럼 안 돼?"

"생각해 봤는데……" 그녀가 말했다. 그녀의 눈은 다시 난간을 바라보고 있었다. "난 무서워요."

"무서울 이유 없잖아." 그가 황산병을 만지작거리며 말했다.

"당신이 걱정돼서 무섭단 말이에요." 그녀가 말했다. "난 별볼 일 없는 사람이란 걸 알아요. 당신은 변호사도 있고 차도있고 친구들도 있다는 것도 알아요. 그렇지만 이 집은……" 그녀는 그의 활동 영역에 대해 그녀가 가지고 있는 느낌을 전달하려 애쓰면서 어찌할 바를 모르고 더듬거렸다. 사고와 괴이한 사건들이 일어나는 곳, 카드를 놓고 간 낯선 사람, 경마장에서의 싸움, 곤두박질치며 떨어진 추락사 등에 대한 느낌을전달하고자 헛되이 애를 썼다. 일종의 대담함과 낯 두꺼움이그녀의 얼굴에 나타나서 그는 다시 한번 흐릿한 관능이 꿈틀거리는 것을 느꼈다. "당신은 여길 떠나야 해요. 당신이 말한 것처럼 나랑 결혼해야 해요."

"그런데 결국 결혼할 수 없게 됐어. 내 변호사를 만났는데, 우린 아직 너무 젊다는 거야."

"난 그런 거에 신경 안 써요. 어쨌든 **진짜** 결혼이 아닌 걸 뭐. 결혼을 호적 담당자에게 맡긴다고 해서 다를 건 없잖아요."

"이런 빌어먹을, 이제 그만 네 숙소로 돌아가." 그가 날카롭게 말했다.

"돌아갈 수 없어요." 로즈가 말했다. "해고됐어요."

"왜?" 마치 그의 손에 수갑이 철컥 채워진 느낌이었다. 그는 그녀가 의심스러웠다.

"손님에게 못되게 굴었거든요."

"왜? 어떤 손님?"

"몰라서 물어요?" 그런 다음 그녀는 열을 내며 말을 이었다. "그런데 그 여자는 도대체 누구예요? 참견하고…… 귀찮게 굴고…… **당신**은 알 거 아니에요."

"전혀 모르는 사람이야." 소년이 말했다.

그녀는 자신의 모든 가짜 경험—'2펜스 라이브러리'[*]에서 얻은 경험—을 끌어모아 질문을 던졌다. "그 여자가 질투를 하나? 그 여자는 어쩌면…… 내가 무슨 말을 하려는지 알죠?"

---

[*] 2펜스를 받고 소설책을 대여해 주는, 1930년대 영국에서 유행한 출판업. 주로 노동자 계층을 위한 대중소설이었다.

그녀의 순진한 질문 뒤에는 '큐보트'에 숨겨진 대포처럼 소유욕이 감추어져 있었다. 그녀는 탁자나 의자처럼 그의 것이었지만, 그러나 탁자 역시 그를 소유하고 있는 셈이었다. 탁자에는 그의 지문이 묻어 있게 마련이니까.

소년이 멋쩍게 웃었다. "뭐? 그 여자가? 그 여자는 내 어머니만큼이나 나이 먹었잖아."

"그럼 그 여자가 원하는 게 뭐예요?"

"나도 그걸 좀 알았으면 좋겠어."

"내가 이걸……" 그녀가 신문을 그에게 내밀며 말했다. "경찰한테 가져가야 하지 않을까요?"

그 질문의 순진함이—또는 영악함이—그에게 충격을 주었다. 자신이 위험한 일에 어느 정도로 말려들었는지 거의 깨닫지 못하는 여자애와 함께 있으면서도 과연 안전할 수 있을까? 그가 말했다. "행동을 조심해야 해." 그러고 나서 지겹고 피곤한 기분이 밀려드는 것을 느끼며 생각했다(넌더리 나는 하루였다). 나는 결국 이 애와 결혼할 수밖에 없나 봐. 그는 어렵사리 미소를 지어 보였다. 뺨의 근육이 제 기능을 하기 시작했다. 그가 말했다. "이봐, 넌 그런 거 생각할 필요 없어. 난 너랑 결혼할 거야. 법망을 피해 갈 수 있는 방법이 있어."

"왜 법에 연연해요?"

♦ Q-boat. 제1차 세계대전 때 독일 잠수함을 격침하기 위해 상선으로 위장했던 영국 함정.

"이런저런 부질없는 얘기는 하고 싶지 않아." 그가 화난 체하며 말했다. "결혼이어야만 되겠어. 우린 정당하게 결혼해야 해."

"어떻게 해도 우린 그럴 수 없을 거예요. 성요한 성당의 신부님이 말하길……"

"신부 얘기에 너무 귀 기울일 필요는 없어." 그가 말했다. "신부들은 내가 아는 것만큼 세상을 많이 알지 못해. 사상이 바뀌고, 세상은 계속 변하는데……" 그의 말은 로즈의 얼굴에 깃든 깊은 신앙심 앞에서 비틀거렸다. 그 얼굴 표정은 절대로 사상도 바뀌지 않고 세상도 변하지 않는다는 것을 언어로 얘기하는 것만큼이나 분명히 말하고 있었다. 세상은 언제나 천당과 지옥이라는 두 개의 영원 사이에 다툼이 끊이지 않는 피폐한 영역으로 남아 있다고 말하고 있었다. 그와 로즈는 대조적인 두 영역에서 온 사람처럼 서로 맞서다가 크리스마스 때의 군대처럼 서로 친밀해졌다. 그가 말했다. "어쨌든 너도 결혼을 원하잖아. 나도 결혼을 원한단 말이야. 합법적인 결혼을."

"당신이 원한다면……" 그녀는 작은 몸짓을 지어 보이며 전적으로 동의한다는 뜻을 나타냈다.

"아마 이렇게 하면 될 수 있을 것 같아." 그가 말했다. "네 아버지가 편지를 써 준다면……"

"아버지는 글을 쓸 줄 몰라요."

"음, 그렇다면 내가 편지를 써 주면…… 아버지가 서명 같은 표시를 할 순 있겠지? 이런 일들은 어떻게 하는 건지 나도 잘 몰라. 아버지가 직접 판사실로 출두할 수도 있겠지. 그런 문제는 프리윗 씨가 처리해 줄 수 있을 거야."

"프리윗 씨?" 그녀가 재빨리 물었다. "그 사람…… 그 사람 검시 현장에 참석한 사람 아니에요? 그때 여기 있었기 때문에……"

"그게 어떻단 말이야?"

"아무것도 아니에요." 그녀가 말했다. 그러나 그는 그녀의 생각이 이 방을 나가 난간으로, 스파이서의 추락으로, 그리고 그날이 아닌 다른 날들의 일로 계속 이어지고 있다는 것을 알 수 있었다. 아래층에서 누군가 라디오를 켰다. 적당히 낭만적인 분위기를 만들어 주려는 커빗의 장난인 듯싶었다. 그 소리는 전화기를 지나서 층계를 올라와 그의 방으로 들어왔다. 어느 호텔에서 연주하는 어떤 밴드의 음악으로, 하루의 마지막 프로그램이었다. 음악이 그녀의 생각을 딴 데로 돌려놓았다. 소년은 낭만적인 몸짓과 사랑의 행위로 그녀의 마음을 딴 데로 돌리는 생활이 얼마나 오래 계속될지 생각해 보았다. 몇 주, 몇 달? 그의 마음은 몇 년까지 걸릴 가능성은 받아들이고 싶지 않았다. 언젠가는 다시 자유의 몸이 되리라. 그는 그녀가 수갑을 가진 형사라도 되는 양 그녀를 향해 두 손을 뻗으며 말했다. "내일 필요한 일들을 하자. 네 아버지도 만나고. 그게 좋겠지?" 그 생각을 하자 입 근육이 불안정하게 움직였다. "결혼하는 데 이틀 정도밖에 안 걸릴 거야."

3

오래전에 떠나온―오, 수년 전의 일이다―지역을 향해 혼자 걸어가는 그는 겁이 났다. 연푸른 바닷물이 조약돌 위에서 하얗게 부서지고, 메트로폴 호텔의 녹색 탑은 오랜 세월 땅에 묻혀 있었던 것을 캐낸 푸른 녹이 낀 동전처럼 보였다. 갈매기들이 햇빛 속에서 끼룩거리며 춤추다가 높은 곳에 위치한 산책로 쪽으로 휙 날아올랐다. 로열앨비언 호텔의 창에서는 널리 알려진 인기 작가가 그 유명한 포동포동한 얼굴을 드러낸 채 바다를 내다보고 있었다. 아주 맑은 날이라서 프랑스 땅도 보일 것만 같았다.

소년은 길을 건너서 올드스타인 쪽을 향해 천천히 걸음을 옮겼다. 스타인 거리를 지나자 길은 좁아지면서 오르막을 이루었는데, 그것은 가슴에 단 아름다운 꽃 장식 뒤편의 초라한 비밀―기형적으로 생긴 젖가슴―같은 것이었다. 소년이 내딛는 한 걸음 한 걸음은 전진이 아닌 후퇴였다. 자신은 빈민가로부터 산책로의 총 길이만큼 영원히 벗어났다고 생각했었다. 그런데 지금 그 누추하기 짝이 없는 빈민가가 자기를 다시 불러들이는 것이었다. 2실링이면 머리를 단발머리로 잘라 주는 미용실은 떡갈나무, 느릅나무, 납판 등으로 관을 만들어 판매하는 상점과 같은 건물에 자리 잡고 있었다. 진열창에는 오랫동안 방치된 탓에 먼지가 수북이 쌓인 아동용 관 하나와 미용 요금표만 눈에 띌 뿐 다른 장식은 없었다. 구세군 건물의 흙벽은 그의 집이 있었던 구역과 경계를 이루었다. 그는 누가 자기를 알아볼까 봐 두려워지기 시작했다. 고향 동네는 자기를 용서할 권리가 있지만 자신은 음울하고 우중충한 과거를 지닌 고향 동네를 책망할 권리가 없는 것 같은 막연한 부끄러움을 느꼈다. 앨버트 여인숙('여행자를 위한 만족스러운 시설')을 지나 언덕 위에 오르자 심하게 폭격을 맞은 듯한 광경이 눈앞에 펼쳐졌다. 덜렁덜렁한 홈통, 금이 간 유리창, 앞마당에 놓인 탁자 상판 크기만 한 철제 침대 틀…… 파라다이스피스의 절반이 폭격을 당한 것처럼 처참하게 부서져 있었다. 아이들이 비탈진 돌밭에서 뛰놀고 있었는데, 벽난로 조각이 한때 그곳에 집들이 있었음을 보여 주었다. 깨진 자갈 아스팔트에 박힌 말뚝 위에 나붙은, 신축 아파트를 짓는다는 시 당국의 게시문이 파라다이스피스의 우중충한 잔해인 나지막하게 늘어선 부서진 집들을 마주 보았다. 그의 집은 사라졌다. 아마도 돌무더기 사이에서 눈에 띄는 평평한 곳이 그의 집 난로가 놓여 있던 자리일 것이다. 토요일 밤의 행사가 이루어지던 계단 모퉁이의 그 방은 흔적 없이 사라지고, 이제 남은 것은 공기뿐이었다. 이 모든 게 자신을 위해 다시 지어져야 할 것인가, 그는 두려운 마음으로 그 생각을 해 보았다. 공기로만 남아 있는 편이 더 좋을 것 같았다.

그는 전날 밤에 로즈를 집으로 돌아가게 했으며, 지금 다시 그녀를 만나러 마뜩지 않은 걸음으로 느릿느릿 걸어가고 있었다. 더 이상 저항해 봤자 소용없었다. 그녀와 결혼하는 수밖에 없었다. 안전을 도모해야 했다. 아이들이 잔해 속에서 울워스제 장난감 권총을 들고 돌아다니고, 한 무리의 여자애들이 뚱한 얼굴로 그 아이들을 지켜보고 있었다. 한쪽 다리에 철제 보조기를 찬 한 아이가 절뚝거리며 걷다가 무턱대고 그에게 부딪쳤다. 그는 아이를 밀쳤다. 누군가가 카랑한 고음으로 말했다. "그 애를 세워 줘요." 아이들은 그의 마음을 옛날로 돌아가게 했고, 그래서 그는 아이들이 미웠다. 그것은 마치 끔찍이도 천진함에 호소하지만 **거기에 천진함은 없는**, 그런 상황과도 같았다. 천진함이 있는 때로 가려면 훨씬 더 먼 시절로 돌아가야 했다. 천진함은 이 없이 잇몸으로 엄마 젖꼭지를 빨던, 침을 질질 흘리는 입일 터였다. 아니 그것조차도 천진함이 아닐 것이다. 천진함은 태어나는 순간의 자지러지는 울음소리일지도 모른다.

그는 넬슨플레이스에서 그 집을 찾았다. 그러나 노크를 하기도 전에 문이 열렸다. 로즈가 깨진 유리창으로 그가 오는 것을 몰래 보고 있었던 것이다. 그녀가 말했다. "와 줘서 정말 기뼈요…… 나는 기다리면서 생각하길, 어쩌면……" 화장실 냄새 같은 냄새가 나는 아주 좁은 통로를 재빨리 지나가면서 그녀가 열을 내며 말했다. "어젯밤엔 집안 분위기가 말이 아니었어요. 그동안 난 부모님에게 돈을 보내 주었거든요…… 그런데 우리 부모님은 누구나 피치 못하게 일자리를 잃어버릴 수도 있다는 걸 이해하지 못해요."

"내가 납득시켜 줄게." 소년이 말했다. "어디 계시지?"

"당신도 조심해야 해요." 로즈가 말했다. "두 분 다 기분이 별로 안 좋으니까."

"어디 계셔?"

그러나 실은 어디로 가야 할지 선택할 필요도 없었다. 하나뿐인 문을 열고 들어가면 낡은 신문지들을 깔아 놓은 계단이 하나 있을 뿐이었다. 맨 아래 계단 흙 자국 사이로 신문에 실린 바이얼릿 크로의 어린애 같은 누런 얼굴이 올려다보고 있었다. 그녀는 1936년에 겁탈당한 뒤 웨스트 잔교 밑에 묻힌 여자였다. 소년은 문을 열었다. 차갑게 식어 버린 주방용 검은 석탄 난로 옆 마룻바닥에 로즈의 부모가 앉아 있었다. 그들은 침울한 표정이었다. 두 사람은 말없이, 거만한 태도로 무관심하게 그를 지켜보았다. 마르고 체구가 작은 나이 많은 남자의 얼굴에는 고통과 인내와 의심이 상형문자처럼 깊이 아로새겨져 있고, 중년의 여자는 앙심을 품은 아둔한 사람으로 보였다. 접시는 설거지가 안 되어 있고, 난로에는 불이 지펴져 있지 않았다.

"엄마 아빠는 기분이 별로 안 좋아요." 로즈가 그에게 큰 소리로 말했다. "내가 뭘 좀 하려 해도 아무것도 못 하게 해요. 불도 못 피우게 하는걸요. 난 깨끗한 집이 좋은데. 정말. 우리 집은 이렇지 않을 거예요."

"저기, 성함이⋯⋯" 소년이 말했다.

"윌슨." 로즈가 일러 주었다.

"윌슨. 나는 로즈하고 결혼하고 싶습니다. 그런데 로즈가 너무 어려서 어르신의 허락을 얻어야 할 것 같아요."

그들은 대답하려 하지 않았다. 그들은 자신들의 울적한 기분이 자신들만이 소유한 훌륭한 도자기나 되는 것처럼, 이웃들에게 '내 것'이라고 보여 줄 수 있는 물건이나 되는 것처럼, 그 기분을 소중히 여겼다.

"소용없어요." 로즈가 말했다. "기분이 안 좋을 땐 무슨 얘길 해도 소용없어요."

고양이 한 마리가 나무 상자에서 그들을 지켜보았다.

"가부可否를 말해 주세요." 소년이 말했다.

"엄마 아빠는 기분이 안 좋을 땐 어떤 얘기도 소용없다니까요." 로즈가 말했다.

"간단한 질문에 대답을 해 주시죠. 내가 로즈랑 결혼해도 될까요? 아니면 안 되나요?"

"내일 다시 와요." 로즈가 말했다. "내일은 엄마 아빠의 기분이 오늘처럼 안 좋지 않을 거예요."

"난 그렇게까지 기다리진 않을 거야." 그가 말했다. "네 부모님이 오히려 자랑스러워해야……"

남자가 갑자기 벌떡 일어서더니 마룻바닥에 놓인 코크스를 격하게 걷어찼다. "여기서 나가." 그가 말했다. "너 같은 녀석하고 그런 얘기 하고 싶지 않아." 그러고 나서 덧붙였다. "절대 안 돼. 절대로." 그 순간 남자의 푹 꺼진 눈에 일종의 신뢰감 같은 것이 떠올랐는데, 그것이 기분이 오싹하도록 로즈를 연상시켰다.

"여보, 조용히 해. 쟤들하고 말하지 마." 여자가 자신의 울적한 기분을 소중히 다루며 말했다.

"난 거래를 하러 왔소." 소년이 말했다. "어르신이 거래를 하고 싶지 않다면야……" 그는 희망이 보이지 않는 낡아 빠진 방 안을 둘러보았다. "10파운드면 어르신에게 도움이 될 것 같은데요." 그는 남자의 표정에서 맹목적인 양심이 깃든 침묵을 뚫고 불신과 탐욕과 의심이 떠오르는 것을 보았다. "우린 그런 거 원치 않……" 남자가 다시 말을 시작했으나 그 말은 축음기처럼 그치고 말았다. 남자는 생각해 보기 시작했다. 생각이 잇따라 불쑥불쑥 떠오르고 있다는 것을 알 수 있었다.

"자네의 돈은 필요 없네." 여자가 말했다. 그들 부부는 서로 나름대로의 신의를 가지고 있었다.

로즈가 말했다. "엄마 아빠 얘기에 신경 쓰지 말아요. 내가 이 집에서 살 건 아니니까."

"잠깐만. 잠깐만." 남자가 말했다. "여보, 당신은 잠자코 있어." 그러고 나서 소년에게 말했다. "우린 로즈를 10파운드에

내줄 순 없네. 그것도 모르는 사내한테. 자네가 내 딸에게 잘
해 줄 거라는 것을 우리가 어찌 알겠나?"

"12파운드 주겠소." 소년이 말했다.

"돈 문제가 아니야." 남자가 말했다. "자네 생긴 건 마음에
드네. 우린 로즈가 더 잘되는 걸 방해할 생각은 없어…… 하지
만 자넨 너무 어려."

"15파운드. 이게 내 최대 허용치요." 소년이 말했다. "받아들
이든 관두시든 알아서 하시오."

"우리가 허락하지 않으면 자넨 아무것도 못 할 텐데." 남자
가 말했다.

소년이 로즈에게서 몸을 약간 떨어뜨리며 말했다. "결혼하
고픈 마음이 그렇게까지 간절한 건 아니오."

"15기니*로 하지."

"내 제안은 이미 말했소." 소년은 두려운 마음으로 방 안
을 둘러보았다. 이 같은 환경에서 벗어나기 위해서라면 무슨
죄를 저지른다 해도 아무도 그 사람을 탓할 수 없을 것 같았
다…… 남자가 입을 열었을 때 소년은 자신의 아버지가 말하
는 것을 들었다. 구석에 앉아 있는 여자는 자신의 어머니였
다. 그는 자기 누이동생을 위해 거래를 하는 것이고, 따라서 전
혀 욕망을 느끼지 못했다…… 그는 로즈를 향해 고개를 돌렸
다. "갈게." 소년은 살인을 저질러서라도 탈출할 생각을 못 하

♦ 1기니는 1.05파운드이다.

는 이 같은 사람들의 선량함에 일말의 저릿한 연민을 느꼈다. 사람들이 말하길, 성인聖人들은—뭐더라?—'영웅적 미덕', 영웅적 끈기, 영웅적 인내를 지니고 있다고 한다. 하지만 소년과 남자가 서로 허세를 부리고 그에 따라 로즈의 인생이 금액의 흥정 속에서 혼란을 겪는 동안, 소년은 남자의 앙상한 얼굴, 불룩하게 튀어나온 눈, 창백하고 불안한 표정에서 영웅적인 것을 전혀 보지 못했다. "그럼," 소년이 말했다. "또 보자." 그렇게 말하고 나서 문을 향해 걸어갔다. 그는 문 앞에서 뒤를 돌아보았다. 그들은 가족 모임을 열고 있는 것처럼 보였다. 그는 짜증과 경멸감을 느끼며 그들에게 양보했다. "좋아요. 15기니. 내 변호사를 보내겠소." 지저분하고 꾀죄죄한 통로로 나왔을 때 로즈가 뒤따라와서 숨을 헐떡이며 고맙다는 말을 했다.

그는 이 게임의 마지막 카드를 썼다. 활짝 웃으며 입에 발린 말을 한 것이었다. "널 위해서라면 이보다 더한 것도 하겠어."

"당신 훌륭했어요." 화장실 냄새 속에서 로즈가 사랑에 빠진 목소리로 말했다. 그러나 그녀의 칭찬은 독이었다. 그것은 그녀가 그를 소유하고 있다는 표시였으며, 그녀가 그에게서 기대하는 것, 즉 그는 느끼지 못하는 욕망의 오싹한 행위로 곧장 이어지는 것이었다. 그녀는 그를 따라서 넬슨플레이스의 신선한 공기 속으로 나왔다. 파라다이스피스의 잔해 속에서 아이들이 놀고 있었다. 한 줄기 해풍이 소년의 집터를 가로지르며 불었다. 모든 것을 깡그리 없애고 싶은 흐릿한 욕망, 공空에 대한 동경이 그의 마음속에서 부풀어 올랐다.

그녀가 말했다. 전에도 한 번 했던 말이었다. "나는 늘 이 일이 어떻게 될까 궁금했어요." 그녀의 마음이 그날 오후에 있었던 일들을 막연히 반추하다가 뜻밖의 사실을 발견했다. "안 좋은 기분이 그렇게 빨리 사라지는 경우는 여태 한 번도 본 적이 없어요. 엄마 아빠는 당신이 마음에 들었나 봐요."

4

아이다 아널드는 에클레르를 베어 물었다. 크림이 커다란 앞니 사이로 비어져 나왔다. 퐁파두르 양식의 부인실에 앉아 있는 그녀는 약간 둔탁하게 웃으며 말했다. "톰을 떠난 뒤로 이렇게 많은 돈이 생긴 건 처음이야." 그녀가 또 한 입 베어 물자 크림이 쐐기꼴 모양으로 그녀의 통통한 혀 위에 얹혔다. "난 이 돈을 프레드에게 빚지고 있는 거야. 그이가 내게 블랙 보이라고 알려 주지 않았다면……"

"다 그만두고 재미나 좀 봐." 코커리 씨가 말했다. "위험한 일이야."

"맞아, 위험한 일이야." 그녀가 수긍했다. 그렇지만 그 생기 있는 커다란 눈에는 위험을 진지하게 받아들이는 기색이 전혀 보이지 않았다. 그 어떤 것도 언젠가는 그녀 자신도 프레드처럼 구더기가 들끓는 곳에 묻히리라는 걸 믿게 하지 못했다. 그녀의 마음은 그런 궤도를 받아들일 수 없었다. 그녀는 선로 바꿈 틀이 자동으로 작동하기 전까지의 짧은 거리를 익숙한 노선의 열차에 몸을 싣고 흔들리며 가는 것밖에 할 줄 몰랐다. 그녀는 정겨운 주거 단지와 크루즈 여행 광고판, 조그만 울타리가 쳐진 목가적 사랑을 위한 숲 등을 내다보며 오가는 정기권 노선밖에 몰랐다. 그녀가 에클레르를 쳐다보며 말했다. "난 절대 그만두지 않아. 걔들은 자기들이 들쑤시고 자극하고 있는 인간이 어떤 골칫덩어리인지 몰랐어."

"이 일은 경찰에 맡겨."

"그건 안 돼. 난 뭐가 옳은지 알고 있으니까. 나한테 그런 말 하지 마. 그런데 저 사람 누구지?"

하얀 테두리를 댄 조끼와 보석을 박은 핀으로 멋을 내고 반들반들 윤이 나는 구두를 신은 나이 든 신사가 사뿐사뿐 부인실로 걸어오고 있었다. "멋진데." 아이다 아널드가 말했다.

비서가 그 사람 뒤를 약간 거리를 두고 종종걸음으로 따라가면서 물품 목록을 읽어 댔다. "바나나, 오렌지, 포도, 복숭아……"

"온실에서 재배한 거?"

"예, 온실 맞아요."

"저 사람 누구지?" 아이다 아널드가 그 말을 되풀이했다.

"이게 전부죠, 콜레오니 씨?" 비서가 물었다.

"꽃은 뭐가 있지?" 콜레오니 씨가 물었다. "그리고 천도복숭아도 구할 수 있나?"

"그건 어렵습니다, 콜레오니 씨."

"내 아내가······" 콜레오니 씨가 말하는 소리가 흐릿해지면서 이윽고 들리지 않게 되었다. 단지 '정열'이라는 말은 알아들을 수 있었다. 아이다 아널드는 눈을 돌리며 퐁파두르 양식 부인실에 놓인 우아한 가구들을 살펴보았다. 그녀의 눈은 탐조등처럼 쿠션, 소파, 그녀 맞은편에 앉아 있는 회사원 같은 남자의 얇은 입을 들추어냈다. "여기선 즐거운 시간을 보낼 수 있겠어." 그녀가 남자의 입을 쳐다보면서 말했다.

"여긴 비싼 곳이야." 코커리 씨가 소심하게 말했다. 예민한 그의 손이 자신의 정강이를 어루만졌다.

"비용은 블랙 보이가 감당할 거야. 벨비디어 하숙집에서는—당신도 알잖아—재미를 볼 수 없어. 너무 고루하고 엄격해서 말이야."

"여기선 재미를 좀 봐도 된다는 말이야?" 코커리 씨가 물었다. 그는 눈을 끔벅거렸다. 그의 표정에서는 그가 그녀의 동의를 바라는 것인지, 아니면 두려워하는 것인지 알 수 없었다.

"안 될 게 뭐야? 내가 아는 어느 누구에게도 전혀 해를 끼치지 않는 일인데. 그건 인간의 본능이잖아." 그녀는 에클레르를 베어 물고 나서 익숙한 암호를 되풀이했다. "그것도 결국 재미일 뿐이잖아." 옳은 편에 서는 재미, 인간 본능에 충실한 재미······

"당신은 가서 내 가방 좀 가져와." 그녀가 말했다. "그사이에 내가 방을 예약할 테니. 아무튼······ 난 당신에게 빚을 지고 있잖아. 당신은 날 도와주느라······"

코커리 씨가 약간 얼굴을 붉혔다. "우리, 반반씩 부담하지." 그가 말했다.

아이다가 그를 보며 활짝 웃었다. "블랙 보이가 내는 거야. 난 빚을 갚는 거고."

"그렇지만 남자로서 말하자면……" 코커리 씨가 힘없이 말했다.

"이번엔 내게 맡겨. 나도 남자의 기분을 잘 알아." 에클레르와 푹신한 소파와 화려한 가구들이 차에 탄 최음제 같은 효과를 냈다. 그녀는 취기와 야한 기분에 달떠 있었다. 각자가 내뱉는 한마디 한마디에서 그녀는 하나의 의미만을 찾아낼 뿐이었다. 몹시 쑥스러워진 코커리 씨의 얼굴이 빨개졌다. "나도 남자니까 느낌이 없을 수 없지." 그는 그녀가 터무니없이 들떠있는 것을 보고 몸이 떨릴 지경이었다.

"암, 그렇겠지." 그녀가 말했다. "그렇고말고."

코커리 씨가 없는 동안 그녀는 이 사이에 남아 있는 달콤한 맛을 음미하면서 다가올 향락에 대한 준비를 했다. 프레드에 대한 생각은 기차가 떠난 뒤 플랫폼에 남아 있는 사람처럼 이내 뒤로 물러났다. 프레드는 이제 뒤에 남겨진 세상에 속하는 사람이었고, 그가 흔드는 손은 새로운 경험에 대한 흥분을 돋우는 데 기여할 뿐이었다. 그 새로운 경험은 동시에 헤아릴 수 없을 만큼 오래된 경험이기도 했다. 그녀는 경험 많은 충혈된 눈으로 큼지막하고 푹신한 쾌락의 전당인 침실을 둘러보았다. 긴 거울, 옷장, 엄청 큰 침대…… 그녀는 직원이 기다리고 있는

데도 거리낌 없이 침대 위에 걸터앉았다. "탄력이 좋군." 그녀가 말했다. "탄력이 좋아." 직원이 떠난 뒤에도 꽤 오랫동안 거기 앉아서 그날 밤의 작전을 짰다. 그때 누가 그녀에게 "프레드 헤일" 하고 말했더라도 그녀는 그 이름을 거의 알아차리지 못했을 것이다. 지금은 다른 관심사가 있으니, 앞으로 몇 시간 동안은 헤일을 경찰에 맡겨 두기로 하자.

이윽고 천천히 일어나서 옷을 벗기 시작했다. 원래 옷을 많이 입는 것을 좋아하지 않는 그녀는 거의 눈 깜짝할 사이에 긴 거울 앞에서 알몸을 드러냈다. 몸매는 탄탄하고 풍만했으며, 쉽게 다룰 수 없는 야성적인 느낌이 풍겼다. 금빛 문틀과 창틀, 그리고 빨간 벨벳 커튼에 둘러싸인 채 푹신한 양탄자 위에 서 있으니 마음속에 십여 개의 익숙한 대중가요 가사ㅡ'하룻밤의 사랑' '인생은 한 번뿐' 등등ㅡ가 절로 떠올랐다. 그녀는 요지경을 들여다볼 때와 같은 관심으로 욕정을 대했다. 이 사이에 낀 초콜릿을 빨고 있는 얼굴에 미소가 떠올랐다. 그녀는 양탄자를 밟고 있는 통통한 발가락을 까딱거리면서 코커리 씨를ㅡ활짝 꽃피울 황홀한 경이감을ㅡ기다렸다.

창밖에서는 조약돌을 간질이면서 바닷물이 빠져나가자 장화 한 짝과 녹슨 쇠붙이가 드러났다. 한 늙은이가 구부정하게 허리를 숙이고 돌멩이 사이에서 뭔가를 찾고 있었다. 해가 호브가의 주택 뒤로 넘어가자 황혼이 깃들고 코커리 씨의 그림자가 길어졌다. 그는 택시비를 아끼느라 벨비디어 숙소에서 여행 가방을 들고 천천히 걸어오고 있었다. 갈매기 한 마리가 끼룩거리면서 내려오더니 잔교의 철제 토대에 부딪혀 깨진, 죽은 게를 내리 덮쳤다. 어둠이 찾아드는 시간, 해협에서 안개가 밀려오는 저녁 시간이었다. 그리고 사랑을 나눌 시간이었다.

5

소년은 문을 닫고 나서 기대에 찬 즐거운 표정의 얼굴들을
향해 고개를 돌렸다.

"그래, 다 잘됐어?" 커빗이 물었다.

"물론." 소년이 말했다. "난 하고 싶은 건……" 설득력 없는
그의 목소리가 흔들렸다. 세면대 위에 맥주병이 여섯 병 놓여
있었다. 방에서는 김빠진 맥주 냄새가 났다.

"하고 싶었다는 거로군." 커빗이 말했다. "좋았어." 그는 맥
주를 또 한 병 땄다. 후텁지근한 방 안에서 맥주 거품이 솟구
치며 흘러넘쳐 대리석 상판을 적셨다.

"지금 뭐 하는 거야?" 소년이 말했다.

"축하." 커빗이 말했다. "자네는 가톨릭 신자잖아. 그렇지?
가톨릭에서는 이걸 약혼이라고 부르더군."

소년은 그들을 둘러보았다. 커빗은 약간 취했고, 댈로는 골
똘히 생각에 잠긴 표정이었다. 그가 알지 못하는 마르고 허기

져 보이는 두 사람의 얼굴도 보였다. 이들은 이쪽에서 웃으면 따라 웃고 이쪽에서 인상을 찌푸리면 따라서 인상을 찌푸리는, 큰돈이 될 만한 일 주변을 기웃거리는 똘마니들이었다. 지금 커빗이 웃고 있으므로 이들도 웃고 있었다. 뜬금없이 소년의 머릿속에 잔교에서 벌어진 그날 오후의 일 이후 그가 헤치며 나아온 긴 도정이 떠올랐다. 알리바이를 짜 맞추고, 지시를 내리고, 다른 녀석들은 배짱이 부족해서 하지 못하는 일을 직접 하고……

프랭크의 아내 주디가 문에서 고개를 디밀었다. 그녀는 가운을 입고 있었다. 머리는 금갈색이었는데, 뿌리 부분은 갈색이었다. "행운을 빌어, 핑키." 그녀가 마스카라를 칠한 속눈썹을 깜박거리며 말했다. 그녀는 자신의 브래지어를 빨다가 왔다. 손에 들린 조그만 분홍 실크 브래지어에서 리놀륨 바닥으로 물이 떨어졌다. 아무도 그녀에게 맥주를 권하지 않았다. "맨날 일이군. 일, 일, 일." 그녀는 그들을 향해 뾰로통한 표정을 지어 보이고 나서 온수 파이프가 있는 쪽으로 복도를 걸어갔다.

긴 도정…… 그러나 그는 한 걸음도 잘못 디딘 적이 없었다. 만약 그가 스노 식당에 가서 그 여자애와 얘기를 나누지 않았다면 그들은 모두 지금 피고석에 앉아 있을 것이다. 만약 그가 스파이서를 죽이지 않았다면…… 한 걸음도 잘못 디딘 적이 없었다. 그렇지만 한 걸음 한 걸음 내디딜 때마다 그로서는 가늠할 수도 없는 압력이 그의 발걸음을 무겁게 짓눌렀다. 꼬치

꼬치 캐묻는 여자, 스파이서를 겁먹게 한 전화 내용…… 소년은 생각했다. 내가 그 애랑 결혼하면, 그땐 이 일이 끝나게 될까? 이 일이 어디까지 날 몰아붙일까? 그는 입을 씰룩이며 생각했다. 얼마나 더 안 좋아질까?

"경삿날은 언제야?" 커빗이 물었다. 댈로를 빼고 모두가 싱글벙글 웃었다.

소년의 두뇌가 다시 작동하기 시작했다. 그는 세면대 쪽으로 천천히 걸어갔다. 그가 말했다. "내 잔은 준비 안 했어? 난 자축하지도 못하는 거야?"

댈로가 깜짝 놀라고, 커빗은 어리둥절해하고, 똘마니들은 누구의 표정을 따라 해야 할지 눈치를 보는 모습이었다. 소년은, 두뇌를 가진 그는, 그들을 향해 히죽 웃었다.

"아니, 핑키……" 커빗이 입을 뗐다.

"나는 술도 못 마시고 결혼도 못 할 놈이다." 소년이 말했다. "너희들은 그렇게 생각하는군. 그렇지만 난 술이 좋아졌어. 그러니 결혼도 좋아지지 말란 법이 없잖아. 한 잔 줘."

"좋아졌어?" 커빗이 어색하게 웃으며 말했다. "좋아졌단 말이지……"

"그 애 아직 못 봤어?" 소년이 말했다.

"아니. 나랑 댈로는 잠깐 봤어. 계단에서. 그렇지만 그땐 너무 어두워서……"

"귀여운 애야." 소년이 말했다. "그 애는 보잘것없는 곳에서 썩고 있어. 머리도 좋은데. 그러니 착각하지 마. 물론 전에는 그 애와 **결혼할** 이유가 없다고 생각했지. 하지만 지금은……"

누군가 그에게 잔을 건넸다. 그는 길게 들이켰다. 거품 섞인 쓸쓸한 액체에 반감이 일었으나—녀석들은 이런 걸 좋아한단 말이지—그는 자신의 혐오감을 숨기기 위해 입 근육에 단단히 힘을 주었다. "지금은," 그가 말했다. "기분이 좋아." 그는 역겨움이 감추어진 눈으로 잔에 얼마 남지 않은 엷은 빛깔 액체를 쳐다보고 나서 끝까지 다 마셨다.

댈로는 말없이 그 모습을 지켜보았고, 소년은 이 충실한 친구에 대해 적에게보다도 더한 분노가 이는 것을 느꼈다. 스파이서와 마찬가지로 댈로도 너무 많은 것을 알고 있었다. 그런데 그가 알고 있는 것은 스파이서가 알았던 것보다 훨씬 더 치명적이었다. 스파이서는 고작 그를 피고석에 앉힐 정도의 것만 알았지만, 댈로는 그의 거울과 이불이 아는 것, 즉 은밀한 두려움과 수치심까지도 알고 있었다. 그는 분노감을 감추며 말했다. "무슨 일 있어, 댈로?"

아둔해 보이는 망가진 얼굴이 어쩔 줄 모르고 당황했다.

"질투하는 거야?" 소년이 뻐기기 시작했다. "그 애를 봤으니 질투할 만도 하네. 그 애는 너희들이 상대하는, 머리를 물들이는 계집들하고는 달라. 품위라는 게 있어. 난 너희들을 위해 그 애와 결혼하지만, 그 애와 함께 자는 건 나 자신을 위한 거야." 소년은 사납게 댈로에게 고개를 돌렸다. "지금 **무슨** 생각 하는 거야?"

"어," 댈로가 말했다. "그때 잔교에서 만났던 애지? 그렇게까지 대단한 애라는 생각은 안 들었는데."

"넌," 소년이 말했다. "넌 아무것도 몰라. 무식해. 그래서 품위 있는 걸 보고도 그걸 몰라보는 거야."

"공작의 딸인가 봐." 커빗이 그렇게 말하며 웃었다.

격한 분노가 소년의 뇌와 손가락에서 파들거렸다. 마치 사랑하는 사람이 모욕을 당한 것 같은 기분이었다. "말조심해, 커빗." 그가 말했다.

"커빗 말에 신경 쓰지 마." 댈로가 말했다. "우린 자네가 그 애한테 빠져 있는 줄은 미처……"

"자네한테 줄 선물이 있어, 핑키." 커빗이 말했다. "가정에 필요한 가구지." 커빗은 세면대 위 맥주병 옆에 놓인 엉뚱해 보이는 두 개의 조그만 물건—브라이턴의 문방구점에서 흔히 볼 수 있는 것이었다—을 가리켰다. 하나는 '세계에서 가장 작은 A.1 2밸브식 수신기'라는 라벨이 붙은 라디오 모양의 아주 작은 장난감 실내 변기였고, 다른 하나는 '나와 내 여자를 위해'라는 문구가 새겨진 변기처럼 생긴 겨자 통이었다. 소년은 여태껏 느꼈던 모든 공포, 자신의 천진함에 기인한 끔찍한 고독이 한꺼번에 돌아온 것만 같은 기분이 들었다. 그는 커빗의 얼굴을 때리려 했으나 커빗이 슬쩍 피하며 웃었다. 두 똘마니는 슬며시 방을 나갔다. 이런 거친 분위기는 녀석들의 입맛에 맞지 않았다. 소년은 그들이 계단에서 웃는 소리를 들었다. 커빗이 말했다. "자네 가정에 그게 필요할 거야. 침대만 가구인 건 아니잖아." 그는 조롱을 하면서 동시에 뒤로 물러섰다.

소년이 말했다. "두고 봐, 내 반드시 스파이서에게 했던 것처럼 네게도 맛을 보여 줄 테니."

그 의미가 즉각적으로 커빗에게 전달되지는 않았다. 꽤 긴 시간 지연이 있었다. 그는 깔깔대며 웃었고, 이어 댈로의 놀란 얼굴을 보았고, 그러고 나서야 소년의 말이 귀에 들어왔다. "그게 무슨 뜻이야?" 커빗이 물었다.

"제정신이 아닌가 봐." 댈로가 끼어들었다.

"넌 네가 똑똑하다고 생각하지?" 소년이 말했다. "스파이서도 그랬어."

"그건 난간 때문이었잖아." 커빗이 말했다. "자넨 여기 없었고. 도대체 무슨 말을 하는 거야?"

"물론 핑키는 여기 없었지." 댈로가 말했다.

"넌 뭐든 안다고 생각하겠지." 소년의 모든 증오심과 혐오감이 '안다'는 단어에 들어 있었다. 나는 안다. 25년간 그 짓을 한 프리윗이 그것에 대해 빠삭하게 아는 것처럼. "넌 다 알지는 못해." 소년은 자신의 마음속에 자존심을 불어넣으려 했으나 그의 눈은 노상 굴욕감으로 돌아가는 것이었다. '세계에서 가장 작은 A.1……' 세상에 존재하는 모든 것을 안다 해도 그 너저분한 남녀의 뒤얽힘에 대해 무지하다면 아무것도 모르는 것이다.

"이 친구, 무슨 말을 하는 거야?" 커빗이 물었다.

"핑키 말에 신경 쓸 거 없어." 댈로가 말했다.

"내 말은 이거야." 소년이 말했다. "스파이서는 겁쟁이였고,

우리 조직에서 어떻게 행동해야 할지 아는 사람은 나뿐이라는 거야."

"자넨 행동이 너무 과격해." 커빗이 말했다. "그러니까⋯⋯ 그건 난간 때문이 아니었다는 거야?" 그 질문에 커빗 자신이 겁이 났다. 대답을 듣고 싶지 않았다. 그는 소년에게서 눈을 떼지 않은 채 불안스럽게 문 쪽으로 움직였다.

댈로가 말했다. "무슨 소리야. 분명히 난간 때문이었어. 내가 거기 있었잖아."

"난 모르겠어." 커빗이 말했다. "난 모르겠어." 그는 문을 향해 걸음을 옮겼다. "이 친구에겐 브라이턴이 너무 좁은가 봐. 난 발을 빼겠어."

"가." 소년이 말했다. "나가. 나가서 굶어 죽어 버려."

"난 굶어 죽지 않을 거야." 커빗이 말했다. "이 바닥엔 다른 사람들도 있으니까⋯⋯"

문이 닫히자 소년이 댈로에게 눈을 돌렸다. "나가. 너도 나가. 넌 나 없이도 해 나갈 수 있다고 생각하는 거지? 하지만 내가 휘파람을 불기만 하면⋯⋯"

"나한테 그렇게 얘기할 필요는 없어." 댈로가 말했다. "난 자네를 떠나지 않을 테니까. 이렇게 빨리 크래브와 다시 친구가 되고 싶은 생각은 없어."

그러나 소년은 댈로의 말에 주의를 기울이지 않았다. 소년이 다시 말했다. "내가 휘파람을 불기만 하면⋯⋯" 그가 거드름을 피웠다. "녀석들은 우르르 돌아오게 돼 있어." 그는 황동 침대로 가서 벌렁 드러누웠다. 긴 하루였다. "가서 프리윗에게 전화 좀 해 줘. 여자 쪽은 아무런 문제도 없다고 말해. 일을 신속히 처리해 달라고 하고."

"가능하면 모레까지 해 달라고 할까?" 댈로가 물었다.

"그래." 소년이 말했다. 문이 닫히는 소리가 들렸다. 소년의 뺨은 씰룩거리고 있었다. 그는 침대에 누운 채 천장을 응시하며 생각했다. 놈들이 마구 화를 돋워서 내가 일을 저지르고 싶어진다면, 그건 내 잘못이 아니야. 사람들이 날 평화로이 내버려만 둔다면…… 그의 상상력은 '평화'라는 단어에서 시들어 버렸다. 그는 건성으로나마 '평화'를 마음속에 그려 보려 했다. 그는 눈을 감았다. 눈꺼풀 뒤에서 끝없이 펼쳐진 잿빛 어둠을 보았다. 그것은 그림엽서에서도 보지 못한 나라였다. 그랜드 캐니언이나 타지마할보다도 더 낯선 곳이었다. 그는 다시 눈을 떴다. 그러자 그 즉시 독이 혈관 속에서 날뛰었다. 세면대 위에 커빗이 사 가지고 온 물건이 있었기 때문이다. 그는 혈우병에 걸린 어린아이처럼 조그만 상처에도 매번 피를 흘렸다.

6

코스모폴리탄 호텔 복도에서 벨이 나직한 소리로 울렸다. 아이다 아널드는 누군가가 쉴 새 없이 지껄이는 소리를 침대 끝이 닿아 있는 벽을 통해 들을 수 있었다. 누군가가 회의실에서 보고서를 읽고 있거나, 아니면 딕터폰에 대고 구술하고 있는 듯했다. 필은 팬티 차림으로 침대에서 잠들어 있었다. 약간 벌어진 입 사이로 누런 이 하나와 금속 충전재가 보였다. 쾌락…… 인간의 본능…… 누구에게도 해가 되지 않는 행위…… 그 익숙한 변명거리가 말똥말똥하고 우울하고 불만스러워하는 의식 속으로 시곗바늘처럼 정확히 제때에 다시 찾아들었다. 그 어떤 쾌감도 주기적으로 일어나는 욕망의 깊은 흥분감에 비길 수는 없었다. 실제 행위에 들어가면 남자들은 언제나 기대를 저버렸다. 그냥 함께 영화나 보러 갔더라면 더 나았을 것을.

그러나 그것은 아무에게도 해를 끼치지 않으며, 단지 인간의 본능일 뿐이었다. 아무도 그녀를 정말 나쁜 사람이라고 말할 수 없을 것이다. 약간 자유분방하고 약간 보헤미안적인 사람이라고 할 수는 있겠지만. 그런 행위로부터 그녀가 뭘 얻어내는 것도 없고, 어떤 사람들처럼 남자의 단물을 빨아먹고 나서 단물 빠진 껌 뱉듯이 내뱉거나 헌 장갑 버리듯이 내버리는 것도 아니었다. 그녀는 무엇이 옳고 무엇이 그른지 알았다. 하느님도 약간의 인간 본능은 신경 쓰지 않을 것이다. 하느님이 신경 쓰는 것은…… 이 대목에서 그녀의 마음은 팬티 차림의 필에게서 벗어나 자신의 사명―옳은 일 하기, 악이 반드시 징벌받게 만들기―으로 돌아갔다.

그녀는 침대에서 일어나 앉아 아무것도 걸치지 않은 큼지막한 무릎을 두 팔로 감쌌다. 실망한 육체 안에서 흥분이 다시 꿈틀거리는 것을 느꼈다. 가엾은 프레드…… 그러나 그 이름은 더 이상 어떤 슬픔의 느낌이나 비애감을 전달하지 못했다. 그녀는 이제 프레드에 대해서는 그다지 많은 것을 기억할 수 없었다. 그를 생각하면 왠지 모르게 단안경과 노란 조끼가 떠올랐는데, 그것들은 그나마도 가엾은 찰리 모인 노인의 것이었다. 중요한 것은 추적하는 것이었다. 그것은 병든 후의 회생과도 같았다.

필이 한쪽 눈―성행위에 쏟은 노력 때문에 누레졌다―을 뜨고 걱정스러운 듯이 그녀를 쳐다보았다. 그녀가 말했다. "잠 깼어, 필?"

"저녁 먹을 시간이 거의 다 된 것 같은데." 필이 그렇게 말하며 초조해 보이는 미소를 지었다. "무슨 생각 하고 있어, 아이다?"

"방금 막 생각이 났는데," 아이다가 말했다. "우리에게 지금 정말 필요한 건 핑키의 부하 한 사람이야. 겁을 집어먹었거나 화가 나 있는 사람. 그들도 분명 겁을 집어먹을 때가 있을 테니까. 우린 기다리기만 하면 돼."

그녀는 침대에서 내려와 여행 가방을 연 다음, 코스모폴리탄 호텔에서의 저녁 식사 자리에 적합하다고 생각되는 옷들을 꺼내서 펼쳐 놓기 시작했다. 분홍색 전기스탠드 불빛 속에서 무드 등의 장식이 반짝거렸다. 그녀는 기지개를 켰다. 더 이상 욕망도 실망도 느껴지지 않았다. 머리가 깨끗해졌다. 해변은 이제 어둑어둑했다. 바다의 가장자리는 흰 물감으로 그린 기다란 선 같았다. 아무렇게나 휘갈겨 쓴 커다란 글자 같기도 했다. 이 거리에서는 아무런 의미도 알아볼 수 없는 글자였다. 그림자 하나가 허리를 구부정하게 숙인 채 무한한 인내심을 가지고 조약돌 사이에서 뭔가 쓸 만해 보이는 폐품들을 찾고 있었다.

제6부

1

커빗이 현관문을 나섰을 때 똘마니들은 이미 사라지고 없었다. 거리는 텅 비었다. 그는 다른 거처를 준비하지도 못한 채 살던 집을 부숴 버린 사람처럼 말문이 막히고 비통하고 상황이 이해가 되지 않았다. 바다에서 안개가 밀려오고 있는데 외투도 입지 않았다. 그는 어린아이처럼 잔뜩 화가 났다. 외투를 가지러 돌아갈 생각은 없었다. 돌아가면 자기가 잘못했음을 인정하는 것처럼 보일 테니까. 지금 할 수 있는 일이라곤 크라운 술집에 가서 독한 위스키를 마시는 것뿐이었다.

술집에 들어가자 사람들이 공손한 태도로 그에게 길을 터주고 자리를 내주었다. 그는 부스 진' 상표가 찍힌 거울에서 자신의 모습을 볼 수 있었다. 타는 듯이 붉은 짧은 머리, 우직하고 정직해 보이는 얼굴, 넓은 어깨…… 그는 나르키소스처

♦ 런던 드라이진의 한 종류.

럼 호수에 비친 자신의 모습을 들여다보았고, 그러자 기분이 좀 나아졌다. 그는 순순히 모욕을 받아들이는, 그런 사람이 아니었다. 나름대로 가치 있는 사람이었다. "위스키 한 잔 하실래요?" 누군가 말을 걸었다. 길모퉁이 청과물 상점의 점원이었다. 커빗은 묵직한 손을 점원의 어깨 위에 얹으며 선심 쓰듯 받아들였다. 한창때 한두 가지 큰일을 해낸 사내가 장사를 하면서 성공적인 인생을 꿈꾸는 창백하고 무지한 녀석을 다정하게 대해 주는 듯한 형국이었다. 이런 식의 관계에 커빗은 만족했다. 그는 청과물 상점 점원의 비용으로 위스키를 두 잔 더 마셨다.

"혹시 경마 정보가 있습니까, 커빗 씨?"

"난 경마 정보 말고도 생각할 일이 많아." 커빗이 물을 부으며 음산하게 말했다.

"우린 여기서 2시 반 경주에 출장하는 게이 패릿에 대해 논쟁을 하고 있었어요. 내가 보기엔……"

게이 패릿…… 그 이름은 커빗에게는 아무런 의미도 없는 이름이었다. 술기운이 올라와 몸이 후끈해졌다. 머릿속에 안개가 끼었다. 그는 거울 쪽으로 상체를 기울였다. "부스진…… 부스 진." 부스 진이라는 글자가 후광처럼 그의 머리 위를 둘러싼 모습이 눈에 들어왔다. 나는 고도의 술수에 말려든 거야. 살해당한 놈이 또 있었어. 가엾은 스파이서. 저울대의 기울기가 반대로 바뀌듯이 그의 머릿속에서 충성심이 자리를 옮겼다. 그는 조약을 맺는 총리처럼 자신도 중요한 인물인 것 같은 기분이 들었다.

"일이 다 끝날 때까지는 살인이 더 일어날 거야." 그가 모호하게 말했다. 난 허술한 놈이 아니야. 비밀 같은 걸 누설할 사람이 아니지. 그렇지만 이 불쌍한 술꾼들에게 인생의 비밀을 약간 맛보여 주는 거야 해로울 게 없잖아. 그는 잔을 앞으로 내밀며 말했다. "내가 여기 있는 모든 사람들에게 한 잔씩 살게." 그러나 고개를 돌려 양옆을 보았을 때 사람들은 이미 자리를 뜨고 없었다. 술집 문에 달린 유리를 통해 뒤돌아보는 얼굴 하나가 보였다가 이내 사라졌다. 사내대장부와 사귈 줄도 모르는 놈들 같으니.

"됐어. 신경 쓰지 말자." 커빗은 위스키를 마저 마시고 나서 그곳을 나왔다. 다음에 할 일은 물론 콜레오니를 만나는 것이었다. 그는 혼잣말을 했다. "내가 왔습니다, 콜레오니 씨. 카이트 패거리와는 손을 끊었습니다. 난 그 같은 애송이 밑에선 일할 수 없어요. 나에게 사내대장부가 할 만한 일을 주십시오. 멋지게 해낼 테니." 안개가 뼈로 배어드는 듯했다. 자기도 모르게 몸서리를 쳤다. 기러기 한 마리…… 자신의 신세가 기러기 같다는 생각이 들었다. 댈로가 함께해 준다면…… 그러자 갑자기 외로움이 밀려들면서 자신감을 몰아냈다. 술기운이 가져다준 온기가 다 빠져나가고 일곱 악령 같은 안개가 스며들었다. 만약 콜레오니가 관심을 보이지 않는다면? 해안 도로로 내려온 그는 옅은 안개를 통해 코스모폴리탄 호텔의 밝은 조명을 쳐다보았다. 지금은 칵테일 시간이었다.

커빗은 오싹한 추위를 느끼며 유리로 만들어진 쉼터로 들어가 앉았다. 해수면이 낮아져 가는 썰물의 바다를 안개가 가리고 있었다. 바다는 치찰음을 내며 미끄러지듯 가만히 물러날 뿐이었다. 그는 담배에 불을 붙였다. 성냥불이 잠깐 동안 잔 모양으로 오므린 두 손을 덥혀 주었다. 그는 두꺼운 외투로 몸을 감싸고 쉼터에 앉아 있던 한 노신사에게 담배를 권했다. "담배 안 피워요." 노신사가 날카롭게 말하고 나서 기침을 하기 시작했다. 쿨럭, 쿨럭, 쿨럭…… 노인은 보이지 않는 바다를 향해 줄기차게 기침을 해 댔다.

"추운 밤이군요." 커빗이 말했다. 노신사는 오페라글라스처럼 그에게로 눈을 돌리고는 계속 기침을 했다. 쿨럭, 쿨럭, 쿨럭. 지푸라기처럼 메말라 버린 성대에서 나오는 소리였다. 바다 쪽 어딘가에서 바이올린 소리가 들려왔다. 그것은 어떤 바다짐승이 해안가 쪽으로 몸을 길고 뻗고서 구슬피 우는 소리 같았다. 커빗은 아름다운 음악을 좋아했던 스파이서를 생각했다. 가엾은 스파이서. 안개가 밀려들었다. 안개는 엑토플라즘처럼 농밀하게 떠다녔다. 커빗은 언젠가 브라이턴에서 열렸던 교령회에 참석한 적이 있었다. 20년 전에 돌아가신 어머니와 접촉하고 싶었기 때문이다. 어머니가 자기에게 하고 싶은 말이 있을지도 모른다는 생각이 불현듯 떠올랐던 것이다. 그리고 실제로 그랬다. 어머니는 제7천당에 있다고 했으며, 그곳은 모든 것이 아주 아름답다고 했다. 어머니의 목소리는 약간 취한 것처럼 들렸는데, 그러나 크게 부자연스러운 목소리는 아니었다. 그 일을 알게 된 패거리들은 커빗을 조롱했다. 스파이서가 특히 심했다. 하지만 이젠 스파이서도 그 일을 조롱하지 않겠지. 종을 울리고 탬버린을 흔들면 언제든 스파이서를 불러낼 수 있을 테니까. 그가 음악을 좋아한 것은 다행스러운 일이었다.

커빗은 자리에서 일어나 웨스트 잔교의 유료 도로 쪽으로 걸어갔다. 안개 속에서 다리를 벌리고 서 있는 잔교는 바이올린 소리가 나는 쪽으로 갈수록 안개에 묻혀 사라졌다. 그는 콘서트홀 쪽으로 걸어 올라갔다. 눈에 띄는 사람은 없었다. 연인들이 밖으로 나와서 앉아 있을 만한 밤이 못 되었다. 잔교에 나온 사람들은 하나같이 콘서트홀 안에 들어가 있었다. 커빗은 콘서트홀 주위를 돌면서 안을 들여다보았다. 야회복을 입은 남자가 외투를 차려입은 몇 줄 안 되는 사람들을 위해 바이올린을 연주했다. 남자는 육지에서 50미터쯤 떨어진, 안개에 둘러싸인 섬에 고립되어 있는 것처럼 보였다. 해협 어디선가 배 한 척이 뱃고동을 울리자 다른 배가 화답의 고동을 울렸고, 이어서 또 한 척의 배가 고동을 울렸다. 밤중에 개들이 서로를 깨우느라 짖어 대는 소리를 연상시키는 뱃고동 소리였다.

콜레오니에게 가서 말하는 거야…… 아주 쉬운 일이잖아. 오히려 그 영감이 고마워해야지…… 커빗이 고개를 돌려 해안 쪽을 돌아다보자 안개 위로 코스모폴리탄 호텔의 밝은 조명이 보였다. 그 밝은 빛에 커빗은 기가 꺾였다. 그는 그런 식으로 찾아가 만나는 데 익숙지 못했다. 철제 계단으로 내려가 화장실로 들어가서 몸속의 위스키를 게워 냈다. 위스키는 말뚝 밑의 찰싹이는 바다로 흘러들었다. 다시 덱으로 올라온 커빗은 그 어느 때보다도 더한 외로움을 느꼈다. 그는 호주머니에서 동전을 꺼내 자동 기계에 넣었다. 로봇 얼굴 뒤로 전구가 빙빙 돌았으며, 커빗이 쥐어야 할 금속 손이 있었다. 그 손을 쥐자 조그만 파란색 카드가 튀어나왔다. '당신의 성격 요약.' 커빗은 거기 쓰인 글을 읽었다. '당신은 주변 환경의 영향을 많이 받으며, 변덕스럽고 마음이 자주 바뀌는 편이다. 정이 많은 사람이지만 오래 지속하지는 않는다. 본성은 솔직하고 태평하고 싹싹하다. 책임을 맡으면 어떤 일이든 최선을 다한다. 인생의 행운의 몫은 언제나 당신의 것일 수 있다. 창의성의 부족은 양호한 상식의 힘으로 상쇄되며, 남들이 실패하는 일에서도 당신은 성공할 것이다.'

커빗은 발을 끌다시피 느릿느릿 걸으며 자동 기계들을 지나갔다. 그는 지금 코스모폴리탄 호텔로 가는 것 말고는 달리 아무것도 할 일이 없는 순간을 지연시키고 있는 것이었다. '창의성의 부족은……' 납으로 만든 두 축구팀이 유리 뒤에서 자기들을 움직이게 해 줄 동전을 기다렸다. 점을 쳐서 그의 운수를 알려 주겠노라고 유혹하는 늙은 마녀 인형의 손은 솔기가 터져 속에 든 솜이 비어져 나왔다. '연애편지'라고 쓰인 함이 걸음을 멈추게 했다. 나무 함은 안개에 젖어 축축했다. 길게 뻗은 덱에는 사람이 아무도 없었고, 바이올린 소리는 계속 이어져 들려왔다. 그는 감상적인 깊은 사랑과 오렌지꽃, 구석진 곳에서의 포옹이 필요하다고 생각했다. 그의 커다란 손은 여자의 끈적한 손을 갈망했다. 그의 농담을 스스럼없이 받아 주고, 라디오 모양의 아주 작은 장난감 실내 변기를 보며 그와 함께 웃어 줄 사람이 그리웠다. 그는 핑키의 기분을 상하게 할 뜻이 전혀 없었다. 추위가 배 속까지 스며든 탓인지 약간 쿼쿼해진 위스키가 목으로 올라왔다. 프랭크네 집으로 돌아가고 싶은 생각마저 들었다. 그러나 스파이서가 생각났다. 소년은 미쳤어. 미쳐도 너무 미쳤어. 안전하지 않아. 외로움이 그를 외따로 놓인 그 '연애편지' 함으로 이끌었다. 그는 마지막 동전을 꺼내서 함의 구멍 안으로 밀어 넣었다. 우표가 인쇄된 조그만 분홍색 엽서가 나왔다. 소녀의 얼굴, 긴 머리, '진정한 사랑'이라는 제목…… 엽서의 수신인 자리에는 '아늑한 곳에 있는 내 사랑 펫에게, 큐피드의 사랑이 함께하길 빌면서'라고 쓰여 있었다. 거기에는 야회복 차림의 한 젊은 남자가 마룻바닥에 무릎을 꿇고서 커다란 모피를 두른 여자의 손에 키스를 하는 그림이 그려져 있었다. 엽서의 한쪽 구석에 인쇄된 '등록번호 745812'라는 글자 바로 위에는 두 개의 하트가 하나의 화살에 꽂힌 그림이 그려졌다. 커빗은 생각했다. 제법 그럴듯한걸. 1페니면 싸잖아. 재빨리 어깨 너머로 뒤를 돌아다보았다. 아무도 없었다. 그는 얼른 엽서를 뒤집어서 읽기 시작했다. 엽서의 발신인 자리에는 '사랑의 거리에 사는 큐피드의 날개로부터'라고 쓰여 있었다. '사랑하는 그대. 당신은 대지주의 아들을 얻기 위해 나를 버렸습니다. 당신은 나와 맺은 언약을 저버림으로써 내 인생을 얼마나 크게 망쳤는지 모를 겁니다. 당신은 내 영혼을 바퀴에 깔린 나비처럼 짓뭉개 버렸습니다. 그럼에도 불구하고 나는 당신의 행복만을 빌겠습니다.'

커빗은 어색하게 히죽거렸다. 깊은 감동을 받은 것이었다. 매춘부가 아닌 여자와 만나면 그런 일이 일어나게 마련이지. 여자들은 때가 되면 매정하게 차 버린단 말이야. 위대한 포기, 비극, 아름다움이라는 단어가 커빗의 머릿속으로 들어왔다. 물론 상대가 매춘부라면 면도칼을 휘둘러서 얼굴을 그어 버릴 수도 있겠지만, 그러나 여기 인쇄된 이 사랑은 품위 있는 사랑이었다. 그는 계속 읽었다. 이건 뭐, 문학 작품이었다. 그가 쓰고 싶은 글이었다. '당신의 놀랍도록 매력적인 아름다움과 교양을 생각할 때, 당신이 언제까지나 나를 사랑해 주기를 꿈꾸었던 나 자신이 정말 아둔한 바보였다는 생각이 듭니다.' 그 여자한테 어울리지 않는 놈이란 말이지. 눈시울이 시큰해졌다. 그는 추위와 아름다운 사랑 때문에 안개 속에서 몸을 떨었다. '그렇지만 그대여, 나는 당신을 사랑한다는 것을 언제나 기억해 주세요. 만약 친구가 필요할 때가 생기면 내가 준 그 조그만 사랑의 증표를 내게 돌려주기만 하면 됩니다. 그러면 나는 기꺼이 당신의 하인, 당신의 노예가 될 겁니다. 슬픔에 잠긴 당신의 존 보냄.' 커빗의 이름도 존이었다. 이 같은 우연의 일치가 무슨 조짐 같았다.

그는 다시 불 켜진 콘서트홀을 지나 인적 없는 덱으로 내려갔다. 사랑과 상실…… 비극적인 슬픔이 그의 붉은 머리 밑에서 활활 타올랐다. 이럴 때는 사나이가 술 마시는 것 말고 뭘 할 수 있겠는가? 그는 잔교 입구 맞은편에 있는 술집에서 위스키를 한 잔 더 마시고 나서 다시 걸었다. 이번에는 힘주어 확고하게 걸음을 내디디며 코스모폴리탄 호텔을 향해 나아갔다. 구두 밑에 금속판을 덧댄 것처럼 포장된 인도를 뚜벅, 뚜벅, 뚜벅 힘차게 걸어가는 모습이 절반은 살, 절반은 돌로 이루어진 조각상이 걸어가는 모습처럼 보였다.

"콜레오니 씨랑 얘길 좀 하고 싶소." 그가 도전적으로 말했다. 고급스러운 금빛 가구들을 보자 그의 자신감이 사라져 버렸다. 사환이 콜레오니 씨를 찾아서 휴게실과 부인실을 뒤지는 동안 그는 프런트 데스크 옆에서 불안한 마음으로 기다렸다. 안내 직원은 커다란 책의 책장을 넘기다가 『후즈후』[*]를 참조하였다. 푹신한 양탄자를 가로질러 사환이 돌아오고 있었고, 크래브가 그 뒤를 따라왔다. 크래브는 의기양양했으며, 검은 머리에서는 포마드 냄새가 났다.

"난 콜레오니 씨라고 말했는데." 커빗이 안내 직원에게 말했다. 그러나 직원은 그의 말을 무시한 채 손가락에 침을 바르며 『후즈후』를 훑어보았다.

"콜레오니 씨를 만나고 싶다고 했소?" 크래브가 말했다.

"그래."

"만날 수 없소. 그분은 업무에 여념이 없어서."

♦ Who's Who. 세계적으로 이름난 인물을 수록한 명사 인명록.

"업무에 여념이 없다." 커빗이 말했다. "그거 멋진 말이군. 업무에 여념이 없다."

"아니, 그러고 보니 자네 커빗 아닌가?" 크래브가 말했다. "일자리를 구하고 싶은가 보군." 그는 정신이 팔린 사람처럼 허겁지겁 주위를 둘러보더니 안내 직원에게 말했다. "저기 있는 저 사람, 피버셤 경 아닌가?"

"예, 그렇습니다." 직원이 말했다.

"동커스터에서 여러 번 봤어." 크래브가 자신의 왼손 손톱 하나를 눈을 가늘게 뜨고 보면서 말했다. 그런 다음 커빗에게로 몸을 홱 돌렸다. "날 따라오게, 친구. 여기선 얘기 못 해." 그는 커빗이 대답도 하기 전에 게걸음 치듯 금빛 의자 사이로 걸어갔다.

"일이 어떻게 됐냐면," 커빗이 말했다. "핑키가……"

휴게실을 절반쯤 건너간 곳에서 크래브가 걸음을 멈추고 한 여성에게 인사를 한 다음 다시 걸어갔다. 크래브가 갑자기 친한 친구처럼 은밀한 어조로 말했다. "멋진 여자야." 그의 모습이 초기의 영화처럼 아른거려 보였다. 크래브는 동커스터와 런던 사이를 오가면서 온갖 예절을 다 익혔다. 성공적인 회의를 마친 뒤 기차 일등석에 앉아 여행하면서 피버셤 경이 승무원에게 어떻게 말하는지도 배웠고, 딕비 영감이 여자를 유심히 살펴보는 것도 보았다.

"저 여자 누구야?" 커빗이 물었다.

그러나 크래브는 그가 묻는 말을 묵살했다. "여기선 얘기를 할 수 있겠군." 그곳은 퐁파두르 양식 부인실이었다. 상감 세공 탁자 너머 금빛 문에 달린 유리창을 통해 호텔 내 여러 편의 시설의 방향을 가리키는 조그만 표지판들이 보였다. '숙녀용 화장실' '신사용 화장실' '미용실' '이발소' 따위의 방향을 알려 주는 튈르리 궁전♦의 분위기가 풍기는 중국풍의 조그맣고 우아한 표지판들이었다.

"난 콜레오니 씨랑 얘기하고 싶은데." 커빗이 말했다. 그는 상감 세공 탁자 위에서 위스키 냄새가 짙게 밴 숨을 내쉬었으나, 절망감이 들어 기가 죽었다. 커빗은 크래브를 '선생'이라고 높여 부르고 싶은 유혹을 어렵게 물리치고 있었다. 크래브는 카이트가 죽은 이후 다른 데로 옮겨 갔고, 거의 보이지 않았다. 지금은 때깔 좋은 사회―피버셤 경과 그 멋진 여자가 속한 사회―의 일부가 되었다. 그 정도로 컸다.

"콜레오니 씨는 모든 사람을 다 만나 줄 만큼 한가하지 않아." 크래브가 말했다. "그분은 바쁜 양반이야." 그는 호주머니에서 콜레오니 씨가 피우던 것과 비슷한 시가를 하나 꺼내서 입에 물었다. 커빗에게는 권하지도 않았다. 커빗은 주저하면서 성냥을 내밀었다. "아, 괜찮아, 괜찮아." 크래브는 그렇게 말하며 더블브레스트 조끼를 더듬었다. 황금 라이터를 꺼내 시가에 불을 붙였다. "원하는 게 뭐야, 커빗?" 그가 물었다.

"혹시……" 커빗은 입을 열었으나 그의 말은 금빛 의자들

♦ 프랑스의 왕궁.

사이에서 시들어 버렸다. "자네도 사정을 알 거야." 그는 그렇게 말하며 절실한 표정으로 주위를 둘러보았다. "한 잔 어때?"

크래브는 재빨리 응했다. "한 잔 정도는 괜찮을 것 같아. 옛정을 생각해서." 그는 벨을 눌러 웨이터를 불렀다.

"그래, 옛정을 생각해서." 커빗이 말했다.

"앉아." 크래브가 주인 같은 동작으로 금빛 의자를 가리키며 말했다. 커빗은 조심스럽게 앉았다. 의자는 작고 딱딱했다. 웨이터가 자기들을 지켜보고 있는 것을 보자 얼굴이 화끈거렸다. "뭐 마시겠어?" 커빗이 물었다.

"셰리." 크래브가 말했다. "드라이한 걸로."

"나는 스카치위스키와 물." 커빗이 말했다. 그는 두 손을 무릎 사이에 넣고 고개를 숙인 채 말없이 술을 기다렸다. 슬쩍 주위를 훔쳐보았다. 핑키가 콜레오니를 만나러 온 곳이 여기였어. 아무튼 그 녀석 배짱은 있다니까.

"여긴 손님들에 대한 서비스가 좋아." 크래브가 말했다. "물론 콜레오니 씨는 최고만 찾는 양반이지." 그는 술을 마시면서 커빗이 돈을 내는 것을 지켜보았다. "고급스러운 물건을 좋아하고. 그 양반, 아마 재산이 5만 파운드는 될 거야." 크래브는 상체를 뒤로 젖히고 시가를 빨면서 깔보는 눈으로 멀찍이서 커빗을 바라보았다. "내 생각엔 언젠가는 정계에 나갈 것 같아. 보수당에서 그 양반을 아주 좋아하거든. 인맥도 있는 편이고."

"핑키가……" 커빗이 말을 꺼내자 크래브가 웃었다. "내 말

들어." 크래브가 말했다. "늦기 전에 그 패거리에서 나와. 장래가 없어." 그는 커빗의 머리 위쪽을 비스듬히 쳐다보면서 말을 이었다. "저기 화장실로 가는 남자 보여? 메이스란 사람이야. 양조장을 운영하지. 저 친구는 재산이 10만 파운드쯤 돼."

"궁금한 게 있는데, 혹시 콜레오니 씨가……"

"어림도 없어." 크래브가 말했다. "자네 자신한테 물어봐. 콜레오니 씨에게 자네가 무슨 소용이 있겠어?"

커빗의 굴욕감이 둔중한 분노로 바뀌었다. "난 카이트에게 제법 쓸 만한 놈이었어."

크래브가 웃었다. "미안. 하지만 카이트는……" 그는 시가의 재를 양탄자 위에 떨며 말했다. "내 말 들어. 거기서 나와. 콜레오니 씨는 이곳 경마장을 깨끗이 정화할 작정이야. 그 양반, 똑 부러지게 일하는 걸 좋아하지. 폭력은 안 써. 경찰도 콜레오니 씨를 무척 신뢰한다는군." 그가 손목시계를 들여다보았다. "아, 이런. 난 가 봐야겠어. 히포드롬♦에서 데이트 약속이 있어서 말이야." 그는 아랫사람을 다독이는 듯한 태도로 커빗의 팔에 손을 얹었다. "어쨌거나, 자네를 위해 말은 한번 해 볼게…… 옛정을 생각해서. 아마 소용없는 일이겠지만 그 정도는 해 보겠어. 핑키와 다른 아이들에게 안부 전해 줘." 크래브가 떠날 때 포마드와 아바나 시가 냄새가 훅 풍겼다. 그는 문 앞에서 한 여자와 검은 리본이 달린 단안경을 쓴 한 노인에게

♦ 브라이턴 중심지에 위치한 엔터테인먼트몰.

가볍게 고개를 숙였다. "누구신지……" 노인이 말했다.

커빗은 술을 비우고 뒤따라 나갔다. 심한 우울감에 휩싸인 당근색 머리가 절로 숙여졌다. 술기운 속에서도 냉대를 받았다는 생각이 불끈 솟구쳤다. 누군가는 머잖아 대가를 치러야 할 거야. 눈에 보이는 모든 것이 분노의 불길을 부채질했다. 그는 현관으로 나왔다. 쟁반을 든 사환을 보자 화가 치밀었다. 모두가 그를 지켜보며 그가 이곳을 떠나기를 기다리고 있었다. 하지만 그도 크래브만큼 여기 있을 권리가 있었다. 주위를 휙 둘러보니 아까 크래브가 아는 체를 했던 여자가 조그만 탁자에 포트와인 한 잔을 앞에 두고 홀로 앉아 있었다. 그는 격한 부러움을 느끼며 여자를 바라보았고, 그러자 그녀가 그를 향해 빙긋 웃었다. '당신의 놀랍도록 매력적인 아름다움과 교양을 생각할 때,' 커빗의 마음속에 세상이 불공평하다는 크나큰 슬픔의 감정이 분노를 대신하여 자리 잡았다. 속마음을 털어놓고 싶었다. 짐을 내려놓고 싶었다…… 그는 트림을 했다…… '난 당신의 충성스러운 노예가 될 겁니다.' 그의 커다란 몸이 회전문처럼 빙글 돌더니 묵직한 발걸음이 방향을 바꿔 아이다 아널드가 앉아 있는 탁자를 향해 조용히 나아갔다.

"우연히 들었는데," 그녀가 말했다. "당신 조금 전 여길 지나갈 때 핑키를 아는 것처럼 말하더군요."

그녀의 말씨로 상류층이 아니라는 것을 알아차렸을 때 커빗은 무척 기쁘고 반가웠다. 집에서 멀리 떠나온 두 시골 사람이 만난 것 같은 느낌이 들었다. 그가 말했다. "핑키의 친구인가요?" 위스키 탓에 다리가 휘청이는 것을 느끼면서 그가 물었다. "앉아도 될까요?"

"피곤해요?"

"그래요." 그가 말했다. "피곤해요." 커빗은 그녀의 큼지막하고 포근해 보이는 젖가슴에서 눈을 떼지 않은 채 자리에 앉았다. 자신의 성격을 요약한 글이 떠올랐다. '본성은 솔직하고 태평하고 싹싹하다.' 맙소사, 그건 정말 사실이었다. 다만 온당한 대접이 필요할 뿐이었다.

"한잔할래요?"

"아, 아닙니다." 그가 호기롭게 말했다. "내가 낼 겁니다." 그러나 술이 나왔을 때 돈이 다 떨어졌다는 것을 알았다. 그 녀석들한테서 돈을 좀 빌릴 생각이었는데…… 그때 하필 핑키와 다투게 돼서…… 그는 아이다 아널드가 5파운드 지폐로 술값을 내는 것을 지켜보았다.

"콜레오니 씨를 압니까?" 커빗이 물었다.

"안다고 말할 순 없을 것 같네요." 그녀가 말했다.

"당신은 멋진 여자라고 크래브가 말했는데, 정말 그러네요."

"어…… 크래브." 그녀가 그 이름을 모르는 것처럼 모호하게 말했다.

"그렇지만 그 친구는 가까이하지 말아야 할 사람이에요." 커빗이 말했다. "괜한 일에 말려들 필요는 없으니까요." 그는 깊은 어둠을 들여다보듯 자신의 잔을 들여다보았다. 천진한 외모, 매력적인 아름다움과 교양…… 자기는 이 여자한테 어울리지 않는 놈이란 생각이 들자 충혈된 눈알 뒤쪽 어딘가에서 눈물이 고였다.

"당신, 핑키의 친구예요?" 아이다 아널드가 물었다.

"천만에. 아니에요." 커빗은 그렇게 말한 다음 위스키를 한 모금 더 홀짝였다.

찬장 속, 심령판과 위윅 디핑의 소설책과 『착한 친구들』 옆에 놓인 성경이 아이다 아널드의 뇌리에 떠올랐고, 그 성경에서 읽은 내용이 어렴풋하게 꿈틀거렸다. "당신이 그와 함께 있는 걸 봤는데요." 그녀는 거짓말을 했다. 대사제의 집 뜰, 불을 쬐는 여자 하인, 닭 울음소리.◆

"난 핑키의 친구가 아니에요."

"핑키의 친구가 되는 건 안전치 못한 일이에요." 아이다 아널드가 말했다. 커빗은 남의 운명을 점치는 점쟁이가 자신의 영혼을 들여다보듯 그의 술잔을 응시했다. "프레드도 핑키의 친구였죠." 그녀가 말했다.

"프레드에 대해 뭘 알고 있나요?"

"사람들은 수군대는 법이죠." 아이다 아널드가 말했다. "사람들은 항상 수군거린답니다."

"당신 말이 맞아요." 커빗이 말했다. 그는 충혈된 눈을 들어 위로와 이해심이 느껴지는 여자를 바라보았다. 그는 콜레오니

◆ 성경에 나오는, 베드로가 예수를 부인할 때의 장면. 아이다가 핑키를 잘 모른다는 커빗을 보고 예수를 부인한 베드로를 떠올린 것이다.

가 받아 줄 만큼 가치 있는 사람이 못 되었다. 핑키와는 결별했다. 여자의 머리 뒤로 휴게실의 창을 통해 어둠과 썰물이 보였다. "제기랄," 그가 말했다. "당신 말이 맞다고요." 커빗은 다 털어놓고 싶은 강렬한 충동을 느꼈다. 그러나 그동안 벌어진 일들이 너무 혼란스러웠다. 그가 알고 있는 거라곤 지금 같은 때에 남자는 여자의 이해를 필요로 한다는 것뿐이었다. "난 절대 그걸 찬성하지 않았어요. 칼로 상처만 입히는 거라면 다른 얘기지만."

"물론 칼로 상처만 입히는 건 다른 얘기죠." 아이다 아널드가 매끄럽고 능숙하게 동의했다.

"카이트는…… 그건 사고였어요. 놈들은 카이트에게 상처만 입히려 했어요. 콜레오니는 바보가 아니니까. 그런데 누군가의 칼이 미끄러진 거죠. 그러니 그렇게까지 원한을 품을 이유는 없었어요."

"한 잔 더 할래요?"

"내가 내야 하는데." 커빗이 말했다. "그렇지만 지금은 돈이 한 푼도 없네요. 친구 녀석들을 만나야 돈이 생길 텐데."

"그렇게 핑키와 결별한 건 아주 잘한 일이에요. 프레드에게 그런 일이 벌어진 뒤라서 용기가 필요했을 거예요."

"오, 걔가 날 겁먹게 할 순 없어요. 부서진 난간 따위에 겁먹을 내가 아니……"

"무슨 말이에요? 부서진 난간이라니?"

"난 녀석에게 잘해 주려고 했어요." 커빗이 말했다. "그저 장난을 좀 친 것뿐인데. 남자가 결혼을 할 땐 농담이나 장난도 받아들여야 하는 거예요."

"결혼? 누가 결혼해요?"

"핑키지 누구겠어요."

"스노 식당의 그 어린 여자애는 아니겠죠?"

"아니, 그 애 맞아요."

"바보 같으니." 아이다 아널드가 날카롭게 화를 내며 말했다. "이런 바보 같으니."

"그 녀석은 바보가 아니에요." 커빗이 말했다. "자기한테 뭐가 좋은지 잘 알고 있죠. 그 여자애가 한두 가지 사실을 불기라도 하면……"

"카드를 거기 놓아둔 사람은 프레드가 아니었다고 불어 버린다면 말이죠?"

"가엾은 스파이서." 커빗이 위스키에서 올라오는 거품을 바라보며 말했다. 문득 질문 하나가 떠올랐다. "그걸 당신이 어떻게……" 그러나 그 질문은 술에 취한 머릿속에서 끊기고 말았다. "바람을 좀 쐬고 싶어요." 그가 말했다. "여긴 공기가 너무 텁텁해요. 당신도 나랑 같이……?"

"잠깐만 기다려 줘요." 아이다 아널드가 말했다. "친구가 오기로 했거든요. 당신이 그 친구와 알고 지냈으면 좋겠어요."

"이 중앙난방식은," 커빗이 말했다. "건강에 안 좋아요. 밖에 나가 찬 공기를 마시면 곧바로……"

"결혼식은 언제죠?"

"누구 결혼식?"

"핑키."

"난 핑키의 친구가 아니에요."

"당신은 프레드를 죽이자는 데 찬성하지 않았죠?" 아이다 아널드는 부드러운 어조로 집요하게 물고 늘어졌다.

"당신은 남자를 이해하는군요."

"칼로 상처만 입혔다면 다른 얘기였겠지만."

커빗이 갑자기 격렬하게 소리를 질렀다. "나는 이제 브라이턴 록을 볼 때마다 그때의……" 그는 트림을 하고 나서 울먹이는 듯한 목소리로 말했다. "칼로 상처만 입히는 건 다른 얘기죠."

"의사들은 자연사라고 했잖아요. 심장이 약해서 죽은 거라고."

"밖으로 나갑시다." 커빗이 말했다. "바람 좀 쐬어야겠어요."

"아, 잠깐만요. 그게 무슨 말이죠? 브라이턴 록이라니?"

커빗은 멍하니 그녀를 쳐다보았다. 그가 말했다. "바람을 좀 쐬어야겠어요. 죽어도 그래야겠어요. 이 중앙난방은……" 그가 불만을 터뜨렸다. "난 감기에 걸릴 것 같아요."

"2분만 기다려요." 그녀는 극도의 흥분감을 느끼며 그의 팔에 손을 얹었다. 찾고자 했던 것의 한 부분이 수평선 위로 떠오른 것이었다. 처음으로 그녀는 어딘가에 감춰져 있는 격자 구멍에서 덥고 답답한 공기가 올라와 그들을 둘러싸며 밖으로 몰아내려 하고 있다는 것을 알아차렸다. 그녀가 말했다. "나도 같이 나갈게요. 함께 걸으면서……" 커빗은 생각의 끈을 놓쳐 버린 것처럼 완전히 무관심한 모습으로 고개를 끄덕이며 그녀를 바라보았다. 마치 개줄을 놓친 탓에 개가 사라졌는데, 너무 멀리 가 버려서 어느 숲으로 들어갔는지 몰라 따라갈 수도 없는 상황에 놓인 것처럼…… 그녀가 "당신에게 20파운드를 드릴게요"라고 말했을 때 그는 깜짝 놀랐다. 그가 한 말이 그 정도의 가치가 있는 말인가? 그녀는 커빗을 향해 매혹적인 웃음을 지어 보였다. "잠깐 분 좀 바르고 손 씻고 올게요." 겁에 질린 표정의 그는 대꾸하지 않았으나 그녀는 대답을 기다릴 수 없었다. 그녀는 계단을 향해 달렸다. 승강기를 기다릴 시간이 없었다. 손 씻고 오겠다. 그것은 그녀가 프레드에게 했던 말이었다. 그녀는 계단을 뛰어 올라갔다. 사람들이 저녁을 먹으러 옷을 갈아입고 내려오고 있었다. 그녀는 자신의 방 문을 쾅쾅 두드렸고, 필 코커리가 문을 열어 주었다. "서둘러." 그녀가 말했다. "증인이 필요하니까." 다행히 그는 옷을 차려입고 있었고, 그녀는 곧장 그를 이끌고 급히 내려갔다. 그러나 현관에 이르렀을 때 이미 커빗은 사라지고 없었다. 코스모폴리탄 바깥 계단으로 뛰쳐나갔으나 그의 모습은 보이지 않았다.

"어떻게 된 거야?" 코커리 씨가 말했다.

"가 버렸어. 하지만 괜찮아." 아이다 아널드가 말했다. "이제 다 알았으니까. 그건 자살이 아니었어. 그들이 그이를 살해한 거였어." 그녀는 천천히 혼잣말을 했다. "……브라이턴 록……" 그 단서는 다른 많은 여자들에게는 아무 소용이 없는 것으로 보였겠지만, 그러나 아이다 아널드는 심령판에 의해 단련된 사람이었다. 이보다 더 이상한 글자들이 그녀와 크로 영감의 손가락 밑에서 구불구불 그려지지 않았던가. 그녀의 마음은 더할 나위 없는 확신을 가지고 작동하기 시작했다.

밤공기에 코커리 씨의 가느다란 노랑머리가 살랑거렸다. 이런 밤이면—특히 사랑의 행위를 하고 난 다음에는—여자는 로맨스를 원한다는 생각이 코커리 씨에게 떠올랐는지도 모른다. 그는 아이다의 팔꿈치를 살며시 만졌다. "아름다운 밤이야." 그가 말했다. "난 생각도 못 했어…… 밤이 이렇게 아름다울 줄은." 그러나 다른 생각에 사로잡힌 아이다가 그의 말을 알아듣지 못한 채 그를 향해서 생각에 잠긴 커다란 눈을 돌리자 말들이 맥없이 사라지고 말았다. 그녀가 천천히 말했다. "바보 같으니…… 그 녀석과 결혼을 한다고?…… 아니, 녀석이 무슨 짓을 저지를지 모르잖아." 일종의 정의감으로 활짝 달아오른 그녀는 흥분한 어조로 말을 이었다. "우린 그 애를 구해야 해, 필."

2

소년은 계단 밑에서 기다렸다. 커다란 시청 건물이 그림자처럼 그를 덮치고 있는 기분이 들었다. 건물 안에는 출생과 사망 부서, 운전면허 부서, 지방세와 국세 부서가 있고, 긴 복도 어딘가에는 결혼 관련 업무를 처리하는 방도 있을 것이다. 그는 손목시계를 들여다보며 프리윗 씨에게 말했다. "제기랄. 그 애가 늦네요."

프리윗 씨가 말했다. "그건 신부의 특권이라네."

신부와 신랑. 암말과 그 암말에게 봉사하는 수말. 그것은 쇠붙이를 문지르는 줄 같은 것이기도 하고, 따가운 상처가 생긴 손에 닿는 벨벳 같은 것이기도 했다. 소년이 말했다. "나와 댈로는…… 우린 그 애를 마중하러 조금 걸어가 보겠소."

프리윗 씨가 그를 불러 세웠다. "걔가 다른 길로 오면 어떡하려고? 길이 어긋나서 못 만날지도 모르잖아…… 난 여기서 기다릴게."

두 사람은 시청 앞길을 걷다가 왼쪽으로 돌았다. "이 길은 그 애가 오는 길이 아니잖아." 댈로가 말했다.

"우리가 그 애를 받들어 모실 필요는 없잖아." 소년이 말했다.

"자넨 이제 이 결혼을 무를 수 없어."

"누가 무르고 싶대? 산책을 좀 할 수는 있잖아. 안 그래?" 그는 걸음을 멈추고 조그만 신문 가판대의 창을 들여다보았다. 장난감 실내 변기 같은 역겨운 것들은 도처에 널려 있었다.

"커빗 봤어?" 소년이 안을 들여다보면서 물었다.

"아니." 댈로가 말했다. "다른 애들도 다 못 봤고."

일간지와 지방 신문의 전단 광고에는 시 의회 회의 광경, 블랙록에서 익사체로 발견된 여자, 클래런스가의 충돌 사고 등과 같은 뉴스가 가득했다. 서부극 잡지와 《필름 핀》이라는 잡지가 한 부씩 있었고, 앞쪽에는 잉크병, 만년필, 피크닉용 종이 접시, 조잡하고 역겨운 장난감들, 유명한 성 과학자들이 쓴 책 따위가 놓여 있었다. 소년은 그것들을 들여다보았다.

"난 자네 기분 알아." 댈로가 말했다. "나도 한 번 결혼했으니까. 배가 살살 아픈 느낌이 들 거야. 신경과민이지." 댈로가 말을 이었다. "나는 심지어 저런 책을 한 권 사기까지 했어. 하지만 내가 모르는 것에 관해 알려 주는 건 아무것도 없더군. 꽃에 관한 걸 빼고는. 꽃의 암술에 관한 거. 꽃들 사이에서 일어나는 일들은 정말 믿을 수 없을 만큼 재미있었어."

소년은 몸을 돌리며 뭔가 말을 하려고 입을 열었으나 다시

이를 꽉 물고 말았다. 그는 애원 반 두려움 반의 표정으로 댈로를 쳐다보았다. 카이트가 여기 있다면 그와 얘기를 나눌 수 있을 텐데…… 소년은 생각했다. 아니, 카이트가 여기 있다면 소년은 얘기할 필요도 없을 것이다. 왜냐하면 자신이 이렇게까지 복잡하게 말려들지 않았을 테니까.

"벌들은 말이야……" 댈로가 설명을 하려다가 멈추었다. "왜 그래, 핑키? 안색이 안 좋아 보여."

"나도 방법은 알고 있어." 소년이 말했다.

"무슨 방법?"

"나한테 방법을 가르치려고 하지 마." 소년이 버럭 화를 내며 말했다. "나는 매주 토요일 밤마다 그걸 봤단 말이야. 떡을 치는 거 말이야." 소년의 눈이 뭔가 두려운 것을 본 것처럼 움찔했다. 그가 나직한 목소리로 말했다. "어렸을 때 난 사제가 되겠다고 맹세했었어."

"사제? 자네가 사제? 그거 좋은데." 댈로가 말했다. 그는 소년의 말을 반신반의하며 웃었다. 이어 불안하게 발을 옮기다가 개똥을 밟고 말았다.

"사제가 되는 게 잘못이라는 거야?" 소년이 물었다. "사제들은 뭐가 뭔지 아는 사람들이야. 그들은……" 소년의 입과 턱이 일그러졌다. 곧 울 것만 같은 표정이었다. 그는 가판대의 창을 통해 보이는 익사체로 발견된 여자와 장난감 실내 변기,『부부의 사랑』, 그리고 다른 공포스러운 것들이 있는 쪽을 손으로 거칠게 두드려 댔다. "그들은 이런 것들을 가까이하지 않아."

"재미 좀 보는 게 잘못이라는 거야?" 댈로가 보도의 가장자리에 구두를 문지르면서 소년의 말을 되받았다. '재미'라는 말에 소년이 말라리아에 걸린 것처럼 몸을 떨었다. 소년이 말했다. "애니 콜린스가 누군지 모르지?"

"들어 본 적이 없는 이름이야."

"그 여자애는 나와 같은 학교에 다녔어." 소년이 말했다. 그는 회색빛 거리를 내려다본 다음, 『부부의 사랑』 앞의 유리창과 그 창에 비친 자신의 젊고 절망적인 얼굴을 다시 쳐다보았다. "그 애는 해석스 인근 철로 위에 자신의 머리를 올려놓았지." 그가 말했다. "7시 5분 기차가 올 때까지 10분을 기다려야 했어. 안개 때문에 빅토리아발 기차가 늦었던 거야. 머리가 잘려 나갔어. 그 애는 그때 열다섯 살이었지. 배 속에 아기를 가졌고, 그 앤 그게 어떤 건지 알았던 거야. 그 2년 전에도 아기를 가졌었는데, 아기의 아빠일 수 있는 사내가 열두 명이나 됐지."

"있을 수 있는 일이야." 댈로가 말했다. "그건 운이니까."

"나도 연애소설을 읽어 봤어." 소년이 말했다. 전에 없이 말이 많았다. 그는 가장자리에 장식이 있는 종이 접시와 장난감 실내 변기를 들여다보고 있었다. 우아한 것과 조악한 것을 보고 있는 것이었다. "프랭크의 마누라가 읽는 것 말이야. 어떤 건지 너도 알 거야. 앤절린 부인은 마크 경을 향해 별처럼 초롱초롱한 눈을 돌렸다, 같은 거. 그런 것들은 역겨워."—댈로는 갑작스럽게 말이 많아진 소년의 징그러운 모습을 깜짝 놀란 표정으로 지켜보았다—"서점 카운터 밑에 숨겨 두고 파는 종류의 책들보다 더 역겨워. 스파이서는 그런 책들을 사 오곤 했지. 남자에게서 매를 맞는 여자에 관한 이야기. 남자들 앞에서 알몸을 드러낸 것이 너무도 부끄러워서 그녀는 몸을 깊이 숙이고……, 따위. 다 똑같은 것들이야." 소년은 그렇게 말하고 나서 독이 오른 눈을 유리창에서 돌려 길게 뻗은 누추한 거리 여기저기를 쳐다보았다. 어딘가에서 생선 비린내가 풍기고, 동물 시체 밑에 톱밥이 흩뿌려져 있는 보도가 눈에 띄었다. "그게 재미야. 그게 그 짓이야."

"세상은 계속돼야 하니까." 댈로가 불안한 표정으로 말했다.

"왜?"

"나한테 물을 필요는 없어." 댈로가 말했다. "자네가 가장 잘 아니까. 자넨 가톨릭 신자라며? 그러니까 자네는……"

"크레도 인 우눔 사타눔." ◆ 소년이 말했다.

"난 라틴어는 몰라. 내가 유일하게 아는 말은……"

"자," 소년이 말했다. "댈로의 신조는 뭔지 말해 봐."

"너무 멀리 나가지만 않는다면 세상은 괜찮은 곳이라는 거."

"그게 다야?"

"호적계에 갈 시간이야. 시계 소리 들리지? 2시를 쳤어." 멀리서 시계가 갈라진 듯한 멜로디를 멈추고 시간을 알리는 종을 쳤다. 한 번, 두 번.

◆ Credo in unum Satanum. '나는 유일한 사탄을 믿노라'라는 뜻의 라틴어.

소년의 얼굴이 다시 일그러졌다. 그는 댈로의 팔에 손을 얹었다. "넌 좋은 친구야, 댈로. 아는 것도 많아. 그러니 말해 봐……" 그가 손을 뗐다. 그리고 댈로의 어깨 너머를 쳐다보았다. 그가 절망스러운 어조로 말했다. "그 애가 오는군. 왜 이 길로 오는 거지?"

"걸음을 서두르지도 않는군." 댈로가 천천히 걸어오는 야윈 형상을 바라보며 한마디 했다. 그 정도의 먼 거리에서 보니 그녀는 실제 나이로도 보이지 않았다. 댈로가 말했다. "결혼 허가를 받아 낸 걸 보면 프리윗도 제법 똑똑한 것 같아."

"부모의 동의가 있으니까." 소년이 심드렁하게 말했다. "도덕적으로 그 이상의 명분이 어디 있겠어?" 소년은 로즈가 마치 만나 봐야 할 처음 보는 사람인 것처럼 그녀를 살펴보았다. "게다가 운이 좋았지. 내 호적이 등록되지 않았던 거야. 그 사람들은 어디에서도 내 호적을 찾을 수 없었어. 그래서 내 나이를 한두 살 늘렸대. 부모도 없고 후견인도 없으니까. 프리윗 영감이 지어낸 이야기는 감동적이기까지 했어."

로즈는 결혼식을 위해 나름대로 치장하고 나왔다. 소년이 마음에 들어 하지 않던 모자는 쓰지 않았다. 새 방수 코트 차림에, 얼굴에는 분과 싸구려 립스틱을 바른 모습이었다. 허름한 성당에 있는 촌스럽게 야한 조그만 조각상을 연상시켰다. 종이로 만든 왕관을 쓰거나 하트 그림을 꽂아도 이상해 보이지 않을 것 같았다. 기도는 올릴 수 있으나 답은 기대할 수 없는, 그런 조각상 같았다.

"어디 갔다 오는 거야?" 소년이 말했다. "늦었다는 거 몰라?"

두 사람은 손을 잡지도 않았다. 심한 어색함과 딱딱함이 두 사람 사이에 고였다.

"미안해요, 핑키. 실은,"—그녀는 마치 적과 내통했다는 것을 시인하는 사람처럼 부끄러워하며 사실을 털어놓았다—"성당에 다녀왔어요."

"뭐 하러?"

"나도 모르겠어요, 핑키. 좀 혼란스러웠어요. 고해를 하러 가야겠다는 생각이 들었어요."

그는 그녀를 향해 싱긋 웃었다. "고해? 그것참 재미있군."

"내가 바란 건…… 난……"

"제기랄, 뭘 바랐는데?"

"하느님의 은총을 받은 상태로 당신과 결혼하고 싶었어요." 그녀는 댈로는 전혀 신경 쓰지 않았다. 그녀의 입에서 나오는 신학 용어가 낯설게, 현학적으로 들렸다. 그들은 회색빛 거리의 두 가톨릭 신자였다. 두 사람은 서로를 이해했다. 그녀는 천국과 지옥에 공통되는 말을 사용했던 것이다.

"그래서 고해를 했어?" 소년이 물었다.

"아니. 성당에 들어가서 종을 울리고 제임스 신부님을 뵙고 싶다고 했죠. 그런데 그때 고해를 해도 아무 소용이 없다는 생각이 떠올랐어요. 그래서 그곳을 나와 버렸죠." 그녀는 두려움과 자부심이 섞인 어조로 말했다. "우린 대죄를 지을 거니까요."

소년이 씁쓸한 기분으로 말했다. "다시는 고해하러 갈 필요 없어…… 우리 둘 다 살아 있는 한은." 그는 고통을 졸업했다. 초등학교 시절엔 컴퍼스에 찔렸고 그다음엔 면도칼에 베임으로써 고통을 통과해 왔다. 이제 헤일과 스파이서를 죽인 일조차도 사소한 행위이자 아이들의 놀이인 것 같은 느낌이 들었다. 자신은 이제 유치한 일들은 걷어치웠다는 생각이 들었다. 살인은 이 일로—이 타락한 일로—인도한 것에 불과했다. 소년의 내부에 자신의 힘에 대한 경외감이 차올랐다. "이제 가는 게 좋겠어." 소년은 그렇게 말하며 그녀의 팔을 다정하게 만졌다. 전에도 한 번 그랬던 것처럼 그녀가 필요하다는 생각이 소년의 머릿속에 떠올랐다.

프리윗 씨는 사무적인 태도로 반갑게 그들을 맞았다. 그의 모든 농담은 판사의 이목을 끌고자 하는 궁극적인 동기를 가지고 법정에서 하는 말처럼 들렸다. 시청의 넓은 홀에서는 소독약 냄새가 났는데, 홀은 출생, 사망 등의 부서로 가는 복도로 이어졌다. 벽은 공중화장실처럼 타일로 시공되어 있었다. 누군가가 떨어뜨린 장미 한 송이가 눈에 띄었다. 프리윗 씨가 즉시 시구를 인용했는데, 정확하지는 않았다. '가는 길 내내 장미가 만발했네, 주목나무 한 그루 없는 곳에.' 탄력 없는 무른 손이 소년의 팔꿈치를 잡고 길을 인도했다. "아니, 아니. 그쪽 아니야. 그쪽은 세금 부서야. 그곳은 나중에 가야지." 프리윗은 그들을 이끌고 커다란 돌계단을 올라갔다. 인쇄물을 든 직원 한 명이 그들을 지나갔다. "젊은 숙녀분은 무슨 생각을 하시나?" 프리윗 씨가 말했다. 그녀는 대답하지 않았다.

오직 신부와 신랑만이 성스러운 계단을 올라가 성체를 모신 신부와 함께 난간이 쳐진 성스러운 공간 안에서 무릎을 꿇을 수 있었다.

"부모님은 오시나?" 프리윗 씨가 물었다. 그녀는 고개를 저었다. "한 가지 좋은 점은," 프리윗 씨가 말했다. "빨리 끝난다는 점이지. 점선이 있는 곳에 서명만 하면 돼. 여기 앉아요. 우리 차례를 기다려야 하니까."

그들은 자리에 앉았다. 대걸레 하나가 타일 벽 한쪽 구석에 기대어 있었다. 다른 복도의 차가운 바닥을 걸어가는 직원의 발자국 소리가 삐걱삐걱 들려왔다. 잠시 후 큼지막한 갈색 문이 열렸다. 문을 통해 직원들이 한 줄로 앉아 있는 모습이 눈에 들어왔는데, 직원들은 고개를 쳐들지도 않았다. 그 사무실에서 한 남자와 아내가 복도로 나왔다. 한 여자가 그들을 뒤따르더니 대걸레를 잡아 주었다. 남자가—중년의 남자였다—"고마워요" 하면서 그 여자에게 6펜스를 주었다. 남자가 말했다. "우린 3시 15분 기차를 탈 거요." 아내의 얼굴에 놀라움과 당혹감의 표정이 어렴풋이 나타났는데, 그보다는 실망의 표정이 더 또렷했다. 아내는 갈색 밀짚모자를 썼고, 손에는 서류 가방을 들고 있었다. 그녀 역시 중년이었다. 그녀는 이런 생각을 하고 있는지도 몰랐다. '이게 다야? 몇 해 동안의 고생의 결과가 이거야?' 그들은 가게 안에서 움직이는 타인들처럼 약간의 거리를 두고 커다란 계단을 걸어 내려갔다.

"우리 차례야." 프리윗 씨가 벌떡 일어서면서 말했다. 그는 직원들이 업무를 보고 있는 사무실 안으로 일행을 안내했다. 직원들 가운데 누구도 눈을 들어 쳐다보려 하지 않았다. 펜촉들이 사각거리는 소리를 내며 숫자들을 기록하고 있었다. 사무실 내부에는 벽을 병원의 벽처럼 녹색으로 칠한 조그만 방이 있었는데, 호적 담당자가 그 방에서 기다리고 있었다. 방에는 탁자 하나와 벽에 붙어 있는 의자 서너 개가 있었다. 그것은 로즈가 생각한 결혼식 모습이 아니었다. 그녀는 잠시 국가가 마련한 예식의 초라함에 풀이 죽었다.

"어서 오세요." 호적 담당자가 말했다. "증인은 앉아 주시고, 두 분은……" 그는 소년과 로즈를 손짓으로 불러서 탁자로 오게 했다. 그런 다음 금테 안경을 쓴 멀건 눈으로 두 사람을 진지하게 쳐다보았다. 마치 자신을 사제의 역할을 얼마간 대신하는 사람으로 여기는 듯했다. 소년의 심장이 뛰었다. 그 순간의 현실성에 역겨움이 치밀었다. 그는 아둔해 보이는 뚱한 표정을 지었다.

"두 분 다 아주 젊으시네요." 호적 담당자가 말했다.

"그건 해결됐소." 소년이 말했다. "그러니 그건 얘기할 필요 없어요. 해결된 문제니까."

호적 담당자는 소년을 향해 매우 불쾌해하는 눈길을 던졌다. 그가 말했다. "나를 따라 하세요." 그러고 나서 아주 빠르게 낭독했다. "본인은 어떠한 법적 장애도 없다는 것을 엄숙히 선언하는 바입니다." 그의 말이 너무 빨라서 소년은 따라 할 수가 없었다. 호적 담당자가 쏘아붙였다. "아주 간단해요. 날 따라 하기만 하면 되는 건데……"

"천천히 말해 줘요." 소년이 말했다. 그는 할 수만 있다면 그 빠른 속도를 붙들어서 부러뜨리고 싶었지만, 여전히 호적 담당자의 말은 너무 빨랐다. 게다가 시간적인 여유 없이 몇 초 뒤에 곧바로 다음 문구를 따라서 말해야 했다. "본인의 법률상의 아내로……" 소년은 그 부분을 아무렇지도 않게 말하려고 로즈에게서 눈을 떼었으나, 그 말은 수치심으로 그를 짓눌렀다.

"반지 없어요?" 호적 담당자가 날카롭게 물었다.

"반지 같은 건 필요 없소." 소년이 말했다. "여긴 성당이 아니니까." 이 차가운 녹색 방과 멀건 표정의 얼굴에 대한 기억은 결코 뇌리에서 지워지지 않을 것만 같았다. 그는 자기 옆에서 로즈가 따라 하는 소리를 들었다. "본인은 이 자리에 배석한 분들이 증인이 되어 주기를 요청하며……" 그러고 나서 '남편'이라는 말이 들리자 그는 로즈를 날카롭게 쳐다보았다. 만약 그녀의 얼굴에서 만족해하는 기색이 보였다면 그는 아마 그 얼굴을 쥐어박았을 것이다. 그러나 그녀의 얼굴에는 마치 책을 읽고 있다가 너무 빨리 마지막 페이지에 이르러 버린 것처럼 놀라는 기색만 있을 뿐이었다.

호적 담당자가 말했다. "여기에 서명하십시오. 수수료는 7실링 6펜스입니다." 프리윗 씨가 호주머니를 뒤적이는 동안 담당자는 무관심한 사무적인 태도를 띠었다.

"배석한 분들이라." 소년이 그렇게 말하며 키득키득 웃었다. "그게 프리윗, 댈로, 당신들이란 말이군." 그는 펜을 쥐고 서명했다. 관청에서 쓰는 펜촉에 종이가 긁혀 보풀이 일었다. 문득 옛날에는 이 같은 증거 문서에 피로써 서약을 했었다는 생각이 떠올랐다. 그는 뒤로 물러서서 로즈가 어색하게 서명하는 모습을 지켜보았다. 두 사람의 영원한 고통의 대가로 얻는 그의 일시적 안전…… 이것이 대죄임을 그는 전혀 의심하지 않았고, 마음속에서는 일종의 음울한 희열과 자부심이 차올랐다. 지금 그는 천사들이 자신을 보고 눈물을 흘릴, 완전히 자란 어른이 된 기분이었다.

"배석한 분들," 소년이 호적 담당자를 완전히 무시하며 말했다. "가서 한잔하지 그래."

"허." 프리윗 씨가 말했다. "자네가 그런 말을 하다니 놀랍군."

"아, 댈로가 얘기해 줄 거요." 소년이 말했다. "나도 요즘은 술을 마신답니다." 그는 로즈를 건너다보았다. "이제 내가 못할 것은 아무것도 없소." 그가 말했다. 그는 로즈의 팔꿈치를 잡고 인도하여 타일 벽 복도와 커다란 계단이 있는 곳으로 나왔다. 대걸레는 보이지 않았고, 바닥에 떨어져 있던 꽃도 누군가가 주워 갔다. 그들이 나오자 한 커플이 자리에서 일어났다. 혼인 관련 시장은 확고했다. 소년이 말했다. "이게 바로 결혼식이야. 이런 거 본 적 있어? 우린 이제……" 그는 '남편과 아내'라고 말하려 했으나 관계를 규정해 버리는 그 말에 마음이 움찔했다. "우린 축하해야지." 그가 말했다. 하지만 그의 마음은 언제나 눈치 없이 입을 놀리는 늙은 친척처럼 속으로 이렇게 내뱉었다. '뭘 축하해?' 그는 팔다리를 벌린 자세로 란치아 자동차에 앉아 있던 여자를 생각하고, 이어 다가올 긴 밤을 생각했다.

그들은 길모퉁이를 돌아 술집으로 갔다. 문 닫을 시간이 거의 다 되었다. 소년은 남자들에게는 비터 맥주를 사고, 로즈에게는 포트와인을 샀다. 그녀는 호적 담당자가 낭독한 말을 따라 한 이후로 한 마디도 하지 않았다. 프리윗 씨는 재빨리 주변을 둘러보고 나서 서류 가방을 내려놓았다. 짙은 줄무늬 바지를 입은 그는 정말로 결혼식에 다녀온 사람처럼 보였다. "신부를 위해 건배." 그는 익살스럽게 말했다가 슬그머니 말꼬리를 흐렸다. 마치 판사 앞에서 농담을 하려다가 언짢아하는 분위기를 눈치챈 듯한 모습이었다. 늙은 얼굴은 재빨리 신중한 표정으로 돌아갔다. 그가 경건한 어조로 말했다. "당신의 행복을 위해."

로즈는 대꾸하지 않았다. 그녀는 '엑스트라 스타우트'라는 상표가 찍힌 거울에 비친 자신의 얼굴을 들여다보고 있었다. 여러 개의 맥주 핸들이 전경을 이룬 새로운 환경에서의 낯선 얼굴이었다. 엄청 무거운 책임감을 느끼고 있는 듯했다.

"무슨 생각을 하고 있어?" 댈로가 그녀에게 말을 건넸다. 소년은 맥주잔을 입에 대고 두 번째로 맥주 맛을 느껴 보았다. 다른 사람에게는 상쾌한 맛이 자기한테는 역겨운 맛으로 목에 들러붙었다. 소년은 로즈가 말없이 자기 동료들을 빤히 바라보는 모습을 뚱한 표정으로 지켜보면서 그녀가 자신을 보완해 주는 존재라는 것을 새삼 느꼈다. 그는 그녀가 무슨 생각을 하는지 알았다. 그녀의 생각이 남들의 주목을 끌지 못한 채 그의 신경 속에서 팔딱거렸다. 그가 의기양양한 독기를 띠고 말했다. "나는 이 사람이 무슨 생각을 하고 있는지 말해 줄 수 있어. 결혼식이 보잘것없었다고 생각하고 있는 거야. 내가 상상했던 결혼식이 아니었어, 라고 생각하고 있는 거야. 안 그래?"

그녀는 술 마시는 법을 배운 적이 없는 사람처럼 와인 잔을 들고서 고개를 끄덕였다.

"내 몸으로써 당신을 섬기며,"♦ 소년이 그녀를 향해 인용하기 시작했다. "내가 가진 모든 재물을 당신에게 드리며…… 그리고," 그는 그렇게 말하며 프리윗에게로 고개를 돌렸다. "나는 이 사람에게 금화 한 닢을 드리리다."

"영업시간이 끝났습니다, 손님." 바텐더가 말했다. 바텐더는 술이 약간씩 남아 있는 잔들을 납으로 만든 물통에 넣은 다음 거품이 나는 천으로 닦았다.

"우린 사제와 함께 성스러운 공간에 있는 거야……"

"손님, 술을 마저 드세요."

프리윗 씨가 불안한 어조로 말했다. "법적인 관점에서 보면 이런 결혼식이나 저런 결혼식이나 다 같아." 그는 기운을 북돋

♦ 일반적인 혼인 서약 내용.

위 주려는 듯이 로즈를 향해 끄덕끄덕 고갯짓을 했다. 로즈는 허기진 어린 소녀의 눈으로 그들 모두를 쳐다보았다. "자네들은 아무런 이상 없이 결혼한 거야. 날 믿어."

"결혼?" 소년이 말했다. "당신은 그걸 결혼이라고 부르는 거요?" 소년의 혀에 맥주 내 나는 침이 고였다.

"진정해." 댈로가 말했다. "아무튼 로즈에게 기회를 줘. 너무 멀리 나갈 필요는 없잖아."

"어서요, 손님들. 잔을 비워 주세요."

"결혼한 거라고?" 소년이 말했다. "이 사람한테 물어봐." 댈로와 프리윗은 놀란 표정으로 슬그머니 남은 술을 다 털어 넣었다. 프리윗 씨가 말했다. "음, 난 가 봐야겠어." 소년은 경멸 어린 눈으로 그들을 쳐다보았다. 그들은 아무것도 모른다는 생각이 들었다. 그리고 다시 한번 자신과 로즈 사이에는 서로 통하는 점이 있다는 것을 느꼈다. 로즈도 오늘 저녁의 일이 아무런 의미도 없다는 것을 알고 있어. 결혼식이 없었다는 걸 알고 있는 거야. 그가 퉁명스럽지만 다정함을 느낄 수 있는 목소리로 말했다. "자, 우리도 가지." 그런 다음 손을 들어 로즈의 팔에 얹으려 했는데…… 그때 거울(엑스트라 스타우트 거울) 속에 비친 자신과 로즈의 모습을 보고 그냥 손을 떨구고 말았다. 결혼한 부부의 상이 그를 향해 추파를 던진 것이었다.

"어디로 가요?" 로즈가 물었다.

어디로? 그는 그것을—어딘가로 데려가야 한다는 것을—미처 생각하지 못했다. 신혼여행, 바닷가에서의 주말,

어머니가 마게이트[1]에서 사 온, 벽난로 위 선반에 놓여 있던 기념품. 이 바다에서 저 바다로, 잔교에서 잔교로 돌아다니기…… 이제야 그런 생각들이 떠오른 것이었다.

"다음에 봐." 댈로가 말했다. 잠시 문 앞에 멈춰 선 그의 눈이 소년의 눈과 마주쳤다. 소년의 눈에는 질문과 호소의 빛이 담겨 있었으나, 댈로는 아무것도 알아차리지 못한 채 쾌활하게 손을 흔들며 두 사람만 남겨 두고 프리윗 씨를 따라 나가 버렸다.

유리잔을 마른 행주로 닦고 있는 바텐더가 있긴 했지만 아무튼 두 사람은 생전 처음으로 단둘이 있게 된 것 같은 기분이 들었다. 스노 식당의 방에서도, 바다 위쪽에 자리 잡은 피스헤이븐에서도 지금처럼 진정으로 단둘이만 있었던 것은 아니었다.

"우리도 나가요." 로즈가 말했다.

거리로 나선 그들은 등 뒤에서 '크라운' 술집의 문이 닫히고 잠기는 소리—빗장을 거는 소리—를 들었다. 마치 무지無知의 에덴동산에서 쫓겨난 기분이었다. 에덴동산 너머의 이쪽에서는 기대할 거라곤 경험밖에 없었다.

"우린 프랭크네 집으로 가나요?" 로즈가 물었다. 정신없이 바빴던 오후의 시간 속에 갑자기 정적이 찾아든 순간이었다. 전차의 종소리도 나지 않고, 기차 종착역에서도 증기 소리 하

♦ 런던 근교의 해안 휴양지.

나 들리지 않았다. 한 떼의 새들이 올드스타인 상공으로 날아 오르더니, 마치 지상에서 어떤 범죄가 저질러지고 있는 것처럼 그곳 상공을 맴돌았다. 소년은 프랭크네 집 자기 방이 그리워졌다. 그는 비눗갑의 어디로 손을 가져가야 돈을 곧장 꺼낼 수 있는지 정확히 알았다. 그곳의 모든 것이 친숙했고, 낯선 것은 아무것도 없었다. 자신의 쓰라린 동정을 공유하던 방이었다.

"아니." 그가 말했다. 오후의 어지러운 소음이 되살아났고, 그가 다시 말했다. "아니야."

"그럼 어디로?"

그는 절망적인 적의가 깃든 미소를 지어 보였다. 주말에 침대 설비가 갖춰진 특별 객차를 타고 내려와 진홍색 로드스타♦를 타고 구릉지대를 드라이브하는 멋쟁이 금발 아가씨를 데려가야 한다면, 코스모폴리탄 호텔 말고 어디로 데려가겠는가? 비싼 향수와 모피 코트로 치장하고서 페인트칠을 새로 한 돛단배처럼 산뜻하고 우아하게 식당 안으로 들어간다면 그것은 밤의 행위를 얼마간 보상해 주는 으스댈 만한 일일 테지만, 로즈는 그런 것과도 거리가 멀었다. 그는 로즈의 초라한 모습을 자신이 감당해야 할 일종의 고행인 양 한참을 바라보았다. "우린 스위트룸을 잡을 거야." 그가 말했다. "코스모폴리탄 호텔에서."

♦ 지붕이 없고 좌석이 두 개인 자동차.

"그러지 말고, 정말 어디로 가요?"

"얘기했잖아…… 코스모폴리탄 호텔이라고." 그가 벌컥 화를 냈다. "난 그런 곳엔 못 갈 사람이라고 생각하는 거야?"

"당신은 갈 수 있어요." 그녀가 말했다. "하지만 난 아니에요."

"우린 거기로 갈 거야. 돈은 충분해. 그곳이 딱 좋아. 외젠이라는 여자도 거기서 지냈었지. 의자들에 왕관 문양이 수놓아진 것도 그 때문이야."

"그 여자는 어떤 사람인데요?"

"외국 여자."

"그럼 당신은 거기 가 본 적 있어요?"

"물론 가 봤지."

갑자기 그녀가 흥분한 태도로 두 손을 모았다. "내가 꿈꾸던 곳이에요." 그녀는 그렇게 말하고 나서 그가 놀리고 있는 것은 아닌지 살펴보려고 날카롭게 쳐다보았다.

그가 대수롭지 않다는 듯이 말했다. "차는 수리 중이니까 우린 걸어가지 뭐. 내 가방은 나중에 사람을 보내 가져오게 하고. 당신 것은 어디 있어?"

"뭐 말이에요?"

"당신 가방."

"내 가방은 너무 헐고 더러워서……"

"상관없어." 그가 티 나게 허세를 부리며 말했다. "당신 가방하나 사자. 짐은 어디 있어?"

357

"짐은……"

"제기랄, 왜 이리 둔해." 그가 말했다. "내 말은……" 그러나 다가올 밤을 생각하자 그의 혀가 얼어붙어 버렸다. 그는 계속 바지런한 걸음걸이로 보도를 걸었다. 야위어 가는 오후의 햇살이 그의 얼굴을 비추었다.

그녀가 말했다. "결혼하면서 입을 옷이…… 입을 옷이 이것밖에 없었어요. 엄마 아빠에게 돈을 좀 달라고 부탁했는데 주지 않았어요. 당연하죠, 뭐. 그건 엄마 아빠 돈이니까."

두 사람은 30센티미터쯤 떨어져서 걸었다. 그녀의 말은 마치 창유리에 앉으려 애쓰는 새의 발처럼 그들 사이의 장벽을 헛되이 긁어 댔다. 그는 그녀가 언제나 자신에게 잔소리를 하려 한다는 것을 느낄 수 있었다. 그녀의 겸손한 태도조차도 그에게는 함정처럼 보였다. 그 조잡한 졸속 예식이 나에 대한 그녀의 권리가 되어 버렸다. 이 애는 내가 자기와 결혼하려는 이유도 모른다. 내가 자기를 원한다고 생각할 뿐이었다. 맙소사. 그가 퉁명스럽게 말했다. "신혼여행을 갈 거라고 생각하진 마. 그건 어리석은 생각이야. 난 바빠. 할 일이 많아. 난……" 그는 걸음을 멈추고 이 결혼으로 인해 달라지는 것이 없기를 호소하는 겁먹은 표정으로 그녀에게 눈을 돌렸다. "난 맨날 집을 비우게 될 거야."

"난 기다릴 거예요." 그녀가 말했다. 초라한 오랜 결혼 생활에서 얻은 인내심이 제2의 천성처럼 그녀의 내부에서 작용하고 있는 모습을 그는 이미 볼 수가 있었다. 속이 다 들여다보이는, 창피해할 줄 모르는 수수한 사람을 그는 이미 볼 수 있었다.

그들은 해안 도로로 나왔다. 저녁이 한 걸음 뒤로 물러선 듯 바다는 눈부셨다. 그녀는 다른 바다에 온 것처럼 바다를 바라보면서 무척 즐거워했다. 그가 말했다. "오늘 아버지가 뭐라고 했어?"

"아무 말도 안 했어요. 아버진 기분이 안 좋았어요."

"어머니는?"

"엄마도 기분이 안 좋았어요."

"돈은 잘 받더니만."

그들은 코스모폴리탄 호텔 맞은편 해안 도로까지 와서 걸음을 멈추었다. 그 거대한 건물의 그림자 아래서 서로 조금씩 다가섰다. 소년은 사환이 이름을 부르며 돌아다니던 모습과 콜레오니의 금으로 된 담뱃갑 따위를 머리에 떠올렸다. 그는 불편한 감정이 들어오지 못하게 막으면서 천천히, 조심스럽게 말했다. "우린 이곳에서 편안하게 머물 수 있을 거야." 그런 다음 쭈글쭈글한 넥타이를 매만지고, 재킷의 매무새를 바로잡고, 좁은 어깨를 어설픈 동작으로 폈다. "가자." 로즈는 한 걸음 뒤에서 따라가며 도로를 건너고 넓은 계단을 올라갔다. 베일로 몸을 칭칭 두른 두 노파가 양지바른 테라스의 고리버들 의자에 앉아 있었다. 더없이 안전해 보이는 모습이었다. 두 노파는 말을 할 때도 상대를 쳐다보지 않은 채 그저 서로에 대한 이해심이 짙게 밴 대기 속에 조용히 말을 꺼내 놓을 뿐이었다.

"윌리 말이야……" "난 변함없이 윌리가 좋아." 소년은 계단을 올라가면서 불필요하게 발소리를 크게 냈다.

그는 푹신한 양탄자 위를 걸어서 프런트 데스크로 갔다. 로즈는 조용히 뒤따라 걸었다. 거기에는 아무도 없었다. 그는 기다렸다. 화가 치밀어 올랐다. 그것은 개인적인 모욕이었다. 사환이 "파인코핀 씨, 파인코핀 씨" 하고 소리치면서 휴게실을 가로질러 지나갔다. 소년은 기다렸다. 전화벨이 울렸다. 출입문이 다시 활짝 열렸을 때 한 노부인의 말소리가 들려왔다. "그건 배질에게는 커다란 타격이었지." 그때 검은 외투 차림의 사내가 나타나서 말했다. "무슨 일로 오셨나요?"

소년은 분통을 터뜨렸다. "난 여기서 계속 기다렸는데……"

"벨을 누르셨어야 해요." 직원이 쌀쌀하게 말한 다음 커다란 장부를 펼쳤다.

"방 하나 주시오." 소년이 말했다. "더블 룸으로."

직원이 소년 뒤에 서 있는 로즈를 빤히 쳐다보더니 장부를 한 장 넘겼다. "빈방이 없는데요." 그가 말했다.

"돈은 얼마든지 내겠소." 소년이 말했다. "스위트룸으로 주시오."

"비어 있는 방이 하나도 없군요." 직원이 고개를 들지도 않고 말했다.

쟁반을 들고 돌아오던 사환이 멈춰 서서 쳐다보았다. 소년은 격분한 목소리를 낮게 깔며 말했다. "날 여기서 내보낼 순 없어. 내 돈도 그 누구의 돈 못지않게 값진 돈이야."

"물론이죠. 그런데 하필 오늘 빈방이 없네요." 직원은 등을 돌리고 아름다운 무늬의 유리 단지를 집어 들었다.

"가자." 소년이 로즈에게 말했다. "이 시시껄렁한 여관은 너무 역겨워." 그는 성큼성큼 두 노파를 지나서 계단을 내려갔다. 따가운 굴욕의 눈물이 눈알 뒤쪽에 맺혔다. 소년은 자기를 이따위로 대접하면 안 된다고 그들 모두에게 소리치고 싶은 맹렬한 충동을 느꼈다. 자기는 살인자이며, 살인을 저지르고도 잡히지 않을 수 있다고 소리치고 싶은 광적인 충동을 느꼈다. 그는 뽐내고 싶었다. 자기도 남 못지않게 이 호텔에서 묵을 수 있는 돈이 있었다. 차도 있고 변호사도 있고, 은행에는 200파운드의 돈도 있었다.

로즈가 말했다. "내가 반지를 끼고 있었더라면……"

그가 잔뜩 화가 난 목소리로 말했다. "반지라…… 무슨 반지? 우린 결혼한 게 아니야. 그걸 잊지 마. 우린 결혼한 게 아니라고." 그러나 호텔 바깥 보도로 나왔을 때 그는 가까스로 자신을 억제하며 자기에게는 아직 해야 할 일이 있다는 것을 씁쓸하게 자각했다. 경찰은 아내에게 증언을 강요할 수는 없지만, 그러나 아내가 증언하지 않도록 막을 수 있는 것은…… 사랑과 욕정밖에는 없다고 소년은 음울하고 두려운 마음으로 생각했다. 그는 로즈를 돌아다보며 자신 없는 태도로 사과했다. "놈들이 날 화나게 해서 그런 거야. 내가 약속했듯이……"

"난 아무래도 좋아요." 그녀가 말했다. 그녀가 갑자기 놀란 것처럼 눈을 휘둥그레 뜨고 억지스러운 말을 했다. "어떤 것도

361

오늘을 망칠 수는 없어요."

"어디 마땅히 갈 만한 곳을 찾아야 하는데." 그가 말했다.

"난 어디든 상관없어요. 프랭크네 집은 어때요?"

"오늘 밤은 싫어. 오늘 밤은 녀석들이 주변에 있는 걸 피하고 싶어."

"함께 천천히 생각해 봐요." 그녀가 말했다. "아직 날이 어두워지지 않았으니."

지금은—경마가 없는 시간, 업무상 만나야 할 사람이 없는 시간이었다—평소 같으면 프랭크네 집 자기 방 침대에 한가로이 드러누워 있을 시간이었다. 초콜릿이나 소시지롤을 먹으면서 굴뚝 꼭대기 통풍관에서 점점 멀어져 가는 태양을 바라보다가 잠이 들고, 깨어나면 또 뭘 좀 먹고, 그러다가 창문으로 들어온 어둠과 함께 다시 잠이 들곤 했다. 그러고 나면 녀석들이 석간신문을 챙겨 들고 돌아오고, 다시 생활이 시작되는 것이었다. 그러나 그는 지금 곤혹스러웠다. 혼자가 아닐 때 이 많은 시간을 어떻게 보내야 하는지 그로서는 알지 못했다.

"다음에 날 잡아서," 그녀가 말했다. "그때처럼 우리, 시골에 놀러 가요⋯⋯" 그녀는 바다를 바라보면서 앞날을 계획하고 있었다. 그녀의 눈앞에 앞으로의 세월이 밀물처럼 밀려오고 있다는 것을 그는 알 수 있었다.

"당신 좋을 대로 하자." 그가 말했다.

"잔교에 가요." 그녀가 말했다. "난 그날 밤 이후로 가 보지 못했어요. 생각나죠?"

"나도 못 가 봤어." 그는 재빨리 천연덕스럽게 거짓말을 했다. 마음속으로는 스파이서와 어둠과 바다 위의 번개를 생각하고 있었다. 그것들은 끝을 알 수 없는 어떤 것의 시작이었다. 두 사람은 회전식 출입구를 통과해 들어갔다. 주변에는 사람들이 많았다. 한 줄로 늘어앉은 낚시꾼들이 짙은 녹색 물결 위에 떠 있는 찌를 지켜보고 있었다. 낚시꾼들의 발아래에서는 바닷물이 출렁거렸다.

"저 여자아이 알아요?" 로즈가 물었다. 소년은 기계적으로 고개를 돌렸다. "어디?" 그가 말했다. "이곳 여자애들은 전혀 모르는데."

"저기." 로즈가 말했다. "저 애가 당신 얘기를 하고 있는 게 틀림없어요."

뚱뚱하고 여드름이 많이 난 멍청해 보이는 얼굴이 그의 기억 속으로 헤엄쳐 들어와서 수족관의 어떤 괴상한 물고기처럼 유리에 주둥이를 비벼 대는 느낌이었다(위험하다!). 그것은 다른 바다에서 온 가오리 같은 존재였다. 프레드와 얘기를 나눈 여자애였다. 소년은 그때 해안 도로에서 그들에게 다가갔었다. 그 애도 조사받으면서 증언을 했는데―그녀가 무슨 말을 했는지 소년은 기억나지 않았다―중요한 얘기는 없었다. 지금 그녀가 그를 쳐다보면서 같이 온 핏기 없는 친구를 팔꿈치로 쿡 찌르며 그에 대해 얘기하고 있었다. 그로서는 알 수 없는 얘기를 하고 있었다. 빌어먹을! 그는 생각했다, 온 세상 사람을 다 없애 버려야만 하는 거야?

"저 애는 당신을 알고 있어요." 로즈가 말했다.

"나는 본 적이 없는 여자야." 그가 계속 걸어가면서 거짓말을 했다.

로즈가 말했다. "당신과 함께 있는 게 너무 좋아요. 다들 당신을 아니까. 내가 유명한 사람하고 결혼하리라곤 꿈에도 생각 못 했어요."

다음은 누구일까, 그는 생각했다. 다음은 누구일까? 그들이 가는 길 앞쪽에서 낚시꾼 한 명이 뒷걸음질 치더니 낚싯줄을 휙 던졌다. 낚싯줄이 멀리 떨어졌다. 찌가 크림 같은 물결 속에 잠겨 낚싯줄 길이만큼 해안 쪽으로 밀려 내려갔다. 잔교에서 해가 비치지 않는 쪽은 추웠다. 유리 칸막이의 한쪽은 낮이고, 다른 쪽은 저녁이 다가오고 있었다. "건너가자." 그가 말했다. 다시 스파이서의 여자를 떠올렸다. 나는 왜 그 여자를 차에 두고 그냥 와 버렸을까? 젠장, 아무튼 그 여자는 그 짓을 잘 알고 있는데.

로즈가 그를 멈춰 세웠다. "저기," 그녀가 말했다. "저거 하나 사 주지 않을래요? 기념품으로. 비싸지 않아요. 6펜스밖에 안 해요." 공중전화 부스처럼 생긴, 유리로 지은 조그만 부스였다. '당신의 목소리를 녹음하세요'라는 안내문이 눈에 띄었다.

"어이쿠." 그가 말했다. "애들처럼 굴지 마. 그게 무슨 쓸모가 있어?"

그는 두 번째로 그녀의 갑작스럽고 무책임한 분노와 맞닥뜨렸다. 그녀는 여리고, 그녀는 아둔하고, 그녀는 감상적이었다. 그런 그녀가 갑자기 위험한 존재가 되어 버렸다. 전에는 모자에 관해서, 지금은 축음기 음반에 관해서 그러했다. "좋아요." 그녀가 말했다. "난 상관 말고 가 버려요. 당신은 나에게 준 게 아무것도 없어요. 심지어 오늘 같은 날에도. 내가 마음에 안 들면 가 버리면 되잖아요. 날 두고 가 버리라고요." 사람들이 고개를 돌려 그들을 쳐다보았다. 소년의 성이 난 사나운 얼굴과 그녀의 절망적인 분노를 쳐다보았다. "왜 나랑 결혼한 거예요?" 그녀가 소리 질렀다.

"제발……" 그가 말했다.

"차라리 물에 빠져 죽어 버릴 거예요." 그녀가 그렇게 말하자 소년이 그녀를 가로막았다. "그래, 음반 사 줄게." 그가 초조한 낯빛으로 싱긋 웃었다. "난 그저 당신이 좀 이상하다고 생각했을 뿐이야." 그가 말했다. "무엇 때문에 음반에 녹음된 내 목소리를 듣고 싶은 거지? 날마다 내 목소리를 들을 거 아냐?" 소년이 그녀의 팔을 꼭 쥐었다. "당신은 좋은 사람이야. 돈이 아까워서 그런 게 아니야. 당신이 원하는 건 뭐든 사 줄게." 그는 생각했다. 이 애가 자기 원하는 대로 날 쥐고 흔드는 군…… 언제까지 이래야 하는 거지? "그래, 이젠 됐지?" 그는 로즈를 달랬다. 다정하게 보이려 애쓰다 보니 그의 얼굴이 늙은이의 얼굴처럼 쪼글쪼글해졌다.

"문득 어떤 생각이 떠올라서 그런 거예요." 그녀가 그의 눈을 피하면서 뜻 모를 모호하고 절망적인 표정을 지으며 말했다.

그는 안도감을 느꼈지만 조금 찜찜했다. 음반에 무슨 말인가를 담는다는 생각이 마음에 들지 않았다. 지문을 남기는 것이 연상되었던 것이다. "정말 내가 저걸 하나 구입해 주길 바라는 거야?" 그가 말했다. "우린 축음기도 없잖아. 음반이 있어도 들을 수가 없어. 그러니 그게 무슨 소용이 있겠어?"

"축음기는 필요 없어요." 그녀가 말했다. "그냥 저걸 간직하고 싶을 뿐이에요. 어느 날 당신이 어딘가로 가고 없으면 내가 축음기를 빌릴 수 있겠죠. 그땐 당신이 옆에서 말하는 것 같을 거예요." 그녀가 갑자기 강한 어조로 말을 해서 그는 겁이 났다.

"무슨 말을 녹음해 주길 원해?"

"그냥 아무거나." 그녀가 말했다. "나한테 아무 말이나 해요. 로즈, 하고 나서 아무 말이나 해 줘요."

그는 부스로 들어가서 문을 닫았다. 6펜스를 넣을 구멍과 말할 때 입을 대는 부분이 있었다. '기계에 가까이 대고 또렷하게 말하시오'라는 지시문이 있었다. 그는 과학적인 장치들에 신경이 쓰였다. 어깨 너머로 뒤돌아보았더니 로즈가 밖에서 웃음기 없이 그를 지켜보고 있었다. 그녀가 낯설어 보였다. 넬슨플레이스 출신의 추레한 아이로 보였고, 그래서 그는 커다란 분노감에 몸이 떨렸다. 그는 6펜스를 넣은 다음 혹시라도 목소리가 부스 바깥으로 새어 나갈까 봐 에보나이트 음반에 새겨질 그의 말을 낮은 목소리로 녹음했다. "이 빌어먹을 계집애, 한심한 것아, 날 귀찮게 하지 말고 영원히 집으로 돌아가는 게 어때?" 바늘이 긁히는 소리와 음반이 돌아가는 소리가 들렸다. 이어 딸깍하는 소리가 나고 정적이 흘렀다.

검은 디스크를 들고 밖으로 나와 그녀에게 다가갔다. "자, 받아. 사랑 어쩌고 하는 얘기를 담았어."

그녀는 그것을 조심스럽게 받아서 사람들로부터 보호해야 할 소중한 물건이나 되는 것처럼 들고 다녔다. 이제는 잔교에서 해가 비치는 쪽도 추워졌다. 추위가 반박할 수 없는 선언—이제는 집으로 돌아가는 게 좋다—처럼 그들 사이로 스며들었다. 소년은 자기가 해야 할 일을 외면한 채 딴짓을 하고 있다는 생각이 들었다. 학교에 가지 않고 땡땡이를 부리고 있는 기분이었다. 그들은 회전식 출입구를 통과했다. 그는 로즈가 지금 무엇을 기대하고 있는지 보려고 곁눈질을 했다. 만약 흥분한 기색을 보였다면 그는 아마 그녀의 뺨을 때렸을 것이다. 그러나 로즈는 그와 마찬가지로 추위를 느끼는 듯 음반을 껴안고 있었다.

"우리, 어디로든 가야 해." 그가 말했다.

그녀가 계단 아래쪽을 가리켰다. 잔교 밑 인도 쪽이었다. "저기로 가요." 그녀가 말했다. "저곳엔 쉼터가 있으니까."

소년은 고개를 돌려 날카롭게 그녀를 쳐다보았다. 그녀가 일부러 그에게 시련을 주는 것만 같은 기분이었다. 그는 잠시 머뭇거리다가 그녀를 향해 싱긋 웃었다. "좋아." 그가 말했다. "저기로 가 보자." 그는 일종의 관능—선과 악의 짝짓기—에 끌렸다.

올드스타인 거리의 나무에 달린 꼬마전구들에 불이 들어왔다. 아직 너무 이른 저녁이라 꼬마전구의 창백한 불빛은 하루의 마지막 햇빛에 묻혀 잘 보이지 않았다. 산책로 아래 긴 지하도는 브라이턴의 오락가들 중에서도 가장 시끄럽고 저속하고 값싼 구역이었다. '나는 천사가 아니에요'라고 쓰인 종이 세일러 캡을 쓴 아이들이 후다닥 그들을 지나갔다. 연인들을 태운 유령 열차가 꺄악꺄악 날카로운 비명 소리가 나는 어둠 속으로 덜커덩거리며 내달렸다. 지하도의 육지 쪽에는 오락장들이 늘어서 있고, 반대편에는 맥파이 아이스크림, 포토웨이 사진 부스, 조개와 고둥 따위를 파는 해산물 가게, 사탕 가게 같은 조그만 가게들이 늘어서 있었다. 사탕 가게는 선반들이 천장에 닿을 정도의 높이까지 설치되어 있었다. 조그만 문을 열고 들어가면 안은 다소 어수선했고, 바다 쪽은 문도 창문도 없이 조약돌 바닥에서부터 천장까지 선반들만 층층이 쌓여 있을 뿐이었다. 브라이턴 록 사탕이 방파제처럼 바다를 향하고 있는 것이었다. 지하도에는 항상 불이 켜져 있었다. 공기는 사람들이 내뿜는 숨으로 오염되고 후텁지근했다.

"자," 소년이 말했다. "어느 것을 살까…… 고둥? 아니면 브라이턴 록?" 그는 마치 뭔가 아주 중요한 것이 그녀의 대답에 달린 것처럼 그녀를 쳐다보았다.

"난 브라이턴 록 막대 사탕을 먹고 싶어요." 그녀가 말했다.

그는 다시 한번 싱긋 웃었다. 오직 악마만이 그녀로 하여금 그렇게 대답하게 할 수 있을 것이다, 하고 그는 생각했다. 그녀는 착하다. 하지만 그는 사람들이 성체로 하느님을 받아들이듯 그녀를 자기 배 속에 넣어 버렸다. 하느님도 자신의 천벌을 스스로 선택해서 삼켜 버리는 악마의 입을 피할 수 없다. 소년은 사탕 가게의 문간으로 터벅터벅 걸어가서 안을 들여다보았다. "저기요." 그가 말했다. "저기, 브라이턴 록 두 개 주시오." 그는 선반에 둘러싸인 조그만 분홍색 가게 안을 마치 자기가 주인인 것처럼 둘러보았다. 그 가게는 소년의 기억 속에 선명히 남아 있었다. 발자국이 찍힌 바닥의 한 부분은 영원한 중요성을 지녔다. 만약 금전 등록기의 위치가 바뀌었다면 그는 그것도 알아차렸을 것이다. "저건 뭐요?" 그가 고갯짓으로 한 상자를 가리키며 물었다. 거기 있는 것 중에서 유일하게 낯선 물건이었다.

"깨진 막대 사탕이에요." 여자가 말했다. "싸게 팔고 있죠."

"제조업자한테서 가져온 거요?"

"아니요. 여기서 깨진 거예요. 어떤 칠칠치 못한 녀석들이……" 여자가 투덜거렸다. "어떤 녀석들이 그랬는지 알고 싶은데……"

그는 막대 사탕 두 개를 받아 들고 고개를 돌려 뒤돌아보았다. 무엇을 보게 될지—지금은 당연히 아무것도 보이지 않을 것이다—알고 있었다. 저 뒤편의 산책로는 늘어선 브라이턴 록 상자에 가로막혀 보이지 않았다. 그는 순간적으로 자신이 무척 영리하다는 것을 새삼 느꼈다.♦ "그럼 수고하시오."

♦ 헤일을 살해할 때 자신이 생각해 냈던 방법에 대해 스스로 감탄하고 있다.

그는 인사말을 한 뒤 조그만 출입구에서 허리를 굽히고 밖으로 나왔다. 자신의 똑똑함을 뽐낼 수 있다면…… 자신이 얼마나 똑똑한지 자랑하고 싶은 이 엄청난 압력을 해소할 수 있다면……

그들은 나란히 서서 브라이턴 록 막대 사탕을 빨았다. 한 여자가 바삐 걸으며 그들을 한쪽으로 비키게 했다. "좀 비켜 줘, 애들아." 소년과 로즈의 시선이, 결혼한 부부의 시선이 마주쳤다.

"이제 어디로 갈까?" 그가 불안한 듯이 말했다.

"어딜 갈지…… 찾아야겠지요." 그녀가 말했다.

"그렇게 서두를 건 없어." 걱정 때문에 약간 목이 멘 소리가 났다. "아직은 이른 시간이니까. 영화 좋아해?" 그가 다시 그녀를 달랬다. "당신을 영화관에 데리고 간 적이 한 번도 없었네."

그러나 자신의 힘을 의식했을 때의 기분은 이미 사라지고 없었다. 그는 다시 한번 그녀의 열렬한 동의—"당신은 나한테 너무 잘해 줘요"—에 반감을 느꼈다.

소년은 어둑한 3실링 6펜스짜리 좌석에 사나운 표정으로 앉아서 로즈가 무엇을 바라고 있는지 심란하고 쓸쓸한 심정으로 자문해 보았다. 화면 옆에는 야광 시계가 시간을 가리키고 있었다. 로맨스 영화였다. 빼어나게 잘생긴 인물들, 세심한 주의를 기울여 찍은 넓적다리, 날개 달린 코러클 배♦처럼 생긴

♦ 고리로 엮은 뼈대에 가죽을 입힌 동그랗고 작은 배.

은밀한 침대…… 한 남자가 살해되었으나 그건 별로 중요하지 않았다. 중요한 것은 그 짓이었다. 두 주인공이 침대를 향해 우아하게 나아간다. "산타모니카에서 당신을 처음 봤을 때부터 당신을 사랑하게 되었어……" 창 밑에서 부르는 노래, 잠옷 차림의 여자…… 화면 옆 시계는 조금씩 조금씩 계속 움직이고 있다. 소년이 갑자기 성난 목소리로 로즈에게 나직이 말했다. "고양이들 같아." 그것은 태양 아래서 벌어지는 수없이 많은 행위 중에서도 가장 흔해 빠진 짓이었다. 개들은 길에서 벌이는 짓인데 왜 겁을 집어먹고 있는 걸까? 신음 소리 같은 노래가 흘러나왔다. "당신은 성스러운 사람, 내 심장이 알고 있네." 소년이 속삭였다. "프랭크네 집에 가는 게 좋을 것 같아." 거기 가면 로즈와 단둘이 있게 되지 않을 거라고, 뭔가 일이 생길 거라고 생각한 것이었다. 녀석들은 아마 술을 마실 것이다. 어쩌면 축하 모임을 가질지도 모른다…… 오늘 밤 그 집에서는 누구도 잠자리에 들지 못할 것이다. 희고 멀쑥한 얼굴 위로 한 가닥 검은 머리가 흘러내린 남자 배우가 말했다. "당신은 내 거야. 전부 다 내 거야." 휘영청 밝은 달빛에 물든 하늘의 잠 못 이루는 별들 아래서 그 배우가 다시 노래했다. 그때 갑자기 소년의 눈에서 까닭 모를 눈물이 흐르기 시작했다. 소년은 눈물을 멈추려고 눈을 감았다. 그러나 노래는 계속되었다. 그것은 감옥에 갇힌 자의 눈에 보이는, 자유로이 풀려나는 환상 같은 것이었다. 그는 속박감을 느꼈고―도달할 수 없다는 절망 속에서―무한한 자유를 보았다. 두려움도 증오도 시샘도 없는 자유를 보았다. 마치 자신은 죽었고, 죽은 뒤에 훌륭한 고해성사와 죄 사함의 효과를 상기하는 듯한 느낌이었다. 그러나 죽었기 때문에 그것은 단지 기억일 뿐이었고―그는 회개를 경험하지 못했다―육신의 늑골이 강철 밴드처럼 그를 짓눌러서 영원히 뉘우치지 못하게 했다. 마침내 그가 말했다. "가자. 가는 게 낫겠어."

날은 이제 꽤 어두워졌다. 호브가 해안 도로를 따라 긴 줄을 이루고 있는 색 전구들도 모두 불을 밝혔다. 그들은 천천히 걸어서 스노 식당을 지나고 코스모폴리탄 호텔을 지났다. 비행기 한 대가 바다 쪽으로 부웅부웅 낮게 날아갔다. 잠시 후 비행기의 붉은 불빛이 사라졌다. 유리로 지은 쉼터에서 한 노인이 성냥을 켜서 파이프 담배에 불을 붙였고, 그 불빛에 한구석에서 바싹 붙어 있던 남자와 여자의 모습이 드러났다. 바다 쪽에서 흐느끼는 듯한 음악이 들려왔다. 둘은 노퍽 광장을 지나 몽펠리에 거리를 향해 걸었다. 노퍽 술집 입구의 계단에서는 얼굴이 그레타 가르보를 닮은 금발 여자가 멈춰 서서 분을 바르고 있었다. 어디선가 죽은 이를 위한 조종이 울리고, 한 지하실에서는 축음기에서 찬송가가 흘러나왔다. "오늘 밤을 보내고 나서," 소년이 말했다. "어디 갈 곳을 찾아볼 수 있을 거야."

그는 현관 열쇠를 가지고 있었지만 일부러 초인종을 울렸다. 함께 얘기할 사람이 필요해서 그런 것인데…… 그러나 아무도 나오지 않았다. 다시 초인종을 울렸다. 이 집의 초인종은 잡아당겨서 울리는 구식 초인종이었다. 철사 끝에 연결된 종이 울리는 방식이었다. 먼지와 거미줄과 빈방에 대한 오랜 경험으로부터 집이 비어 있음을 어떻게 전달해야 할지 아는, 그런 종류의 초인종이었다. "모두 다 나갔을 리는 없을 텐데." 소년은 그렇게 말하며 자신의 현관 열쇠를 꽂았다.

현관에는 백열전구 하나가 켜져 있었다. 전화기 밑에 끼워져 있는 쪽지가 곧장 그의 눈에 띄었다. '둘이서만 있는 게 최고예요.' 그는 괴발개발 아무렇게나 쓴 필체가 프랭크 아내의 것임을 알았다. '우리는 결혼을 축하하러 나가요. 방문 잠그고 좋은 시간 보내요.' 그는 그 쪽지를 구겨서 리놀륨 바닥에 버렸다. "가자." 그가 말했다. "2층으로." 계단을 다 올라간 그는 새 난간에 손을 얹으며 말했다. "보다시피 수리했어." 양배추 냄새, 요리 냄새, 옷감이 탄 냄새 따위가 어두운 복도에 배어 있었다. 그가 고갯짓을 하며 말했다. "저 방은 스파이서의 방이었어. 당신은 유령을 믿어?"

"모르겠어요."

그는 자기 방 문을 열고 먼지 낀 알전구를 켰다. "자, 마음에 들든 안 들든……" 그는 그렇게 말하고 나서 커다란 황동 침대, 세면대, 이 빠진 물 단지, 니스가 칠해진 옷장, 옷장 앞에 부착된 싸구려 거울 등이 다 보이도록 한쪽으로 비켜섰다.

"호텔보다 나아요." 그녀가 말했다. "한결 더 집 같잖아요."

그들은 다음으로 해야 할 일이 무엇인지 모르겠다는 듯이 방 한가운데에 서 있었다. 로즈가 말했다. "내일 내가 청소를 좀 할게요."

그가 문을 쾅 닫았다. "아무것도 건드려선 안 돼. 여긴 내 집이니까. 알았지? 당신이 들어와서 이것저것 바꿔 놓는 건 싫어……" 그는 겁먹은 얼굴로 그녀를—그녀가 자신의 방에, 자신의 동굴에 들어와서 세면대 위에 놓인 이상한 물건을 우연히 보게 되는 것을—지켜보았다. "모자 벗지 그래?" 그가 말했다. "여기 있을 거잖아." 그녀는 모자와 방수 외투를 벗었다. 이것이 대죄의 의식 아닌가. 이것 때문에 사람들은 서로를 지옥에 빠뜨리지 않는가, 하고 그는 생각했다. 현관의 초인종이 울렸다. 그는 초인종 소리에 전혀 신경 쓰지 않았다. "지금은 토요일 밤이야." 그 말을 하는 자신의 혀에서 쓴맛이 느껴졌다. "침대에 들 시간이지."

"누구일까?" 그녀가 물었다. 초인종이 다시 울렸다. 밖에 있는 사람에게 이 집은 이제 비어 있는 집이 아니라는 것을 분명히 알리는 종소리였다. 그녀가 하얘진 얼굴로 그에게로 다가왔다. "경찰일까요?" 그녀가 말했다.

"경찰이 왜 와? 프랭크 친구겠지." 말은 그렇게 했지만 예기치 않은 그녀의 말에 소년은 깜짝 놀랐다. 그는 가만히 서서 종이 또 울리는지 기다려 보았다. 하지만 다시 울리지는 않았다. "음," 그가 말했다. "이렇게 밤새 서 있을 순 없잖아. 침대로 들어가는 게 좋겠어." 그는 며칠을 굶은 것처럼 지독한 공복감을 느꼈다. 그는 모든 게 평소와 다르지 않은 척하려고 애쓰면서 재킷을 벗어 의자 등받이에 걸쳤다. 고개를 돌려 돌아다보니 그녀는 꼼짝 않고 가만히 있었다. 세면대와 침대 사이에 서 있는 그녀의 다 자라지 못한 야윈 몸이 떨고 있었다. "이런." 소년이 메마른 입으로 그녀를 놀렸다. "무서운가 보군." 그는 학교 친구를 놀려서 싸움을 걸었던 4년 전으로 돌아간 기분이었다.

"당신은 안 무서워요?" 로즈가 말했다.

"나?" 그가 설득력 없이 그녀를 비웃으며 다가섰다. 관능이 싹텄다. 영화에서 보았던 잠옷과 맨살을 드러낸 등의 기억이 그를 조롱했다. "산타모니카에서 당신을 처음 봤을 때부터 당신을 사랑하게 되었어……" 그는 일종의 분노에 몸을 떨며 로즈의 어깨를 잡았다. 넬슨플레이스에서 탈출하여 도달한 곳이 고작 이거란 말인가. 그는 그녀를 밀어 침대에 눕혔다. "이건 대죄야." 그가 말했다. 그는 그녀의 순결에서 얻어 낼 수 있는 모든 풍미를 탐했고, 그녀의 입에서 하느님을 맛보고자 했다. 황동 침대 기둥, 너무 놀라서 말을 잃어버린 채 순종의 뜻을 내비치고 있는 그녀의 눈…… 그는 슬프도록 야만적인 한순간의 포옹 속에서 까무룩 모든 것을 놓아 버렸다. 고통의 울부짖음. 뒤이어 초인종 소리가 다시 울리기 시작했다. "제기랄," 그가 말했다. "좀 가만 놔두면 안 되나?" 그는 눈을 뜨고 이 회색 방에서 자신이 행한 일을 보았다. 그것은 헤일과 스파이서가 죽었을 때보다도 더 죽음에 가까운 모습 같아 보였다.

로즈가 말했다. "가지 마요, 핑키, 가지 마."

그는 묘한 승리감을 느꼈다. 인간의 마지막 수치심을 졸업한 것이었다. 그것은 사실 그리 어려운 일도 아니었다. 그는 자신을 다 드러냈으나 아무도 웃지 않았다. 프리윗 씨나 스파이서가 필요한 것도 아니었다. 그는 행위의 동반자에 대한 흐릿한 애정이 솟는 것을 느꼈다. 소년은 손을 뻗어 그녀의 귓불을 가볍게 꼬집었다. 빈 현관에서 종이 울렸다. 엄청나게 무거웠던 짐을 벗어 버린 기분이었다. 이제는 누구도 맞닥뜨릴 수 있었다. 그가 말했다. "저 빌어먹을 녀석의 용건이 뭔지 알아보는 게 좋겠어."

"가지 마요. 난 무섭단 말예요, 핑키."

그러나 그는 이제 다시는 겁을 집어먹지 않을 거라는 생각이 들었다. 경마장에서 도망칠 때 그는 두려웠다. 고통이 두려웠으며, 그보다 더 두려웠던 것은 지옥으로 떨어지는 것—고해성사로 죄를 용서받지도 못한 채 갑작스럽게 죽는 것—이었다. 그는 이미 지옥으로 떨어졌으므로 이제는 더 이상 두려워할 것이 아무것도 없는 듯한 기분이 들었다. 귀에 거슬리는 종소리가 연신 땡그랑거렸고, 종에 연결된 긴 철사가 윙윙거리는 소리가 현관 안에 퍼졌다. 침대 위의 알전구는 벌겋게 달아올라 있었다. 여자, 세면대, 검댕이 낀 더러운 창, 굴뚝의 무미건조한 형상, "사랑해요, 핑키"라고 속삭이는 목소리…… 이런 것이 바로 지옥이었다. 걱정할 만한 것이 못 되었다. 지옥은 단지 자신의 친숙한 방일 뿐이었다. 그가 말했다. "돌아올게. 걱정 마. 돌아올게."

소년은 계단 맨 위에 서서 새로 수리한, 아직 칠도 안 한 나무 난간에 손을 얹었다. 손에 가볍게 힘을 주고 난간을 밀어 본 그는 난간이 무척 튼튼하다는 것을 알았다. 소년은 자신의 똑똑함에 환성을 지르고 싶었다. 계단 아래쪽에서 종이 울렸다. 그는 밑을 내려다보았다. 바닥까지는 긴 거리였다. 하지만 이 높이에서 떨어진 사람이 죽을 것인지에 대해서는 확신이 서지 않았다. 여태까지는 그런 생각이 든 적이 한 번도 없었다. 그렇지만 등이 부러지고도 몇 시간 동안이나 살아 있는 사람들도 종종 있고, 그가 아는 한 노인은 두개골에 금이 갔는데도 지금까지 돌아다니고 있었다. 날씨가 추운 날 그 노인이 재채기를 하면 두개골에서 딸깍하는 소리가 난다고 했다. 그는 친구가 생긴 기분이 들었다. 종이 땡그랑거렸다. 그가 집에 있다는 것을 아는 종소리였다. 그는 계단을 내려갔다. 구두 앞축에 해진 리놀륨이 자꾸 거치적거렸다. 자신은 이런 집에서 살기엔 너무 아깝다는 생각이 들었다. 그는 누구에게도 꺾이지 않을 것 같은 힘을 느꼈다. 조금 전의 행위로 활력을 잃기는커녕 오히려 얻었다. 그가 잃은 것은 두려움이었다. 문밖에 서 있는 사람이 누구인지 몰랐지만 장난을 치고 싶은 짓궂은 심술이 일었다. 그는 낡은 초인종으로 손을 뻗어 소리가 나지 않도록 종을 붙잡았다. 문밖에서 철사를 잡아당기는 것을 느낄 수 있었다. 바깥에 있는 사람과 소년은 현관을 사이에 두고 기묘한 잡아당기기 전쟁을 벌였고, 결국 소년이 이겼다. 잡아당기기를 멈춘 문밖 사람은 이번에는 손으로 문을 두드렸다. 소년은 잡았던 종을 놓고 문을 향해 조용히 걸어갔는데, 이내 등 뒤에서 종이 다시 울리기 시작했다. 째지게 울어 대는 공허하고 다급한 종소리였다. 공처럼 구겨진 종이─'방문 잠그고 좋은 시간 보내요'─가 발끝에 부딪혔다.

소년은 대담하게 문을 활짝 열었다. 거기 있는 사람은 커빗이었다. 커빗은 엉망으로 취해 있었다. 그의 한쪽 눈은 누구에게 맞았는지 멍이 들었고 입 냄새는 시큼했다. 그는 술을 마시면 항상 소화가 잘 안되었다.

소년의 승리감이 더욱 커졌다. 가늠할 수 없을 정도로 큰 승리를 느꼈다. "그래," 소년이 말했다. "용건이 뭐야?"

"여기 있는 내 물건을 가지러 왔어." 커빗이 말했다. "물건을 가지러 왔단 말이야."

"그럼 들어와서 가져가." 소년이 말했다.

커빗이 옆 걸음질 쳐서 안으로 들어왔다. 그가 말했다. "자네를 보게 될 줄은 몰랐어……"

"딴말하지 말고," 소년이 말했다. "네 물건이나 챙겨서 냉큼 사라져 줘."

"댈로는 어디 있어?"

소년은 대답하지 않았다.

"프랭크는?"

커빗이 헛기침을 했다. 시큼한 입 냄새가 소년에게 닿았다. "이봐, 핑키." 그가 말했다. "자네와 나는…… 우리가 왜 친구가 되지 못하는 거야? 우린 항상 친구였는데 말이야."

"우린 친구였던 적이 없어." 소년이 말했다.

커빗은 못 들은 척했다. 그는 전화기를 등진 채 술에 취한 눈으로 소년을 조심스럽게 쳐다보았다. "자네와 나는," 그가 말했다. 그는 시큼한 가래가 목에 끼어서 말을 할 때마다 꺽꺽거리며 말을 이었다. "자네와 나는 떨어질 수 없는 사이야. 우린 형제 같은 사이라고. 서로 묶여 있단 말이야."

소년이 맞은편 벽에 기대고 서서 그를 지켜보았다.

"자네와 난…… 내가 말한 대로야. 우린 떨어질 수 없는 사이야." 커빗이 되풀이했다.

"내 생각엔," 소년이 말했다. "콜레오니가 널 만나 보려고도 하지 않은 모양이군. 거들떠보지도 않은 모양이야. 하지만 난 콜레오니가 버린 찌꺼기를 받아들이진 않아, 커빗."

커빗은 눈물을 짜기 시작했다. 그는 술을 마시면 항상 이 단계에 이르렀다. 소년은 그의 눈물로 그가 마신 술의 양을 헤아릴 수 있었다. 눈물이 억지로 쥐어짜듯이 찔끔 배어났다. 누런 양쪽 안구에서 술 방울 같은 눈물방울이 한 방울씩 배어난 것이었다. "자네, 그런 식으로 악담을 퍼부을 필요는 없잖아, 핑키." 커빗이 말했다.

"어서 물건이나 챙겨."

"댈로는 어디 있어?"

"나갔어." 소년이 말했다. "다들 나갔어." 잔인한 장난기가 다시 도졌다. "우리 둘뿐이야, 커빗." 소년은 그 말을 한 뒤 현관 바닥으로 눈을 돌려 스파이서가 떨어졌던 곳을 때우려고 새로 리놀륨 조각을 깐 자리를 내려다보았다. 그러나 효과가 없었다. 눈물의 단계는 일시적인 것이고, 그 단계에 뒤이어 시무료함, 분노 등의 단계가 오는 것이었다.

커빗이 말했다. "자넨 나를 개똥처럼 취급하면 안 돼."

"널 개똥 취급 한 건 콜레오니 아니었어?"

"난 사이좋게 지내려고 여기 왔어." 커빗이 말했다. "자넨 우리 사이가 좋지 못해서 초래될 손실을 감당할 수 없을 거야."

"난 네가 생각하는 것 이상의 것들을 충분히 감당할 정도는 돼." 소년이 말했다.

커빗이 재빨리 그의 말에 매달렸다. "5파운드만 빌려줘."

소년이 고개를 저었다. 그는 갑작스럽게 밀려든 짜증과 자존심으로 마음이 흔들렸다. 내가 이 정도밖에 안 되는 건 아니잖아. 낡아 빠진 리놀륨 바닥 위, 먼지 낀 알전구 불빛 아래서 커빗과 말다툼이나 해야 하는 사람은 아니잖아. "젠장," 그가 말했다. "어서 물건 챙겨서 꺼져."

"내겐 자네에 대해서 일러바칠 수 있는 것들도 있는데……"

"아무것도 없을 거야."

"프레드……"

"넌 교수형을 당하겠지." 소년이 말했다. 그런 다음 히죽 웃었다. "그렇지만 난 아냐. 나는 아직 어린 나이라서 교수형에 처해지지 않아."

"스파이서 건도 있어."

"스파이서는 저기로 떨어진 거야."

"나는 자네가 얘기하는 걸 들었어……"

"내 얘기를 들었다고? 그걸 누가 믿겠어?"

"댈로도 들었어."

"댈로는 괜찮아." 소년이 말했다. "댈로는 믿을 수 있으니까. 이봐, 커빗." 그가 조용히 말을 이었다. "만약 네가 위험한 놈이 라는 생각이 들었다면 난 너에 관해 뭔가 조치를 취했을 거야. 그렇지만 네 행운의 별에게 감사드리렴. 넌 위험한 놈이 아니 니까." 그는 커빗에게 등을 돌리고 계단을 올라갔다. 등 뒤에 서 커빗이 헐떡거리는 소리가 났다. 숨이 가쁜 모양이었다.

"안 좋은 얘기를 하려고 여기 온 게 아니야. 몇 파운드만 좀 빌려줘, 핑키. 난 지금 빈털터리야."

소년은 대답하지 않고—'옛정을 생각해서'—계단을 다 올 라가서 자기 방이 있는 쪽으로 몸을 돌렸다.

커빗이 말했다. "잠깐 기다려. 한두 가지 말해 줄 게 있어, 이 애송이야. 나한테 돈을 주겠다는 사람이 있어. 20파운드나 말 이야. 넌…… 너란 놈은…… 넌 어떤 놈인지 내가 말해 줄까?"

소년은 문 앞에서 멈춰 섰다. "계속해." 그가 말했다. "얘기 해 봐."

커빗은 말을 하려고 애썼다. 적당한 말이 떠오르지 않았다. 그는 분노와 적대감을 종잇장처럼 가벼운 말 속에 담아 내질 렀다. "넌 야비해." 그가 말했다. "넌 겁쟁이야. 너무 겁이 많 은 나머지 혹시 네가 다칠까 봐 가장 친한 친구도 죽이는 놈이 야."—소년은 거칠게 웃었다—"너는 여자를 두려워해. 실비가 다 말해 줬어." 그러나 이 비난은 너무 늦었다. 소년은 이제 인 간의 마지막 약점에 대한 지식도 졸업했으니까 말이다. 그는 일종의 악마적 자부심을 느끼며 즐거운 마음으로 커빗의 말을 들었다. 커빗이 그린 그림은 그와는 아무 관련이 없었다. 그것은 인간이 자신의 감상적인 기분으로 지어내서 그린 그리스도 그림 같은 것이었다. 커빗은 알지 못했다. 커빗은 책으로만 읽었을 뿐인 어떤 나라를 낯선 사람에게 설명하는 교수와도 같았다. 그 낯선 사람이 사막에서 갈증을 느끼고 산기슭에서 총격을 당하는 등의 경험을 통해서 줄곧 생생히 알고 있는 나라에 대해서 수출입 통계, 광물 자원의 종류와 생산량, 재정 수지 현황 따위로 설명하려 드는 교수 말이다. 야비해…… 겁쟁이야…… 두려워해. 소년은 부드럽게 조소를 날렸다. 그는 커빗이 알 수 있는 그 어떤 밤의 어둠보다도 더 높이 날아오른 것만 같았다. 방문을 열고 안으로 들어간 그는 문을 닫고 잠갔다.

로즈는 배운 것을 선생님 앞에서 외워 말하기 위해 교실에서 선생님을 기다리는 아이처럼 침대에 걸터앉아 다리를 앞뒤로 흔들고 있었다. 문밖에서 커빗이 욕설을 하고 거칠게 발길질을 하며 손잡이를 달그락거리더니 가 버렸다. 로즈는 크게 안도하며—그녀는 술 취한 사람은 익숙했다—말했다. "아, 그럼 경찰이 아니군요."

"왜 경찰일 거라고 생각했어?"

"모르겠어요." 그녀가 말했다. "아마……"

"아마 뭐?"

그는 그녀의 대답을 간신히 알아들었다. "콜리 키버 때문에."

순간 그는 깜짝 놀랐다. 그런 다음 '순진함' 같은 말을 사용하는 세상에 대해 한없는 경멸감과 우월감을 느끼며 가볍게 웃었다. "거참 재미있군." 그가 말했다. "당신은 알고 있었어. 추측으로 알아냈어. 난 그것도 모르고 당신은 아직 껍데기 밖으로 나오지도 않은 미숙한 병아리인 줄만 알았지 뭐야. 그런데 이제 보니……" 그는 피스헤이븐에서 보낸 그날의 그녀 모습과 스노 식당의 부르고뉴 와인 옆에서의 모습을 마음속에 떠올려 보았다. "이제 보니 알고 있었어."

그녀는 부인하지 않았다. 무릎 사이에 두 손을 깍지 끼고 앉아서 모든 것을 받아들였다. "정말 재미있군 그래." 그가 말했다. "생각해 보니…… 당신도 나만큼 나쁜 사람이야." 그는 그녀에게 다가가서 얼마간 존경하는 마음으로 덧붙였다. "당신이나 나나 다를 게 없어."

그녀는 어린애 같은 헌신적인 눈으로 쳐다보며 엄숙하게 말했다. "다를 게 없지요."

그는 욕망이 배 속에서 올라오는 구토감처럼 다시 꿈틀거리는 것을 느꼈다. "무슨 결혼 첫날밤이 이래?" 그가 말했다. "결혼 첫날밤이 이럴 거라는 걸 생각이나 해 봤어?" ……손바닥에 금화를 얹고, 성스러운 공간에서 무릎을 꿇고, 하느님의 축복을 빌고…… 그래야 할 결혼식 첫날이었지만 현실은 그렇지 않았다. 복도에서 들리는 발자국 소리, 문을 쾅쾅 두드리는 커빗, 비틀거리며 떠나는 소리, 삐걱거리는 계단, 문이 쾅 닫히는 소리…… 그녀는 대죄를 짓는 태도로 그를 두 팔로 안고 다시

선서하듯 말했다. "우린 다를 게 없어요."

소년은 등을 대고 누워—와이셔츠 차림이었다—꿈을 꾸었다. 그는 아스팔트 운동장에 있었다. 한 그루 플라타너스는 시들었다. 투박한 종소리가 울리자 아이들이 밖으로 나와 그에게로 왔다. 그는 신입생이었다. 아는 사람이 한 명도 없었다. 속이 불편할 정도로 두려웠다. 아이들은 목적을 가지고 그에게로 다가왔다. 그때 조심스럽게 그의 소매를 잡는 손이 느껴졌다. 그는 플라타너스 나무에 달린 거울을 통해 자신의 얼굴과 자기 뒤에 있는 카이트를 보았다. 쾌활한 중년 남자인 카이트의 입에서는 피가 흘렀다. "저런 애송이들." 카이트가 그렇게 말하며 그의 손에 면도날을 쥐여 주었다. 그는 이제 무엇을 해야 할지 알았다. 녀석들에게 자기는 무슨 일에도 거침이 없다는 것을, 자기에게 규칙 따위는 없다는 것을 한번 제대로 가르쳐 주어야만 했다.

그는 공격하는 듯한 동작으로 팔을 내밀고 뭐라고 알아들을 수 없는 말을 중얼거린 다음 옆으로 돌아누웠다. 담요 자락이 입을 가려 숨 쉬는 게 불편했다. 그는 잔교 위에 있다가 잔교의 말뚝이 부러지는 것을 보았다. 검은 구름이 해협을 가로질러 몰려오고, 바다는 점점 높아져 갔다. 잔교가 송두리째 기우뚱하더니 물속으로 가라앉았다. 그는 비명을 지르려 했다. 익사만큼 나쁜 죽음은 없다. 잔교의 덱이 침몰하기 직전의 여객선 갑판처럼 가파르게 기울어졌다. 그는 바닷물에 빠지지 않으려고 반질반질한 경사면을 허둥지둥 기어오르다가 다시 미끄러져 밑으로 밑으로 떨어져 내렸다. 이윽고 그가 다다른 곳은 넬슨플레이스의 그의 침대였다. 그는 꿈속에서 생각했다. '참 별난 꿈이야!' 그때 어머니 아버지의 은밀한 행위의 소리가 다른 침대에서 들려왔다. 토요일 밤이었다. 아버지는 달리기 경주를 막 끝낸 사람처럼 할딱거렸고, 어머니는 쾌락의 고통으로 소름 끼치는 신음 소리를 냈다. 증오, 혐오, 외로움이 밀려왔다. 그는 철저히 버림받은 것이었다. 어머니 아버지의 생각 속에 그의 자리는 없었다. 몇 분 동안 그는 죽은 거나 다름없었다. 사랑하는 사람의 부끄러운 줄 모르는 행위를 지켜보는 연옥의 영혼 같은 존재였다.

그는 돌연히 눈을 떴다. 마치 악몽이 더 이상 나아갈 수 없다며 멈춰 버린 듯했다. 캄캄한 밤이었다. 아무것도 볼 수 없었다. 순간 그는 자신이 넬슨플레이스로 돌아왔다고 믿었다. 그때 시계가 뒷마당의 쓰레기통 뚜껑이 부딪치는 듯한 소리를 울리며 가까운 곳에서 3시를 쳤고, 그러자 그는 이곳에는 자기 혼자뿐이라고 생각하면서 커다란 안도감을 느꼈다. 잠이 덜 깬 상태로 침대에서 나와(입에 침이 말라붙고, 입 안이 너무 텁텁했다) 더듬더듬 세면대로 갔다. 양치질용 컵을 찾아 들고 물을 따르고 있을 때 그를 부르는 소리가 들렸다. "핑키? 뭐 해요, 핑키?" 그는 잔을 떨어뜨렸다. 물이 그의 발 위로 쏟아질 때 기억이 되살아나면서 씁쓸한 기분이 몰려왔다.

그는 어둠에 대고 조심스럽게 말했다. "아무것도 아냐. 그냥 자." 그에게 승리감이나 우월감은 더 이상 남아 있지 않았다. 그는 몇 시간 전의 일을 되돌아보았다. 그때 그는 술에 취해 있었거나 꿈을 꾸고 있었던 것만 같았다(신기한 경험 때문에 일시적으로 기분이 들떠 있었던 것이다. 이제 신기한 것은 다시는 없을 것이다). 그는 완전히 잠이 깼다. 이런 일은 상식적으로 다루어야 했다. 로즈는 다 알고 있다. 잠이 달아난 그의 눈은 계산적인 눈이 되었다. 눈앞의 어둠이 서서히 옅어져 갔다. 이제 침대 기둥 끝에 달린 동그란 꼭지와 의자의 윤곽이 보였다. 그는 한 수는 이기고 한 수는 졌다. 경찰은 로즈에게 증언을 강요할 수 없게 되었지만, 로즈는 알고 있다…… 그녀는 그를 사랑하지만—어떤 의미에서의 사랑이든 간에—그러나 사랑은 증오나 혐오와 마찬가지로 영원한 것이 못 된다. 더 잘생긴 얼굴, 더 멋진 옷을 입은 사람을 보면…… 평생 그녀의 사랑을 간직해야만 한다는 사실이 가슴에 공포감을 불러일으키며 뼈저리게 와닿았다. 그는 결코 그녀를 버리지 못할 것이다. 그는 신분이 상승한다 할지라도 넬슨플레이스를 눈에 띄는 상처처럼 데리고 다녀야 한다. 호적계 사무실에서의 결혼도 혼인 성사와 마찬가지로 돌이킬 수 없는 것이 되고 말았다. 죽음만이 그를 해방시킬 수 있을 것이다.

바람을 쐬고 싶은 생각이 간절해져서 조용히 문으로 걸어갔다. 복도에서는 아무것도 보이지 않았다. 나직한 숨소리만 들렸다. 금방 빠져나온 자신의 방과 댈로의 방에서 들려오는 숨소리였다. 자신이 장님인 듯한 기분이 들었다. 장님이기 때문에 자신의 눈에는 보이지 않는 사람들에 의해 관찰당하고 있는 것 같은 느낌이 들었다. 더듬더듬 계단 꼭대기 쪽으로 걸어간 다음 현관을 향해 한 걸음 한 걸음 천천히 계단을 내려갔다. 걸음을 내디딜 때마다 삐걱거리는 소리가 났다. 그는 손을 내밀어 전화기를 만졌다. 그런 다음 팔을 앞으로 쭉 뻗은 자세로 현관문을 향해 걸어갔다. 거리의 가로등은 다 꺼져 있었으나, 어둠은 더 이상 사면의 벽 사이에 고여 있지 않았다. 고여 있던 어둠이 드넓은 도시로 퍼져 나간 탓에 이제 어둠은 많이 옅어져 보였다. 지하실 난간, 움직이는 고양이, 어두운 하늘에 반사된 바다의 인광이 그의 눈에 들어왔다. 낯선 세상이었다. 지금껏 이 같은 세상에 혼자 있어 본 적이 한 번도 없었다. 해협 쪽으로 사뿐사뿐 걸어가면서 그는 기만적인 자유의 느낌을 맛보았다.

몽펠리에 거리에 이르렀을 때는 가로등에 불이 켜져 있었다. 눈에 띄는 사람은 아무도 없었다. 축음기 가게 바깥에 빈 우유병이 한 개 놓여 있었다. 저 멀리 불을 밝힌 시계탑과 공중화장실이 보였다. 공기는 시골 공기처럼 신선했다. 소년은 자신이 탈출했다고 상상했다. 손이 시려서 바지 주머니에 손을 넣자, 거기에 넣어 둔 적이 없는 종잇조각이 만져졌다. 그는 그것을 꺼냈다. 공책에서 찢어 낸 종잇조각으로, 거기에는 다듬어지지 않은 낯선 필체의 글이 큼지막하게 쓰여 있었다. 그는 그 쪽지를 높이 들어 희미한 불빛에 비추어 가며 읽었다. 겨우겨우 읽었다. '사랑해요, 핑키. 당신이 뭘 하든 난 상관 안 해요. 당신을 영원히 사랑해요. 당신은 내게 잘해 줬어요. 당신이 어디를 가든 나도 함께 갈 거예요.' 로즈는 그가 커빗과 얘기하는 동안 그걸 써서 그가 자는 동안에 그의 바지 주머니에 넣은 게 틀림없었다. 그는 그 쪽지를 구겨서 주먹 속에 넣었다. 생선 가게 바깥에 쓰레기통이 하나 놓여 있었다. 쪽지를 쓰레기통에 던져 넣으려다가 손을 멈추었다. 어떤 막연한 생각이 떠오른 것이었다. 누가 알겠니, 어느 날 이 쪽지가 유용하게 쓰일 수도 있잖아, 하는 생각이었다.

어디선가 나직한 목소리가 들렸다. 그는 날카롭게 주위를 둘러보며 쪽지를 다시 주머니 안에 찔러 넣었다. 두 가게 사이의 골목길 땅바닥에 한 노파가 앉아 있었다. 그는 노파의 빛바랜 우그렁쭈그렁한 얼굴을 볼 수 있었다. 그것은 지옥에 떨어진 모습 같았다. 그때 노파가 읊조리는 소리가 들렸다. "여인 중에 복되시며,"* 그는 묵주를 만지작거리는 노파의 잿빛 손가락을 보았다. 이것은 지옥에 떨어진 모습이 아니었다. 그는 섬뜩하지만 매혹당한 기분으로 노파를 지켜보았다. 이것은 구원받은 모습이었다.

♦ 성모송의 일부.

제7부

1

로즈는 혼자 깨어난 것을 조금도 이상하게 여기지 않았다. 그녀는 대죄의 나라의 이방인이었고, 따라서 모든 것이 이곳의 관습일 거라고 생각했다. 핑키는 일하러 나갔을 거라는 생각이 들었다. 그녀를 깨워 줄 자명종은 없었지만, 커튼이 없는 유리창으로 쏟아져 들어온 아침 햇살이 그녀를 깨웠다. 한번은 복도에서 발자국 소리가 들렸고, 한번은 "주디" 하고 명령적으로 부르는 목소리가 들렸다. 로즈는 아내가—혹은 정부가—해야 할 일이 무엇일까 생각하며 누워 있었다.

그러나 오래 누워 있지 않았다. 평소와 다른 수동적인 태도는 겁나는 일이었다. 할 일이 없다는 것, 그것은 그녀에게는 삶 같지 않은 것이었다. 이 사람들은 내가 할 일을 알고 있다고 생각하는 것일까? 난로에 불을 붙이고, 식탁을 차리고, 쓰레기를 치우는 일 등을 내가 알아서 할 거라고 생각하는 것일까? 시계가 7시를 쳤다. 생소한 시계였다(그녀는 지금까지 평

391

생 같은 시계 소리만 들으며 살아왔다). 이 시계 소리는 전에 들어 본 어떤 소리보다도 느리고 청아하게 초여름 대기 속으로 퍼져 나가는 것 같았다. 그녀는 행복감을 느끼면서도 겁이 났다. 7시는 너무 늦은 시간이었다. 허둥지둥 잠자리에서 빠져 나와 옷을 입으면서 재빨리 주기도문과 성모송을 암송하려다가 다시 생각에 잠겼다…… 이제 기도가 무슨 소용이 있겠는가? 자기는 이제 그런 것과는 끝나지 않았는가. 나는 어느 편에 설 것인지 선택했어. 그이가 지옥에 떨어진다면 나도 지옥에 떨어져야 해.

물 단지에는 희뿌연 탁한 물이 바닥에 조금 남아 있을 뿐이었다. 비눗갑 뚜껑을 열어 보니 거기에는 1파운드 지폐 석 장과 그 지폐에 싸인 반 크라운 동전 두 개가 들어 있었다. 그녀는 뚜껑을 다시 닫았다. 이것은 익숙해져야 할 또 하나의 습관일 뿐이었다. 방 안을 둘러본 다음 옷장을 열어 보았다. 비스킷 통 하나와 구두 한 켤레가 눈에 띄었다. 비스킷 부스러기가 발에 밟혀 바스러졌다. 그녀가 의자 위에 놓아두었던 축음기 음반이 주의를 끌었다. 더 안전하게 보관하기 위해 음반을 찬장 속에 집어넣었다. 그러고 나서 방문을 열었다. 아무런 인기척도 없었다. 난간 너머를 내려다보았다. 새로 수리한 나무 난간이 그녀의 힘에 눌려 삐걱 소리를 냈다. 저 아래 어딘가에 부엌과 거실과 그녀가 일해야 하는 장소가 있을 게 틀림없었다. 그녀는 조심스럽게—7시나 된 늦은 시간이기에 어떤 화난 얼굴을 마주치게 될지 몰랐으므로—계단을 내려갔다. 현관에서 공처럼 구겨진 종이가 발에 밟혔다. 그녀는 그것을 펴서 연필로 쓰인 글을 읽었다. '방문 잠그고 좋은 시간 보내요.' 그녀는 그 말뜻을 이해하지 못했다. 어떤 암호문일지도 몰랐다. 그 글은 침대 위에서 죄를 범하고, 사람들이 갑자기 목숨을 잃고, 이상한 사람이 밤중에 방문을 걷어차며 욕설을 하는 이 낯선 세계와 관련이 있지 않을까 하고 그녀는 생각했다.

지하실로 내려가는 계단을 발견했다. 현관 아래쪽은 어두웠지만 그녀는 전기 스위치가 어디 있는지 알 수 없었다. 한 차례 발을 헛디뎌서 넘어질 뻔한 그녀는 두근거리는 가슴으로 벽을 꼭 붙잡았다. 사인을 밝히기 위해 조사하는 자리에서 있었던, 스파이서가 어떻게 떨어졌는지에 대한 증언이 그녀의 머릿속에 떠올랐다. 스파이서의 죽음은, 이 집은 평범한 곳이 아니라는 느낌이 들게 했다. 그녀는 사람이 죽어 나간 지 얼마 안 되는 곳에 있어 본 적이 없었다. 계단을 다 내려가서 맨 먼저 눈에 띈 문을 조심스럽게 열었다. 누가 자기한테 욕을 할지도 모른다고 미리 마음먹었다. 부엌이 맞았다. 하지만 텅텅 비어 있는 부엌이었다. 그 부엌은 그녀가 알고 있는 두 종류의 부엌 중 어느 것과도 같지 않았다. 하나는 스노 식당의 깨끗하고 반지르르하고 부산한 부엌이었다. 다른 하나는 그녀의 집 부엌으로, 앉아 있고, 요리해서 먹고, 우울한 기분에 빠져들기도 하고, 추운 밤에는 몸을 녹이기도 하고, 의자에 앉아 졸기도 하는, 방이나 다름없는 부엌이었다. 그런데 이 집 부엌은 팔려고 내놓은 집의 부엌 같았다. 난로에는 차가운 코크스만 가득했고, 창턱에는 빈 정어리 깡통이 두 개 놓여 있었다. 탁자 밑에는 더러운 고양이 먹이용 접시가 놓여 있었는데, 고양이는 거기 없었다. 문이 열려 있는 찬장에는 빈 그릇만 가득했다.

그녀는 난로로 다가가서 타고 남은 코크스 재를 긁어냈다. 난로를 만져 보니 싸늘했다. 몇 시간 동안이나, 어쩌면 며칠 동안이나 불을 피운 적이 없는 것 같았다. 문득, 자신이 버려졌다는 생각이 들었다. 이 세계에서는 이런 일이, 그러니까 빈 병과 여자와 종잇조각에 쓴 암호문 따위의 모든 것을 남기고 갑작스럽게 도피해 버리는 일이 흔히 있는 일인지도 몰랐다. 문이 열렸을 때 그녀는 경찰일 거라고 생각했다.

파자마 바지만 입은 댈로였다. 그가 안을 들여다보며 말했다. "주디 어디 있어?" 그는 그제야 로즈를 알아본 듯했다. 그가 말했다. "일찍 일어났네."

"일찍?" 그녀는 댈로의 말을 이해하지 못했다.

"난 돌아다니는 사람이 주디인 줄 알았지. 나 기억할 거야. 댈로야."

그녀가 말했다. "난로에 불을 좀 피우는 게 좋겠다고 생각했어요."

"뭐 하러?"

"아침 식사를 만들려면."

댈로가 말했다. "그 여자가 잊어버렸나……" 그는 수납장으로 가서 서랍을 당겼다. "봐." 그가 말을 이었다. "뭐 하러 그 고생을 해? 난로에 불을 피울 필요 없어. 여기 먹을 게 많잖아."
서랍 안에 통조림이 수북이 쌓여 있었다. 정어리, 청어…… 그
녀가 말했다. "하지만 차를 끓여야 하잖아요."

그는 이상한 표정으로 그녀를 쳐다보았다. "당신이 일을 해
야 한다고 생각하는 사람은 없을 거야. 여기선 아무도 차를 달
라고 하지 않아. 왜 굳이 사서 고생하려고 해? 찬장엔 맥주도
있고, 핑키는 우유를 마셔. 병째로." 그가 조용히 문 쪽으로 돌
아갔다. "배고프면 알아서 마음대로 챙겨 먹어. 핑키가 뭘 좀
갖다 달랬나?"

"그이는 나가고 없어요."

"젠장, 이 집 사람들은 다 어떻게 돼 가는 거야?" 그는 문 앞
에서 걸음을 멈추고 싸늘한 난로 옆에 무기력하게 서 있는 그
녀를 다시 한번 쳐다보았다. 그가 말했다. "일하고 싶은 건 아
니지?"

"그건 아니에요." 그녀가 어정쩡하게 대답했다.

댈로가 다소 어리둥절한 표정으로 말했다. "일을 하고 싶다
면 굳이 말리고 싶진 않아. 당신은 핑키의 색시니까. 난롯불을
피우고 싶으면 피워. 주디가 잔소리를 하면 내가 입 닥치게 해
줄게. 그런데 코크스가 어디 있는지 모르는데. 저 난로는 3월
이후로 불을 피워 본 적이 없거든."

"누구에게 폐를 끼치고 싶진 않아요." 로즈가 말했다. "여
기 내려온 건…… 난 그저…… 불을 피워야 **하나 보다** 생각하
고……"

"여기선 일할 필요가 전혀 없어." 댈로가 말했다. "내 말 믿으면 돼. 여긴 자유의 집이야." 그러고 나서 덧붙였다. "혹시 빨간 머리 여자가 돌아다니는 거 못 봤어?"

"아무도 못 봤어요."

"그럼 또 봐." 댈로가 나가자, 그녀는 차가운 부엌에서 다시 혼자가 되었다. 일할 필요가 전혀 없다…… 자유의 집…… 그녀는 흰색 도료가 칠해진 벽에 몸을 기댄 채 수납장 위에 매달아 놓은 오래된 파리잡이 끈끈이를 쳐다보았다. 누군가가 오래전에 쥐구멍 옆에 쥐덫을 놓았으나, 먹이는 사라지고 쥐덫은 채워졌지만 걸려든 것은 없었다. 남자와 잠자리를 같이해도 달라지는 건 아무것도 없다고 사람들은 말하지만, 그건 거짓말이야. 나는 고통을 겪고 나서 이 자유, 해방, 미지의 세계로 들어왔잖아. 그녀의 가슴속에서 숨 막히는 흥분감이, 일종의 자부심이 일었다. 그녀는 당당한 태도로 부엌문을 열었다. 지하실 계단 맨 위에 댈로와 붉은 머리 여자가 있었다. 댈로가 주디라고 부른 여자였다. 그들은 거기 서서 격정적인 자세로 입술을 붙이고 있었다. 서로가 서로에게 줄 수 있는 최대한의 상처를 안겨 주고 있는 듯한 모습이었다. 여자는 연보라색 가운을 걸치고 있었다. 가운에는 종이로 만든, 때 묻은 양귀비꽃이 달려 있었는데, 그것은 지난 11월의 유물이었다. 두 사람이 입술 대 입술로 싸우고 있을 때 예의 그 청아한 소리의 시계가 반 시간이 지났음을 알렸다. 로즈는 계단 발치에서 그들을 쳐다보았다. 그녀는 하룻밤 사이에 몇 년을 살았다. 이제 그녀는 이런 것을 다 알고 있었다.

여자가 그녀를 보고 댈로의 입에서 입술을 떼며 말했다. "어머, 누구야?"

"핑키의 색시." 댈로가 말했다.

"일찍 일어났네. 배고프니?"

"아니에요. 난 그저…… 불을 피워야 하지 않을까 생각했어요."

"그 불은 별로 사용하지 않아." 여자가 말했다. "그런 것까지 하기엔 인생이 너무 짧으니까." 입 주위의 조그만 여드름이 눈에 띄는 여자는 붙임성이 아주 좋아 보였다. 그녀는 당근색 머리를 쓸어 올리더니 계단을 내려와 로즈에게 다가왔다. 그리고 로즈의 뺨에 젖은 입을 꼭 붙이고 말미잘처럼 빨아들였다. 그녀에게서 약간 퀴퀴해진 캘리포니아양귀비 냄새가 흐릿하게 났다. "이봐, 색시. 이제 색시는 우리 식구가 된 거야." 그녀는 마치 관대한 태도로 반라의 남자와 아무것도 깔지 않은 칙칙한 계단과 썰렁한 부엌을 로즈에게 증정하고 있는 것처럼 보였다. 그녀가 댈로의 귀에 안 들리도록 나직이 소곤거렸다. "우릴 봤다는 얘기, 아무에게도 안 할 거지? 프랭크가 불같이 화를 내거든. 아무것도 아닌데 말이야. 정말 아무것도 아니야."

로즈는 말없이 고개만 끄덕거렸다. 이 낯선 나라가 아주 빠른 속도로 그녀를 편입시키고 있었다. 세관을 통과하자마자 귀화 서류에 서명하게 하고, 이어서 곧바로 징발되고……

"색시," 여자가 말했다. "핑키의 친구는 우리 모두의 친구야. 색시도 곧 패거리들을 만나게 될 거야."

"안 그럴 것 같은데." 댈로가 계단 꼭대기에서 말했다.

"무슨 뜻으로 그런 말을……"

"핑키와 진지하게 얘길 해 봐야겠어."

"어젯밤에 커빗이 여기 왔었어?" 여자가 물었다.

"난 몰라요." 로즈가 말했다. "난 누가 누군지 몰라요. 누가 초인종을 누르고 마구 욕을 하고 문을 발로 찼어요."

"그 사람이 커빗이야." 여자가 부드럽게 알려 주었다.

"핑키와 진지하게 얘길 해 봐야겠어. 안전하지 못해." 댈로가 말했다.

"음, 이제 난 프랭크한테 가 보는 게 좋겠어." 그녀가 한 계단만 오르고 멈춰 섰다. "색시, 옷 세탁할 거 있으면 프랭크에게 맡기는 게 가장 좋아. 내 입으로 말하긴 좀 뭐하지만. 기름 자국을 빼는 데는 프랭크만 한 사람이 없지. 그리고 하숙인들에겐 거저나 다름없이 싸게 해 주거든." 그녀는 허리를 숙이고 반점이 있는 손가락으로 로즈의 어깨를 가리켰다. "이런 건 스펀지로 당장 뺄 수 있어."

"그렇지만 입을 옷이 이것밖에 없어요."

"저런. 색시, 그런 경우엔……" 그녀가 몸을 숙이고 비밀스럽게 속삭였다. "신랑한테 옷을 하나 사 달라고 해." 그런 다음 빛바랜 가운 자락을 바싹 여민 뒤 계단을 껑충껑충 뛰어 올라갔다. 로즈는 그녀의 다리를 쳐다보았다. 땅속에 사는 생물 같은 허연 다리에는 적갈색 털이 덮여 있었다. 거무칙칙한 슬리퍼는 발뒤꿈치와 사이가 많이 떠서 걸을 때마다 찰싹거렸다. 로즈가 보기에 이곳 사람들은 다들 무척 친절한 것 같았다. 대죄 안에서 동지애가 생겨난 듯싶었다.

지하실에서 위로 올라갈 때 그녀의 마음속에 자부심이 일었다. 나는 받아들여진 거야. 난 어떤 여자 못지않게 경험이 많거든. 침실로 돌아와서 침대에 앉아 기다리고 있을 때 시계가 8시를 치는 소리가 들렸다. 그녀는 배가 고프지 않았다. 엄청난 자유를 느낄 뿐이었다. 지켜야 할 시간표도 없고, 해야 할 일도 없었다. 약간의 고통을 겪고 나서 이 놀라운 자유가 있는 반대편 세상으로 나온 것이었다. 지금 그녀가 하고 싶은 것은 딱 하나, 다른 사람들에게 자신의 행복을 보여 주는 것뿐이었다. 그녀는 이제 다른 손님들처럼 스노 식당으로 걸어 들어가서 스푼으로 탁자를 두드리며 시중을 들어 달라고 요구할 수 있었다. 이제 뽐낼 수 있었다…… 그것은 하나의 공상이었으나, 침대에 앉은 채로 시간을 흘려보내는 동안 제법 괜찮은 생각처럼 여겨졌다. 자기가 정말로 해 볼 수 있는 일이라고 생각되었다. 길어 봤자 30분 후면 아침 손님을 위해 식당 문을 열 것이다. 돈이 있다면…… 그녀는 비눗갑에 시선을 고정한 채 생각에 잠겼다. 그녀의 생각은 이랬다. 어쨌든 우리는 결혼한 사이야…… 어쨌거나 말이야. 그런데 그이는 내게 음반 말고는 아무것도 주지 않았어. 그러니 내가 반 크라운쯤 가져가도 못마땅해하지는 않을 거야. 그녀는 침대에서 일어나 귀를 기울인 다음 조용히 세면대로 걸어갔다. 비눗갑 뚜껑에 손가락을 대고서 잠시 기다렸다. 누군가가 복도를 걸어오고 있었다. 주디도 아니고 댈로도 아니었다. 어쩌면 프랭크라고 부르는 사람인지도 몰랐다. 발자국 소리가 지나갔다. 그녀는 뚜껑을 열고 지폐에 싸인 반 크라운 동전을 꺼냈다. 비스킷을 훔친 적은 있어도 돈을 훔친 적은 한 번도 없었다. 그녀는 수치심이 들 거라고 생각했으나 그렇지 않았다. 다시 한번 묘하게도 자부심이 부풀어 오를 뿐이었다. 그녀는 마치 새로 들어간 학교의 시멘트 운동장에서 벌어지는 난해한 게임에 참여해서 본능적으로 즉시 암호를 알아내는 아이 같았다.

바깥세상은 일요일이었다. 그녀는 그걸 잊고 있었다. 브라이턴에 울려 퍼지는 교회 종소리가 그걸 일깨워 주었다. 그녀는 아침 햇살 속에서 또다시 자유를 느꼈다. 제단 앞에서의 묵도默禱에서 해방된 자유를 느꼈고, 난간에 둘러싸인 성스러운 공간에서 자신에게 부과되는 극심한 요구 사항에서 벗어난 자유를 느꼈다. 그녀는 이제 영원히 반대편에 들어간 것이었다. 반 크라운은 자신의 그런 행위에 대해 수여하는 메달과도 같았다. 7시 30분 미사에서 돌아오는 사람들과 8시 30분 아침 예배에 참석하러 가는 사람들이 눈에 들어왔다. 그녀는 검은 옷을 입은 그들을 스파이처럼 훔쳐보았다. 그녀는 그들을 부러워하지 않았다. 그들을 멸시하지도 않았다. 그들에게는 그들의 구원이 있고, 자기에게는 핑키와 지옥의 벌이 있는 것이었다.

스노 식당은 이제 막 블라인드를 올렸다. 로즈가 알고 있는 메이지라는 여자애가 탁자를 세팅하고 있었다. 메이지는 로즈가 좋아하는 유일한 아이로, 로즈처럼 신출내기인 데다 나이도 그녀보다 약간 많긴 했지만 거의 비슷했다. 로즈는 보도에서 그녀를 지켜보았다. 비웃음이 얼굴에 밴 수석 웨이트리스인 도리스는 메이지가 이미 세팅을 끝낸 탁자에서 먼지떨이로 먼지를 떠는 것 말고는 아무 일도 하지 않았다. 로즈는 반 크라운 동전을 더욱 꼭 움켜쥐었다. 이제 식당 안으로 들어가서 탁자에 앉아 도리스에게 커피와 빵을 가져오라고 말하고, 도리스에게 팁으로 잔돈 몇 푼을 주기만 하면 될 것이다. 그녀는 이 식당을 애용하며 그들에게 단골 행세를 할 수도 있을 터였다. 자신은 결혼을 한 성숙한 여자였다. 행복했다. 자신이 문으로 들어서는 모습을 보면 그들은 어떤 기분일까?

그녀는 식당에 들어가지 않았다. 괜히 난감한 상황이 생길지도 몰라서 그랬다. 자신의 자유를 과시하면 어떤 기분이 들까? 그때 유리창을 사이에 두고 메이지와 눈이 마주쳤다. 메이지는 먼지떨이를 들고 서서 그녀를 물끄러미 보았다. 앙상하고 미성숙한 몸이 거울에 비친 로즈 자신의 모습 같았다. 자신은 지금 핑키가 식당 밖에 서서 안을 들여다보았던 그 자리에 서 있었다. 이것이 신부님들이 말하는 한 몸이 된다는 의미일 것이다. 그리고 며칠 전에 로즈가 핑키를 보며 지었던 몸짓과 똑같은 몸짓을 메이지가 지어 보였다. 곁눈질을 하면서 알아차리기 힘들 만큼 작은 동작으로 고개를 까닥여 옆문을 가리키는 것이었다. 정문으로 들어가면 안 될 이유는 없었지만 그녀는 메이지의 뜻에 따랐다. 전에도 했던 일을 하고 있는 것만 같은 기분이 들었다.

문이 열리고 메이지가 나타났다. "로즈, 웬일이야?" 뭔가 보여 줄 상처라도 있어야 할 텐데…… 보여 줄 게 행복밖에 없어서 죄스러운 마음이 들었다. "그냥 여기 와서 널 좀 보고 싶었어." 로즈가 말했다. "나, 결혼했다."

"결혼?"

"뭐, 그렇게 됐어."

"오, 로즈. 그래, 어떠니?"

"좋아."

"방도 있고?"

"그래."

"종일 뭐 하니?"

"아무것도 안 해. 그냥 빈둥빈둥 지내."

그녀 앞의 어린애 같은 얼굴이 슬픔으로 일그러진 표정을 띠었다. "로즈, 넌 운이 좋구나. 신랑은 어디서 만났어?"

"여기서."

로즈 자신의 손보다 더 앙상한 손이 그녀의 손목을 잡았다. "로즈, 네 신랑, 친구는 없니?"

로즈가 가볍게 말했다. "그이는 친구 없어."

"메이지." 식당 안에서 누군가 날카로운 목소리로 불렀다. "메이지." 눈에 눈물이 고였다. 로즈의 눈이 아니라 메이지의 눈에 눈물이 고인 것이었다. 친구의 마음을 아프게 하려는 게 아니었는데. 불쑥 연민의 마음이 솟아서 이렇게 말했다. "결혼이 꼭 그렇게 좋은 것만은 아니야, 메이지." 그녀는 자신의 행복한 모습을 지우려 애썼다. "때로는 그이가 못되게 굴 때도 있어. 그래, 항상 장밋빛인 것만은 아냐." 그녀가 힘주어 말했다.

'장밋빛이 아니라면……' 그녀는 몸을 돌려 큰길을 향해 걸어가면서 생각했다. '항상 장밋빛인 것만은 아니라면, 그럼 뭐란 말인가?' 아침도 안 먹고 프랭크네 집으로 돌아가면서 그녀는 기계적으로 생각하기 시작했다. 내가 무얼 했기에 이렇게 행복하단 말인가? 죄를 저지른 것일까? 그렇다, 그게 답이었다. 그녀는 자신의 케이크를 내세가 아닌 이 세상에서 먹고 있는 것이었고, 그걸 개의치 않았다. 핑키의 목소리가 에보나이트 음반에 새겨진 것처럼 그녀도 그와 함께 낙인이 찍힌 것이었다.

프랭크네 집에서 너덧 집 정도의 거리만큼 떨어진 곳에 일요 신문을 파는 상점이 있었는데, 그곳에서 댈로가 그녀를 불렀다. "이봐, 로즈." 로즈는 걸음을 멈추었다. "손님이 왔어."

"누구요?"

"네 엄마."

그녀는 고마움과 연민의 감정에 마음이 울컥했다. 어머니는 이 같은 행복을 누리지 못했다. 그녀가 말했다. "《세계 뉴스》 한 부 주세요. 엄마가 일요 신문을 좋아하거든요." 상점의 뒤쪽 방에서 누군가 축음기를 틀고 있었다. 그녀가 가게를 지키고 있는 남자에게 말했다. "제가 언제 여기 와서…… 가지고 있는 음반을 틀어 봐도 될까요?"

"물론 허락하겠지." 댈로가 말했다.

그녀는 길을 건너서 프랭크네 집 초인종을 울렸다. 주디가 문을 열어 주었다. 주디는 아직도 가운 차림이었지만 지금은 안에 코르셋을 입고 있었다. "손님이 왔어." 주디가 말했다.

"알아요." 로즈는 계단을 뛰어 올라갔다. 처음으로 자기 집에서 어머니를 맞이하면서 어머니에게 자기 의자에 앉으라고 말하는 것, 그리고 같은 경험을 한 여자로서 서로를 바라보는 것, 그것은 그녀가 기대할 수 있는 가장 큰 승리였다. 이제는 남자에 대해서 어머니가 알고 있는 것 가운데 자신이 모르는 것은 아무것도 없다고 로즈는 생각했다. 그것은 침대에서의 고통스러운 의식에 대한 보상이었다. 로즈가 기쁜 마음으로 문을 활짝 열었을 때, 거기 있는 사람은 그 여자였다.

"당신 여기서 뭐……?" 로즈는 그렇게 입을 열었다가 고쳐 말했다. "사람들이 엄마가 왔다고 했는데."

"그 사람들한테 뭔가 이유를 대야 했으니까." 여자가 점잖게 설명했다. "들어와. 그 문 닫고." 마치 **자기** 방인 것처럼 말했다.

"핑키를 부르겠어요."

"핑키하고도 얘기할 게 있어." 그녀를 피해 갈 도리가 없었다. 그녀는 적이 분필로 갈겨쓴 외설스러운 말이 적힌 골목 끝 담벼락처럼 버티고 서 있었다. 그녀는 갑자기 손톱이 손목을 짓누를 정도로 거칠게 로즈의 손목을 잡았는데, 원래―로즈가 보기에―그렇게 무례한 사람인 것 같았다. 로즈가 말했다. "당신은 핑키를 만나지 못할 거예요. 아무도 핑키를 성가시게 하지 못할 거예요."

"앞으로 곧 걔를 성가시게 만들 일이 많이 생길걸."

"당신은 누구예요?" 로즈가 애원하듯이 말했다. "왜 우리 일에 참견하는 거예요? 경찰도 아니잖아요."

"난 다른 사람들과 별로 다를 것 없어. 정의를 바랄 뿐이지." 여자는 마치 차를 주문하는 것처럼 쾌활하게 말했다. 크고 후덕하고 육감적인 얼굴에 미소가 걸렸다. 그녀가 말했다. "난 네 안전을 지켜 주고 싶은 거야."

"난 도움 같은 거 필요 없어요." 로즈가 말했다.

"넌 집으로 돌아가야 해."

로즈는 황동 침대와 탁한 물이 들어 있는 물 단지를 지키려는 듯 주먹을 꽉 쥐었다. "여기가 집이에요."

"애야, 화를 내도 소용없어." 여자가 말을 계속했다. "나도 다시는 네게 화를 내지 않을 거야. 네 잘못이 아니니까. 넌 어떤 상황인지 모르고 있으니까. 쯧, 불쌍한 것, 난 네가 가여워." 그러고 나서 그녀는 로즈를 안아 줄 생각인 듯 리놀륨 바닥을 가로질러 다가왔다.

로즈는 뒷걸음질 쳐서 침대에 몸을 붙였다. "가까이 오지 마요."

"흥분하지 마, 애야. 흥분하는 건 도움이 안 돼. 있잖아……

난 단단히 결심했다."

"난 무슨 말인지 모르겠어요. 왜 터놓고 다 얘기하지 않는 거예요?"

"네게…… 차분히 얘기해 줄 게 있어."

"가까이 오지 말란 말이에요. 안 그러면 소리 지르겠어요."

여자는 걸음을 멈추었다. "이봐, 우리 침착하게 얘길 좀 하자고. 난 널 위해 여기 온 거야. 널 구해야 해서……" 그녀는 잠시 무슨 말을 해야 할지 몰라 말을 잇지 못하는 것 같았다. 그녀가 목소리를 낮추어 말했다. "네 목숨이 위험해."

"그뿐이라면 어서 돌아가……"

"그뿐?" 여자는 충격을 받았다. "그뿐이라니?" 그러고 나서 마음을 고쳐먹은 듯이 작정을 하고 웃었다. "애야, 너 때문에 내가 잠시 당황했구나. 그뿐이라고 해서 말이야. 그거면 충분한 거 아냐? 나, 지금 농담하고 있는 거 아니야. 네가 모르고 있다면 알아야만 해. 걔는 못 할 게 없는 아이야."

"그래서요?" 로즈가 조금도 굴하지 않고 말했다.

두 사람 사이에 약간의 거리가 있음에도 여자가 나직이 속삭이듯 말했다. "걔는 살인자야."

"내가 **그걸** 모를 거라고 생각해요?" 로즈가 말했다.

"맙소사." 여자가 말했다. "그럼 넌……"

"당신이 내게 해 줄 수 있는 말은 없어요."

"그걸 알고도 그 애와 결혼했다니…… 너 정말 미쳤구나. 널 그냥 내버려 둘까 보다."

"그게 좋겠어요. 불만 없어요." 로즈가 말했다.

여자가 화환을 걸듯 또다시 얼굴에 미소를 걸었다. "난 화내지 않을 거다. 널 그냥 내버려 두면 난 밤에 잠을 못 잘 거야. 그건 옳지 못한 일이니까 말이다. 내 말 들어 봐. 넌 아마 무슨 일이 일어났는지 모를 테니까. 난 다 알아냈어. 녀석들은 프레드를 산책로 아래쪽에 있는 조그만 가게로 데리고 들어가서 그이를 질식시켰는데…… 적어도 목에 뭘 쑤셔 넣어서 질식시켜 죽이려 했는데, 그이의 심장이 먼저 멈춰 버린 거야." 그녀가 겁에 질린 목소리로 말했다. "녀석들은 죽은 사람을 질식시킨 거라고." 그런 다음 날카롭게 덧붙였다. "너, 건성으로 듣고 있구나."

"다 알고 있어요." 로즈는 거짓말을 했다. 로즈는 골똘히 생각하고 있었다(그녀는 핑키의 경고―"연루되지 마"―를 떠올리고 있었다). 막연한 생각을 머릿속에서 열심히 굴렸다. 그이는 나를 위해 최선을 다했어. 나는 지금 그이를 도와야 해. 그녀는 여자를 자세히 살펴보았다. 포동포동하고 수더분하게 나이 들어 가는 그 얼굴을 로즈는 결코 잊지 못할 것이다. 그 얼굴이 폭격을 맞아 폐허가 된 집에서 내다보는 백치처럼 로즈를 바라보았다. 로즈가 말했다. "좋아요. 그렇게 생각한다면 왜 경찰에 신고하러 가지 않는 거예요?"

"이제야 말이 통하는 얘기를 하는구나." 여자가 말했다. "난 단지 분명히 해 두고 싶을 뿐이야. 말하자면 이래. 내가 돈을 주니까 다 이야기해 준 사람이 있어. 그리고 나 스스로 추리해서 알아낸 것도 있고. 그런데 그 사람이…… 증언은 안 하겠다는 거야. 이런저런 이유로. 그런데 이번 경우는 많은 증언이 필요하거든. 의사들이 자연사라고 발표했으니까 말이야. 만약 네가……"

"왜 포기하지 않는 거예요?" 로즈가 말했다. "다 끝난 일이잖아요. 왜 우릴 가만 내버려 두지 않는 거예요?"

"그건 옳지 않으니까. 게다가…… 걔는 위험한 아이야. 얼마 전에 이 집에서 일어난 일을 봐. 나에게 그건 사고였다고 말하진 않겠지?"

"당신은 그이가 왜 그런 일을 했는지 생각해 보지 않았죠?" 로즈가 말했다. "이유 없이 살인을 저지르진 않잖아요."

"좋아, 왜 그랬대?"

"난 몰라요."

"그 애한테 물어봐."

"난 알 필요 없어요."

"넌 그 애가 널 사랑한다고 생각하겠지만," 여자가 말했다. "그 앤 널 사랑하지 않아."

"그이는 나랑 결혼했어요."

"왜 결혼했을까? 아내에게는 증언을 강요할 수 없기 때문이지. 너도 내가 아까 얘기한 그 남자와 마찬가지로 증인이란 말이야, 이 아가씨야." 그녀는 다시 그들 사이의 간격을 좁히려 했다. "난 널 구해 주고 싶을 뿐이야. 그 애는 자기가 안전하지 않다고 생각하면 곧바로 널 죽일 거야."

로즈는 침대를 등진 채 그녀가 다가오는 것을 지켜보았다. 그녀는 빵을 잘 만들 것 같은 큼지막한 손을 로즈의 어깨에 얹었다. "사람은 변해요." 로즈가 말했다.

"아니야, 그렇지 않아. 사람은 변하지 않아. 나를 봐. 이제껏 조금도 변한 적이 없잖아? 그건 브라이턴 록 막대 사탕 같은 거야. 끝까지 깨물어 먹어도 여전히 브라이턴이라는 글자가 보이는 막대 사탕 말이야. 그게 인간의 본성인 거야." 그녀가 로즈의 얼굴에 대고 구슬픈 한숨을 내쉬었다. 그녀의 숨에서 달콤한 와인 냄새가 났다.

"고해성사…… 회개." 로즈가 나직이 말했다.

"그건 종교적인 것일 뿐이야." 여자가 말했다. "내 말 들어. 우리가 상대해야 할 것은 이 세상이야." 그녀는 로즈의 어깨를 토닥였다. 그녀의 목구멍에서 쉬익쉬익 하는 숨소리가 났다. "네 짐을 꾸려서 나랑 같이 가자. 내가 돌봐 줄게. 조금도 겁낼 거 없어."

"핑키……"

"핑키는 내가 잘 처리하도록 할게."

로즈가 말했다. "당신이 원하는 건 뭐든…… 뭐든 다 할게요……"

"그래, 그래야지."

"우릴 가만 내버려 둔다면요."

여자는 뒷걸음질 쳤다. 순간적으로 분노의 표정이 떠올라서 얼굴에 화환처럼 걸려 있던 미소와 부조화를 이루었다. "고집쟁이." 그녀가 말했다. "내가 네 엄마라면…… 좀 호되게 때려줄 텐데." 로즈의 야윈 얼굴이 단호한 표정으로 그녀를 쏘아보았다. 그 표정 속에 세상의 모든 전투가 담겨 있었다. 흔들림 없는 두 눈과 앙다문 입 사이에서 전함이 전투 준비를 하고 폭격기 편대가 이륙했다. 그것은 마치 깃발들이 표시되어 있는 전투지도 같았다.

"문제가 또 있어." 여자가 엄포를 놓았다. "경찰이 널 감옥에 집어넣을 수 있어. 네가 알고 있기 때문이지. 네가 알고 있다고 말했잖아. 넌 공범인 거야. 사후 공범."

"만약 경찰이 핑키를 잡아간다면 내가 감옥에 가는 걸 무서워할 것 같아요?" 로즈가 놀란 표정으로 물었다.

"아이고 맙소사. 난 오직 너를 위해서 여기 왔을 뿐이야. 처음엔 고생해 가면서까지 너를 만나고 싶은 마음은 없었어. 그렇지만 무고한 사람이 고통당하는 걸 두고 볼 수만은 없다." 멋들어진 말이 자동 기계에서 튀어나오는 티켓처럼 딸깍하고 튀어나왔다. "그 애가 너를 죽일 생각인데도 그걸 막기 위한 최소한의 노력도 안 할 셈이야?"

"그이는 내게 조금도 해를 입히지 않을 거예요."

"넌 어려서 나만큼 세상을 알지 못해."

"당신이 모르는 것도 있어요." 여자가 계속 자기주장을 늘어놓는 동안 로즈는 침대 옆에서 음울한 생각에 잠겼다. 하느님이 동산에서 눈물을 흘리고 십자가에 매달려 울부짖는다. 몰리 카슈는 영원한 불구덩이에 떨어진다.

"나는 적어도 네가 모르는 것 하나를 알고 있어. '옳고 그름'을 분간할 줄 알지. 그건 학교에서도 가르치지 않아."

로즈는 대답하지 않았다. 그건 여자 말이 맞았다. 그 두 단어는 로즈에게는 아무런 의미도 띠지 못했다. 그 두 단어의 맛은 더 강렬한 음식인 '선과 악'에 의해 소멸되어 버렸다. 여자는 자기가 모르는 선과 악에 대해서는 로즈에게 말해 줄 수 있는 게 아무것도 없었고—로즈는 핑키가 악하다는 것을 산술적인 수학처럼 분명히 알고 있었다—따라서 이 경우에 핑키가 옳은가, 그른가 하는 것이 무슨 상관이 있겠는가.

"넌 미쳤어." 여자가 말했다. "그 애가 죽이려 해도 넌 손가락 하나 까딱하지 않을 거야."

로즈는 천천히 상념에서 깨어나 바깥세상으로 돌아왔다. 그녀가 말했다. "그럴지도 모르죠."

"내가 자상한 여자가 아니라면 널 포기해 버리겠지만, 난 책임감이 있는 사람이야." 여자가 문 앞에서 걸음을 멈추었을 때 얼굴에는 미소가 매우 불안스럽게 걸려 있었다. "네 어린 신랑한테 경고해 둬." 그녀가 말했다. "내가 점점 사나워지고 있다고, 나도 계획이 있다고 말이야." 그녀는 나가서 문을 닫았다가 마지막 공격을 위해 다시 문을 홱 열었다. "조심해라, 애야. 살인자의 애를 갖지 않도록." 그런 다음 휑한 침실 바닥을 사이에 두고 마주 선 로즈를 향해 잔인한 미소를 날려 보냈다. "피임에 신경 쓰는 게 좋아."

피임…… 로즈는 침대 끝에 서서 손으로 몸을 눌러 보았다. 마치 그렇게 누름으로써 알아낼 수 있다는 듯이…… 그것은 한 번도 생각해 본 적이 없는 것이었다. 그녀가 이미 몸속에 받아들였을지도 모르는 것에 대한 생각이 영광스러운 느낌처럼 일었다. 아이…… 그리고 그 아이가 또 아이를 낳을 것이고…… 그것은 핑키를 위해 여러 친구들을 키우는 것과도 같은 일이지. 어떤 존재가 핑키와 그녀에게 벌을 내린다면 그 존재는 아이들에게도 벌을 내릴 테지. 어젯밤 둘이서 침대 위에서 한 행위는 끝이 없는 것이었다. 영원한 행위였다.

2

소년은 신문 파는 상점의 문간 안쪽에 서 있다가 아이다 아널드가 나오는 것을 보았다. 그녀는 약간 상기된 얼굴로, 약간 거만한 걸음걸이로 길을 걸었다. 그녀가 걸음을 멈추더니 조그마한 어린아이에게 1페니 동전을 주었다. 너무 놀라서 동전을 떨어뜨리고 만 아이는 큼지막한 체구의 여자가 조심성 있게 물러가는 모습을 물끄러미 지켜보았다.

소년은 갑자기 웃었다. 못마땅해하는 헛웃음이었다. 그는 생각했다. 저 여자는 취했어…… 댈로가 말했다. "자네, 하마터면 마주칠 뻔했군."

"뭘 마주쳐?"

"자네 장모."

"장모…… 네가 어떻게 알아?"

"저 사람이 로즈를 찾았거든."

소년은 《세계 뉴스》를 카운터에 내려놓았다. 「에핑 숲에서 여학생 피습」이라는 머리기사가 눈에 띄었다. 그는 골똘히 생각에 잠긴 얼굴로 프랭크네 집으로 가서 계단을 올라갔다. 계단을 반쯤 올라가다가 걸음을 멈추었다. 그 여자가 제비꽃 조화를 떨어뜨린 것이었다. 그는 계단에서 그것을 주워 들었다. 캘리포니아양귀비 냄새가 났다. 그는 그 조화를 손바닥 안에 감추고 방 안으로 들어갔다. 로즈가 반가워하며 그에게로 다가왔다. 그는 그녀의 입술을 피했다.

"어," 그가 투박하지만 다정하고 익살스러운 표정을 지으려 애쓰면서 말했다. "어머니가 찾아왔다고 들었는데." 그러고 나서 초조하게 그녀의 대답을 기다렸다.

"아, 그래요." 로즈가 어정쩡하게 대답했다. "잠깐 들렀대요."

"오늘은 기분이 안 좋은 날이 아니래?"

"그래요."

그는 손바닥 안의 제비꽃을 격하게 짓뭉갰다. "어머니는 이 결혼이 당신한테 잘 어울린다고 생각해?"

"아, 그래요. 그런 것 같아요…… 얘기를 많이 하지는 않았지만."

소년은 침대로 가서 외투를 걸쳤다. 그가 말했다. "당신도 밖에 나갔다 왔다며?"

"친구들을 좀 만나 보고 싶어서."

"어떤 친구들?"

"아…… 스노 식당 친구."

"당신은 걔들을 친구라고 부르는 거야?" 그가 경멸 조로 물었다. "그래, 만나 봤어?"

"만나긴 했지만…… 딱 한 명, 메이지만 만났어요. 그것도 잠깐 동안."

"그런 다음 제때 집에 돌아와서 어머니를 만난 거로군. 나는 무얼 하고 있었는지 알고 싶지 않아?"

그녀는 맹한 표정으로 그를 쳐다보았다. 그의 태도에 겁이 난 것이었다. "알려 주고 싶으면 그렇게 해요."

"알려 주고 싶으면, 이라니? 당신, 그렇게 흐리멍덩한 사람 아니잖아." 조화에 들어 있던 철사가 그의 손바닥을 찔렀다. 그는 "댈로랑 할 얘기가 있어. 당신은 여기서 기다려" 하고 말한 뒤 방을 나왔다.

그는 길 건너편에 있는 댈로를 소리쳐 불렀다. 댈로가 그에게로 왔을 때 그가 말했다. "주디는 어딨어?"

"2층에."

"프랭크는 일하고 있나?"

"그래."

"그럼 부엌으로 내려가자." 그는 앞장서서 계단을 내려갔다. 지하실의 어둠 속에서 코크스의 재가 발에 밟혀 빠드득거렸다. 그가 부엌 탁자의 모서리에 걸터앉으며 말했다. "한잔해."

"너무 이른 시간이야." 댈로가 말했다.

"이봐." 소년이 말했다. 바야흐로 무슨 오싹한 고백을 할 것처럼 고통스러운 표정이 그의 얼굴을 스치고 지나갔다. "난 널 믿어.” 그가 말했다.

“왜 그래?” 댈로가 말했다. “무슨 일 있어?”

“상황이 안 좋아.” 소년이 말했다. “사람들이 이런저런 낌새를 채고 있어. 젠장.” 그가 말을 이었다. “난 스파이서를 죽였어. 그 애랑 결혼도 했어. 내가 무슨 대량 살육이라도 해야 하는 거야?”

“어젯밤 커빗이 여기 왔었어?”

“왔어. 내가 쫓아 버렸지. 놈이 애걸하더군. 5파운드만 빌려달라고 말이야.”

“빌려줬어?”

“당연히 안 빌려줬지. 그 같은 놈의 협박에 내가 넘어갈 것 같아?”

“조금이라도 빌려주지 그랬어?”

“내가 걱정하는 건 그 녀석이 아니야.”

“그 친구 걱정도 해야 할걸.”

“좀 조용히 해.” 소년이 갑자기 버럭 소리 질렀다. 그가 천장을 향해 엄지손가락을 획 추켜세웠다. “내가 걱정하는 건 저 애란 말이다.” 그가 주먹을 펴면서 말했다. “젠장, 오다가 꽃을 떨어뜨렸군.”

“꽃……?”

“조용히 하고 들어 봐.” 그가 나지막하지만 사나운 어조로 말했다. “그 여자는 저 애 어머니가 아니야.”

“그럼 누구야?” 댈로가 물었다.

"꼬치꼬치 캐묻고 다니던 여자…… 그날 프레드와 함께 택시에 있었던 여자……" 그는 잠시 두 손으로 머리를 감쌌다. 슬픔이나 절망의 자세였지만…… 그가 겪고 있는 것은 슬픔도 절망도 아니었다. 그것은 물밀듯 밀려드는 기억이었다. 그가 말했다. "머리가 아파. 생각을 좀 또렷이 해야겠는데. 로즈는 나한테 어머니가 왔다고 했어. 그 여자는 뭐 하러 온 거지?"

"그 애가 얘길 했다고 생각하는 건 아니지?" 댈로가 말했다.

"그걸 알아내야지." 소년이 말했다.

"나라면 그 애를 믿을 거야." 댈로가 말했다. "전적으로."

"난 누구도 그렇게까지는 믿지 않아. 너도 마찬가지야, 댈로."

"그렇지만 그 애가 얘기를 한다면 왜 그 여자한테 하겠어? 왜 경찰한테 안 하고?"

"왜 경찰한테 일러바치는 놈이 없는 거지?" 그는 불안한 눈으로 차가운 난로를 응시했다. 자신이 모르고 있다는 사실이 괴롭고 답답했다. "놈들이 뭘 어쩌려는 건지 모르겠어." 다른 사람의 생각과 감정이 그를 골치 아프게 했다. 전에는 이런 것을 이해하고자 하는 갈망을 느껴 본 적이 없었다. 그가 격한 어조로 말했다. "놈들을 모조리 난도질하고 싶어."

"아무튼 그 애는 많은 걸 알고 있진 않아." 댈로가 말했다. "카드를 놓고 간 사람이 프레드가 아니었다는 것만 알 뿐이야. 굳이 내 생각을 말하자면 그 애는 맹추야. 살갑고 정이 많지만, 좀 멍청한 것 같아."

"멍청한 사람은 너야, 댈로. 그 애는 많은 걸 알고 있어. 내가 프레드를 죽인 것도 알아."

"정말이야?"

"나에게 그렇다고 얘기했어."

"그런데도 자네랑 결혼했단 말이야?" 댈로가 말했다. "나도 정말 그것들이 뭘 **원하는지** 도무지 알 수가 없군."

"빨리 손을 쓰지 않으면 우리가 프레드를 죽였다는 걸 온 브라이턴이 다 알게 될 것 같아. 온 영국이, 온 세상이 다 알게 될지도 모르지."

"우린 뭘 해야 해?"

소년은 코크스의 재를 밟으며 지하실 창가로 걸어갔다. 조그만 아스팔트 마당에는 낡은 쓰레기통이 하나 있었다. 격자형 덮개가 있는 그 쓰레기통에서는 퀴퀴한 냄새가 났다. 그가 말했다. "이제는 멈춰 봤자 소용없어. 계속할 수밖에 없어." 그들의 머리 위로 사람들이 지나갔는데, 허리 위로는 모습이 보이지 않았다. 코가 닳은 허름한 구두가 힘없이 보도를 지나가고, 담배꽁초를 주우려고 허리를 숙인 사람의 수염 난 얼굴이 갑자기 시야에 들어왔다. 그가 천천히 말했다. "그 애의 입을 막는 건 쉬운 일이야. 우린 프레드와 스파이서의 입도 막았잖아. 그 앤 애송이에 불과하니까⋯⋯"

"미친 소리 하지 마." 댈로가 말했다. "그런 식으로 계속할 순 없어."

"아마 계속해야 할 거야. 선택의 여지가 없어. 어쩌면 늘 그런 식이지 않을까. 일단 시작을 하면, 하고 또 하고 계속할 수밖에 없는 거지."

"우린 실수하고 있는 거야." 댈로가 말했다. "그 앤 믿을 수 있다는 데 5파운드 걸겠어. 자네도 말했잖아. 걔는 자네한테 빠져 있다고."

"그렇다면 왜 그 여자를 자기 어머니라고 둘러댄 거야?" 지나가는 한 여자가 그의 눈에 들어왔다. 넓적다리까지는 젊어 보였다. 그 위로는 보이지 않았다. 그는 역겨운 감정에 부르르 몸을 떨었다. 그는 그 짓―란치아 차 안에서 스파이서의 여자인 실비와 할 뻔했던 그 짓―에 굴복한 것이었다. 심지어 자랑스러워하기까지 했다. 아니야, 괜찮아. 그는 속으로 생각했다. 모든 술을 한 번씩 마셔 보는 건 괜찮은 거야. '다시는 안 할 거야' 하고 말하면서 거기서 멈출 수만 있다면. 자꾸 계속하지만 않는다면.

"난 분명히 말할 수 있어." 댈로가 말했다. "그 애는 정말 자네한테 흠뻑 빠져 있어."

흠뻑 빠져 있다…… 하이힐이 또각또각 걸어간다. 맨살이 드러난 다리가 시야에서 사라진다. "그 애가 나한테 흠뻑 빠져 있다면," 그가 말했다. "일이 한결 쉬워지지. 그 앤 내가 하라는 대로 할 테니까." 신문지 한 장이 바람에 날려 거리에 뒹군다. 바람은 바다에서 불어오고 있다.

댈로가 말했다. "핑키, 난 더 이상의 살인은 반댈세."

소년은 몸을 돌려 창을 등지고 섰다. 그의 입가에 지어낸 듯한 야비한 웃음이 번졌다. 그가 말했다. "그렇지만 그 애가 자살을 한다면?" 그의 가슴속에서 광기 어린 자만심이 스멀스멀 피어올랐다. 그는 영감이 차오르는 것을 느꼈다. 공허해진 마음에 삶에 대한 사랑이 되돌아온 것만 같았다. 빈집과 전보다 더 흉악한 일곱 악령[♦]……

댈로가 말했다. "제발, 핑키. 자넨 지금 망상에 빠져 있어."

"우린 곧 알게 될 거야." 소년이 말했다.

그는 지하실 계단을 올라가면서 헝겊과 철사로 만든, 향이 나는 꽃을 찾으려고 이리저리 살펴보았다. 꽃은 어디에서도 보이지 않았다. 새로 수리한 난간 위에서 로즈의 목소리가 들려왔다. "핑키." 그녀는 층계참에서 걱정스러운 표정으로 그를 기다리고 있었다. 그녀가 말했다. "핑키, 할 얘기가 있어요. 당신 걱정시키고 싶지 않았는데…… 하지만 당신한테는 거짓말할 필요가 없을 것 같아요. 아까 그 사람, 엄마가 아니었어요, 핑키."

그는 그녀를 자세히 살펴보고 속으로 판단을 하면서 천천히 올라갔다. "그럼 누구였어?"

"그 여자였어요. 스노 식당에 와서 꼬치꼬치 묻던 여자."

"원하는 게 뭐래?"

"내가 이곳을 떠나길 원했어요."

[♦] 『마태오의 복음서』 12장 45절의 내용. 사람에게 붙어 있던 악령이 나갔을 때 성령으로 자신(집)을 채우지 않는다면 먼저 있던 악령이 더 악한 악령을 여럿 데려와 전보다 더 나쁜 상태에 처하게 된다고 말한다.

"왜?"

"핑키, 그 여자는 알고 있어요."

"왜 당신 어머니라고 했어?"

"말했잖아요. 당신을 걱정시키고 싶지 않아서 그랬다고."

그는 로즈 곁에 서서 그녀를 살펴보았다. 그를 마주 바라보는 그녀의 얼굴에서 걱정스러워하는 솔직한 표정이 드러났다. 그는 자신이 그 누구 못지않게 그녀를 믿고 있다는 것을 깨달았다. 그의 들떠 있던 시건방진 자만심이 가라앉았다. 이상한 평온함을 느꼈다. 당분간은 계획을 세우지 않아도 될 것만 같은 느낌이었다.

"그런데," 로즈가 근심스러운 어조로 말을 이었다. "생각해 보니 걱정할 건 해야 할 것 같아서……"

"괜찮아." 그는 그렇게 말하며 그녀의 어깨에 손을 얹어 어색하게 안았다.

"그 여자가 누군가에게 돈을 주었다는 얘기를 했어요. 자기는 당신에게 화가 나서 점점 사나워지고 있다는 말도 했고요."

"난 걱정 안 해." 그는 그렇게 말하며 다시 손에 힘을 주어 로즈를 안았다. 순간 그는 동작을 멈추고 그녀의 어깨 너머를 바라보았다. 그의 방 문 앞에 조화가 떨어져 있는 것이었다. 그가 문을 닫으면서 떨어뜨린 모양이었다. 순간 그는 로즈의 속마음을 헤아려 보기 시작했다. 로즈는 내 뒤를 따라온 거야. 당연히 저 꽃을 보았을 테고, 내가 **알고 있다**는 것을 알아차렸겠지. 이제 다 설명이 되는군. 그 고백도…… 내가 댈로와 함께 지하실에 있는 동안 이 애는 자신의 실수를 모면하려면 어떻게 해야 하는지 궁리한 거야. 솔직한 애기라…… 그는 웃음이 나왔다. 그것은 실비 같은 화냥기 있는 여자가 목적을 가지고 나불대는 것과 같은 그런 솔직함이었어. 그는 다시 웃었다. 세상에 대한 공포가 전염병처럼 그의 목구멍에 들러붙었다.

"왜 그래요, 핑키?"

"저 꽃." 그가 말했다.

"무슨 꽃?"

"그 여자가 가지고 온 거."

"어떤…… 어디……?"

그렇다면 꽃을 못 봤을지도 몰라…… 이 애는 믿을 수 있을 것 같기도 해…… 그걸 누가 알아? 그걸 어떻게 알 수 있겠어? 그는 서글픈 흥분감을 느끼면서 생각했다. 어쨌든 그게 무슨 상관이람? 이런 일로 내 계획이 달라질 수 있다고 생각한 내가 바보지. 난 위험을 감수할 만한 형편이 못 돼. 믿을 수 있는 아이인 데다 나를 사랑하기까지 한다면 일이 한결 더 쉬워지는 것일 뿐이야. 그는 했던 말을 되풀이했다. "난 걱정 안 해. 걱정할 필요가 없으니까. 난 뭘 해야 할지 알거든. 그 여자가 모든 걸 다 알게 된다 해도 난 뭘 어떻게 해야 할지 알아." 소년은 그녀를 예리하게 주시했다. 그는 손을 돌려 그녀의 젖가슴을 눌렀다. "아프진 않을 거야." 그가 말했다.

"뭐가 아프지 않을 거라는 거예요, 핑키?"

"내가 일을 처리하는 방식이……" 그는 자신의 음산한 암시를 재빨리 피했다. "당신은 나와 이별하는 걸 원치 않지?"

"그럼요." 로즈가 말했다.

"내 말이 바로 그거야." 그가 말했다. "당신은 쪽지에 그런 글을 쓰기도 했잖아. 날 믿어. 최악의 상황이 닥치면 내가 깔끔하게 처리할게. 우리 둘 다 고통스럽지 않게. 날 믿어도 돼." 그는 매끄럽고 빠르게 말을 이어 나갔고, 그러는 동안 그녀는 너무 많은 것을 너무 빠르게 약속하는 사람에게 속아 넘어간 표정으로 그를 쳐다보았다. "당신 마음도 그럴 거라는 걸 난 알아." 그가 말했다. "우린 절대 이별하지 않겠다는 거. 당신이 쪽지에 썼듯이."

그녀는 두려운 표정으로 나직이 말했다. "그건 대죄……"

"딱 한 번 더 저지르는 거지." 그가 말했다. "그런다고 뭐가 달라지겠어? 사람들 말에 따르면 저주를 두 번 받을 수는 없대. 그런데 우린 이미 저주를 받았잖아. 아무튼 최악의 경우에만 그렇게 할 생각이야. 그 여자가 스파이서의 일을 알아낼 경우……"

"스파이서." 로즈가 신음 소리를 냈다. "그러니까 스파이서도……"

"아니, 내 말은," 그가 말했다. "만약 그 여자가 그때 내가 여기—집 안에—있었다는 걸 알아낸다면 말이야. 하지만 그런 일이 일어날 때까지는 걱정할 필요 없어."

"그런데 스파이서는……" 로즈가 말했다.

"난 여기 있었어." 그가 말했다. "그 일이 일어났을 때. 그뿐이야. 난 스파이서가 떨어지는 것도 보지 못했어. 그렇지만 내 변호사는……"

"변호사도 여기 있었어요?" 로즈가 말했다.

"그래."

"이제 기억나네요." 로즈가 말했다. "맞아요, 신문에서 읽었어요. 그 사람이 어떤 나쁜 소행을 감추려 했다고 생각할 수는 없겠죠. 변호사니까."

"프리윗 영감은 뭐랄까……" 소년이 또다시 못마땅한 표정으로 익숙지 않은 헛웃음을 지으며 말했다. "영감은 '도덕의 표본'이지." 그가 다시 로즈의 가슴을 누르면서 단서가 달린 희망적인 말을 했다. "아, 물론 그 여자가 알아내기 전까지는 걱정할 필요가 전혀 없어. 설사 알아낸다 해도 우리에겐 그 탈출구가 있잖아. 하지만 아마도 그 여자는 결코 알아내지 못할 거야. 알아내지 못한다면,"—그의 손가락이 혐오감을 숨긴 채 그녀의 몸을 만졌다—"우린 계속 이렇게 살아가는 거지." 그는 공포가 사랑의 말처럼 들리게 하려고 애썼다. "지금 이대로 말이야."

3

그러나 소년을 정말 불안하게 만든 사람은 다름 아닌 그 '도덕의 표본'이었다. 만약 커빗이 그 여자에게 스파이서의 죽음에도 뭔가 수상한 점이 있다는 인상을 주었다면 그 여자가 찾아갈 수 있는 사람이 프리윗 씨 말고 누가 있겠는가? 그 여자는 댈로에게는 어떤 시도도 하지 않을 것이다. 그러나 법률가는—그것도 프리윗처럼 영리한 법률가는—언제나 법을 무서워하게 마련이다. 프리윗은 자기 집에 길들인 사자 새끼를 키우고 있는 사람과도 같았다. 그는 자신이 여러 가지 재주를 가르치고 자기 손에서 먹을 것을 받아먹게 훈련시킨 사자가 어느 날 홀연히 다 자란 모습으로 자기에게 덤벼드는 일은 없을 거라고 확신하지 못했다. 면도를 하다 얼굴이 베이면, 그의 경우에는 아마도 법이 피 냄새를 맡을 것이다.

이른 오후가 되었을 때 그는 더 이상 기다릴 수 없어서 프리윗의 집을 향해 나섰다. 집을 나서기 전에 댈로에게 혹시 모르니 로즈를 감시하라고 말해 두었다. 자신이 생각했던 것보다 더 멀리, 더 깊이 몰리고 있다는 느낌이 그 어느 때보다도 강하게 들었다. 야릇하고 잔인한 쾌감이 일었다. 사실 그는 아주 크게 신경 쓰지는 않았다. 그것은 이미 결심이 선 일이고, 그가 해야 할 일은 되는대로 나아가는 것뿐이었다. 끝이 어떠할 것인지 알고 있었다. 두렵지는 않았다. 그것은 삶보다 더 쉬운 것이므로.

프리윗 씨의 집은 종착역 너머의 철로와 평행하게 뻗어 있는 거리에 있었다. 그 집은 선로를 바꾸는 기관차들로 인해 자주 흔들렸으며, 유리창과 황동 문패에 끊임없이 그을음이 내려앉았다. 지하실 창에서 머리가 헝클어진 여자가 수상쩍다는 듯이 소년을 올려다보았다. 그 여자는 언제나 그곳에서 적의를 품은 딱딱한 얼굴로 방문객을 지켜보는 것이었다. 그 여자에 대해서는 프리윗 씨가 얘기해 준 적이 없었다. 소년은 매번 요리를 해 주는 사람이려니 생각했었다. 그러나 지금 생각하니 그 여자는 프리윗의 '배우자'—25년 동안 그 짓을 함께한 사람—인 것 같았다. 지하에서 생활하는 듯한 잿빛 피부의 여자애가 문을 열어 주었다. 낯선 얼굴이었다. "틸리는 어디 있어?" 소년이 물었다.

"그 애는 여길 떠났는데요."

"프리윗에게 핑키가 왔다고 말해 줘."

"그분은 아무도 만나지 않을 거예요." 여자애가 말했다. "오늘은 일요일이니까요. 안 그래요?"

"나는 만나 줄 거야." 소년은 현관으로 들어가 방문을 열고 서류함이 줄지어 늘어선 방에 앉았다. 그는 이 집의 구조를 잘 알고 있었다. "가서 말해." 그가 말했다. "영감이 자고 있다는 것도 알아. 어서 깨워."

"당신은 여길 자기 집으로 여기나 봐요." 여자애가 말했다.

"맞아." 그는 렉스 대 이너스, 렉스 대 T. 콜린스라고 적힌 서류함에 뭐가 들어 있는지도 알았다. 거기에는 아무것도 없었다. 공기만 들어 있을 뿐이었다. 기차가 선로를 바꾸자 선반 위의 빈 상자들이 떨렸다. 창문은 가느다란 틈처럼 아주 약간 열려 있을 뿐이었지만, 그럼에도 옆집 라디오 소리가 들려왔다. 라디오 룩셈부르크♦였다.

"창문 좀 닫아 줘." 그의 말에 여자애가 뚱한 얼굴로 창문을 닫았다. 그러나 아무 차이도 없었다. 벽이 너무 얇아서 선반 뒤 편에서 옆집 사람이 움직이는 소리가 쥐 새끼 소리처럼 들렸다. 그가 말했다. "저 음악, 저렇게 항상 틀어 놔?"

"음악을 틀지 않을 땐 얘기를 하는걸요." 여자애가 말했다.

"뭘 기다리니? 빨리 가서 영감님 깨우지 않고."

"나에게 깨우지 말라고 했어요. 그분은 소화 불량에 걸렸거든요."

또다시 방이 진동했으며, 음악 소리가 벽을 통해 시끄럽게 들려왔다.

♦ 1933년 설립되어 1992년 폐국한, 유럽 최대의 상업 라디오 방송국.

"영감은 점심 후엔 늘 그래. 가서 깨우라니까."

"오늘은 일요일이에요."

"얼른 가는 게 좋을 거다." 그가 은근히 협박 조로 말하자 여자애는 보란 듯이 문을 쾅 닫고 나갔다. 회반죽벽의 벽토 쪼가리가 떨어졌다.

발밑 지하실에서 누군가 가구를 움직이는 소리가 들렸다. 배우자겠지, 그는 생각했다. 기차가 기적을 울리고, 짙은 연기가 거리를 덮었다. 머리 위에서 프리윗 씨의 말소리가 들리기 시작했다. 소리를 막아 주는 것은 어디에도 없었다. 잠시 후 천장 위를 걸어가는 발자국 소리가 들렸고, 그 소리는 계단으로 이어졌다.

문이 열리자 프리윗 씨가 빙긋 미소를 지었다. "우리의 젊은 기사가 어인 일로 오셨나?"

"그냥 좀 만나고 싶어서." 소년이 말했다. "어떻게 지내는가 보고 싶어서 말이오." 고통의 경련이 프리윗 씨의 얼굴에서 미소를 몰아냈다. "당신, 먹는 걸 더 신경 써야겠군요." 소년이 말했다.

"뭘 해도 소용이 없어." 프리윗 씨가 말했다.

"술을 너무 많이 마셔서 그런 거요."

"부어라, 마셔라, 내일은……" 프리윗 씨가 한 손으로 배를 움켜잡고 몸을 뒤틀었다.

"위궤양이오?" 소년이 물었다.

"아냐, 아냐. 그런 건 아니야."

"위장 사진을 찍어 보아야 할 거요."

"난 몸에 칼을 대는 수술은 신뢰하지 않아." 마치 노상 듣는 말이라서 즉시 말할 수 있도록 대답을 준비해 두고 있었던 것처럼 프리윗 씨가 지체 없이, 신경질적으로 말했다.

"저 음악 좀 끌 수 없나?"

"난 저 소리에 짜증이 나면," 프리윗 씨가 말했다. "벽을 두드리지." 그가 책상에 놓여 있던 문진을 들어 벽을 두 번 쳤다. 그러자 음악이 삐익 하는 요란한 소리를 내더니 이내 그쳤다. 옆집 사람이 화가 나서 거칠게 움직이는 소리가 선반 뒤쪽에서 들려왔다. "저건 뭐지? 쥐인가?"[♦] 프리윗 씨가 인용해서 말했다. 육중한 기관차가 역에서 출발하자 집이 또 흔들렸다. "폴로니우스[♦♦]로군." 프리윗 씨가 말했다.

"폴로니?[♦♦♦] 어떤 폴로니?"

"아니야, 아니야." 프리윗 씨가 말했다. "엿듣고 끼어들기 좋아하는 어리석은 사람을 말하는 거였어. 『햄릿』에 나오는."

"이봐요." 소년이 조바심이 난 기색으로 말했다. "어떤 여자가 여기 와서 뭘 물어보지 않았소?"

"뭘 물어보러?"

"스파이서에 관해."

[♦] 셰익스피어의 『햄릿』에 나오는 대사를 인용한 것이다.

[♦♦] 햄릿의 연인인 오필리어의 아버지로, 햄릿의 이야기를 엿듣다가 죽임을 당한다.

[♦♦♦] polony. 이 작품에서는 '품행이 단정치 못한 여자'를 뜻한다. 폴로니우스를 모르는 핑키가 폴로니로 잘못 알아들은 것이다.

프리윗 씨가 무척 절망스러운 표정으로 말했다. "사람들이 물어보나?" 그는 심한 속 쓰림 때문에 털썩 주저앉으며 몸을 구부렸다. "내 이럴 줄 알았어."

"겁먹을 필요 없소." 소년이 말했다. "놈들은 아무런 증거도 없으니까. 당신은 당신의 이야기를 끝까지 고수하기만 하면 돼요." 소년은 프리윗 씨의 맞은편에 앉아 음산한 경멸의 눈으로 그를 바라보았다. "스스로 파멸의 길로 들어서고 싶진 않겠죠?"

프리윗 씨가 날카롭게 쳐다보았다. "파멸? 나는 이미 파멸했어." 기관차의 움직임에 따라 의자에 앉은 그의 몸이 떨렸다. 지하실에서 누군가 문을 쾅 닫는 소리가 발밑에서 들렸다. "이건 뭐야. 두더지로군."◆ 프리윗 씨가 말했다. "마누라일세. 자네, 내 마누라 본 적 없지?"

"몇 번 봤소." 소년이 말했다.

"결혼 생활 25년째야. 그리고 이 모양 이 꼴이라네." 창밖에서 연기가 블라인드처럼 유리창에 내려앉았다. "자넨 운이 좋다는 생각이 든 적 있나?" 프리윗 씨가 말했다. "자네한테 일어날 수 있는 최악의 상황은 교수형 당하는 것이겠지. 하지만 난 썩어 갈 거라고."

"뭣 때문에 그렇게 심란한 거요?" 소년이 말했다. 그는 약한 녀석이 자신에게 반격을 가한 것처럼 당황스러웠다. 이런 일

◆ 『햄릿』에 나오는 대사.

은—남의 생활에 끼어드는 것은—익숙지 않았다. 이 같은 고백은 혼자서 해야—아니면 하지 말아야—하는 일 아닌가.

"내가 자네 일을 맡는 바람에," 프리윗 씨가 말했다. "다른 유일한 일거리를 잃어버렸어. 베이클리 트러스트 일 말이야. 그런데 이젠 자네 일마저 잃게 생겼으니……"

"내 일은 다 당신한테 맡겼잖소."

"머잖아 일이 더 이상 없을 거야. 콜레오니가 이 구역을 자네한테서 빼앗을 거라는군. 그리고 그이는 자기 변호사가 있다는 거야. 런던에 있는 잘나가는 친구래."

"나는 아직 지지 않았어." 그는 킁킁거리며 가스탱크 탓에 탁해진 공기 냄새를 맡았다. "당신이 왜 그따위 말을 하는지 알겠어. 당신은 취한 거야."

"엠파이어 부르고뉴를 한잔했지." 프리윗 씨가 말했다. "자네한테 해 주고 싶은 얘기가 있어, 핑키. 난……" 그의 입에서 문학적인 말이 튀어나왔다. "흉금을 털어놓고 싶어."

"듣고 싶지 않소. 당신의 걱정거리엔 관심 없으니까."

"난 나보다 못한 여자와 결혼했지." 프리윗 씨가 말했다. "나의 비극이고 실수였어. 젊은 시절, 자제할 줄 모르는 욕정 때문에 벌어진 일이었지. 난 욕정이 강한 사내였어." 그가 속 쓰림 때문에 몸을 꼬면서 말했다. "자네도 내 마누라를 가까이서 봤어야 하는데. 나 원 참." 그가 몸을 앞으로 기울이며 나직이 속삭였다. "난 귀여운 타이피스트들이 가방을 들고 지나가는 모습을 지켜보곤 한다네. 무슨 딴생각이 있어서 그러는 건 아니야. 보는 거야 문제 될 거 없잖아. 세상에, 얼마나 앙증맞고 예쁜지." 그는 말을 멈추고 진동하는 의자 팔걸이에 손을 얹었다. "저 아래 늙은 두더지가 내는 소리를 들어 봐. 저 마누라가 내 인생을 망쳤어." 그의 주름 잡힌 늙은 얼굴은 휴가를 얻은 표정이었다. 싹싹함에서, 교활함에서, 법률과 연관된 우스갯소리에서 휴가를 얻어 민낯을 드러낸 얼굴이었다. 일요일이라 제 얼굴로 돌아온 것이었다. 프리윗 씨가 말했다. "파우스트가 지옥이 어디냐고 물었을 때 메피스토펠레스가 뭐라고 대답했는지 알아? '여기가 지옥이야. 우린 지옥에서 벗어나지 못했어'라고 했다네." 소년은 매혹과 두려움이 섞인 눈으로 영감을 바라보았다.

"마누라는 지금 부엌에서 설거지를 하고 있어." 프리윗 씨가 말했다. "나중에 여기로 올라올 거야. 자네가 만나 봐야 하는데. 가관일 테니. 우리 쭈그렁 할망구에게 모든 걸 다 얘기하면 정말 가관이겠지? 내가 살인과 관련이 있다는 얘기를 말이야. 그 일에 관해 사람들이 묻고 다닌다고 말이야. 이 빌어먹을 집을 삼손♦처럼 허물어뜨릴까 보다." 그는 두 팔을 활짝 뻗었다가 속이 너무 쓰리고 아파서 도로 거두었다. "자네 말이 맞아." 그가 말했다. "위궤양이야. 하지만 수술을 받지는 않겠어. 차라리 죽는 게 나아. 취했나 봐. 엠파이어 부르고뉴에. 저 사진

♦ 구약 성경에 등장하는 힘센 장사. 이교도들의 꾐에 빠져 힘을 잃었다가 되찾은 뒤 이교도 사원의 기둥을 뽑아 무너뜨린다.

보이나? 문 옆에 있는 거. 학급 단체 사진이야. 랭커스터 칼리지. 일류 학교는 아닐지 몰라도 『퍼블릭스쿨 연감』에 나올 정도의 학교지. 저기에 내가 있다네. 맨 아랫줄에 다리를 꼬고, 밀짚모자를 쓰고 있지." 그가 부드러운 어조로 말했다. "해로스쿨 애들과 함께 운동회를 했지. 형편없는 놈들이었어. 단결심이 없더구먼."

소년은 고개를 돌려 사진을 보려고도 하지 않았다. 프리윗의 이 같은 모습을 전에는 본 적이 없었다. 그것은 놀랍기도 하고 매혹적이기도 한 광경이었다. 눈앞에서 한 남자가 살아나고 있었던 것이다. 소년은 고통에 시달리는 육체 속에서 신경이 활발하게 활동하기 시작하고 투명한 두뇌 속에서 생각이 활짝 피어나는 모습을 보았다.

"휴." 프리윗 씨가 말을 내뱉었다. "랭커스터 학생이었던 남자가 저 아래 지하실에 있는 두더지와 결혼을 하고, 고객이라곤……" 그의 입가에 냉소적인 혐오의 표정이 드러났다. "자네밖에 없다니. 이걸 알면 맨더스 교장 선생님은 뭐라 하실까?"

영감은 작정하고 사납게 굴었다. 죽기를 각오하고 살아 보려고 결심한 사람 같았다. 그동안 경찰 측 증인에게서 받은 모든 모욕, 판사들에게서 받은 비판 등이 그의 고통스러운 배 속에서 역류하여 뿜어져 나오는 것 같았다. 그는 이제 그 누구에게도 못 할 말이 없었다. 엄청난 자존심이 그동안의 굴욕감에서 벗어나 활짝 피어났다. 아내, 엠파이어 부르고뉴, 빈 서류함, 철로 위 기관차의 진동…… 그것들은 그의 위대한 드라마의 중요한 풍경이었다.

"말을 너무 함부로 하는군요." 소년이 말했다.

"말?" 프리윗이 말했다. "난 세상을 흔들어 놓을 수도 있어. 나를 피고석에 앉힐 테면 앉혀 보라고 해. 난 놈들한테 다…… 까발려 버릴 테니까." 그는 굉장한 자존감에 취해 몹시 흥분해 있었다. 그가 딸꾹질을 두 번 했다. "난 너무 깊은 나락으로 떨어져서…… 시궁창처럼 역겨운 비밀을 잔뜩 지니고 있지."

"당신이 술을 마신 걸 알았더라면 건들지 않았을 텐데." 소년이 말했다.

"일요일엔 술을 마시지. 안식일이니까." 그가 갑자기 발로 바닥을 쿵쿵 밟으면서 악을 썼다. "거기 좀 조용히 해."

"당신은 휴가가 필요한 것 같소." 소년이 말했다.

"나는 줄곧 여기 앉아 있지. 초인종이 가끔 울리는데, 그건 배달 온 식료품일 뿐이야. 연어 통조림. 마누라는 연어 통조림을 엄청 좋아한다네. 내가 종을 울리면 그 미련곰탱이가 들어오지. 난 타이피스트가 지나가는 것을 지켜보곤 해. 그럴 때면 걔들이 들고 다니는 작은 타자기를 껴안아 보고 싶은 마음이 든단 말이야."

"당신은 괜찮을 거요." 소년이 말했다. 타인의 삶에 대한 생각이 머릿속에서 점점 커지고 있다는 사실에 마음이 심란하고 불안해졌다. "휴가를 떠나면 괜찮아질 거요."

"이따금 나는—부끄럽게도—공원에서 알몸을 드러내고 싶은 충동을 느낀다네." 프리윗 씨가 말했다.

"내가 돈을 주겠소."

"돈이 병든 마음을 치료할 수는 없어. 여기가 지옥이고, 우린 벗어날 수가 없어. 그래, 얼마나 줄 수 있는데?"

"20파운드."

"그것 가지곤 멀리 못 가."

"불로뉴◆로 가시오. 해협만 건너가면 되지 않겠소?" 소년은 섬뜩한 혐오감을 드러내며 말했다. "즐거운 여행이 되길 빌겠소." 소년은 물어뜯어 꼬질꼬질해진 손톱과 쾌락의 도구인 떨리는 손을 내려다보았다.

"그 정도 돈은 대 줄 수 있겠어, 핑키? 물론 내가 자네 돈을 등쳐 먹으려는 건 아니야. '나도 국가에 약간의 봉사를 했지.'"◆◆

"내일 주겠소. 단, 조건이 있소. 내일 아침 배로 떠나시오. 그리고 가능한 한 오랫동안 돌아오지 마시오. 내가 돈을 더 부쳐 줄 수도 있을 거요." 거머리가 피부에 달라붙은 듯한 기분이었다. 소년은 무력감과 역겨움을 느꼈다. "돈이 떨어지면 나한테 알려 주시오. 내가 어떻게든 마련해 볼 테니."

"가겠네, 핑키. 자네가 가라고 할 때 가야지. 그리고…… 내 마누라한테는 말하지 않겠지?"

"난 입이 싼 사람이 아니오."

"그야 물론이지. 난 자네를 믿어, 핑키. 자네도 날 믿어 주게.

◆ 프랑스 서북쪽에 있는 항구도시.
◆◆ 셰익스피어의 『오셀로』 5막 2장에 나오는 대사를 인용한 것이다.

이번 휴가로 원기를 회복하여 돌아올 테니……"

"오래 있다가 오시오."

"힘없는 사람을 못살게 구는 경찰 녀석들이 나의 새로운 활약을 알아차리게 되겠군. 사회적 약자를 옹호하는 나의 활약을 말이야."

"곧 돈을 보내겠소. 그때까지 아무도 만나지 마시오. 다시 침대로 돌아가서 자는 거요. 소화 불량이 너무 심하니까. 누가 와도 없다고 하고."

"자네 말대로 할게, 핑키. 자네 말대로."

그것이 소년이 할 수 있는 최선책이었다. 집을 나와 시선을 아래로 향했을 때 지하실에 있는 프리윗 씨 배우자의 의심 가득한 눈과 마주쳤다. 그녀는 한 손에 먼지떨이를 든 채 땅속 자신의 소굴에서 한 맺힌 원수를 쳐다보듯 그를 쳐다보았다. 길을 건넌 다음 한 번 더 그 집을 돌아다보았을 때, 커튼에 반쯤 가려진 2층 창가에 프리윗 씨가 서 있었다. 영감은 소년을 보고 있지 않았다. 그저 밖에 뭐가 있는지 보려고 우두커니 창밖을 내다보고 있을 뿐이었다. 그러나 그날은 일요일이어서 거리에 타이피스트는 전혀 눈에 띄지 않았다.

4

그가 댈로에게 말했다. "네가 그 집을 감시해 줘야겠어. 그 영감은 도무지 믿을 수가 없어서 말이야. 난 방금 전에 영감이 뭔가를 기다리며 밖을 내다보고 있는 걸 봤어. 그러다가 그 여자를 보기라도 하면……"

"그 사람, 그 정도로 바보는 아니야."

"술에 취했어. 자긴 지금 지옥에 있다고 하더군."

댈로가 웃었다. "지옥이라. 웃기는구먼."

"넌 바보야, 댈로."

"난 눈에 보이지 않는 건 안 믿어."

"그럼 그 눈은 많은 걸 보지 못하는군." 소년이 말했다. 그는 댈로와 헤어져 2층으로 올라갔다. 하지만 오, 만약 이게 지옥이라면 지옥도 그리 나쁜 게 아냐, 소년은 생각했다. 구식 전화기, 좁은 계단, 먼지투성이의 아늑한 어둠…… 이곳은 안락하지 않고 수시로 흔들리고 지하실에는 할망구가 있는 프리윗의 집과는 달랐다. 소년은 자신의 방 문을 열었다. 거기에 자신의 원수—그는 그렇게 생각했다—가 있었다. 그는 방이 바뀌어 있는 모습에 분노와 실망감을 느끼며 방 안을 둘러보았다. 모든 물건의 위치가 조금씩 바뀌고, 방 안 전체가 깨끗이 청소되고 깔끔하게 정돈되어 있었다. 소년이 그녀를 비난했다. "내가 그러지 말라고 했잖아."

"청소만 했을 뿐이에요, 핑키."

이제 이 방은 그의 방이 아니라 그녀의 방이었다. 옷장과 세면대와 침대—물론 그녀는 침대도 잊지 않았다—가 옮겨졌다. 이 방이 누군가의 지옥이라면, 바로 그녀의 지옥이었다. 방의 임자는 이제 그가 아니었다. 그는 몰려난 기분이었다. 게다가 어떠한 변화도 나쁜 변화로 여겨졌다. 그는 증오심을 숨기며 그녀를 바라보았다. 그녀의 얼굴에서 늙었을 때의 얼굴을 그려 보며, 미래의 어느 날 그의 집 지하실에서 위를 쳐다보는 그녀의 모습을 상상해 보았다. 그는 다른 사람의 운명에 감싸여 돌아온 것이었다. 이중의 어둠이었다.

"마음에 안 들어요, 핑키?"

그러나 그는 프리윗이 아니었다. 배짱이 있었다. 투지를 잃은 것도 아니었다. 그가 말했다. "아, 이거. 괜찮아. 다만 내가 생각지 못한 거라서."

로즈는 그가 감정을 억제하는 모습을 보고 오해했다. "안 좋은 소식이 있어요?"

"아니, 아직은. 물론 마음의 준비는 해 둬야겠지. 난 준비가 돼 있어." 그는 창가로 걸어가서 시야에 가득한 무선 안테나 사이로 평화로운 일요일의 구름 낀 하늘을 바라보다가 다시 바뀐 모습의 방으로 눈을 돌렸다. 만약 그가 다른 데로 이사 가고 다른 세입자가 들어와 산다면 이런 모양으로 방을 꾸미겠지…… 소년은 그녀를 응시했다. 그렇게 응시하면서 자신의 생각이 바로 그녀의 생각인 것처럼 교묘하게 말했다. "차는 이미 준비돼 있어. 우린 언제든 시골로 갈 수 있어. 아무에게도 우리의 소리가 들리지 않는 시골로……" 그는 로즈의 공포감을 조심스럽게 헤아려 보다가 그녀가 응수하기 전에 얼른 어조를 바꾸어 말했다. "정말 최악의 상황이 닥칠 경우에만 그럴 거라는 말이야." 자기가 한 그 말이 마음에 든 그는 속으로 되풀이했다. 최악의 상황…… 그것은 정의감에 사로잡힌 눈을 게슴츠레 뜬 건장한 여자가—최악을 향해—연기 자욱한 길을 걸어오는 것이었다. 그것은 몰락한 주정뱅이 프리윗 씨가 커튼 뒤에 서서 단 한 사람의 타이피스트*를 기다리는 것이었다. "그런 일은 일어나지 않을 거야." 소년은 그녀를 안심시켰다.

"그럼요." 그녀가 열렬히 동의했다. "그런 일은 일어나지 않을 거예요. 일어날 수 없어요." 그녀의 엄청난 확신이 그에게 묘한 효과를 미쳤다. 마치 그의 계획도 깨끗이 청소되고 옮겨지고 깔끔하게 정돈되어 버려서 그가 자신의 계획을 인식하지

♦ 아이다를 가리킨다.

못할 것만 같은 느낌이 든 것이었다. 그는 그런 일이 일어날 수 있다고 부르짖고 싶었다. 자신의 내부에서 더없이 끔찍하고 어두운 행위를 저지르고 싶은 묘한 향수가 이는 것을 느꼈다.

그녀가 말했다. "난 너무 행복해요. 그러니 그렇게 나빠질 리 없어요."

"그게 무슨 소리야?" 그가 말했다. "나빠질 리 없다니? 이건 대죄란 말이야." 그는 마치 그 자리에서 당장 그 행위를 되풀이하여 그녀에게 대죄의 교훈을 뼈저리게 가르쳐 줄 생각을 하고 있는 것처럼 분노와 혐오의 눈초리로 가지런히 정돈된 침대를 흘끗 보았다.

"알아요." 그녀가 말했다. "알아요, 그렇지만……"

"이보다 더 나쁜 일은 하나밖에 없어." 그가 말했다. 그녀가 그에게서 벗어나고 있는 느낌이 들었다. 그녀가 이미 그들의 검은 동맹을 길들이고 있는 느낌이 들었다.

"난 행복해요." 그녀가 당황해하면서 말했다. "당신이 내게 잘해 주니까."

"그건 아무 의미도 없어."

"가만." 그녀가 말했다. "저거 무슨 소리죠?" 가느다란 울음소리가 창문을 통해 들어왔다.

"옆집 애가 우는 소리."

"왜 누가 애를 달래지 않는 걸까?"

"오늘은 일요일이잖아. 어른들은 다 나갔는지도 모르지." 그가 말했다. "당신은 하고 싶은 거 없어? 영화는 어때?"

그녀는 그의 말을 듣고 있지 않았다. 계속되는 애처로운 울음소리에 신경이 쏠렸다. 책임감을 느끼는 어른스러운 표정이 얼굴에 서렸다. "왜 우는지 누가 봐 줘야 해요." 그녀가 말했다.

"배가 고프거나 뭐 그런 이유겠지."

"아파서 우는 것일 수도 있어요." 그녀는 아이의 아픔을 간접적으로 느끼는 듯한 표정으로 귀 기울여 들었다. "아기들은 갑자기 탈이 날 수 있어요. 뭐가 문제인지 알 수도 없게."

"당신 애도 아니면서."

로즈는 어리둥절해하며 그에게로 눈을 돌렸다. "물론 내 아기는 아니죠. 그렇지만…… 내 아기일 수도 있다는 생각이 들었어요." 그러고 나서 힘주어 덧붙였다. "나 같으면 절대 아기를 오랫동안 저렇게 내버려 두진 않을 거예요."

그가 불안한 어조로 말했다. "저 사람들도 애를 내버려 두는 사람들이 아닌데 그래. 봐, 울음소리가 멈췄잖아. 내가 뭐랬어?" 그렇지만 그녀의 말이 소년의 머릿속에서 떠나지 않았다. '내 아기일 수도 있다는 생각이 들었어요.' 그는 그런 생각을 해 본 적이 없었다. 소년은 마치 자신이 추한 출산의 장면을 목격하고 있는 듯한, 그리고 어느새 또 하나의 생명이 그를 꼼짝 못 하게 못 박아 버린 듯한 공포와 혐오감을 느끼며 그녀를 쳐다보았다. 그녀는 안도하면서도 여전히 인내심을 가지고 귀 기울이며 서 있었다. 마치 이런 걱정을 이미 수년 동안 겪은 탓에 이 안도감은 결코 오래 지속되지 않으며 걱정은 늘 다시 시작된다는 것을 알고 있는 듯한 모습이었다.

5

아침 9시. 그는 잔뜩 골이 난 얼굴로 복도로 나왔다. 아래층 문 위로 아침 햇살이 흘러들어 와 전화기를 얼룩지게 했다. 그가 소리쳤다. "댈로, 댈로."

댈로가 셔츠 바람으로 지하실에서 천천히 올라왔다. "안녕, 핑키. 잠을 못 잔 것처럼 보이는데."

소년이 말했다. "너, 날 피하는 거야?"

"말도 안 돼, 핑키. 난 단지—자네가 결혼했으니까—단둘이 있고 싶어 할 거 같아서 그런 거야."

"이걸 단둘이라고 말하는 거야?" 소년이 말했다. 그는 계단을 내려갔다. 그의 손에는 주디가 문 밑으로 밀어 넣은 향내 나는 연보라색 봉투가 들려 있었다. 그는 아직 봉투를 개봉하지 않았다. 그의 눈은 충혈되어 있었다. 몸에 열이 있는 것 같았다. 맥박이 빠르게 뛰고 이마는 뜨겁고 머리가 약간 무지근했다.

"조니가 아침 일찍 나한테 전화했어." 댈로가 말했다. "걔가 어제부터 계속 감시하고 있거든. 프리윗 영감을 만나러 온 사람은 없대. 아무것도 아닌 일로 우리가 좀 겁먹었나 봐."

소년은 댈로의 말에 주의를 기울이지 않았다. 그가 말했다. "난 혼자 있고 싶어, 댈로. 오직 나 혼자 말이야."

"자넨 그 나이에 너무 많은 걸 겪고 있어." 댈로가 그렇게 말하며 웃기 시작했다. "이틀 밤을……"

소년이 말했다. "그 애는 사라져 줘야 해. 만약 그 애가……" 그는 자신의 두려움의 크기나 그 본질을 누구에게도 표현할 수 없었다.

"다투는 건 위험해." 댈로가 재빨리 조심스럽게 말했다.

"맞아." 소년이 말했다. "이제 안전이란 다시는 없을 거야. 그건 나도 알아. 이혼도 못 해. 죽는 것 말고는 아무것도 못 해. 그럼에도 불구하고," 그는 손을 식히려고 에보나이트 전화통에 손을 얹었다. "너한테 말했듯이…… 나에겐 계획이 있어."

"그건 미친 짓이야. 그 가엾은 애가 왜 죽고 싶어 하겠어?"

소년이 모질게 말했다. "그 애는 날 사랑해. 언제나 나와 함께 있고 싶다고 했어. 그러니까 내가 살고 싶지 않다면……"

"댈리." 댈로를 부르는 목소리가 들렸다. "댈리." 소년은 죄를 짓다가 들킨 것처럼 홱 돌아보았다. 위에서 주디가 맨발에 코르셋 차림으로 조용히 움직이는 소리를 듣지 못했다. 소년은 그 계획을 분명히 하려는 생각에 정신이 팔려 있었고, 죽어야 하는 사람이 누구인지…… 그 자신인지, 그녀인지, 아니면 둘 다인지 잘 알지 못하는 복잡한 머릿속을 가지런히 정리하는 데 마음을 쏟고 있었던 것이다.

"왜, 주디?" 댈로가 말했다.

"프랭크가 당신 외투 세탁 다 끝냈어."

"그냥 놔둬." 댈로가 말했다. "금방 가지러 갈게."

그녀는 댈로에게 탐욕스러운 모습으로 감질나는 손 키스를 날린 뒤 자기 방으로 돌아갔다.

"어쩌다 보니 저 여자하고 엮이게 돼 버렸지 뭐야." 댈로가 말했다. "가끔 그러지 말았어야 했는데, 하는 생각이 들어. 불쌍한 프랭크하고는 문제를 일으키고 싶지 않거든. 게다가 저 여자는 너무 조심성이 없어."

소년은 생각에 잠긴 얼굴로 댈로를 쳐다보았다. 마치 댈로는 오랜 여자 경험으로 뭘 어떻게 해야 할지 알고 있을 거라고 여기는 듯한 표정이었다.

"애가 생기면 어떡할 거야?" 소년이 물었다.

"아, 그 문제는 여자에게 맡겨 두기로 했어. 애가 생기면 골치 아픈 사람은 여자니까." 댈로가 말했다. "그거, 콜레오니한테서 온 편지야?"

"그럼 여자는 어떻게 하는 거야?"

"흔히들 하는 식으로 하겠지."

"만약 여자가 그렇게 안 했다면," 소년이 집요하게 물었다. "그래서 아이를 갖게 되었다면?"

"피임약이 있어."

444

"그게 항상 효과가 있는 건 아니잖아. 안 그래?" 소년이 말했다. 이제 모든 걸 다 익혔다고 생각했으나, 그는 지금 도로 오싹한 무지의 상태에 놓여 있는 것이었다.

"내 생각을 말하자면, 사실 효과가 없어." 댈로가 말했다. "콜레오니가 쓴 거야?"

"만약 프리윗이 일러바친다면 희망이 없을 거야. 그렇잖아?" 소년이 수심에 잠겼다.

"일러바치지 않을 거야. 그리고 어쨌든 오늘 밤엔 불로뉴에 있을 텐데 뭐."

"하지만 만약 그가 일러바친다면…… 아니, 이미 불었을 것 같기도 한데…… 그렇다면 내가 자살하는 것 말고는 달리 방법이 없을 거야. 그리고 그 애…… 그 애는 나 없이는 살고 싶지 않을 거란 말이야. 그 애가 생각하기를…… 그런데 아마도 언제나 그런 생각인 건 아니겠지. 그걸 동반 자살이라고 부르던가?"

"왜 그래, 핑키? 포기하는 건 아니겠지?"

"난 안 죽을지도 몰라."

"그것도 살인인 거야."

"그것 때문에 교수형 당하지는 않아."

"미쳤구나, 핑키. 난 그런 짓은 참지 않을 거야." 그는 충격을 받았다는 뜻으로 장난스럽게 주먹으로 소년을 한 대 쳤다. "농담이겠지, 핑키. 가엾은 그 애는 아무것도 잘못한 게 없어. 자네를 좋아한 것 빼고는." 소년은 아무 말도 하지 않았다. 그의 태도는 마치 자신의 생각을 무거운 짐짝처럼 챙겨 들고 안으로 들어가서, 안에다 차곡차곡 쌓아 둔 다음 열쇠를 돌려 바깥세상과 차단해 버린 듯한 태도였다. "누워서 좀 쉬도록 해." 댈로가 불안한 어조로 말했다.

"혼자 누워 있고 싶어." 소년이 말하고는 천천히 2층으로 올라갔다. 문을 연 그는 무엇이 보일 것인지 알고 있었다. 소년은 금욕적이고 유독한 뇌에 유혹이 침투하지 못하게 차단하려는 것처럼 눈길을 돌렸다. 로즈의 말소리가 들렸다. "잠깐 다녀올 데가 있어서 막 나가려던 참이었어요, 핑키. 나에게 부탁하고 싶은 심부름거리 같은 거 없어요?"

심부름거리라…… 그 말이 가리키는 광대한 범위에 그의 뇌가 비틀거렸다. 그는 조용히 말했다. "없어." 그런 다음 좀 더부드러운 목소리로 말을 이었다. "빨리 돌아와 줘. 할 얘기가 있어."

"걱정거리가 있어요?"

"그런 거 아냐. 생각을 정리해 봤어." 그는 자신의 머리를 가리키며 섬뜩하도록 익살스럽게 말했다. "이 골통으로 말이야."

소년은 로즈가 긴장과 두려움을 느끼고 있다는 것을 알아차렸다. 거칠어진 호흡, 침묵, 그리고 절망스러운 상황을 각오한 듯 단호해진 목소리…… "나쁜 소식 아니죠, 핑키?"

그가 갑자기 화를 내며 소리 질렀다. "제발 어서 나가."

그는 로즈가 다가오는 소리를 들었으나 고개를 들지 않았다. 이것은 자신의 방, 자신의 생활이었다. 그가 정신을 충분히 집중한다면 그녀의 모든 흔적을 없앨 수 있을 것 같은 생각이 들었다. 모든 것이 전과 같아질 것만 같았다. 스노 식당으로 들어가서 있지도 않은 카드를 찾으려고 식탁보 밑을 더듬고, 그런 다음 기만적이고 수치스러운 행동을 시작하기 전과 같아질 터였다. 이번 일의 근원이 모조리 사라졌다. 그는 한 인간으로서의 헤일을, 범죄로서의 자신의 살인 행위를 거의 기억할 수 없었다. 지금은 오직 그와 그녀만 존재했다.

"무슨 일 있으면…… 내게 말해 줘요…… 난 두렵지 않으니까. 무슨 방법이 있을 거예요, 핑키. 꼭 그렇게 하지 않고도……" 그녀가 애원하듯 말했다. "우리, 먼저 그 얘기부터 해요."

그가 말했다. "아무것도 아닌데 법석을 떠는군. 가도 돼. 가란 말이야." 그가 사납게 말을 이었다. "가고 싶은 데로……" 그러다가 때맞춰 말을 멈추고 억지스럽게 웃었다. "가서 즐겁게 놀다 와."

"밖에서 오래 있지 않을 거예요, 핑키." 그는 문이 닫히는 소리를 들었다. 그러나 로즈가 복도에서 서성거리고 있다는 것을 알았다. 이제 이 집은 모조리 저 애 것이 돼 버렸어. 그는 호주머니에 손을 넣어 쪽지를 꺼냈다. '당신이 뭘 하든 난 상관 안 해요…… 당신이 어디를 가든 나도 함께 갈 거예요.' 그 글은 법정에서 읽히거나 신문에 인쇄되어 나오는 편지글 같은 느낌을 주었다. 이윽고 계단을 내려가는 그녀의 발자국 소리가 들렸다.

댈로가 고개를 들이밀고 말했다. "지금쯤 프리윗이 떠날 시간이야. 영감이 배를 타면 한결 안심이 될 것 같아. 그 여자가 경찰을 부추겨서 영감을 찾아내게 하진 않겠지?"

"그 여자는 증거를 갖고 있지 않아." 소년이 말했다. "영감이 떠나 버리면 넌 안전해." 소년은 프리윗이 떠나든 남든 이제는 관심이 싹 다 사라졌다는 투로, 그 일은 자기 아닌 남들의 관심사일 뿐이라는 투로 무덤덤하게 말했다. 그는 그 수준을 넘어선 것이었다.

"자네도 마찬가지야." 댈로가 말했다. "자네도 안전할 거야."

소년은 대답하지 않았다.

"조니한테 영감이 무사히 배를 탔는지 확인해서 우리한테 전화하라고 말해 뒀어. 이제 곧 전화가 올 거야. 축하 파티를 열어야겠어, 핑키. 이야, 그 여자가 거길 찾아갔는데 영감이 사라져 버린 걸 알게 되면 얼마나 맥 빠질까." 댈로는 창가로 가서 밖을 내다보았다. "이젠 우리도 좀 안심해도 될 거야. 이 일에서 쉽게 빠져나갈 수 있을 테니까. 헤일과 스파이서가 생각나는군. 지금 스파이서는 어디 있을까." 댈로는 감상적인 기분으로 가느다란 굴뚝 연기와 무선 안테나들을 바라보았다. "자네와 나—물론 그 아이도 함께—어디 새로운 곳으로 옮겨 가는 건 어떨까? 여긴 이제 콜레오니가 밀고 들어올 테니 썩 좋은 곳이 아닐 거란 말이야." 그는 방 쪽으로 몸을 돌렸다. "그 편지……" 그때 전화벨이 울리기 시작했다. 그는 "조니일 거야"라고 말하며 서둘러 방을 나갔다.

소년의 머릿속에 자기가 알아차리는 것은 계단을 밟는 발자국 소리가 아니라 계단 자체의 소리라는 생각이 문득 떠올랐다. 소년은 그 특정한 계단 소리를 알 수 있었다. 외부 사람이 계단을 밟을 때도 그랬다. 세 번째와 일곱 번째 계단에서 언제나 삐걱거리는 소리가 났다. 이 집은 카이트가 그를 처음 만난 뒤 데리고 온 곳이었다. 그때 그는 팰리스 잔교의 매서운 추위 속에서 기침을 하며 유리창 너머에서 들려오는 구슬픈 바이올린 소리에 귀 기울이고 있었다. 카이트는 그에게 따뜻한 커피 한 잔을 사 주고 여기로 데려왔다. 왜 그랬는지 그 이유는 모른다. 어쩌면 그날 밖으로 나온 카이트의 기분이 나쁘지 않아서 그랬는지도 모른다. 어쩌면 카이트 같은 남자는 행실이 좋지 않은 여자가 페키니즈 강아지를 키우듯 약간의 감상적인 정서가 필요한 것인지도 모른다. 카이트가 63번지 집의 문을 열었을 때 소년이 맨 처음 본 것은 계단에서 주디를 껴안고 있는 댈로였고, 맨 처음 맡은 냄새는 지하실에서 나는 프랭크의 다리미 냄새였다. 모든 게 다 그때 그대로였다. 정말로 변한 것은 없었다. 카이트는 죽었지만 그가—카이트처럼 술을 입에 대지 않고 카이트처럼 손톱을 물어뜯으면서—카이트의 존재를 연장해 왔다. **로즈**가 와서 모든 것을 바꾸기 전까지는 그랬다.

댈로의 목소리가 계단을 타고 올라왔다. "아, 난 모르겠어. 아무튼 포크 소시지 좀 보내 줘. 콩 통조림을 보내 주든지."

댈로가 방으로 돌아왔다. "조니가 아니었어." 그가 말했다.

"협동조합 전화였어. 조니가 전화를 할 때가 됐는데." 그는 걱정스러운 표정으로 침대에 앉아 말했다. "콜레오니가 보낸 편지엔 뭐라고 쓰여 있어?"

소년이 편지를 댈로에게 던졌다. "어?" 댈로가 말했다. "아직 뜯지도 않았네." 댈로가 편지를 읽기 시작했다. "흠." 편지를 다 읽고 나서 그가 말했다. "좋지 않군 그래. 생각했던 대로야. 그렇지만 그렇게 나쁘지도 않아. 곰곰이 생각해 보면 말이야." 그는 연보라색 편지지 위로 조심스럽게 소년을 쳐다보았다. 소년은 생각에 잠긴 채 세면대 옆에 앉아 있었다. "우린 이 바닥에서 힘을 잃어버린 거야. 결국 그렇게 되고 말았어. 그놈이 우리 아이들 대부분과 마권업자 전부를 가져가 버렸으니까. 그렇지만 놈은 말썽이 생기는 걸 원치 않아. 자기는 사업가라 이거지. 놈이 이렇게 썼군. 저번에 자네가 벌인 그 같은 싸움은 경마장에…… 오명을 남긴다, 라고. 오명이라." 댈로가 음미하듯이 그 말을 되풀이했다.

"그러니까," 소년이 말했다. "촌뜨기들은 꺼져라, 이 말이군."

"어, 그것도 일리 있어. 놈이 호의의 대가로 자네한테 300파운드를 주겠다잖아. 호의?"

"자기 애들한테 칼을 휘두르지 않으면, 이란 뜻이야."

"좋은 제안인데 그래." 댈로가 말했다. "내가 조금 전에 했던 말이 바로 그거라고. 이 빌어먹을 도시와 꼬치꼬치 묻고 다니는 그 엉터리 계집년을 당장 떠나서 멋지게 다시 시작하는 거야. 아니면 싹 다 집어치우고 술집을 하나 사서 꾸려도 되지. 자네와 내가. 물론 그 아이도 포함해서." 댈로가 말을 이었다. "그런데 조니 이놈은 언제 전화하려는 거야. 괜히 불안해지잖아."

소년은 잠시 아무 말도 하지 않고 물어뜯긴 손톱을 내려다보았다. 그러고 나서 말했다. "물론 넌 세상을 많이 알 거야, 댈로. 많이 돌아다녀 봤으니."

"적어도 여기서부터 레스터 사이에 있는 고장에 대해선 모르는 곳이 별로 없지." 댈로가 동의했다.

"난 여기서 태어났어." 소년이 말했다. "굿우드와 허스트파크는 알지. 뉴마켓도 가 본 적 있어. 그렇지만 난 여길 벗어나면 이방인 같은 기분이 들 거야." 그는 음울한 자부심이 깃든 어조로, 마치 브라이턴을 향한 그의 일편단심 마음속에 값싼 오락과 침대차, 촌스럽게 화려한 호텔에서의 애정 없는 주말, 성행위 뒤의 슬픔 등과 같은 모든 것들이 담겨 있는 듯한 투로 말을 이었다. "난 진짜 브라이턴 사람인 것 같아."

종이 울렸다. "가만." 댈로가 말했다. "조니 전화인가?"

그러나 그것은 현관문에서 나는 소리였다. 댈로가 손목시계를 쳐다보았다. "아니 그 녀석은 왜 전화를 안 하는 거지? 지금쯤 프리윗이 배를 탔어야 할 시간인데."

"그래." 소년이 우울하게 말했다. "우린 변한 거야. 안 그래? 네가 말한 대로야. 우린 세상을 봐야 해…… 결국 나도 술을 마시게 되었잖아. 그러니 다른 것도 할 수 있겠지."

"그리고 여자도 생겼고." 댈로가 경박스럽게 즐거워하며 말했다. "자넨 어른이 되고 있는 거야, 핑키. 자네 아버지처럼."

내 아버지처럼…… 소년은 토요일 밤마다 느꼈던 혐오감으로 다시 몸이 떨렸다. 이제는 아버지를 탓할 수 없었다…… 나도 그렇게 되었으니…… 일단 그 짓에 말려들면 그게 습관으로 자라고…… 무기력하게 자신을 내주게 되는 거라는 생각이 들었다. 그 애를 탓할 수도 없었다. 목숨이 걸린 문제니까…… 게다가 그 짓이 좋다고 생각되는 맹목적인 순간들도 있는 것이었다. "우린 그 애가 없으면 한결 더 안전할 거야." 소년이 바지 주머니에 든 사랑의 쪽지를 만지작거리며 말했다.

"그 애가 있는 지금도 충분히 안전해. 그 앤 자네한테 홀딱 빠져 있잖아."

"너의 문제점은," 소년이 말했다. "앞을 내다보지 않는다는 거야. 앞으로 오랫동안 함께 살 건데…… 그 애가 어떤 새로운 사내에게 빠지거나 무척 화가 나거나 하는 날엔…… 만약 내가 그 애의 성깔을 누그러뜨리는 데 실패한다면…… 그땐 전혀 안전하지 못해." 그때 문이 열리고 로즈가 돌아와 거기 서 있었다. 그는 하던 말을 끊고 반가운 척 히죽 웃으며 그녀를 맞았다. 그것은 어려운 일이 아니었다. 그녀는 어이없을 정도로 너무 쉽게 속아 넘어가는 사람이었다. 그 때문에 소년은 그녀의 그 같은 바보스러움에 일종의 따스함을 느끼고, 그녀의 선량함에 일종의 동료애를 느꼈다. 그들은 각자의 방식으로 서로 운명 지어진 것이었다. 그는 다시 한번 그녀가 자신을 보완하는 존재라는 느낌을 받았다.

그녀가 말했다. "열쇠가 없어서 초인종을 눌러야 했어요. 밖에 나가자 금세 혹시 뭐가 잘못되지 않을까 하는 생각에 겁이 났어요. 그냥 여기 있고 싶었어요, 핑키."

"잘못될 건 없어." 소년이 말했다. 전화벨이 울리기 시작했다. "전화 왔어. 이번엔 조니가 틀림없을 거야." 그가 댈로에게 건조하게 말했다. "네 소원이 풀렸군."

긴장한 탓에 전화기에 대고 날카롭게 얘기하는 댈로의 목소리가 들려왔다. "조니, 너야? 그래? 그게 뭔데? 설마…… 아, 알았어, 이따 보자. 물론 수고비는 줘야지." 댈로가 다시 올라올 때 계단이 정확한 지점에서 삐걱거렸다. 짐승처럼 순박한 댈로의 커다란 얼굴이 잔칫상에 놓인 멧돼지 머리처럼 좋은 소식을 안고 나타났다. "잘됐어." 그가 말했다. "잘됐어. 이제야 하는 말이지만 아까는 좀 걱정됐어. 지금 영감은 배를 타고 있고, 배는 10분 전에 잔교를 떠났대. 정말 축하 파티를 열어야겠어. 핑키, 자넨 진짜 똑똑한 것 같아. 모든 걸 다 생각하잖아."

6

아이다 아널드는 두 잔 이상 마셨다. 그녀는 기네스 맥주를 앞에 놓고 혼자 조용히 노래 불렀다. "어느 날 밤 골목길에서 로스차일드 경이 내게 말했네……" 잔교 아래 파도의 묵직한 움직임이 욕조의 목욕물 같은 소리를 냈다. 그 파도 소리가 그녀를 계속 노래하게 했다. 큼직한 체구의 그녀 혼자 자리에 앉아 있었다. 그녀는 세상의 누구에게도 나쁜 마음을 품고 있지 않았다. 딱 한 사람을 빼고는. 약해지지만 않는다면 세상은 살 만한 곳이었다. 그녀는 대군—옳은 것은 옳은 것, 눈에는 눈, 일을 잘하고 싶거든 자신이 직접 하라는 신조를 따르는 대군—을 뒤에 거느린 기세등등한 전차 같았다. 필 코커리가 그녀를 향해 걸어왔다. 코커리 뒤로 찻집의 긴 유리창을 통해 호브가의 불빛이 보였다. 무겁고 낮게 드리운 밤의 구름 아래 석양빛 속에서 메트로폴 호텔의 녹청색 돔 지붕이 떠올라 있었다. 물보라가 가랑비처럼 찻집 유리창에 부딪쳤다. 아이다 아널드가 노래를 멈추고 말했다. "내가 뭘 보고 있는지 알아?"

필 코커리가 자리에 앉았다. 이 유리 방파제 안은 전혀 여름 같지 않았다. 가슴 호주머니에 옛 문장 같은 게 새겨진 블레이저코트에 회색 플란넬 바지를 입은 그는 추워 보였고, 모든 열정을 다 써 버린 사람처럼 약간 초췌했다. "그 작자들이군." 그가 진력이 난다는 듯이 말했다. "당신은 저 사람들이 여기 있을 거라는 걸 어떻게 알았어?"

"몰랐어." 아이다가 말했다. "운명인가 봐."

"난 저들을 보는 게 신물 나."

"그렇지만 저들은 우리를 보는 게 또 얼마나 신물이 날지 생각해 봐." 그녀가 즐겁다는 듯이 쾌활하게 말했다. 두 사람은 빈 탁자 너머의 프랑스 쪽을, 그러니까 소년과 로즈, 그리고 그들이 알지 못하는 한 남자와 한 여자가 앉아 있는 곳을 바라보았다. 만약 저들 일행이 축하나 그 비슷한 것을 하러 여기 온 거라면 내가 저들의 즐거움을 망친 거로군, 하고 그녀는 생각했다. 미지근한 기네스가 목구멍으로 올라왔다. 그녀는 무척 흡족한 기분을 느끼며 트림을 하면서, "실례" 하고 말하며 검은 장갑을 낀 손으로 입을 가렸다. 그녀가 말했다. "그 사람도 사라졌을 것 같은데?"

"맞아. 사라졌어."

"우린 증인 복이 없군." 그녀가 말했다. "처음엔 스파이서, 그다음엔 저 여자애, 그다음은 프리윗, 그리고 이번엔 커빗."

"그 사람, 새벽 첫 기차를 탔다는군. 당신이 준 돈을 가지고."

"괜찮아." 그녀가 말했다. "살아 있으니까. 그들은 돌아올 거야. 그리고 난 기다릴 수 있고. 블랙 보이 덕분에."

필 코커리가 곁눈으로 그녀를 보았다. 자기가 이런 여자에게, 힘과 목적의식의 화신 같은 여자에게 바닷가 휴양지에서 엽서들을 보낼 용기가 있었다는 게 놀라웠다. 헤이스팅스에서 보낸 엽서는 게가 그려져 있고, 그 게의 복부에서 일련의 풍경을 보여 주는 엽서였다. 이스트본에서 보낸 엽서는 바위에 앉은 아기를 그린 것이었는데, 그 바위를 쳐들면 시내 중심가와 부츠 도서관과 양치식물 재배지가 드러나는 엽서였다. 본머스(맞나?)에서 보낸 것은 산책로, 바위 정원, 새로 지은 수영장 등의 사진이 담긴 병을 그린 엽서였다. 이제 와서 생각하니 그녀에게 엽서를 보낸 것은 아프리카의 코끼리에게 빵 하나를 준 것과도 같은 행위였다. 그는 엄청난 힘에 휘둘리고 있는 기분이었다…… 그녀가 재미를 보려고 마음먹으면 그 어떤 것도 그녀를 막을 수 없고, 그녀가 정의를 찾겠다고 나서면…… 그가 쭈뼛쭈뼛 말했다. "아이다, 우린 할 만큼 한 것 같지 않아……?"

그녀가 말했다. "나는 아직 끝나지 않았어." 그녀의 눈은 벌이 기다리고 있는 소년의 일행을 응시하고 있었다. "누가 알겠어. 저들이 안전하다고 생각하고 다시 어떤 미친 짓을 저지를지 누가 알겠냐고." 소년은 로즈 옆에 말없이 앉아 있었다. 앞에 술잔이 놓여 있었으나 술을 마시지는 않았다. 함께 있는 남

456

자와 여자만이 이런저런 얘기를 늘어놓았다.

"우린 최선을 다했어. 이 일은 경찰이 할 일이야. 그게 아니라면 그 누구의 일도 아니지." 필이 말했다.

"그 말은 처음부터 들은 얘기인걸." 그녀는 다시 노래 부르기 시작했다. "어느 날 밤 골목길에서……"

"이제 우리 일이 아니란 말이야."

"로스차일드 경이 내게 말했네……" 그녀는 노래를 멈추고 그의 말을 점잖게 바로잡아 주었다. 친구가 잘못된 생각을 하도록 내버려 둘 수는 없었으니까. "이 일은 옳고 그름을 분간할 줄 아는 사람이면 누구나 해야 할 일이야."

"그러나 당신은 확신이 너무 지나쳐, 아이다. 너무 저돌적이야…… 물론 좋은 뜻으로 그러는 것이겠지만, 저 핑키라는 애가 왜 그랬는지 그 이유를 우리가 어떻게 알 수 있겠어? 게다가," 그가 그녀를 비난했다. "당신은 재미있기 때문에 이 일을 하고 있는 것일 뿐이야. 프레드는 당신이 관심을 가지고 있었던 사람도 아니잖아."

그녀는 반짝이는 커다란 눈을 그에게로 돌렸다. "뭐," 그녀가 말했다. "재미가 없었다고 말하진 않겠어." 그녀는 이제 일이 다 끝나 버린 것이 꽤나 아쉬웠다. "그런데 그게 뭐가 나빠? 난 옳은 일을 하는 게 좋아. 그뿐이야."

그의 마음속에서 은근한 반발심이 고개를 쳐들었다. "그른 일을 하는 것도 좋아하잖아, 아이다."

그녀는 뜬금없이 무척 다정한 태도로 그에게 미소를 지어 보였다. "아, 그거. 그건 그른 일이 아니야. 누구에게도 해를 끼치지 않잖아. 살인 같은 게 아니라고."

"사제들은 그른 일이라고 말하곤 하지."

"사제들!" 그녀가 경멸하듯이 외쳤다. "가톨릭 신자들도 그런 말은 안 믿어. 그렇지 않으면 저 여자애가 지금 왜 저 녀석하고 살고 있겠어? 내 말 믿어도 돼. 난 세상 물정도 알고 세상인심도 좀 안단 말이야." 그렇게 말하고 나서 다시 관심을 천천히 로즈에게로 돌렸다. "당신, 저렇게 어린 소녀를 저 녀석에게 맡겨 두고 나는 손을 떼길 바라는 건 아니겠지? 물론 저 애도 짜증스럽긴 해. 어리석기도 하고. 그렇지만 저 애를 저 상황에 내버려 둬선 안 돼."

"저 애가 자기를 가만 내버려 두길 원치 않으리라는 걸 당신이 어떻게 알아?"

"당신 지금 나한테 저 애가 죽고 싶어 한다고 말하는 건 아니겠지? 죽고 싶어 하는 사람은 아무도 없어. 아무도. 난 저 애가 안전해질 때까지 포기하지 않을 거야. 기네스 한 잔 더 줘." 웨스트 잔교 너머 저 멀리서 워딩의 불빛이 보였다. 날씨가 나쁠 거라는 조짐이었다. 조수는 어둠 속에서 거대한 흰 거품을 물고서 주기적으로 밀려와 해안가 방파제에 부딪치곤 했다. 파도가 잔교의 말뚝을 들이치는 소리가 들려왔다. 그 소리는 권투 선수가 사람의 턱을 때리는 훈련을 하기 위해 주먹으로 펀치 볼을 두드려 대는 소리와도 비슷했다. 아이다 아널드는 술기운을 약간 느끼며 자신이 구해 주거나 도움을 주었던

458

사람들을 가만히 머리에 떠올려 보았다. 언젠가 젊은 시절에 바다에 빠진 남자를 끌어 올려 주었던 일, 눈먼 거지에게 돈을 주었던 일, 절망에 빠져 있던 스트랜드가의 여학생에게 때맞춰 자상하게 조언을 해 주었던 일이 떠올랐다.

7

"가엾은 스파이서도 같은 생각을 가지고 있었지." 댈로가
말했다. "그 친구도 언젠가는 어디서 술집을 차리겠다고 생각
했어." 그가 주디의 넓적다리를 철썩 치면서 말을 이었다. "나
와 당신이 이 젊은 친구들과 함께 시작해 보는 게 어때? 그 모
습이 눈앞에 보이는 것만 같아. 시골에 차리는 거야. 관광버스
가 정차하는 중심 도로변에. 그레이트노스로드의 '정차 구역'
은 어떨까 싶네. 장기적으로 많은 돈을 벌진 못한다 해도 놀랍
진 않을 테지만……" 댈로는 하던 말을 멈추고 소년에게 말했
다. "왜 그래? 한 잔 마셔. 이제 걱정할 건 아무것도 없잖아."

소년은 실내의 빈 탁자 너머 그 여자가 앉아 있는 곳을 바라
보았다. 어떻게 저리 끈질길 수 있을까. 언젠가 구릉지대의 백
토에 난 구멍들 사이에서 토끼의 목을 꽉 물고 놓아주지 않던
흰담비를 본 적이 있는데, 그 여자가 바로 그 흰담비 같았다.
그럼에도 불구하고 이 토끼는 그 여자에게 잡히지 않았다. 이

제 그는 그녀를 두려워할 이유가 없었다. 그가 흐릿한 목소리로 말했다. "시골. 난 시골에 대해선 아는 게 별로 없어."

"건강에 좋은 곳이지." 댈로가 말했다. "자넨 색시하고 여든 살까지 살게 될 거야."

"60 몇 년을 더 살게 될 거라니," 소년이 말했다. "정말 긴 세월이군." 여자의 머리 뒤로 브라이턴의 가로등이 워딩 쪽을 향해 유리알처럼 줄줄이 이어졌다. 마지막 석양빛이 하늘에서 한층 낮게 깔리고, 짙은 쪽빛 구름이 그랜드, 메트로폴, 코스모폴리탄 호텔 위로, 그리고 여러 탑과 돔 지붕 위로 무겁게 내려앉았다. 60년이라. 그것은 일종의 예언 같았다. 어떤 미래, 끝없는 공포의 미래에 대한 예언.

"둘 다 무슨 일 있어?" 댈로가 말했다.

이 집은 그들이 프레드를 죽이고 나서 왔던 찻집이었다. 스파이서, 댈로, 커빗 모두 왔었다. 물론 댈로 말이 옳았다. 그들은 안전했다. 스파이서는 죽고, 프리윗은 이 땅을 빠져나갔고, 커빗은 어디로 갔는지 아무도 모른다. (경찰은 절대 **커빗**을 붙잡아 증인석에 세우지 못할 것이다. 커빗은 자신이 교수형에 처해질 거라는 것을 잘 알고 있으니까. 녀석은 이번 일에 너무 큰 역할을 했고, 게다가 1923년의 전과 기록이 남아 있었다.) 그리고 로즈는 그의 아내가 되었다. 그들은 그 어느 때보다도 안전했다. 그들이 이긴 것이었다, 마침내. 그 앞에는—역시 댈로가 옳았다—60년의 세월이 있었다. 그러나 그런 생각들은 이내 산산이 부서지고 말았다. 토요일 밤의 행사. 그리고 출산, 아이, 습관, 증오…… 그는 탁자 너머로 눈을 돌렸다. 여자의 웃음소리가 마치 그의 패배의 소리 같았다.

소년이 말했다. "이곳은 답답해. 공기 좀 쐬고 와야겠어." 그는 천천히 로즈에게 눈을 돌렸다. "나가서 산책이나 좀 할까?" 그 자리에서 문까지 가는 동안 그는 산산이 부서진 생각들에서 옳은 생각을 하나 골랐다. 잔교에서도 유독 바람이 많이 부는 쪽에 왔을 때 그가 그녀에게 소리쳐 말했다. "여길 벗어나 다른 데로 가야겠어." 그는 로즈의 팔을 잡고서 턱없이 다정한 태도로 그녀를 이끌고 쉼터로 들어갔다. 프랑스 쪽에서 밀려온 파도가 그들의 발밑에서 부서졌다. 무모한 기분이 그를 사로잡았다. 스파이서가 여행 가방 옆에서 몸을 굽히는 것을 본 순간의 기분과도 비슷했고, 커빗이 복도에서 돈을 빌려 달라고 애걸하는 모습을 보았던 때의 기분과도 비슷했다. 댈로와 주디가 술잔을 앞에 놓고 앉아 있는 모습이 창유리를 통해 보였다. 지금이 마치 60년 세월의 첫 주 같았다. 육체의 접촉, 관능적인 떨림, 얼룩진 잠, 깨어났을 때 혼자가 아니라는 사실…… 거친 바닷소리가 가득한 어둠 속에서 그는 머릿속으로 자신의 온 미래를 떠올렸다. 그것은 자동 기계와도 같았다. 1페니 동전을 넣으면 불이 들어오고 문이 열리고 인형들이 움직이는 자동 기계…… 그가 활기차고 부드러운 어조로 말했다. "여긴 우리가 그날 밤 만났던 곳이야. 기억나?"

"기억나요." 그녀는 그렇게 말하며 두려운 표정으로 그를 쳐다보았다.

"난 **저치들**이 우리랑 함께 있는 게 싫어." 소년이 말했다. "우린 차를 타고 시골로"—그는 그녀의 표정을 면밀히 지켜보았다—"드라이브를 떠나자."

"날씨가 추운데."

"차 안은 괜찮을 거야." 그는 그녀의 팔을 놓으며 말했다. "물론 당신은 가고 싶지 않다면 나 혼자 갈게."

"그런데 어디로?"

그가 일부러 가벼운 어조로 말했다. "말했잖아. 시골로 가자고." 그는 호주머니에서 1페니 동전을 꺼내 가장 가까이에 있는 자동 기계의 동전 투입구에 밀어 넣었다. 그는 자신이 뭘하고 있는지 보지도 않고 손잡이를 당겼다. 달그락하는 소리와 함께 과일 껌 몇 통이―보너스 한 통과 함께―떨어져 나왔다. 레몬, 그레이프프루트, 감초 등 갖가지 향의 껌들이 망라되어 있었다. 그가 말했다. "내 손은 행운의 손인가 봐."

"뭐 잘못된 일이라도 있어요?" 로즈가 말했다.

그가 말했다. "당신도 그 여자 봤지? 그래, 내가 생각한 대로야. 그 여자는 절대로 포기하지 않을 거야. 언젠가 휜담비를 본 적이 있어. 경마장 옆에서." 그가 고개를 돌리자 잔교의 불빛 하나가 그의 눈을 부시게 비추었다. 한 줄기 빛, 한 가닥 흥분. 그가 말했다. "난 드라이브하러 갈 거야. 당신은 여기 있고 싶으면 여기 있어."

"나도 갈 거예요." 그녀가 말했다.

"그럴 필요 없어."

"갈 거예요."

실내 사격장 앞에서 걸음을 멈추었다. 뭔가 신나게 장난질을 치고 싶은 욕구가 치밀었다. "몇 시야?" 그가 사격장 주인에게 물었다.

"몇 시인지 알잖아. 전에도 말했지만 내겐 그따위……"

"허튼소리를 뇌까릴 필요는 없네." 소년이 말했다. "총이나 줘." 그는 총을 들고 과녁을 정확히 겨냥했다. 그러고 나서 일부러 총을 약간 움직인 다음 발사했다. 그는 생각했다. '그는 뭔가 초조한 기색이었어요, 하고 증인은 말했다.'

"오늘은 웬일이야?" 주인이 소리쳤다. "자네가 빗맞히다니."

그는 총을 내려놓았다. "우린 기분 전환이 좀 필요해. 그래서 시골로 드라이브 갈 거야. 잘 있게나." 그는 나중 일을 생각해서 자신의 정보를 교묘히 뿌려 놓고 있었다. 부하들을 시켜 프레드의 카드를 예상 경유지를 따라 곳곳에 놓아두게 했을 때처럼 신중히 그렇게 했다. 그는 심지어 고개를 돌려 이렇게 말하기도 했다. "우린 헤이스팅스 쪽으로 갈 거야."

"자네가 어디로 가는지 알고 싶지 않아." 주인이 말했다.

낡은 모리스 자동차는 잔교 근처에 주차되어 있었다. 자동시동 장치가 작동하지 않는 탓에 그는 크랭크 핸들을 돌려야 했다. 그는 잠시 넌더리가 난다는 듯한 표정으로 낡은 차를 바라보며 서 있었다. 마치 떠들썩하게 일을 벌이고 나서 얻은 것이 고작 이것뿐이라는 듯한 표정이었다. 그가 말했다. "우린 그날 갔던 길로 갈 거야. 기억나지? 버스 타고 갔던 곳." 그는 주변에서 그의 애기를 듣고 있을 사람들을 상대로 다시 한 번 자신의 정보를 뿌렸다. "피스헤이븐 말이야. 거기서 한잔하자."

그들은 수족관을 끼고 돌아서 2단 기어로 비탈을 올라갔다. 그는 한 손을 호주머니에 넣은 채 로즈의 글이 쓰인 쪽지를 만지작거렸다. 덮개의 천이 펄럭거렸고, 금이 간 데다 우중충하게 변색된 앞 유리가 그의 시야를 제한했다. 그가 말했다. "곧 비가 엄청 쏟아지겠는걸."

"이 덮개가 비를 막아 줄까요?"

"상관없어." 그가 앞을 응시한 채 말했다. "우린 젖지 않을 테니까."

그녀는 감히 그에게 그게 무슨 뜻이냐고 묻지 못했다. 그녀는 확신할 수 없었고, 확신할 수 없는 한 우리는 행복하다고 믿을 수 있었다. 우리는 모든 걱정거리가 사라진 지금 어둠 속에서 드라이브를 하는 연인이라고 믿을 수 있었던 것이다. 그의 몸에 손을 얹었다. 그가 본능적으로 몸을 움츠리는 것이 느껴졌다. 그녀는 잠시 끔찍한 의심에 휩싸였다. 이것은 한없이 암울한 악몽이 아닐까, 그 여자가 말한 것처럼 이이는 날 사랑하지 않는 게 아닐까…… 덮개의 찢어진 부분으로 습기를 머금은 바람이 들어와 그녀의 얼굴을 찰싹찰싹 때렸다. 아무래도 괜찮아. 난 이이를 사랑하니까. 나도 책임이 있으니까. 시내 쪽을 향해 비탈을 내려가는 버스들이 그들을 지나쳐 갔다. 밝고 아늑한 우리 같은 버스에는 사람들이 바구니나 책을 들고

465

앉아 있었다. 아이 하나가 유리창에 얼굴을 바싹 대고 있었는데, 신호등 앞에서 잠시 그 버스와 아주 가까워졌을 때 그녀는 아이의 얼굴을 가슴에 안을 수도 있을 것만 같은 느낌이 들었다. "무슨 생각을 하고 있어?" 그가 갑자기 말을 꺼내며 그녀의 주의를 끌었다. "인생은 그리 나쁜 게 아니다, 라는 생각?"

그가 말을 이었다. "그런 거 믿지 마. 내가 인생이 뭔지 말해 줄게. 인생은 감옥이야. 돈을 구하려 해도 어디 가서 구해야 할지 모르는 게 인생이야. 기생충, 백내장, 암…… 2층 창을 통해 새된 비명 소리가 들리기도 하지? 그건 아이들이 태어나는 소리야. 인생은 천천히 죽어 가는 것이라고."

운명의 순간이 다가오고 있었다. 그녀는 그걸 알았다. 계기판 불빛이 결심을 굳힌 소년의 앙상한 손가락을 비추었다. 소년의 얼굴은 어둠에 묻혀 있었지만, 그녀는 그의 들뜬 기분과 격렬한 흥분과 눈에 서린 혼돈을 상상할 수 있었다. 어느 돈 많은 사람의 자가용 승용차―차에 문외한인 그녀는 다임러도 벤틀리도 알지 못했다―가 부드럽게 그들을 지나쳐 갔다. 그가 말했다. "서두를 건 없어." 그는 호주머니에서 손을 빼고 그녀가 쓴 쪽지를 자신의 무릎 위에 올려놓았다. 그가 말했다. "이거, 진심인 거지?" 그는 다시 되풀이해야 했다. "진심이지?" 그녀는 자신의 목숨 이상의 것―천국(천국이 뭔지는 잘 모르지만), 버스에 타고 있던 아이, 한참 동안 울음을 그치지 않은 옆집 아기―을 양도하겠다는 서명을 하고 있는 듯한 기분이었다. "네." 그녀가 대답했다.

"우리 어디 가서 한잔 마시자." 그가 말했다. "그런 다음······ 그때 되면 알 거야. 모든 게 다 준비됐어." 그는 오싹하도록 쉽게 말했다. "1분도 안 걸릴 거야." 그는 그녀의 허리에 팔을 두르고 그녀의 얼굴 가까이로 자신의 얼굴을 기울였다. 이제 그녀는 그를 볼 수 있었다. 생각에 생각을 거듭하는 표정이었다. 그의 피부에서는 휘발유 냄새가 났다. 이 낡아 빠진 차 안의 모든 것에서 휘발유 냄새가 났다. 그녀가 말했다. "우리······ 정말······ 하루만 기다릴 수 없을까요?"

"그게 무슨 소용이 있어? 오늘 저녁 거기서 그 여자를 봤잖아. 그 여자는 절대 놓아주지 않아. 언젠가는 증거를 갖게 될 거야. 그러니 무슨 소용이 있겠어?"

"그럼 **그때** 하면 되잖아요?"

"**그때**는 너무 늦을 거야." 요란스레 펄럭이는 덮개 천 때문에 그의 말이 간헐적으로 끊겼다. "노크 소리가 들리고 다음 순간, 알다시피······ 수갑······ 너무 늦어······" 그가 교활하게 말했다. "그러면 우린 함께 있지 못하게 돼." 그가 발에 힘을 가하자 속도계 바늘이 부르르 떨면서 35마일까지 올라갔다. 이 낡은 차는 40마일 이상의 속도는 내지 못할 텐데도 난폭할 정도로 빠른 속도를 내고 있는 듯한 인상을 주었다. 바람이 차창을 때리고, 동시에 찢어진 덮개를 헤집고 들어왔다. 그가 조용히 읊조렸다. "우리에게 평화를 주소서."

"안 줄 거예요."

"무슨 말이야?"

"주님이 우리에게 평화를 안 줄 거라고요."

그는 생각했다. 앞으로의 세월 60년 동안에는 시간이 충분할 거야. 이 일을 회개할 시간이 말이야. 사제한테 가는 거지. 그리고 이렇게 말하는 거야. "신부님, 저는 두 번 살인을 저질렀습니다. 그리고 한 소녀가 있었는데…… 그 애는 자살을 했습니다." 설령 오늘 밤 차를 몰고 집으로 돌아가다가 가로등 기둥을 들이받아 갑작스럽게 죽음이 찾아온다 해도 여전히 '등자에서 땅으로 떨어지는 사이'가 있어. 이제는 길 한쪽에 있던 집들이 한 채도 보이지 않고, 대신 바다가 다시 나타났다. 찻길 아래 벼랑을 때리는 검은 바다의 소리는 깊디깊었다. 나는 나 자신을 기만하고 있는 게 아니야. 얼마 전에는 시간이 짧으면 회개 말고도 생각할 것들이 많아서 회개할 여유가 없다는 걸 깨달았지만 말이야. 아무튼 상관없어…… 난 평화를 누릴 만한 복이 있는 사람도 아니고, 그런 걸 믿지도 않아. 천국은 말일 뿐이지. 하지만 지옥은 믿을 수 있는 것이야. 두뇌는 이해할 수 있는 것만 믿을 수 있고, 한 번도 경험해 보지 못한 것은 이해할 수 없어. 나의 세포는 시멘트로 된 학교 운동장, 난롯불이 꺼진 세인트판크라스역 대합실에서 죽어 가던 남자, 프랭크의 집 내 방 침대, 그리고 내 부모의 침대로 이루어져 있지. 그의 마음속에서 격렬한 분노가 일었다. 왜 나는 다른 사람들처럼 잠깐이라도 천국을 볼 기회를 갖지 못했을까. 설령 그것이 브라이턴의 담벼락 사이에 난 조그만 틈에 불과하다 하더라도…… 차가 로팅딘으로 가고 있을 때 그는 고개를 돌려 한참 동안 그녀를 보았다. 마치 그녀가 천국일 수도 있다는 듯이―그러나 그의 머리는 이해하지 못했다―바라보았으나 그가 본 것은 성적인 접촉을 원하는 입술과 아기를 갈망하는 봉긋한 가슴이었다. 그래, 이 애는 선한 사람이야. 그건 인정해. 그는 생각했다. 그렇지만 완전치 못해. 내가 타락시켰으니까.

로팅딘을 지나자 새 별장들이 보이기 시작했다. 멋들어진 건축물들이었다. 구릉 위에 자리 잡은 양로원의 윤곽이 흐릿하게 보였다. 비행기처럼 날개가 달린 듯한 건물이었다. 그가 말했다. "시골에서는 우리 소리를 듣는 사람이 없을 거야." 피스헤이븐으로 가는 도로를 따라 점점이 이어진 불빛들이 멀리까지 흐릿하게 뻗어 있었다. 새로 깎아 만든 백톳길은 전조등 불빛 속에서 보니 하얀 시트를 깔아 놓은 것처럼 보였다. 맞은편에서 오는 차들이 종종 그들의 눈을 멀게 했다. 그가 말했다. "배터리가 약해졌어."

로즈가 느끼기에는 그가 1천 마일이나 멀리 떨어져 있는 것만 같았다. 그이의 생각은 그녀로서는 알 수 없는 행위 그 너머에까지 미쳤다. 그이는 총명했다. 그이는 이해할 수 없는 것―영원한 벌, 불구덩이 등등―까지 내다보고 있다고 그녀는 생각했다. 그녀는 공포를 느꼈다. 고통에 대한 생각에 몸이 떨렸다. 그들은 얼룩진 낡은 앞 유리에 부딪치는, 비를 품은 거센 바람을 헤치며 그 목적을 향해 부지런히 달려가고 있었다. 이 길은 다름 아닌 그 목적지로 인도하는 길이었다. 그것은 모든 행위 중에서 최악의 행위이자 절망의 행위이고 용서

받을 수 없는 죄로 알려졌다. 그녀는 휘발유 냄새 나는 차 안에 앉아 절망을, 대죄를 실감하려 했으나 그러지 못했다. 그것은 절망처럼 느껴지지 않았던 것이다. 그이는 자기 자신에게 천벌을 내리려 하고 있지만, 그녀는 사람들이 그이를 비난할 때면 그녀도 비난하지 않을 수 없다는 것을 보여 줄 작정이었다. 그이가 할 수 있는 일 가운데 그녀가 하지 않으려는 일은 아무것도 없었다. 심지어 살인까지도 그이와 함께할 수 있을 것 같은 느낌이 들었다. 불빛이 그의 얼굴을 비추었다가 사라졌다. 생각에 잠긴 찌푸린, 아이 같은 얼굴이었다. 그녀는 가슴속에서 책임감이 꿈틀거리는 것을 느꼈다. 절대 그이 혼자 그 어둠 속에 들어가게 하지 않겠다고 마음먹었다.

피스헤이븐 길이 시작되었다. 차는 절벽과 구릉 쪽을 향해 내달렸다. '세놓습니다'라는 간판 주위에서 가시나무 덤불이 자라고 있었다. 길은 물웅덩이와 염생초'에 묻혀 모호하게 끝났다. 그것은 개간지를 개척하려고 애쓰다 포기한 개척자들의 마지막 노력처럼 보였다. 시골이 개척자들의 의지를 무너뜨린 것 같았다. 그가 말했다. "호텔로 가서 술 한잔 마시자. 그러고 나서…… 내가 적당한 장소를 알고 있어."

비가 머뭇거리듯 조금씩 내리고 있었다. '루어랜드'의 빛바랜 진홍색 문으로, 그리고 다음 주에 있을 휘스트 드라이브"와

♦ 염분이 많은 습지나 알칼리 토양에서 자라는 풀.
♦♦ 한 판이 끝날 때마다 몇 사람이 상대를 바꿔 가며 하는 휘스트 카드놀이.

지난주에 있었던 댄스 관련 포스터로 빗방울이 들이치고 있었다. 그들은 호텔 문을 향해 달렸다. 호텔 휴게실에는 아무도 없었다. 조그만 흰 대리석 조각상들이 눈에 띄었다. 판벽 위 녹색 벽에는 튜더 양식의 장미와 백합이 금빛으로 장식되어 있었다. 파란색 탁자에는 사이펀이 놓여 있고, 스테인드글라스 창에는 굽이치는 차가운 파도에 중세의 배들이 흔들리는 그림이 그려져 있었다. 대리석 조각상 하나는 누군가 두 팔을 깨뜨린 것이었는데—어쩌면 애초에 그렇게 만들었는지도 몰랐다—하얀 옷을 걸친 고전적인 자태가 승리의 상징이거나 절망의 상징처럼 보였다. 소년이 벨을 울리자 그와 같은 또래의 남자아이가 주문을 받으려고 일반 바에서 나왔다. 그들은 묘하게 닮았으면서도 어딘지 모르게 달랐다. 어깨가 좁고 얼굴이 야윈 두 사람은 서로를 보자마자 개처럼 털을 곤두세웠다.

"파이커." 소년이 말했다.

"그래, 왜?"

"시중 좀 들어 줘." 소년이 말했다. 그가 한 걸음 내딛자 상대가 한 걸음 물러섰다. 핑키가 상대를 향해 활짝 웃었다. "브랜디 더블로 두 잔 갖다줘." 소년이 주문했다. "빨리." 그가 부드러운 목소리로 로즈에게 말했다. "내가 여기서 파이커를 만날 줄 누가 생각이나 했겠어?" 로즈는 소년이 자신들의 목적에서 벗어난 다른 것으로 주의를 돌릴 수 있다는 사실에 놀라며 그를 쳐다보았다. 2층 유리창에 부딪는 바람 소리가 들려왔다. 계단이 꺾이는 곳에 놓인 또 하나의 묘비 같은 조각상은 손상

된 팔을 쳐든 모습이었다. 그가 말했다. "우린 학교를 같이 다녔어. 쉬는 시간이면 내가 곧잘 녀석을 괴롭히곤 했지." 파이커가 브랜디를 가지고 돌아왔다. 겁먹은 얼굴로 조심스럽게 곁눈질을 하는 그의 표정 속에 칙칙한 어린 시절이 오롯이 되살아나는 듯했다. 로즈는 파이커에게서 고통스럽도록 질투를 느꼈다. 왜냐하면 오늘 밤은 자신이 핑키의 모든 것을 독차지해야 하기 때문이었다.

"너, 하인이야?" 소년이 말했다.

"하인 아니야. 웨이터야."

"나한테서 팁 받고 싶어?"

"네 팁은 싫어."

소년은 브랜디를 마셨다. 브랜디가 목에 걸리자 기침을 했다. 배 속에 세상의 때를 들이붓는 것 같았다. 그가 말했다. "용기가 나는군." 그러고 나서 파이커에게 물었다. "지금 몇 시야?"

"시계를 봐." 파이커가 말했다. "시계는 볼 줄 알 거 아니야."

"음악은 없어?" 소년이 말했다. "젠장, 우린 축하하고 싶단 말이야."

"저기에 피아노 있어. 라디오도 있고."

"라디오 좀 틀어 줘."

라디오는 화분 뒤에 숨겨져 있었다. 바이올린 소리가 구슬피 흘러나왔다. 공전空電으로 약간의 잡음이 일었다. 소년이 말했다. "쟤는 날 미워해. 내 배짱을 미워하지." 그러고 나서 파이커를 조롱하려고 돌아보았으나 파이커는 가고 없었다. 그가 로즈에게 말했다. "그 브랜디, 당신도 마셔 두는 게 좋을 거야."

"난 안 마셔도 돼요." 그녀가 말했다.

"당신 좋을 대로 해."

그는 라디오 옆에 서고, 그녀는 텅 빈 벽난로 옆에 섰다. 두 사람 사이에 세 개의 탁자와 세 개의 사이펀, 그리고 무어식인지 튜더식인지 무슨 양식인지 모를 전기스탠드가 하나 놓여 있었다. 그들은 끔찍한 비현실감에 사로잡혔다. 뭔가 말을 해야 했다. '굉장한 밤이야!'라든가 '여름 날씨치곤 춥네'라든가. 그녀가 말했다. "그 친구랑 학교를 같이 다녔군요."

"그래." 둘 다 시계를 쳐다보았다. 9시가 거의 다 되었다. 바이올린 소리 너머로 바다 쪽 창을 두드려 대는 빗소리가 들렸다. 그가 어색하게 말했다. "이제 갈 준비를 하는 게 좋겠어."

그녀는 마음속으로 기도하기 시작했다. '천주의 성모 마리아님.' 그러고 나서 기도를 멈추었다. 나는 대죄를 짓고 있잖아. 기도해도 소용없어. 내 기도는 저 사이펀과 조각상들처럼 여기 지상에 남아 있을 뿐이야. 날개가 없으니까. 그녀는 두려운 마음으로 참을성 있게 벽난로 곁에 서서 기다렸다. 그가 거북하게 입을 열었다. "뭔가…… 글을 써 두어야겠어. 그래야 사람들이 알게 될 테니까."

"그게 무슨 의미가 있어요. 상관없잖아요?" 그녀가 말했다.

"아니, 상관있어." 그가 재빨리 말했다. "우린 일을 제대로 해야 해. 이건 동반 자살이야. 당신도 신문에서 읽어 봤을 거야."

"많은 사람들이…… 그렇게 해요?"

"늘 있는 일이야." 그가 말했다. 그의 마음속에 한순간 끔찍하고 경박한 자신감이 피어올랐다. 바이올린 소리가 작아지다가 사라지고, 9시 시보가 빗소리를 뚫고 울렸다. 화분 뒤에서 나는 목소리가 일기 예보를 알렸다. 대서양 저기압의 영향으로 대륙에서 폭풍우가 몰려온다는 내일의 예보였다. 그녀는 귀를 기울이다가 이제는 내일의 날씨 따위는 전혀 중요하지 않다는 것을 새삼 깨달았다.

그가 말했다. "한 잔 더 할까? 아니면 다른 걸로?" 그는 신사용 화장실 표지판을 찾으려고 주위를 둘러보았다. "나, 가서 손 좀 씻고 와야겠어." 그녀는 그의 호주머니에 묵직한 물건이 들어 있는 것을 알아차렸다. 저걸로 단행하려는 것이리라. 그가 말했다. "내가 화장실에 가 있는 동안 그 쪽지에 한마디만 더 추가해. 연필 여기 있어. 나 없이는 살 수 없다든가, 뭐 그런 거. 우리도 남들이 하는 것처럼 제대로 해야 하니까." 소년은 복도로 나가서 파이커를 불러 화장실 위치를 알아낸 다음 계단을 올라갔다. 그는 조각상이 있는 곳에서 뒤돌아서서 판벽을 두른 휴게실을 내려다보았다. 지금은 추억을 위해 이 순간을 마음에 담아 두어야 할 때였다. 잔교 끝에 불던 바람, 셰리 술집과 그곳에서 노래하던 남자, 부르고뉴 와인을 비추던 불빛, 커빗이 문을 쾅쾅 두드려 대던 일…… 소년은 자신이 그 모든 것을 혐오의 감정 없이 기억하고 있음을 깨달았다. 그는 문이 닫힌 집 밖의 거지가 꼼지락거리듯 마음속 어딘가에서 다정함이 꿈틀거리고 있는 것을 느꼈다. 하지만 그는 본질적으로 증오의 습관에 구속되어 있었다. 소년은 몸을 돌려 다시 계단을 올라갔다. 그는 속으로 중얼거렸다. 나는 곧 다시 자유로워질 것이다. 사람들이 그 쪽지를 보게 되겠지. 우리가 헤어져야 한다는 것 때문에 그 애가 그토록 슬퍼할 줄은 미처 몰랐어요, 난 이렇게 말할 거야. 그 애는 댈로의 방에서 총을 발견하고 가지고 나온 게 틀림없어요. 물론 경찰은 지문 감식을 하겠지. 그러고 나서…… 그는 화장실 창밖을 내다보았다. 보이지 않는 파도가 절벽 밑에서 철썩철썩 벼랑에 부딪쳤다. 삶은 계속되는 거야. 사람과의 접촉은 이제 그만. 타인의 감정이 머릿속으로 밀려드는 일도 이제 그만. 나는 다시 자유로워질 것이다. 나 자신 이외의 다른 것은 아무것도 생각하지 않을 것이다. '나 자신.' 그 말이 위생적인 화장실 안의 도자기 세면대와 수도꼭지와 소켓과 쓰레기 사이에서 메아리쳤다. 그는 호주머니에서 권총을 꺼내 총알을 재 놓았다. 두 발을 장전했다. 세면대 위의 거울에 죽음의 금속을 만지작거리며 안전장치를 조정하는 그의 손이 보였다. 아래층에서는 뉴스가 끝나고 다시 음악이 흘러나왔다. 묘지를 떠도는 개의 울부짖음 같은 음악 소리가 위로 올라왔다. 밖에서는 거대한 어둠이 젖은 입술을 창유리에 꼭 대고 있었다. 그는 권총을 다시 호주머니에 넣고 복도로 나왔다. 그것은 다음 단계의 수였다. 또 다른 조각상이

묘지에서 튀어나온 손 같은 기이한 형태의 손과 머리에 쓴 대리석 화관으로 이해하기 힘든 어떤 교훈을 전하고 있었다. 그는 또다시 연민의 감정이 스멀스멀 피어오르는 것을 느꼈다.

8

"걔들, 나간 지 한참 됐는데." 댈로가 말했다. "어디서 뭘 하고 있나?"

"알 게 뭐야?" 주디가 말했다. "둘이서만"—그녀는 도톰한 입술을 댈로의 뺨에 지그시 댔다—"있고 싶은 거겠지." 그녀의 붉은 머리카락 몇 가닥이 댈로의 입에 물려 있었다. 시큼한 맛이 느껴졌다. "당신도 사랑이 어떤 건지 알잖아." 그녀가 말했다.

"핑키는 몰라." 댈로는 불안했다. 아까 했던 이야기가 생각났다. 그가 말했다. "핑키는 그 애의 용기를 미워해." 건성으로 주디의 몸에 팔을 둘렀다. 파티 기분을 망친 것이 짜증스럽긴 했지만 그는 핑키가 무슨 생각을 하고 있는지 알고 싶었다. 그는 주디의 잔을 들고 한 모금 쭉 들이켰다. 워딩 쪽 어디선가 사이렌 소리가 났다. 창을 통해 한 커플이 잔교 끝에서 망연히 시간을 보내고 있는 모습과 한 노인이 유리 뒤편의 마녀로부터 운세 카드를 받아 드는 모습을 볼 수 있었다.

"그럼 그 애를 떼어 버리잖고?" 주디가 물었다. 그녀의 입술이 그의 턱에서 입술 쪽으로 움직여 갔다. 그녀가 화난 얼굴로 벌떡 몸을 세워 앉으며 말했다. "저기 있는 저 여자 누구야? 뭣 때문에 노상 우릴 보고 있는 거지? 여긴 자유의 나라라고."

댈로가 고개를 돌려 쳐다보았다. 그의 뇌는 느릿느릿 작동했다. 처음에는 이렇게 말했다. "한 번도 본 적이 없는 여자인데." 그러고 나서 기억이 떠올랐다. "아, 끈질기게 핑키를 괴롭힌다는 그 지겨운 여자로군." 그는 성가신 표정으로 일어나서 약간 휘청거리며 탁자 사이를 걸어갔다. "당신 누구요?" 그가 물었다. "당신 누구냐고?"

"아이다 아널드." 그녀가 말했다. "도움이 될지 모르겠지만 아무튼 그게 내 이름이에요. 친구들은 날 아이다라고 부르죠."

"난 친구가 아니오."

"친구가 되는 게 좋을 텐데요." 그녀가 부드럽게 말했다. "한 잔 해요. 핑키는 어디 갔나요…… 그리고 로즈는? 당신이 가서 걔들을 데려와야 하는 거 아니에요? 이 사람은 필이에요. 저기 숙녀 친구분도 소개시켜 줘요." 그녀가 사근사근 말을 이었다. "우리 모두가 함께할 시간이네요. 당신 이름은요?"

"쓸데없이 남의 일에 참견하는 사람은 어떻게 되는지 모르나 보지……?"

"아, 알아요." 그녀가 말했다. "잘 알아요. 난 당신들이 프레드를 해치운 날, 프레드와 함께 있었죠."

"무슨 귀신 씻나락 까먹는 소리야." 댈로가 말했다. "당신 도대체 누구요?"

"내가 누군지 모르면 안 되죠. 당신들, 우리 차가 해안 도로를 달리는 동안 내내 그 고물 모리스를 몰고 우릴 쫓아왔잖아요." 그녀가 댈로를 향해 생긋 웃었다. 그는 그녀의 사냥감이 아니었다. "이제는 그 일이 옛날 일처럼 느껴지죠?"

사실이었다. 그때가 옛날 같았다.

"한 잔 하지 그래요." 아이다가 말했다. "그런데 핑키는 어디 갔어요? 오늘 저녁 나를 보는 게 마뜩지 않은 표정이던데. 댁들은 뭘 축하하고 있었나요? 프리윗 씨에게 일어난 일은 아니겠죠? 하긴 당신들은 아직 그 소식을 못 들었을 테니."

"그게 무슨 말이오?" 댈로가 말했다. 바람이 유리창을 때리고 웨이트리스가 하품을 했다.

"내일 아침 신문에서 보게 될 겁니다. 난 당신들의 흥을 깨고 싶지 않아요. 물론 프리윗 씨가 얘길 털어놓으면 그보다 더 빨리 알게 되겠지만 말이에요."

"그 사람 외국에 나갔는데."

"지금 경찰서에 있어요." 그녀가 확신에 찬 어조로 말했다. "경찰이 곧장 데려왔죠." 그녀가 찬찬히 말을 이었다. "좀 더 좋은 변호사를 골랐어야죠. 자기 돈으로 휴가를 갈 수 있는 정도의 변호사로. 경찰이 사기죄로 잡았어요. 부두에서 체포했대요."

댈로가 불안한 얼굴로 그녀를 지켜보았다. 그녀의 말을 믿지 않았지만…… 그럼에도…… "아주 많이 아시는군." 그가 말했다. "밤에 잠은 자는 거요?"

"당신은?"

코뼈가 부러진 커다란 얼굴에 일종의 천진함이 묻어났다. "나?" 그가 말했다. "난 뭐, 아는 게 하나도 없으니……"

"그 사람한테 그 돈을 다 준 건 헛일이었어요. 어차피 도망칠 사람이었으니까. 그래서 부자연스러워 보였던 거죠. 내가 잔교에서 조니를 만났을 때……"

댈로는 절망감을 느낀 놀란 눈으로 그녀를 쳐다보았다. "조니를 만났다고요? 도대체 어떻게……?"

그녀는 간단히 말했다. "사람들은 날 좋아한답니다." 그리고 술을 한 모금 들이켜고 나서 말을 이었다. "어렸을 때 엄마가 그 애를 학대했다더군요."

"누구 엄마가?"

"조니."

댈로는 조바심이 나고 당혹스럽고 겁이 났다. "도대체 당신이 조니의 엄마에 대해 뭘 안단 말이오?"

"조니가 내게 얘기해 준 것은 알죠." 아이다가 말했다. 그녀는 더없이 편안한 태도로 자리에 앉아 있었다. 큼지막한 가슴은 어떤 비밀도 다 받아들일 준비가 되어 있는 것처럼 보였다. 그녀는 동정과 이해심이 몸에 밴 분위기를 마치 고약한 싸구려 향수 냄새를 풍기듯 풍기고 다녔다. 그녀가 점잖게 말했다. "난 당신에겐 나쁜 감정이 전혀 없어요. 당신과 친해지고 싶군요. 저 숙녀 친구분도 이리 데리고 와요."

그는 어깨 너머로 뒤를 흘끔 본 다음 다시 바른 자세를 취했다. "데려오지 않는 게 좋을 것 같소." 그가 말했다. 목소리가 낮아졌다. 그 역시 자기도 모르게 속마음을 털어놓기 시작했다. "사실 저 여편네는 질투가 무척 심해요."

"설마. 그렇담 저 여자 남편은……"

"아, 남편. 남편은 괜찮소. 프랭크는 보지 않은 것은 상관하지 않으니까." 그는 목소리를 더욱더 낮추었다. "그런데 그 사람은 잘 못 봐요…… 장님이거든요."

"그건 몰랐네요." 그녀가 말했다.

"몰랐겠죠." 그가 말했다. "다리미질로 봐서는 알 수가 없지. 다리미질 솜씨 하나는 훌륭하니까." 그가 갑자기 말을 뚝 끊었다. "아니, 젠장." 그가 말했다. "그건 몰랐다니…… 그게 무슨 뜻이오? 그럼 다른 건 알고 있었다는 거요?"

"여기저기서 아주 많은 얘기를 주워들었죠." 그녀가 말했다. "이웃 사람들은 늘 얘기를 늘어놓는 법이니까." 그녀에게는 세속적 지혜의 조각들이 다닥다닥 들러붙어 있었다.

"누가 얘기를 늘어놓아요?" 주디였다. 그녀가 스스로 그 자리로 다가온 것이었다. "그리고 무슨 얘기를 지껄이던가요? 참내, 내가 고것들의 행동거지에 대해 입을 놀리려 든다면…… 그렇지만 난 그러고 싶진 않아." 주디가 말했다. "난 그러고 싶진 않다고." 그녀가 살그머니 주변을 둘러보았다. "그두 아이는 어떻게 된 거지?"

"내게 겁을 먹었나 봐요." 아이다 아널드가 말했다.

"그 애들이 **당신**한테 겁을 먹었다고?" 댈로가 말했다. "그것 참 재미있는 말이네. 핑키는 그렇게 쉽게 겁을 집어먹는 아이가 아니오."

"내가 알고 싶은 건," 주디가 말했다. "이웃 사람 누가 무슨 말을 했느냐는 거예요."

누군가가 사격장에서 총을 쏘고 있었다. 한 커플이 찻집의 문을 열고 들어섰을 때 그들은 총소리를 들을 수 있었다. 한 발, 두 발, 세 발. "핑키일 거야." 댈로가 말했다. "핑키는 언제나 총 솜씨 하나는 끝내주지."

"가서 확인해 보는 게 좋을 거예요." 아이다가 부드럽게 말했다. "그 애가 프리윗 씨 일을 알게 되면—총으로—어떤 극단적인 일을 저지를지도 모르니까."

댈로가 말했다. "넘겨짚기는…… 우린 프리윗 씨를 두려워할 이유가 없소."

"당신들은 뭔가의 대가로 그 사람에게 돈을 주었겠죠."

"에이." 그가 말했다. "조니가 농담을 한 거요."

"당신 친구 커빗도 생각해 보니……"

"커빗은 아무것도 몰라요."

"물론 그렇겠죠." 그녀가 인정했다. "그는 거기 없었으니까. 그렇죠? 그때는 말이에요. 그렇지만 당신은…… 당신에겐 20파운드가 쓸모 있는 돈이 아닌가요? 어쨌든 당신은 큰 곤경에 빠지고 싶진 않겠지요…… 핑키가 자신의 죗값을 치르게 해야 해요."

"정말 넌더리 나는 사람이군." 그가 말했다. "당신은 많이 알고 있다고 생각하나 본데, 실은 아무것도 몰라요." 그가 주디에게 말했다. "화장실 좀 갔다 올게. 당신 입 다물고 있어. 안 그러면 이 여자가……" 그는 열심히 손짓, 몸짓을 했으나 헛된 짓일 뿐이었다. 이 여자가 당신에게 무엇을 덮어씌울지 모른다는 뜻을 몸짓으로 표현할 수가 없었던 것이다. 그는 불안한 마음으로 밖으로 나왔다. 바람이 그에게 불어닥쳐서 그는 기름때 묻은 낡은 모자를 붙잡고 계속 지그시 누르고 있어야 했다. 화장실에 가기 위해 계단을 내려가는 것이 마치 폭풍우 속에서 배의 엔진실로 내려가는 것 같았다. 커다란 파도가 몰려와 잔교의 말뚝에 부딪치고 해변으로 밀려가 부서지는 것에 맞추어 그의 발밑 구조물 전체가 약간씩 흔들렸다. 그는 생각했다. 프리윗에 관해 그 여자가 한 말이 사실이라면 그걸 핑키한테 알려야 할 텐데…… 핑키는 스파이서 일 이외의 다른 일들도 속으로 꾸미고 **있었는데**…… 댈로는 찻집 테라스로 이어진 사다리를 올라와 잔교를 내려다보았다. 핑키는 보이지 않았다. 그는 요지경을 지나갔다. 핑키는 없었다. 사격장에서 총을 쏜 사람은 핑키가 아닌 다른 사람이었던 것이다.

그가 사격장 주인에게 물었다. "핑키 봤나?"

"무슨 수작을 부리려고?" 주인이 말했다. "내가 핑키를 봤다는 건 자네도 알잖아. **그리고** 차를 몰고—자기 여자하고, 기분 전환을 위해—시골로, 헤이스팅스 쪽으로 드라이브 갔다는 것도 알잖아. 그리고 자넨 그때가 언제였는지 그 시간도 알고 싶은 거지? 흠," 사격장 주인이 말했다. "난 아무것도 단언하지 않을 거야. 가짜 알리바이를 꾸미려거든 다른 놈을 끌어들이는 게 좋아."

"미쳤군." 댈로는 그렇게 말하며 그곳을 나왔다. 소란스러운 바다 저편의 브라이턴 교회에서 시간을 알리는 종이 울리기 시작했다. 하나, 둘, 셋, 넷. 그는 거기까지 세고 나서 멈추었다. 겁이 났다. 그 여자의 말이 사실이라면, 핑키가 그걸 알았다면, 그래서 그 미친 계획을…… 핑키는 이 시간에 도대체 무엇 때문에 그 애를 데리고 시골로 드라이브를 갔겠는가? 여관을 찾아간 거라면 모를까. 그런데 핑키는 여관 같은 데는 가지 않는 녀석이잖아? 그는 나직이 소리 내어 말했다. "난 그건 참지 않겠어." 그는 혼란스러웠다. 맥주를 많이 마시지 말 것을, 하는 생각이 들었다. 로즈는 착한 애였다. 그는 부엌 난로에 불을 피우려 하던 그 애를 머리에 떠올렸다. 그래, 정말 착한 애야, 댈로는 우울하게 바다를 응시하며 생각했다. 갑자기 주디는 채워 주지 못하는 정서적 욕구에 사로잡혔다. 따뜻한 난롯가에서 아침 식사를 하며 신문을 읽고…… 그는 빠른 걸음으로 잔교를 내려가 회전식 출입구를 향해 걸어갔다. 이 세상에는 그로서는 가만 두고 보지 못할 일들이 있었다.

그는 모리스가 주차장에 없으리라는 것을 알았으나 그래도 직접 가서 확인해 보지 않을 수 없었다. 차가 없는 것을 본 순간 하나의 목소리가 그의 귀에 대고 또렷이 말하는 것 같았다.

"그 애가 자살을 한다면…… 동반 자살도 살인일 테지만, 그것 때문에 교수형 당하지는 않아." 그는 뭘 해야 할지 모르는 절망적인 심정으로 그 자리에 서 있었다. 술기운 때문에 머리가 흐리터분했다. 그는 손으로 근심이 가득한 얼굴을 쓸었다. 그런 다음 그곳 안내원에게 물었다. "모리스가 나가는 거 봤어?"

"당신 친구가 여자와 함께 타고 나갔어요." 주차 안내원이 탈보와 오스틴 자동차 사이를 뒤뚝뒤뚝 걸어가면서 말했다. 그의 한쪽 다리는 의족이었는데, 호주머니 안에서 조작하는 장치로 의족을 움직이기 때문에 6펜스짜리 은화 하나를 호주머니에 넣느라 기우뚱기우뚱 무척 힘들어하는 모습을 보였다. "아주 멋진 밤이네요." 그 사소한 행위에 엄청 힘을 들인 탓에 지쳐 보이는 표정으로 그가 말했다. "한잔하러 피스헤이븐으로 간다더군요. 왜 거기로 가는지는 모르겠지만." 그는 손을 호주머니에 넣고 보이지 않는 철사를 당기면서 불안정한 걸음걸이로 포드 자동차를 향해 대각선으로 걸어갔다. "곧 비가 내릴 것 같은 날씨네요." 다시 그의 목소리가 들려왔다. "고맙습니다, 사장님." 그런 다음 모리스 옥스퍼드 한 대가 후진으로 들어오자 철사를 당겨 움직이는 그 힘든 동작을 다시 되풀이했다.

댈로는 어찌할 바를 모른 채 막막한 기분으로 서 있었다. 거기 가는 버스가 있긴 했다…… 그렇지만 버스가 거기 도착하기 한참 전에 모든 일이 끝나 버릴 것이다. 이 모든 것에서 손을 떼는 게 더 나을 것도 같았다…… 어쨌거나 그는 **알지 못하**

니까. 30분 뒤면 핑키가 운전을 하고 로즈가 그 옆에 앉은 낡은 자동차가 돌아와서 수족관을 지나가는 것을 보게 되지 않을까. 그러나 그 자동차가 두 사람을 다 태운 채 그렇게 오는 일은 없으리라는 것을 그는 마음속 깊이 잘 알고 있었다. 소년은 너무 많은 흔적을 남겨 두고 갔다. 실내 사격장에 남긴 말, 주차장에 뿌려 둔 정보…… 그는 적절한 때에, 그가 꾸민 이야기에 들어맞는 알맞은 시간에 댈로가 뒤쫓아 와 주기를 바란 것이었다. 주차 안내원이 뒤뚱거리며 돌아왔다. "오늘 저녁엔 당신 친구가 좀 이상해 보였어요. 좀 취한 것도 같고." 안내원은 마치 증인석에서 증거를 제시하는 것 같은 태도로 말했다.

댈로는 절망스러운 기분으로 돌아섰다…… 주디를 데리고 집으로 가서 기다려 보자…… 그런데 몇 발짝 떨어지지 않은 곳에 그 여자가 서 있는 것이었다. 여자는 몰래 그를 뒤따라와 다 엿들었다. 그가 말했다. "맙소사. 이건 다 당신 때문이오. 핑키가 그 애와 결혼하게 된 것도 당신 때문이고, 핑키가……"

"차를 잡아요." 그녀가 말했다. "빨리."

"난 차를 잡을 돈이 없소."

"돈은 내가 낼게요. 서둘러요."

"서두를 거 없소." 그가 힘없이 말했다. "한잔하러 갔다니까."

"걔들이 뭐 하러 갔는지 당신은 알잖아요." 그녀가 말했다. "난 모르지만. 당신, 이 일에 말려들고 싶지 않거든 어서 차를 잡는 게 좋을 거요."

첫 빗방울이 산책로 위로 후드득 떨어지기 시작했다. 그가 무기력하게 항의했다. "난 아무것도 몰라요."

"그렇겠죠." 그녀가 말했다. "당신은 그저 날 데리고 드라이브를 가면 되는 겁니다. 그뿐이에요." 그녀가 갑자기 버럭 소리를 질렀다. "바보같이 굴지 말아요. 당신은 날 친구로 삼는 게 좋을 거예요……" 그러고는 덧붙였다. "핑키는 어떻게 될지 당신은 알 텐데."

그럼에도 그는 서두르지 않았다. 서두른들 무슨 소용이 있겠는가? 핑키는 이 흔적들을 남겨 두었다. 핑키는 모든 걸 다 미리 생각해 둔 것이었다. 적절한 때에 사람들이 자기들을 뒤쫓아 와서 발견하도록…… 댈로는 자신과 그 여자가 무엇을 발견하게 될지 상상할 수 있는 능력이 없었다.

9

소년은 계단 꼭대기에서 걸음을 멈추고 아래를 내려다보았다. 사내 두 명이 휴게실로 들어왔다. 낙타털 코트를 입은 활기찬 사내들이 개처럼 몸을 흔들어서 옷에 젖은 빗방울을 털어 냈다. 두 사내는 무엇을 마실 것인지를 두고 시끄럽게 떠들어 댔다. "큰 맥주잔으로," 그들이 주문했다. "두 잔." 그런 다음 휴게실에 여자가 있다는 것을 알아차리고 갑자기 조용해졌다. 저놈들은 상류층이군. 고급 호텔에서 큰 맥주잔이란 것으로 술책을 부릴 줄 아는 걸 보니. 소년은 계단에서 그들의 행동거지를 증오의 눈으로 지켜보았다. 여자가 없는 것보다는 어떤 여자라도, 로즈 같은 여자라도 있는 게 낫다는 건가. 그러나 놈들은 썩 내키지는 않는 듯했다. 로즈는 남자가 거들먹거리며 슬쩍 곁눈질하는 정도 이상의 가치는 없었다. "우리 80은 썼을 것 같은데."

"난 82로 했어."

"걔는 괜찮은 여자야."

"넌 걔들한테 얼마나 뜯겼어?"

"200. 그 여자가 그 정도면 싼 편이지."

그런 뒤 둘 다 말을 멈추고 조각상 옆에 서 있는 소녀를 거만한 눈초리로 쳐다보았다. 굳이 집적거릴 정도까지는 못 되어도 문제를 일으키지 않고 아주 쉽게 떨어지는 여자라면…… 한 사내가 낮은 목소리로 뭐라고 말하자 다른 사내가 웃었다. 그들은 큰 잔에 담긴 쓴 맥주를 벌컥벌컥 길게 들이켰다.

애정의 마음이 창가로 다가와 안을 들여다보았다. 저 애가 나에게는 썩 괜찮은 사람인데, 저놈들이 거들먹거리며 웃을 권리가 어디 있단 말인가…… 소년은 계단을 내려가 홀에 들어섰다. 두 사내는 그를 쳐다보고 나서 마치 '아, 저 애는 집적거릴 만한 상대가 아니었어'라고 말하는 것처럼 서로를 바라보며 인상을 찌푸렸다.

한 사내가 말했다. "잔 비워. 재미 좀 보러 가자고. 조이가 집에 있을까?"

"그럼. 내가 집에 들를 거라고 말해 두었다니까."

"조이 친구도 괜찮아?"

"그 계집도 섹시해."

"그럼 가자."

두 사내는 맥주를 다 마시고 나서 거만한 걸음걸이로 문을 향해 걸어갔는데, 지나갈 때 로즈를 힐끗 보았다. 소년은 그들이 문밖에서 웃는 소리를 들었다. 그를 비웃는 것이었다. 그는 휴게실 안으로 몇 걸음 들여놓았다. 핑키와 로즈는 다시 싸늘하고 곤혹스러운 분위기에 빠져들었다. 그는 갑자기 모든 것을 집어치우고 차를 몰고 집으로 돌아가 로즈를 살려 주고 싶은 충동을 느꼈다. 동정심이 발동해서라기보다는 피로감이 몰려와서 그런 것이었다. 할 일이 너무 많고 생각할 것도 너무 많았다. 아주 많은 질문과 심문에 답해야 할 것이다. 그는 이 일의 끝에 자유가 오리라는 것도 거의 믿지 못했다. 설령 자유가 온다 해도 그것은 낯선 곳에서의 자유일 것이다. 그가 말했다. "비가 심해졌어." 거기 서서 기다리고 있던 로즈는 그 말에 대꾸하지 않았다. 그녀는 먼 길을 달려온 사람처럼 가쁘게 숨을 쉬었다. 그리고…… 늙어 보였다. 그녀는 열여섯 살이었지만, 지금 그녀의 모습은 오랜 세월 동안 결혼과 출산과 일상적인 부부 싸움을 겪고 난 뒤의 모습 같았다. 지금 그들은 죽음의 문턱에 이르렀고, 그 사실이 그들에게 오랜 세월이 흐른 것과 같은 효과를 내고 있었다.

로즈가 말했다. "당신이 바란 대로 썼어요." 그녀는 핑키가 그 쪽지를 받아서 그가 검시관에게, 《데일리 익스프레스》 독자에게, 그리고 세상 사람들에게 남기는 그 자신의 유서를 쓰기를 기다렸다. 파이커가 조심스럽게 휴게실로 들어와서 말했다. "계산 안 했지?" 핑키가 돈을 찾는 동안 그녀의 마음속에 걷잡을 수 없는 반발심이 일었다. 나는 여길 나가서 이이를 떠나면 되는 거야. 함께 행동하기를 거부하기만 하면 되는 거야. 이이는 내게 자살을 강요할 수 없어. 인생이 그토록 나쁜 것은 아니야. 그 생각이 그녀의 마음속에 계시처럼 떠올랐다. 마치 누군가가 그녀에게 속삭이는 것만 같았다. 그녀는 그와 한 몸인 게 아니라 독립된 별개의 존재라고 속삭이는 것만 같았다. 나는 언제든 달아날 수 있어. 이이가 마음을 바꾸지 않는다면 말이야. 결정된 것은 아무것도 없어. 차를 타고 어디든 이이가 원하는 곳으로 갈 수 있겠지. 이이의 손에서 권총을 받아 들 수도 있겠지. 그렇지만 그 순간에도—이 모든 일의 마지막 순간에도—내가 꼭 총을 쏘아야만 하는 건 아니야. 결정된 것은 아무것도 없어. 언제나 희망은 있는 거야.

"이건 팁이다." 소년이 말했다. "난 항상 웨이터에게 팁을 주거든." 증오심이 되살아났다. 그가 말했다. "파이커, 넌 독실한 가톨릭 신자지? 남들이 네게 말하는 대로 일요일마다 미사에 가니?"

파이커가 무기력하게 저항하며 말했다. "그게 어때서?"

"넌 두려운 거야." 소년이 말했다. "지옥불이 두려운 거라고."

"그럼 지옥불이 두렵지 않은 사람이 있어?"

"난 두렵지 않아." 그는 넌더리를 느끼며 과거—갈라진 종소리, 매를 맞고 우는 아이—를 떠올렸다. 그가 되풀이했다. "난 두렵지 않아." 그런 다음 로즈에게 말했다. "자, 이제 가자." 그는 시험을 하듯 로즈에게 다가가서 그녀 뺨에 손톱을 대고—반은 애무고 반은 협박이었다—말했다. "넌 언제나 날 사랑하지?"

"네."

그는 그녀에게 한 번 더 기회를 주었다. "언제나 나와 함께 있는 거지?" 그녀가 고개를 끄덕여 동의하자 그는 앞으로 다시 자신을 자유롭게 해 줄 긴 과정의 행동을 지친 마음으로 실행에 옮기기 시작했다.

비 내리는 바깥으로 나왔으나 차의 자동 시동 장치가 이번에도 작동하지 않았다. 그는 코트의 옷깃을 세우고 서서 핸들을 돌렸다. 그녀는 그에게 말해 주고 싶었다. 비를 맞으며 거기 서 있을 필요 없어요. 난 마음이 바뀌었으니까요. 우린 죽지 않을 거예요…… 무슨 일이 있어도. 그러나 감히 그렇게 말하지 못했다. 그녀는 희망을 뒤로―마지막 순간으로―밀쳐 두었다. 차가 출발하자 그녀가 말했다. "어젯밤…… 그리고 그제 밤…… 당신, 우리가 했던 일 때문에 날 미워하지 않았어요?"

그가 말했다. "아니. 미워하지 않아."

"그게 대죄인데도?"

정말이었다. 그는 로즈를 미워하지 않았다. 심지어 그 행위도 증오하지 않았다. 그 행위에는 일종의 쾌락이 있고, 일종의 자부심이 있고, 일종의…… 그 무언가가 있었다. 차는 기우뚱하며 후진해서 큰길로 들어섰다. 소년은 브라이턴 쪽으로 차를 돌렸다. 엄청난 감정이 휘몰아쳤다. 무언가가 거대한 날개로 유리창을 두드리며 안으로 들어오려고 하는 것만 같았다. 우리에게 평화를 주소서. 그는 쓰라리고 잔악한 힘을 다 동원하여 그 감정에 맞섰다. 학교 벤치, 시멘트 운동장, 세인트판

크라스역 대합실, 댈로와 주디의 은밀한 욕망, 잔교에서의 춥고 비참했던 순간 등과 같은 잔악한 힘을 다 동원해서 말이다. 만약 유리가 깨지고 그 짐승이—그게 무엇인지는 모르지만—안으로 들어온다면, 그것이 무슨 짓을 할지 그로서는 알 수 없었다. 소년은 엄청난 파괴력—고해, 회개, 성사—을 느꼈다. 정신이 혼미할 지경이었다. 그는 정신없이 차를 몰면서 마구 빗속을 달렸다. 금이 가고 얼룩이 진 앞 유리로는 아무것도 볼 수 없었다. 버스 한 대가 그들을 향해 달려오다가 가까스로 옆으로 피해 갔다. 그가 차선을 위반한 것이었다. 그는 갑자기 무턱대고 말했다. "이 근처에 차 세우자."

조악하게 닦은 길이 절벽을 향해 나아가면서 점점 좁아지고 사라져 갔다. 갖가지 모양의 방갈로, 흠뻑 젖은 닭처럼 후줄근해진 염생초와 비에 젖은 가시덤불이 무성한 공터…… 불이 켜진 창은 세 곳뿐이었다. 어디선가 라디오 소리가 흘러나왔다. 어느 차고에서는 누군가가 오토바이를 손보고 있었다. 어둠 속에서 오토바이가 부릉부릉하다가 털털거리는 소리가 났다. 그는 몇 미터쯤 안쪽으로 차를 몰고 가서 전조등을 끄고 시동을 껐다. 비가 덮개의 찢어진 틈으로 요란스럽게 들이쳤다. 절벽을 때리는 파도 소리가 들렸다. 그가 말했다. "자, 잘봐 둬. 이게 세상이야." 스테인드글라스 창문(튜더 양식의 장미꽃 속에서 웃고 있는 기사가 그려진 창문) 뒤에서 또 하나의 불이 켜졌다. 그는 그 오토바이, 방갈로, 비에 젖은 길과 작별해야 하는 사람은 자신이라는 듯 차창 밖을 내다보면서 미사 때

외는 말을 머릿속에 떠올렸다. '말씀이 세상에 계셨고 세상이 이 말씀을 통하여 생겨났는데도 세상은 그분을 알아보지 못하였다.'♦

희망은 이제 막판에 몰려 있었다. '난 안 할 거예요. 난 처음부터 그럴 생각이 전혀 없었어요.' 로즈는 이 말을 지금 해야 했다. 그렇지 않으면 영원히 못 하게 될 것이다. 마치 어떤 낭만적인 모험에 휩쓸린 것 같은 상황이었다. 스페인 내전에 참전하기로 계획을 세우기가 무섭게 미처 알지도 못하는 사이에 차표가 준비되고, 소개장이 손에 꼭 쥐어지고, 누군가가 전송하기 위해 나타나서 모든 게 현실임을 실감하게 되는 그런 모험 같았다. 소년은 호주머니에 손을 넣어 권총을 꺼냈다. 그가 말했다. "댈로의 방에서 가져왔어." 그녀는 뭐든 핑계를 만들기 위해 총을 어떻게 사용하는지 모른다고 말하고 싶었으나, 그는 모든 걸 미리 생각해 둔 것 같았다. 그가 설명했다. "안전장치는 풀어 놓았어. 넌 이걸 잡아당기기만 하면 돼. 어렵지 않아. 이걸 귀에 대고…… 그러면 고정이 되거든." 거칠고 조잡한 설명에서 그의 어린 나이가 드러났다. 그는 잿더미 위에서 놀고 있는 어린 소년 같았다. "자," 그가 말했다. "받아."

희망이 끊어지지 않고 아직도 고무줄처럼 늘어날 수 있다는 사실이 놀라웠다. 그녀는 생각했다. 아직은 아무 말도 하지 않

♦ 『요한의 복음서』 1장 10절.

아도 돼. 이 총을 받은 다음…… 차 밖으로 던져 버리고 도망쳐서 이 모든 걸 멈추게 할 어떤 일을 할 수도 있잖아. 그러나 그러는 동안에도 내내 그의 의지가 지속적으로 압박하는 것을 느꼈다. 이이의 마음은 확고해. 그녀는 총을 받았다. 그것은 배신과도 같았다. 내가 만약 총을…… 쏘지 않는다면 이이는 어떻게 할까. 그녀는 생각했다. 나는 놔두고 이이만 혼자 권총 자살을 할까? 그러면 이이는 지옥에 떨어지겠지만 나는 함께 지옥에 떨어질 기회를 갖지 못하게 되고, 따라서 사람들에게 우리는 선택의 여지가 없는 운명적인 사이였음을 보여 줄 기회도 갖지 못하게 될 것이다. 오랫동안 계속 살아간다면…… 나를 온순하고 착하고 회개하는 사람으로 만드는 데 삶이 어떤 역할을 할 것인지 알 수 없었다. 그녀의 마음속에 있는 믿음은 크리스마스 때의 말구유의 이미지처럼 밝고 선명했다. 선은 여기서 끝나고, 소와 양 떼를 지나면 거기서부터 악이 시작되었다. 헤로데 왕*이 자신의 망루에서 아기 예수가 태어난 곳을 찾고 있었다. 그녀는…… 만약 그이가 헤로데가 있는 곳에 있다면, 그녀도 헤로데와 함께 있고 싶었다. 절망과 격정의 순간에는 갑자기 악의 편에 설 수도 있지만, 그러나 긴 인생을 사노라면 선이라는 수호자가 사정없이 말구유 쪽으로, 즉 '행복한 죽음' 쪽으로 몰고 가는 것이다.

♦ 그리스도의 탄생을 두려워하여 베들레헴의 두 살 이하의 남자 아기들을 모조리 죽였다는 유대의 왕.

그가 말했다. "더 지체할 필요는 없을 것 같아. 내가 먼저 할까?"

"아니에요." 그녀가 말했다. "아니에요."

"그럼 좋아. 당신 산책하고 와. 아니, 내가 산책하고 당신이 여기 있는 게 더 낫겠어. 당신이 끝나면 내가 돌아와서 뒤따를게." 그는 다시 한번 놀이를 하고 있는 어린 소년 같은 느낌을 주었다. 칼로 사람의 머리 가죽을 벗기는 이야기나 총검으로 찔러서 상처를 입히는 이야기 따위를 아주 냉정하게 세세히 얘기한 다음 따뜻한 차를 마시러 집으로 가 버리는, 그런 놀이를 즐기는 아이 같았다. 그가 말했다. "내가 돌아왔을 땐 너무 어두워서 잘 보이지도 않을 거야."

그가 차 문을 열었다. 그녀는 총을 무릎 위에 올려놓은 채 꼼짝하지 않고 앉아 있었다. 그들 뒤쪽 큰길에서 차 한 대가 피스헤이븐 쪽으로 천천히 지나갔다. 그가 어색하게 말했다. "어떻게 하는지 알지?" 그는 로즈가 자신에게서 어떤 다정한 동작을 바라고 기대하고 있다고 생각하는 것 같았다. 입술을 내밀어 그녀의 뺨에 키스했다. 그는 입에 키스하는 것을 두려워했다. 생각이 너무 쉽게 입술에서 입술로 전달되기 때문이었다. 그가 말했다. "고통스럽진 않을 거야." 그러고 나서 큰길쪽으로 조금 걸어갔다. 이제 희망은 늘어날 대로 늘어나서 더 늘어날 수 없는 극한에 이르렀다. 라디오 소리는 그쳐 있었다. 오토바이가 차고 안에서 두 번 폭발음을 냈고, 자갈을 밟는 발소리가 났다. 그녀는 큰길에서 차 한 대가 후진하는 소리를 들을 수 있었다.

나에게 지금 얘기하고 있는 것이 수호천사라면, 그 수호천사는 악마처럼 얘기하고 있어. 나로 하여금 덕을 행하도록 유혹하면서 마치 그게 죄인 것처럼 얘기하고 있는 거야. 총을 던져 버리는 것은 배신이야. 비겁한 행위라고. 그건 내가 그이를 영원토록 다시는 보지 않겠다는 걸 선택하는 행위나 다름없어. 예전에 들은 설교나 교육이나 고백의 말씀 중에서 기억나는 현학적이고 근엄한 어조의 도덕적 격언들—'은혜의 보좌 앞으로 나아가 그분에게 간청하라' 따위—이 그녀에게는 설득력이 없는 모호하고 암시적인 말처럼 여겨졌다. 악의 행위야말로 정직한 행위였다. 대담하고 충직한 행위였다. 고상하게 말하는 것은 단지 용기가 부족해서 그러는 것뿐인 것처럼 생각되었다. 그녀는 권총을 들어 올려 귀에 댔으나, 욕지기를 느끼며 다시 내려놓았다. 죽는 걸 두려워하는 것은 보잘것없는 사랑이야. 나는 대죄를 짓는 것도 두려워하지 않았잖아. 그녀를 두렵게 하는 것은 지옥에 떨어지는 것이 아니라 죽음이었다. 핑키는 고통스럽지 않을 거라고 말했다. 그녀는 그의 의지가 자신의 손을 움직이는 것을 느꼈다. 그녀는 핑키를 믿을 수 있었다. 다시 총을 들어 올렸다.

"핑키" 하고 날카롭게 부르는 목소리가 들리더니 이어서 누군가가 물웅덩이를 첨벙거리는 소리가 들려왔다. 달리는 발자국 소리들…… 어디서 나는 소리인지 알 수 없었다. 그녀에게 이것은 새로운 소식인 것처럼 보였다. 뭔가 상황이 달라진 게 틀림없는 것처럼 보였다. 이것이 좋은 소식일 수도 있는데 자살할 수는 없었다. 어둠 속 어딘가에서 그녀의 손을 조종하던 의지력이 풀린 것만 같고, 자기 보존의 온갖 섬뜩한 힘들이 밀어닥치는 것만 같았다. 자기가 여기 앉아서 실제로 방아쇠를 당기려 했다는 것이…… 사실 같지가 않았다. "핑키." 그 목소리가 다시 들렸고, 첨벙거리는 발자국 소리가 더 가까워졌다. 로즈는 차 문을 열고 권총을 비에 젖은 관목 숲을 향해 멀리 내던졌다.

스테인드글라스에서 스며 나온 불빛 속에서 그녀는 댈로와 그 여자를 보았다. 그리고 뭐가 어떻게 된 것인지 모르는 사람처럼 어리둥절해 보이는 경찰관도 한 명 보였다. 누군가 조용히 차를 돌아 그녀 뒤로 와서 말했다. "총 어딨어? 당신 왜 쏘지 않아? 총 이리 줘."

그녀가 말했다. "던져 버렸어요."

다른 사람들이 무슨 대표단처럼 조심스럽게 다가왔다. 핑키가 갑자기 어린아이 같은 째진 목소리로 외쳤다. "댈로, 이 가증스러운 밀고자."

"핑키," 댈로가 말했다. "소용없어. 프리윗이 잡혔어." 경찰관은 파티에 참석한 낯선 사람처럼 불편해 보였다.

"총 어딨어?" 핑키가 다시 말했다. 그는 증오심과 두려움으로 악을 썼다. "맙소사, 내가 왕창 다 죽여야 하는 거야?"

그녀가 말했다. "던져 버렸어요."

핑키가 계기판의 조그만 불빛 위로 얼굴을 숙였을 때 그녀는 그의 얼굴을 흐릿하게 볼 수 있었다. 들볶이고 배신당해서 어쩔 줄 몰라 하는 어린아이의 얼굴 같았다. 가짜 세월이 빠져나가고…… 그는 순식간에 불행했던 학교 운동장으로 빨려 들어갔다. 그가 말했다. "이 바보 같은……" 그는 말을 끝맺지 않았다. 대표단이 다가오자 그는 그녀 곁을 떠나면서 호주머니에 손을 쑥 집어넣고 뭔가를 찾았다. "잘 봐, 댈로." 그가 말했다. "이 가증스러운 밀고자야." 그가 손을 쳐들었다. 로즈는 다음 순간 무슨 일이 일어났는지 알 수 없었다. 유리 깨지는 소리가—어디선가—들리고 그가 비명을 질렀다. 그녀는 그의 얼굴을—김이 피어오르는 얼굴을—보았다. 그는 두 손을 눈에 대고 마구 비명을 질러 댔다. 그러더니 몸을 돌려 달렸다. 로즈는 경찰관이 그의 발과 깨진 유리를 향해 경찰봉을 휘두르는 것을 보았다. 끔찍한 고통으로 몸을 웅크린 핑키는 크기가 절반으로 줄어든 것처럼 보였다. 마치 지옥불이 말 그대로 그를 집어삼켜서 그가 오그라든 것만 같았다. 초등학생으로 오그라든 그가 공포와 고통 속에서 마구 달아나고, 담을 타고 넘고, 계속 달려가는 것만 같았다.

"저 앨 막아." 댈로가 소리쳤다. 소용없었다. 그는 절벽 끝에 이르렀고, 이내 홀쩍 뛰어내렸다. 그들은 첨벙하는 물소리조차 듣지 못했다. 어떤 손이 갑자기 그를 존재—과거나 현재의 존재—상태에서 거두어들여 공으로, 무無로 빠뜨린 것이었다.

10

"이번 일은," 아이다 아널드가 말했다. "끈기 있게 붙들고 늘어지기만 하면 된다는 걸 보여 주었어." 그녀가 흑맥주 잔을 비운 다음 헤네키 술집의 엎어 놓은 와인 통 위에 잔을 내려놓았다.

"프리윗은?" 클래런스가 물었다.

"이 유령 아저씨야, 당신도 참 둔하군. 그건 내가 지어낸 이야기일 뿐이야. 내가 어떻게 그 사람을 쫓아서 프랑스까지 갈 수 있겠어. 그리고 경찰은―당신도 경찰이 어떤 사람들인지 잘 알잖아―늘 증거를 대 보라는 말만 해."

"커빗은 잡혔나?"

"커빗은 취하지 않은 맑은 정신일 땐 털어놓지 않을 거야. 그런데 절대로 그 사람을 경찰에 털어놓을 만큼 취하게 만들 순 없어. 이런, 내가 계속 그이를 비방하는 말만 했네그려. 아니, 그이가 살아 있다면 비방이 되는 것이겠지."

"당신이 이 일을 겪고서도 속상해하지 않는다는 게 놀라워, 아이다."

"우리가 나타나지 않았다면 다른 사람이 죽었을 거잖아."

"그건 그 여자애 자신의 선택이었잖아."

그러나 아이다 아널드는 모든 것에 대한 답이 있었다. "그 애는 사정을 잘 몰랐어. 아직 어린애일 뿐이니까. 그 앤 그 녀석이 자기를 사랑한다고 생각한 거야."

"그렇다면 지금은 어떻게 생각하는데?"

"내가 그걸 어떻게 알겠어. 나는 최선을 다했을 뿐이야. 난 그 애를 집에 데려다주었지. 이런 상황에 처한 여자애에게 필요한 건 엄마와 아빠니까. 어쨌든 그 애는 죽지 않은 것에 대해 나에게 고마워해야 해."

"경찰관은 어떻게 해서 데리고 간 거야?"

"걔들이 차를 훔쳤다고 말했어. 그 가엾은 경찰은 도대체 무슨 상황인지 알 수 없었지. 그렇지만 핑키가 황산을 꺼내 들었을 땐 잽싸게 움직이더군."

"필 코커리는?"

"내년에 헤이스팅스로 갈 작정인 것 같아." 그녀가 말했다. "하지만 이 일을 겪은 이후론 내게 엽서를 보내는 일은 없을 것 같단 생각이 들어."

"당신은 무서운 여자야, 아이다." 클래런스가 말했다. 그는 크게 한숨을 쉬고 나서 술잔을 들여다보았다. "한 잔 더 할 거야?"

"고맙지만 그만할게, 클래런스. 난 집에 가 봐야 해."

"당신은 무서운 여자야." 클래런스가 되풀이했다. 그는 약간 취했다. "하지만 당신을 인정하지 않을 수 없어. 당신은 가장 좋은 방향으로 행동하는 사람이야."

"아무튼 그 녀석이 내 양심에 걸리진 않아."

"당신 말대로 그 녀석 아니면 그 여자애가 죽을 판이었으니."

"선택의 여지가 없었어." 아이다 아널드는 그렇게 말하며 자리에서 일어났다. 그녀는 배의 앞부분에 붙이는 승리의 조각상 같았다. 그녀가 바에 앉아 있는 해리에게 끄덕 고갯짓을 했다.

"어디 갔다 온 거요, 아이다?"

"한두 주일 떠나 있었어요."

"생각보다 오래네요." 해리가 말했다.

"다들 좋은 밤 되세요."

"잘 가요, 아이다."

그녀는 여행 가방을 들고 지하철로 러셀 광장까지 간 다음 거기서부터 걸어갔다. 집에 들어가서는 곧장 현관으로 가서 자신에게 온 우편물이 있는지 살펴보았다. 딱 하나 있었다. 톰이 보낸 편지였다. 어떤 내용일지는 안 봐도 뻔했다. 그녀는 후덕하고 따뜻한 가슴이 부드러워지는 것을 느끼면서 생각했다. 이러니저러니 해도 톰과 나는 사랑이 뭔지 알아. 그녀는 지하실 계단 문을 열고 큰 소리로 불렀다. "크로 영감님. 크로 영

502

감님."

"아이다?"

"올라와서 얘기 좀 해요. 그리고 심령판도 한번 해 보게요."

커튼은 그녀가 집을 나설 때 쳐 둔 그 상태 그대로였다. 벽난로 위 선반에 놓인 도자기는 아무도 손대지 않았지만, 워윅 디핑의 소설책이 서가에서 사라지고 『착한 친구들』이 옆으로 기울어져 있었다. 청소부가 들어와서—그녀는 그걸 알 수 있었다—그 소설책을 빌려 간 것이었다. 그녀는 크로 영감을 위해 초콜릿 비스킷 상자를 꺼냈다. 비스킷은 뚜껑이 제대로 닫혀 있지 않았던 탓에 약간 눅눅했다. 잠시 후 조심스럽게 심령판을 꺼낸 그녀는 탁자 위를 깨끗이 치우고 한가운데에 심령판을 놓았다. SUIKILLEYE, 그녀는 생각했다. 이제 그게 무슨 뜻인지 알겠어. 이 심령판은 모든 걸 다 예언했던 거야. Sui. 그것은 비명, 고통, 뛰어내림을 뜻하는 말이었어. 그녀는 손가락을 심령판 위에 올려놓고 조용히 생각했다. 생각해 보니 이 심령판이 로즈를 구했다. 사람들에게 익히 알려진 많은 속담들이 한꺼번에 그녀의 마음속으로 몰려들었다. 그것은 선로 바꿈 틀이 움직이고 신호기가 내려가고 빨간불이 파란불로 바뀌고 커다란 기관차가 여느 때와 다름없는 선로를 타고 달리는, 그런 것과 비슷했다. 세상은 이상한 곳이었다. 하늘과 땅에 많은 일들이 일어나고 있었다……

크로 영감이 올라와서 방 안을 들여다보았다. "무슨 일이야, 아이다?"

"조언을 구하려고요." 아이다가 말했다. "다시 톰에게로 돌아가야 하는지 물어보고 싶어서요."

11

로즈는 창살 쪽으로 기울인 신부의 늙은 두상만 볼 수 있었다. 신부의 숨소리에서는 쌕쌕거리는 소리가 났다. 로즈가 고통스럽게 자신의 모든 고뇌를 토해 내는 동안 신부는 쌕쌕거리며—끈기 있게—귀 기울여 들었다. 고해성사를 하기 위해 밖에서 기다리느라 짜증이 난 여자들이 의자를 삐걱거리는 소리가 로즈의 귀에 들어왔다. 그녀가 말했다. "제가 후회하는 건 그거예요. 그이와 함께 죽지 못한 것이란 말이에요." 갑갑한 고해소 안의 그녀는 눈물을 비치지 않았으며 반항적이었다. 감기에 걸린 나이 많은 신부에게서는 유칼립투스 냄새가 났다. 신부가 코맹맹이 소리로 부드럽게 말했다. "계속하게, 젊은이."

그녀가 말했다. "자살할 걸 그랬어요. 저는 자살했어야 해요." 노신부가 뭐라고 말하기 시작했으나 그녀가 신부의 말을 끊었다. "저는 죄를 용서해 달라고 빌고 있는 게 아니에요. 용서는 원치 않아요. 전 그이처럼 되고 싶어요. 지옥에 떨어지고 싶어요."

노신부는 쌕쌕하는 소리를 내며 숨을 들이마셨다. 로즈는 신부가 아무것도 이해하지 못하고 있는 게 확실하다고 생각했다. 그녀는 단조롭게 되풀이했다. "자살할 걸 그랬어요." 그러면서 비참한 심정으로 가슴에 두 손을 꼭 얹었다. 나는 고해를 하러 온 게 아니야, 생각을 하러 온 거야, 하고 속으로 중얼거렸다. 집에서는 생각을 할 수 없었다. 난로는 불이 꺼져 있고 아버지는 침울한 기분이고 어머니는—그녀는 어머니가 에둘러 물어보는 질문에서 그걸 알 수 있었다—핑키가 돈을 얼마나 남기고 갔는지 궁금해하는 그런 집에서는 제대로 생각할 수가 없었던 것이다. 죽음이라는 그 모호한 세계에서 그들 두 사람이 서로 만나지 못하고 어긋날지도 모른다는—은총이 한 사람에게만 작용하고 다른 한 사람에게는 작용하지 않을지도 모른다는—두려움만 없다면, 그녀는 지금이라도 자살할 용기를 낼 수 있을 터였다. 로즈는 갈라진 목소리로 말했다. "그 여자…… 그 여잔 천벌을 받아야 해요. 그이가 날 없애고 싶어 한다는 말을 했거든요. 그 여자는 사랑을 몰라요."

"그 여자가 옳았을 수도 있어." 나이 많은 신부가 나직이 말했다.

"신부님도 몰라요." 그녀가 어린 티가 나는 얼굴을 창살에 바짝 붙이고 사납게 말했다.

노신부가 갑자기 이야기를 꺼냈다. 신부는 종종 쌕쌕거리면서, 그리고 창살을 통해 유칼립투스 냄새를 풍기면서 말했다.
"언젠가 한 남자가 있었단다. 프랑스 사람이었지. 그대는 그 사람에 대해 모르겠지만, 그 사람도 그대와 같은 생각을 가지고 있었어. 착한 사람이었지. 신심이 두터웠어. 그런 그가 평생을 죄 속에서 살았는데, 왜냐하면 지옥에 떨어져 고통받는 영혼이 있을 거라는 생각을 견딜 수 없었기 때문이었어." 그녀는 몹시 놀란 표정으로 귀 기울여 들었다. 신부가 말했다. "이 사람은 그 누구의 영혼이라 해도 그 영혼이 지옥에 떨어진다면 자기도 지옥에 떨어지겠다고 결심했어. 그래서 한 차례도 성사를 받지 않았지. 성당에서 혼인 성사를 받지도 않았고. 젊은이, 나는 잘 모르겠지만, 사람들 중에는 그가…… 음, 성인이었다고 생각하는 사람도 있어. 그 사람은 우리가 말하는 이른바 대죄 안에서 죽었다고 나는 생각하지. 확실치는 않지만 전쟁 중에 죽었을 거야. 아마도……" 신부는 한숨을 쉬고 쌕쌕하는 소리를 내며 늙은 두상을 숙였다. 신부가 말했다. "젊은이, 그대는 이해할 수 없어. 나도, 그 누구도 이해할 수 없지…… 하느님의 무시무시하고…… 불가사의한 은총을."

밖에서 의자가 삐걱거리는 소리가 연신 들렸다. 사람들은 이번 주의 회개와 용서와 속죄를 끝내기 위해 안달하고 있었다. 신부가 말했다. "그 사람이 세상의 모든 친구를 위해 자신의 영혼을 내어놓은 것은 그 어떤 사람의 사랑보다도 더 큰 사랑의 예라고 생각해."

신부는 몸을 떨면서 재채기했다. "우린 희망을 가지고 기도

해야 해." 신부가 말했다. "희망을 가지고 기도하는 거야. 교회는 어떤 영혼도 하느님의 은총에서 버림받았다고 믿지 말라고 가르친다네."

그녀는 확신에 찬 슬픈 어조로 말했다. "그이는 지옥에 떨어졌어요. 자기가 뭘 하는지 알고 있었거든요. 그이도 가톨릭 신자였어요."

신부가 조용히 말했다. "코럽시오 옵티미 에스트 페시마."♦

"네, 신부님?"

"무슨 말이냐면…… 가톨릭 신자는 누구보다도 더 사악할 수 있다는 뜻이야. 아마 우린—우리는 하느님의 존재를 믿기 때문에—다른 사람들보다 악마와 더 많이 접촉하는 것 같아. 하지만 우린 희망을 가져야 해." 신부가 기계적으로 말했다. "희망을 가지고 기도해야 해."

"전 희망을 갖고 싶어요." 그녀가 말했다. "그러나 어떻게 그럴 수 있는지 모르겠어요."

"그이가 널 사랑했다면," 노신부가 말했다. "그건 분명 어떤 선한 것이 있었다는 걸 보여 주는……"

"그런 사랑이었는데도요?"

"그래."

그녀는 비좁고 어두운 고해소에서 곰곰이 그 생각에 잠겼

♦ Corruptio optimi est pessima. '가장 좋은 것이 타락하면(부패하면) 가장 나쁜 것이 된다'는 뜻의 라틴어.

다. 신부가 말했다. "또 오게. 지금은 죄를 용서해 줄 수 없지만…… 다시 오면…… 내일 오게나."

그녀가 힘없이 말했다. "네, 신부님…… 그리고 만약 아기가 생긴다면……"

신부가 말했다. "그대의 순박함과 그이의 힘을 지닌…… 성인 같은 사람으로 키워서…… 자기 아버지를 위해 기도하게 해야지."

갑자기 말할 수 없이 고마운 마음이 고통을 뚫고 뭉클 솟아올랐다. 마치 다시 계속해서 나아갈 인생길을 아주 멀리까지 볼 수 있게 해 준 것만 같았다. 신부가 말했다. "나를 위해서 기도해 주게, 젊은 친구."

그녀가 말했다. "그럴게요. 정말 그럴게요."

밖으로 나온 그녀는 고해소 위에 쓰인 신부의 이름을 쳐다보았다. 그녀의 기억 속에 남아 있는 이름이 아니었다. 신부들은 빈번히 왔다가 떠나곤 했다.

거리로 나왔다. 고통은 여전히 남아 있었다. 말 한마디로 고통을 털어 낼 수는 없었다. 그렇지만 그녀가 생각한 최악의 공포―완전히 한 바퀴를 돌아 다시 제자리로 돌아가는 공포―는 끝났다. 마치 핑키가 전혀 존재하지 않았던 것처럼 집으로 돌아가고, 스노 식당으로 돌아가는―그들은 다시 그녀를 받아 줄 것이다―공포는 끝난 것이었다. 핑키는 존재했고 앞으로도 항상 존재할 것이다. 불현듯 자신이 생명을 잉태하고 있다는 확신이 들었고, 그녀는 뿌듯함을 느꼈다. 사람들아, 이건 당신들도 어떻게 해 볼 도리가 없을 거야. 당신들이 이걸 어떡하겠어? 그녀는 팰리스 잔교 맞은편의 해안 도로로 나가서 자기 집 방향이 아닌 프랭크네 집을 향해 결연한 자세로 걷기 시작했다. 그 집 그 방에서 가지고 나올 게 있었다. 사람들이 어떻게 할 도리가 없는 또 다른 것—그녀에게 뭔가 말을 전하는 그이의 목소리—을 가져와야 했다. 그녀에게 아기가 있다면 그것은 아기에게 말을 건네는 목소리도 될 것이다. "그이가 널 사랑했다면," 신부님은 말씀하셨지. "그건 분명 어떤……" 그녀는 6월의 엷은 햇살 속에서 최악의 공포를 향해 걸음을 재촉했다.

해제[*]

　1930년대의 브라이턴은 매력적인 바닷가 휴양지의 면모를 세상에 보여 주었다. 그러나 그런 면모 뒤에는 또 다른 브라이턴이 있었다. 날림으로 지어진 집들과 음울한 쇼핑 구역과 을씨년스러운 교외 공업 단지들이 있는 지역이기도 했다.

　브라이턴은 또한 경마장을 중심으로 벌어지는 범죄 활동의 소굴이었다. 직업 작가로서의 그레이엄 그린의 마음을 끈 것은 브라이턴이라는 도시의 이 측면이었다. 그린은 브라이턴의 분위기를 생생히 느끼고 글감을 모으기 위해 그 도시를 여러 차례 여행했다. 그렇게 모은 글감은 『권총을 팝니다』(1936)라는 작품에 쓰였는데, 이 소설에서 마권업자들을 보호해 주는 대가로 그들로부터 돈을 갈취하는 갱단의 우두머리인 '싸움꾼' 카이트는 라이벌 갱단인 콜레오니 패거리가 휘두

[*] 본 해제에는 작품 줄거리의 세부 내용이 포함되어 있습니다.

른 칼에 목이 베인다.

카이트의 죽음을 계기로 사건이 발전하는 『브라이턴 록』(1938)은 처음에는 영화로 쉽게 각색할 수 있는 범죄소설로 구상되었다. 신문 기자인 프레드 헤일은 콜레오니에게 정보원으로 이용되었다. 그에 대한 복수로 카이트의 오른팔이었던 핑키 브라운은 헤일을 죽이는데, 아마 '브라이턴 록'으로 알려진 빨간색과 흰색으로 된 딱딱한 막대 사탕을 목구멍에 밀어 넣어서 죽였을 것이다(살해 장면은 직접적으로 묘사되지 않는다). 검시관의 검시 결과는 헤일이 심장 마비로 자연사했다는 것으로 결론 난다.

그러나 헤일이 생의 마지막 날에 만났던 원만하고 향락적인 성격의 여자 아이다 아널드와, 핑키의 알리바이의 허점을 우연히 발견한 어린 웨이트리스인 로즈가 아니었다면 핑키가 잔혹한 범죄를 저질렀을 거라고 의심하는 사람은 없었을 것이다. 따라서 이 소설의 사건은 크게 두 가닥으로 움직인다. 확고하게 로즈의 입을 막으려는 핑키의 노력이 그 하나이다. 핑키는 처음에는 로즈와 결혼함으로써, 그다음에는 동반 자살을 하자고 꼬드김으로써 그녀를 침묵시키려 한다. 다른 한 가닥은 아이다의 집요한 추적이다. 아이다는 처음에는 헤일의 이해하기 힘든 죽음의 진상을 규명하고, 그다음에는 핑키로부터 로즈를 구해 낸다.

핑키는 브라이턴에서 가장 황량한 슬럼가 출신이다. 부모는 모두 세상을 떠났다. 그를 가르친 교육 현장은 교실이었다기

보다는 힘의 서열이 존재하고 가학증이 태연히 자행되는 학교 운동장이었다. 갱단의 우두머리였던 카이트가 그의 양아버지 혹은 형 역할을 했고, 카이트의 패거리가 그의 식구가 되었다. 그는 브라이턴 바깥 세계에 대해서는 완전히 무지했다.

도덕관념이 없고 매력 없고 고지식한 데다 '그들'에 대한, 그리고 형사(경찰)에 대한 적대감이 속에서 끓고 있는—'그들'은 핑키를 억압하기 위해 경찰을 이용한다—핑키는 아돌프 히틀러 같은 유형의 으스스한 인물이다. 그는 여자를 불신한다. 그가 보기에 여자는 결혼과 아기에 대한 관심 말고는 마음속에 아무것도 없는 존재이다. 성행위는 생각만 해도 혐오감을 불러일으킨다. 그는 아버지와 어머니가 토요일 밤마다 이불 밑에서 벌인 거칠고 사나운 행사에 대한 기억에 사로잡혀 있다. 카이트가 죽은 뒤로 그가 거느리고 있는 부하들은 여자들과 가볍게 만나고 즐기지만, 그는 동정에 갇혀 있으며 그걸 창피하게 여긴다. 그러나 그는 어떻게 그것에서 탈출해야 하는지 알지 못한다.

그의 삶 속으로 로즈가 들어온다. 로즈는 자신을 알아봐 주는 남자애라면 누구라도 기꺼이 흠모할 준비가 되어 있는 소박하고 소심한 소녀이다. 핑키와 로즈의 이야기는 핑키의 측면에서 보면 사랑이 그의 마음속으로 들어오는 것을 막으려는 투쟁의 이야기이고, 로즈의 측면에서 보면 온갖 조심스러운 상황에서도 사랑을 추구하는 끈덕진 인내의 이야기이다. 핑키는 자신이 혹시 재판을 받는 경우가 생기면 그때 로즈가 그에게 불리한 증언을 하지 못하도록 그녀와 결혼한다. 그들은 민간 결혼식을 치르는데, 둘 다 그것은 성령의 뜻에 어긋나는 결혼식임을 안다. 핑키는 그녀와 결혼했을 뿐만 아니라 그 결혼을 완성시키는 암담한 첫날밤 행사의 시련을 겪는다. 그리고 또다시 로즈에 대한 증오와 멸시의 감정에 사로잡히기전에 그는 성관계가 그렇게 나쁜 것은 아니라는 사실을 깨닫게 되고, 일종의 즐거움, 일종의 자부심으로 성행위를 되돌아볼 수 있게 된다.

그는 담을 쌓은 자신의 마음을 두드려 대는 구원의 손길을딱 한 번 더 물리쳐야 한다. 로즈를 차에 태우고 인적이 드문곳—그의 계획이 성공한다면 로즈가 총으로 자살을 하게 될곳—으로 가는 동안 그는 다음과 같이 느낀다. '엄청난 감정이휘몰아쳤다. 무언가가 거대한 날개로 유리창을 두드리며 안으로 들어오려고 하는 것만 같았다. (……) 만약 유리가 깨지고그 짐승이—그게 무엇인지는 모르지만—안으로 들어온다면,그것이 무슨 짓을 할지 그로서는 알 수 없었다.'

핑키와 로즈를 하나로 묶는 것은 둘 다 진정한 교회의 자식인 가톨릭교도라는 사실이다. 두 사람은 가톨릭의 가르침에대해서 아는 게 미미하지만, 그럼에도 불구하고 가톨릭 신자라는 사실에서 흔들리지 않는 정신적 우월감을 느낀다. 두 사람이 가장 깊게 의지하는 가르침은 은총의 교리인데, 그것은두 사람 모두의 마음에 아로새겨진 다음과 같은 익명의 시인의 시에 잘 요약되어 있다.

친구여, 날 심판하지 마오.
내가 그대를 판단하지 않는 것처럼.
등자에서 땅으로 떨어지는 짧은 사이에
나는 은총을 간청하고 은총을 받았네.

가톨릭의 가르침에서 신의 은총은 알 수 없고, 예측할 수 없는 신비한 것이다. 구원을 신의 은총에 기대는 것은 ―등자에서 땅으로 떨어지는 사이의 그 순간이 올 때까지 회개를 미루는 것은 ― 깊은 죄이다. 자만심의 죄, 주제넘은 죄인 것이다. 『브라이턴 록』에서 그린이 성취한 것 가운데 하나는 있을 법하지 않은 두 연인 ―10대 폭력배와 불안해 보이는 어린 신부 ― 이 드러내 보이는 희극적인 동시에 끔찍이도 악마적인 자부심의 순간들이다.

핑키는 지옥에 떨어졌는가? 그 문제는 이 소설의 범위 내에서는 알 수 없다. 이 작품의 마지막 부분에서 핑키가 절벽에서 훌쩍 뛰어내리는 동안 그의 영혼에 무슨 일이 일어났는지에 관해 아무런 암시도 없기 때문이다. 그런데 대관절 우리가 무엇이관데 하느님의 은총에 기대는 것은 은총의 신비가 작용하는 방식에 대한 참된 영적 직감에서 나온 것이 아닐 거라고 말할 수 있는가? 그거야 어찌 됐든 간에 아무튼 그린은 훗날 노년이 되었을 때 자신은 영원한 지옥의 형벌이라는 교리를 지지하지 않는다고 기록에 남겼다. 그는 말하기를, 이 세상은 그 자체가 지옥 같은 곳이라 부를 수 있을 만큼 충분히 많은 고통을 가지고 있다고 했다.

『브라이턴 록』은 영웅이 없는 소설이다. 그러나 프레드 헤일이 생의 마지막 날에 만나 도움을 구하고자 했던 여자인 아이다 아널드의 모습을 통해 그린은 판단이 빠르고 끈덕지고 쉽사리 흔들리지 않는 독특한 탐정일 뿐만 아니라, 핑키와 로즈의 사고의 축을 이루는 가톨릭에 대적하는 강력한 이념적 맞상대이기도 한 인물을 창조했다. 핑키와 로즈는 선과 악을 믿는다. 아이다는 한결 현실적인 옳고 그름을 믿고 법과 질서를 믿는다. 그러한 믿음에 약간 우스꽝스러운 점이 엿보이긴 하지만 말이다. 핑키와 로즈는 구원과 지옥의 형벌을 믿는다. 그중에서도 지옥의 형벌을 특히 더 절실하게 믿는다. 아이다의 경우, 종교적 충동은 유순하게 길들여져 있고 보잘것없으며 기껏 위저보드에 국한되어 있다. 어머니 같은 걱정이 가득한 아이다가 로즈를 악마 같은 연인에게서 떼어 놓으려고 노력하는 장면에서 우리는 두 세계관—하나는 종말론적이고, 다른 하나는 세속적, 물질적이다—의 근본이 서로 이해하지 못하고 부닥치는 것을 보게 된다.

비록 결국에는 아이다의 세계관이 승리한 것처럼 보이지만, 그 승리라는 것이 어쩌면 편협하고 억압적인 것일지도 모른다는 의심이 들게 하는데, 그 점이 그린의 교묘한 솜씨 가운데 하나이다. 결국 이 이야기는 아이다의 이야기가 아니라 로즈와 핑키의 이야기가 된다. 왜냐하면 핑키와 로즈는 아무리 유치한 방법이라 해도 어쨌든 궁극적인 질문에 맞설 준비가 되어 있는 반면에 아이다는 그렇지 않기 때문이다.

사랑하는 연인에 대한 로즈의 믿음은 절대 흔들리지 않는다. 마지막까지 로즈는 핑키가 아닌 아이다를 교활하게 유혹하는 악마 같은 사람으로 여긴다. "그 여잔 천벌을 받아야 해요. (……) 그 여자는 사랑을 몰라요." 최악의 상황이 닥친다 해도 로즈는 아이다와 함께 살아남기보다는 핑키와 함께 지옥에 떨어져 고통당하겠다고 마음먹는다. (핑키의 운명을 결코 알 수 없듯이, 우리는 또한 로즈의 믿음이 핑키가 저승에서 그녀에게 하는 말이라 할 수 있는 에보나이트 음반에 녹음된 악의에 찬 말을 견뎌 낼 수 있을 것인지 결코 알지 못한다.)

그레이엄 그린은 현대 도시 생활을 바라보는 전망이 T. S. 엘리엇의 『황무지』에 깊이 영향받아 형성된 세대에 속한다. 그 자신이 꽤 훌륭한 시인이기도 했던 그린은 음산한 표현주의적 힘을 지닌 이미지로 브라이턴을 생생히 되살린다. '거대한 어둠이 젖은 입술을 창유리에 꼭 대고 있었다'와 같은 표현이 그런 예이다. 그린은 후기 작품들에서는 너무 눈에 띄는 시적 표현은 삼가는 경향이 있었다.

그의 소설에 훨씬 더 짙게 배어 있는 것은 영화의 영향이다. 1930년대 후반은 영국 영화 산업이 성장하는 시기였다. 보조금 제도가 마련되어 양질의 영화에 포상금을 주었다. 사실적인 영국인의 삶을 반영하는 진정 영국적인 영화 유파가 성장

했고, 그린은 이러한 발전을 환영했다. 1935년에는 《스펙테이터》지의 영화 비평가로 활동했고, 이후 5년 동안 약 400편의 영화 평론을 발표했다. 나중에는 자신의 소설을 각색하는 작업을 했는데, 『브라이턴 록』도 여기에 포함된다. 이 작품은 1947년에 캐럴 리드 감독에 의해 영화화되었고, 미국에는 〈영 스카페이스Young Scarface〉라는 제목으로 배급되었다.

일찍이 『스탐불 특급열차』(1932)부터 그린의 소설은 영화에 어울리는 모습을 하고 있었다. 설명 없이 바깥에서 관찰하는 것을 선호하고, 장면 장면을 엄격하게 자르기 좋아하며, 중요한 것과 중요하지 않은 것을 동등하게 강조하는 점 등이 그러하다. 어느 인터뷰에서 그린은 다음과 같이 말했다. "나는 장면을 묘사할 때 사진사의 눈으로 장면을 포착하기—이 방법은 장면을 얼어붙게 한다—보다는 영화 카메라의 움직이는 눈으로 장면을 포착하는 편이다. 나는 내 인물들과 그들의 움직임을 따라다니며 카메라와 함께 일한다."[1] 『브라이턴 록』의 장면 가운데 경마장에서의 폭력을 다룬 부분은 하워드 호크스♦의 영향이 느껴지고, 거리의 사진사를 이용하여 플롯을 발전시키는 기발한 방법은 앨프리드 히치콕을 연상시킨다. 장章이 끝날 때 초점이 인물들로부터 멀어지면서 더 큰 자연—예를 들어 도시와 해변 위에 뜬 달—으로 옮겨 가는 것도 특징적인 점이다.

♦ 1896~1977. 미국의 영화감독.

『브라이턴 록』을 쓸 무렵 그린은 다른 한편으로 헨리 제임스와 포드 매덕스 포드를 스승으로 삼고 퍼시 러벅의『소설의 기법The Craft of Fiction』을 교과서 삼아서 자신의 서술 기법을 다듬고 있었다. 『브라이턴 록』은 기법상 완벽하지는 않겠지만—핑키의 내적 이야기가 서술자의 논평과 판단에 의해 침해되는 잘못된 경우가 있다—친밀한 악에 집중한다는 점에서 명백히 헨리 제임스류流이다.

이 소설에는 다른 약점들도 있다. 그린은 일자리를 잃고 풀죽어 지내는 가난한 이들 편에 서서 동정심을 드러내고 있는 게 명백한데도, 그들의 삶의 성격을 탐구할 수도 있었을 하나의 중요한 장면—로즈의 부모를 방문하는 장면—은 어색하다 못해 기이할 정도이다. 그리고 이야기가 끝을 향해 가면서 사건의 진행 속도가—핑키의 패거리 개개인의 운명에 너무 많은 지면이 할애됨으로써—느슨해진다.

인물들의 성격이 과묵한 탓에 이 작품에서는 그린이 대화를 잘 구사하는 작가로서의 솜씨를 발휘하는 경우가 많지 않다. 변호사인 프리윗은 예외인데, 그는 찰스 디킨스식의 언어생활이라고 부를 수 있을 만큼 말이 많고 표현이 분명하다.

1970년에 나온 전집판에서 그린은 원문을 가볍게 손질했다. 1938년에는 '유대 계집Jewess'이나 '깜둥이nigger'('쿠션 같은' 입술을 가진 '깜둥이들') 같은 용어를 사용하는 데 별다른 거리낌을 느끼지 않았다. 당시 그가 활동하는 사회에서는 그 같은 인종 차별적 용어가 받아들여지고 통용되었다. 그러나 전쟁이 끝난 후에는 더 이상 그렇지 않았다. 따라서 그는 '깜둥이'는 '흑인negro'으로, '유대 계집'은 어떤 맥락에서는 '여자'로, 다른 어떤 맥락에서는 '계집'으로 바꾸었다. 콜레오니의 '늙수그레한 유대계 얼굴'은 '늙수그레한 이탈리아계 얼굴'로 바꿨다.

펜을 몇 번 움직여 용어를 고치는 것으로 그 같은 무례한 행위가 제거될 수 있다고 그린이 생각했다는 사실은 그의 마음속에서 그 점은 소설의 언어적인, 단순한 표면적 문제에 속했을 뿐이지 소설의 바탕에 깔린 태도와 사상에 속했던 것이 아니었음을 말해 준다.

그레이엄 그린은 1904년 지적으로 꽤나 명망 있는 집안에서 태어났다. 로버트 루이스 스티븐슨(1850~1894)이 그의 외가 쪽 친척이었다. 아버지는 사립 학교의 교장이었고, 형제 가운데 한 명은 BBC 방송국의 사장이 되었다.

그는 옥스퍼드 대학에서 역사학을 공부하고 시를 쓰고 잠깐 동안 공산당에 등록하여 참여했으며, 스파이 일에 종사하는 문제를 생각해 보기도 했다. 대학을 졸업하고 나서는 《더 타임스》의 야간 편집 직원으로 일하면서 낮에는 소설을 썼다. 첫 소설은 1929년에 출간되었고, 『브라이턴 록』은 아홉 번째 소설이다.

그린은 1941년 공습 대피 지도원으로 잠깐 일한 뒤에 영국 비밀정보부 SIS(MI6)에 들어갔다. 그곳에서 일할 때 그의 직속상관은 훗날 러시아를 위해 일했다는 사실이 탄로 난 킴 필

비였다. 전쟁 후에는 출판계에서 일했다. 책 인세와 시나리오 작업과 영화화 판권 판매로 벌어들인 수입 덕에 굳이 직업을 유지하고 있을 필요가 없을 때까지 출판 일을 계속했다.

그린은 전쟁이 끝난 뒤에도 수년 동안 비공식적으로 SIS를 위한 활동을 이어 가면서 광범위한 여행을 통해 취득한 정보를 보고하곤 했다. 그린은 아마추어 수준의 정보 요원이었지만 그가 제공하는 정보는 값진 것이었다.

『브라이턴 록』은 진지한 사상을 다루고 있다는 점에서 그린이 쓴 최초의 진지한serious 소설이라 할 수 있다. 그린은 자신의 소설을 진지한 소설과 이른바 오락entertainment 작품으로 구분하는 것을 한동안 유지했다. 1991년 사망할 때까지 써낸 스물몇 편의 소설 가운데 『브라이턴 록』을 비롯하여 『권력과 영광』(1940), 『사건의 핵심』(1948), 『사랑의 종말』(1951), 『타버린 환자』(1961), 『명예영사』(1973), 『인간 요건』(1978)이 평단의 관심을 가장 많이 끌었다.

그린은 자신의 작품 속에 자신의 영토인 '그린랜드'♦를 구축했다. 그것은 불완전하고 분열된 사람들이 자신의 고결함과 믿음의 토대를 극한까지 시험하며, 반면에 신은—존재한다 할지라도—숨어서 나타나지 않는, 그런 세계이다. 그는 이 같은 의심스러운 영웅들의 이야기를 수백만 독자를 끌어들일 만큼 대단히 용의주도하게, 대단히 흥미롭게 들려주었다.

♦ Greeneland. '그린의 땅' '그린의 나라'라는 뜻.

그린은 로버트 브라우닝의 시 「블로그램 주교의 변명Bishop Blougram's Apology」의 한 대목을 인용하기 좋아했다.

우리의 관심은 세상사의 위험한 가장자리에 있다네.
정직한 도둑, 정 많은 살인자,
미신적인 무신론자……

그린은, 만약 나의 전체 작품에 대한 제사題詞를 골라야 한다면 바로 이것이 될 것이다, 하고 말했다. 그는 비록 헨리 제임스를 존경했지만("시의 역사에서 셰익스피어가 외따로 우뚝 솟아 있듯이 헨리 제임스는 소설사에서 그처럼 우뚝 솟아 있다") 그와 같은 부류의 직계 선배는 『비밀 요원The Secret Agent』의 작가 조지프 콘래드이다.[2] 그리고 그린의 혈통을 이어받은 작가 가운데 가장 두드러진 소설가는 존 르 카레이다.

그린은 특히 가톨릭의 시각에서 등장인물의 삶에 질문을 던지는 가톨릭 작가로 종종 여겨진다. 그린은 종교적 인식이 없으면, 적어도 죄의 가능성에 대한 인식이 없으면, 소설가는 인간 조건을 공정하게 다룰 수 없다고 확신했다. 이것이 버지니아 울프와 E. M. 포스터에 대한 그의 비판의 본질인데, 그가 보기에 이들의 세계는 '종잇장처럼 얇고' 지나치게 이성적이었다.[3]

어떻게 가톨릭교도이고 소설가인 사람에서 가톨릭 소설가가 되었는지에 대한 그린 자신의 설명은 생의 후반기에 정교해졌다. 하지만 그의 말을 반드시 액면 그대로 받아들일 필요는 없다. 그 설명에 따르면 그는 비록 젊은 시절에 가톨릭으로 개종했지만,[4] 멕시코에서 교회를 박해하는 것을 직접 목격하고 종교적 신앙이 어떻게 사람의 삶 전체를 장악하고 신성하게 만들 수 있는지 직접 보기 전까지는 여전히 그의 마음속에 종교는 신자와 하느님 사이의 사적인 문제로 남아 있었다고 한다.

그 설명에서 빠진 것은 그의 초기 소설에서 분명히 드러난, 가톨릭이 그에게 발휘한—가톨릭은 고대의 지혜에 다가가는 아주 특별한 접근법을 가지고 있으며, 특히 한때 박해받은 교파인 영국 가톨릭은 그런 까닭에 본질적으로 아웃사이더더라고 생각하도록 그에게 영향을 미친—낭만인 매력 부분이다.

그린의 핑키 브라운은 아무리 교육을 잘못 받았다 해도(하지만 라틴어로 문장을 만들지도 못할 만큼 뒤처진 교육을 받지는 않았다) 그의 자아는 일반 대중은 접근할 수 없는, 그리고 그로 하여금 더 큰 운명을 맞이하게 하는 남모르는 지식을 굳건히 지니고 있다. 그린의 다른 인물들도 공유하는 이 같은 소명 의식은 조지 오웰의 다음과 같은 비판을 낳는다. "그린은 보들레르 이후 계속 떠돌아다니는 사상, 즉 지옥에 떨어지는 것에는 뭔가 고상한 것이 있다는 사상을 공유하는 것 같다."[5] 그러나 그런 비판이 전적으로 타당한 것은 아니다. 그린은 어떤 때는 가톨릭을 조지 고든 바이런식 아웃사이더의 신조로 여기는 핑키의 낭만적인 생각을 지지하기 직전의 흥분 상태에 있는 것처럼 보인다. 또 어떤 때는 핑키의 종말론적 장치는 세상의 조롱―그의 초라한 옷차림, 서툰 행동, 노동자 계급의 말씨, 어린 나이, 성행위에 관한 무지 등에 대한 조롱―에 대항하여 세워진, 곧 무너질 것 같은 엉성한 방어책일 뿐인 것처럼 보인다. 핑키는 자신의 행위를 죄와 지옥의 형벌의 영역으로 끌어올리기 위해 최선을 다했을 것이나, 용맹스러운 아이다 아널드에게 핑키의 행위는 법의 처벌을 받아야 할 범죄일 뿐이다. 그리고 우리가 가진 유일한 세계인 이 세상에서는 아이다의 견해가 압도적이다.

2004년
J. M. 쿳시♦

♦ 2003년 노벨문학상을 수상한 남아프리카공화국 소설가.

해제 주

1 Marie-Françoise Allain, *The Other Man: Conversations with Graham Greene*, New York: Simon and Schuster, 1983, p.125.

2 "Henry James: The Private Universe"(1936), in *Collected Essays*, Harmonds-worth: Penguin, 1970, p.34.

3 "Françoise Mauriac"(1945), in *Collected Essays*, p.91.

4 In 1926 "I became convinced of the probable existence of something we call God", wrote Greene, *A Sort of Life*, London: Bodley Head, 1971, p.165.

5 Review of *The Heart of the Matter*, in *Collected Essays*, Vol.4., London: Secker and Warburg, 1968, p.441.

쫓는 자와 쫓기는 자,

그리고 세속적 정의와 하느님의 공의

인터넷을 검색하다 보면 영국추리작가협회나 미국추리작가협회가 선정한 '세계 100대 추리소설'에 『브라이턴 록』이 중간 정도의 순위로 들어 있는 것을 볼 수 있다. 이처럼 이 작품은 우선 추리소설로 읽힌다. 17세 소년 핑키의 악행을 감지한 뒤 진실을 드러내기 위해 집요하고 무자비하게 추적하는 30대 후반 정도 나이의 후덕한 여자 아이다는 다른 소설 속 탐정들과 구별되는 매력적인 아마추어 탐정이 아닐 수 없다. 살인을 숨기기 위해 다시 살인을 저지를 만큼 냉혹하며 모든 것을 치밀하게 계산하여 미리 조치하는 핑키와, 그런 치밀함을 뚫고 허점을 발견하여 핑키를 몰아붙이는 아이다의 대결은 여느 추리소설 못지않게 흥미진진하다. 그러나 그게 전부가 아니다. 작가 그레이엄 그린은 여기에 가톨릭의 선과 악의 관념을 도입하여 새로운 차원의 소설로 승화시킨다.

그린은 자신의 작품을 오락물과 진지한 소설로 구분했는데,

『스탐불 특급열차』 같은 오락 작품들로 이름을 알린 그린이 종교 문제를 진지하게 다루기 시작한 첫 소설이 바로 『브라이턴 록』이다. 선악, 천국, 지옥 등과 같은 가톨릭 교리가 개입하면서 이 소설은 쫓는 탐정과 쫓기는 범죄자의 도식을 뛰어넘어 종교적인 선과 악을 중시하는 핑키와 로즈 대 속세의 옳고 그름과 법을 중시하는 아이다의 싸움으로 읽히기 시작한다. 여기에 지옥의 형벌과 구원의 문제에 대한 실존적 고민이 끼어듦으로써 소설은 한결 다층적인 의미를 띠게 된다.

가톨릭은 믿음에 의한 구원의 개념을 받아들이지 않는다. 자동으로 천국에 갈 수 있는 사람은 없다. 구원은 하느님의 은총으로만 가능하다. 그러므로 부단한 기도와 회개와 선행만이 천국의 문을 열어 줄 것인데, 그렇게 하지 못한 사람은 지옥의 형벌을 피할 수 없다는 절망에 빠지기 쉽다. 핑키가 천국은 말일 뿐이라고 여기면서도 지옥은 생생히 믿는 것은 이 때문이라 할 수 있다.

핑키의 영혼에는 죄가 깊이 스며들어 있지만 그는 예배에 참석하지 않는다. 자신의 영혼은 이미 저주를 받아서 고해성사조차도 소용없다고 생각하는 듯싶다. 그것은 어렸을 때 토요일 밤마다 아버지와 어머니의 성행위를 옆방에서 지켜보아야 했던 경험에서 비롯되었다. 그가 그토록 성행위에 대해 혐오감을 느끼는 것도 그 때문이다. 헤일과 스파이서를 죽이고, 정략적인 결혼을 하고, 로즈에게 자살을 강요하는 등의 악을 서슴없이 행하는 것도 이미 영혼이 저주받았기에 죄를 추가한다고 해서 달라질 것은 없다는 인식 때문일 것이다.

로즈는 순진하고 단순한 열여섯 살 여자이다. 그러나 다른 한편으로 이 소설에서 로즈만큼 복잡하고 당혹스러운 인물은 없다. 그녀는 핑키에게 두려움을 느끼는 동시에 흠뻑 빠져 있다. 자기를 알아봐 주고 사랑해 주는 남자에게는 모든 걸 바칠 마음의 준비가 되어 있다는 점은 그 나이 또래 여자아이에게는 특별한 일이 아닐 수도 있지만, 그러나 핑키를 위해 스스로 대죄라는 것을 잘 알고 있는 자살까지 감수하고자 한 것은 대단히 특별한 경우라 할 수 있다.

로즈는 자살 직전에 아이다의 도움으로 살아남게 되지만 모든 상황을 이해하게 된 후에도 아이다에게 고마워하기는커녕 자신도 핑키를 따라 죽음으로써 함께 지옥으로 떨어지지 못한 것을 원망하고 자책한다. 로즈의 사랑은 옳고 그름과 실용주의에 토대를 둔 아이다식 사랑이 아니라 가톨릭의 선과 악과 신의 은총에 기초한 맹목적이고 헌신적인 사랑이기 때문이다. 로즈가 보기에는 참된 신의 은총이라는 것을 이해하지 못하는 아이다가 죄를 짓고 있는 것이다. 그린은 로즈를 구하고 대신 핑키를 자살로 이끈 아이다의 승리의 시점에서 로즈가 결코 아이다의 세계관에 동의하지 않는 모습을 보여 줌으로써 이 작품의 결론을 끝까지 열어 둔다. 마지막 부분에서 로즈는 자신의 배 속에 핑키가 남긴 아이의 싹이 들어 있을 거라고 확신하며 핑키의 목소리가 담긴 음반을 찾으러 간다. 그 음반에 기대했던 사랑의 말이 아닌 그녀에게 퍼붓는 악담이 담긴 것을 확인했을 때 그녀는 어떤 반응을 보일까? 이것조차도 뛰어넘고 여전히 핑키를 사랑하게 될 것인가? 가슴 졸이는 흥미로운 상상이 아닐 수 없다.

여담이지만, 이 소설은 1948년에 영국에서 같은 제목의 영화로 상영되었다. 시나리오 작업에 그린이 직접 참여했다. 따라서 영화는 원작 소설에 충실한 편인데, 다만 마지막 부분은 완전히 달라졌다. 로즈가 핑키의 목소리가 담긴 음반을 듣는 것으로 끝나는 영화에서 핑키는 로즈에게 악담을 퍼붓는 것이 아니라 "널 사랑해, 널 사랑해, 널 사랑해"라고 말한다. 이것은 영국영화검열위원회가 그린에게 뇌리에 잊히지 않을 만큼 잔인한 소설의 결말을 완화시켜 달라고 요청했기 때문이라고 한다. 아무튼 이 영화는 영국 최고의 필름누아르의 하나로 남아 있다.

로즈가 고해성사를 위해 찾아간, 아니 고해성사를 위해서라기보다는 생각을 정리하기 위해 찾아간 고해소에서 노신부는 그녀에게 구원은 신비로운 것이어서 우리 인간으로서는 어디에서 구원이 오는지 이해할 수 없다고 말한다. 다만 우리는 희망을 가지고 기도해야 하며 최선을 다해 선하게 살려는 노력을 기울여야 한다는 취지의 얘기를 들려주는데, 이 노신부의 말이 작가인 그린의 목소리에 가장 가까운 것이 아닐까 싶다.

가톨릭 작가로서 그린은 핑키와 로즈, 특히 로즈의 입장에 애정을 보이는 듯하나, 사실 존 쿳시가 「해제」에서 말했듯이 "우리가 가진 유일한 세계인 이 세상에서는 아이다의 견해가 압도적"일 것이다. 아이다는 이제 남편인 톰에게 돌아가려고 생각하기 시작한다. 둘은 아무튼 서로에게 다정했기 때문이다. 사람은 다른 무엇보다도 사랑과 안전을 추구해야 한다는 게 세속적 미덕의 화신인 아이다의 생각인 것이다.

애정하는 작가인 그린의 단편 53편을 모은 두꺼운 전작 단편집을 번역한 데 이어 이렇게 그의 멋진 장편소설까지 번역하게 되어 나로서는 기쁘기 그지없다. 옛 고전이 온당한 대접을 받지 못하는 출판 환경에서도 의미 있는 작품은 어떻게든 출간하고자 하는 출판사 현대문학에 다시 한번 감사드린다. 이제 나는 이것으로 『브라이턴 록』을 떠나보내고 그린의 새로운 장편소설 번역 작업을 시작하려 한다.

문득 내 휴대전화에 남아 있는 오래전 직장 선배의 카카오톡 프로필 문구를 들여다본다. '보지 않고도 믿는 사람은 행복합니다.' 가톨릭 신앙심이 깊은 선배였다. 그 글을 들여다보다가 요즘은 종교에서 멀어졌을 뿐 아니라 리처드 도킨스의 『만들어진 신』이나 스티븐 호킹의 『빅 퀘스천에 대한 간결한 대답』 같은 빼어난 과학자의 저서에서 무신론의 입장을 적극적으로 확인해 보고자 하는 나 자신을 새삼 발견하고는 오래전 한때 나름대로 착실히 교회를 다녔던 시절을 감상에 젖어 돌아본다. 보이지 않고 이해되지 않으면 믿지 못하는 나는 어떻게 된 것일까?

그레이엄 그린 작품 목록

■ **중장편**

1929   내부의 나*The Man Within*

1930   행동의 이름*The Name of Action* (저자가 자신의 저서 목록에서 영구 제외.
이후 재출간되지 않음)

1931   황혼의 소문*Rumour at Nightfall* (저자가 자신의 저서 목록에서 영구 제외.
이후 재출간되지 않음)

1932   스탐불 특급열차*Stamboul Train* (미국에서 『오리엔트 특급*Orient Express*』
으로 출간)

1934   여기는 전쟁터*It's a Battlefield*

1935   나를 만든 것은 영국*England Made Me*
            곰이 자유 낙하 했다*The Bear Fell Free*

1936   권총을 팝니다*A Gun for Sale*

1938   브라이턴 록*Brighton Rock*

1939   밀사*The Confidential Agent*

1940   권력과 영광*The Power and the Glory*

1943   공포의 성*The Ministry of Fear*

1948   사건의 핵심*The Heart of the Matter*

1949   제3의 사나이*The Third Man*

1951   사랑의 종말*The End of the Affair*

1955   조용한 미국인*The Quiet American*
            패자 독식*Loser Takes All*

1940	새로운 영국 The New Britain
	21일 21 Days (존 골즈워디의 『최초와 최후 The First and The Last』 각색)
1947	브라이턴 록 Brighton Rock
1948	추락한 우상 The Fallen Idol
1949	제3의 사나이 The Third Man
1956	패자 독식 Loser Takes All
1957	성녀 조안 Saint Joan (조지 버나드 쇼의 동명 희곡 각색)
1959	아바나의 사나이 Our Man in Havana
1967	코미디언 The Comedians

■ 자서전

1971	일종의 인생 A Sort of Life
1980	도피의 길 Ways of Escape
1984	장군을 알아 가게 되다 — 열중에 대한 이야기 Getting to Know the General: The Story of an Involvement
1992	나만의 세계 — 꿈일기 A World of My Own: A Dream Diary

■ 기행문

1936	지도 없는 여정 Journey Without Maps
1939	무법 도로 The Lawless Roads
1961	캐릭터를 찾아서 — 두 개의 아프리카 일지 In Search of a Character: Two African Journals
1990	꽃들에 둘러싸인 잡초 A Weed Among the Flowers

■ 어린이책

1946/1973	꼬마 기차 The Little Train
1950/1973	꼬마 소방차 The Little Fire Engine
1952/1974	꼬마 마차 버스 The Little Horse Bus
1955/1974	꼬마 증기 롤러 The Little Steamroller

영국에는 유쾌한 해변 휴양지들이 수없이 많지만, 세계적으로 상징적인 지위를 가진 곳은 딱 한 곳, 브라이턴뿐이다. 70년 동안 '영국 범죄의 수도'라는 달갑지 않은 별명으로 축복받은 곳, 혹은 저주받은 곳. 그레이엄 그린은 브라이턴을 범죄의 지도에 새겨 놓았다.

피터 제임스

내 나이 열세 살 때 이 책『브라이턴 록』에서 얻은 첫 번째 교훈은 진지한 소설이 흥미진진한 소설이 될 수 있으며, 모험소설이 관념소설이 될 수도 있다는 점이었다.

이언 매큐언

『브라이턴 록』『사건의 핵심』『사랑의 종말』…… 이들은 모두 위대하다는 표현이 어울리는 작품이다. 심문관의 시선만큼이나 강렬하고 예리하고 불온하다.

존 업다이크

『브라이턴 록』은 현대 문명의 최악의 양상의 단면을 탁월한 방식으로 단호히 고발한다. 나아가 소설은 비정한 범죄자의 심리, 즉 단순히 야만으로의 회귀가 아니라 대뇌 작용의 끔찍한 왜곡으로 인해 뒤틀린 심리를 드러내는 것까지 깊이 있게 탐색한다.

《뉴욕 타임스》

1948년과 2010년에 각색되어 영화로 만들어졌고, 연극과 뮤지컬 작품으로도 무대에 올려졌으며, 모리세이, 존 배리, 퀸 같은 이질적인 예술가들에게 영감을 준 이 음산하고 격렬하고 무정부적인 소설은 여전히 커다란 반향을 불러일으킨다.

《가디언》

20세기의 어떤 작가도 그레이엄 그린만큼 대중의 상상력을 완벽히 파고들어 형상화하지 못했다.

《타임》

20세기의 가장 중요한 영국 작가 중 한 명. 그는 소설에 명백히 새로운 무언가를 가져왔다.

《데일리 텔레그래프》

그레이엄 그린은 위트와 우아함과 인물과 이야기와 탁월한 보편적 연민을 지녔다. 그리고 이것들은 그를 항상 세계문학적 위치에 머무르게 한다.

존 르카레

20세기의 어떤 작가도 그린만큼 인간을 비교하는 데 있어 예민한 정신을 가지지 못했다. 그나마 몇몇 소설가들이 악한 사람과 선한 사람을 구분 짓기 위해 넓은 선을 긋는 상황에서 그린은 다중적인 구별의 대가였다.

제이디 스미스

실제 인간을 정확히 아로새긴 움직이는 초상에 정통한, 가장 독창적이고 진보적이며 흥미진진한 우리의 소설가. 스토리텔링의 대가.

V. S. 프리쳇

옮긴이 서창렬

연세대학교 영어영문학과를 졸업했다. 그레이엄 그린의 단편 53편을 모은 『그레이엄 그린』을 비롯하여 에이모 토울스의 『모스크바의 신사』, 스티븐 밀하우저의 『밤에 들린 목소리들』, 조이스 캐럴 오츠 외 작가 40인의 고전 동화 다시 쓰기 『엄마가 날 죽였고, 아빠가 날 먹었네』, 줌파 라히리의 『축복받은 집』 『저지대』, 시공로고스총서 『아도르노』 『촘스키』 『아인슈타인』 『피아제』, 자크 스트라우스의 『구원』, 데일 펙의 『마틴과 존』 등을 우리말로 옮겼다.

브라이턴 록

지은이 그레이엄 그린
옮긴이 서창렬
펴낸이 김영정

초판 1쇄 펴낸날 2021년 4월 23일

펴낸곳 (주)현대문학
등록번호 제1-452호
주소 06532 서울시 서초구 신반포로 321 (잠원동, 미래엔)
전화 02-2017-0280
팩스 02-516-5433
홈페이지 www.hdmh.co.kr

ISBN 979-11-90885-70-6 03840

* 책값은 뒤표지에 있습니다.
* 파본은 구입처에서 교환해 드립니다.